SEULE CONTRE LA LOI

W. WILKIE COLLINS

SEULE
CONTRE LA LOI

roman

Traduit de l'anglais par
ÉRIC CHÉDAILLE

ÉDITIONS FRANCE LOISIRS

Édition du Club France Loisirs,
avec l'autorisation des Éditions Phébus.

Éditions France Loisirs,
123, boulevard de Grenelle, Paris.
www.franceloisirs.com

Titre original de l'ouvrage en anglais :
The Law and the Lady

Pour la traduction française :
© Éditions Phébus, Paris, 1999
ISBN : 2-7441-4024-4

NOTE DE L'ÉDITEUR

Il en est peut-être des voies de la littérature comme de celles du Seigneur : difficiles à pénétrer et pour le moins tortueuses... Qui aurait osé prédire il y a seulement quatre ou cinq ans que l'œuvre de Wilkie Collins (1824-1889), publiée en traduction il y a un bon siècle de cela dans des versions souvent incomplètes, introuvable en librairie depuis beau temps et depuis le même temps oubliée, reviendrait aujourd'hui en force au point d'obtenir contre toute attente (et dirait-on contre toute raison) ce qui n'est pas loin d'être un succès populaire? Quatre romans (Pierre de lune, La Dame en blanc, Armadale, Sans nom) et un recueil de nouvelles (Histoires regrettables) viennent d'être réédités à l'enseigne de Phébus – dans des versions soigneusement revues et complétées, voire en traduction nouvelle – aux applaudissements nourris de la presse, des libraires et des lecteurs... et à la surprise de l'éditeur lui-même.

On ne dirait pas tout si l'on ne rappelait ici que deux liseurs enthousiastes ont largement œuvré à cette redécouverte : Charles Palliser, l'auteur du Quinconce, *lequel se revendique en notre siècle comme une sorte de descendant (mal élevé) de Collins ; et Michel Le Bris, grand pêcheur de textes en eaux troubles, qui fit découvrir au signataire de ces lignes le frisson si particulier que procure la lecture des romans dudit Collins. Quant à savoir pourquoi la redécouverte en question n'est pas restée, comme si souvent, un phénomène confidentiel, faisant même à la surprise de tous quasi figure d'événement littéraire... mystère !*

Un mystère dont la clé est bien entendu à chercher entre les pages des livres du coupable – qui a décidément plus d'un tour dans son sac.

Ami – et bientôt rival – de Dickens en son temps, Collins passe aujourd'hui, aux yeux de ceux qui ne l'ont pas lu, pour être l'inventeur du thriller. Ceux qui l'ont lu savent que son génie retors ne se laisse pas épingler sous cette étiquette, ni sous aucune étiquette d'ailleurs. Initiateur d'une littérature sciemment destinée à empêcher l'innocent lecteur de dormir – et ruinant au passage sa prétendue innocence –, Collins inocule à ses personnages toute une gamme de sentiments inavoués et inavouables que nous sommes insidieusement conviés à partager. Borges, admirateur frénétique de cette œuvre où affleurent déjà les noirceurs de ce qu'on n'appelait pas encore l'inconscient, y voit la première affirmation de la fiction « moderne » : un art aimanté par le désir de dire et de montrer ce qu'il est convenable de taire et de cacher. Alfred Hitchcock, disciple avéré de Wilkie Collins à l'écran, saura s'en souvenir un peu plus tard...

L'on voudrait enfin justifier ici le pourquoi de cette note liminaire. En quatre mots : répondre à la question insistante d'un nombre croissant de lecteurs impatients de savoir combien de livres de Wilkie Collins restent encore à rééditer – ou à éditer – en notre langue. Difficile de trancher le débat avec une précision définitive. Admettons déjà que tous les romans de Collins ne méritent pas d'être tirés de l'oubli (aux avis partagés de Charles Palliser, de Michel Le Bris et de l'éditeur). Plusieurs lectures récemment entreprises se sont révélées, avouons-le, décevantes. Jusqu'à ce que Michel Le Bris, après quelques coups de filet infructueux, nous tire coup sur coup de sa senne trois merveilles – aussitôt mises en traduction... c'est-à-dire confiées à Éric Chédaille, dont le nom chez nous est désormais associé – pour le meilleur – à celui de Wilkie Collins. Seule contre la loi (The Law and the Lady) *est le premier des trois à être proposé à l'appétit du public, qui se retrouvera bientôt en terrain familier – si l'on ose dire, tant Collins se fait, comme toujours, un malin plaisir de dérouter toute attente (quelques esprits obtus le lui reprochèrent en son temps, et singulièrement à la sortie de ce récit, jugé d'emblée trop « bizarre »). Le livre date de*

1875, c'est-à-dire d'une saison où le romancier est sans doute au sommet de son art. Vous avez dit « bizarre »? – Nous avons dit « bizarre ». Et plus nous avançons dans le mystère de la création « collinsienne », plus cette bizarrerie, décidément, nous intrigue et nous séduit.

On n'en dira pas plus, ce serait crime. Mais on comprend le prurit du lecteur : le même, à tout prendre, qui nous démange quand on a vu tous les films, disons presque tous les films de regretté Sir Alfred. Il est des créateurs à qui l'on reprochera toujours, rivaux de la belle Schéhérazade, de s'être arrêtés avant d'avoir atteint le chiffre mille et un.

J.P.S.

A Régnier (du Théâtre-Français)
en gage d'admiration pour le grand comédien
et d'affection pour l'ami sincère.

L'AUTEUR AU LECTEUR

Ce livre n'appelle pas de préface. Il me faut seulement vous demander de garder présentes à l'esprit certaines vérités avérées que, plongé dans la lecture d'un ouvrage de fiction, il arrive que l'on oublie. Veuillez donc vous souvenir, en premier lieu, que ce ne sont pas toujours les lois de la raison qui guident les actions humaines ; en second lieu, que nous ne faisons pas une habitude intangible, tant s'en faut – surtout si l'on est une femme –, de porter notre affection sur les objets qui la méritent le plus selon nos amis ; et enfin, que rien n'empêche des personnages que nous n'aurions pas croisés, des événements que nous n'aurions pas vécus pour notre compte, d'être, les uns, parfaitement naturels, les autres, parfaitement vraisemblables. Ces quelques précisions apportées, il ne me reste qu'à vous saluer cordialement.

W. C.

Londres, le 1er février 1875

I

L'ÉTOURDERIE DE LA MARIÉE

– … Car ainsi se paraient autrefois les saintes femmes qui révéraient le Très-Haut, étant soumises à leur époux; comme Sarah qui obéissait à Abraham, l'appelant seigneur; Sarah, dont vous êtes les filles, tant que vous faites ce qui est bien, sans vous laisser troubler.

Concluant par ces paroles le rite nuptial de l'Église d'Angleterre, mon oncle Starkweather referma son livre et me regarda par-dessus la balustrade de l'autel avec une expression joviale sur sa large face rubiconde. Dans le même instant, ma tante, Mrs. Starkweather, debout à côté de moi, m'appliqua subitement une tape sur l'épaule :

– Valeria, vous êtes mariée !

Où mes pensées m'avaient-elles emportée ? J'étais trop désorientée pour le savoir. Je sursautai et posai les yeux sur mon époux. Il semblait tout aussi dérouté que moi. Je crois bien que la même pensée nous était venue en même temps : étions-nous vraiment, en dépit de l'opposition de sa mère à cette union, devenus mari et femme ? Ma tante Starkweather trancha la question d'une seconde tape sur mon épaule.

– Donnez-lui le bras ! me souffla-t-elle avec impatience.

Ce que je fis.

– Suivez votre oncle.

Accrochée au bras de mon mari, j'attachai mes pas à ceux de mon oncle et du vicaire qui l'avait secondé. Les deux ecclésiastiques nous menèrent à la sacristie. Cette église se trouvait dans un des coins les moins reluisants de Londres, entre la City et le West End; c'était une journée de grisaille, l'air était épais et humide. Nous composions une petite noce un peu triste, bien assortie à ce quartier morne et à ce temps maussade. Aucun des parents ou connaissances de mon mari n'était présent : comme je l'ai déjà indiqué, les siens n'approuvaient pas ce mariage. De mon côté, hormis mon oncle et ma tante, il n'y avait personne. Mes père et mère n'étaient plus de ce monde et je n'avais que peu d'amis. Le vieux Benjamin, fidèle employé de mon cher père, était venu, selon l'expression consacrée, « me conduire à l'autel ». Il me connaissait depuis ma petite enfance et, dans ma triste position, il me témoignait une bonté toute paternelle.

Il ne restait plus à accomplir que le rituel de la signature du registre de mariage. Dans l'égarement qui était le mien – et en l'absence de toute indication –, je commis une erreur, et qui, d'après ma tante Starkweather, augurait des malheurs à venir : au lieu de mon nom de jeune fille, je signai de mon nom de femme mariée.

– Comment ! s'exclama mon oncle avec bonne humeur, voilà que vous avez déjà oublié votre patronyme ? Ma foi, espérons que vous n'aurez pas à vous repentir de vous en être séparée aussi volontiers. Allez, Valeria, faites un autre essai.

D'une main tremblante, je biffai ma première tentative et écrivis mon nom de jeune fille, fort mal, comme suit :

Valeria Brinton

Quand vint le tour de mon mari, je notai avec étonnement que sa main tremblait également et le vis produire un piètre spécimen de sa signature habituelle :

Ma tante, invitée à parapher le document, s'exécuta de mauvaise grâce.

– Un bien mauvais départ! dit-elle en montrant ma rature. J'espère, à l'instar de mon mari, que vous n'aurez pas à vous en mordre les doigts.

La petite oie blanche que j'étais, à l'énoncé de cette curieuse superstition, ressentit un certain malaise. Le contact de la main de mon mari me rassura. Et c'est avec un indicible soulagement que j'entendis, au moment des adieux, la voix chaude de mon oncle me souhaiter tout le bonheur possible. Le brave homme avait quitté son presbytère du Nord du pays – le toit sous lequel j'avais vécu depuis la mort de mes parents – pour venir célébrer ma messe de mariage; et ma tante et lui avaient prévu de s'en repartir par le train de midi. Il m'enveloppa dans ses grands bras puissants pour m'appliquer un baiser qui dut être entendu des curieux massés à l'extérieur de l'église.

– Ma chérie, c'est de tout mon cœur que je vous souhaite santé et félicité. Vous êtes maintenant en âge d'arrêter vous-même vos décisions, et – ne le prenez pas en mauvaise part, monsieur Woodville, mais vous et moi ne nous connaissons que de fraîche date – je prie le ciel, Valeria, pour que vous ayez fait le bon choix. La maison va bien sûr être un peu triste sans vous, mais je ne me lamente pas, ma chérie. Au contraire, si ce changement dans votre vie peut vous rendre heureuse, je m'en réjouis. Non! surtout ne pleurez pas, sinon votre tante va s'y mettre aussi et, à son âge, ce ne serait pas raisonnable. Et puis vous gâteriez votre beauté. Non, séchez-moi ces larmes. Regardez dans ce miroir et vous verrez que j'ai raison. Au revoir, mon enfant, et que Dieu vous garde!

Il prit sa femme par le bras et s'en fut à grands pas. Si tendres que fussent mes sentiments pour mon mari, mon cœur se serra lorsque cet ami sincère, ce protecteur de mes jeunes années, eut passé la porte.

Puis le vieux Benjamin me fit ses adieux.

– Tous mes souhaits vous accompagnent, ma chère enfant; essayez de ne pas m'oublier.

Ce furent ses seules paroles, mais elles m'évoquèrent le souvenir du temps jadis. Du vivant de mon père, il venait toujours partager notre dîner dominical et ne manquait jamais d'apporter un petit cadeau à la fille de son patron. J'étais à deux doigts de « gâter ma beauté », pour reprendre l'expression de mon oncle, lorsque, tendant la joue au vieil homme, je l'entendis soupirer comme s'il n'était pas tout à fait rassuré quant à la vie qui m'attendait.

La voix de mon mari orienta mon esprit vers de plus heureuses pensées.

– Est-ce que nous y allons, Valeria?

Je l'arrêtai en chemin pour suivre le conseil de mon oncle : en d'autres termes, me mirer dans la glace qui couronnait la cheminée de la sacristie.

Quelle image ce miroir me renvoie-t-il?

Celle d'une jeune femme élancée de vingt-trois ans. Rien chez elle de ces personnes qui attirent le regard du passant : elle n'a ni les boucles blondes ni les pommettes fardées si fort en vogue. Ses cheveux sont noirs et, encore maintenant – tout comme autrefois pour complaire à son père –, coiffés en de larges ondulations retenues derrière la tête par un unique nœud, à l'instar de la *Vénus* de Médicis, de manière à laisser voir la nuque. Elle a le teint clair; en dehors des moments d'émoi violent, son visage ne montre pas la moindre couleur. Ses yeux sont d'un bleu si sombre qu'on les croit généralement de jais. Les sourcils sont assez bien dessinés, mais eux aussi sont foncés et trop fortement marqués. Le nez pourrait presque être qualifié d'aquilin et les personnes difficiles à contenter en la matière le jugent plutôt fort. La bouche, de ses traits le plus réussi, présente une forme très délicate et sait afficher une grande variété d'expressions. Pour ce qui est de l'ovale du visage, il est oblong, trop étroit du bas, trop large et trop ramassé vers le haut, des yeux au front. Dans l'ensemble, l'image que renvoie le miroir présente une femme non dénuée d'élégance, peut-être un rien pâle, grave et composée à l'excès dans ses périodes de silence et de calme – en bref, quelqu'un qui n'impressionne pas l'observateur ordinaire au premier coup d'œil, mais gagne pour peu que le regard s'attarde. Quant à la toilette, elle s'attache à cacher plutôt qu'à afficher que la dame est une épousée du matin : la tunique est de cachemire gris, garnie de soie de même couleur, avec jupe assortie, ainsi que le bonnet, qu'agrémentent un tuyautage de mousseline blanche et une rose grenat, unique touche de couleur apportée à cette unité.

Cette description de mon image dans ce miroir est-elle une réussite ou un échec ? Ce n'est pas à moi de le dire. J'ai fait mon possible pour me garder de deux vanités : déprécier ma propre apparence, et la louer. Pour le reste, bien ou mal troussé, l'exercice est, Dieu merci, derrière moi.

Et qui vois-je dans la glace, debout à mon côté ?

Un homme qui n'est pas tout à fait de ma taille et qui a l'infortune de paraître plus vieux que son âge. Il est prématurément dégarni sur le devant du crâne. Son épaisse barbe châtain et sa longue moustache tombante sont déjà parcourues de fils d'argent. Son teint a la coloration qui fait défaut au mien, sa silhouette la vigueur dont la mienne est exempte. Il me regarde avec les yeux – marron clair – les plus tendres et les plus doux que j'aie jamais vus éclairer un visage masculin. Son sourire est lumineux et plein de bonté. Son abord, tout en étant parfaitement paisible et réservé, possède une force de persuasion latente qui est, aux yeux des femmes, d'une irrésistible séduction. Il boite légèrement, souvenir d'une blessure reçue il y a des années lorsqu'il servait dans l'armée des Indes ; et il s'appuie constamment sur une forte canne de bambou que surmonte un étrange pommeau en bec-de-cane, sa préférée de longue date, dont il use chaque fois qu'il se déplace, au-dedans comme au-dehors. Excepté cette petite infirmité – si infirmité il y a –, il n'est en rien difforme, décrépit ni disgracieux ; cette légère claudication renferme – peut-être à mes yeux partiaux – une grâce singulière qui est plus plaisante à voir que l'activité de certains hommes ingambes. Enfin et par-dessus tout, je l'aime ! je l'aime ! je l'aime ! Et il me faut bien mettre un terme au portrait de mon mari le jour de notre mariage.

Le miroir m'a appris tout ce que je voulais savoir. Nous finissons par quitter la sacristie.

Le ciel, déjà couvert ce matin-là, s'est encore assombri pendant que nous étions dans l'église et une forte pluie se met à tomber. Les badauds, abrités sous une forêt de parapluies, l'air maussade, nous regardent passer entre leurs rangs pour nous engouffrer dans la voiture. Point d'acclamations ni de rayon de soleil, pas de fleurs lancées sur notre passage, de banquet suivi de discours chaleureux, pas de demoiselles d'honneur, pas de vœux de bonheur adressés par nos pères et mères respectifs. Un bien triste mariage – force est de le reconnaître –, doublé, si ma tante Starkweather a dit vrai, d'un mauvais départ !

On nous a réservé un coupé à la gare de chemin de fer. Le porteur, diligent, soucieux de son pourboire, abaisse les stores du compartiment et nous isole ainsi des regards indiscrets. Au terme de ce qui me paraît une attente interminable, le train s'ébranle. Mon mari me passe un bras autour de la taille.

– Enfin ! me souffle-t-il.

Avec dans les yeux un amour que les mots ne sauraient rendre, il me serre tendrement contre lui. Je glisse le bras autour de son cou ; mon regard répond à son regard. Nos lèvres se rencontrent pour le premier long baiser de notre vie conjugale.

Ah, les souvenirs de ce voyage qui affluent à mesure que j'écris ! Je sèche mes larmes et suspends mon récit jusqu'à demain.

II

LES PENSÉES DE LA MARIÉE

Nous roulions depuis un peu plus d'une heure lorsqu'un changement nous gagna insensiblement.

Toujours assis l'un contre l'autre, ma main dans la sienne, ma tête posée sur son épaule, nous retombâmes peu à peu dans le silence. Avions-nous déjà épuisé le vocabulaire restreint mais éloquent de l'amour ? Ou bien avions-nous par accord tacite choisi d'essayer, après avoir goûté aux griseries de la passion qui s'exprime, le ravissement plus subtil et plus profond de la passion qui réfléchit ? Je ne saurais me prononcer ; tout ce que je puis dire est qu'arriva le moment où, par l'effet de quelque étrange influence, nos lèvres restèrent closes. Le train ferraillait et chacun de nous était abîmé dans sa propre rêverie. Était-il en train de penser exclusivement à moi, comme moi à lui ? Le voyage n'était pas terminé que le doute me gagna. Peu après je devais découvrir avec certitude que ses pensées, vaguant loin de sa jeune épouse, n'avaient pour objet que sa malheureuse petite personne.

Pour moi, le secret plaisir d'avoir la tête pleine de lui tout en sentant sa présence toute proche suffisait à mon bonheur.

Je me représentai notre première rencontre non loin de la maison de mon oncle.

Notre fameux ruisseau à truites serpentait avec des miroitements et des flocons d'écume au fond d'un repli de la lande accidentée. C'était une soirée ombreuse et venteuse. Un crépuscule barré de nuages rougeoyait à l'ouest. Au détour d'un méandre, au pied du talus affouillé de la berge, là où le courant s'attardait pour former un bassin d'eau profonde et tranquille, un pêcheur solitaire lançait sa mouche. Une demoiselle – votre servante –, debout sur la rive, invisible pour l'homme en contrebas, attendait avec impatience de voir affleurer la truite.

Le moment arriva : le poisson mordit.

Tantôt longeant l'étroite bande de sable du bord, tantôt pataugeant dans le filet d'eau dévalant le lit rocheux, là où le courant s'intensifiait, le pêcheur suivait la truite, lui donnait du fil, en reprenait, se livrant à l'exercice aussi subtil que délicat qui consiste à faire « travailler » le poisson. J'allais le long de la rive, curieuse de voir l'homme et la truite rivaliser de ruse et d'adresse. J'avais suffisamment côtoyé mon oncle Starkweather pour contracter un peu de sa passion des activités de plein air et, en particulier, me familiariser avec l'art de la pêche à la ligne. Toujours sur la piste de l'inconnu, mon attention tout entière absorbée par les mouvements de la canne et du fil, oublieuse du terrain malaisé que je foulais, je posai malencontreusement le pied sur la terre meuble du bord et chutai dans le torrent.

Je ne tombai pas de haut. La rivière était peu profonde et le fond, par bonheur, sableux. J'en fus quitte pour la frayeur et la trempette. L'instant d'après, j'étais déjà ressortie de l'eau et avais regrimpé, fort honteuse, sur la berge. Si bref que fût l'intermède, il avait duré assez de temps pour permettre au poisson de s'échapper. Le pêcheur avait entendu mon cri instinctif, il avait laissé choir sa canne pour se porter à mon secours. Nous fûmes face à face pour la première fois, moi sur la rive, lui dans l'eau en contrebas. Nos regards se rencontrèrent et je crois vraiment que nos cœurs firent de même. Une chose est sûre : oubliant notre bonne éducation, nous nous dévisageâmes en un silence tout primitif.

Je fus la première à recouvrer mes sens. Que lui dis-je alors ?

Je bredouillai que je ne m'étais pas fait mal, puis lui recommandai de courir voir s'il ne pouvait pas récupérer le poisson.

Il y alla à contrecœur et, bien sûr, s'en revint bredouille. Sachant à quel point mon oncle eût été déçu à sa place, je lui présentai mes excuses les plus sincères. Soucieuse de réparer, je proposai même de lui montrer un emplacement, un peu en aval, où il pourrait se remettre à pêcher.

Il ne voulut pas en entendre parler et m'enjoignit de rentrer me changer. Peu m'importaient mes effets trempés, et pourtant je lui obéis sans trop en voir la raison.

Nous partîmes ensemble : pour se rendre à son auberge il avait à passer devant le presbytère. Il m'apprit qu'il était venu séjourner dans la région autant pour jouir d'un peu de calme et d'isolement que pour s'adonner à la pêche ; il m'avait remarquée une ou deux fois de la fenêtre de sa chambre ; n'étais-je pas la fille du pasteur ?

Je lui expliquai que le pasteur avait épousé la sœur de ma mère et que ces gens m'avaient tenu lieu de parents depuis la mort des miens. Avançant le nom d'un de ses amis qui connaissait le Dr Starkweather, il demanda s'il pouvait prendre la liberté de lui rendre visite le jour suivant. Je l'y invitai comme s'il se fût agi de ma propre maison : j'étais pour ainsi dire ensorcelée par son regard et sa voix. Il m'était maintes fois arrivé avant ce jour de me croire, et sincèrement, amoureuse. Mais jamais je n'avais ressenti en présence d'un homme ce que j'éprouvai ce soir-là. Il me sembla, quand nous nous séparâmes, que la nuit s'abattit d'un coup sur le paysage vespéral. Je m'accotai au portillon du presbytère. J'avais le souffle oppressé ; ma pensée était confuse ; mon cœur palpitait comme s'il voulait s'envoler de ma poitrine. Et tout cela pour un parfait inconnu ! J'étais consumée de honte en même temps que transportée de bonheur !

Et voici qu'aujourd'hui, à peine plus de quelques semaines après cette première rencontre, il se trouvait à côté de moi, mien pour la vie ! Tel l'enfant qui a en main un nouveau jouet, je voulais m'assurer qu'il était bien à moi.

Assis dans l'angle du compartiment, il ne bougeait pas d'un pouce. Était-il plongé dans ses pensées ? En étais-je l'objet central ?

Légèrement, afin de ne pas le déranger, je reposai la tête sur son épaule. Mon esprit se mit à remonter de nouveau le temps et me montra un autre tableau de la galerie dorée du passé.

La scène se déroulait cette fois dans le jardin du presbytère. Il faisait nuit. Nous nous y étions retrouvés en secret. Nous marchions lentement, hors de vue de la maison, tantôt dans les allées ombreuses du bosquet, tantôt sur la pelouse baignée d'un beau clair de lune.

Il y avait longtemps que nous nous étions déclaré notre amour et que nous nous étions voués l'un à l'autre. Déjà, nos intérêts ne faisaient plus qu'un ; déjà, nous partagions les joies et les peines de l'existence. C'est le cœur lourd que j'étais venue le retrouver ce soir-là ; j'avais besoin du réconfort de sa présence, de l'encouragement de sa voix. Il nota que je soupirai lorsqu'il me prit dans ses bras, et orienta doucement mon visage vers la lune afin d'y lire ce qui m'affectait. Que de fois il y avait lu mon bonheur dans les premiers temps de notre amour !

– Vous êtes porteuse d'une mauvaise nouvelle, mon ange, me dit-il en écartant tendrement les cheveux de mon front. Je vois là des rides qui parlent d'inquiétude et de désarroi. Pour un peu, Valeria, je souhaiterais vous aimer moins.

– Pourquoi donc ?

– Parce que ainsi je pourrais vous rendre votre liberté. Je n'ai qu'à m'en repartir, votre oncle sera satisfait et vous serez soulagée de tous les soucis qui vous accablent présentement.

– Ne parlez pas de la sorte, Eustace ! Si vous voulez que j'oublie mes soucis, dites-moi que vous m'aimez plus que jamais.

Il me le dit dans un baiser. Nous connûmes un instant délicieux, fusion exquise où nous oubliâmes les vicissitudes de la vie. Je revins à la réalité fortifiée et apaisée, récompensée de tout ce que j'avais traversé, toute disposée à le retraverser en échange d'un autre baiser. Qu'une femme connaisse l'amour, et il n'est rien qu'elle n'ose, n'endure, n'accomplisse.

– Auraient-ils soulevé de nouvelles objections à notre union ? me demanda-t-il tandis que nous reprenions notre flânerie.

– Non. Ils ont renoncé à nous opposer des obstacles. Ils ont fini par se rappeler que je suis en âge de prendre mes propres décisions. A présent, Eustace, ils me conjurent de me détacher de vous. Ma tante, que je tenais pour quelqu'un de passablement dur, a pleuré – c'est la première fois que je lui vois des larmes. Mon oncle, toujours aimable et bon avec moi, l'est plus que jamais. Il m'a dit que, si je persiste à vouloir devenir votre femme, il sera présent le jour de mon mariage. Où qu'ait lieu la cérémonie, il viendra la célébrer et ma tante sera également présente à mon côté. Mais il m'adjure de réfléchir sérieusement à ce que je suis en train de faire, de consentir à un éloignement provisoire, et, si son avis ne me convainc pas, de consulter d'autres personnes sur ma situation en face de vous. Oh, mon chéri, ils sont aussi désireux de nous séparer que si vous étiez non le meilleur, mais le pire des hommes !

– Se serait-il passé quelque chose depuis hier qui soit de nature à accroître leur méfiance à mon endroit ?

– Oui.

– De quoi s'agit-il ?

– Vous vous rappelez avoir parlé à mon oncle d'un ami qui vous est commun ?

– Oui. Le major Fitz-David.

– Mon oncle lui a écrit.

– Pour quelle raison ?

Il avait parlé d'un ton inhabituel et qui ne laissa pas de m'étonner.

– Si je vous le dis, Eustace, vous n'allez pas vous fâcher ? Mon oncle, si j'ai bien compris, avait, entre autres motifs pour s'adresser au major, à lui demander s'il savait où réside votre mère.

Il se figea soudain. Je m'immobilisai de même, envahie du sentiment de ne pouvoir en dire plus sans risquer de l'offenser.

Pour ne rien cacher, son comportement quand il avait annoncé nos fiançailles à mon oncle avait eu, tout au moins en apparence, un je ne sais quoi d'étrange, de fuyant. Le pasteur l'avait légitimement questionné sur sa famille. Il avait répondu que son père n'était plus de ce monde ; quant à sa mère, il voulait bien lui annoncer son projet de mariage, mais il semblait se faire violence. Nous informant qu'elle aussi vivait à la campagne, il était allé la voir – sans toutefois nous indiquer son adresse. Il avait reparu le surlendemain au presbytère avec un message fort surprenant. Sa mère ne voulait froisser ni ma personne ni mes proches, mais elle désapprouvait si catégoriquement le mariage de son fils qu'elle refuserait, d'accord sur ce point avec tous les membres de sa famille, d'assister à la cérémonie si Mr. Woodville persistait dans son intention d'épouser la nièce du Dr Starkweather. Interrogé sur cette peu banale communication, Eustace nous avait dit que sa mère et ses sœurs le destinaient absolument à un autre parti, et que sa décision de se marier en dehors de la famille non seulement les décevait au plus haut point, mais encore les mortifiait. Je me contentai de l'explication : elle rendait compte à mes yeux de mon influence supérieure sur Eustace et c'était le genre de compliment auquel une femme est toujours sensible. Mais mon oncle et ma tante ne s'en satisfirent point. Le pasteur fit part à Mr. Woodville de son désir d'écrire à sa mère, ou de la rencontrer, à propos de ce surprenant message. Eustace refusa obstinément de donner l'adresse de sa mère, alléguant la parfaite inutilité de la démarche. Mon oncle en conclut aussitôt que tout n'était pas clair. Il ne voulut pas répondre favorablement à la demande renouvelée de Mr. Woodville et il prit la plume le jour même afin de recueillir des renseignements auprès de son ami, le major Fitz-David.

Compte tenu des circonstances, évoquer les motifs de mon oncle revenait à m'aventurer sur un terrain fort délicat. Eustace m'évita un surcroît d'embarras en me posant une question à laquelle il me fut facile de répondre :

– Votre oncle a-t-il reçu une réponse du major Fitz-David ?

– Oui.

– Avez-vous été autorisée à en prendre connaissance ? demanda-t-il d'une voix blanche tandis que son visage trahissait une inquiétude soudaine qui me fut douloureuse.

– Je l'ai apportée pour vous la montrer, dis-je.

Il m'arracha presque la lettre des mains et me tourna le dos pour la lire à la lueur de la lune. La missive était brève. J'eusse été capable de la lui réciter à voix haute. Je la sais encore par cœur.

« Cher monsieur,

« Mr. Eustace Woodville vous a dit la vérité : c'est un homme honorable tant par sa naissance que par sa position, et il reçoit, selon les termes du testament de feu son père, une rente de deux mille livres l'an.

« Sincèrement vôtre,

« Lawrence Fitz-David. »

– Peut-on attendre réponse plus éloquente ? s'enquit Eustace en me rendant la feuille.

– Si c'était moi qui avais cherché à me renseigner à votre sujet, elle m'aurait suffi.

– Votre oncle n'est pas de cet avis ?

– Non, en effet.

– Que dit-il ?

– A quoi bon vous soucier de cela, mon chéri ?

– J'ai besoin de savoir, Valeria. Il ne doit subsister entre nous aucun secret à ce sujet. Votre oncle a-t-il eu un commentaire en vous montrant la lettre du major ?

– Oui.

– Lequel ?

– Il a dit que sa demande de renseignements remplissait trois pleines pages, et m'a fait observer que la réponse tenait en une seule phrase. « Je lui proposais dans ma lettre d'aller le voir, a-t-il ajouté, afin de parler de tout ceci à fond. Or, voyez, il n'en fait pas état. Je demandais l'adresse de la mère de Mr. Woodville. Il ignore ma requête comme ma proposition, se bornant soigneusement à énoncer un simple fait, et encore de la façon la plus concise possible. Faites appel à votre bon sens, Valeria. N'est-ce pas un peu brutal venant d'un homme honorable tant par sa naissance que par son éducation, et qui de surcroît se trouve être de mes amis ? »

Eustace m'interrompit :

– Avez-vous répondu à cette question ?

– Non. J'ai juste dit que je ne comprenais pas l'attitude du major.

– Et votre oncle, qu'a-t-il dit ensuite ? Si vous m'aimez, Valeria, vous ne devez rien me cacher.

– Il n'a pas mâché ses mots. C'est un vieil homme, Eustace ; il ne faut pas vous froisser de ses propos.

– Je ne me froisse pas. Quels propos a-t-il tenus ?

– Ceux-ci : « Croyez-m'en, Valeria, il y a une zone d'ombre touchant Mr. Woodville ou sa famille, un détail dont Fitz-David ne tient pas à parler. Correctement interprétée, cette lettre est une mise en garde. Montrez-la à Mr. Woodville et rapportez-lui, si cela vous chante, mes paroles… »

Eustace me coupa derechef et, scrutant mon visage au clair de la lune, m'interrogea :

– Vous êtes certaine que ce sont là les termes qu'il a employés ?

– Tout à fait. Mais n'allez surtout pas imaginer que je me range à son avis !

Il me serra soudain contre lui et plongea son regard dans le mien. Son expression me fit peur.

– Adieu donc, Valeria ! J'espère, ma chérie, que vous penserez encore à moi avec un reste d'affection lorsque vous serez mariée à un homme plus chanceux que moi.

Il voulut s'en aller. Terrorisée, tremblant de tout mon corps, je me raccrochai à lui.

– Mais que voulez-vous dire ? demandai-je dès que j'eus recouvré l'usage de la parole. Je suis à vous et à vous seul. Qu'ai-je dit, qu'ai-je fait pour mériter un traitement aussi cruel ?

– Il nous faut nous séparer, mon ange, me dit-il avec tristesse. Vous n'y êtes pour rien ; tout le malheur vient de moi. Ma Valeria, comment pourriez-vous épouser un homme qui est un objet de suspicion aux yeux de vos amis les plus proches et les plus chers ? J'ai mené une existence fort triste. Je n'ai jamais trouvé chez aucune autre femme la compassion, le réconfort et la tendre amitié que vous m'offrez. Ah, comme il va m'être douloureux de vous perdre et de reprendre ma vie solitaire ! Pour vous, je dois faire ce sacrifice. Pas plus que vous je ne sais pourquoi cette lettre est ce qu'elle est. Pensez-vous que votre oncle me croirait, que vos amis me croiraient ? Un ultime baiser, Valeria ! Pardonnez-moi de vous avoir aimée, de vous avoir chérie et adorée. Pardonnez-moi et laissez-moi aller !

Je le retenais avec l'énergie du désespoir. Son regard, ses paroles, tout œuvrait à mon angoisse.

– Où que vous alliez, j'irai avec vous ! m'écriai-je. Amis, réputation, peu m'importe ce que j'y perdrai. Je ne suis qu'une faible femme, Eustace, ne me rendez pas folle ! Je ne saurais vivre sans vous. Je veux devenir votre femme, votre femme je serai !

Telles furent les paroles échevelées que je proférai avant de laisser mon désarroi et mon affolement s'exprimer en un accès de larmes et de sanglots.

Il capitula, m'apaisa de sa voix charmante, me rassura par de tendres caresses. Prenant le ciel à témoin, il déclara qu'il me voue-rait sa vie entière. Il promit – en des termes, ah ! si solennels, si éloquents – que son seul souci serait de se montrer digne d'un amour tel que le mien. Et n'avait-il pas magnifiquement tenu sa promesse ? Son engagement de cette mémorable nuit n'avait-il pas été suivi par nos fiançailles, puis par un engagement pris devant Dieu ? Ah, quelle vie m'attendait ! Quel bonheur suprême était le mien !

De nouveau, je soulevai la tête de son épaule pour goûter le plaisir de le voir auprès de moi – ma vie, mon mari, mon aimé ! L'esprit encore à mi-chemin des souvenirs absorbants du passé et des douces réalités du présent, je posai ma joue contre la sienne et lui murmurai :

– Oh, comme je vous aime ! Comme je vous aime !

Je m'écartai dans un sursaut. Mon cœur s'était arrêté de battre. Je portai la main à mon visage. Qu'avais-je senti sur ma joue ? Je n'avais pas pleuré, j'étais trop heureuse pour cela ! Qu'était-ce donc ? Une larme !

Son visage était toujours détourné. Je lui pris la tête et l'orientai doucement vers moi. Je vis alors que mon mari, au soir même de notre mariage, avait les yeux pleins de larmes.

III

LA PLAGE DE RAMSGATE

Eustace parvint à apaiser mon alarme, mais ne réussit pas pour autant à me rassurer.

Il était en train de se représenter, me dit-il, le contraste entre son passé et sa vie présente. D'amers souvenirs des années révolues lui étaient revenus et lui avaient inspiré de tristes pressentiments sur sa capacité de me rendre heureuse. Il s'était demandé s'il ne m'avait pas rencontrée trop tard et s'il n'était pas déjà quelqu'un d'aigri et de brisé par les déceptions, par les désenchantements qu'il avait endurés. Semblables doutes, venant peser de plus en plus sur son esprit, lui avaient fait monter des larmes, ces larmes qu'à présent, au nom de mon amour pour lui, il me conjurait de chasser de ma mémoire.

Je lui pardonnai, le réconfortai, lui redonnai courage. Mais il y eut par la suite des moments où la réminiscence de ce que j'avais vu me taraudait secrètement, et où je me demandais si la pleine confiance de mon mari m'était autant acquise qu'à lui la mienne.

Nous descendîmes du train à Ramsgate.

Cette station balnéaire en vogue était fort calme car la saison estivale venait de prendre fin. Notre voyage de noces comprenait une croisière en Méditerranée à bord d'un yacht prêté par un camarade d'Eustace. Nous aimions tous les deux la mer et nous étions également désireux, considérant les circonstances de notre mariage, de fausser compagnie à nos amis et connaissances. C'est avec cette idée en tête que, après avoir convolé à Londres dans la plus stricte intimité, nous avions décidé de demander au skipper du bateau de venir nous attendre à Ramsgate. Dans cette station, à présent déserte, nous nous embarquerions beaucoup plus discrètement que dans l'un ou l'autre des ports de plaisance animés de l'île de Wight.

Trois jours passèrent dans une délicieuse solitude, un bonheur exquis, trois journées uniques et inoubliables.

De bonne heure le matin du quatrième jour, juste avant l'aube, un menu incident se produisit, que je notai toutefois en raison de son caractère insolite.

Je m'éveillai subitement d'un sommeil profond et sans rêves, de façon inexplicable, habitée d'un sentiment de malaise que je n'avais encore jamais éprouvé. Autrefois, au presbytère, ma nature de bonne dormeuse donnait lieu à maintes plaisanteries inoffensives. Dès que ma tête touchait l'oreiller, je m'endormais pour ne rouvrir les yeux qu'au moment où la bonne venait toquer à ma porte. Toujours et en toutes saisons j'avais joui du repos prolongé et ininterrompu d'un petit enfant.

Or voici que je m'étais éveillée sans cause apparente aux petites heures du matin, contre toute habitude. Je tentai vainement de retrouver le sommeil. Mon agitation était telle que j'étais incapable de rester immobile. Mon mari dormait profondément à côté de moi. De crainte de le déranger, je me glissai hors du lit, passai ma robe de chambre et chaussai mes pantoufles.

J'allai à la fenêtre. Le soleil commençait de s'élever au-dessus d'une mer grise et calme. Pour un temps, ce majestueux tableau exerça une influence apaisante sur mon état. Avant longtemps, ma nervosité pourtant reprit le dessus. Je me mis à arpenter la pièce à pas lents, mais finis par me fatiguer de cet exercice monotone. Je pris un livre et bientôt le reposai : mon attention divaguait, et l'auteur était impuissant à la captiver. Je me levai une nouvelle fois et me pris à contempler amoureusement Eustace, qui dormait paisiblement. Je retournai à la fenêtre, mais même le spectacle de ce matin radieux me lassa. Je m'assis devant le miroir : comme mes traits étaient marqués, déjà, par cette nuit écourtée ! Je me levai derechef sans savoir ce que j'allais faire ensuite. Je commençais de ne plus supporter ce confinement entre quatre murs. En guise de dérivatif, je passai dans le cabinet de toilette de mon mari.

Ce que j'avisai en premier fut son nécessaire, ouvert sur la coiffeuse.

Je tirai de leur compartiment les fioles et les pots, les brosses, les peignes, le rasoir et les ciseaux, puis, d'un autre, le plumier, le papier, les enveloppes. Je humai parfums et pommades ; à l'aide de mon mouchoir, je m'appliquai à nettoyer les flacons à mesure que je les sortais. J'eus bientôt complètement vidé la mallette. L'intérieur était garni de velours indigo. J'aperçus dans un angle une minuscule languette de soie bleue. L'ayant saisie entre le pouce et l'index, je la tirai vers le haut et découvris un double fond permettant de ranger au secret correspondance et documents divers. Dans l'étrange disposition d'esprit où je me trouvais – capricieuse, désœuvrée, curieuse –, je vis une distraction à sortir ces papiers comme je l'avais fait du reste.

Je trouvai quelques reçus, qui ne m'intéressèrent point ; quelques lettres que, cela va sans dire, je n'ouvris pas, me contentant d'en lire seulement l'adresse ; et, sous le tout, une photographie, retournée, au dos de laquelle figurait cette inscription : « Pour mon cher enfant, Eustace ».

Sa mère ! la femme qui s'était si obstinément et impitoyablement opposée à notre mariage !

Je retournai la photographie avec empressement, m'attendant à découvrir une physionomie sévère et acariâtre. A ma grande surprise, ce visage montrait les vestiges d'une grande beauté ; l'expression, quoique d'une fermeté évidente, en était engageante, affable et tendre. Les cheveux gris étaient ordonnés de part et d'autre en petites boucles à l'ancienne mode et coiffés d'un bonnet de dentelle unie. Au coin de la bouche se voyait une marque, probablement un grain de beauté, qui venait encore ajouter un élément distinctif à ce visage particulier. Je m'absorbai dans la contemplation du portrait et le gravai dans ma mémoire. Cette femme, qui m'avait presque insultée, moi et ma famille, était indéniablement, si j'en croyais son image, une personne de qui émanait un charme peu commun, et ce devait être un plaisir et un privilège que de la connaître.

Je m'absorbai dans une profonde réflexion. La découverte de cette photographie m'apaisait comme rien n'avait encore su le faire.

Le tintement de l'horloge du rez-de-chaussée m'avertit de la fuite du temps. Je replaçai soigneusement tous les objets à l'intérieur de la mallette, à commencer par la photographie, dans l'ordre exact où je les avais trouvés, puis regagnai la chambre. Comme je regardais mon mari, toujours plongé dans son sommeil paisible, une question s'imposa à mon esprit : pourquoi cette mère aimante et bienveillante s'était-elle montrée si décidée à nous séparer ? si implacablement résolue à réprouver l'idée de notre union ?

Pouvais-je interroger Eustace là-dessus à son réveil ? Non. Je n'osais aller jusque-là. Il avait été tacitement établi entre nous que nous ne devions pas évoquer sa mère ; et puis il pouvait m'en vouloir s'il apprenait que j'avais ouvert le compartiment secret de sa trousse.

Ce matin-là après le déjeuner, nous eûmes enfin des nouvelles du yacht. Il était arrivé à bon port et amarré dans le bassin à flot. Son capitaine attendait les ordres de mon mari.

Eustace hésita à me demander de l'accompagner à bord. Il lui fallait vérifier l'armement du navire et s'occuper de détails, fastidieux pour une dame, relatifs aux cartes, aux instruments de navigation et à l'avitaillement. Il me demanda si j'étais disposée à attendre son retour. Il faisait un temps magnifique et la mer commençait de se retirer. Je parlai d'une promenade sur la plage. La propriétaire du meublé, qui se trouvait dans la pièce à ce moment-là, proposa de m'accompagner et de s'occuper de moi. Il fut arrêté que nous marcherions aussi loin que nous en éprouverions l'envie en direction de Broadstairs, et qu'Eustace nous retrouverait sur la plage lorsqu'il aurait achevé les préparatifs à bord du yacht.

Une demi-heure plus tard, notre logeuse et moi étions sur la grève.

Le tableau de cette belle matinée d'automne était rien de moins qu'enchanteur. La brise vivifiante, le ciel limpide, la mer d'un bleu étincelant, les falaises éclaboussées de soleil, les étendues de sables blonds, la procession des navires glissant sur la grand-route marine de la Manche, tout cela était tellement exaltant, tellement ravissant que je crois bien que, si j'eusse été seule, je me serais prise à danser comme une gamine. L'unique ombre à mon bonheur était la langue infatigable de ma compagne. Cette personne, joviale, sans-gêne et sotte, parlait sans discontinuer, qu'elle eût ou non mon oreille, et avait pris l'habitude de m'appeler Mrs. Woodville, ce que je regardais comme une affirmation passablement familière d'égalité entre une personne de son rang et une personne du mien.

Nous cheminions depuis, je dirais un peu plus d'une demi-heure, lorsque nous rattrapâmes une dame qui marchait devant nous.

Juste comme nous la dépassions, l'inconnue sortit son mouchoir, faisant du même coup, à son insu, tomber une lettre de sa poche. Étant la plus proche, je me baissai pour la ramasser et la lui rendre.

Elle se retourna pour me remercier et je me figeai sur place : j'avais devant moi l'original du portrait photographique caché dans la mallette ! Je me trouvais face à face avec la mère de mon mari ! Je reconnaissais les drôles de bouclettes grises, l'expression amène, le grain de beauté au coin de la bouche. Aucune erreur possible : il s'agissait bien de sa mère.

Cette dame prit, bien naturellement, ma confusion pour de la timidité. Avec une amabilité et un tact impeccables, elle entama la conversation. Une minute plus tard, je marchais de conserve avec la femme qui m'avait si durement refusé l'entrée de sa famille. J'en éprouvais, je l'avoue, une affreuse agitation. Devais-je ou non, en l'absence de mon mari, prendre sur moi de lui dire qui j'étais ?

Une autre minute ne s'était pas écoulée que mon envahissante logeuse, qui s'était placée de l'autre côté de ma belle-mère, trancha la question à ma place. Je venais de dire que nous devions approcher du but de la promenade, cette petite station balnéaire qui s'appelait Broadstairs.

– Oh, pour ça non, madame Woodville ! s'écria l'écervelée, m'appelant comme à l'habitude par mon nom. Il y a encore un bon bout à faire !

Le cœur battant, je regardai la vieille dame.

A mon grand étonnement, son visage ne trahit absolument rien.

Et Mrs. Woodville l'aînée continua de deviser avec Mrs. Woodville la jeune tout aussi tranquillement que si elle n'avait jamais de sa vie entendu son propre nom.

Ma physionomie et mon attitude devaient plus ou moins trahir l'émoi qui m'habitait. Venant à tourner la tête vers moi, la vieille dame ouvrit de grands yeux, mais, gardant son ton affable :

– Je crains, me dit-elle, que vous n'ayez présumé de vos forces. Vous êtes toute pâle, vous m'avez l'air épuisée. Tenez, allons nous asseoir un moment là-bas. Je vais vous donner les sels.

Je me laissai mener vers le pied de la falaise. Quelques fragments de roche calcaire nous tinrent lieu de sièges. Tout en entendant en arrière-fond ma volubile logeuse débiter des paroles compatissantes, je pris machinalement le flacon de sels que la mère de mon mari me tendait comme l'on secourt une inconnue par bonté d'âme, et cela après avoir entendu mon nom !

S'il n'eût tenu qu'à moi, je crois bien que j'eusse sur-le-champ provoqué une explication. Mais Eustace était également en cause. J'ignorais tout du pied, de guerre ou de paix, sur lequel ils vivaient. Que pouvais-je faire ?

Cependant, la vieille dame continuait de m'entretenir avec la sympathie la plus attentionnée. Elle me confia qu'elle était elle aussi fatiguée. Elle avait passé une nuit éprouvante au chevet d'une proche parente qui séjournait à Ramsgate. Elle avait reçu la veille un télégramme lui annonçant qu'une de ses sœurs était gravement souffrante. Elle était elle-même, Dieu merci, toujours robuste et pleine d'allant, et elle avait jugé de son devoir de partir immédiatement pour Ramsgate. Au petit matin, la malade avait montré du mieux.

– Le médecin m'assure qu'elle est hors de danger pour le moment ; je me suis dis qu'après cette nuit blanche une petite promenade sur la plage allait me faire le plus grand bien.

J'entendais ces paroles, je les comprenais, mais j'étais encore trop abasourdie et trop effarouchée par le caractère extraordinaire de ma position pour soutenir la conversation. La logeuse avait une proposition sensée à formuler.

– Voici venir un gentleman, me dit-elle en pointant le doigt dans la direction de Ramsgate. Vous n'aurez pas la force de rentrer à pied. Voulez-vous que nous lui demandions de nous envoyer de Broadstairs une voiture qui viendrait nous prendre là-bas, dans cette brèche de la falaise ?

L'homme continuait d'approcher.

La logeuse et moi le reconnûmes en même temps. Il s'agissait d'Eustace, qui, comme convenu, venait à notre rencontre. Cette intarissable femme donnait libre cours à ses émotions.

– Oh, mais, quelle chance, c'est Mr. Woodville ! Mr. Woodville en personne !

Une nouvelle fois, je regardai ma belle-mère. Une nouvelle fois, ce nom ne produisit aucun effet sur elle. N'ayant pas d'aussi bons yeux que nous, elle n'avait pas encore identifié son fils. Lui, avait une excellente vue ; il reconnut sa mère, marqua un temps d'arrêt, comme frappé par la foudre, puis reprit sa progression. Son regard était rivé à elle, et son visage avait blêmi sous l'effort qu'il faisait pour réprimer son émoi.

– Vous ici ? lui dit-il.

– Comment allez-vous, Eustace ? lui renvoya-t-elle d'un ton égal. Avez-vous appris pour votre tante ? Saviez-vous qu'elle séjournait à Ramsgate ?

Il ne répondait pas. La logeuse, tirant l'inévitable déduction de ce qu'elle venait d'entendre, nous dévisageait tour à tour, ma belle-mère et moi, et dans un état de stupéfaction qui paralysait jusqu'à sa langue. Les yeux sur mon mari, j'attendais de voir ce qu'il allait faire. S'il avait encore tardé à me regarder, le cours de ma vie en aurait peut-être été changé : je n'eusse plus été que mépris à son endroit.

Mais ce ne fut pas le cas. Il vint auprès de moi et me prit la main.

– Savez-vous qui est cette personne ? demanda-t-il à sa mère.

Celle-ci me considéra en inclinant la tête avec courtoisie, puis répondit :

– Une dame que j'ai rencontrée sur la plage, Eustace, et qui m'a très gentiment rendu une lettre que j'avais laissée tomber. Je crois avoir entendu son nom… – elle se retourna vers la logeuse – … Mrs. Woodville, si je ne m'abuse ?

Les doigts de mon mari se refermèrent sur ma main au point de me faire mal. L'honnêteté commande de dire qu'il édifia sa mère sans balancer un seul instant.

– Mère, dit-il d'une voix égale, cette dame est ma femme.

Elle était jusque-là demeurée assise. Elle se leva lentement et considéra son fils en silence. Sa première réaction, un air étonné, se dissipa, cédant la place à la plus effroyable expression d'indignation et de mépris mêlés que je vis jamais se peindre sur un visage féminin.

– Je plains votre femme, laissa-t-elle tomber.

Ayant dit, elle leva la main pour esquisser le geste d'écarter Eustace, puis s'en repartit telle que nous l'avions rencontrée, seule.

IV

SUR LE CHEMIN DU RETOUR

Il y eut un moment de silence. Eustace fut le premier à le rompre.

– Vous sentez-vous capable de rentrer à pied ? me demanda-t-il. Ou bien préférez-vous que nous poussions jusqu'à Broadstairs pour regagner Ramsgate par le train ?

Il me posait ces questions d'un ton aussi naturel que possible, comme si rien de remarquable ne s'était produit. Mais ses yeux et ses lèvres le trahissaient, me parlant d'une douleur intense qu'il s'efforçait de cacher. Bien loin de m'ôter le peu de courage qu'il me restait, la scène extraordinaire à laquelle je venais d'assister m'avait fait recouvrer calme et sang-froid. Je n'aurais pas été femme si mon amour-propre n'avait pas été blessé, si ma curiosité n'avait pas été piquée à l'extrême par l'incompréhensible attitude de la mère de mon mari lorsqu'il m'avait présentée à elle. Quel était donc ce secret qui la faisait mépriser son fils et me prendre en pitié ? Comment expliquer cette incompréhensible absence de réaction lorsqu'elle avait entendu à deux reprises prononcer mon nom ? Pourquoi nous avait-elle laissés comme si la seule pensée de demeurer en notre compagnie lui faisait horreur ? Mon souci premier était désormais de percer ces mystères. Rentrer à pied ? Ma curiosité était à ce point exacerbée que j'eusse allégrement marché jusqu'aux confins de la terre si cela m'avait permis de rester auprès de mon époux pour le questionner chemin faisant !

– Je suis bien reposée, dis-je. Rentrons par la plage.

Eustace lança un regard à notre logeuse.

– Je ne vais pas vous imposer ma présence, dit-elle un peu sèchement. J'ai justement affaire à Broadstairs; je n'en suis plus très loin : autant pousser jusque-là. Le bonjour à vous, madame Woodville.

Elle avait bien insisté sur mon nom, et en y ajoutant un regard entendu que, dans l'état d'obnubilation où je me trouvais, je ne compris pas. Mais ce n'était ni le lieu ni le moment de lui demander de s'en expliquer. Elle salua Eustace non sans froideur et, partant à grands pas en direction de Broadstairs, nous laissa comme l'avait fait ma belle-mère.

Nous étions enfin seuls.

Je ne perdis pas mon temps en circonlocutions et demandai tout de go :

– Que signifie le comportement de votre mère?

Au lieu de me répondre, il partit d'un grand rire, d'un rire dur, fruste, tonitruant, tellement différent de tous les sons que je lui avais entendu émettre jusqu'alors, si étranger à sa personnalité telle que je me la figurais, que je me figeai sur place et lui en fis ouvertement reproche.

– Eustace! je ne vous reconnais pas. Vous me faites presque peur.

Il n'en tint aucun compte. Il paraissait suivre un plaisant enchaînement d'idées.

– C'est bien d'elle! s'exclama-t-il du ton de qui est irrésistiblement diverti par une pensée drolatique. Valeria, racontez-moi tout par le menu!

– Que je vous raconte? Après ce qui vient de se passer, n'est-ce pas moi qui suis en droit d'attendre des éclaircissements?

– Le sel de la situation vous a donc échappé?

– Non seulement il m'échappe, mais le comportement et les propos de votre mère m'autorisent à exiger des explications.

– Valeria chérie! si vous connaissiez ma mère comme je la connais, ce serait bien la dernière chose au monde que vous songeriez à me demander. Prendre ma mère au sérieux! – voici que son rire le reprenait. Ma chérie, vous ne savez pas à quel point vous me mettez en joie!

Tout cela était forcé ; il n'y avait rien de naturel dans ses réactions. Lui, le plus délicat, le plus raffiné des hommes, un monsieur au plein sens du terme, se montrait commun, bruyant, vulgaire ! Un sentiment de doute me serra le cœur, que malgré tout mon amour je fus incapable de chasser. Soudain plongée dans un désarroi et une angoisse indescriptibles, je m'interrogeai : mon mari commençait-il à me décevoir ? Était-il en train de jouer un personnage, au reste fort mal, alors que nous n'étions pas mariés d'une semaine ?

A dessein de le circonvenir, je changeai mon fusil d'épaule. Il avait à l'évidence résolu de m'imposer son point de vue ; je décidai de mon côté de l'admettre.

– Vous me dites que je ne comprends pas votre mère, lui dis-je avec douceur. Voulez-vous venir à mon secours ?

– Il ne va pas être aisé de vous aider à comprendre une femme qui ne se comprend pas elle-même, me fut-il répondu. Je vais néanmoins essayer. La clé de la personnalité de ma pauvre chère mère tient en un mot : excentricité.

S'il avait voulu choisir le terme du lexique le moins propre à décrire la dame que j'avais rencontrée sur la grève, *excentricité* eût été celui-là. Un enfant qui aurait vu et entendu ce que j'avais vu et entendu, aurait jugé qu'il faisait, grossièrement et sans vergogne, fi de la vérité.

– Gardez ceci présent à l'esprit, poursuivait-il ; et, si vous tenez à comprendre ma mère, faites ce que je vous demandais il y a un instant : racontez-moi tout en détail. Pour commencer, comment vous êtes-vous trouvée à lui parler ?

– Elle-même vous l'a dit, Eustace. Je marchais à quelque distance derrière elle lorsqu'elle a fortuitement laissé tomber une lettre.

– Rien de fortuit là-dedans, me coupa-t-il. Cette lettre n'est pas tombée par hasard.

– Mais c'est impossible ! Pourquoi voulez-vous que votre mère l'ait fait tomber exprès ?

– Utilisez la clé de sa personnalité, ma chérie. L'excentricité ! Ce fut sa très singulière façon de faire votre connaissance.

– De faire ma connaissance ? Mais je viens de vous dire que je marchais derrière elle. Elle ne pouvait avoir la moindre idée de qui j'étais avant le moment où je lui ai parlé.

– C'est ce que vous supposez, Valeria.

– J'en suis certaine.

– Ne m'en veuillez pas, mais vous ne la connaissez pas comme je la connais.

La moutarde commençait de me monter au nez.

– Êtes-vous en train de me dire que, si votre mère se trouvait sur la plage aujourd'hui, c'était dans l'unique intention de faire ma connaissance ?

– Cela ne fait pas le moindre doute, me répondit-il sans se démonter.

– Mais enfin, explosai-je, elle n'a même pas reconnu mon nom ! Par deux fois, notre logeuse m'a, en sa présence, appelée Mrs. Woodville, et, chaque fois, je vous en donne ma parole d'honneur, votre mère n'a pas eu la moindre réaction. Elle faisait comme si elle n'avait jamais de sa vie entendu son propre nom.

– « Elle faisait comme si », vous l'avez dit, fit-il d'un ton toujours aussi égal. Les dames qui se produisent sur les planches ne sont pas les seules à savoir jouer la comédie. Ma mère avait pour dessein de faire votre connaissance et de vous mettre en confiance en se présentant comme une parfaite étrangère. Cela lui ressemble bien, d'employer ce moyen détourné de satisfaire sa curiosité regardant une belle-fille qui n'est pas à son goût ! Si je n'étais pas arrivé sur ces entrefaites, vous auriez été soumise à un interrogatoire serré sur vous-même et sur moi, et vous auriez candidement répondu à toutes les questions, persuadée de parler à une personne de rencontre. C'est bien de ma mère ! N'oubliez pas qu'elle est votre ennemie, non votre amie ; elle ne cherche pas à inventorier vos mérites, mais vos imperfections. Et vous vous demandez pourquoi elle n'a pas réagi en entendant votre nom ! Naïve que vous êtes ! Écoutez bien : ce n'est que lorsque j'ai mis un terme à la mystification en vous présentant l'une à l'autre que vous avez découvert la vraie nature de ma mère. Vous avez pu voir alors à quel point elle était remontée ; et maintenant vous en savez la raison.

Je le laissai poursuivre sans piper mot. C'est le cœur lourd, ô combien, accablée de désespoir et de désenchantement, que je l'écoutai. Lui, l'objet de ma vénération, le compagnon de ma vie, mon guide et mon protecteur, était-il tombé si bas ? Était-il donc capable de s'abaisser à une forfaiture aussi éhontée ?

Y avait-il un seul mot de vrai dans tout ce qu'il venait de dire ? Oui ! Si je n'avais pas découvert le portrait de sa mère, il était assurément exact que je n'eusse pas su, ni même vaguement soupçonné, qui elle était. Hors cela, tout le reste était mensonge ; mensonge dont la maladresse attestait à sa décharge qu'il n'était pas rompu à la fausseté et à la tromperie. Seigneur ! s'il fallait l'en croire, sa mère avait dû nous suivre à la trace jusqu'à Londres, nous suivre jusqu'à l'église, puis jusqu'à la gare et enfin jusqu'à Ramsgate ! Prétendre qu'elle savait que j'étais la femme d'Eustace, qu'elle m'avait attendue sur la grève et avait laissé tomber la fameuse lettre uniquement pour faire ma connaissance, revenait à affirmer également comme des vérités vraies chacune de ces monstrueuses invraisemblances !

J'étais incapable de proférer un mot. Je cheminais à son côté, habitée de l'accablante conviction que, du fait d'un secret familial, un abîme désormais nous séparait. Nous étions à des lieues l'un de l'autre, sinon physiquement, du moins spirituellement, et cela après quatre jours à peine de vie conjugale !

– N'avez-vous rien à me dire, Valeria ? m'interrogea-t-il au bout d'un moment.

– Non, rien.

– Mes explications ne vous ont-elles pas satisfaite ?

Je perçus un léger tressaillement dans sa voix. Le timbre en était, pour la première fois de la matinée, celui que j'avais appris à associer à de siennes humeurs qui commençaient de m'être familières. Parmi les cent mille mystérieuses influences qu'un homme exerce sur la femme qui l'aime d'amour, je doute qu'il en soit une de plus irrésistible que celle de sa voix. Je ne suis pas de celles qui versent des larmes pour un oui ou pour un non ; je suppose que c'est une question de tempérament. Mais lorsque j'entendis cette altération infime du ton de sa voix, je repensai, je ne saurais dire pourquoi, au jour heureux où je m'avouai pour la première fois mon amour pour lui. J'éclatai en sanglots.

Il s'immobilisa et me prit la main. Il voulait me regarder dans les yeux, mais je gardai la tête basse, bien décidée à ne pas croiser son regard. Dans le silence qui suivit, il se jeta tout à coup à mes pieds avec une plainte désespérée qui me fit l'effet d'un coup de couteau.

– Valeria ! Je suis un misérable, je suis faux, je suis indigne de vous. Ne croyez pas un mot de tout ce que je vous ai dit. Des mensonges, de lâches et infâmes mensonges ! Vous ne savez pas ce que j'ai traversé, vous ne connaissez pas les tourments par lesquels je suis passé. Ah, mon aimée, essayez de ne pas me mépriser ! Fallait-il que je sois fou pour vous raconter pareilles balivernes ! Vous sembliez choquée, vous aviez l'air fâchée ; je ne savais que faire. Mon souci était de vous épargner même la souffrance d'un instant. J'ai voulu étouffer la chose afin de n'y plus revenir. Pour l'amour de Dieu, ne me demandez pas de vous en dire plus ! Mon amour ! mon ange ! c'est une affaire entre ma mère et moi ; il ne faut pas que cela vous tracasse ; c'est de l'histoire ancienne. Je vous aime, je vous vénère, je suis à vous corps et âme. Puissent mes paroles vous rasséréner. Oubliez ce qui s'est passé. Vous ne reverrez plus jamais cette femme. Dès demain, nous quittons cet endroit. Nous allons nous embarquer et mettre à la voile. Qu'importe l'endroit où nous vivons tant que nous vivons l'un pour l'autre ! Ah, Valeria ! je vous en conjure, pardonnez-moi et tâchez d'oublier mes errements coupables.

Il faut bien se représenter qu'une détresse indicible était peinte sur son visage et que sa voix était marquée d'une peine inexprimable. Et l'on se souviendra que je l'aimais.

– Il est facile de pardonner, dis-je tristement. Pour l'amour de vous, Eustace, je vais m'efforcer d'oublier.

Je le relevai avec douceur. Il me baisa les mains tel un homme trop humble pour oser témoigner sa gratitude avec plus de familiarité. Tandis que nous repartions lentement, persista entre nous un sentiment de gêne si intolérable que je me pris, comme si je me fusse trouvée en compagnie d'un inconnu, à chercher un possible sujet de conversation. Et, mue par un sentiment de commisération, je lui demandai de me parler de notre bateau.

Il saisit cette perche comme un homme sur le point de se noyer attrape la main qui se tend.

Sur ce malheureux petit chapitre du yacht, il parla, parla et parla comme si sa vie fût suspendue à la condition de ne pas s'autoriser une seconde de silence de tout le trajet du retour. Il m'était atroce de l'entendre discourir de la sorte. Je mesurai la souffrance qui l'habitait à la façon dont cet homme, d'ordinaire si taciturne et pondéré, allait à l'encontre de sa vraie nature, de ses opinions et habitudes. C'est avec grande difficulté que je restai maîtresse de moi jusqu'à notre porte. Là, force me fut d'invoquer la fatigue et de lui demander de me laisser reposer dans la solitude de ma chambre.

– Voulez-vous que nous appareillions demain ? me lança-t-il tout soudain comme je montais l'escalier.

Embarquer avec lui dès le lendemain à destination de la Méditerranée ? Passer des semaines et des semaines seule en sa compagnie dans l'espace exigu d'un navire, son horrible secret se dressant chaque jour un peu plus entre nous ? Cette perspective me fit frémir.

– Cela ne me laisserait guère le temps de me retourner, lui répondis-je. Puis-je avoir un peu plus de temps pour mes prépara-tifs ?

– Mais bien sûr, tout le temps que vous voudrez, dit-il, à contre-cœur, il me sembla. Pendant que vous vous reposez, je pense que je vais retourner au bateau : il me reste un ou deux menus détails à régler. Y a-t-il rien que je puisse faire pour vous, Valeria, avant de m'en aller ?

– Non, rien, Eustace. Merci.

Il s'en fut à grands pas en direction du port. Redoutait-il, s'il restait seul à la maison, d'avoir à affronter ses propres rumina-tions ? La compagnie du skipper et du steward était-elle préférable à la solitude ?

A quoi bon m'interroger ? Que savais-je de lui ou de ses pen-sées ? Je m'enfermai dans ma chambre.

V

CE QUE DÉCOUVRIT LA LOGEUSE

Je m'assis et tentai de recouvrer mon calme. C'était maintenant ou jamais qu'il me fallait décider de ce que je devais à mon mari et de ce que je me devais à moi-même.

C'était trop d'effort. Épuisée tant au physique qu'au moral, j'étais parfaitement incapable de mener une réflexion soutenue. J'avais le vague sentiment que, si je laissais les choses en l'état, tout espoir me serait à jamais interdit de dissiper l'ombre qui pesait désormais sur une vie conjugale inaugurée sous de si favorables auspices. Nous pourrions vivre ensemble, si nous voulions sauver les apparences. Mais oublier ce qui s'était passé ou prendre mon parti de la situation excédait ma force de volonté. Ma sérénité de femme – et peut-être mon intérêt le plus cher d'épouse – exigeait absolument que je finisse par pénétrer le mystère de l'attitude affichée par ma belle-mère et découvrir la signification exacte de ce langage exalté, marqué de remords et de repentir, que mon mari m'avait tenu sur le chemin du retour.

Tel était le point ultime de compréhension où j'atteignais. Lorsque je m'interrogeais sur la conduite à adopter ensuite, une incurable confusion, une exaspérante incertitude me gagnaient, me laissant la plus faible et la plus impuissante des créatures.

Je renonçai à lutter. Saisie d'un désespoir morne et tenace, je me jetai sur mon lit et, recrue de fatigue, sombrai dans un sommeil agité.

Je fus réveillée par un coup donné contre la porte de ma chambre.

S'agissait-il de mon mari ? Je me levai d'un bond à cette pensée. Ma patience et ma force d'âme allaient-elles être de nouveau éprouvées ? Mi-inquiète, mi-agacée, je demandai qui était là.

Ce fut la voix de la logeuse qui me répondit :

– Pourrais-je vous entretenir une minute, je vous prie ?

J'allai ouvrir. Je ne m'en cache pas : même si j'étais tendrement éprise d'Eustace et si j'avais quitté pour lui famille et amis, ce me fut un soulagement, en ces pénibles circonstances, de voir qu'il n'était pas encore de retour.

Notre propriétaire entra et, prenant un siège sans y avoir été invitée, s'installa à côté de moi. Il ne lui suffisait plus de se poser en égale. Gravissant un nouvel échelon dans l'échelle sociale, voici qu'elle prétendait au patronage et charitablement me regardait comme un objet de pitié.

– Je rentre à l'instant de Broadstairs, commença-t-elle. Vous me ferez, j'espère, la grâce de croire que je regrette sincèrement ce qui s'est passé ?

Je hochai la tête et restai silencieuse.

– Comme femme de condition, reprit-elle, que des revers familiaux ont réduite à prendre des pratiques sans pour autant la faire déroger, j'éprouve à votre endroit un sentiment de sincère sympathie. J'irai même plus loin en prenant la liberté de dire que je ne vous jette pas la pierre. Non, non ! J'ai bien vu que vous étiez aussi surprise et choquée par les façons de votre belle-mère que j'ai moi-même pu l'être, ce qui n'est pas peu dire. Toutefois, je me trouve soumise à certaines astreintes. Si déplaisante que soit la chose, je ne puis m'y soustraire. Je suis une femme seule – non point, croyez-le bien, par manque d'occasions, mais par choix. Étant donné ma situation, je ne reçois sous ce toit que les personnes les plus honorables. La règle ne souffre aucune zone d'ombre regardant tel ou tel de mes pensionnaires. Car… comment dire ? je ne voudrais pas vous froisser… eh bien, mettons que ce qui s'est produit risque de faire tache. Voilà. A présent, je vous fais juge. Une personne dans ma position peut-elle s'exposer à ce genre de risque ? Je vous dis cela dans un esprit purement chrétien et fraternel. Étant une dame

vous-même – et, irai-je jusqu'à dire, une dame cruellement abusée
–, je ne doute pas que vous compreniez…

Je ne pus en endurer davantage.

– Je comprends, la coupai-je, que vous souhaitez nous donner
congé. Quand voulez-vous nous voir partir ?

Elle leva une longue main rouge et décharnée en un geste de
protestation aussi charitable qu'attristée.

– Non, non ! se récria-t-elle. Épargnez-moi ce ton et ces
regards ! Il est bien naturel que vous en conceviez de l'agacement,
naturel que vous soyez fâchée. Mais, de grâce, essayez de vous
dominer. J'en appelle à votre bon sens. Fixons le préavis à une
semaine. Pourquoi ne pas me regarder comme une amie ? Vous ne
savez pas quel sacrifice, quel cruel sacrifice j'ai fait, et uniquement
dans votre intérêt.

– Vous ! m'exclamai-je. Quel sacrifice ?

– Quel sacrifice ? répéta-t-elle. Je me suis dégradée, j'ai piétiné
mon amour-propre.

Elle se tut un instant et, tout à coup, me saisit la main dans un
accès d'ardente amitié.

– Ah, ma pauvre amie, s'écria l'intolérable femme, j'ai tout
découvert ! Un scélérat vous a trompée. Vous n'êtes pas plus
mariée que je ne le suis !

Furieuse, je dégageai ma main d'un geste brusque et me levai.

– Êtes-vous folle ? lui lançai-je.

Elle leva les yeux au plafond de l'air d'une créature qui a mérité
le martyre et s'y soumet la joie au cœur.

– Oui, dit-elle, je commence à croire que je suis folle, folle de
m'être mise en peine pour une ingrate, une femme qui ne sait pas
apprécier la valeur d'un sacrifice chrétien et fraternel. Eh bien !
on ne m'y reprendra pas. Le ciel m'est témoin, on ne m'y reprendra pas !

– Et à quoi donc ? m'enquis-je.

– A suivre votre belle-mère, jeta la logeuse, troquant subitement
son personnage de martyr pour celui de mégère. Je rougis lorsque
j'y repense. J'ai suivi cette dame des plus respectables jusqu'à sa
porte.

Jusque-là, mon orgueil m'avait soutenu. Voici qu'il n'y suffisait

plus ; je me laissai retomber sur ma chaise sans chercher à mas-
quer ma crainte de ce qui se profilait.

– Je vous ai lancé un regard sur la plage, au moment où je vous
ai laissée, poursuivait la logeuse, le visage de plus en plus coloré,
la voix de plus en plus forte. Une femme ayant de la gratitude
aurait compris ce regard. Enfin, peu importe ! On ne m'y reprendra pas. J'ai donc rattrapé votre belle-mère à la brèche dans la
falaise. Je l'ai suivie – quelle honte quand j'y pense ! –, je l'ai suivie jusqu'à la gare de Broadstairs. Elle a pris le train pour
Ramsgate. J'ai pris le train pour Ramsgate. Elle a regagné son
logement. Je la suivais toujours, marchant sur ses talons comme
un petit chien. Mon Dieu, quelle honte ! Providentiellement – du
moins est-ce ce que je pensai sur le moment… je n'en suis plus
aussi sûre maintenant –, la propriétaire se trouve être de mes
amies. Nous n'avons aucun secret l'une pour l'autre au sujet de nos
pensionnaires. Je suis en mesure de vous révéler, madame, comment se nomme en fait votre belle-mère. Mon amie n'a jamais
entendu parler d'une Mrs. Woodville. Votre belle-mère ne s'appelle
pas Woodville. Son nom, et donc celui de son fils, est Macallan.
Mrs. Macallan, veuve du général Macallan. Eh non ! Votre mari
n'est pas votre mari. Vous n'êtes ni demoiselle, ni femme mariée,
ni veuve. Vous êtes moins que rien, madame… et vous quittez ma
maison.

Je l'arrêtai comme elle ouvrait la porte pour sortir. Elle avait
réussi à me mettre en colère. Ce doute qu'elle faisait planer sur
mon mariage était plus que ma patience n'en pouvait supporter.

– Donnez-moi l'adresse de Mrs. Macallan, lui intimai-je.

Son irritation fit place à de l'étonnement.

– Ne me dites pas que vous voulez aller la voir ?

– Elle seule est en mesure de m'éclairer. Ce que vous avez
découvert, comme vous dites, vous suffit peut-être ; moi, je ne saurais m'en contenter. Qu'est-ce qui nous dit que Mrs. Macallan n'a
pas été mariée deux fois et que le nom de son premier mari n'était
pas Woodville ?

L'étonnement de la logeuse se dissipa au profit d'une curiosité
qui devint l'influence directrice du moment. Comme je l'ai dit,
cette femme avait un bon fond. Ses sautes d'humeur étaient,

comme souvent chez ces personnalités, vives et de courte durée ;
cela montait facilement et redescendait tout aussi vite.

– Un instant ! se reprit-elle. Si je vous donne cette adresse, me
promettez-vous de me confier à votre retour tout ce que votre
belle-mère vous aura dit ?

Je promis, et obtins ce que je voulais.

– Sans rancune ? s'enquit la logeuse, retrouvant d'un coup sa
familiarité de naguère.

– Sans rancune, l'assurai-je en affichant toute la cordialité possible.

Dix minutes plus tard, j'arrivais chez ma belle-mère.

VI

CE QUE JE DÉCOUVRIS

Heureusement pour moi, ce ne fut pas la propriétaire des lieux qui vint répondre à mon coup de sonnette, mais une petite bonne passablement stupide, qui me fit entrer sans songer à me demander mon nom. Mrs. Macallan était chez elle et n'avait point de visiteurs, m'informa-t-elle en me précédant dans les escaliers. Elle me fit entrer au salon sans même m'annoncer.

Ma belle-mère, assise à côté d'une table à ouvrage, était occupée à tricoter. Dès que je m'encadrai sur le seuil, elle posa ses aiguilles et, se levant, m'intima d'un geste de la main de la laisser parler en premier.

– Je sais la raison de votre venue, me dit-elle. Vous voulez m'interroger. Ne prenez pas cette peine et épargnez-la-moi. Je vous préviens tout de suite que je ne répondrai à aucune question regardant mon fils.

C'était exprimé avec fermeté mais sans rudesse. A mon tour, je parlai net :

– Je ne viens pas, madame, vous poser des questions sur votre fils, mais, si vous le permettez, vous en poser une sur vous-même.

Elle marqua le coup et me regarda attentivement par-dessus le bord de ses lunettes. Je l'avais à l'évidence prise à contre-pied.

– Je vous écoute, dit-elle.

– Je viens d'apprendre, madame, que votre nom est Macallan. Votre fils m'a épousée sous le nom de Woodville. La seule explication honorable me semble être qu'il est votre enfant d'un premier lit. Mon bonheur est en jeu, madame. Ayez la bonté de considérer ma position. Je me permets donc de vous demander si vous avez été mariée deux fois et si le nom de votre premier mari était Woodville.

Elle parut peser sa réponse.

– Cette demande est parfaitement légitime dans votre position, dit-elle. J'estime cependant préférable de n'y pas répondre.

– Puis-je savoir pourquoi ?

– Certainement. Voyez-vous, si je répondais à cette question, cela ne servirait qu'à en amener d'autres, auxquelles je devrais cette fois refuser de répondre. Je suis désolée de vous décevoir. Je répète ce que je vous ai dit sur la plage : vous ne m'inspirez rien d'autre qu'un sentiment de compassion. Si vous étiez venue me consulter avant votre mariage, c'est bien volontiers que je vous aurais éclairée. A présent, il est trop tard. Vous êtes mariée. Je vous recommande de vous accommoder de votre situation et de vous satisfaire des choses telles qu'elles sont.

– Excusez-moi, madame, mais, les choses étant ce qu'elles sont, j'ignore si je suis mariée. Tout ce que je sais, à moins que vous ne me détrompiez, c'est que votre fils m'a épousée sous un nom qui n'est pas le sien. Comment pourrais-je savoir avec certitude si je suis, ou non, son épouse légitime ?

– Je crois que vous êtes sans conteste l'épouse légitime de mon fils. De toute façon, il est facile de prendre l'avis d'un juriste sur la question. Quand même il en ressortirait que vous n'êtes pas dûment mariée, mon fils, quels que soient ses défauts et ses imperfections, est un honnête homme. Il est incapable d'abuser volontairement une femme qui l'aime et lui fait confiance ; il réparera. De mon côté, je vous dédommagerai également. Si la réalité est contraire à votre prétention légitime, je promets de répondre à toute question que vous souhaiterez me poser. Je pense néanmoins que vous êtes l'épouse légitime de mon fils, et je vous répète mon conseil : accommodez-vous au mieux de votre situation. Réjouissez-vous de l'affection que vous porte votre mari. Si vous accordez quelque prix à votre tranquillité d'esprit et au bonheur de votre vie future, abstenez-vous de chercher à en savoir plus.

Et de se rasseoir de l'air de qui a dit le fond de sa pensée. De nouvelles protestations n'eussent servi de rien : cela se lisait sur ses traits, cela s'entendait à sa voix. Je tournai les talons pour ouvrir la porte.

– Vous vous montrez bien intraitable avec moi, madame, dis-je sur le point de partir. Mais je suis à votre merci, je dois me soumettre.

Elle leva soudain les yeux et, une rougeur gagnant son beau et bon visage ridé, me répondit :

– Dieu m'est témoin, mon enfant, j'ai pitié de vous du fond du cœur !

Après cet extraordinaire élan, elle reprit son ouvrage dans une main et, de l'autre, me fit signe de la laisser. Je m'inclinai en silence et m'en fus.

Quand je m'étais présentée dans cette maison, j'étais loin de savoir quel parti j'allais prendre à l'avenir. J'en ressortis bien décidée à découvrir, quoi qu'il dût s'ensuivre, ce que me cachaient la mère et le fils. Quant à la question du nom, je l'envisageais maintenant comme j'aurais dû le faire dès le début. Si Mrs. Macallan, selon mon hypothèse un peu hâtive, avait effectivement été mariée deux fois, elle aurait très certainement dressé l'oreille en entendant que je portais le nom de son premier mari. Alors que tout le reste était mystère, voilà, au moins, qui ne l'était point. Quelles qu'eussent été ses raisons, Eustace m'avait à l'évidence épousée sous un faux nom.

Arrivée à peu de distance de la maison, j'aperçus mon mari qui marchait de long en large devant la porte, attendant manifestement mon retour. Je résolus de lui annoncer sans détour, s'il me posait la question, d'où j'arrivais et ce qui s'était dit entre sa mère et moi.

– J'ai une faveur à vous demander, Valeria, commença-t-il en venant au-devant de moi, l'air agité. Est-ce que cela vous ennuie si nous regagnons Londres par le prochain train ?

J'ouvris de grands yeux. Je ne pouvais en croire mes oreilles, comme on dit.

– J'ai une affaire à y régler, poursuivait-il. Affaire sans grand intérêt sinon pour moi, mais qui requiert ma présence à Londres. Vous ne souhaitez pas prendre la mer dans les tout prochains jours, si j'ai bien compris ? Je ne puis vous laisser ici toute seule. Avez-vous quelque objection à passer un ou deux jours à Londres ?

Je n'en élevai aucune. J'étais habitée d'un vif désir de regagner la capitale : je pourrais y consulter un juriste afin de savoir si, au regard de la loi, j'étais ou non l'épouse d'Eustace. De plus, il me serait loisible de solliciter le secours et les conseils du vieux et fidèle Benjamin, l'ancien employé de mon père. C'était la seule personne à qui me confier à cœur ouvert. Même si je nourrissais l'affection la plus tendre pour mon oncle Starkweather, je n'envisageai pas une seconde de m'en remettre à lui pour la question qui m'agitait. Lorsque j'avais signé le registre de mon nom de femme mariée, ma tante avait dit que l'avenir s'annonçait plutôt mal pour moi. Mon amour-propre se refusait à reconnaître, avant même que la lune de miel fût terminée, qu'elle avait vu juste.

Deux heures plus tard, nous étions dans le train. Ah, quelle différence entre ce second voyage et le premier ! Quand nous roulions vers Ramsgate, tout le monde pouvait voir que nous étions un couple de jeunes mariés. Aujourd'hui, personne ne nous remarquait, personne n'eût douté que nous étions unis depuis des années.

Nous descendîmes dans un hôtel des environs de Portland Place.

Le lendemain matin, sitôt après le déjeuner, Eustace annonça qu'il devait me quitter pour se rendre à ses affaires. Je l'avais préalablement informé que j'avais quelques emplettes à faire en ville. Il se montra tout disposé à me laisser sortir seule, à la condition que je prendrais la voiture de remise de l'hôtel.

J'avais l'âme en peine ce matin-là : je ressentais de façon aiguë cette distance qui s'était implicitement installée entre nous. Il ouvrit la porte pour sortir, puis s'en revint me donner un baiser. Cette petite marque de tendresse ne laissa pas de me toucher. Spontanément, je passai mon bras à son cou et le serrai tendrement contre moi.

– Mon chéri, lui dis-je, je sais que vous m'aimez. Montrez-moi que j'ai aussi toute votre confiance.

Il eut un soupir plein d'amertume et s'écarta de moi d'un air plus chagrin que fâché.

– Valeria, je croyais que nous étions convenus de ne pas revenir sur ce sujet. Cela ne sert qu'à vous faire de la peine, à vous autant qu'à moi.

Et de sortir à grands pas comme s'il redoutait d'en dire plus. Mieux vaut ne pas m'étendre sur ce que j'éprouvai après cette dernière rebuffade. Je demandai la voiture sur-le-champ, désireuse d'oublier mes idées noires dans l'action et le mouvement.

J'allai d'abord dans les boutiques me livrer aux achats dont j'avais fait le prétexte de ma sortie, puis je me consacrai à ce qui me tenait réellement à cœur et me rendis au domicile du vieux Benjamin, modeste pavillon situé aux abords de St. John's Wood.

A peine remis de sa surprise, il nota la pâleur de mon visage et mon air recru d'angoisse. Je lui avouai aussitôt que j'étais préoccupée. Nous nous installâmes devant une belle flambée dans sa petite bibliothèque – Benjamin était, dans la mesure de ses moyens, grand collectionneur de livres –, et je lui racontai sans rien cacher tout ce que j'ai rapporté ici.

Il était trop désolé pour beaucoup parler. Il pressait ma main avec ferveur et, tout aussi ardemment, remerciait le Seigneur de ce que mon malheureux père n'eût pas vécu pour entendre pareil récit. Puis, après un silence, il répéta pour lui-même, d'un ton perplexe et interrogatif, le nom de ma belle-mère :

– Macallan... Macallan... Où donc ai-je entendu ce nom ? Pourquoi ai-je l'impression de le connaître ?

Il renonça à fouiller dans ses souvenirs et me demanda avec gravité ce que j'attendais de lui. Je lui répondis qu'il pouvait d'abord m'aider à mettre un terme à un doute qui m'était intolérable, celui de savoir si j'étais ou non dûment mariée au regard de la loi. Son énergie d'autrefois, du temps où il conduisait les affaires de mon père, lui revint dès que j'eus formulé ma requête.

– Ma chère enfant, me répondit-il, votre voiture stationne devant la porte. Allons de ce pas consulter mon conseil.

Nous nous rendîmes à Lincoln's Inn Fields.

A ma demande, Benjamin présenta le cas comme celui d'une amie à laquelle je m'intéressais. La réponse nous fut donnée sans la moindre hésitation. Je m'étais mariée croyant en toute honnêteté que le nom de mon mari était celui sous lequel je l'avais connu. Les témoins de mon mariage – mon oncle, ma tante et

Benjamin – avaient comme moi agi en toute bonne foi. En ces circonstances, la loi était formelle : j'étais mariée en bonne et due forme. Qu'il eût nom Macallan ou Woodville, j'étais sa femme.

Cette réponse catégorique me soulagea d'une lourde angoisse. J'acceptai l'invitation de mon vieil ami à rentrer avec lui à St. John's Wood pour faire mon dîner de son précoce souper.

Durant le trajet, j'en revins au sujet qui désormais me tracassait le plus et fis de nouveau état de ma volonté de découvrir pour quelle raison Eustace ne m'avait pas épousée sous son vrai nom.

Mon compagnon secoua la tête et me recommanda de bien réfléchir avant d'agir. Le conseil qu'il me prodigua – comme les extrêmes se rencontrent ! – était mot pour mot celui que m'avait donné ma belle-mère :

– Laissez les choses en l'état, ma chère enfant. Dans l'intérêt de votre propre paix de l'esprit, satisfaites-vous de l'affection de votre époux. Vous savez que vous êtes sa femme et qu'il vous aime. Est-ce que cela ne devrait pas suffire à votre bonheur ?

Je n'avais qu'une réponse à opposer : la vie telle que mon brave ami venait de la décrire m'eût été tout bonnement insupportable. Il était exclu pour moi de continuer à partager la vie de mon mari dans les conditions qui avaient actuellement cours entre nous. Ma résolution était inébranlable. La seule question pendante était de savoir si le vénérable Benjamin allait accepter d'aider la fille de son ancien patron.

La réponse qu'il me fit lui ressemblait bien :

– Vous n'avez qu'à dire, ma chère enfant.

Nous roulions dans une rue du quartier de Portman Square. J'allais répondre lorsque les mots restèrent suspendus dans ma gorge : je venais d'apercevoir mon mari.

Il redescendait le perron d'une maison. Il avait les yeux au sol et ne remarqua point notre voiture. Tandis que le domestique refermait la porte derrière lui, je vis qu'il s'agissait du 16. Puis, parvenue au bout de la rue, j'en notai le nom.

– Est-ce que par hasard vous sauriez qui habite le 16 Vivian Place ? demandai-je à mon compagnon.

Il sursauta. Faisant suite à ce qu'il venait de dire, ma question lui paraissait assurément saugrenue.

– Non, me répondit-il. Pourquoi me demandez-vous cela ?

– Je viens de voir Eustace en sortir.

– Et puis après ?

– Je ne sais plus que penser, Benjamin. A présent, tout ce qu'il fait et que je ne comprends pas éveille en moi des soupçons.

En manière de lamentation muette, Benjamin leva ses vieilles mains fanées, puis les laissa retomber sur ses genoux.

– Je vous le répète, continuai-je : cette existence m'est intolérable. Si je reste encore longtemps dans l'incertitude touchant l'homme de ma vie, je ne réponds pas de ce que je peux faire. Mon mari me refuse sa confiance ; Benjamin, vous qui avez vécu, essayez de vous mettre à ma place. Si vous étiez aussi proche de lui que je le suis et que vous viviez la situation aussi cruellement que je peux la vivre, que feriez-vous ?

La question était directe. Benjamin répondit de même.

– Je pense que je tenterais d'entrer en contact avec un ami proche de votre mari et commencerais par enquêter discrètement de ce côté-là.

Un ami proche de mon mari ? Je réfléchis quelques instants. Il n'y en avait qu'un seul dont j'eusse connaissance : le correspondant de mon oncle, le major Fitz-David. Mon cœur se mit à battre plus vite au souvenir de ce nom. Pourquoi ne pas suivre le conseil de Benjamin et aller trouver le major Fitz-David ? Quand bien même ce personnage refuserait de répondre à mes questions, ma situation ne pourrait être pire. Je résolus de tenter l'aventure. Pour l'instant, la seule difficulté consistait à trouver l'adresse du major. Mon oncle Starkweather m'avait demandé de lui rendre la lettre de ce dernier, ce que j'avais fait ; je me souvenais que l'adresse portée en en-tête mentionnait Londres, mais voilà où se bornait mon savoir.

– Merci, cher vieil ami. Vous m'avez dès à présent donné une idée. Avez-vous un annuaire à la maison ?

– Non, me répondit-il, l'air fort perplexe. Mais je puis très facilement vous en procurer un.

Nous regagnâmes son pavillon. La bonne fut aussitôt dépêchée chez le papetier le plus proche pour y emprunter un annuaire. Elle reparut avec la brochure à l'instant où nous nous mettions à table.

Cherchant à la lettre F, j'eus la surprise de faire une nouvelle découverte.

– Benjamin ! lançai-je. En voilà, une coïncidence ! Voyez-moi cela !

Il se pencha pour regarder. L'adresse du major Fitz-David était le 16 Vivian Place, la maison même d'où j'avais vu ressortir mon mari quelques instants plus tôt !

VII

AVANT MA RENCONTRE AVEC LE MAJOR

– Certes, dit Benjamin, il s'agit d'une coïncidence. Cependant…
Il se tut, me dévisagea durant une bonne seconde, paraissant se demander comment ses paroles seraient reçues.

– Dites, je vous écoute.

– Cependant, ma chère, je ne vois rien de louche à cela. Selon moi, il est bien naturel que, de passage à Londres, votre mari rende visite à un de ses amis. Et tout aussi naturel que nous soyons passés par Vivian Place en rentrant ici. Cela me semble être une manière raisonnable de voir les choses. Qu'en pensez-vous ?

– Je vous ai dit que mon esprit n'est pas en repos pour ce qui concerne Eustace. J'affirme qu'il y a du louche derrière cette visite au major Fitz-David. Elle n'a rien d'ordinaire. De cela, je suis absolument convaincue !

– Et si nous nous intéressions à notre dîner ? proposa Benjamin d'un air résigné. Vous avez là du filet d'agneau – de l'agneau tout ce qu'il y a de normal, ma chère. Est-ce que vous lui trouveriez un air suspect ? A la bonne heure ! Allez, servez-vous, prouvez-moi que vous avez toute confiance en cette viande. Et puis nous avons aussi du vin. Nul mystère, Valeria, dans ce bordeaux ; sur ma foi, il ne s'agit là que du jus de la vigne. Si nous ne pouvons croire en quoi que ce soit, ayons au moins foi en ce breuvage. A votre santé, ma chère enfant.

Je fis de mon mieux pour me conformer à la bonne humeur du

vieil homme. Nous mangeâmes et bûmes tout en parlant du temps passé. Durant un moment, je me sentis presque heureuse en la compagnie de ce vieil ami qui m'était comme un père. Que n'avais-je son âge ? Que n'en avais-je fini avec l'amour et ses tourments, ses délices passagères, ses peines cruelles et ses douteux avantages ? A la fenêtre, les dernières fleurs de l'automne goûtaient l'ultime chaleur d'un soleil déclinant. Le petit chien de Benjamin digérait son dîner, confortablement installé près de l'âtre. Dans la maison voisine, un perroquet faisait allégrement étalage de ses talents vocaux. Je ne doute pas que c'est un immense privilège que d'appartenir au genre humain. Cependant, n'est-ce pas une plus heureuse destinée que celle d'un animal ou d'une plante ?

Ce court répit toucha bientôt à sa fin ; toutes mes angoisses revinrent m'assaillir. Lorsque je me levai pour prendre congé, j'étais redevenue une créature anxieuse, dépitée, abattue.

– Promettez-moi, Valeria, de ne rien faire d'inconsidéré, me dit Benjamin en ouvrant la porte.

– Est-ce inconsidéré que d'aller trouver le major Fitz-David ?

– Oui. Du moins si vous y allez seule. Vous ignorez quel genre d'homme il est ; vous ne savez pas quel accueil il vous réservera. Laissez-moi voir cela et, comme on dit, préparer le terrain. Croyez-en mon expérience, ma chère enfant : dans les affaires de cette sorte, il n'est rien comme de préparer le terrain.

Je réfléchis un instant. Je devais à ce précieux ami de peser mes arguments avant de lui répondre par la négative.

Je décidai de prendre, quelle qu'elle pût être, toute la responsabilité sur mes épaules. Bon ou mauvais, humain ou cruel, le major était un homme. Considérant la fin que je visais, une femme était plus à même de l'influencer dans le sens voulu. Difficile de signifier cela à Benjamin sans risquer de le mortifier. Nous convînmes de nous revoir le lendemain matin à mon hôtel pour reparler de tout cela. J'ai honte de préciser que je comptais, si possible, rencontrer d'ici là le major Fitz-David.

– Ne faites rien sur un coup de tête, ma chère. Ceci, dans votre propre intérêt.

Telle fut la dernière parole de Benjamin lorsque nous nous séparâmes ce jour-là.

Je trouvai Eustace qui m'attendait dans notre salon de l'hôtel. Il semblait en de bien meilleures dispositions que ce matin-là. Il vint joyeusement vers moi, une feuille de papier à la main.

– J'ai réglé mes affaires plus tôt que je ne pensais, annonça-t-il gaiement. Avez-vous terminé vos emplettes, jolie dame ? Êtes-vous, vous aussi, libre comme l'air ?

Je savais déjà (Dieu ait pitié de moi !) à quoi m'en tenir sur ses accès de gaieté.

– Vous voulez dire pour le restant de la journée ? demandai-je avec circonspection.

– Oui, et aussi pour la journée, la semaine, le mois qui viennent, et même, sauf avis contraire, l'année à venir, lança-t-il en me prenant joyeusement par la taille. Tenez, regardez !

Et il me mit le papier sous les yeux. Il s'agissait d'un télégramme adressé au patron du yacht, l'informant que nous prenions nos dispositions pour rentrer le soir même à Ramsgate et devrions être prêts à appareiller avec la prochaine marée.

– Je n'attendais plus que votre retour pour l'envoyer, m'informa Eustace.

Tout en parlant, il traversa la pièce pour aller actionner la sonnette. Je l'en empêchai.

– Je ne pense pas pouvoir partir aujourd'hui, lui dis-je.

– Tiens donc ? s'enquit-il, changeant brusquement de ton.

Au risque de passer pour niaise, je confesse que, lorsqu'il m'avait prise par la taille, ma résolution d'aller voir le major Fitz-David avait vacillé : venant de lui, une caresse en passant suffisait à me ravir le cœur et à m'amener à une sotte capitulation. Mais ce ton lourd de menace fit de moi une autre femme. Je percevais bien, et avec plus de force que jamais, que, dans la position critique où je me trouvais, il était vain de marquer le pas et, pis encore, de faire machine arrière.

– Je suis désolée de vous causer cette déception, lui répondis-je. Il m'est impossible – et je vous l'ai dit à Ramsgate – d'être prête à prendre la mer dans des délais aussi brefs. J'ai besoin d'un peu de temps.

– A quelle fin ?

Le regard qu'il braqua sur moi en posant cette seconde question, ajouté au ton de sa voix, me crispa les nerfs. Monta alors en moi, sans que je susse comment ni pourquoi, le sentiment violent de l'affront qu'il avait infligé à sa femme en l'épousant sous une fausse identité. Redoutant, si je répondais sur-le-champ, de proférer une parole définitive, un mot que j'eusse pu regretter, je demeurai coite. Seules les femmes seront à même d'apprécier ce qu'il m'en coûta de me taire. Et seuls les hommes comprendront combien mon silence dut être irritant pour mon mari.

– Vous avez besoin de temps ? répéta-t-il. Je renouvelle ma question : à quelle fin ?

Mon empire sur moi-même, poussé dans ses derniers retranchements, me trahit. La réponse franchit mes lèvres tel un oiseau jaillissant d'une cage :

– Il me faut le temps de m'habituer à mon vrai nom.

Il marcha sur moi, l'air sombre.

– Votre vrai nom ? Qu'entendez-vous par là ?

– Vous le savez bien : je croyais être devenue Mrs. Woodville et j'ai découvert que je suis en fait Mrs. Macallan.

En entendant son propre nom il recula comme si je l'eusse giflé. Il recula et blêmit si violemment que je craignis qu'il ne tombât évanoui à mes pieds. Ah, que n'avais-je tenu ma langue, ma misérable langue ?

– Je ne voulais pas vous alarmer, Eustace, m'empressai-je. J'ai dit la première faribole qui me venait. Veuillez me pardonner.

Il eut un geste agacé de la main, comme si mes paroles de résipiscence eussent été des objets tangibles, des choses importunes qu'il eût voulu chasser comme mouches en été.

– Qu'avez-vous découvert d'autre ? interrogea-t-il d'une voix sourde et lugubre.

– Rien.

– Rien ?

Il marqua un temps, se passa la main sur le front d'un air las.

– Non, bien sûr, dit-il, se parlant à lui-même, sinon elle ne serait pas ici.

Il se tut une nouvelle fois pour poser sur moi un regard scrutateur.

– Ne répétez jamais ce que vous venez de dire, reprit-il. Dans votre propre intérêt comme dans le mien.

Puis il se laissa tomber sur la chaise la plus proche et ne dit plus rien.

Si j'avais assurément entendu sa mise en garde, la seule de ses paroles qui me fit une forte impression fut celle qu'il avait prononcée pour lui-même : *Non, bien sûr, sinon elle ne serait pas ici.* Si, outre celle de son vrai nom, j'avais fait d'autres découvertes, m'auraient-elles dissuadée de retourner auprès de lui ? Était-ce là ce qu'il avait voulu dire ? Ce à quoi il pensait était-il si épouvantable que nous en aurions été immédiatement et à jamais séparés ? Debout, silencieuse, à côté de sa chaise, je cherchais la réponse aux terribles questionnements que je lisais sur son visage. Lorsqu'ils me parlaient de son amour pour moi, ses traits s'exprimaient avec beaucoup d'éloquence. Présentement, ils ne me disaient rien.

Il demeura assis un moment sans me regarder, perdu dans ses pensées. Puis il se leva tout à coup et prit son chapeau.

– L'ami qui me prêtait son bateau est en ville, dit-il. Je ferais mieux d'aller le voir pour l'informer que nous avons modifié nos projets – tout en parlant, il déchira le télégramme d'un air de morne résignation. Vous êtes manifestement décidée à ne pas partir en mer avec moi. Autant y renoncer. Je ne vois pas d'autre solution. Et vous ?

Il s'exprimait d'un ton presque méprisant. Mais j'étais trop déprimée et trop inquiète pour en prendre ombrage.

– Prenez le parti qui vous paraît le meilleur, Eustace, lui répondis-je tristement. L'un comme l'autre me paraissent sans espoir. Tant que je n'ai pas votre confiance, peu m'importe de vivre sur un bateau ou de rester à terre : le bonheur ne saurait faire partie de cette vie-là.

– Si vous étiez capable de contenir votre curiosité, dit-il sombrement, nous pourrions être raisonnablement heureux. J'avais cru épouser une femme exempte des imperfections propres à son sexe. Une épouse digne de ce nom devrait avoir suffisamment de bon sens pour ne pas mettre le nez dans les affaires de son mari, affaires qui ne la regardent en aucune façon.

Est-ce qu'un tel langage n'était pas dur à entendre ? Je faisais néanmoins bonne contenance.

– Ce ne sont donc pas mes affaires, m'étonnai-je sans élever la voix, lorsque je découvre que mon mari ne m'a pas épousée sous son nom de famille ? Ou quand j'entends votre mère dire qu'elle plaint votre femme ? C'est aller un peu fort, Eustace, que de me taxer de curiosité parce que je n'accepte pas la position intenable où vous m'avez placée. Votre cruel silence est un éteignoir posé sur mon bonheur doublé d'une menace pour mon avenir. Alors que notre vie conjugale commence à peine, votre cruel mutisme nous éloigne l'un de l'autre. Et vous me reprochez de réagir de la sorte ? Vous me dites que je me mets le nez dans des affaires qui ne regardent que vous ? Détrompez-vous : elles me regardent au premier chef. Mon chéri, pourquoi traitez-vous à la légère notre amour et notre confiance réciproque ? Pourquoi me laissez-vous dans l'ignorance ?

Il me répondit avec un implacable laconisme :

– Pour votre bien.

Je lui tournai le dos et m'éloignai sans rien ajouter. Il me traitait comme une enfant.

Il me suivit et, m'attrapant par l'épaule, me força à me retourner.

– Écoutez-moi bien, commença-t-il. Ce que je vais vous dire maintenant, je le dis pour la première et la dernière fois. Si jamais, Valeria, vous découvrez ce que je vous cèle, votre quiétude ne sera plus qu'un souvenir et la vie vous sera une torture. Vos jours seront marqués par la peur, vos nuits peuplées de cauchemars horribles. Ce ne sera pas par ma faute, notez bien ! non, ce ne sera pas par ma faute ! Chaque jour de votre vie, vous vous méfierez un peu plus de moi ; chaque jour, votre peur grandira – et ce sera m'infliger l'injustice la plus abominable. Sur ma foi de chrétien et mon honneur, si vous faites un pas de plus dans cette direction, c'est la fin de votre bonheur pour le restant de vos jours ! Réfléchissez bien à ce que je viens de vous dire. Vous allez en avoir le loisir : je m'en vais annoncer à mon ami que nous renonçons à notre projet de croisière en Méditerranée. Je ne rentre pas avant ce soir – il soupira et, me considérant avec une indicible tristesse : Je vous aime, Valeria. Dieu m'est témoin, en dépit de tout, je vous aime plus tendrement que jamais.

Ayant dit, il s'en fut.

Je suis tenue de rapporter la vérité à mon sujet, si étrange puisse-t-elle sembler. Je ne me prétends pas capable d'analyser mes propres motifs ; je ne présume pas même ce que d'autres femmes eussent fait à ma place. Mais quant à moi, la terrible mise en garde de mon mari – d'autant plus terrible que vague et mysté- rieuse – n'eut aucun effet dissuasif et ne servit qu'à renforcer ma résolution de découvrir ce qu'il me cachait. Il n'était pas parti depuis deux minutes que je sonnais et demandais la voiture afin de me rendre à Vivian Place, domicile du major Fitz-David.

Marchant de long en large en attendant le moment de partir – telle était ma fébrilité que je ne pouvais rester en place –, j'aperçus sans le vouloir mon image dans la glace.

La vue de mon visage me causa un saisissement : j'avais l'air égaré, hagard. Pouvais-je me présenter ainsi chez un inconnu et espérer produire sur lui l'impression favorable sur laquelle je comptais ? Mon avenir tout entier pouvait fort bien dépendre de la perception immédiate que le major Fitz-David aurait de ma per- sonne. Je sonnai derechef et demandai une femme de chambre.

Je n'avais pas de servante à mon service : si nous nous en étions tenus à notre premier projet, l'hôtesse du yacht aurait rempli ce rôle. Mais peu importait du moment qu'il y avait toujours quelqu'un pour me servir le cas échéant. La chambrière se pré- senta. Je ne saurais donner une meilleure idée de l'état de déses- poir et d'égarement où j'étais qu'en précisant que je consultai cette parfaite étrangère sur la question de mon apparence. Il s'agissait d'une personne entre deux âges dont les manières comme les traits révélaient une vaste expérience du monde et de ses noirceurs. Je lui déposai de l'argent dans la paume de la main, suffisamment pour lui faire ouvrir des yeux ronds. Elle me remercia en arborant un sourire cynique, se faisant évidemment une idée fausse de ce qui m'incitait à tant de générosité.

– Que puis-je faire pour vous, madame ? s'enquit-elle d'un ton confidentiel. Ne parlez pas trop fort ! Il y a quelqu'un dans la pièce voisine.

– Je désirerais être à mon avantage, lui dis-je, et c'est pour cela que je vous ai fait venir.

– Je comprends, madame.

– Que comprenez-vous au juste ?

Elle hocha la tête d'un air entendu et se remit à parler bas :

– J'ai l'habitude de ce genre de chose. Il s'agit d'une affaire galante. Ne m'en veuillez pas, madame. C'est manière de causer, je ne pensais pas à mal – elle se tut pour me considérer d'un œil appréciatif. Si j'étais vous, reprit-elle, je ne me changerais pas. Cette couleur vous va bien.

Il était trop tard pour la remettre à sa place. Maintenant qu'elle était là, autant recourir à ses services. Et puis, elle avait raison pour la robe, qui était d'une belle couleur maïs et gentiment bordée de dentelle. Je n'aurais rien pu choisir qui m'allât mieux. Mes cheveux en revanche requéraient quelques soins habiles. La femme les arrangea avec une dextérité prouvant qu'elle n'était pas novice dans l'art de la coiffure. Elle reposa peignes et brosses, me regarda, puis se retourna vers la table de toilette, y cherchant quelque objet qu'apparemment elle ne trouvait pas.

– Où est-ce que vous le rangez ? interrogea-t-elle.

– Mais quoi donc ?

– Voyez-moi ce teint. S'il vous découvre ainsi, il va prendre peur. Un peu de rouge, voilà ce qu'il vous faut. Où est-ce que vous le rangez ? Quoi ? Vous n'en avez point ? Vous n'en usez point ? Jamais ? Mon Dieu, ce qu'il ne faut pas entendre !

Elle fut quelques secondes au comble de l'ébahissement ! Recouvrant bientôt ses moyens, elle me demanda de l'excuser un instant. Je la laissai partir, sachant ce qu'elle allait quérir. Elle reparut avec une boîte à fard et à poudre, et je ne fis rien pour l'arrêter. Je vis, dans le miroir, mon teint revêtir une blancheur artificielle, mes joues une couleur factice, mes yeux un éclat fabriqué, et pas une fois je ne me récriai. Non ! je laissai l'odieuse imposture se mettre en place ; j'admirai même la délicatesse et l'habileté extraordinaires de son ordonnatrice. « N'importe quoi, pensais-je en moi-même dans la déraison de ces tristes heures, pourvu que cela contribue à me gagner la confiance du major ! N'importe quoi, pourvu que je découvre la signification de ce que mon mari m'a dit au moment de partir ! »

La transformation de mon visage fut bientôt accomplie. La

femme de chambre pointa un index malicieux en direction de la glace.

– Souvenez-vous, madame, de la mine que vous aviez quand vous m'avez fait venir. Et regardez-vous maintenant ! Vous êtes dans votre genre la plus jolie femme de Londres. Ah, quelle merveille que la poudre de riz quand on sait l'utiliser !

VIII

L'AMI DES FEMMES

Je découvre mon incapacité à dépeindre ce que j'éprouvais dans la voiture qui m'emportait vers la maison du major Fitz-David. Je ne suis pas certaine, au reste, d'avoir eu des impressions ou des pensées au sens propre de ces deux mots.

Tout s'était passé comme si, dès l'instant où je m'étais abandonnée aux bons soins de la chambrière, j'avais abdiqué mon identité habituelle et m'étais dépouillée de ma propre personnalité. En temps normal, j'étais d'un tempérament plutôt tendu et inquiet, avec une tendance naturelle à grossir toute difficulté venant se mettre en travers de mon chemin. En toute autre circonstance, placée devant la perspective d'un entretien délicat avec un inconnu, j'eusse pesé ce qu'il était sage de taire et judicieux de dire. Or voici que je ne réfléchissais nullement à ma toute proche entrevue avec le major; j'étais habitée d'une confiance aveugle en moi-même et d'une foi irraisonnée en lui. Voici que tout à coup je ne me souciais pas plus de l'avenir que du passé et vivais uniquement l'instant présent sans me poser la moindre question. Je regardais les magasins devant lesquels je passais, les voitures que je croisais. Je notais les regards admiratifs qu'il arrivait aux passants de poser sur moi, et, ma foi, ils ne me laissaient pas de glace. Je songeais : « Tant mieux, voilà qui est d'excellent augure si je veux me gagner le major ! » Quand la voiture s'arrêta devant la maison de Vivian Place, il n'est pas exagéré de dire que je n'avais qu'un souci, celui de le trouver chez lui.

Un domestique en livrée m'ouvrit, vieil homme qui avait peut-être en son temps été soldat. Il me détailla d'un air de gravité qui se mua peu à peu en malicieuse approbation. Je demandai le major Fitz-David. La réponse qu'il me fit n'était pas vraiment encourageante : il n'était pas certain que son maître fût à la maison.

Je lui remis ma carte. Mes cartes de visite, imprimées à l'occasion de mon mariage, portaient inévitablement le faux nom – *Mrs. Eustace Woodville*. Le domestique me fit entrer dans une antichambre et disparut en emportant le bristol.

Promenant le regard alentour, je remarquai, en vis-à-vis de la fenêtre, une porte donnant sur quelque pièce intérieure. Il ne s'agissait pas d'une porte ordinaire : elle était insérée dans l'épaisseur de la cloison et s'effaçait grâce à des coulisses. En y regardant de plus près, je vis qu'elle n'avait pas été refermée tout à fait. Un jour infime subsistait, mais suffisant pour me permettre d'entendre ce qui se passait dans la pièce voisine.

– Qu'avez-vous répondu, Oliver, lorsqu'elle m'a demandé ? interrogeait une voix masculine, prudemment baissée.

– Que je n'étais pas certain que vous y fussiez, monsieur, fit la voix du domestique qui m'avait fait entrer.

Il y eut un silence. Le premier interlocuteur était bien sûr le major Fitz-David en personne. J'attendis d'en entendre plus.

– Je crois que je ne vais pas la recevoir, Oliver, reprit la voix du major.

– Très bien, monsieur.

– Dites-lui que je suis sorti et que vous ne savez pas quand je rentrerai. Si elle a quelque affaire dont elle souhaite m'entretenir, invitez-la à me faire un courrier.

– Oui, monsieur.

– Un instant, Oliver !

Le dénommé Oliver s'immobilisa. Il y eut un silence prolongé. Puis le maître de maison reprit son interrogatoire.

– Est-elle jeune, Oliver ?

– Oui, monsieur.

– Et… jolie ?

– Plus que jolie, monsieur, à mon idée.

– Ah, tiens ? Ce qu'on appelle une belle femme, alors ?

– Tout à fait, monsieur.

– Grande ?

– Presque comme moi, monsieur.

– Tiens, tiens, tiens ! Une silhouette agréable ?

– Fine et droite comme un jonc.

– A la réflexion, je suis à la maison, Oliver. Introduisez-la ! Introduisez-la !

Pour lors, une chose au moins me paraissait claire : j'avais bien fait de recourir aux services de la femme de chambre. Quel eût été le rapport d'Oliver si je me fusse présentée à lui la pommette livide et le cheveu informe ?

Le domestique reparut et me conduisit, via le couloir, dans l'autre pièce. Le major Fitz-David s'avança pour m'accueillir. A quoi ressemblait-il ?

Eh bien, il portait beau, le... mettons : sexagénaire ; de petite taille, maigre et principalement remarquable par la longueur extraordinaire de son nez. Je notai ensuite une belle perruque brune, de petits yeux gris qui pétillaient, un teint vermeil, de courts favoris à la mode militaire, teints pour s'harmoniser avec le postiche, des dents blanches et un sourire engageant ; une élégante redingote bleue avec une fleur de camélia à la boutonnière ; et enfin, quand il me désigna courtoisement un siège, un rubis splendide qui étincelait à son auriculaire.

– Chère madame Woodville, comme c'est gentil d'être venue ! J'aspirais au bonheur de faire votre connaissance. Eustace est un vieil ami. Je l'ai chaudement félicité lorsque j'ai appris qu'il se mariait. Puis-je vous faire un aveu ? Je l'envie terriblement maintenant que j'ai sa femme sous les yeux.

Mon avenir se trouvait peut-être entre les mains de ce personnage. J'étudiai attentivement sa physionomie afin d'y déchiffrer sa personnalité.

Les petits yeux gris pétillants s'étaient adoucis ; la voix ferme et forte avait adopté ses intonations les plus tendres ; depuis que je me trouvais dans la pièce, l'attitude du major exprimait un mélange d'admiration et de respect. Il approcha sa chaise de la mienne comme si c'était un privilège que d'être auprès de ma personne. Il me prit la main et la porta à ses lèvres, comme si le gant qui la gainait était l'article de luxe le plus exquis que le monde sût produire.

– Chère madame Woodville, déclara-t-il en reposant délicatement ma main sur mon giron, souffrez un vieil homme qui voue un culte à votre sexe ravissant. Votre présence illumine ce morne logis. C'est un tel plaisir de vous voir ici !

Le vénérable gentleman n'avait nul besoin de faire cet aveu. On dit que les femmes, les enfants et les chiens savent d'instinct quelles sont les personnes qui les aiment vraiment. Les femmes avaient en le major Fitz-David un ami empressé – peut-être dangereusement empressé, il fut un temps. Cela, je l'avais perçu avant même de m'être assise et d'avoir ouvert la bouche pour lui répondre.

– Merci, major, pour ce bon accueil et cet aimable compliment, commençai-je, épousant le ton léger de mon hôte sans toutefois me départir d'une réserve de bon aloi. Puis-je à mon tour vous faire un aveu ?

Le major se saisit une nouvelle fois de ma main et approcha sa chaise aussi près que possible de la mienne. Je le regardai avec gravité et tentai de récupérer ma main. Il refusa de me la rendre et se mit en devoir de m'en donner la raison :

– Je viens de vous entendre parler pour la première fois. Je suis sous le charme de votre voix. Chère madame Woodville, n'en veuillez pas à un vieux soldat qui est sous le charme ! Ne vous formalisez pas de ces menues privautés au reste bien innocentes. Prêtez-moi – je voudrais pouvoir dire *donnez-moi* – cette jolie menotte. Je suis un tel admirateur des jolies menottes ; et lorsque j'en tiens une de la sorte, mon attention gagne tellement en acuité. Les dames montrent ordinairement de l'indulgence pour ce petit faible. De grâce, faites de même. C'est entendu ? Et qu'alliez-vous dire ?

– J'allais dire, major, que j'ai été d'autant plus sensible à votre charmant accueil que j'aurais justement une faveur à vous demander.

J'avais conscience, tout en parlant, d'en venir un peu abruptement à l'objet de ma visite. Cependant, l'admiration du major Fitz-David croissait avec une si alarmante rapidité que je mesurai à quel point il importait d'y mettre un frein. Je comptais sur cette redoutable formule, « une faveur à vous demander », pour être ce frein et je ne fus point déçue. Mon adorateur vieillissant laissa aller ma main et, avec toute la courtoisie possible, changea de sujet :

– Elle vous est accordée, cela va de soi ! Et maintenant, dites-moi, comment se porte ce cher Eustace ?

– Mal, répondis-je. Il est inquiet et abattu.

– Inquiet et abattu ! répéta le major. L'homme qui connaît le sort enviable d'être votre époux, inquiet et abattu ? Monstrueux ! Eustace me dégoûte. Je vais le rayer de la liste de mes amis.

– En ce cas, major, rayez-moi aussi de la liste. Mon moral est au plus bas. Vous êtes un vieil ami de mon mari ; à vous, je peux bien le dire : notre vie conjugale n'est, présentement, guère heureuse.

Le major haussa ses sourcils (dont la teinture s'harmonisait à celle de ses favoris) pour exprimer un étonnement poli.

– Déjà ! s'exclama-t-il. De quoi Eustace est-il donc fait ? La beauté et la grâce le laisseraient-elles de marbre ? Est-il le plus insensible des êtres ?

– Il est le meilleur et le plus cher des hommes. Mais sa vie passée recèle je ne sais quel terrible mystère…

Je ne pus poursuivre car mon interlocuteur m'interrompit d'autorité. Il y mit l'apparence de la politesse la plus onctueuse, mais je vis passer dans ses petits yeux vifs quelque expression qui signifiait carrément ceci : « Madame, si vous tenez à vous aventurer sur ce terrain délicat, ne me demandez pas de vous y accompagner. »

– Ma ravissante amie ! lança-t-il. Je peux vous appeler ma ravissante amie ? Vous possédez – entre mille autres délicieuses qualités que je recense déjà – une imagination débordante. Ne la laissez pas vous subjuguer ! Écoutez le conseil d'un vieux soldat : ne la laissez pas vous subjuguer. Que puis-je vous offrir, chère madame Woodville ? Une tasse de thé ?

– Appelez-moi par mon vrai nom, lui dis-je non sans audace. J'ai fait une découverte : je sais, tout comme vous, que mon nom est Macallan.

Le major sursauta et se mit à me considérer très attentivement. Son attitude se teinta de gravité et, lorsqu'il prit la parole, ce fut d'un ton tout différent.

– Puis-je savoir, dit-il, si vous avez fait part à votre mari de la découverte en question ?

– Assurément ! Je considère qu'il me doit une explication. Je lui ai demandé de me dire ce que signifiait son étrange comportement, mais il a refusé de me répondre, et en des termes qui m'ont effrayée. Je me suis tournée vers sa mère, mais elle a elle aussi refusé de m'éclairer, et cela de façon humiliante. Cher major Fitz-David, je n'ai pas d'amis sur qui m'appuyer ; en dehors de vous, je n'ai personne vers qui me tourner. Faites-moi la plus grande des faveurs : dites-moi pour quelle raison votre ami Eustace m'a épousée sous un faux nom !

– Faites-moi, à moi, la plus grande des faveurs, me retourna le major : ne me demandez pas de dire un mot à ce sujet.

En dépit de cette réponse décevante, il paraissait compatir à mon sort. Je résolus de ne pas m'avouer vaincue et de faire jouer tout mon pouvoir de persuasion.

– Il le faut pourtant, dis-je. Songez à ma situation. Comment puis-je vivre en sachant ce que je sais et rien de plus ? J'aimerais mieux entendre la pire abomination plutôt que d'être ainsi condamnée à un état d'angoisse et d'incertitude perpétuelles. J'aime mon mari de tout mon cœur, mais je ne puis partager sa vie dans ces conditions : pareil supplice me rendrait folle. Je ne suis qu'une femme. Je n'ai d'autre ressource que d'en appeler à votre bonté d'âme. Je vous en conjure, ne me laissez pas dans les affres de l'ignorance !

Je ne pus en dire plus. Dans un élan irréfléchi, je lui saisis la main et la portai à mes lèvres. L'amène vieux gentleman en eut les yeux écarquillés comme si je lui eusse transmis une décharge électrique.

– Ma chère, chère enfant ! s'exclama-t-il, les mots me manquent pour vous dire ma sympathie. Vous me charmez, vous me ravissez, vous me touchez jusqu'au tréfonds du cœur. Que puis-je dire ? Que puis-je faire ? Je ne peux que me conformer à votre admirable franchise, à votre intrépide sincérité. Vous m'avez décrit votre situation. Permettez-moi à mon tour de vous expliquer ma position. Remettez-vous, je vous en prie, remettez-vous ! J'ai toujours ici un flacon de sels à l'usage des dames. Souffrez que je vous en propose.

Il m'apporta les sels ; il me plaça un petit tabouret sous les pieds ; il m'adjura de prendre le temps de me calmer.

– L'abominable imbécile ! l'entendis-je soliloquer, cependant que, par considération envers ma personne, il se détournait pour ce faire. Si j'avais été son mari, je lui aurais dit la vérité, et tant pis pour les conséquences !

Parlait-il d'Eustace ? Se proposait-il de faire ce qu'il eût fait à la place de mon mari ? Allait-il me révéler la vérité ?

Cette pensée venait à peine de me traverser l'esprit quand un coup sonore et impérieux frappé à la porte d'entrée me fit sursauter. Le major se figea pour tendre l'oreille. L'instant d'après, on entendit dans le couloir le bruissement d'une robe de femme. Le major se précipita vers la porte de la pièce avec une prestesse de jeune homme. Il ne fut pas assez prompt. La porte s'ouvrit violemment juste comme il l'atteignait, et la dame à la robe froufroutante fit irruption dans le salon.

IX

LA DÉFAITE DU MAJOR

La visiteuse du major Fitz-David se révélait être une demoiselle bien en chair, l'œil rond, le teint vermeil, le cheveu paille, la toilette passablement surchargée. Après avoir posé sur moi un regard stupéfait, elle pria le seul major d'excuser son intrusion. Elle me regardait manifestement comme le dernier entichement de ce dernier et ne cherchait nullement à dissimuler une jalousie vindicative. Mais le major désamorça la situation avec son irrésistible savoir-faire. Il baisa la main de la voyante demoiselle avec autant d'empressement qu'il m'en avait montré, il déclara qu'elle était en beauté, puis, avec un heureux mélange d'admiration et de respect, la reconduisit à la porte par laquelle elle était entrée.

– Vous n'avez pas à vous excuser, ma chère, lui dit-il. Cette dame est ici pour affaires. Vous trouverez votre maître de chant qui vous attend à l'étage. Commencez votre leçon, je vous rejoins dans quelques minutes. *Au revoir*, ma charmante élève, *au revoir**[1].

Tout en me fixant d'un œil méfiant, la demoiselle répondit par un murmure à ce gentil petit couplet. La porte se referma sur elle et le major put m'éclairer à mon tour sur la situation.

– Je tiens cette jeune personne pour l'une de mes plus heureuses trouvailles, dit-il non sans suffisance. Elle possède, je ne crains pas

---

1. En français dans le texte, comme tous les mots ou expressions en italique appelés par un astérisque (*).

de l'affirmer, l'une des plus belles voix de soprano en Europe. Vous n'allez pas me croire : je l'ai rencontrée dans une gare. La pauvre enfant rinçait des verres à vin derrière le comptoir d'une buvette. Elle chantait en travaillant. Dieu, quelle voix ! Ses aigus m'électrisaient. Je me suis dit : « Voilà une prima donna-née ; je vais présider à sa carrière. » Elle est la troisième dont je m'occupe. Je compte, quand elle aura suffisamment progressé, l'emmener en Italie, à Milan, où elle achèvera de se perfectionner. Cette demoiselle très nature est, chère madame, une des futures reines du bel canto. Écoutez ! La voilà qui commence ses vocalises. Quelle voix ! Brava ! Brava ! Bravissima !

Les notes hautes de la future reine du bel canto se répercutaient à travers la maison. La force et le volume de son organe étaient incontestables ; il en allait tout autrement, selon moi, du velouté et de la pureté de son timbre.

Ayant fait les commentaires polis de rigueur, je pris la liberté de rappeler au major ce dont nous étions en train de parler au moment où sa visiteuse était entrée. Il se montra fort peu disposé à aborder derechef le périlleux sujet qu'il avait commencé d'effleurer juste avant l'interruption. Il suivait le chant de sa protégée en battant le rythme avec son index ; il m'interrogea sur ma voix et me demanda si je chantais ; il me dit que l'existence lui eût été intolérable sans l'amour et l'art. Un homme aurait, à ma place, perdu patience et baissé les bras avec accablement. Parce que j'étais femme et ne perdais pas de vue mon objectif, ma résolution était implacable. Je vins à bout des réticences du major et obtins une reddition sans conditions. Je dois lui rendre cette justice que, lorsqu'il eut décidé de me reparler d'Eustace, il le fit en toute franchise et sans circonlocution aucune.

– Je connais votre mari depuis ses jeunes années, commença-t-il. A un certain moment de sa vie, un terrible malheur s'est abattu sur lui. Cette infortune est connue de ses amis, et ceux-ci en gardent le secret avec un souci tout religieux. C'est ce secret qu'il vous cèle. Jamais il ne vous le révélera. Et je lui ai donné ma parole d'honneur de ne jamais m'en ouvrir. Vous souhaitiez, chère madame Woodville, connaître ma position par rapport à Eustace. C'est chose faite !

– Vous continuez de m'appeler madame Woodville, lui fis-je observer.

– C'est le souhait de votre mari. Redoutant de continuer à revêtir sa véritable identité, il a adopté ce nom la première fois qu'il s'est présenté chez votre oncle. Il n'en veut plus d'autre désormais et rien ne le fera changer d'avis. Vous devez faire ce que nous faisons tous, et céder à un homme déraisonnable. Le meilleur garçon du monde à tous les égards si ce n'est pour ce qui nous intéresse, en quoi il se montre aussi têtu et obstiné que possible. Si vous voulez mon avis, je dirai honnêtement qu'à mes yeux il a eu tort de vous faire la cour et de vous épouser sous un faux nom. En faisant de vous sa femme, il remettait son honneur et sa bonne fortune entre vos mains. Pourquoi ne pas vous confier aussi le récit de ses malheurs ? Sa mère partage complètement mon point de vue. Il ne faut pas lui en vouloir de ne pas vous en avoir parlé après votre mariage : il était alors trop tard. Avant votre mariage, elle a fait tout ce qui lui était possible – sans trahir des secrets que, en mère qui se respecte, elle était tenue de taire – pour inciter son fils à agir loyalement avec vous. Je ne commets pas d'indiscrétion en vous disant que, si elle n'a pas approuvé votre union, c'est principalement parce qu'Eustace, ignorant en cela son conseil, n'a pas voulu vous éclairer sur sa situation. De mon côté, j'ai fait tout ce que je pouvais pour appuyer Mrs. Macallan dans le parti qui était le sien. Quand Eustace m'a écrit pour m'annoncer qu'il venait de demander la main de la nièce de mon bon ami le Dr Starkweather et m'avait désigné comme son répondant, je lui ai fait savoir que je ne voulais pas en entendre parler s'il ne révélait pas toute la vérité à sa future femme. Il a refusé de m'écouter comme il avait refusé d'écouter sa mère ; ceci tout en me rappelant à ma promesse de garder le secret. Quand Starkweather m'a écrit, je ne me suis vu d'autre choix que de me prêter à une tromperie que je désapprouvais de bout en bout ou de faire une réponse prudente et laconique qui coupât immédiatement court à toute correspondance. J'ai opté pour cette dernière solution et j'ai bien peur d'avoir ce faisant offensé ce cher vieux Starkweather. Pour compliquer encore la situation, Eustace s'est présenté ici, aujourd'hui même, afin de m'avertir d'avoir à me tenir sur mes gardes pour le cas où vous m'adresseriez la requête qui précisément vous amène chez moi ! Il m'a appris qu'un malheureux hasard vous avait fait rencontrer sa mère et que vous étiez désormais instruite de son patronyme. Il est revenu à Londres à seule fin de m'entretenir personnellement. « Je connais votre faible pour le beau sexe, m'a-t-il dit. Valeria vous sait un ami de longue date. Elle va certainement vous écrire ; il est même possible qu'elle prenne la liberté de se présenter chez vous. Renouvelez-moi votre promesse de lui taire la grande calamité de ma vie. Faites-m'en le serment sur l'honneur. » Tel est à peu près le langage qu'il m'a tenu. J'ai bien essayé de prendre l'affaire à la légère ; j'ai daubé cette idée grandiloquente d'un renouvellement de ma promesse. Rien n'y fit ! Il ne voulait plus s'en aller, il s'est lancé, le pauvre vieux, dans la litanie des souffrances imméritées qu'il endura jadis. Pour finir, il a éclaté en sanglots. Vous l'aimez et moi de même. Quoi d'étonnant à ce que je lui aie cédé ? Il en résulte que je suis à double titre tenu de ne rien vous révéler, et cela par l'engagement le plus sacré qu'un homme puisse contracter. Chère madame, je suis de tout cœur avec vous dans cette douloureuse affaire ; j'aspire à soulager vos angoisses. Mais que puis-je faire ? »

Il se tut et, l'air grave, attendit ma réponse.

Je l'avais écouté de bout en bout sans l'interrompre. Ce changement extraordinaire dans son attitude comme dans sa façon de s'exprimer à propos d'Eustace m'alarma plus que n'importe quoi. Comme ce secret doit être terrible, me disais-je, si sa seule évocation plonge l'allègre major Fitz-David dans le sérieux et la tristesse ; finis les sourires, les compliments à mon adresse, terminés les commentaires flatteurs sur le chant de sa protégée ! Cette effrayante constatation me serrait le cœur. Pour la première fois depuis que je me trouvais dans cette maison, j'étais à court de ressources ; je ne savais que dire ni que faire.

Pourtant, je restai assise. Jamais la volonté de découvrir ce que me cachait mon mari n'avait été aussi solidement ancrée en moi qu'en cet instant ! Je ne m'explique pas pareil esprit de suite, qui me ressemble si peu ; je ne puis que relater les événements tels qu'ils se déroulèrent.

Là-haut, les vocalises se poursuivaient sans désemparer. Le major, visage impénétrable, attendait toujours d'entendre ce que j'avais à dire, de voir ce que j'allais décider.

Mais avant que j'eusse pris un parti un autre incident domestique se produisit. On entendit de nouveau frapper à la porte d'entrée. Point, cette fois, de bruissement de robe dans le corridor. Le vieux domestique entra, un magnifique petit bouquet de fleurs à la main, et annonça :

– Avec les compliments de Lady Clarinda, afin de rappeler son rendez-vous au major Fitz-David.

Encore une dame ! et titrée, cette fois. Une grande dame qui envoyait fleurs et message sans daigner sacrifier à la discrétion. Après m'avoir priée de l'excuser, le major écrivit quelques mots de remerciement qu'il chargea son valet de remettre au messager. Lorsque la porte se referma, il choisit avec soin une des plus belles fleurs du bouquet.

– Puis-je me flatter, dit-il en me l'offrant de la manière la plus gracieuse, que vous compreniez désormais quelle délicate position j'occupe, ainsi placé entre votre mari et vous ?

Le répit créé par l'intermède du bouquet avait donné un nouvel élan à mes pensées, contribuant ainsi, dans une certaine mesure, à restaurer mon calme et ma confiance. Je fus enfin capable d'assurer au major que ses explications, tant prévenantes que courtoises, n'avaient pas été vaines.

– Je vous remercie du fond du cœur, lui dis-je. Vous m'avez convaincue : je n'ai pas le droit de vous demander de manquer à la promesse que vous avez faite à mon mari. Il s'agit d'un engagement sacré et je suis tenue, moi aussi, de le respecter. Je comprends fort bien.

Le major, soulagé, prit une longue inspiration, me tapota l'épaule et approuva chaudement mes paroles.

– Voilà qui est admirablement exprimé ! dit-il, recouvrant dans l'instant son air allègre et ses façons de séducteur. Ma chère, vous possédez le don de sympathie : vous avez su apprécier ma position au plus juste. Voulez-vous que je vous dise ? Vous me rappelez ma délicieuse Lady Clarinda. Elle aussi possède le don de sympathie et s'entend à apprécier ma position. J'aimerais tellement vous présenter l'une à l'autre.

Sur ce, il enfouit, extatique, son interminable nez dans les fleurs de la susnommée.

Il me restait encore à arriver à mes fins, objectif qu'en femme la plus obstinée du monde, on s'en sera aperçu, je ne perdais pas de vue.

– Je serai ravie de faire la connaissance de Lady Clarinda, répondis-je. D'ici là...

– Je vais organiser un petit souper, reprit le major dans un élan d'enthousiasme. Vous et moi et Lady Clarinda. Notre prima donna viendra chanter pour nous dans la soirée. Et si nous établissions notre menu ? Quel est, ma douce amie, votre potage de saison préféré ?

– D'ici là, persistai-je, pour en revenir à ce dont nous parlions il y a un instant...

Le sourire du major s'évanouit, sa main laissa retomber le crayon qui devait immortaliser le nom de mon potage favori.

– Devons-nous vraiment y revenir ? demanda-t-il, dépité.

– Juste un court instant.

– Vous me rappelez, dit-il en secouant tristement la tête, une autre charmante amie – une Française –, Mme Mirliflore. Vous êtes une personne d'une prodigieuse ténacité. Mme Mirliflore est une personne d'une prodigieuse ténacité. Il se trouve qu'elle séjourne à Londres en ce moment. L'inviterons-nous à notre petit souper ? – il s'illumina à cette idée et prit de nouveau son crayon. Alors, votre potage préféré ?

– Pardonnez-moi, mais nous étions en train de parler de...

– Oh, Seigneur ! s'écria-t-il. Encore ?

– Eh oui, encore.

Le major posa son crayon pour la seconde fois et, à regret, chassa de ses pensées Mme Mirliflore et le potage de saison.

– Oui, eh bien ? fit-il avec un sourire résigné. Vous alliez dire ?

– J'allais dire que votre promesse ne touche que ce secret que me fait mon mari. Vous n'avez pas promis de ne pas me répondre si d'aventure je vous pose une ou deux questions.

Le major leva la main en manière d'avertissement et ses petits yeux gris prirent une lueur matoise.

– Halte-là ! Ma douce amie, je vous arrête ! Je sais où vos questions vont me conduire et quelle en sera l'issue si jamais je commence d'y répondre. Quand il est passé tout à l'heure, votre mari n'a pas manqué de me rappeler que je suis malléable au possible entre les mains d'une jolie dame. Il a diablement raison. Je ne puis rien refuser à une jolie dame. Admirable et précieuse amie, n'abusez pas de votre pouvoir ! Ne faites pas qu'un vieux soldat manque à sa parole d'honneur !

J'allais invoquer quelque argument à ma décharge, mais le major joignit les mains en un geste de prière et me regarda d'un air de candeur implorante proprement merveilleux à voir.

– Pourquoi insister ? lança-t-il. Je n'offre aucune résistance. Je suis un agneau – tenez-vous vraiment à m'immoler ? Je reconnais votre pouvoir, je m'en remets à votre mansuétude. Toutes les infortunes de ma jeunesse et de ma maturité me sont arrivées par les femmes. L'âge ne m'a rien appris : avec un pied dans la tombe, je suis toujours autant épris d'elles et tout aussi prêt à me laisser mener par le bout du nez. C'est consternant, n'est-ce pas ? et combien vrai ! Voyez cette marque – il souleva une boucle de sa magnifique perruque brune, révélant une affreuse cicatrice sur le côté de sa tête : cette blessure, que l'on crut mortelle sur le moment, fut produite par une balle de pistolet. Non pas reçue au service de mon pays – Dieu, non ! –, mais au service d'une dame par trop outragée, et de la main de son scélérat de mari, lors d'un duel à l'étranger. Ma foi, elle en valait la peine ! – il se baisa tendrement la paume de la main en souvenir de la dame défunte ou seulement perdue de vue, puis il montra sur le mur opposé un dessin à l'aquarelle représentant une jolie gentilhommière. Cette belle propriété était mienne autrefois. Il y a beau temps qu'elle fut vendue. Et où est allé l'argent ? Aux femmes – que Dieu les bénisse ! Je ne regrette rien. Si j'avais une autre propriété, je ne doute pas qu'elle connaîtrait un sort semblable. Votre adorable sexe a pris ma vie, mon temps et mon argent pour en faire ses aimables hochets – à la bonne heure ! Tout ce que j'ai conservé, c'est mon honneur. Et le voici menacé ! Eh oui, si vous me posez vos astucieuses petites questions, de cette voix si douce et avec ces adorables mirettes, je sais bien ce qui va se produire ! Vous allez me déposséder du dernier et du plus précieux de mes biens. Ai-je donc mérité d'être traité de la sorte – et par vous, ma charmante amie, entre toutes les personnes de la terre ? Oh, fi ! fi !

Il se tut et me regarda comme devant, tête légèrement inclinée de côté, offrant l'image d'une supplication dénuée d'artifices. Je tentai une nouvelle fois de revenir à la question pendante et de développer mes propres arguments. Mais le major en appela aussitôt à ma merci et avec plus d'innocence que jamais.

– Demandez-moi tout ce que vous voudrez, plaida-t-il, mais ne vous attendez pas que je manque à mon ami. Épargnez-moi cela et il n'est rien que je ne ferai pour vous complaire. Jamais je n'ai été plus sincère, croyez-le bien ! – il se penchait vers moi et parlait avec une gravité que je ne lui avais pas encore vue. Je pense que l'on agit très mal avec vous. Il est monstrueux d'attendre d'une femme placée dans votre situation qu'elle consente à demeurer toute sa vie dans l'ignorance. Oui ! et si je vous voyais, en cet instant, sur le point de découvrir par vous-même ce qu'Eustace persiste à vous cacher, je me dirais que ma promesse a, comme toute promesse, ses limites et ses réserves. Je tiendrais que l'honneur m'interdit de vous aider, mais je ne lèverais pas le petit doigt pour vous empêcher de percer le mystère.

Il parlait enfin en toute sincérité. Il avait fortement insisté sur ses paroles de conclusion. Je les mis plus encore en relief en me levant subitement de ma chaise. J'y avais été poussée par une irrésistible impulsion : le major Fitz-David avait fait germer une nouvelle idée dans ma tête.

– Nous avons trouvé un terrain d'entente ! lui lançai-je. J'accepte vos conditions, major. Je ne vous demanderai rien d'autre que ce que vous venez de me proposer de votre propre chef.

– Que vous ai-je donc proposé ? interrogea-t-il, un peu inquiet.

– Rien dont vous deviez vous repentir, rien que vous ne puissiez facilement m'accorder. Puis-je vous poser une question directe ? Supposez que cette maison soit mienne…

– Elle est à vous. De la cave au grenier, elle est à vous.

– Mille mercis, major. Imaginons donc le cas. Vous savez – et chacun sait – qu'une des nombreuses faiblesses de la femme est la curiosité. Supposons que la curiosité me pousse à tout examiner dans ma nouvelle maison. Supposons que j'aille de pièce en pièce, que je jette un œil et fouine un peu partout. Pensez-vous que j'aurais une petite chance…

La major anticipa avec promptitude la nature de ma question. Suivant mon exemple, il bondit sur ses pieds, une nouvelle idée en tête.

– Une petite chance, repris-je, de découvrir par moi-même, ici dans cette maison, quel est le secret de mon mari ? Répondez-moi d'un mot, major Fitz-David ! D'un mot, d'un seul : oui ou non.

– Ne vous emballez pas ! m'implora le major.

– Oui ou non ? réitérai-je avec une véhémence encore accrue.

– Oui, fit-il après un temps de réflexion.

C'était la réponse que j'avais escomptée ; pourtant, maintenant que je l'avais obtenue, je ne la trouvais pas suffisamment explicite. Il me fallait amener, si possible, le major à la développer.

– Ce « oui » signifie-t-il qu'il se trouve ici quelque indice susceptible de lever le mystère ? lui demandai-je. Quelque objet, par exemple, que je pourrais voir de mes yeux, toucher de mes mains, si je tombais dessus ?

Il s'accorda de nouveau le temps de la réflexion. Je voyais bien que j'étais parvenue à l'intéresser, sans savoir par quel ressort ; et j'attendis patiemment qu'il fût prêt à me répondre.

– L'objet dont vous parlez, dit-il, l'indice, comme vous l'appelez, pourrait être vu et touché, à supposer que vous le trouviez.

– Ici, dans cette maison ?

Il fit un pas vers moi et répondit :

– Dans cette pièce-ci.

Ma tête se mit à tourner, mon cœur à battre la chamade. Je voulus parler, mais cela me fit presque suffoquer. Dans le silence, j'entendais le cours de chant qui se poursuivait à l'étage. La future prima donna en avait terminé avec ses vocalises et travaillait des extraits d'opéras italiens. Elle était en train de chanter l'air charmant de *La Somnambule* : « Come per me sereno ». Jamais à ce jour je n'ai entendu cette délicieuse mélodie sans être instantanément ramenée dans ce petit salon de Vivian Place.

La major, à présent fortement ému lui aussi, fut le premier à rompre le silence :

– Rasseyez-vous et prenez donc ce fauteuil. Vous êtes très troublée, vous avez besoin de vous reposer.

Il disait vrai : je ne tenais plus debout. Je me laissai tomber dans le fauteuil. Il actionna la sonnette, puis alla à la porte échanger quelques mots avec son domestique.

– Cela fait longtemps que je suis ici, fis-je d'une voix faible. Dites-moi si je dérange.

– Si vous dérangez ? répéta-t-il avec son irrésistible sourire. Vous oubliez que vous êtes chez vous !

Le maître d'hôtel reparut avec une minuscule bouteille de champagne et une assiette de gâteaux secs enrobés de sucre.

– Je fais mettre ce vin en bouteilles tout exprès pour les dames, annonça le major. Je fais venir ces biscuits directement de Paris. Faites-moi la grâce de vous restaurer. Pendant ce temps... – il se tut et me regarda attentivement – ... pendant ce temps, dois-je monter voir ma jeune prima donna et vous laisser seule ici ?

Il ne pouvait faire plus délicatement allusion à la requête que j'avais maintenant en tête de lui présenter. Je lui pris la main et la serrai avec gratitude.

– Il y va de la tranquillité de ma vie à venir, lui dis-je. Puis-je attendre de votre généreuse bienveillance la permission de tout examiner dans cette pièce lorsque j'y serai seule ?

Avant que de répondre, il m'invita du geste à goûter champagne et biscuits.

– L'affaire est sérieuse, dit-il. J'entends que vous soyez en pleine possession de vos moyens. Reprenez des forces. Ensuite, je vous parlerai.

Je fis ce qu'il demandait. Je n'y avais pas trempé les lèvres depuis une minute que je sentis l'effet roboratif de ce délicieux vin pétillant.

– Souhaitez-vous expressément, reprit-il enfin, que je vous laisse seule ici, afin que vous puissiez inspecter la pièce ?

– C'est mon souhait exprès, acquiesçai-je.

– Je prends une lourde responsabilité en y déférant. Si j'y consens, c'est parce que je crois sincèrement – tout comme vous – que la tranquillité de votre vie à venir dépend de votre découverte de la vérité – tout en parlant, il tira deux clés de sa poche. Vos soupçons se trouveront naturellement éveillés par toute porte fermée à clé. Les seules que vous trouverez ici sont celles des placards du corps inférieur de la bibliothèque et celle de ce secrétaire italien. La petite clé ouvre les premiers, la plus longue est celle de ce dernier meuble.

M'ayant livré ces explications, il déposa les clés devant moi sur la table.

– Jusqu'ici, reprit-il, j'ai scrupuleusement respecté la promesse faite à votre mari. Je continuerai de la tenir quel que puisse être le résultat de vos recherches. Mon honneur m'interdit de vous aider en paroles ou en actes. Je ne puis pas même vous donner la moindre indication. Est-ce bien compris ?

– Tout à fait.

– Très bien. Il ne me reste plus qu'à vous faire une ultime mise en garde et j'en aurai terminé. Si jamais vous parveniez à mettre la main sur l'indice, n'oubliez pas que *la découverte qui s'ensuivra sera terrible*. Si vous doutez de votre capacité à supporter un choc propre à vous glacer d'effroi jusqu'au tréfonds de l'âme, je vous adjure de renoncer une bonne fois pour toutes à découvrir le secret de votre mari !

– Je vous sais gré de cet avertissement, major. Il me faudra bien pourtant affronter les conséquences quelles qu'elles puissent être.

– Vous êtes donc décidée ?

– Tout à fait.

– Fort bien. Prenez tout votre temps. Vous êtes chez vous et toute la maisonnée est à votre disposition. Sonnez une fois si vous voulez voir le maître d'hôtel, deux si vous avez besoin de la bonne. Je redescendrai de temps en temps afin de voir comment vous allez. C'est que, voyez-vous, je me sens responsable de votre bien-être et de votre sécurité durant tout le temps que vous honorerez mon toit de votre présence.

Il porta ma main à ses lèvres et fixa sur ma personne un dernier regard plein d'attention.

– J'espère ne pas être en train de courir un trop grand risque, dit-il encore, plus pour lui-même qu'à mon adresse. Les femmes m'ont, en mon temps, conduit à mainte initiative irréfléchie. Je me demande si vous, vous ne me faites pas commettre la plus impru-dente de toutes…

Sur cette parole de mauvais augure, il s'inclina gravement et me laissa.

X

LA FOUILLE

Le feu qui brûlait dans la coquille n'avait rien d'excessif, et, dehors, la journée, je l'avais noté en venant, se signalait par un fond de l'air tirant sur la bise hivernale. Pourtant, ma première sensation quand le major m'eut quittée fut celle d'une grande chaleur doublée d'une certaine oppression, s'accompagnant, effet bien prévisible, d'une gêne à respirer, tous phénomènes à mettre sur le compte, vraisemblablement, de la nervosité qui était la mienne. Je me défis de mon bonnet, de ma mante et de mes gants, allai ouvrir la croisée et m'y postai durant quelques instants. L'extérieur n'offrait au regard qu'une étroite cour pavée, terminée par le mur de l'écurie du major. Ce court moment à la fenêtre me rafraîchit et me ranima. Je refermai, et fis un premier pas sur le chemin de la vérité. En d'autres termes, je me livrai à un examen rapide des quatre murs qui m'entouraient et de tout ce qui s'y trouvait.

Mon calme ne laissait pas de m'étonner. Peut-être l'entretien avec le major Fitz-David avait-il épuisé, pour le moment du moins, ma réserve d'émotions fortes. C'était un soulagement que de me retrouver seule, et c'en était un autre que de commencer mes recherches. Tels étaient, jusqu'à présent, les seuls sentiments qui m'habitaient.

La pièce était de forme oblongue. L'un des murs de la largeur encadrait la porte à coulisse qui, comme je l'ai dit, ouvrait sur l'antichambre ; l'autre était presque entièrement occupé par la grande fenêtre qui donnait sur la cour.

La porte en question était flanquée de deux tables à cartes. Au-dessus de chacune d'elles, il y avait, posé sur une tablette aux moulures dorées, un magnifique vase de porcelaine.

J'allai ouvrir les tiroirs de ces tables. Ils ne renfermaient que des cartes à jouer et les habituels jetons pour la marque. A l'exception d'un unique paquet, toutes les cartes étaient sous leur emballage d'origine : on n'y avait pas touché depuis leur achat. J'examinai, carte par carte, le paquet ouvert. Pas une ne portait la moindre inscription ni marque d'aucune sorte. Ensuite, à l'aide de l'échelle de la bibliothèque, je jetai un œil à l'intérieur des deux vases. Ils étaient parfaitement vides. Y avait-il autre chose d'intéressant de ce côté de la pièce ? Une chaise marquetée recouverte d'un coussin de soie rouge occupait chacun des deux coins : je retournai les sièges, soulevai leur garniture, sans rien noter de particulier. C'en était terminé de ce mur. Jusqu'à présent, je n'avais rien trouvé.

Je traversai la pièce dans sa longueur pour m'intéresser à la paroi opposée, celle qui était percée de la fenêtre – *baie* serait plus juste puisque, composée de trois châssis, elle en occupait presque toute la surface. Un beau rideau de velours cramoisi y retombait de part et d'autre. De chaque côté, l'ample drapé de lourde étoffe ne laissait de place que pour un étroit meuble à tiroirs, ancien et en marqueterie. Chacun de ces cabinets supportait une belle reproduction en bronze, à petite échelle, pour l'un de la Vénus de Milo, pour l'autre de la Vénus callipyge. J'avais la permission de faire ce que bon me semblerait : sans hésiter, j'entrepris d'ouvrir successivement tous les tiroirs pour en inventorier le contenu.

J'eus bientôt achevé mon examen du cabinet de droite : ses six tiroirs étaient occupés par une collection de fossiles, remontant, si j'en jugeais par les curieuses inscriptions dont certains étaient étiquetés, à une période révolue de la vie du major, durant laquelle il avait spéculé, sans grand bonheur, dans les mines.

Je me tournai vers le meuble de gauche. Toute une variété d'objets s'y révéla à ma vue, dont l'inventaire demanda beaucoup plus de temps.

Le tiroir du haut contenait une panoplie de menuisier, ou ce qu'il en restait, qui remontait au temps jadis et qu'il avait dû recevoir en cadeau de je ne sais quel parent ou ami en son jeune âge. Le second tiroir renfermait des bibelots d'une autre sorte, offerts par de siennes connaissances : bretelles brodées, écharpes de luxe, épingles de cravate originales, pantoufles superbes, porte-monnaie rutilants, autant d'objets qui attestaient la popularité de l'ami des femmes. Le contenu du tiroir suivant était moins intéressant puisqu'il s'agissait d'une série de livres de comptes s'étalant sur plusieurs années. Après avoir feuilleté puis secoué chacun de ces registres, pour le cas où quelque papier y eût été glissé, je passai, bredouille, au quatrième tiroir où dormaient, sous la forme de liasses de reçus soigneusement ficelées et annotées, encore d'autres reliques d'opérations financières passées. Il y avait également une douzaine de feuilles volantes, toutes également dépourvues d'intérêt. Le cinquième tiroir était en grand désordre. J'en sortis tout d'abord une pile de bristols fantaisie portant le menu de banquets auxquels le major s'était rendu ou qu'il avait donnés tant à Londres qu'à Paris ; ensuite, un coffret, sans doute encore le cadeau d'une dame, qui renfermait des plumes d'oie joliment teintes ; puis tout un tas de vieux cartons d'invitation, des pièces de monnaie françaises, quelques livrets d'opéra tout cornés, un tire-bouchon de poche, une botte de cigarettes, plusieurs clés rouillées, un passeport, une série d'étiquettes à bagages, une tabatière en argent endommagée, deux boîtes de cigares et enfin un plan de Rome fort défraîchi. « Rien d'intéressant ici », me dis-je en passant au sixième et dernier tiroir. Ce me fut à la fois une surprise et une déception car il ne contenait en tout et pour tout que les morceaux d'un vase brisé.

J'étais assise face au meuble sur une chaise basse. Mue par une irritation passagère, je venais de lever le pied pour repousser le tiroir dans son logement quand la porte du couloir s'ouvrit sur le major Fitz-David.

Après avoir croisé mon regard, il baissa les yeux en direction de mon pied. Lorsqu'il avisa le tiroir ouvert, un changement s'opéra dans son expression. Cela ne dura qu'un court instant, mais j'y lus un mélange de surprise et de suspicion, comme s'il me voyait tout près de mettre la main sur la clé du mystère.

– Je ne voudrais surtout pas vous déranger, commença-t-il. Je venais juste vous poser une question.

– Je vous écoute, major.

– Êtes-vous, dans le courant de vos investigations, tombée sur des lettres ?

– Non, point encore. Mais si cela arrive, soyez bien certain que je ne me permettrai pas de les lire.

– Je voulais vous toucher un mot à ce sujet. Il vient de me traverser l'esprit, là-haut, que certaines de ces lettres pourraient vous causer quelque embarras. Néanmoins, si j'étais à votre place, j'éprouverais des soupçons à l'endroit de tout objet que je n'ai pas latitude d'examiner. Or je crois pouvoir résoudre cette difficulté à notre avantage commun. Sans violer aucun engagement, je puis vous affirmer que ma correspondance ne saurait faire progresser vos recherches. Vous pouvez donc l'écarter comme étant négligeable pour vos intérêts. Je suis sûr que vous me suivez, n'est-ce pas ?

– Tout à fait, et je vous sais gré de ces précisions.

– Vous sentez-vous un peu lasse ?

– Du tout, merci.

– Et vous avez toujours espoir d'aboutir ? Est-ce que vous ne commencez pas à perdre courage ?

– Pas le moins du monde. Avec votre aimable permission, j'ai l'intention de poursuivre encore un moment.

Je n'avais pas refermé le tiroir et, durant cet échange, je regardais sans les voir les morceaux du vase brisé. Le major avait à présent repris les rênes de ses sentiments. Lui aussi contemplait les fragments de porcelaine, et cela d'un air de parfaite indifférence. Je repensai à son expression lorsqu'il était entré, et compris que ce détachement n'était qu'apparent.

– On ne peut pas dire que cela soit très encourageant, dit-il avec un sourire en désignant le contenu du tiroir.

– Les apparences sont parfois trompeuses, répondis-je en le regardant droit dans les yeux. Le mieux à faire, dans ma position, est de tout suspecter, et jusqu'à un vase brisé.

Il changea de sujet :

– Est-ce que la musique vous dérange ?

– Pas du tout, major.

– Il n'y en a plus pour très longtemps. Le maître de chant va prendre congé et le professeur d'italien vient d'arriver. Je ne néglige rien pour faire de ma jeune prima donna une personne en tous points accomplie. Apprenant à chanter, elle doit aussi connaître la langue qui est, plus qu'aucune autre, celle de la musique. Elle perfectionnera son accent lorsque je l'emmènerai en Italie. Mon ambition est qu'on la tienne pour italienne quand elle se produira en public. Y a-t-il quoi que ce soit que je puisse faire avant de vous laisser ? Puis-je vous faire apporter encore un peu de champagne ? Dites oui, je vous en prie !

– Mille mercis, major. Pas d'autre champagne pour le moment.

Il se retourna sur le seuil pour me souffler un baiser. Je vis au même instant son regard se poser furtivement sur la bibliothèque. Cela ne dura qu'une fraction de seconde. A peine eus-je noté ce détail qu'il avait déjà quitté la pièce.

De nouveau seule, je me tournai vers la bibliothèque et la regardai attentivement pour la première fois.

Il s'agissait d'une imposante menuiserie de chêne qui était installée contre le mur parallèle au couloir de la maison. Si l'on exceptait l'espace occupé, dans le coin, par la seconde porte, ce meuble courait sur toute la longueur de la cloison jusqu'à la fenêtre. Son rayon supérieur s'agrémentait d'un alignement de vases, candélabres et statuettes allant par paires. J'y notai toutefois un vide à l'une des extrémités, côté fenêtre. A l'autre bout, du côté de la porte, trônait un vase de belle dimension, peint de motifs très originaux. Où se trouvait donc son pendant ? Je m'en revins vers le sixième tiroir du cabinet, resté ouvert. Aucun doute possible : les fragments de porcelaine étaient ceux du vase manquant.

Je sortis tous les morceaux jusqu'au plus petit éclat et les examinai minutieusement l'un après l'autre.

J'étais trop ignorante en la matière pour être en mesure d'estimer la valeur ou l'ancienneté de ce vase, de même que je n'aurais su dire s'il était de facture anglaise ou étrangère. Le fond était d'un crème délicat. L'ornementation consistait en guirlandes de fleurs parsemées d'Amours, encadrant deux médaillons placés de part et d'autre. L'un servait de cadre à une tête de femme, peinte avec une finesse exquise, et qui devait être celle d'une nymphe ou d'une déesse, à moins qu'il ne s'agît du portrait d'une personne réelle – je n'étais pas assez érudite pour me prononcer. Le second renfermait une tête d'homme, également traitée dans le style classique. Le socle montrait une scène bucolique où des bergers et bergères étaient allongés au milieu de leurs moutons et de leurs chiens. Tel était ce vase du temps où, intact, il couronnait la bibliothèque. Comment avait-il été brisé ? Et pour quelle raison le major Fitz-David avait-il fait une si drôle de tête en constatant que j'en avais trouvé les vestiges ?

Ces questions restaient pour l'instant sans réponse ; les restes de ce vase ne m'apprenaient absolument rien. Et cependant, s'il fallait en croire la réaction du major, le chemin menant à l'indice que je recherchais passait, directement ou indirectement, par ces fragments de porcelaine.

En l'état actuel de mes connaissances, il eût été vain de poursuivre dans ce sens. Je m'en revins donc à la bibliothèque.

J'avais jusqu'à présent supposé (sans raison bien précise) que l'objet de ma quête se révélerait par le truchement de quelque lettre ou document écrit. Il m'apparaissait maintenant, suite à la réaction involontaire du major, que l'indice recherché pouvait tout aussi bien se présenter sous la forme d'un livre.

Je parcourus du regard les rayonnages inférieurs, me tenant suffisamment près pour être en mesure de lire les titres figurant au dos des livres. J'avisai Voltaire, relié en maroquin rouge ; Shakespeare, en bleu ; Walter Scott, en vert ; une histoire d'Angleterre, en marron ; le *Journal de l'année*, en veau jaune. Parvenue à ce point, je m'interrompis, déjà lasse et découragée au vu de ces alignements de volumes. Comment faire, m'interrogeai-je, pour passer en revue autant de livres ? Et quand bien même je m'attellerais à la tâche, que devrais-je y rechercher ?

Le major avait parlé d'une terrible infortune ayant entaché le passé de mon mari. Comment une trace de cet événement ou la moindre allusion s'y rapportant eût-elle pu figurer dans le *Journal de l'année* ou chez Voltaire ? Cette seule idée paraissait absurde. Tenter seulement de procéder à un examen sérieux dans cette direction eût assurément été une pure perte de temps.

Pourtant, le major avait, j'en étais certaine, lancé un coup d'œil inquiet en direction de la bibliothèque. Et puis, c'était là que le vase brisé était naguère posé. Ces éléments justifiaient-ils de rapprocher bibliothèque et vase comme deux jalons sur la voie menant à la découverte de la vérité? Cette question n'était pas facile à trancher dans l'instant.

Je levai les yeux vers les rayonnages supérieurs.

Les livres y montraient une plus grande diversité. Ils étaient plus petits et moins bien ordonnés que ceux des étagères basses. Certains étaient reliés en toile, d'autres seulement protégés par une couverture de papier. Un ou deux étaient tombés sur le côté et gisaient à plat. Il y avait de proche en proche des espaces vides, là où des ouvrages avaient été sortis. Bref, ces régions hautes de la bibliothèque ne présentaient pas la même décourageante uniformité. Ce léger désordre suggérait quelque heureux incident en mesure de m'amener à voir mon attente exaucée. Et donc, à tant faire que de passer tous les livres en revue, je décidai de commencer par le haut du meuble.

Qu'était devenue l'échelle?

Je l'avais laissée contre la cloison séparant ce salon de l'antichambre. S'orientant de ce côté-là, ma vue embrassa nécessairement la porte coulissante, cette peu hermétique fermeture par où j'avais entendu le major interroger son domestique sur mon apparence physique. Depuis mon arrivée, tous les déplacements s'étaient faits par l'autre porte, celle qui donnait directement sur le corridor.

A cet instant précis, j'entendis du mouvement du côté de l'antichambre. Simultanément, la lumière se modifia dans l'entrebâillement. Est-ce que quelqu'un s'était posté là pour m'observer à travers le jour? Je m'approchai à pas feutrés et ouvris la porte en grand. Ce n'était autre que le major! Je le lus sur son visage, il m'avait guettée durant que je m'intéressais à la bibliothèque!

Il avait son chapeau à la main et s'apprêtait manifestement à sortir. Il tira habilement parti de la situation pour avancer une raison plausible à sa présence derrière la porte.

– Je ne vous ai pas fait peur, au moins? m'interrogea-t-il.

– Rien qu'un petit coup au cœur, major.

– Oh, comme je suis désolé! et honteux, vous ne pouvez pas savoir! J'allais entrer vous dire que je devais m'absenter. Je viens de recevoir un message pressant d'une certaine personne. Une femme délicieuse – j'aimerais tant vous la présenter ! La pauvre se trouve dans une bien triste extrémité. Vous savez ce que c'est : des factures en souffrance et ces chameaux de fournisseurs qui réclament leur dû, et un mari – ah, seigneur, un mari qui ne la mérite pas, loin de là ! Une jeune dame des plus intéressantes. Vous me la rappelez un peu : vous avez le même port de tête. Je n'en ai pas pour plus d'une demi-heure. Que puis-je pour vous être agréable ? Vous semblez fatiguée. Autorisez-moi à vous faire apporter un peu de champagne. Non ? Promettez-moi de sonner si vous changez d'avis. Très bien ! *Au revoir*, délicieuse amie, *au revoir* *!*

Dès qu'il eut tourné les talons, je refermai la porte et allai m'asseoir un instant afin de rassembler mes idées.

Il m'avait épiée alors que je m'intéressais à la bibliothèque ! L'homme qui partageait le secret de mon mari, celui qui savait où s'en trouvait la clé, m'avait surveillée justement à ce moment-là. Voilà qui dissipait le doute : sans le vouloir, le major Fitz-David venait de me désigner l'endroit où chercher !

Je promenai un regard indifférent sur les autres pièces de mobilier, disposées contre le quatrième mur, que je n'avais pas encore considérées. Je passai en revue, sans une once de curiosité, toutes les jolies babioles disséminées sur les tables et sur le manteau de la cheminée, dont chacune aurait pu m'être, en d'autres circonstances, un objet de suspicion. Même les dessins à l'aquarelle ne surent pas susciter mon intérêt dans l'état d'esprit où je me trouvais. Je notai vaguement qu'il s'agissait pour la plupart de portraits de femme – sûrement de belles idoles de l'adoration facile du major – et ne cherchai pas à en savoir plus. J'en étais certaine à présent : dans cette pièce, mon attention ne devait s'attacher qu'à la seule bibliothèque. Je décidai de commencer par les étagères du haut et me levai pour aller prendre l'échelle.

Passant devant un guéridon, j'y avisai les clés que le major Fitz-David avait laissées à ma disposition.

La plus petite des deux me fit aussitôt repenser aux placards qui formaient la base de la bibliothèque. Bizarrement, je les avais jusque-là négligés. Une vague méfiance à l'encontre des portes fermées à clé, une présomption tout aussi nébuleuse de ce que peut-être elles me dissimulaient s'insinuèrent dans mon esprit. Laissant là l'échelle, je me mis en devoir d'examiner d'abord les placards.

Ils étaient au nombre de trois. Juste comme j'ouvrais le premier, le chant, là-haut, cessa. La brusque survenue du silence fut quasi oppressante. Je suppose que mes nerfs étaient mal en point. Le premier son qui suivit – rien de plus remarquable que le crissement des souliers d'un homme descendant l'escalier – me fit violemment tressaillir. Il devait s'agir du maître de chant qui s'en repartait, sa leçon terminée. J'entendis la porte d'entrée se refermer et ce bruit anodin me fit sursauter comme quelque fracas inouï et terrible ! Puis ce fut de nouveau le silence. Je m'arrachai à ma torpeur et portai mon attention sur le premier placard.

Il était divisé en deux parties.

La moitié supérieure ne contenait que des boîtes de cigares rangées les unes au-dessus des autres. La moitié inférieure était dévolue à une collection de coquillages. Ils étaient entassés pêle-mêle. A l'évidence, le major accordait plus de valeur à ses cigares qu'à ses coquillages. Je fouillai minutieusement ce compartiment pour le cas où quelque chose d'intéressant y aurait été caché, mais je ne trouvai rien.

Comme j'ouvrais le deuxième placard, je m'aperçus tout à coup que le jour commençait de baisser.

Je me tournai vers la fenêtre. Ce n'était pas encore la tombée du soir. Cet obscurcissement était le fait de nuages qui s'amoncelaient. Des gouttes crépitaient contre les vitres et le vent d'automne sifflait lugubrement dans les angles de la cour. J'allai remettre du bois dans le feu et retournai, toute frissonnante, à la bibliothèque. J'avais les mains qui tremblaient. Mes nerfs étaient en cause une nouvelle fois. Je me demandais bien ce qui m'arrivait.

Le second placard renfermait, dans sa partie supérieure, de très beaux camées, non pas montés, mais disposés sur un lit d'ouate dans de petits présentoirs en carton. Dans un coin, à demi dissimulées sous un de ces plateaux, les feuilles blanches d'un petit manuscrit attirèrent mon regard, mais il ne s'agissait que d'un catalogue descriptif de ces camées.

Dessous, je découvris de plus précieuses raretés : en l'occurrence ivoires japonais et échantillons de soie de Chine. Je commençais à me lasser d'exhumer les trésors du major. Plus mes recherches se prolongeaient, plus j'avais le sentiment de m'éloigner de leur unique objet. Après avoir refermé la porte du deuxième placard, je me demandai presque si cela valait la peine de poursuivre et d'ouvrir la troisième et dernière porte.

Une courte réflexion me convainquit d'aller jusqu'au bout maintenant que j'avais entamé l'examen des régions basses de la bibliothèque. J'ouvris donc le dernier placard.

Sur le rayon supérieur trônait, dans une solitude superbe, un seul objet.

Il s'agissait d'un livre magnifiquement relié. De plus grande dimension que la moyenne des éditions modernes, il était recouvert de velours bleu avec des fermaux en argent ouvrés en jolies arabesques et une serrure du même métal destinée à en protéger le contenu des regards indiscrets. Je m'en saisis et constatai aussitôt que la serrure n'était pas fermée.

Avais-je le droit de tirer avantage de cette circonstance et d'ouvrir le livre ? J'ai depuis soumis la question à certains de mes amis des deux sexes. Toutes les femmes conviennent que j'y étais parfaitement fondée. Les hommes ne sont pas de cet avis et déclarent que j'aurais dû reposer le volume sans l'ouvrir et me garder de toute tentation en refermant aussitôt le placard. Je tiens que ces messieurs ont sans doute raison.

Toutefois, étant femme, j'ouvris le livre sans un instant d'hésitation.

Le papier était un vélin des plus fins. Le pourtour de chaque page était artistiquement enluminé. Et que renfermaient donc ces feuillets si bellement ornés ? A ma grande surprise et pour mon plus grand dégoût, je vis qu'ils contenaient des boucles de cheveux. Une mèche était soigneusement fixée au centre de chacune des pages, avec au-dessous une inscription prouvant qu'il s'agissait de gages d'amour de dames qui avaient touché le cœur sensible du major à différentes périodes de sa vie. Écrites tantôt en anglais, tantôt dans une autre langue, ces légendes semblaient servir le même étrange dessein : rappeler au major les dates auxquelles ces attachements avaient pris prématurément fin. Ainsi, la première page montrait une mèche de cheveux blond de lin au-dessus de ces lignes : « Mon adorée Madeline. Attachement éternel. Hélas : le 22 juillet 1839 ! » La page suivante s'ornait d'un accroche-cœur plus foncé, assorti d'une inscription en français : « Clémence. Idole de mon âme. Toujours fidèle. Las : le 2 avril 1840 ! » Suivait une guiche rousse au-dessus d'une lamentation en latin ; une note était cette fois ajoutée à la date de dissolution, précisant que la dame descendait des Romains antiques et qu'en conséquence son dévoué major Fitz-David avait jugé approprié, pour la pleurer, le recours à la langue de Virgile. D'autres couleurs de cheveux, d'autres légendes suivaient. Bientôt lasse de parcourir pareille nomenclature, je reposai le gros volume, passablement indignée par les créatures qui avaient contribué à le remplir. Puis, me ravisant, je le repris. J'avais jusqu'à présent minutieusement examiné tout ce qui s'était présenté. Que ce fût plaisant ou non, il était de la dernière importance de poursuivre comme j'avais commencé, et donc de passer aussi cet album en revue.

Je le feuilletai jusqu'à la première page vierge. Constatant que les suivantes l'étaient également, je pris le livre par le dos et, ultime précaution, le secouai afin d'en faire tomber toute feuille volante qui aurait pu échapper à mon attention.

Ma patience fut cette fois récompensée par une découverte qui m'irrita et m'affligea d'une manière indescriptible.

Une petite photographie, montée sur une carte, glissa à terre. Je vis au premier regard qu'il s'agissait du portrait de deux personnes.

En l'une d'elles, je reconnus mon mari. L'autre était une femme.

Le visage de cette personne ne me disait absolument rien. Elle était assise sur une chaise cependant que mon mari, debout au second plan et légèrement incliné au-dessus d'elle, tenait une de ses mains entre les siennes. Cette femme, plus toute jeune, avait un visage sans beauté, des traits durs où se lisaient les marques d'une personnalité opiniâtre et vindicative. Pourtant, toute laide qu'elle était, c'est avec une bouffée de jalousie que je notai la pose, tendre et abandonnée, que l'artiste avait fait prendre, avec bien sûr leur accord, à ses deux modèles. Au temps où il me faisait sa cour, Eustace m'avait dit sans y insister qu'avant de me rencontrer il s'était plus d'une fois cru amoureux. Se pouvait-il que cette personne bien peu séduisante eût compté parmi les objets de son admiration? Avait-elle donc été suffisamment proche et chère à son cœur pour être photographiée main dans la main avec lui? Je regardai et détaillai ce portrait jusqu'à n'en plus pouvoir. Les femmes sont de bien étranges créatures, et un mystère incarné, même à leurs propres yeux. Je lançai la photographie dans un coin du placard. J'étais dans une colère folle à l'encontre de mon mari; je haïssais – oui, de tout mon cœur et de toute mon âme! – cette femme qui avait sa main entre les siennes, cette inconnue aux traits durs, à l'air intraitable.

Cependant, le compartiment inférieur du placard attendait d'être inspecté. Je m'agenouillai pour l'examiner, désireuse de dissiper si possible la jalousie dégradante qui s'était emparée de moi. Il n'y avait, malheureusement, que des reliques de la carrière militaire du major, dont son sabre et ses pistolets, ses épaulettes, son baudrier et autres menues pièces d'équipement. Aucune de ces bricoles n'éveilla le moindre intérêt en moi. Mon regard se reporta sur le rayon supérieur; alors, insensée que j'étais (un qualificatif plus modéré ne saurait caractériser l'état d'esprit où je me trouvais), je ramassai la photographie et, bien inutilement, m'exaspérai en la contemplant de plus belle. Je notai, ce que je n'avais pas remarqué la première fois, qu'il y avait au dos du portrait ces quelques mots, d'une main féminine :

« Pour le major Fitz-David, en accompagnement de ces deux vases, de la part de ses bons amis S. et E. M. »

Le vase brisé était-il un de ceux-là? Et le changement que j'avais observé dans la physionomie du major était-il lié à quelque souvenir que lui rappelait cette porcelaine, souvenir qui pouvait, d'une façon ou d'une autre, me concerner? Peut-être, peut-être pas. Je n'inclinais guère à m'abîmer dans des spéculations de cet ordre alors que se posait la question plus sérieuse de ces initiales.

S. et E. M.? Ces deux dernières lettres pouvaient être les initiales du nom de mon mari – son vrai nom –, Eustace Macallan. Dans ce cas, le S était en toute probabilité l'initiale de son nom à elle. Quel droit avait-elle de s'associer à lui de la sorte? Je réfléchis un instant, fis un effort de mémoire et il me revint soudain qu'Eustace avait des sœurs. Il m'en avait parlé plus d'une fois dans les temps d'avant notre mariage. Avais-je été assez sotte pour être jalouse d'une sœur de mon mari ? Je me sentis profondément honteuse lorsque s'imposa cette nouvelle conjecture. Comme je m'étais montrée injuste à leur endroit ! Triste et repentante, je retournai la photographie pour examiner le portrait d'un œil moins partial et plus bienveillant.

Je me pris naturellement à rechercher un air de famille entre ces deux visages, mais n'en décelai aucun ; bien au contraire, ils étaient aussi dissemblables que possible, tant par la forme que par l'expression. S'agissait-il bien de sa sœur ? Je considérai les mains de cette femme : elle donnait la droite à Eustace tandis que la gauche reposait sur son giron. Elle avait au doigt, bien visible, un anneau d'alliance. L'une ou l'autre des sœurs de mon mari était-elle mariée ? Je lui avais moi-même posé la question et je me souvenais parfaitement qu'il m'avait répondu par la négative.

Était-il en définitive possible que mon premier mouvement de jalousie instinctive m'eût amenée à la bonne conclusion ? En ce cas, que signifiait l'association de ces trois initiales ? Et cette alliance ? Seigneur Dieu ! avais-je sous les yeux le portrait d'une rivale – et cette rivale était-elle l'*épouse* de mon mari ?

Je lançai la photographie au loin avec un cri d'horreur. Le temps d'un instant atroce, je crus bien que ma raison défaillait. Je ne sais ce qui serait arrivé – ni ce que j'eusse fait ensuite – si mon amour pour Eustace n'avait pas été au premier rang des émotions contradictoires auxquelles j'étais en proie. Cet amour indéfectible apaisa mes esprits, il ranima les influences bénéfiques de mon jugement en ce qu'il avait de meilleur et de plus élevé. Cet homme que j'avais enchâssé au centre de mon cœur était-il capable d'une malhonnêteté telle que le laissait supposer l'idée de son mariage avec une autre femme ? Non, bien sûr ! Sur moi la vilenie, sur moi l'indécence d'avoir pu, ne fût-ce qu'un instant, douter de lui !

Je ramassai la détestable photographie et la replaçai dans le livre. Je refermai en hâte la porte du placard, allai prendre l'échelle et la posai contre la bibliothèque. Je n'avais à présent pour seule idée, afin de me protéger de mes propres ruminations, que de me jeter à corps perdu dans une activité. En dépit de mes efforts pour le repousser, je sentis que le détestable soupçon revenait à la charge. Les livres ! les livres ! mon unique espoir était de m'absorber dans les livres.

J'avais un pied sur le premier échelon quand j'entendis s'ouvrir la porte de communication avec le couloir.

Je me retournai, m'attendant à voir le major, et ce fut pour découvrir sa future prima donna qui, debout sur le seuil, me fixait de ses yeux ronds.

– Je peux en supporter beaucoup, commença-t-elle avec froideur, mais là, trop, c'est trop.

– De quoi voulez-vous parler ? lui demandai-je.

– Cela fait deux bonnes heures que vous êtes ici, reprit-elle. Toute seule, dans le bureau du major. Je suis une nature jalouse, figurez-vous. Et je veux savoir de quoi il retourne – le visage empourpré, l'air menaçant, elle fit quelques pas vers moi. Est-ce qu'il aurait par hasard l'intention de faire de vous une artiste ?

– Certainement pas.

– Il n'en pincerait pas pour vous, des fois ?

En toute autre circonstance, j'aurais pu lui demander de me laisser. Mais dans la position qui était la mienne en ces instants critiques, sa seule présence m'était un soulagement. Cette jeune personne, même avec ses interrogations abruptes et son absence d'éducation, constituait une diversion bienvenue ; elle me protégeait de moi-même.

– La question n'est pas très civilement tournée, lui dis-je. Toutefois, je ne vous en tiens pas rigueur. Vous ignorez sans doute que je suis mariée.

– La belle affaire ! me retourna-t-elle. Mariée ou pas, pour le major c'est du pareil au même. Cette coquine effrontée qui se fait appeler Lady Clarinda est mariée, et ça ne l'empêche pas d'envoyer trois fois la semaine des petits bouquets au major ! C'est pas que je me soucie beaucoup de ce vieil imbécile, notez bien. Mais j'ai perdu ma situation au chemin de fer et faut bien que je pense à l'avenir ; je ne sais pas ce qui pourrait arriver si je laisse d'autres femmes se mettre entre lui et moi. C'est là que le bât blesse, comprenez-vous ? Je ne suis pas tranquille quand je le vois vous laisser ici, libre de faire ce que bon vous semble. Ne le prenez pas mal ! Je suis comme ça, je dis ce que je pense. Je veux savoir ce que vous fabriquez ici, toute seule, dans cette pièce. Et d'abord, comment avez-vous fait sa connaissance? Il ne m'avait jamais parlé de vous.

Sous l'égoïsme et le manque de manières de cette étrange fille, il y avait une franchise et une fougue indéniables qui – à mes yeux, en tout cas – plaidaient en sa faveur. Je lui répondis de même, franchement et sans détour :

– Le major Fitz-David est un vieil ami de mon mari, et c'est à ce titre qu'il me témoigne de la bienveillance. Il m'a autorisée à rechercher dans cette pièce…

Je m'interrompis, ne voyant pas comment décrire la situation en des termes qui, tout en ne lui apprenant rien, fussent propres à apaiser sa méfiance.

– A rechercher quoi donc? insista-t-elle – son regard se posa alors sur l'échelle, près de laquelle je me trouvais. Un livre?

– Oui, c'est cela, un livre, fis-je, saisissant la perche qui m'était involontairement tendue.

– Et vous ne l'avez pas encore trouvé?

– Non.

Elle me regardait fixement, se demandant, sans chercher à s'en cacher, si je lui disais bien la vérité.

– Vous me faites l'effet d'une bonne personne, déclara-t-elle, s'étant finalement décidée. Vous n'êtes pas pincée comme certaines autres que je connais. Je vais vous aider si je le peux. J'ai farfouillé dans ces bouquins autant comme autant, je les connais comme ma poche. Lequel c'est-il que vous voulez?

Au beau milieu de sa question tournée tant bien que mal, elle avisa le bouquet de Lady Clarinda, que le major avait laissé sur la table basse. M'oubliant instantanément, moi et mon livre, la singulière demoiselle fondit comme une furie sur les fleurs et se mit tout de bon à les écraser sous son talon!

– Voilà! s'écria-t-elle. Et si je tenais Lady Clarinda, je lui ferais subir le même traitement.

– Que va dire le major? l'interrogeai-je.

– Je m'en soucie comme d'une guigne! Vous croyez peut-être que j'ai peur de lui? Tenez, la semaine dernière, je lui ai fracassé un de ses jolis bibelots là-haut, et voilà pour Lady Clarinda et ses fleurs!

Elle montrait l'emplacement inoccupé du dessus de la biblio-thèque. Mon cœur fit un bond. C'était donc elle qui avait brisé ce vase ! Allais-je découvrir la vérité grâce à cette jeune per-sonne ? Aucun son ne franchissait mes lèvres ; je la regardais, comme fascinée.

– Eh oui ! continuait-elle. Ce machin était perché là-haut. Il sait à quel point je déteste les fleurs qu'elle lui envoie, alors il les a mises là, hors d'atteinte. Il y avait un visage de femme peint sur la porce-laine, et il m'a sorti comme ça que c'était son visage à *elle* tout cra-ché. Ce portrait ne lui ressemblait pas plus à elle qu'à moi. J'étais tellement furieuse que je me suis levée d'un bond et que j'ai lancé vers le vase le livre que je lisais à l'époque. Le vase a fait la culbute et s'est fracassé par terre. Eh, au fait ! Est-ce que ça ne serait pas justement ce livre que vous cherchez ? Est-ce que vous êtes comme moi ? Est-ce que vous aimez les comptes rendus de procès ?

Procès ? Avais-je bien entendu ? Voilà qu'elle me parlait main-tenant de procès !

Je lui répondis d'un signe de tête affirmatif. Je n'avais toujours pas recouvré l'usage de la parole. La demoiselle alla tranquille-ment jusqu'à la cheminée pour en rapporter les pincettes.

– C'est là que le livre est tombé, dit-elle : entre la bibliothèque et le mur. Je vais le récupérer en un rien de temps.

J'attendais sans broncher ni souffler mot. Elle s'en revint bien-tôt vers moi, les pincettes dans une main, un volume sobrement relié dans l'autre.

– Est-ce que c'est celui-ci ? interrogea-t-elle. Ouvrez-le voir.

Je le pris.

– Il est bigrement intéressant, reprit-elle. Je l'ai lu deux fois de bout en bout, je ne vous mens pas. Notez bien, mon idée à moi, c'est que c'est lui qui a fait le coup.

Le coup ? Quel coup ? De quoi voulait-elle parler ? J'entendais lui poser la question. Je m'efforçai – bien vainement – d'aligner ces simples mots : « Mais de quoi êtes-vous en train de parler ? »

Elle parut perdre patience, m'arracha le livre des mains et l'ouvrit devant moi sur la table près de laquelle nous nous tenions.

– Ma parole, fit-elle d'un ton de mépris, mais vous êtes aussi dégourdie qu'un nourrisson ! Tenez ! Est-ce que c'est le bon ?

Je lus les premières lignes de la page de titre :

COMPTE RENDU COMPLET
DU PROCÈS
D'EUSTACE MACALLAN

Je m'interrompis et levai les yeux vers elle. Elle eut un mouvement de recul accompagné d'un cri d'effroi. Je baissai de nouveau la tête pour lire la suite :

ACCUSÉ DU MEURTRE
DE SON ÉPOUSE

Parvenue à ce point, la miséricorde divine se porta à mon secours et je m'évanouis.

XI

LE RÉVEIL

Mon premier souvenir quand je revins à moi fut celui d'une douleur, d'une souffrance atroce, comme si l'on arrachait jusqu'au dernier tous les nerfs de mon corps. Tout mon être se rebellait et protestait sourdement contre un retour à la réalité. J'aurais donné n'importe quoi pour que les créatures invisibles qui m'entouraient me rendissent au néant. Je n'ai jamais su ce que dura cet épouvantable martyre. Au bout d'un temps plus ou moins long, je fus lentement gagnée par une apaisante léthargie. Je sentis que mes mains, comme celles d'un nouveau-né, s'animaient de petits mouvements réflexes. J'entrouvris les paupières et regardai autour de moi. Tout se passait comme si, ayant traversé l'épreuve de la mort, je m'éveillais à de nouvelles sensations dans un monde nouveau.

La première personne que je vis était un homme, un inconnu. Il adressa un signe à quelqu'un d'autre qui se trouvait également dans la pièce, et sortit sans hâte de mon champ de vision.

Lentement et de mauvaise grâce, cette autre personne s'approcha du sofa sur lequel j'étais étendue. Je laissai échapper un petit cri de joie et voulus lui tendre les bras : il s'agissait de mon mari !

Alors que je le dévorais du regard, lui gardait les yeux au sol. A son tour, les traits marqués d'un semblant de gêne et de désarroi, il s'écarta et disparut à ma vue. L'inconnu et lui sortirent de la pièce.

– Eustace ! appelai-je d'une voix à peine audible – mais il ne répondit ni ne reparut.

Je tournai avec effort la tête pour regarder de l'autre côté du sofa. Un autre visage familier m'apparut comme dans un rêve. Mon bon vieux Benjamin était assis là à me regarder, des larmes plein les yeux.

A sa façon simple et bienveillante, il se leva et, sans dire un mot, me prit la main.

– Où est Eustace ? lui demandai-je. Pourquoi est-il reparti ?

J'étais toujours terriblement affaiblie. Tout en interrogeant Benjamin, j'avais parcouru la pièce d'un regard machinal. Je vis le major Fitz-David. Je reconnus la table sur laquelle la demoiselle avait ouvert le livre pour me le montrer. J'avisai cette dernière assise seule dans un coin, son mouchoir sur les yeux comme si elle pleurait. En une mystérieuse fraction de seconde, la mémoire me revint. Le souvenir de la funeste page de titre m'assaillit dans toute son horreur. Le seul sentiment que cela m'inspira fut un désir accru de voir mon mari, de me jeter dans ses bras et de lui dire combien fermement je croyais à son innocence, combien tendrement et sincèrement je l'aimais.

– Où est-il ? Aidez-moi à me lever.

Une voix inconnue me répondit d'un ton posé et bienveillant :

– Calmez-vous, madame. Mr. Woodville est à côté, il attend que vous vous remettiez.

Tournant la tête, je reconnus l'étranger qui avait quitté la pièce avec mon mari. Pourquoi était-il revenu seul ? Pourquoi Eustace n'était-il pas auprès de moi comme eux tous ? Je tentai de me mettre sur mon séant, de me lever. L'inconnu m'obligea avec douceur mais fermeté à reposer la tête sur l'oreiller. Je cherchai à résister, mais bien inutilement.

– Il faut vous reposer, dit-il. Vous allez prendre un peu de vin. Un effort trop important et vous risqueriez de vous évanouir une nouvelle fois.

Benjamin se pencha au-dessus de moi pour me souffler un mot d'explication :

– C'est le docteur, mon enfant. Vous devez faire ce qu'il dit.

Le docteur ? On avait donc appelé un médecin ! Je commençai de vaguement subodorer que ma perte de connaissance avait dû présenter des symptômes bien plus sérieux que le commun des pâmoisons féminines. D'un ton plaintif et dolent, je suppliai le docteur de m'expliquer l'inconcevable absence de mon mari :

– Pour quelle raison l'avez-vous laissé sortir ? Puisque je ne puis aller le retrouver, pourquoi ne me l'amenez-vous pas ?

Il parut ne savoir que répondre et, s'adressant à Benjamin :

– Voulez-vous parler à Mrs. Woodville ?

Benjamin, à son tour, se tourna vers le major Fitz-David pour lui demander :

– Voulez-vous vous en charger ?

Le major leur fit signe à l'un comme à l'autre de nous laisser. Ils se levèrent avec ensemble et sortirent, refermant la porte coulissante derrière eux. C'est alors que, se levant à son tour, la jeune personne qui m'avait révélé de si étrange façon le secret de mon mari s'approcha de mon sofa.

– Je suppose que je ferais mieux de sortir, moi aussi ? dit-elle à l'adresse du major.

– S'il vous plaît, oui, lui répondit-il.

Il lui avait parlé, me sembla-t-il, sur un ton assez froid. Elle releva la tête d'un air indigné et lui tourna résolument le dos.

– Je dois dire un mot à ma décharge ! s'écria l'étrange créature, prise d'une brusque foucade. Il le faut, sinon je vais exploser !

Après ce prologue extravagant, elle se tourna subitement dans ma direction pour déverser sur moi un véritable torrent de paroles.

– Vous avez entendu comment me parle le major ? commença-t-elle. Il me reproche – pauvre de moi – tout ce qui est arrivé. Je suis innocente comme l'enfant qui vient de naître. J'ai cru bien faire. Moi, ce livre, je pensais que vous le vouliez. Je n'ai pas la moindre idée de ce qui vous a fait tomber dans les pommes quand vous l'avez eu sous le nez. Et voilà que le major m'en veut ! Comme si c'était ma faute ! Je ne suis pas le genre qui s'évanouit facilement, mais je peux vous dire que j'en ai gros sur le cœur, ça oui ! Ça n'est pas parce que je ne tourne pas de l'œil que ça ne m'atteint pas. Je viens d'une famille respectable. Je m'appelle Hoighty, Miss Hoighty. J'ai mon amour-propre; et il est blessé. Oui, blessé, comme je vous le dis; c'est ce qui arrive quand on me blâme à tort. Si quelqu'un est responsable ici, c'est vous. Ne m'avez-vous pas dit que vous recherchiez un certain livre ? Et le hasard n'a-t-il pas fait que je vous l'ai trouvé, ceci avec les meilleures intentions du monde ? Vous pourriez peut-être le dire vous-même, maintenant que le docteur vous a ravigotée. Vous pourriez peut-être dire un mot en faveur d'une pauvre fille qui se tue à apprendre le chant et les langues étrangères et je ne sais quoi encore, une malheureuse qui n'a personne d'autre pour prendre sa défense. Je suis aussi respectable que vous, si vous voulez savoir. Je m'appelle Hoighty. Mes parents sont commerçants. Ma maman a connu son heure de gloire, elle a évolué dans la meilleure société.

Là-dessus, Miss Hoighty porta son mouchoir à son visage et, derrière cet écran, éclata pudiquement en sanglots.

Il était assurément difficile de la tenir pour responsable de ce qui était arrivé. Je lui répondis aussi gentiment que possible et tentai de me faire son défenseur. Mais le major Fitz-David connaissait les terribles angoisses qui me taraudaient ; toujours plein de prévenance, il refusa de me laisser poursuivre et prit entièrement sur lui de consoler sa jeune prima donna. Je n'entendis ni ne me souciai d'entendre le langage qu'il tint à Miss Hoighty. Il l'entretint un moment à voix basse, puis, lorsqu'elle fut apaisée, il lui baisa la main et la mena jusqu'à la porte ainsi qu'il eût fait avec une duchesse.

– J'espère que cette petite dinde ne vous a pas trop exaspérée – surtout dans l'état où vous êtes ? dit-il d'un ton pénétré en s'en revenant auprès du sofa. Je ne saurais vous exprimer à quel point je suis affligé de ce qui s'est passé. J'avais pourtant eu soin de vous mettre en garde, si vous vous rappelez. Si j'avais pu prévoir…

Je ne le laissai pas poursuivre. Personne, si clairvoyant fût-il, n'aurait pu parer à ce qui s'était produit. De plus, tout horrible qu'était ma découverte, j'aimais mieux l'avoir faite et en souffrir comme j'en souffrais, plutôt que d'être restée dans l'ignorance. Ces précisions apportées, j'en revins au seul sujet qui désormais m'intéressait, celui de mon infortuné mari.

– Comment est-il arrivé ici ? demandai-je au major.

– En compagnie de Mr. Benjamin, peu après mon retour.

– Longtemps après que je me suis sentie mal ?

– Non. Je venais d'envoyer chercher le docteur – car je dois dire que je me suis fait un sang d'encre.

– Qu'est-ce qui l'a amené ici ? Est-ce qu'il sera rentré à l'hôtel et se sera demandé où j'étais passée ?

– Oui. Il y est rentré plus tôt que prévu et, ne vous y trouvant pas, il s'est inquiété.

– Est-ce qu'il a deviné que je me trouvais chez vous ? Est-il venu directement ici ?

– Non. Il semble qu'il soit d'abord allé trouver Mr. Benjamin. J'ignore ce que celui-ci lui a dit. Tout ce que je sais, c'est qu'ils se sont présentés ici ensemble.

Cette courte explication était amplement suffisante ; je reconstituais tout : Eustace n'avait eu aucune peine à alarmer le brave Benjamin en lui rapportant mon absence de l'hôtel, puis à lui tirer les vers du nez au sujet de ma visite à Vivian Place. La présence de mon mari au domicile du major s'expliquait donc parfaitement. En revanche, qu'il eût quitté la pièce à l'instant précis où je revenais à moi était un point qu'il restait à éclaircir. Le major Fitz-David eut l'air fort embarrassé quand je l'interrogeai à ce sujet.

– Je ne sais que vous dire, me répondit-il avec gravité. Eustace m'a surpris et déçu.

La mine qu'il faisait m'en apprit plus que ses paroles. Je redoublai d'angoisse.

– Vous ne vous êtes pas querellés, au moins ? lui demandai-je.

– Oh, non !

– Il sait que vous n'avez pas trahi votre promesse ?

– Assurément. Ma jeune cantatrice, Miss Hoighty, a expliqué au docteur ce qui s'est passé, et ce dernier a, en sa présence, répété ses propos à votre mari.

– Est-ce que le médecin a vu le… le livre ?

– Ni lui ni Mr. Benjamin ne l'ont vu. Je l'ai mis sous clé et j'ai eu soin de leur taire la cause de ce qui est arrivé. Mr. Benjamin a manifestement quelque soupçon. Mais pas plus que Miss Hoighty le docteur n'a la moindre idée de ce qui a causé votre perte de connaissance. Tous deux vous croient sujette à de graves crises nerveuses, et ne doutent pas un seul instant que le nom de votre mari soit Woodville. Tout ce que l'ami le plus fidèle pouvait faire pour épargner Eustace, je l'ai fait. Il persiste néanmoins à me reprocher de vous avoir reçue chez moi. Bien pis, il persiste à affirmer que ce qui s'est passé aujourd'hui a inéluctablement creusé un fossé entre vous et lui. « Maintenant qu'elle sait, m'a-t-il déclaré, que je suis l'homme qui fut jugé à Édimbourg pour avoir empoisonné sa femme, c'en est fini de notre couple ! »

Je me dressai, horrifiée.

– Seigneur ! m'écriai-je. Est-ce qu'il pense que je doute de son innocence ?

– Selon lui, laissa tomber le major, ni vous ni personne ne peut croire à son innocence.

– Aidez-moi à gagner la porte. Où est-il ? Je veux le voir !

Mais, recrue de fatigue, je me laissai retomber sur le sofa. Le major emplit un verre de vin et tint à me le faire boire.

– Vous allez le voir, me dit-il. Je m'y engage. Le docteur lui a défendu de repartir d'ici sans vous avoir vue. Mais patientez un peu, pauvre chère madame, rien que quelques minutes, le temps que vos forces vous reviennent !

Je ne pus que lui obéir. Ah, les terribles minutes passées ainsi, impuissante, sur ce sofa ! Si longtemps après, je ne puis toujours pas les évoquer sans frémir.

– Faites-le venir, suppliai-je. Je vous en prie, faites-le venir !

– Qui va le persuader de reparaître ici ? fit tristement le major. Comment pourrais-je, comment quiconque pourrait-il convaincre un homme – j'ai failli dire un fou ! – capable de s'esquiver à l'instant même où vous ouvriez les yeux ? J'ai vu Eustace seul à seul dans la pièce voisine pendant que le médecin s'occupait de vous. En faisant feu de tous les arguments possibles, en multipliant les supplications, j'ai tenté de lui ôter de la tête l'idée que vous puissiez – et que je puisse – ne pas croire à son innocence. Il n'avait qu'une seule réponse à m'opposer. J'avais beau raisonner et supplier, il persistait à me renvoyer au verdict écossais.

– Le verdict écossais ? Qu'est-ce donc que cela ?

Le major eut l'air étonné de ma question.

– N'avez-vous vraiment jamais entendu parler de ce procès ?

– Jamais.

– Aussi, j'ai trouvé étrange, quand vous m'avez dit avoir découvert le vrai nom de votre mari, que cela ne vous ait pas conduite à établir le lien. Il y a trois ans à peine, l'Angleterre tout entière ne parlait que de votre mari. Rien d'étonnant à ce qu'il ait choisi, pauvre diable, de se cacher derrière un nom d'emprunt ! Où vous trouviez-vous donc à l'époque ?

– Il y a trois ans, avez-vous dit ?

Je comprenais maintenant mon ignorance de ce que, semble-t-il, savait tout un chacun. Trois ans plus tôt, mon père était encore de ce monde. Je vivais avec lui en Italie, dans les montagnes non loin de Sienne. Nous ne reçûmes pas de journaux anglais ni ne rencontrâmes de compatriotes durant des semaines et des semaines. Peut-être ce fameux procès écossais était-il parfois évoqué dans les lettres que mon père recevait d'Angleterre. Toujours est-il que jamais il ne m'en parla, ou, s'il le fit, peut-être cela m'était-il depuis sorti de l'esprit.

– Dites-moi ce que ce verdict a à voir avec l'horrible méfiance que nous montre Eustace, demandai-je au major. Il est libre ; c'est donc, n'est-ce pas, qu'on a conclu à son innocence ?

Le major Fitz-David secoua tristement la tête.

– Eustace a été jugé en Écosse, dit-il. Il est une particularité de la loi écossaise que, à ma connaissance, on ne retrouve nulle part ailleurs à la surface du globe. Quand les jurés ne savent pas s'il faut condamner ou acquitter le prévenu qui comparaît devant eux, il leur est loisible, dans ce pays, d'exprimer leur doute par une sorte de compromis. Dans le cas où ils n'ont pas suffisamment d'éléments ni pour déclarer l'accusé coupable ni pour le relaxer, les jurés se tirent d'affaire en prononçant un « verdict blanc [1] ».

– Et telle fut l'issue du procès de mon mari ? demandai-je.

– Oui.

– Les jurés n'étaient convaincus ni de sa culpabilité ni de son innocence ? Est-ce bien là ce que signifie le verdict écossais ?

– Oui. Et cela fait trois ans que ce doute pèse sur ses épaules.

---

1. Le terme, forgé par nous, est celui qui nous paraît le mieux rendre cette spécificité du droit écossais lorsque, dans un procès d'assises, le jury ne peut se prononcer (« not proven », crime non prouvé). Théoriquement assimilable à un non-lieu, la sentence est dans la pratique bien plus infamante, encore qu'à la lumière de faits nouveaux l'accusé puisse faire rouvrir son dossier, ce qui implique une différence non négligeable, dans les deux sens, entre les deux formes d'acquittement. *(Note du traducteur.)*

Oh, mon pauvre chéri! mon martyr innocent! Enfin, je comprenais. Le nom d'emprunt sous lequel il m'avait épousée; ses paroles terribles lorsqu'il m'avait intimé de respecter son secret; ce doute plus terrible encore qu'il éprouvait désormais à mon endroit – tout cela maintenant appelait ma sympathie et satisfaisait à ma raison. Je me levai de nouveau, affermie par une résolution que le verdict écossais avait soudain fait naître, résolution à la fois trop sacrée et trop désespérée pour être, dans un premier temps, confiée à une autre oreille que celle de mon mari.

– Menez-moi jusqu'à lui, dis-je. Je suis suffisamment forte à présent pour endurer n'importe quoi.

Après avoir posé sur moi un regard scrutateur, le major m'offrit son bras sans faire de commentaire et nous quittâmes la pièce.

XII

LE VERDICT ÉCOSSAIS

Nous gagnâmes l'autre extrémité du corridor. Le major ouvrit la porte d'une pièce tout en longueur construite sur l'arrière de la maison et qui bordait la cour jusqu'au mur de l'écurie.

Mon mari s'y trouvait seul, assis à l'autre bout, près de la cheminée. A mon entrée, il se leva d'un bond et me fit face en silence. Le major se retira, refermant doucement la porte derrière moi. Eustace ne bougeait pas ; je courus à lui, refermai les bras autour de son cou et le couvris de baisers. Il ne me rendit ni mon étreinte ni mes baisers. Il se laissait faire et rien de plus.

– Eustace, lui dis-je, je ne vous ai jamais aimé plus tendrement qu'en ces instants ! Jamais je ne m'étais sentie aussi proche de vous !

Il s'écarta de moi et, geste de courtoisie machinale, me fit signe de prendre un siège.

– Merci, Valeria, me répondit-il sans chaleur. Après ce qui est arrivé, vous ne pouviez faire moins, comme vous n'auriez pu faire plus. Merci à vous.

Nous nous tenions devant l'âtre. Il me tourna le dos et s'éloigna à pas lents, tête basse, avec l'intention apparente de quitter la pièce. Je m'élançai à sa suite et me plaçai entre lui et la porte.

– Pourquoi partez-vous ? lui demandai-je. Pourquoi ces paroles cruelles ? Êtes-vous fâché contre moi, Eustace ? Oui, c'est cela, vous êtes fâché. Mon amour, je vous supplie de me pardonner.

– Ce serait plutôt à moi de vous demander pardon, me répondit-il. Oui, Valeria, pardonnez-moi d'avoir fait de vous ma femme.

Il avait prononcé ces paroles d'un ton d'abnégation et de désenchantement horrible à entendre. Je posai la main sur sa poitrine.

– Eustace, regardez-moi.

Lentement, il leva les yeux vers mon visage. Ils étaient froids, limpides et exempts de larmes, pleins d'une morne résignation, d'un inébranlable désespoir. Dans l'infinie tristesse de cet instant, je me sentis comme lui : stupide, glacée. Oui, il me glaçait.

– Est-il possible, lui dis-je, que vous doutiez de ma foi en votre innocence ?

Il laissa ma question sans réponse et soupira sourdement.

– Pauvre créature ! souffla-t-il, me prenant en pitié comme s'il eût été un parfait étranger. Pauvre créature !

J'avais le cœur gros, tout près d'éclater. Ma main quitta sa poitrine et, cherchant un appui, se posa sur son épaule.

– Je ne vous demande pas de me prendre en pitié, Eustace ; j'attends que vous me rendiez justice, et ce n'est pas ce que vous faites. Si vous m'aviez dit la vérité à l'époque où nous avons compris que nous nous aimions, si vous m'aviez confié ce que je sais aujourd'hui et ce que j'ignore encore, j'affirme – Dieu m'en soit témoin – que je vous aurais quand même épousé ! A présent, doutez-vous toujours de ma foi en votre innocence ?

– Non, je n'en doute pas, me répondit-il. Tous vos élans sont dictés par la générosité. Vos paroles, vos sentiments en débordent. Ne m'en veuillez pas, ma pauvre enfant, de voir plus loin que vous et d'envisager ce qu'un avenir cruel a en réserve.

– Un avenir cruel ! Que voulez-vous dire ?

– Vous croyez à mon innocence, Valeria. Les jurés qui m'ont jugé en ont, eux, douté. Et ce doute est inscrit aux archives. Considérant ce jugement, quelle raison avez-vous au juste de me croire innocent ?

– Je n'ai que faire d'une raison précise ! J'en suis convaincue, c'est tout. Cela envers et contre ce verdict.

– Vos proches seront-ils de cet avis ? Quand vos oncle et tante auront vent des faits – ce qui arrivera forcément tôt ou tard –, qu'en penseront-ils ? Ils diront : « Il s'est mal comporté dès le début ; il a caché à notre nièce qu'il avait été traduit en justice ; il l'a épousée sous un faux nom. Il peut bien se dire innocent, nous n'avons que sa parole. Il a bénéficié d'un verdict blanc. Nous ne pouvons nous contenter de cela. Si les jurés se sont trompés, s'il est réellement innocent, qu'il en apporte la preuve. » C'est ce que pensent et disent les gens à mon sujet. C'est aussi ce que vos amis penseront. Le moment viendra, Valeria, où vous – oui, même vous – jugerez que leur point de vue est fondé et que le vôtre ne l'est guère.

– Cela n'arrivera pas ! repartis-je avec flamme. C'est me faire injure que de penser le contraire !

Il enleva ma main de son épaule et recula d'un pas.

– Nous ne sommes mariés que de quelques jours, dit-il avec un sourire plein d'amertume. Votre amour pour moi est tout beau, tout neuf. Le temps, qui efface tout, effacera aussi la prime ardeur de cet amour.

– Jamais ! vous m'entendez ? Jamais !

Il s'écarta encore de moi.

– Regardez le monde qui vous entoure, reprit-il. Les couples les plus unis connaissent de temps à autre des malentendus et des désaccords ; des nuages viennent parfois assombrir la vie conjugale la plus radieuse. Lorsque ce temps-là arrivera pour nous, les doutes et les craintes que vous n'avez pas aujourd'hui s'insinueront en vous. Quand les nuages se profileront au-dessus de notre couple – le jour où je proférerai mon premier mot dur, celui où vous me ferez votre première réponse cinglante –, dans la solitude de votre chambre, dans le silence d'une nuit sans sommeil, vous penserez à la mort atroce de ma première femme. Vous vous rappellerez que je fus soupçonné et jamais mis hors de cause. Vous vous direz : « Est-ce qu'entre eux cela a commencé par un mot dur qu'il lui aura lancé et une réponse cinglante qu'elle lui aura faite ? Est-ce que je vais un jour finir comme les jurés ont pu envisager que cela s'était terminé pour elle ? » De bien horribles questionnements ! En bonne épouse que vous êtes, vous les chasserez, vous vous efforcerez de n'y plus penser. Mais, lorsque nous serons en présence le lendemain matin, vous serez sur vos gardes, je le verrai bien, et je saurai dans le fond de mon cœur ce que cela voudra dire. J'en concevrai de l'aigreur et peut-être ma prochaine réaction d'humeur sera-t-elle plus blessante que la première. Alors, vous vous rappellerez avec plus de netteté et moins de timidité que votre époux comparut autrefois en justice pour une affaire d'empoisonnement et que les circonstances de la mort de sa première femme ne furent jamais totalement élucidées. Est-ce que vous entrevoyez quels éléments d'un enfer domestique se combinent là ? Est-ce pour rien que je vous ai instamment conseillé de renoncer lorsque je vous ai vue résolue à découvrir la vérité ? Pourrai-je désormais me tenir à votre chevet quand vous serez souffrante et éviter que mes actions les plus innocentes ne vous remettent en mémoire ce qui est arrivé jadis, du temps de cette autre femme qui fut ma première épouse ? Si je vous verse votre médicament, je fais un geste suspect – on a dit que j'avais mêlé du poison à ses remèdes. Si je vous apporte du thé, je ravive un doute horrible – on a dit que j'avais mis de l'arsenic dans sa tasse. Si je vous donne un baiser avant de quitter la pièce, je vous remets en mémoire que le procureur m'a accusé d'avoir agi de même afin de ménager les apparences et d'abuser l'infirmière. Pouvons-nous vivre ensemble dans de telles conditions ? Aucun mortel ne serait capable d'endurer pareil enfer. Ce fameux jour, je vous ai dit : « Faites encore un pas dans cette direction et c'en sera à jamais fini de votre bonheur. » Ce pas, vous l'avez fait, et c'en est terminé de votre bonheur comme du mien. Le doute, fossoyeur de l'amour, pèse désormais sur vous comme sur moi, et cela jusqu'à la fin de nos jours.

Je m'étais jusque-là forcée à l'écouter. Le tableau de l'avenir qu'il me brossait avec ces dernières paroles devenait trop hideux pour que je pusse l'endurer. Je ne voulus pas en entendre plus.

– Vous dites des choses horribles, protestai-je. Devrions-nous, à mon âge et au vôtre, renoncer à l'amour, renoncer à l'espoir ? Il serait donc sacrilège d'aimer et d'espérer pouvoir le dire !

– Attendez d'avoir lu les minutes du procès. Car je suppose que telle est votre intention, n'est-ce pas ?

– De bout en bout, Eustace ! Et pour une raison qu'il vous reste à entendre.

– Ni vos raisons, Valeria, ni votre amour ni vos espoirs ne peuvent changer les faits. Ma première femme est morte empoisonnée et la justice ne m'a pas complètement blanchi de l'accusation de meurtre. Tant que vous étiez dans l'ignorance, tous les bonheurs possibles restaient à notre portée. A présent que vous êtes au courant, je vous le répète, notre union a vécu.

– Non, le contrai-je. Maintenant que je suis au courant, elle prend au contraire un nouvel essor. Votre femme a une raison supplémentaire de vous aimer !

– Que voulez-vous dire ?

Je m'approchai de lui et lui pris la main.

– Ce que l'on a dit à votre sujet, ce que mes proches vont dire de vous, ne le disiez-vous pas vous-même à l'instant : « Il a bénéficié d'un verdict blanc. Nous ne pouvons nous contenter de cela. Si les jurés se sont trompés, s'il est réellement innocent, qu'il en apporte la preuve. » Telles sont les paroles que vous prêtiez à mes amis. Eh bien, je les reprends à mon compte ! et je dis : je ne saurais me contenter d'un verdict blanc. Établissez, Eustace, votre droit a un verdict de non-culpabilité. Pourquoi avoir laissé passer trois ans sans rien faire ? Vous voulez que je vous en dise la raison ? Vous attendiez que votre femme vous vînt en aide. Eh bien, la voici, mon amour, et disposée à vous aider de tout son cœur et de toute son âme. La voici, et animée d'un unique objectif : démontrer au monde et aux jurés écossais que son mari est innocent !

Je m'étais exaltée ; le sang me battait aux tempes, ma voix retentissait dans la pièce. Avais-je produit le même effet sur lui ? Quelle allait être sa réponse ?

– Lisez le compte rendu du procès, laissa-t-il tomber.

Je lui agrippai le bras. Partagée entre désespoir et indignation, je le secouai de toutes mes forces. Dieu me pardonne, je l'aurais presque giflé pour le ton avec lequel il avait dit cela et le regard qu'il m'avait lancé !

– Je vous ai dit que j'avais l'intention d'en prendre connaissance. Je compte le lire très attentivement, avec vous. Une erreur impardonnable a été commise. Des preuves à décharge n'ont pas été mises au jour, qui auraient dû l'être. Des circonstances équivoques n'ont pas été examinées. On ne s'est pas penché sur le cas de certaines personnes plus que douteuses. Car voyez-vous, Eustace, la conviction qu'une épouvantable omission a été commise par vous ou par les gens qui vous assistaient est fermement enracinée dans mon esprit. Dès que j'ai su, tout à l'heure dans la pièce voisine, ma toute première résolution a été d'obtenir une révision de votre procès. Nous y parviendrons ! C'est l'objectif que nous devons nous fixer – pour vous, pour moi, pour nos enfants si nous avons le bonheur d'en avoir. Ah, mon amour, ne me regardez pas de cet œil froid ! Ne me répondez pas durement ! Ne me traitez pas comme vous traiteriez une ignorante ou une écervelée qui parle de je ne sais quelle chimère !

Je n'arrivais toujours pas à le sortir de son abattement. Toutefois, lorsqu'il reprit la parole, il y mit plus de compassion que de froideur.

– J'ai été défendu par les plus grands avocats du pays, dit-il. Après que de tels hommes ont fait leur possible et qu'ils ont échoué, que puis-je, que pouvez-vous faire, ma pauvre Valeria ? Il faut se résigner.

– Jamais ! m'écriai-je. Les meilleurs avocats ne sont que des hommes ; ils ne sont pas infaillibles, on le sait d'expérience. Cela, vous ne pouvez le nier.

– Lisez le compte rendu, se borna-t-il à ajouter pour la troisième fois.

Désespérant de le faire changer d'avis, mesurant avec autant d'acuité que d'amertume l'impitoyable supériorité de ses arguments sur tout ce que m'avaient soufflé mon amour et ma dévotion, je vis un dernier recours en la personne du major Fitz-David. Dans l'état d'égarement où je me trouvais présentement, le fait que ce dernier avait déjà tenté, sans succès, de le raisonner n'était pas pour m'arrêter. Voici que, contre toute logique, je plaçais une confiance aveugle dans l'influence de son vieil ami, pour peu que je parvinsse à le persuader d'appuyer mes vues.

– Rien ne vous fera donc changer d'avis ? lançai-je.

Eustace détourna les yeux sans répondre.

– Ayez au moins l'obligeance de m'attendre quelques instants, repris-je. Je voudrais vous faire entendre le point de vue de quelqu'un d'autre.

Je le laissai pour retourner dans le bureau. Le major n'y était point. Je toquai à la porte de communication avec l'antichambre.

Elle fut ouverte instantanément par le major lui-même. Le médecin était parti. Benjamin était toujours là.

– Voudriez-vous venir parler à Eustace ? commençai-je. Si vous acceptiez de lui représenter ce que je voudrais que vous lui…

J'entendis claquer la porte d'entrée. Benjamin et le major se regardèrent en silence. Je courus jusqu'au fumoir. Il était vide. Mon mari avait quitté la maison.

XIII

SA DÉCISION

Mon premier mouvement, irréfléchi, fut de suivre Eustace par les rues, au vu de tous.

Le major et Benjamin s'opposèrent à cette initiative inconsidérée. Ils en appelèrent à mon amour-propre, sans que cela produisît, pour autant qu'il m'en souvienne, le moindre effet. Ils furent plus heureux quand ils me demandèrent de faire preuve de patience dans l'intérêt de mon mari. Ils me supplièrent de laisser passer une demi-heure. Si Eustace n'avait pas reparu d'ici là, ils s'engageaient à m'accompagner jusqu'à l'hôtel afin de tenter de le retrouver.

J'y consentis. Ma plume ne saurait rendre ce que j'endurai, contrainte de demeurer passive alors que ma vie était en pendant. Le mieux est encore de poursuivre le fil de mon récit.

C'est Benjamin qui le premier me demanda ce qui s'était passé entre mon mari et moi.

– Parlez sans crainte, ma chère enfant, me dit-il. Je sais ce qui est arrivé depuis que vous avez franchi le seuil de cette maison. Personne ne m'en a parlé ; je l'ai découvert par moi-même. Si vous vous souvenez, la première fois que vous l'avez prononcé devant moi, le nom de « Macallan » m'a fait dresser l'oreille. Sur le moment, la raison m'en échappait. Je sais pourquoi à présent.

A ces mots, je leur rapportai sans rien en celer la teneur de nos propos et la réaction d'Eustace. A ma grande déception, tous deux se rangèrent à son avis, qualifiant mon point de vue de pure fantasmagorie.

– Vous n'avez pas lu le compte rendu de son procès, m'opposèrent-ils eux aussi.

Cela me fit bouillir.

– Les faits me suffisent, leur repartis-je. Nous savons qu'il est innocent. Pourquoi son innocence n'a-t-elle pas été prouvée ? Elle devrait l'être, il faut qu'elle le soit, elle le sera ! Si ce compte rendu m'affirme que c'est impossible, je refuse de croire le compte rendu. Où est ce livre, major ? Je voudrais voir si ses avocats ne m'ont rien laissé à accomplir. Est-ce qu'ils l'aimaient autant que je l'aime ? Donnez-moi le livre !

Le major Fitz-David se tourna vers Benjamin.

– Cela ne ferait qu'ajouter à son angoisse, lui dit-il. N'êtes-vous pas d'accord avec moi ?

Je m'interposai sans laisser à Benjamin le temps de répondre :

– Si vous refusez ma requête, major, il me suffira d'aller demander au libraire le plus proche de me le faire venir. Je suis de toute façon bien décidée à le lire.

Cette fois, Benjamin fut de mon côté.

– La situation ne saurait être pire, dit-il au major. Si je puis me permettre d'exprimer mon avis, donnez-lui satisfaction.

Le major alla prendre le livre dans le cabinet italien, où il l'avait rangé en lieu sûr.

– Ma jeune amie m'apprend qu'elle vous a informée de son regrettable éclat d'il y a quelques jours, dit-il en me remettant le volume. Je ne savais pas quel livre elle avait entre les mains lorsqu'elle s'est oubliée au point de détruire le vase. Quand je vous ai laissée dans le bureau, je croyais le compte rendu du procès rangé à sa place habituelle, sur l'étagère supérieure de la bibliothèque ; et je reconnais avoir éprouvé la curiosité de savoir si vous alliez avoir l'idée de regarder de ce côté-là. Cette porcelaine brisée était – inutile de vous le taire maintenant – l'un des deux vases que votre mari et sa première épouse m'offrirent, une semaine seulement avant l'horrible fin de cette pauvre femme. J'ai pour la première fois pressenti que vous étiez à deux doigts d'aboutir lorsque je vous ai trouvée en train d'en contempler les fragments. Et je crois bien avoir involontairement manifesté mon trouble ; j'ai noté à votre visage que cela ne vous avait pas échappé.

– En effet, major. Et je sentais confusément, moi aussi, que j'étais sur la bonne voie. Voulez-vous consulter votre montre ? La demi-heure est-elle écoulée ?

Mais mon impatience m'égarait. L'éprouvante demi-heure ne touchait pas encore à sa fin.

Lentement, de plus en plus lentement, les pesantes minutes s'égrenaient et mon mari ne reparaissait toujours pas. Nous tentâmes bien de poursuivre notre conversation, mais ce fut un échec. Seuls les bruits ordinaires de la rue venaient troubler notre terrible silence. J'avais beau m'efforcer de le chasser, j'étais assaillie par un pressentiment de plus en plus pressant à mesure que l'attente s'éternisait : je me demandais, toute tremblante, si notre couple avait vécu, si Eustace m'avait quittée pour de bon.

Le major vit – contrairement à Benjamin dont la perception était moins aiguë – que ma force d'âme commençait de vaciller sous le poids de cette angoisse exaspérée.

– Venez ! dit-il. Allons voir à l'hôtel.

Encore cinq minutes, et la demi-heure était passée. Dans l'incapacité où j'étais de lui adresser une parole, pas plus qu'à Benjamin d'ailleurs, c'est avec les yeux que je signifiai ma gratitude au major. Sans un mot, nous sortîmes héler un fiacre.

La patronne se trouvait dans le hall. Elle n'avait pas vu Eustace ni n'avait reçu de ses nouvelles. Un pli m'attendait sur la table de notre salon. Quelqu'un était passé le déposer quelques minutes plus tôt. Essoufflée et tremblante, je fus bientôt à l'étage, suivie de mes deux compagnons. Je reconnus l'écriture de mon mari. Il ne pouvait s'agir que d'une lettre d'adieux. Mon cœur se serra et je me laissai tomber sur une chaise, stupide, incapable de décacheter l'enveloppe.

Le bon Benjamin voulut me consoler et me redonner courage, mais le major, avec sa plus vaste expérience du beau sexe, l'invita à garder le silence.

– Laissez ! l'entendis-je murmurer. Lui parler ne servirait de rien pour l'instant. Accordez-lui du temps.

Agissant sur une inspiration subite, je lui tendis la lettre. Si

Eustace était effectivement parti, chaque seconde comptait. Me laisser du temps pouvait revenir à perdre toute possibilité de le rattraper.

– Major, dis-je, vous qui êtes son vieil ami, ouvrez cette lettre et lisez-la-moi.

Il s'exécuta, sans toutefois lire à voix haute. Puis il laissa tomber la feuille sur la table en un geste presque méprisant.

– Je ne lui vois qu'une excuse possible, dit-il : il faut que ce garçon ait perdu la raison.

J'étais édifiée : je savais maintenant que le pire était arrivé, et, le sachant, je trouvai la force de lire la lettre. Elle était ainsi tournée :

« Mon aimée,

« Lorsque vous lirez ces lignes, je serai déjà parti renouer avec mon existence solitaire, celle que je menais avant de vous connaître.

« Vous avez été bien cruellement traitée, mon pauvre amour. Le sort vous a fait épouser un homme qui fut publiquement accusé d'avoir empoisonné sa première femme et qui ne fut pas complètement et honorablement blanchi de cette accusation. Et à présent, vous n'en ignorez rien !

« Pourriez-vous entretenir avec moi des rapports de confiance et d'estime mutuelles alors que je vous ai trompée de la sorte ? Tant que vous ne saviez pas la vérité, il vous était possible de connaître le bonheur auprès de moi. C'est désormais chose impossible.

« La seule réparation que je puisse apporter est de vous quitter. Votre unique chance de bonheur futur est de vous dissocier, sur-le-champ et à jamais, de ma destinée sans honneur. Je vous aime, Valeria, sincèrement, passionnément. Mais le spectre de la femme empoisonnée se dresse entre nous. Que je sois innocent de ce crime et que l'idée de faire du mal à ma première épouse ne m'ait jamais effleuré n'y change rien. Mon innocence n'a pas été prouvée. Elle ne le sera jamais ici-bas. Vous êtes jeune et bonne, généreuse et pleine de promesses. D'autres que moi profiteront de vos attraits et de vos dons charmants. Ils ne peuvent rien pour moi. La femme empoisonnée élève une barrière entre nous. Si vous partagiez ma vie, elle vous obséderait comme elle m'obsède. Vous ne connaîtrez jamais cette torture. Je vous aime. Je vous quitte.

« Me jugez-vous inflexible et cruel ? Attendez un peu et, avec le temps, les choses vous apparaîtront sous un jour différent. Les années passant, vous vous direz : "Il m'a abusée de façon indigne, mais il n'était pas tout à fait dépourvu de cœur. Il a eu suffisamment d'humanité pour, de lui-même, me rendre ma liberté."

« Oui, Valeria, je vous délie de votre engagement. S'il est possible d'annuler notre mariage, qu'il en soit ainsi fait. Reprenez votre liberté par tout moyen que l'on vous conseillera d'employer ; soyez d'avance assurée de mon entière et absolue soumission. Mes avocats ont reçu des instructions à ce sujet. Il suffira à votre oncle d'entrer en contact avec eux, et je gage qu'il jugera non négligeable ma tentative de réparation. Mon unique souci est dorénavant votre bien-être et votre bonheur à venir. Mais ce n'est plus auprès de moi que vous connaîtrez bien-être et bonheur.

« Il me faut clore cette lettre. Elle vous attendra à l'hôtel. Il sera inutile de tenter de me retrouver. Je ne connais que trop mon point faible : mon cœur vous appartient et je pourrais fort bien vous céder si je vous laissais reparaître devant moi.

« Montrez ces lignes à votre oncle ainsi qu'à tout ami dont vous respectez le jugement. Il ne me reste plus qu'à y apposer mon nom déshonoré ; et chacun comprendra et approuvera mon motif. Ce nom justifie, et amplement, cette lettre. Pardonnez-moi et efforcez-vous de m'oublier. Adieu !

« Eustace MACALLAN. »

Il m'annonçait qu'il se déprenait de moi. Notre mariage aurait duré six jours.

XIV

MA RÉPONSE

J'ai jusqu'à présent parlé de moi avec une totale franchise et, si je puis m'en targuer, une certaine dose de courage. Ces deux vertus me font défaut quand je repense à cette lettre d'adieux et que je tente de me rappeler la tempête d'émotions contradictoires qu'elle souleva en moi. Non ! je ne puis dire toute la vérité sur ce que j'éprouvai en ces instants atroces – je ne l'ose. Messieurs, reportez-vous à votre connaissance des femmes pour l'imaginer. Quant à vous, mesdames, consultez votre propre cœur et vous le saurez.

Ce que je fis lorsque j'eus recouvré mes esprits est matière plus facile à traiter. Je répondis à la lettre de mon mari. Cette réponse sera rapportée plus bas. On pourra y voir, dans une certaine mesure, quel effet – du genre durable – sa défection eut sur moi. Elle révélera également les motifs qui me soutinrent, les espoirs qui m'animèrent au long de la nouvelle et bien étrange vie que les chapitres suivants vont devoir relater.

Quittant l'hôtel, je m'abandonnai aux bons soins de mon vénérable ami, Benjamin. Une chambre fut préparée pour moi dans son petit pavillon. J'y passai la première nuit de ma séparation d'avec mon mari. Vers le matin, ma cervelle fatiguée réclama quelque repos ; je dormis.

A l'heure du déjeuner, le major Fitz-David passa s'enquérir de moi. La veille, il s'était obligeamment proposé pour prendre contact avec les avocats de mon mari. Ceux-ci admettaient savoir où Eustace s'en était allé ; mais il leur était absolument impossible de communiquer son adresse à qui que ce fût. Par ailleurs, leurs « instructions » regardant l'épouse de leur client étaient, comme ils se plurent à le formuler, « généreuses à l'excès ». Il me suffisait de leur écrire et ils m'en feraient tenir copie par retour du courrier.

Telles furent les nouvelles apportées par le major. Avec le tact qui le caractérisait, il se borna à s'informer de ma santé, puis il prit congé de moi. Lui et Benjamin eurent ensuite un long entretien dans le jardin.

Je me retirai dans ma chambre pour écrire à mon oncle Starkweather. Je lui narrai exactement les faits, joignant à ma missive une copie de la lettre de mon mari. Cela fait, je sortis respirer un peu d'air frais et réfléchir. Je me sentis bientôt lasse et retournai reposer dans ma chambre. Le brave Benjamin me laissait toute liberté de m'isoler autant que je le désirais. Quand arriva l'après-midi, je me sentais un peu plus proche de mon état normal. Entendez par là que j'étais capable de penser à Eustace sans fondre en larmes et de parler à mon hôte sans l'accabler ni lui faire peur.

Je dormis mieux la nuit suivante. Le lendemain matin, j'étais assez forte pour affronter la première tâche qui m'incombait : celle de répondre à la lettre de mon mari.

Je lui écrivis en ces termes :

« Je suis encore trop éprouvée, Eustace, pour vous faire une longue lettre. J'ai néanmoins les idées plus claires. Je me suis formé une opinion sur ce qui vient de se produire et je sais à quoi je vais m'employer à présent que vous m'avez quittée. Certaines femmes, placées dans ma situation, jugeraient peut-être que leur mari n'a plus aucun droit à leur confiance. Pour ma part, je ne le pense pas. Et c'est pourquoi je vous écris afin de vous dire ma position de la façon la plus exacte et la plus concise possible.

« Vous dites m'aimer et vous me quittez. Que l'on puisse quitter une femme que l'on aime, voilà qui me dépasse. Pour moi, en dépit des choses très dures que vous m'avez dites et écrites, et malgré la manière brutale dont vous m'avez abandonnée, je vous aime et je n'ai pas l'intention de tirer un trait sur vous. Non ! Tant qu'il me restera un souffle de vie, je serai votre femme.

« En concevez-vous de l'étonnement ? Moi, oui. Si une autre écrivait une lettre de cette teneur à un homme qui se serait conduit avec elle comme vous avec moi, j'aurais bien du mal à comprendre sa réaction. Et j'ai au reste de la peine à m'expliquer la mienne. Je devrais vous haïr et je ne peux m'empêcher de vous aimer. Je me fais honte, mais c'est ainsi.

« Soyez sans crainte : je ne vais tenter ni de vous retrouver ni de vous persuader de me revenir. Je ne suis pas sotte à ce point. Vous n'êtes pas dans des dispositions propices à un retour. Vous avez tort de bout en bout. Mais j'ai la vanité de croire que lorsque vous ver-rez votre erreur, vous me reviendrez de votre plein gré. Aurai-je alors la faiblesse de vous pardonner ? Oui. Cela ne fait aucun doute.

« La question est : comment allez-vous prendre conscience de votre erreur ?

« J'y ai réfléchi le jour et la nuit, et mon opinion est que vous n'y arriverez pas sans mon aide.

« Comment puis-je vous aider ?

« La réponse va de soi. Ce que la loi n'a pas fait pour vous, votre épouse doit s'en charger. Vous souvenez-vous de ce que je vous ai dit chez le major Fitz-David ? Je vous ai dit que la première pensée qui m'est venue lorsque j'ai eu connaissance du jugement des jurés écossais avait été la nécessité d'en obtenir la révision. Eh bien, votre lettre n'a fait que me renforcer dans cette idée. Le seul moyen à mes yeux de vous faire revenir auprès de moi en époux aimant et repen-tant est de changer cette fallacieuse sentence écossaise de verdict blanc en un honnête verdict anglais de non-culpabilité.

« Êtes-vous surpris de mes lumières en matière de droit ? C'est que j'ai beaucoup appris, mon cher ; la dame et la loi ont com-mencé de se comprendre l'une l'autre. En d'autres termes, j'ai ouvert le dictionnaire et voici ce que j'y ai lu : "Un jugement de verdict blanc indique seulement que, selon le jury, les preuves ne sont pas suffisantes pour condamner le prévenu. Un jugement d'acquittement indique que, selon le jury, le prévenu est inno-cent." Eustace ! ce sera, regardant votre affaire, l'opinion du monde en général et des jurés écossais en particulier. Si Dieu m'en donne la force, c'est à ce seul objet que je vais consacrer ma vie !

« Je ne sais encore qui m'y aidera lorsque j'aurai besoin d'aide. J'ai tout d'abord cru que nous y travaillerions ensemble, main dans la main. Je n'attends plus votre concours ni ne vous le demande. Un homme qui se trouve dans vos dispositions d'esprit ne saurait être d'aucun secours pour qui que ce soit, car c'est sa triste condition que de n'avoir plus d'espoir. Qu'il en soit ainsi ! J'espérerai pour deux et œuvrerai pour deux ; et, n'ayez crainte, je trouverai bien, si je le mérite, quelqu'un pour m'épauler.

« Je ne vous dis rien de mes projets puisque je n'ai pas encore pris connaissance de l'affaire. Il me suffit pour l'instant de savoir que vous êtes innocent. Lorsque quelqu'un est innocent, il existe forcément un moyen d'en apporter la preuve. Tôt ou tard, seule ou avec l'aide d'autres personnes, je trouverai ce moyen. Oui ! avant même de connaître le moindre détail de l'affaire, je vous l'affirme : je trouverai le moyen de vous innocenter !

« Cette confiance aveugle peut bien vous faire rire ou vous faire pleurer. Je ne me soucie pas de savoir si je suis un objet de ridicule ou de pitié. Je n'ai qu'une seule certitude : j'ai l'intention de vous défendre contre le monde jusqu'à ce que votre personne et votre nom soient tout à fait blanchis.

« Écrivez-moi de temps en temps, Eustace. Et croyez bien que je reste, tout au long de ces moments difficiles,

« Votre fidèle et aimante
« Valeria. »

Telle était ma réponse ! Passablement indigente dans sa composition – j'écrirais aujourd'hui une bien meilleure lettre –, elle avait, si j'ose dire, un mérite : elle était l'honnête expression de ce que je pensais et éprouvais.

Je la lus à Benjamin. Il leva les bras au ciel comme chaque fois qu'il était abasourdi ou consterné.

– Cela me paraît la lettre la plus inconsidérée jamais écrite, me dit ce cher vieil ami. Je n'ai jamais ouï dire, Valeria, qu'une femme ait fait ce que vous vous proposez de faire. Le Seigneur ait pitié de nous ! la nouvelle génération me dépasse. Je voudrais que votre oncle Starkweather soit ici : je me demande comment il réagirait. Mon Dieu, quelle lettre d'une femme à son mari ! Avez-vous réellement l'intention de la lui envoyer ?

J'ajoutai encore à la stupéfaction de Benjamin en ne recourant pas aux services de la poste. Désireuse de prendre connaissance des « instructions » laissées par mon mari, je m'en fus remettre moi-même ma lettre à ses avocats.

Le cabinet était composé de deux associés. Ils me reçurent ensemble. L'un était un personnage maigre, plein d'onction, au sourire faux. L'autre était gros, l'air dur et le front sourcilleux. Je les trouvai l'un et l'autre fort antipathiques. Nous commençâmes par un désaccord. Ils me montrèrent les instructions de mon mari, qui, entre autres dispositions, prévoyaient le paiement à son épouse, tant qu'il vivrait, de la moitié de son revenu. Je refusai catégoriquement d'en toucher le premier sou.

Les deux avocats se montrèrent sincèrement choqués et stupéfaits de cette décision. De toute leur pratique, ils n'avaient jamais vu pareille attitude. Ils tentèrent de me raisonner. Celui qui avait le sourcil ombrageux voulut connaître mes raisons. L'autre, avec son sourire mielleux, lui rappela d'un ton sarcastique que j'étais une dame et n'avais donc pas à m'ouvrir de mes motifs.

– Ayez la bonté, messieurs, me bornai-je à répondre avant de les laisser, de faire parvenir cette lettre à mon mari.

Je ne prétends pas revendiquer ici des mérites dont je ne puisse honnêtement me prévaloir. La vérité est que la fierté m'interdisait d'accepter venant d'Eustace, à présent qu'il m'avait quittée, la moindre aide matérielle. Lors de notre mariage, mon modeste revenu (huit cents livres l'an) m'était resté en propre. Il excédait mes besoins lorsque j'étais jeune fille, et j'étais bien décidée à m'en contenter aujourd'hui. J'étais chez moi dans la maison de Benjamin, s'il fallait en croire l'insistance qu'il avait mise à me le proposer. En ces circonstances, les frais auxquels allaient pouvoir m'entraîner mon projet d'obtenir la réhabilitation de mon mari seraient mes seules dépenses. Je pouvais envisager une indépendance financière et y étais bien résolue.

Tant que j'en suis à reconnaître mes faiblesses et mes erreurs, il me paraît juste d'ajouter que, si grand que fût mon amour pour lui, mon infortuné et peu judicieux mari s'était rendu coupable d'une petite faute que j'avais du mal à lui pardonner.

Indulgente pour d'autres comportements, je n'arrivais pas à oublier qu'il m'avait caché avoir déjà été marié. Je ne m'explique guère pourquoi je ressentais cela de façon aussi cuisante. Sans doute un fond de jalousie. Je n'avais pourtant pas conscience d'être jalouse – surtout quand je pensais à la fin épouvantable de cette malheureuse. Néanmoins, dans les moments de découragement ou de mauvaise humeur, il m'arrivait parfois de me dire : « Eustace n'aurait jamais dû me cacher la vérité. » Comment eût-il, lui, réagi si j'avais été veuve et que je le lui eusse celé ?

La journée tirait à sa fin lorsque je regagnai mon nouveau logis. Benjamin guettait, semble-t-il, mon retour : je n'avais pas encore sonné qu'il ouvrit le portillon du jardin.

– Il y a une surprise pour vous, Valeria, m'annonça-t-il. Le révérend Starkweather vient d'arriver. Il est là qui vous attend. Il a reçu votre lettre ce matin et il a sauté dans le premier train pour Londres.

Un instant plus tard, j'étais serrée entre les bras vigoureux du bon pasteur. Dans l'état de déréliction où je me trouvais, l'affection de mon oncle, qui avait fait tout ce voyage pour me voir, me touchait au plus profond. Des larmes me vinrent, qui n'étaient pas d'amertume, et elles me firent du bien.

– Ma chère enfant, commença le cher homme, je suis venu pour vous ramener avec moi. Les mots ne sauraient dire combien votre tante et moi regrettons que vous ayez jamais dû nous quitter. Enfin bon ! ne parlons plus de cela. Le mal est fait, il nous appartient de le réparer du mieux possible. Il n'empêche, ma petite, que si je pouvais coincer votre mari sans témoins… Là, là, Dieu me pardonne, j'en oublie mon état d'ecclésiastique. A ce propos, qu'est-ce que j'oublie d'autre ? Ah, oui ! Votre tante vous dit tout son amour. Elle est plus superstitieuse que jamais. Cette triste affaire ne la surprend pas du tout. Elle dit que tout a commencé avec votre étourderie au moment de signer le registre. Vous vous souvenez ? A-t-on jamais entendu rien de semblable ? Ah, que voulez-vous, ma pauvre femme est un peu ridicule. Mais derrière cela il y a une bonne âme et qui ne pense qu'à bien faire. Si je m'étais laissé faire,

elle aurait été du voyage. « Non, non, lui ai-je dit. Vous allez rester
ici à veiller sur la maison et sur la paroisse ; je me charge de ramener la petite. » Vous allez retrouver votre ancienne chambre,
Valeria ; vous savez, celle qui a des rideaux blancs avec des
embrasses bleues. Nous partons au train de 9 h 40 demain matin.

Retourner vivre au presbytère ! Comment seulement l'envisager ? Comment aurais-je œuvré à ce qui était désormais mon seul
et unique but, si j'étais allée m'enterrer dans un village reculé du
Nord ? Non, il m'était tout à fait impossible de repartir vivre chez
le Dr Starkweather.

– Mon oncle, je vous remercie du fond du cœur, lui dis-je. Mais
j'ai bien peur de ne pouvoir quitter Londres pour l'instant.

– Vous ne pouvez quitter Londres ? répéta-t-il. Qu'est-ce qu'elle
veut dire par là, monsieur Benjamin ?

– Valeria est la bienvenue chez moi, docteur, biaisa Benjamin, et
j'ajoute : pour le temps qu'il lui plaira de rester.

– Vous ne me répondez pas, lui renvoya mon oncle, toujours un
peu anguleux – il se retourna vers moi : Qu'est-ce qui vous retient
à Londres ? Vous qui détestiez cette ville. Il y a quand même bien
une raison ?

Je devais bien à mon bon tuteur et ami de le mettre tôt ou tard
dans la confidence. Je pris donc mon courage à deux mains et lui
révélai ce à quoi je projetais de m'employer. Le pasteur m'écouta
en retenant presque totalement son souffle. Lorsque j'en eus terminé, il tourna vers Benjamin un visage où l'effarement le disputait à la surprise.

– Dieu lui vienne en aide ! s'écria le digne homme. La pauvre
enfant ! ses épreuves lui ont gâté le jugement !

– Je savais que vous ne seriez pas d'accord, monsieur, dit
Benjamin de son ton modéré et conciliateur. Je vous avoue que,
moi-même, cela n'est pas sans me faire tiquer.

– « Pas d'accord » n'est pas le mot, repartit le pasteur. Appelons
un chat un chat, je vous prie. De la pure folie, voilà ce que c'est si
elle pense réellement ce qu'elle dit.

Il se retourna vers moi et me regarda de l'air qu'il prenait après
le service de l'après-midi pour sermonner un enfant récalcitrant.

– Vous ne parlez pas sérieusement, n'est-ce pas ?

– Je regrette de vous voir réviser la bonne opinion que vous aviez de moi, mon oncle. Mais tout ceci est on ne peut plus sérieux.

– Oui, en d'autres termes, vous avez la vanité de croire que vous réussirez là où la fine fleur du barreau écossais a échoué. A eux tous, ses avocats ne sont pas parvenus à démontrer l'innocence de ce monsieur. Est-ce vous qui, toute seule, allez le faire ? Ma parole, vous êtes vraiment une jeune femme hors du commun, s'exclama mon oncle, passant soudain de l'indignation à l'ironie. Est-il permis à un brave pasteur qui arrive de sa campagne et n'a guère l'usage des avocats en jupons de demander comment vous comptez vous y prendre ?

– Je vais commencer par lire le compte rendu du procès.

– Jolie lecture pour une jeune femme ! Après cela, ce sera toute une pile de romans français. Bon, et quand vous l'aurez lu, que ferez-vous ? Est-ce que vous y avez pensé ?

– Mais oui, mon oncle. J'y ai bien réfléchi. Je tâcherai d'abord d'arriver à une conclusion quant au vrai coupable. Puis je dresserai la liste des témoins de la défense afin d'aller les trouver en leur disant qui je suis et ce qui m'amène. Je leur poserai toutes sortes de questions, de celles que de trop dignes avocats peuvent juger en dessous d'eux de formuler. J'agirai ensuite en fonction des réponses que l'on m'aura faites. Et je ne céderai pas au découragement, quelque obstacle que l'on puisse m'opposer. Tels sont mes projets, mon oncle, dans la mesure où je les connais à l'heure actuelle.

Le pasteur et Benjamin s'entre-regardèrent de l'air de n'en pas croire leurs oreilles. Mon oncle fut le premier à parler :

– Dois-je comprendre que vous vous proposez de sillonner le pays et de vous en remettre au bon vouloir d'inconnus, risquant par là d'essuyer tout mauvais accueil qui pourrait vous être fait ? Vous ! Une jeune femme ! Abandonnée par son époux ! Et sans personne pour prendre votre défense ! Monsieur Benjamin, vous entendez cela ? Pour moi, je crois rêver. Regardez-la, non mais, regardez-la ! Aussi tranquille et détendue que si elle venait de nous exposer le plus banal des projets ! Que vais-je faire d'elle – voilà la grande question –, que diable vais-je faire d'elle ?

– Laissez-moi essayer, mon oncle, aussi déraisonnable que vous jugiez la tentative. Rien ne pourra autant me consoler et me soutenir, et Dieu sait que j'ai besoin d'être consolée et soutenue. Ne me jugez pas obstinée ; je suis prête à admettre que de sérieuses difficultés se dressent en travers de mon chemin.

Le pasteur reprit son ton ironique :

– Oh ! Vous l'admettez ? Eh bien, c'est déjà cela !

– Mainte femme avant moi s'est trouvée face à de semblables obstacles et les a surmontés grâce à son amour pour un homme.

Le Dr Starkweather se leva lentement de l'air de quelqu'un dont l'esprit de conciliation a été mis à trop rude épreuve.

– Dois-je comprendre que vous êtes toujours éprise de Mr. Eustace Macallan ?

– Oui.

– Ce héros d'une retentissante affaire d'empoisonnement ? L'homme qui vous a séduite et abandonnée ? Vous l'aimez ?

– Plus que jamais.

– Monsieur Benjamin, lança le pasteur, si elle recouvre la raison d'ici neuf heures demain matin, envoyez-la avec ses bagages à l'hôtel *Loxley*, où je suis descendu. Bonsoir, Valeria. Je vais voir avec votre tante ce qu'il convient de faire. Je n'ai plus rien à ajouter.

– Ne partez pas sans me donner un baiser, mon oncle.

– Mais oui. Je vais vous donner un baiser. Tout ce que vous voudrez, Valeria. Je vais avoir soixante-cinq ans et je me figurais en connaître un bout sur les femmes. Je vois bien qu'il n'en est rien. L'hôtel *Loxley*, monsieur Benjamin ! Bonsoir.

Benjamin était très grave lorsqu'il reparut après avoir raccompagné le Dr Starkweather jusqu'à la grille.

– Écoutez-moi, ma chère enfant, dit-il. Je ne prétends pas que mon avis sur la question ait grande valeur, mais ne pensez-vous pas que l'opinion de votre oncle mériterait d'être prise en considération ?

Je ne lui répondis pas. Il était inutile d'ajouter quoi que ce fût. J'avais résolu de faire face à l'incompréhension et à la désapprobation générales.

– Bonsoir, cher vieil ami, dis-je seulement à Benjamin.

Puis je tournai les talons et, les larmes aux yeux, allai me réfugier dans ma chambre.

La jalousie était relevée et une lune automnale éclairait brillamment la petite pièce.

Debout à la fenêtre, regardant dehors, je me pris à penser à une autre nuit de clair de lune, celle où, quelque temps avant notre mariage, Eustace et moi nous étions promenés dans le jardin du presbytère. Des obstacles se dressaient contre notre union et Eustace m'avait, ce soir-là, proposé de me délivrer de mon engagement. Je revoyais son cher visage penché vers moi dans la lumière laiteuse; et me revenaient les paroles que nous avions échangées. « Pardonnez-moi, m'avait-il dit, de vous avoir aimée, de vous avoir chérie et adorée. Pardonnez-moi et laissez-moi aller ! »

Je lui avais répondu : « Je ne suis qu'une pauvre femme, Eustace, ne me rendez pas folle ! Je ne saurais vivre sans vous. Je veux devenir votre femme, votre femme je serai ! » Et voici qu'aujourd'hui, alors que nous étions liés par le plus sacré des contrats, nous nous trouvions séparés ! Séparés quoique toujours passionnément épris l'un de l'autre. Pourquoi ? Parce qu'il avait été accusé d'un crime qu'il n'avait pas commis, et parce qu'un jury écossais n'avait pas su discerner la vérité.

Je contemplais le charmant clair de lune, toute pleine de ces réminiscences et de ces pensées. Une ardeur toute neuve se mit à brûler en moi. « Non ! me dis-je. Ni ma famille ni mes amis ne réussiront à me détourner de la cause de mon mari. La démonstration de son innocence sera l'œuvre de ma vie. Je m'y attelle dès ce soir ! »

J'abaissai la jalousie et allumai les chandelles. Dans le silence de la nuit, seule et sans assistance, je m'engageai dans la première étape du terrible et laborieux voyage qui m'attendait. De la page de titre jusqu'à la fin, sans un instant de repos et sans en sauter une ligne, je lus les minutes du procès de mon mari, accusé du meurtre de sa femme.

XV

LE DÉROULEMENT DES DÉBATS :
LES PRÉLIMINAIRES

Il me faut confesser encore une faiblesse avant d'en venir à l'histoire du procès. Je ne puis me résoudre à recopier de nouveau cette horrible page de titre qui jette l'opprobre sur le nom de mon mari. Je l'ai reproduite une fois, au chapitre dix. Que cela suffise.

Passant à la seconde page, je trouvai une note assurant le lecteur de l'absolue exactitude de cette relation des débats. Le rédacteur précisait avoir bénéficié de certains avantages. Ainsi, le président du tribunal avait personnellement révisé son adresse au jury. A son exemple, les magistrats du ministère public et les avocats de la défense avaient fait de même pour leurs réquisitoires et plaidoiries. Enfin, on avait pris un soin particulier à rapporter littéralement les déclarations des différents témoins. Ce me fut un soulagement de découvrir au lu de cette note que ce volume contenait une relation aussi fidèle qu'exhaustive du déroulement du procès.

La page suivante m'intéressa plus encore. Y étaient cités les acteurs de la scène judiciaire, ces hommes qui avaient tenu entre leurs mains l'honneur et la vie de mon mari. En voici la liste :

| Le juge CLERK, président du tribunal
Ses deux assesseurs,
les juges DRUMFENNICK et NOBLEKIRK | *magistrats assis* |

| Le procureur général MINTLAW
Son substitut, DONALD DREW | *avocats de la Couronne* |

| Mᵉ JAMES ARLISS | *avoué de la Couronne* |

| Le bâtonnier FARMICHAEL
Mᵉ ALEXANDER CROCKET, Esq. | *avocats de la défense* |

| Mᵉ THORNIEBANK
Mᵉ PLAYMORE | *avoués de la défense* |

Venait ensuite l'acte d'accusation. Je ne vais pas rapporter ici le jargon indigeste, farci de répétitions inutiles – et, pour autant que j'ai quelques lumières en la matière, non exempt de fautes de syntaxe –, dans lequel mon mari fut officiellement, mais à tort, accusé d'avoir empoisonné sa première femme. Moins la présente page sera entachée d'une incrimination aussi fausse qu'ignoble, plus elle me paraîtra belle et bonne.

Donc, pour faire bref, Eustace Macallan fut « inculpé et accusé par décision de David Mintlaw, procureur général et représentant de Sa Majesté », de meurtre par empoisonnement sur la personne de son épouse en leur domicile de Gleninch, comté de Mid-Lothian. La substance toxique, de l'arsenic, avait été censément ingérée à deux reprises par la victime, Sara Macallan, dans du thé et dans un médicament « ou autre matière alimentaire solide ou liquide ignorée de l'accusation, ou par quelque autre moyen ignoré de l'accusation ». Suivait l'affirmation que la victime avait succombé au poison ainsi administré par son mari en l'une ou l'autre des occasions susdites, et qu'elle avait été de cette façon assassinée par ledit mari. Le paragraphe suivant rapportait que le susnommé Eustace Macallan, comparaissant devant John Daviot, substitut du premier président du comté de Mid-Lothian, avait rédigé et signé en présence d'icelui, à Édimbourg en date du 29 octobre, une déposition par laquelle il protestait de son innocence. L'accusation se réservant de faire usage de cette déclaration – en même temps que de certains documents, pièces et articles énumérés dans un inventaire – comme élément à charge. L'accusation concluait en précisant que, dans le cas où le jury confirmerait par son verdict la culpabilité de l'accusé, le susnommé Eustace Macallan « devrait être puni avec toute la rigueur de la loi afin de dissuader ses semblables de commettre à l'avenir de tels crimes ».

Voilà pour l'accusation ! J'en ai terminé et je m'en réjouis.

Suivait sur trois pages le détail des pièces et documents versés au dossier. Puis c'était la liste des témoins et les noms des jurés, au nombre de quinze, désignés par scrutin pour statuer sur le sort de l'accusé.

J'en arrivai enfin au compte rendu des débats à proprement parler. Ce procès se ramenait, dans mon esprit, à trois grandes questions. Puisque ainsi il m'apparaissait à l'époque, c'est sous cette forme que je me propose de le présenter ici.

XVI

PREMIÈRE QUESTION :
LA VICTIME EST-ELLE MORTE EMPOISONNÉE ?

L'audience de la haute cour d'Édimbourg commença à dix heures. On mena l'accusé à la barre. Il s'inclina respectueusement devant les juges et, d'une voix sourde, déclara qu'il plaiderait non coupable.

Toutes les personnes présentes notèrent que son visage montrait les signes d'une intense souffrance morale. Il était d'une pâleur mortelle. Pas une fois il ne laissa son regard vagabonder du côté du public. A tel ou tel témoin qui venait déposer contre lui, il n'accordait qu'une attention momentanée, détachant pour l'occasion son regard du sol où il était toujours baissé. Lorsque les témoignages avaient trait à la maladie et à la mort de sa femme, il paraissait profondément affecté et se plaquait les mains sur la face. Tout le monde observa avec étonnement que l'accusé, un homme pourtant, montrait infiniment moins de contrôle de ses moyens que la femme jugée en dernier devant ces même assises et convaincue de meurtre sur la base de preuves accablantes. Certains – une petite minorité seulement – tinrent que ce défaut de sang-froid plaidait en sa faveur. Dans la situation terrible où il se trouvait, une autre attitude, qui selon eux signalait le criminel endurci et cynique, eût été de nature à faire naître une présomption non point d'innocence mais de culpabilité.

Le premier témoin appelé à la barre fut John Daviot, substitut du Mid-Lothian. Interrogé par le procureur général Mintlaw, il répondit ceci :

– Le prisonnier a comparu devant moi pour répondre du présent chef d'accusation. Le 29 octobre, après avoir été dûment instruit de ses droits, il a fait librement et volontairement une déclaration écrite et signée.

Après avoir identifié ladite pièce, le substitut fut soumis à l'interrogatoire contradictoire du bâtonnier Farmichael, avocat de la défense. Il déclara en substance :

– Le chef d'inculpation était celui d'homicide. Le prisonnier en fut avisé préalablement à la rédaction de sa déclaration. Il eut à répondre à des questions posées en partie par votre serviteur, en partie par un autre magistrat, le procureur du comté. Il répondit de façon claire et, à ce qu'il m'a semblé, sans réserve. Les assertions exposées dans sa déclaration firent toutes suite à des questions posées par le procureur ou par moi-même.

Un greffier produisit alors le document susdit et corrobora les dires du déposant.

L'apparition du témoin suivant fit sensation dans le prétoire. Cette personne, du nom de Christina Ormsay, n'était rien de moins que l'infirmière qui s'était occupée de Mrs. Macallan dans les derniers temps de sa maladie. Passé les premières questions de pure forme, cette femme, interrogée par le procureur général, déclara :

– C'est le 7 octobre que j'ai été appelée auprès de Mrs. Macallan. Elle souffrait d'un rhume sévère compliqué d'une affection rhumatismale au genou gauche. J'ai cru comprendre qu'elle jouissait avant cela d'une assez bonne santé. Dès que l'on connaissait cette femme et que l'on savait comment la prendre, on s'apercevait qu'on n'avait pas affaire à quelqu'un de difficile à soigner. La principale difficulté résidait dans sa personnalité. Sans être d'un caractère maussade, elle avait une nature violente et obstinée, s'emportant vite et, lors de ses accès de colère, passablement insoucieuse des conséquences de ses crises. Je ne crois pas en fait qu'elle se rendît bien compte de ce qu'elle faisait ou disait en pareille occasion. Mon idée est que l'échec de son mariage n'était pas fait pour la rendre moins irascible. Elle était loin d'être quelqu'un de réservé. Elle avait même, selon moi, tendance à un peu trop s'épancher sur sa vie et ses problèmes auprès de personnes qui, comme moi, n'étaient pas de son rang. Ainsi, elle n'hésita pas à me dire un jour, après que nous eûmes passé suffisamment de temps ensemble pour être habituées l'une à l'autre, qu'elle était très déçue par le mariage et qu'elle enrageait contre son mari. Un soir qu'elle était agitée et n'arrivait pas à trouver le sommeil, elle me confia que…

Le bâtonnier, parlant au nom de l'accusé, éleva une objection. Il demanda aux juges si une déposition à ce point incertaine et peu crédible était recevable par la cour.

Le procureur général, s'exprimant au nom de la Couronne, protesta de ce qu'il était en droit de produire ce témoignage. Il était de la première importance d'établir, sur la foi d'un témoin impartial, en quels termes vivaient les époux. Le déposant était une personne des plus respectables et qui avait su gagner et mériter la confiance de la malheureuse qu'elle avait soignée jusqu'à la fin.

Après en avoir brièvement conféré, les juges donnèrent unanimement raison à la défense : on ne recevrait que ce que le témoin avait pu voir et observer de la relation entre la défunte et l'accusé.

Sur quoi, le procureur général poursuivit son interrogatoire. Christina Ormsay reprit sa déposition comme suit :

– De toute la maisonnée, c'est moi qui, en raison de ma fonction, voyais le plus Mrs. Macallan. Je suis de ce fait en mesure de parler de nombreux faits susceptibles d'avoir échappé à des personnes qui venaient plus rarement dans sa chambre.

» J'eus ainsi plus d'une fois l'occasion de noter que Mr. et Mrs. Macallan ne formaient pas un couple très harmonieux. Je puis vous en fournir un exemple que je ne tiens pas d'un tiers, mais que j'ai pu observer par moi-même.

» Dans les derniers temps, une jeune dame veuve, nommée Mrs. Beauly et cousine de Mr. Macallan, est venue séjourner à Gleninch. Mrs. Macallan était jalouse de cette personne ; et elle l'a montré en ma présence, la veille de sa mort, quand Mr. Macallan est venu lui demander si elle avait passé une bonne nuit.

» – Oh, lui a-t-elle lancé, que vous importe si j'ai bien ou mal dormi ? Dites-moi plutôt si Mrs. Beauly est bien reposée. Est-elle plus belle que jamais, ce matin ? Allez donc la retrouver ! Ne perdez pas votre temps avec moi.

» S'échauffant de la sorte, elle entre dans une colère noire.

J'étais en train de lui brosser les cheveux ; jugeant que ma présence
n'est guère de mise, je veux m'éclipser. Elle exige que je reste.
Mr. Macallan estime, comme moi, préférable que je me retire ; il le
dit à sa femme. Mais elle persiste dans son désir de me voir demeurer, usant d'une telle insolence à l'endroit de son mari qu'il finit
par lui dire :

» – Si vous êtes incapable de vous dominer, soit l'infirmière se
retire, soit ce sera moi.

» Mais elle ne veut toujours rien entendre.

» – Bonne excuse pour aller retrouver Mrs. Beauly, lui rétorque-
t-elle. Allez-y donc !

» Il la prend au mot et s'en va. A peine a-t-il refermé la porte, la
voilà qui se met à l'invectiver de la manière la plus choquante. Et de
déclarer, entre autres, que s'il est une nouvelle qu'elle aurait plaisir
à entendre, c'est bien celle de sa mort. Sur quoi, je me permets – oh,
très respectueusement – de lui faire une remontrance. Elle attrape la
brosse à cheveux et me la lance à la tête pour ensuite me congédier.
Je l'ai laissée et suis allée attendre en bas que sa colère soit retombée. Quelque temps plus tard, je suis montée retrouver ma place à
son chevet et les choses ont repris leur cours ordinaire.

» Il sera peut-être utile que j'ajoute un mot qui contribuera sans
doute à expliquer la jalousie de Mrs. Macallan à l'endroit de la
cousine de son mari. Mrs. Macallan était dépourvue de toute
beauté. Elle avait une tendance à loucher et, si j'ose dire, la complexion la plus terreuse, la plus brouillée que j'aie vue chez une
femme. Mrs. Beauly était en revanche une personne fort séduisante. Ses yeux faisaient l'admiration de tous et elle possédait un
teint délicat et lumineux. La pauvre Mrs. Macallan disait d'elle,
tout à fait à tort, qu'elle se fardait.

» Non, la mauvaise mine de la défunte n'était en rien imputable
à la maladie. Disons plutôt qu'elle en était affectée de naissance.

» Pour ce qui est de sa maladie, si l'on souhaite m'entendre à ce
sujet, je dirai qu'elle était gênante, sans plus. Jusqu'au dernier
jour, je n'ai pas observé le moindre symptôme tant soit peu
sérieux. Son rhumatisme était certes douloureux, et même très
douloureux dès qu'elle remuait la jambe ; et nul doute que le fait
de rester confinée dans son lit était fort ennuyeux. Mais en dehors

de cela, rien dans son état de santé n'était, avant l'attaque qui lui a été fatale, de nature à l'inquiéter ou à inquiéter qui que ce soit à son sujet. Elle avait ses livres et son écritoire à côté d'elle sur une table de malade montée sur pivot et qui pouvait être installée dans la position qui lui convenait le mieux. A certains moments de la journée, elle lisait et écrivait beaucoup. A d'autres moments, elle restait allongée, tantôt plongée dans ses pensées et tantôt conversant avec moi ou avec une ou deux dames du voisinage qui venaient régulièrement la voir.

» Pour ce que j'en sais, elle écrivait presque uniquement de la poésie. Elle était très douée pour cela. Une fois seulement elle m'a montré quelques-uns de ses poèmes. Son inspiration était plutôt mélancolique : elle se lamentait sur son sort, se demandait pourquoi il avait fallu qu'elle vînt au monde, ce genre de sornettes. Mr. Macallan en était plus d'une fois le sujet central ; elle lui reprochait amèrement son cœur de pierre et son ignorance des mérites de sa femme. Bref, elle déchargeait sa bile avec sa plume autant qu'avec sa langue. Il y avait des jours où même un ange du paradis n'aurait pas su complaire à Mrs. Macallan.

» De tout le temps où elle a été souffrante, la défunte a occupé la même chambre. C'était une grande pièce située à l'étage.

» Oui. Le croquis que vous montrez là correspond assez bien à mon souvenir. Une porte donnait dans le grand couloir, ou corridor, autour duquel toutes les pièces étaient distribuées. Sur le côté, une deuxième porte, marquée d'un B sur le plan, permettait de passer dans la chambre à coucher de Mr. Macallan. Une troisième, située sur le mur opposé, celle qui est marquée d'un C, ouvrait sur un petit bureau ou salon de lecture où la mère de Mr. Macallan avait ses habitudes lorsqu'elle était de passage à Gleninch, mais rarement ou jamais utilisé en dehors de cela. Mrs. Macallan mère n'est pas venue à Gleninch pendant la période où je m'y suis trouvée. La porte séparant chambre et bureau était fermée à clé. J'ignore qui en détenait la clé et s'il en existait plusieurs. A ma connaissance, cette porte n'était jamais ouverte. Je n'ai pénétré qu'une seule fois dans le bureau, lorsque la gouvernante m'a fait faire le tour du propriétaire, et ce fut en passant par une seconde porte donnant sur le couloir.

» Je tiens à préciser que, si je suis en mesure de parler avec précision de la maladie de Mrs. Macallan ainsi que du changement brutal qui amena son décès, cela tient à ce que j'ai pris, sur les conseils du médecin, des notes au jour le jour. Je les ai relues avant de venir ici.

» A partir du 7 octobre, date à laquelle on m'a fait venir, et jusqu'au 20 du même mois, l'état de santé de Mrs. Macallan s'était lentement mais régulièrement amélioré. Le genou restait certes douloureux, mais son aspect enflammé était en train de disparaître. Pour le reste, hormis une certaine faiblesse due à l'alitement et une propension à la colère, elle allait tout à fait bien. Il convient peut-être d'ajouter qu'elle avait un sommeil médiocre. Mais nous y remédiions au moyen de potions que le médecin lui prescrivait à cet effet.

» C'est le 21 au matin, à six heures passées de quelques minutes, qu'a eu lieu la première alarme.

» J'ai été réveillée, à l'heure que je viens de dire, par la sonnette qu'elle conservait sur sa table de chevet. Je précise que je m'étais endormie à deux heures du matin, recrue de fatigue, sur le sofa. Mrs. Macallan ne dormait point encore. Elle traversait un de ses épisodes de mauvaise humeur à mon endroit. J'avais tenté de la persuader, après qu'elle eut fait ses ablutions, de me laisser ôter son nécessaire de toilette de sa table : cet objet prenait beaucoup de place et elle n'allait pas en avoir l'usage avant le lendemain matin. Mais, non, elle ne voulait rien entendre. Il y avait un miroir à l'intérieur et, si laide qu'elle fût, elle ne se lassait pas de s'y regarder ! La voyant de si mauvaise humeur, j'avais cédé et laissé le nécessaire sur la table. Ensuite, comme elle était trop maussade pour m'adresser la parole et trop entêtée pour prendre la potion que je lui avais préparée, je m'étais, comme je l'ai dit, allongée sur le sofa qu'il y avait au pied de son lit, et aussitôt endormie.

» Au premier coup de sonnette, j'étais debout à son chevet, prête à me rendre utile.

» Je lui ai demandé ce qu'il y avait. Elle m'a parlé de faiblesse et d'abattement moral, ajoutant qu'elle se sentait nauséeuse. Je lui ai demandé si elle avait pris quoi que ce soit, médicament ou nourriture, pendant mon sommeil. Elle m'a répondu que son mari était passé une heure plus tôt et que, la trouvant toujours éveillée, il lui avait fait prendre sa potion. Sur quoi, Mr. Macallan, qui occupait la chambre voisine, est entré. Il avait été lui aussi tiré de son sommeil par la sonnette. Il a entendu ce que sa femme me disait au sujet de la potion et cela n'a donné lieu à aucun commentaire de sa part. J'ai eu l'impression qu'il s'inquiétait fort de l'état de faiblesse de Mrs. Macallan. J'ai proposé qu'elle prenne un peu de vin ou de brandy coupé d'eau. Elle m'a répondu que jamais elle ne pourrait rien avaler d'aussi fort car son estomac la brûlait. Je lui ai posé la main sur le ventre, sans appuyer, et elle a poussé un cri de douleur.

» Cela nous a fortement alarmés et nous avons envoyé chercher le médecin qui avait soigné Mrs. Macallan pendant sa maladie, un certain Dr Gale.

» Le docteur semblait bien en peine d'expliquer l'état de sa patiente. Comme elle disait avoir grand-soif, il lui a fait prendre un peu de lait. Lait qu'elle a rendu peu après. Elle en a paru soulagée. Elle s'est mise à somnoler et n'a pas tardé à dormir pour de bon. Mr. Gale nous a laissés après nous avoir bien recommandé de l'appeler si jamais l'état de la malade se dégradait de nouveau.

» Nous n'avons noté aucun changement au cours des trois heures qui ont suivi. Mrs. Macallan a ouvert les yeux aux alentours de neuf heures et demie et s'est aussitôt enquise de son mari. Il avait regagné sa chambre. Désirait-elle que j'aille le chercher ?

» – Non, m'a-t-elle répondu.

» Avait-elle faim ou soif ?

» – Non, a-t-elle répété d'un air absent, vaguement hébété.

» Puis elle m'a dit de descendre prendre mon déjeuner. En chemin, j'ai rencontré la gouvernante, qui m'a invitée à venir déjeuner dans sa chambre plutôt qu'à l'office avec les domestiques. Je n'y suis restée que peu de temps, sûrement pas plus d'une demi-heure.

» Regagnant l'étage, je suis tombée sur la bonne, occupée à balayer le palier. Elle m'a informée que pendant mon absence Mrs. Macallan avait pris une tasse de thé. C'était le valet de chambre de Mr. Macallan qui, sur ordre de son maître, avait demandé du thé pour sa maîtresse. La bonne était descendue le faire et l'avait elle-même apporté dans la chambre de Mrs. Macallan. Monsieur, toujours selon ses dires, lui avait ouvert pour se charger lui-même de la tasse. Il avait suffisamment ouvert la porte pour qu'elle pût voir qu'il n'y avait personne d'autre que lui en compagnie de Mrs. Macallan.

» Après avoir bavardé un court instant avec cette fille, j'ai regagné la chambre. Mrs. Macallan y était seule. Elle était allongée, parfaitement immobile, la tête détournée de moi sur l'oreiller. Comme je m'approchais de la table, j'ai senti quelque chose sous mon pied : il s'agissait d'une tasse à thé brisée.

» – Qu'est-il arrivé à cette tasse, madame ? ai-je demandé à Mrs. Macallan.

» – Je l'ai laissée échapper, m'a-t-elle répondu sans se retourner et d'une voix étrangement sourde.

» – Avant d'y avoir bu, madame ? lui ai-je demandé.

» – Non. Au moment où je la rendais à Mr. Macallan.

» Je lui avais posé cette dernière question pour le cas où, ayant renversé son thé, elle eût souhaité que je lui en fisse monter une nouvelle tasse. Je suis tout à fait certaine de me rappeler exactement notre échange. Je lui ai ensuite demandé s'il y avait longtemps qu'elle était seule.

» – Oui, a-t-elle fait, sèchement. J'essayais de dormir.

» – Êtes-vous bien installée ?

» – Oui.

» Elle gardait le visage tourné vers le mur comme si elle me battait froid. En me penchant pour arranger la literie, j'ai posé les yeux sur la table. Le papier, la bouteille d'encre et les plumes qui s'y trouvaient en permanence étaient dérangés, et il y avait de l'encre encore humide sur une des plumes.

» – Ne me dites pas que vous avez écrit, madame ? lui ai-je demandé.

» – Et pourquoi pas ? Je n'arrivais pas à trouver le sommeil.

» – Un poème ?

» Elle a eu un rire – un rire bref et sans joie.

» – Oui. Un poème de plus.

» – C'est parfait, ai-je dit. On dirait que vous commencez à vous remettre. Nous n'aurons pas à faire revenir le docteur aujourd'hui.

» A cela, elle n'a pas fait de réponse, en dehors d'un geste agacé de la main. Geste dont je n'ai pas saisi le sens. Là-dessus, elle m'a dit, et d'un ton bien peu gracieux :

» – Laissez-moi. J'ai envie d'être seule.

» Je n'avais d'autre choix que d'obtempérer. D'après ce que je pouvais observer, elle allait bien et n'avait nul besoin de mes services. J'ai placé la corde de la sonnette à portée de sa main, puis je suis redescendue.

» Il s'est écoulé peut-être une demi-heure. Je ne m'éloignai pas, voulant entendre sonner le cas échéant. Sans trop savoir pourquoi, j'étais soucieuse. Cette voix étrangement assourdie avec laquelle elle m'avait parlé me tarabustait. Je n'étais pas tranquille de la laisser seule trop longtemps et, d'un autre côté, je ne tenais pas à risquer de déclencher une de ses crises de colère en montant avant qu'elle eût sonné. J'ai fini par gagner, afin de consulter Mr. Macallan qui y passait habituellement ses matinées, cette pièce du rez-de-chaussée que l'on appelait le salon du matin.

» En cette occasion toutefois, il n'y était point. Au même instant, j'ai entendu sa voix dehors sur la terrasse. Je suis sortie et l'ai trouvé en train de s'entretenir avec Mr. Dexter, un vieil ami à lui, qui, comme Mrs. Beauly, séjournait à la maison. Mr. Dexter, qui était infirme et ne se déplaçait qu'en fauteuil roulant, se tenait à la fenêtre de sa chambre, située à l'étage, cependant que Mr. Macallan lui parlait de la terrasse.

» – Dexter ! entendis-je. Où est donc passée Mrs. Beauly ? Est-ce que vous l'auriez aperçue, par hasard ?

» Et Mr. Dexter de répondre avec son débit rapide et brutal :

» – Ça non ! Je n'en ai pas la moindre idée.

» Je m'avance et, priant Mr. Macallan d'excuser mon intrusion, je lui explique quel est mon dilemme : dois-je monter voir sa femme sans attendre qu'elle me sonne ? Avant qu'il ait eu le temps de me répondre, le valet vient m'avertir que la sonnette de Mrs. Macallan est en train de retentir furieusement.

» Il était alors près de onze heures. Je m'engouffre à l'intérieur et monte l'escalier quatre à quatre.

» Je n'avais pas encore ouvert la porte que j'ai entendu Mrs. Macallan gémir. Elle souffrait atrocement avec comme du feu dans la gorge et l'estomac, tout cela accompagné des mêmes nausées que plus tôt dans la matinée. Sans être médecin, je voyais bien que cette seconde crise était beaucoup plus sérieuse que la précédente.

Après avoir sonné pour que l'on envoie quérir Mr. Macallan, j'ai couru à la porte pour voir s'il n'y avait pas un membre du personnel à portée de voix.

» La seule personne que j'ai vue dans le couloir était Mrs. Beauly, qui, à ce qu'elle m'a dit, s'en venait prendre des nouvelles de la maîtresse de maison.

» – Mrs. Macallan est très mal, madame, lui ai-je lancé. Voulez-vous aller avertir son mari et faire prévenir le docteur ?

» Mrs. Beauly est aussitôt descendue faire la commission. Je n'avais pas regagné le chevet de la malade depuis très longtemps quand Mr. Macallan et Mrs. Beauly se sont présentés ensemble dans la chambre. Mrs. Macallan leur a lancé un regard singulier, un regard que je ne saurais décrire, et leur a dit de la laisser. Mrs. Beauly, l'air fort effrayé, s'est retirée aussitôt. Mr. Macallan a fait encore un ou deux pas en direction du lit. Sa femme l'a regardé une nouvelle fois, de ce même regard étrange, et, mi-menaçante mi-suppliante, lui a lancé :

» – Laissez-moi avec l'infirmière. Partez !

» Il s'est attardé le temps de me glisser à l'oreille :

» – On a envoyé chercher le médecin.

» Puis il a quitté la pièce.

» Avant l'arrivée du Dr Gale, Mrs. Macallan a été prise d'une violente nausée. Ce qu'elle rendait était trouble et écumeux avec quelques traînées de sang. En voyant cela, Mr. Gale s'est fortement rembruni.

» – De quoi peut-il bien s'agir ? l'ai-je entendu murmurer par-devers lui.

» Il a fait de son mieux pour soulager Mrs. Macallan, mais apparemment sans grand résultat. Au bout de quelque temps, elle a semblé avoir un peu moins mal. Puis ses nausées l'ont reprise. Ensuite, il y a eu une nouvelle rémission. Qu'elle souffrît ou pas, j'ai noté que ses mains comme ses pieds demeuraient glacés. De même, d'après le médecin, son pouls restait très faible.

» – Que convient-il de faire, docteur ? ai-je demandé.

» Et le Dr Gale m'a répondu :

» – Je ne veux pas endosser plus longtemps une telle responsabilité ; je vais faire venir un confrère d'Édimbourg.

» On a fait atteler à un dog-cart le cheval le plus rapide des écuries de Gleninch, et le cocher est parti à bride abattue pour Édimbourg afin d'en ramener le célèbre Pr Jerome.

» Tandis que nous attendions ce médecin, Mr. Macallan s'est de nouveau présenté dans la chambre de sa femme. Tout affaiblie qu'elle était, elle a aussitôt levé la main pour lui faire signe de sortir. Il a cherché à l'amadouer par des paroles apaisantes. Mais cela ne servait de rien : elle restait dans les mêmes dispositions. Nonobstant, il s'est soudain approché du lit et l'a baisée au front. Elle s'est écartée vivement en poussant un cri. Le Dr Gale est intervenu pour faire sortir Mr. Macallan.

» Le Pr Jerome est arrivé dans l'après-midi.

» Ce médecin très réputé s'est présenté juste à temps pour voir la malade saisie d'un nouvel accès de vomissement. Il l'a regardée avec la plus grande attention sans proférer une parole. La crise passée, il a continué de l'observer, toujours en silence. J'ai bien cru qu'il n'en finirait jamais. Enfin, quand il a été satisfait de son examen, il m'a demandé de le laisser avec le Dr Gale.

» – Nous sonnerons quand nous aurons besoin de vous, m'a-t-il dit.

» Il s'est passé un long moment avant qu'on ne me rappelle. Dans l'entre-temps, le cocher a été une nouvelle fois dépêché à la ville porteur d'un billet du Pr Jerome destiné à son majordome, lui mandant qu'il ne retournerait pas à ses patients avant plusieurs heures. Certains d'entre nous se sont dit que c'était mauvais signe, mais d'autres inclinaient à penser que le médecin, tout en ayant bon espoir de sauver Mrs. Macallan, s'attendait à une longue tâche.

» On a fini par me rappeler. Quand je suis arrivée dans la chambre, le Pr Jerome est sorti s'entretenir avec Mr. Macallan, me laissant avec le Dr Gale. Dès lors et tant que la malheureuse a été vivante, je n'ai plus jamais été seule avec elle ; l'un ou l'autre des deux médecins était toujours présent. On leur a préparé une collation et ils sont allés se restaurer à tour de rôle afin de se relayer auprès de Mrs. Macallan. J'aurais trouvé naturel qu'ils lui fissent prendre quelque médicament. Mais ils étaient à bout de leurs remèdes et le seul rôle auquel ils paraissaient désormais s'appliquer était d'observer l'évolution de l'état de leur patiente. C'étaient là des façons que j'avais du mal à comprendre. La surveillance est du ressort de l'infirmière. Je trouvais, oui, très singulière l'attitude de ces deux praticiens.

» En fin de journée, à l'heure où l'on a allumé, il était manifeste que la fin approchait. Hormis de temps en temps un début de crampe dans les jambes, la malade semblait moins souffrir. Mais elle avait les yeux profondément enfoncés, la peau moite et glacée, et ses lèvres avaient pris une pâleur bleuâtre. Rien ne la sortait plus de sa torpeur – sauf la fois où son mari a tenté une dernière fois de venir auprès d'elle. Il est entré en compagnie du Pr Jerome. On aurait dit un homme frappé d'épouvante. Mrs. Macallan n'avait plus la force de parler ; mais, dès qu'elle l'a vu, elle a émis des sons et s'est faiblement agitée, montrant bien par là qu'elle était toujours aussi résolue à ne pas le laisser approcher. Il en a été tellement affecté que le Dr Gale a dû l'aider à quitter la pièce. Personne d'autre n'a eu la permission d'accéder au chevet de Mrs. Macallan. Mr. Dexter et Mrs. Beauly sont venus s'enquérir de son état, mais ils n'ont pas été admis à l'intérieur de la chambre. Le soir venu, les deux médecins se sont assis de part et d'autre du lit et, sans quitter la malade des yeux, ils ont attendu la fin en silence.

» Vers huit heures, elle paraissait avoir perdu l'usage de ses mains et de ses bras, qui reposaient inertes sur la couverture. Un peu plus tard, elle est tombée en léthargie. Peu à peu, sa respiration sifflante est devenue moins sonore. A neuf heures vingt, le Pr Jerome m'a demandé d'approcher la lampe. Il a observé Mrs. Macallan, il a posé la main sur son cœur, puis il m'a dit :

» – Vous pouvez descendre : c'est fini – et à l'adresse du Dr Gale : Voulez-vous allez voir si Mr. Macallan peut nous accorder un moment ?

» J'ai ouvert la porte pour laisser passer le Dr Gale et l'ai suivi dans le couloir. Mais le Pr Jerome m'a rappelée pour me demander de lui remettre la clé de la chambre. Ce que j'ai fait, même si j'ai trouvé cela plutôt étrange. Quand je suis descendue à l'office, j'ai bien vu que chacun sentait qu'il se passait quelque chose d'anormal. Sans trop savoir pourquoi, nous étions tous préoccupés.

» Guère de temps après cela, les deux médecins s'en sont repartis. Mr. Macallan s'était montré dans l'incapacité de les recevoir pour entendre ce qu'ils avaient à lui dire. Ils s'étaient rabattus sur Mr. Dexter, au double titre d'ami de longue date du maître de maison et de seul invité masculin.

» Bien avant l'heure du coucher, je suis montée, me proposant de procéder à la toilette de la défunte. La chambre était fermée à clé, de même que celle de Mr. Macallan, par laquelle j'aurais pu passer. Et deux hommes du domestique faisaient le planton dans le couloir. Ils devaient être relevés à quatre heures du matin, c'est tout ce qu'ils surent me dire. Ils croyaient savoir que le Dr Gale avait emporté les clés.

» En l'absence d'explications et de directives, j'ai pris sur moi d'aller toquer à la porte de Mr. Dexter. C'est de sa bouche que j'ai appris l'incroyable nouvelle. Les deux médecins avaient refusé de délivrer un certificat de décès. Une autopsie devait avoir lieu le lendemain matin.

Ainsi se terminait le témoignage de l'infirmière Christina Ormsay.

Tout ignorante que j'étais des procédés de la justice, je voyais bien quelle impression l'on entendait – tout au moins jusque-là – produire sur les jurés. Après avoir fait valoir que mon mari avait eu par deux fois l'occasion d'administrer du poison – d'abord dans la potion, puis dans le thé –, l'accusation les amenait à inférer que le prisonnier avait effectivement assassiné une épouse aussi laide que jalouse, dont il ne supportait plus l'humeur acariâtre.

Ayant orienté son interrogatoire dans ce sens, le procureur libéra le témoin. Le bâtonnier – qui défendait la cause de l'accusé – se leva alors pour faire ressortir, en questionnant à son tour l'infirmière, le bon côté du caractère de la défunte. S'il y parvenait, les jurés allaient peut-être reconsidérer leur conclusion, cette idée selon laquelle elle avait poussé son mari à bout. Quel motif aurait-il eu alors de vouloir sa mort ? Et que devenaient les soupçons pesant contre lui ?

Pressée par cet avocat habile, l'infirmière fut amenée à dépeindre la première femme de mon mari sous un jour nouveau. Voici en substance ce que le bâtonnier réussit à obtenir de Christina Ormsay :

– Je persiste à dire que Mrs. Macallan était d'un tempérament très violent. Il est vrai toutefois qu'elle avait coutume de faire amende honorable pour les offenses auxquelles cette violence pouvait la conduire. Ainsi, pour ce qui me concernait, elle me demandait pardon sitôt sa colère retombée; et elle le faisait de bonne grâce. Ensuite, ses manières devenaient très engageantes; elle vous faisait la conversation et se comportait en tous points avec la plus parfaite correction.

» Elle était certes laide de visage, mais elle n'avait pas à rougir de sa silhouette. Un sculpteur, m'a-t-on dit, avait pris des moules de ses mains et de ses pieds. Elle possédait une voix très agréable et il m'est revenu qu'elle chantait magnifiquement. Elle était également, s'il faut en croire sa femme de chambre, un parangon d'élégance pour toutes les dames du voisinage.

» Enfin, pour ce qui est de Mrs. Beauly, même si Mrs. Macallan était assurément jalouse de cette jeune et jolie veuve, elle ne s'en est pas moins prouvée capable de juguler ce sentiment. Quand Mrs. Beauly avait dans un premier temps parlé de remettre sa visite eu égard à l'état de santé de la maîtresse des lieux, c'était cette dernière, et non point son mari, qui avait soutenu qu'il ne fallait pas imposer cette déception à la jeune femme.

» J'ajoute qu'elle était, malgré son caractère, très prisée de ses amies et très aimée de son personnel. Il n'y a guère de paupières qui ne se soient mouillées quand on a su qu'elle était en train de passer.

» Pour finir – et cela mérite d'être dit –, pas une fois au cours de tous les petits différends domestiques auxquels j'ai assisté, Mr. Macallan ne s'est emporté ni n'a élevé la voix; lors de ces querelles, il paraissait plus accablé que fâché.

Moralité à l'attention du jury : était-ce là le genre de femme qui tourmente un homme au point qu'il en vient à la supprimer? Et était-ce là le genre d'homme capable de concevoir un tel projet?

Ayant effectué ce salutaire contre-interrogatoire, l'avocat reprit sa place et l'on appela les experts en matière médicale.

Ici, les témoignages ne pouvaient prêter à interprétation.

Le Pr Jerome et le Dr Gale déclarèrent catégoriquement que les symptômes qu'ils avaient observés étaient ceux d'un empoisonnement par arsenic. Le médecin légiste qui avait procédé à l'examen post mortem livra ensuite ses conclusions. Il affirma que l'état des viscères corroborait l'avis de ses confrères. Et enfin, pour couronner le tout, deux chimistes avaient apporté à l'audience l'arsenic retrouvé dans le corps, quantité suffisante pour faire passer deux personnes de vie à trépas. Suite à des témoignages aussi probants, le contre-interrogatoire ne fut que de pure forme. A la première question posée par le tribunal – la victime a-t-elle été empoisonnée? – il était répondu par l'affirmative, et d'une façon qui excluait le moindre doute.

Les témoins cités ensuite intéressaient la question suivante, terrible et ténébreuse question : qui a versé le poison ?

XVII

DEUXIÈME QUESTION :
QUI A VERSÉ LE POISON ?

La déposition des médecins et chimistes conclut cette première séance.

Le lendemain, c'est avec un sentiment général d'intérêt et de curiosité que l'on attendit les nouveaux témoignages produits par l'accusation. La cour allait maintenant entendre ce qu'avaient noté et fait les personnes dont le rôle était de se pencher sur ce type de décès à caractère suspect. En qualité de magistrat chargé de l'enquête préliminaire, le procureur du comté fut le premier témoin cité en cette seconde journée du procès.

Interrogé par Mr. Mintlaw, représentant la Couronne, voici la déposition qu'il fit :

– J'ai reçu, à la date du 26 octobre, une communication du Pr Jerome, d'Édimbourg, et du Dr Gale, médecin généraliste résidant au bourg ou village de Dingdovie, près d'Édimbourg. Ces messieurs attiraient mon attention sur la mort dans des circonstances suspectes de Mrs. Eustace Macallan, à Gleninch, propriété de son époux, non loin dudit village de Dingdovie. Ils me faisaient parvenir par la même occasion deux rapports. L'un rendait compte des résultats de l'autopsie de la défunte ; l'autre, des observations faites après analyse chimique de certains des viscères. Ces deux documents démontraient que Mrs. Eustace Macallan avait succombé à un empoisonnement par arsenic.

» Au vu de ces éléments, j'ai ouvert une enquête au lieudit Gleninch aux fins de faire la lumière sur les circonstances ayant présidé au décès.

» Aucune incrimination n'a été portée à ma connaissance, que ce soit dans la communication adressée par les susdits médecins ou sous toute autre forme. Commencée le 26 octobre, l'enquête à Gleninch s'est poursuivie jusqu'au 28. A cette date, en vertu de certaines découvertes faites sur place et après avoir moi-même examiné certaines lettres et autres documents, j'ai décidé d'inculper Mr. Macallan et obtenu un mandat d'arrêt à son encontre. Comparaissant le 29 octobre devant le premier président, Mr. Macallan a été déféré à cette cour.

Après que le procureur du comté eut subi le contre-feu de la défense – uniquement sur des points de procédure –, on appela ses subordonnés. Leur témoignage fit sensation. Ces personnes étaient les auteurs des funestes découvertes qui avaient conduit leur supérieur à inculper mon mari pour le meurtre de sa femme.

Le premier de ces témoins avait nom Isaiah Schoolcraft. Interrogé par Mr. Drew, substitut représentant la Couronne, voici ce qu'il déclara :

– J'ai reçu mission, le 26 octobre, de me rendre au domicile de Mr. Macallan, en la commune de Dingdovie. J'étais accompagné de l'adjoint Robert Lorrie. Nous avons d'abord examiné la chambre dans laquelle Mrs. Eustace Macallan était décédée. Sur le lit et la table volante, nous avons trouvé des livres et de quoi écrire, ainsi qu'une feuille de papier portant un poème manuscrit inachevé, dont il a été par la suite établi qu'il était de la main de la défunte. Nous avons prélevé et mis ces objets sous scellés.

» Nous nous sommes ensuite intéressés à un meuble indien à rayonnages. Il contenait une grande quantité de poèmes de la même main. Nous y avons également trouvé d'abord des lettres, puis un bout de papier chiffonné, jeté dans l'angle d'une des étagères. Ce papier, sur lequel figurait la raison sociale d'un pharmacien, renfermait dans ses plis quelques particules d'une poudre blanchâtre. Le tout, papier et correspondance, a été, comme devant, soigneusement emballé et scellé.

» De plus amples recherches dans cette chambre n'ont rien

apporté qui soit susceptible d'éclairer l'objet de notre enquête. Nous avons examiné les effets, les bijoux et les livres de la victime, tous objets que nous avons mis sous clé. Nous avons également trouvé son nécessaire de toilette, que nous avons scellé et emporté au bureau du procureur en même temps que tous les autres objets découverts dans la chambre.

» Le jour suivant, ayant dans l'intervalle reçu de nouvelles instructions de M. le procureur, nous avons poursuivi notre perquisition. Nous avons commencé par la chambre qui communique avec celle de la défunte. Elle avait été fermée à clé sitôt le décès. N'y trouvant rien qui pût intéresser notre enquête, nous nous sommes ensuite transportés dans une autre chambre à coucher, située au même étage, où, comme l'on nous en avait informés, Mr. Macallan était présentement alité.

» On nous avait dit qu'il souffrait d'un choc nerveux causé par la mort de son épouse et ses conséquences, qu'il était défait et nullement en état de recevoir la moindre visite. Néanmoins, soucieux que nous étions de procéder à nos investigations, nous avons insisté pour avoir accès à sa chambre. Lorsque nous lui avons demandé s'il avait ou non déplacé quelque chose de la chambre qu'il avait occupée jusque-là, voisine de celle de feu son épouse, à celle où il se trouvait présentement, il ne nous a pas répondu et s'est borné à fermer les yeux comme s'il était trop faible pour parler ou seulement nous prendre en compte. Sans plus le déranger, nous avons entrepris d'examiner la pièce et les objets qu'elle renfermait.

» C'est alors qu'un bruit singulier nous a interrompus dans notre travail. Cela ressemblait à un roulement de roues dans le couloir.

» Là-dessus, la porte s'ouvre et voilà que fait irruption dans la chambre un homme, un infirme, manœuvrant lui-même son fauteuil roulant. Il file directement au chevet de Mr. Macallan pour lui murmurer je ne sais quoi à l'oreille. Ce dernier ouvre les yeux et lui répond d'un signe. Nous informons l'intrus que nous ne souhaitons pas pour lors sa présence dans cette pièce. Il n'en fait aucun cas et nous rétorque :

» – Je m'appelle Dexter et suis un vieil ami de Mr. Macallan. C'est vous, et non moi, qui êtes de trop ici.

» Nous lui signifions derechef qu'il lui faut sortir, et lui faisons remarquer que son fauteuil, tel qu'il est placé, nous empêche d'accéder à la table de chevet. Cela a le don de le faire rire.

» – Vous ne voyez pas, nous lance-t-il, qu'il ne s'agit que d'une banale table de nuit ?

» Sur quoi, nous l'avertissons que nous sommes porteurs d'un mandat de perquisition et qu'il pourrait avoir des ennuis s'il persistait à nous entraver dans notre action. Voyant qu'il ne voulait rien entendre, j'empoigne son fauteuil et le recule, cependant que Robert Lorrie soulève la table pour l'emporter à l'autre bout de la pièce. L'infirme entre alors dans une rage folle contre moi parce que j'ai eu l'outrecuidance de toucher à son fauteuil.

» – Ce fauteuil, c'est moi, s'écrie-t-il. Comment osez-vous porter la main sur moi ?

» Je vais ouvrir la porte et, conciliant, c'est du bout de ma canne que j'imprime une vive impulsion à son fauteuil pour le mettre prestement et proprement dehors.

» Ayant poussé la targette afin de prévenir toute autre intrusion, j'ai rejoint Robert Lorrie et nous nous sommes mis en devoir de fouiller la table de chevet. Elle comportait un tiroir, et ce tiroir était verrouillé.

» Nous en avons demandé la clé à Mr. Macallan.

» Il a refusé tout net de nous la remettre, disant que nous n'avions pas le droit d'ouvrir ses tiroirs. Il est même allé jusqu'à déclarer que nous avions de la chance qu'il fût trop affaibli pour se lever de son lit. Je lui ai représenté, très civilement, que notre fonction nous faisait obligation de voir ce tiroir, et qu'en n'en produisant pas la clé il nous contraindrait à emporter le meuble pour le faire ouvrir par un serrurier.

» Nous en étions toujours à disputer lorsque quelqu'un a toqué.

» Je suis allé entrebâiller la porte. Au lieu du monsieur paralysé, dont je redoutais le retour, un personnage inconnu de moi se tenait sur le palier. J'ai ouvert un peu plus et c'est alors que l'accusé l'a salué comme un voisin et ami, et lui a demandé protection. Nous avons trouvé ce monsieur d'un commerce plutôt agréable. Il nous a tout de suite informés de ce que Mr. Dexter l'avait fait appeler. Il était avocat de son état. Il a demandé à voir notre mandat. Y ayant

jeté un coup d'œil, il a aussitôt annoncé à l'accusé, au grand ahurissement de celui-ci, qu'il devait, à son corps défendant, déférer à
notre demande. Puis, sans plus d'aria, il s'est fait remettre la clé et
nous a lui-même ouvert le fameux tiroir.

» A l'intérieur, nous avons trouvé plusieurs lettres ainsi qu'un
gros volume muni d'une fermeture, avec l'inscription « Mon journal » frappée en lettres d'or sur la couverture. Bien sûr, nous avons
saisi lettres et journal et les avons enveloppés sous scellés en vue de
les remettre au procureur. Pendant ce temps-là, notre visiteur
rédigeait une protestation au nom de l'accusé. Il nous a remis sa
carte. Cet homme était Mr. Playmore – qui est aujourd'hui sur le
banc de la défense. Carte et protestation ont été déposées, en
même temps que les autres documents, au bureau du procureur.
Nous n'avons trouvé aucun autre élément d'importance à
Gleninch.

» Notre enquête nous a ensuite conduits à Édimbourg, chez le
pharmacien dont la raison sociale figurait sur le morceau de
papier chiffonné, ainsi que dans plusieurs autres officines. Notre
mission a pris fin le 28 octobre, le procureur se trouvant en possession de tous les éléments que nous avions pu réunir.

Ainsi s'achevait la déposition de Schoolcraft et Lorrie. Elle était
nettement défavorable à l'accusé ; et le contre-interrogatoire ne
put la battre en brèche.

Cela empira encore avec les témoins suivants. On appela à la
barre le pharmacien dont l'en-tête figurait sur le papier que l'on
sait. Et cet homme s'appliqua à rendre encore plus critique la position de mon pauvre mari.

Andrew Kinlay, pharmacien patenté à Édimbourg, déposa
comme suit :

– Je tiens un registre spécial pour tous les produits dangereux
que je détaille. Y est portée la date à laquelle l'accusé, Mr. Eustace
Macallan, s'est présenté chez moi pour acheter de l'arsenic. Je lui ai
demandé à quel usage il le destinait. Il m'a répondu que son jardinier en avait besoin afin de l'utiliser en solution contre les insectes
qui infestaient sa serre. Et il m'a dit son nom : Mr. Macallan, de
Gleninch. J'ai aussitôt demandé à mon préparateur de peser deux
onces d'arsenic, et j'ai dûment noté la vente dans mon livre.

Mr. Macallan y a apposé sa signature et j'ai contresigné. Il a réglé l'arsenic et l'a emporté, enveloppé dans deux épaisseurs de papier – l'emballage extérieur portant mes nom et adresse, ainsi que l'indication « poison dangereux » en lettres capitales.

Le déposant suivant, Peter Stockdale, lui aussi pharmacien à Édimbourg, déclara :

– L'accusé s'est présenté à mon officine à la date portée dans mon brouillard, soit quelques jours après celle qui figure dans celui de Mr. Kinlay. Il voulait pour six pence d'arsenic. Mon employé, à qui il a d'abord eu affaire, m'a appelé. C'est une règle chez moi que nul autre que moi ne délivre les produits à haute toxicité. J'ai interrogé ce monsieur sur ce qu'il entendait faire de cet arsenic. Il m'a dit qu'il voulait dératiser sa maison de Gleninch.

» – Ai-je l'honneur de parler à Mr. Macallan, de Gleninch ? lui ai-je demandé.

» Il a répondu par l'affirmative. Après y avoir collé une étiquette sur laquelle j'avais noté « poison dangereux », je lui ai remis un flacon d'arsenic – une once et demie environ. Il a signé le registre, il m'a réglé et il est parti.

Le contre-interrogatoire de ces deux hommes permit de soulever certains vices de forme contenus dans leurs dépositions respectives. Mais il n'en restait pas moins – fait accablant – que mon mari avait fait l'emplette d'arsenic.

Les personnes qui suivirent, le jardinier et la cuisinière de Gleninch, contribuèrent à enfermer plus impitoyablement encore l'inculpé dans le filet des éléments à charge.

Le jardinier déclara sous serment :

– Je n'ai point reçu d'arsenic. Pas plus à la date que vous dites que les jours suivants. Jamais je n'ai utilisé d'arsenic en solution ni n'ai autorisé mes aides à en user, que ce soit dans les serres ou dans les jardins. Je ne suis pas pour l'arsenic comme moyen de se débarrasser des insectes nuisibles.

La cuisinière, qui lui succéda, se montra tout aussi catégorique :

– Ni mon patron ni personne ne m'a jamais remis le moindre arsenic pour détruire des rats. On n'en avait pas besoin. Je jure que je n'ai jamais vu le moindre rat à Gleninch, pas plus à l'intérieur qu'aux abords de la maison.

D'autres membres du personnel firent des déclarations ana-
logues. Le contre-interrogatoire ne leur arracha rien de plus, sinon
qu'il y avait peut-être, à leur insu, des rats dans la maison. On
avait établi le lien entre le poison et mon mari. Qu'il l'eût acheté
était un fait avéré, et les témoignages attestaient qu'il l'avait
conservé par-devers lui.

Les témoins qui suivirent firent de leur mieux pour enfoncer le
clou. L'accusé s'étant procuré de l'arsenic, à quoi maintenant
l'avait-il utilisé ? Toutes ces dépositions mâchaient le travail des
jurés.

Le valet de chambre de mon mari déclara que son maître l'avait
sonné à dix heures moins vingt, le matin du jour où Mrs. Macallan
était décédée, afin de lui demander une tasse de thé pour sa
femme. L'homme se trouvait sur le seuil au moment où son maître
lui donnait ses ordres, et il était en mesure d'affirmer qu'il n'y
avait personne d'autre dans la chambre.

La petite bonne qui se présenta ensuite à la barre déclara avoir
préparé le thé et l'avoir monté à l'étage avant dix heures.
Mr. Macallan le lui avait pris des mains sur le pas de la porte. Elle
avait néanmoins eu le temps d'embrasser la chambre du regard et
pouvait certifier qu'il y était seul avec sa femme.

On rappela Christina Ormsay, l'infirmière. Elle rapporta ce que
Mrs. Macallan lui avait confié le jour où elle était tombée malade.

– Il devait être six heures du matin lorsque ma patiente m'a dit :
» – Mr. Macallan est entré il y a peut-être une heure ; il a vu que
je ne dormais pas et il m'a fait prendre ma potion.

Cela s'était donc passé à cinq heures du matin, alors que
Christina Ormsay sommeillait sur le sofa. Celle-ci affirma de la
façon la plus catégorique qu'elle avait ensuite vérifié le niveau du
flacon contenant ladite potion et que de fait, au vu des gradua-
tions, il avait baissé depuis la dernière fois qu'elle en avait donné
à Mrs. Macallan.

En cette occasion, le contre-interrogatoire suscita un intérêt
particulier. Les dernières questions qui furent posées à la bonne et
à l'infirmière révélèrent en effet quelle allait être l'orientation de la
défense. A la première, le bâtonnier demanda :

– Vous est-il arrivé de remarquer, lorsque vous faisiez la chambre de Mrs. Eustace Macallan, que l'eau de sa cuvette était d'une teinte noirâtre ou bleuâtre ?

– Non, jamais, répondit le témoin.

– Avez-vous jamais trouvé, glissé sous l'oreiller ou dissimulé en toute autre cachette possible de la chambre de Mrs. Macallan, un livre ou une brochure traitant de remèdes pour embellir le teint du visage ?

– Non, répondit le témoin.

– Avez-vous jamais, persista l'avocat, entendu Mrs. Macallan parler de l'arsenic, utilisé en application ou par voie interne, comme d'un bon moyen d'améliorer le teint ?

– Jamais, réitéra le témoin.

De semblables questions furent ensuite posées à l'infirmière, qui répondit elle aussi par la négative.

En dépit de ces réponses peu fructueuses, telle était donc, commençant de se dessiner aux yeux des jurés et du public, la ligne choisie par la défense. De façon à écarter toute possibilité d'erreur d'interprétation en une matière aussi grave, le juge Clerk, président du tribunal, posa la question suivante aux avocats de l'accusé lorsque les témoins eurent regagné leur banc :

– La cour et le jury souhaiteraient comprendre clairement l'objet de votre contre-interrogatoire des deux derniers témoins. La thèse de la défense est-elle que Mrs. Eustace Macallan a utilisé à des fins cosmétiques l'arsenic acheté par son mari ?

A quoi le bâtonnier répondit :

– C'est ce que nous soutenons, monsieur le président, et ce que nous nous proposons de démontrer. Nous ne pouvons contester la justesse des expertises médicales, selon lesquelles Mrs. Macallan est morte empoisonnée. Mais nous affirmons qu'elle a succombé à une dose excessive d'arsenic, prise imprudemment, dans le secret de sa chambre, dans l'intention de remédier aux imperfections, avérées et reconnues, de sa complexion. La déclaration de l'accusé devant le premier président du comté met expressément en avant le fait qu'il a acheté cet arsenic à la demande de son épouse.

Suite à quoi, le juge Clerk demanda si l'une ou l'autre des doctes parties voyait des objections à ce que l'on donnât lecture du procès-verbal de ladite déclaration avant de poursuivre les débats.

Le bâtonnier répondit qu'il ne pourrait que s'en féliciter et qu'une telle initiative préparerait l'esprit des jurés à recevoir les arguments sur lesquels il fonderait sa plaidoirie.

Le procureur général se dit heureux de pouvoir obliger son éminent confrère. Tant que les simples affirmations qu'elle contenait n'étaient pas étayées de preuves, il regardait cette pièce comme un élément servant l'accusation, et il était donc tout à fait favorable à ce que lecture en fût donnée.

Sur quoi, un des assesseurs lut à voix haute la déclaration où le présumé coupable se déclarait innocent du chef d'inculpation de meurtre sur la personne de son épouse prononcé par le premier président du comté. En voici les termes :

« C'est dans les deux cas sur la requête de ma femme que j'ai acheté de l'arsenic. La première fois, elle m'a dit que le jardinier en avait besoin pour traiter les plantes en serre. La deuxième fois, elle m'a dit que la cuisinière voulait dératiser les sous-sols de la maison.

« J'ai chaque fois, sitôt mon retour, remis cet arsenic à ma femme. Je n'avais aucune raison de le conserver par-devers moi, puisque c'était elle et non moi qui voyait à ces détails domestiques. Je n'ai jamais eu le moindre échange à ce sujet avec le jardinier ou la cuisinière.

« N'éprouvant aucune espèce d'intérêt pour ces vétilles, je n'ai pas posé à mon épouse la moindre question sur l'utilisation de l'arsenic. Je n'ai pas un goût très prononcé pour les fleurs, et je peux rester des mois sans mettre les pieds dans la serre. Quant aux rats, je laissais à la cuisinière et autres domestiques le soin de les exterminer, de même que je me serais reposé sur eux pour tout autre problème de cette nature.

« Ma femme ne m'a jamais confié qu'elle avait besoin de cet arsenic pour s'embellir le teint. Un mari n'est-il pas la dernière personne informée de semblables petits secrets de toilette ? J'ai cru ce qu'elle m'a dit sans chercher plus loin, à savoir que ce poison était destiné à être utilisé par le jardinier et la cuisinière.

« Je ne crains pas d'affirmer que je vivais en bonne intelligence avec ma femme ; tout en faisant la part, bien évidemment, des menus désaccords et malentendus qui émaillent la vie conjugale. Je considérais de mon devoir d'époux et d'honnête homme de lui cacher tout sentiment de déception que j'aurais pu éprouver regardant notre union. Non seulement sa disparition prématurée m'a choqué et peiné, mais je m'en veux de ne pas lui avoir témoigné de son vivant suffisamment de preuves d'affection et d'attachement.

« D'autre part, je déclare solennellement que j'ignore tout de la façon dont elle a usé de l'arsenic qu'on a retrouvé dans son organisme. Je suis innocent même de la pensée de faire du mal à cette infortunée créature. Je lui ai fait prendre sa potion telle que je l'ai trouvée dans le flacon. Je lui ai ensuite apporté sa tasse de thé telle que je l'ai reçue des mains de sa femme de chambre. Je n'ai pas une fois eu accès à l'arsenic après en avoir remis les deux lots à mon épouse. J'ignore tout de ce qu'elle en a fait comme de l'endroit où elle le rangeait. Je déclare devant Dieu que je suis innocent de l'horrible crime dont on m'accuse. »

C'est avec la lecture de cette déclaration aussi sincère qu'émouvante que s'acheva la seconde journée d'audience.

Je dois bien reconnaître que, jusque-là, ce compte rendu avait pour effet de me déprimer et de rabattre mes espérances. A la fin de cette deuxième séance, la somme des témoignages pesait entièrement contre mon mari. Toute femme et partisane que j'étais, cela ne m'échappait pas.

Cet implacable procureur – j'avoue que je haïssais cet homme ! – avait établi, primo, que le poison avait été acheté par Eustace ; secundo, qu'il n'avait pas donné aux pharmaciens la vraie raison de son achat ; tertio, qu'il avait eu à deux reprises la possibilité de faire prendre ce poison à sa femme. De son côté, qu'avait démontré le bâtonnier ? Rien encore. Les protestations d'innocence de l'accusé, telles que formulées dans sa déposition, n'étaient, comme le procureur l'avait fait ressortir, que des affirmations nullement étayées. On n'avait pas produit le plus infime élément de preuve montrant que c'était la défunte qui avait, en secret et de son propre chef, utilisé l'arsenic afin de remédier à sa laideur.

Cependant, et j'y trouvais une unique consolation, ma lecture m'avait révélé deux précieux alliés, sur la sympathie desquels j'allais sûrement pouvoir compter. Mr. Dexter, le paralytique, avait tout spécialement fait montre d'une amitié sans mélange pour mon mari. Cet homme avait rangé son fauteuil contre la table de chevet et s'était démené comme un beau diable pour défendre les papiers d'Eustace contre les misérables qui avaient fini par les saisir ! Cette pensée me faisait chaud au cœur. Je décidai sur-le-champ que Mr. Dexter serait la première personne à qui confier mes espoirs et mes aspirations. S'il était en peine de me conseiller, j'irais alors trouver Mr. Playmore, l'avocat, cet autre ami, qui avait élevé une protestation officielle contre la saisie desdits papiers.

Fortifiée par cette résolution, je tournai la page pour aborder la relation de la troisième journée du procès.

XVIII

TROISIÈME QUESTION :
QUEL A ÉTÉ LE MOBILE ?

Il avait été répondu, positivement, à la première question (la victime a-t-elle été empoisonnée ?). La seconde (qui a versé le poison ?) avait elle aussi, apparemment, trouvé sa réponse. Restait maintenant la troisième et dernière question, celle du mobile. On commença par appeler à la barre des parents et des proches de la défunte.

Interrogée par Mr. Drew, qui représentait la Couronne conjointement avec le procureur général, Lady Brydehaven, veuve du contre-amiral Sir George Brydehaven, fit en substance cette déposition :

– Mrs. Eustace Macallan était ma nièce. A la mort de sa mère, j'ai accueilli sous mon toit la fille unique de ma sœur. Je n'étais pas favorable à son mariage, ceci pour des raisons que ses autres amis jugèrent extravagantes et purement sentimentales. Il m'est extrêmement pénible d'en parler en public, mais je suis disposée à prendre sur moi si les fins de la justice l'exigent.

» A l'époque dont je vous parle, l'accusé séjournait chez moi. Il advint qu'il fit une chute de cheval et se brisa la jambe. Il se l'était déjà cassée au temps où il servait en Inde, ce qui contribua à aggraver cette seconde fracture. Il dut garder la position allongée durant de nombreuses semaines. Afin de le désennuyer, les dames de la maisonnée se relayaient pour lui faire la lecture ou la conversation. Ma nièce était au premier rang de ces gardes-malades bénévoles. Elle jouait merveilleusement du piano ; et, coïncidence funeste comme la suite l'a prouvé, il se trouvait que l'invalide goûtait fort la musique.

» Les conséquences de ce commerce commencé sous d'innocents auspices furent déplorables pour ma nièce. Sans éveiller chez lui la moindre réciproque, elle conçut un attachement passionné pour cet homme.

» Je fis mon possible pour intervenir, avec efficace et doigté, tant que c'était encore possible. Malheureusement, ma nièce ne me faisait pas ses confidences. Elle soutenait n'éprouver pour Mr. Macallan qu'un sentiment d'intérêt tout amical. Il m'était donc impossible de les éloigner l'un de l'autre sans m'ouvrir de mes raisons, au risque de provoquer un scandale susceptible de ternir la réputation de ma nièce. Mon époux étant encore de ce monde, je pris le seul parti qu'autorisaient les circonstances. Je lui demandai d'aller trouver Mr. Macallan et d'en appeler à son sens de l'honneur pour qu'il résolût la difficulté sans préjudice pour ma nièce.

» Mr. Macallan se comporta admirablement. Quoiqu'il fût toujours infirme, il prétexta pour prendre congé un impératif catégorique. Deux jours après que mon mari l'eut entretenu, il avait quitté la maison.

» Le remède, trop tardivement mis en œuvre, échoua complètement. Le mal était fait. Ma nièce tomba en langueur et ni la médecine ni le changement d'air et de décor n'y firent rien. A quelque temps de là, alors que Mr. Macallan était remis des suites de son accident, je découvris qu'elle entretenait, par l'entremise de sa femme de chambre, une correspondance secrète avec lui. Les lettres de Mr. Macallan étaient, je dois le reconnaître, pétries de mesure et de délicatesse. Je jugeai malgré tout qu'il était de mon devoir de mettre fin à ces échanges épistolaires.

» Mon intervention – car que pouvais-je faire d'autre que mettre les pieds dans le plat ? – poussa la crise à son paroxysme. Un beau jour, ma nièce ne parut pas à la table du déjeuner. Nous découvrîmes le lendemain que la pauvre folle s'était enfuie à Londres chez Mr. Macallan et qu'elle avait été trouvée cachée dans sa chambre par un sien ami venu lui rendre visite.

» Mr. Macallan n'était en rien responsable de ce désastre. Entendant un bruit de pas dans le couloir et soucieux de préserver la réputation de ma nièce, il l'avait poussée dans la pièce la plus proche, qui se trouvait être sa chambre à coucher. On en fit bien sûr des gorges chaudes, et sa façon d'agir fut commentée de la façon la plus abjecte. Mon époux provoqua un nouvel entretien avec Mr. Macallan, qui, une nouvelle fois, se comporta admirablement. Il déclara publiquement que ma nièce lui avait rendu visite en sa qualité de fiancée. Une quinzaine de jours plus tard, il avait fait taire les mauvaises langues de la seule façon possible : il l'avait épousée.

» Je fus la seule à m'opposer à ce mariage. Je le tenais – et cela s'est vérifié – pour une fatale erreur.

» Il était déjà assez triste en soi que Mr. Macallan la prît pour femme sans éprouver le moindre amour. Or, pour comble de complication, il nourrissait à l'époque une inclination mal placée pour une jeune dame qui était promise à un autre homme. Je sais bien que sa compassion naturelle le poussait à s'en défendre – tout comme elle lui fit contrefaire l'amour lorsqu'il épousa ma nièce. Mais cet attachement sans espoir pour la personne susdite était un fait bien connu de ses amis. Il n'est peut-être pas inutile de préciser que son mariage à elle eut lieu avant le sien. Il avait donc irrémédiablement perdu la femme qu'il aimait, et c'est un homme sans plus d'espoirs ni d'aspirations qui eut pitié de ma nièce.

» Je dirai en conclusion qu'aucun des maux qui eussent pu l'accabler si elle était restée fille n'eût été, selon moi, plus cruel que cette union désastreuse. Je crois sincèrement que jamais deux êtres plus dissemblables ne furent unis par les liens du mariage.

Ce témoignage fit sensation parmi le public et eut un effet marqué dans l'esprit des jurés. Le contre-interrogatoire amena Lady Brydehaven à réviser certaines de ses opinions et à admettre que cet attachement sans espoir de l'inculpé pour une autre femme n'était qu'une rumeur. En revanche, les faits qu'elle avait relatés ne purent être battus en brèche et, de ce fait, revêtirent le crime dont l'inculpé était accusé d'un air de vraisemblance qu'il n'avait pas dans la première partie du procès.

On cita ensuite deux autres dames, proches amies de Mrs. Eustace Macallan. Elles n'étaient pas de l'avis de Lady Brydehaven sur la question de l'opportunité du mariage ; mais elles confirmèrent son témoignage regardant tous les points essentiels et renforcèrent la puissante impression qu'en avait retirée chaque personne présente dans la salle.

L'accusation se proposait après cela de produire le témoignage muet des lettres et du journal trouvés à Gleninch.

En réponse à une question du président, le procureur précisa que les lettres avaient pour auteurs des amis de l'accusé et de la défunte, et que l'on y trouvait des passages propres à éclairer leur relation. Plus précieux encore était le journal, puisque le prévenu y avait consigné au jour le jour les événements domestiques ainsi que les pensées et sentiments qu'ils lui avaient inspirés.

Un incident des plus pénibles suivit cette explication.

J'ai beau relater les faits longtemps après qu'ils se produisirent, je ne puis me résoudre à décrire dans le détail ce que mon infortuné mari fit et dit en ces instants atroces de son procès. Déjà fort affecté par les déclarations de Lady Brydehaven, il avait eu beaucoup de mal à ne pas l'interrompre. Le voici maintenant qui ne se contient plus. D'une voix forte qui retentit d'un bout à l'autre de la salle, il proteste contre cette violation de ses secrets les plus intimes et des secrets les plus intimes de sa femme.

– Pendez un innocent, lance-t-il, mais épargnez-lui cela !

L'effet de ce terrible éclat sur le public fut, selon le rédacteur du compte rendu, indescriptible. Dans la salle, plusieurs femmes firent une attaque nerveuse. Le président tenta bien de ramener le calme, mais sans grand résultat. C'est le bâtonnier qui y parvint finalement. Il réussit à apaiser l'accusé, puis, avec des accents où l'éloquence le disputait à l'émotion, il pria les juges de se montrer indulgents envers son malheureux client. Cette adresse, chef-d'œuvre d'improvisation oratoire, se termina par une protestation mesurée mais ferme contre la prise en considération des papiers trouvés à Gleninch.

Les trois juges se retirèrent pour réfléchir à ce point de la procédure. L'audience en fut suspendue pendant plus d'une demi-heure.

Comme il est habituel en pareilles circonstances, l'effervescence de la salle se communiqua à la cohue massée dans la rue. De l'avis général, probablement influencé par l'un des greffiers ou autre subalterne du tribunal, l'accusé n'avait que fort peu de chances d'échapper à la peine capitale. « Si l'on donne lecture des lettres et du journal, disaient les brutaux porte-parole de la foule, ce sera la corde. »

Les juges revinrent. Ils avaient arrêté, par deux voix contre une, que les papiers en question seraient produits comme pièces à conviction. Chacun donna tour à tour les raisons de la décision à laquelle il était arrivé. Après quoi, les débats reprirent et l'on passa à la lecture des documents susdits.

Les premières lettres auxquelles on s'intéressa furent celles qui provenaient du meuble indien de la chambre de Mrs. Macallan. Elles avaient été adressées à la défunte par de siennes amies avec lesquelles elle entretenait des échanges épistolaires réguliers. Trois passages, extraits de lettres écrites par trois différentes correspondantes, avaient été choisis pour être lus devant la cour.

PREMIÈRE CORRESPONDANTE : « Je ne saurais vous dire, ma très chère Sara, combien votre dernière missive m'a affectée. Veuillez me pardonner si j'ose avancer que votre nature fort sensible exagère ou interprète mal, tout à fait inconsciemment bien sûr, le manque d'égards que vous témoigne votre mari. Je ne puis rien dire de ses traits de caractère, ne le connaissant pas suffisamment bien pour en avoir une idée. Toutefois, ma chérie, je suis plus âgée que vous et possède une plus longue pratique de ce que quelqu'un a appelé "les clairs et les ombres de la vie conjugale". Je vais donc vous faire part de ce que j'ai pu observer. Les jeunes femmes mariées qui, comme vous, sont passionnément attachées à leur mari, sont portées à commettre une très grave erreur. En règle générale, toutes attendent trop de leur mari. Les hommes, ma pauvre Sara, ne sont pas comme nous. Leur amour, même s'il est tout à fait sincère, n'est pas comme le nôtre : il ne dure pas ; il n'est pas l'unique aspiration et l'unique pensée de leur existence. Même quand nous les respectons et les aimons sincèrement, nous n'avons pas d'autre choix que de tenir compte de cette différence entre natures masculine et féminine. N'allez surtout pas imaginer que je cherche des excuses à la froideur de votre époux. Il n'agit pas bien, par exemple, en ne vous regardant jamais quand il vous parle, ou en ne remarquant aucun des efforts que vous faites pour lui plaire. Il agit fort mal – je dirais même qu'il fait preuve de cruauté – en ne vous rendant jamais les baisers que vous lui donnez. Cependant, ma chérie, êtes-vous bien certaine qu'il soit toujours froid et cruel *à dessein* ? Son attitude ne serait-elle pas parfois un effet de peines et d'angoisses qui l'accableraient, de peines et d'angoisses que vous ne pourriez partager ? En vous efforçant de considérer son attitude sous cet éclairage, vous comprendrez bien des comportements qui aujourd'hui vous déconcertent et vous peinent. Soyez patiente avec lui. Ne faites pas de récriminations ; n'allez jamais lui faire des amitiés et des caresses quand il a l'esprit préoccupé ou irrité. C'est peut-être là un conseil difficile à suivre, l'aimant aussi ardemment que vous l'aimez. Mais croyez-m'en, ma chère enfant, le secret du bonheur pour nous les femmes est – trop souvent, hélas ! – d'exercer telles mesure et abnégation que vous recommande aujourd'hui votre vieille amie. Réfléchissez, ma chérie, à ce que je vous écris là, et donnez-moi de vos nouvelles. »

DEUXIÈME CORRESPONDANTE : « Comment pouvez-vous manquer de sens, Sara, au point de gaspiller votre amour auprès de la brute insensible que semble être votre mari ? Je ne suis certes pas encore mariée – sinon votre situation ne me surprendrait peut-être pas à ce point. Mais je le serai un jour ; et si jamais mon mari se conduit avec moi comme Mr. Macallan avec vous, je n'aurai de cesse que je n'aie obtenu une séparation. J'affirme que j'aimerais mieux être battue, comme une femme du peuple, plutôt que de me trouver en butte à l'indifférence polie que vous me décrivez. Je bous d'indignation lorsque j'y pense. Cela doit être parfaitement insupportable. Il ne faut pas vous en accommoder un instant de plus, ma pauvre chère. Quittez-le et venez chez moi. Mon frère, vous le savez, fait son droit. Je lui ai lu des passages de votre lettre et il est d'avis que vous pourriez obtenir ce qu'il appelle une séparation de corps. Venez donc le consulter. »

TROISIÈME CORRESPONDANTE : « Vous n'êtes pas sans savoir, chère madame Macallan, ce qu'a été mon expérience des hommes.

Votre lettre ne me surprend pas le moins du monde. Le comportement de votre mari appelle une seule et unique conclusion : il en aime une autre. Il y a une femme dans l'ombre qui obtient de lui tout ce qu'il vous refuse. Je sais ce que c'est : je suis passée par là ! Ne vous laissez pas faire. Fixez-vous pour unique objectif de découvrir qui est cette créature. Peut-être y en a-t-il plusieurs. Peu importe. Une ou plus, si vous parvenez à les identifier, il vous sera possible de lui gâcher l'existence comme il gâche la vôtre. Si vous souhaitez le secours de mon expérience, vous n'avez qu'un mot à dire pour en bénéficier à discrétion. Je puis venir séjourner à Gleninch dès le 4 du mois prochain. »

C'est sur ces abominables lignes que prit fin la lecture des lettres. Le premier et plus long des passages fit très forte impression. Il sautait aux yeux que son auteur était une personne digne et sensée. Toutefois, le sentiment général fut que ces trois lettres, si différentes qu'elles fussent par la forme, conduisaient à la même conclusion : la situation de Mrs. Macallan à Gleninch était – s'il fallait l'en croire – celle d'une épouse malheureuse et délaissée.

On passa ensuite à la correspondance de l'accusé, trouvée avec son journal dans le tiroir de la table de chevet. Toutes les lettres sauf une avaient un homme pour auteur. Quoique le ton en fût très modéré, comparé à celui des deux dernières que l'on venait de lire, elles allaient dans le même sens : la vie de Mr. Macallan à Gleninch semblait avoir été tout aussi intolérable que celle de sa femme.

Ainsi un des amis de l'accusé l'invitait-il à embarquer avec lui pour un tour du monde. Un autre lui suggérait une absence de six mois sur le continent. Un troisième faisait miroiter les plaisirs de la chasse en Inde. L'objet de tous était manifestement de lui conseiller une séparation plus ou moins admissible et plus ou moins déclarée d'avec sa femme.

Le dernière lettre dont il fut donné lecture était de la main d'une femme et uniquement signée d'un prénom féminin.

« Ah, mon pauvre Eustace, quel sort cruel que le nôtre ! commençait cette lettre. Mon cœur saigne quand je pense à votre vie sacrifiée à cette méchante femme ! Si nous avions été mari et femme, si j'avais eu l'ineffable bonheur d'aimer et de chérir le meilleur des hommes, dans quel paradis n'aurions-nous pas vécu ! et quelles heures délicieuses n'aurions-nous pas connues ! Mais vains sont les regrets ; nous sommes séparés dans cette vie, séparés par des attaches que l'un comme l'autre nous déplorons, mais qu'il nous faut bien respecter. Mon Eustace, il y a un autre monde après celui-ci ! Là, nos âmes voleront au-devant l'une de l'autre pour se fondre en une longue et douce étreinte, et nous connaîtrons des délices qui nous sont interdites ici-bas. La détresse que me décrit votre lettre – ah ! pourquoi, pourquoi l'avez-vous épousée ? – m'arrache ces doux aveux ; puissent-ils vous être un baume. Mais ne laissez pas d'autres yeux tomber dessus. Brûlez ces lignes imprudentes et, comme moi, envisagez la vie meilleure qui vous attend avec

« votre Helena. »

La lecture de cette lettre scandaleuse amena une question de la part d'un juge qui demanda si son auteur y avait porté une date ou une adresse. A quoi le procureur répondit par la négative. Le pli avait été posté de Londres, comme l'enveloppe l'attestait.

– Nous proposons, poursuivit le procureur, de lire certains passages du journal de l'accusé, passages dans lesquels le nom de cette personne est cité à plusieurs reprises ; et il se peut que nous trouvions, d'ici à la fin de ce procès, d'autres moyens de l'identifier.

On passa donc à la lecture du journal intime de mon mari. Le premier extrait remontait à près d'un an avant le décès de Mrs. Eustace Macallan. Il était ainsi tourné :

« Au courrier de ce matin, une nouvelle qui m'a mis l'esprit à l'envers. Le mari d'Helena est mort subitement il y a deux jours d'une crise cardiaque. Elle est libre, mon Helena adorée est libre ! Mais qu'en est-il de moi ?

« Je suis enchaîné à une femme avec qui je ne partage pas le moindre sentiment. Helena est perdue pour moi, et de mon fait. Ah ! je comprends aujourd'hui comme jamais à quel point une tentation peut être irrésistible, et avec quelle facilité, parfois, le crime s'ensuit. Je ferais mieux de refermer ce cahier pour ce soir. Il ne sert de rien de me torturer en remâchant ma situation. »

Le passage suivant, postérieur de quelques jours, portait sur le même sujet :

« De toutes les folies qu'un homme peut commettre, la pire est d'agir sur un coup de tête. C'est bien ce que j'ai fait en épousant l'infortunée créature que j'ai aujourd'hui pour femme.

« Helena était alors perdue pour moi, ainsi que je le supposai un peu vite. Elle avait épousé celui auquel elle s'était fiancée sans réfléchir, avant que nous fissions connaissance. Il était plus jeune que moi et apparemment plus robuste et mieux portant. D'après ce que je pouvais en juger, mon destin était scellé pour la vie. Helena m'avait écrit une lettre d'adieux, elle prenait, et pour de bon, congé de moi ici-bas. Je n'avais plus d'avenir, plus d'espérances ni d'aspirations, rien qui pût me pousser à chercher refuge dans le travail. Un geste chevaleresque, un effort d'abnégation, voilà tout ce qu'il me restait, tout ce dont j'étais capable.

« Les circonstances se prêtèrent à cette idée avec une funeste facilité. La malheureuse, qui s'était attachée à moi – et Dieu sait que cela se fit sans l'ombre d'un encouragement de ma part –, avait, précisément dans les mêmes temps, placé sa réputation à la merci du monde. Il m'incombait de faire taire les mauvaises langues qui l'insultaient. Helena perdue pour moi, le bonheur m'était interdit. Toutes les femmes m'étaient également indifférentes. Il dépendait d'une action généreuse que celle-là fût sauvée. Pourquoi ne pas la faire ? Je l'ai épousée sur une inspiration soudaine, je l'ai épousée comme j'aurais plongé pour la sauver de la noyade, comme j'aurais assommé un individu que j'aurais vu la maltraiter en pleine rue !

« Et aujourd'hui, celle pour qui j'ai consenti à ce sacrifice se dresse entre Helena et moi – mon Helena, libre de déverser les trésors de son amour sur celui qui adore jusqu'au sol qu'elle foule !

« Pauvre fou que je suis ! Je devrais me précipiter, la tête la première, contre le mur qui me fait face tandis que j'écris ces lignes.

« Mon pistolet n'est pas loin. Il me suffit de nouer une ficelle à la détente et de placer le canon dans ma bouche. Non ! Ma mère est toujours de ce monde ; son amour est sacré. Je n'ai pas le droit de supprimer la vie qu'elle m'a donnée. Je dois souffrir et me résigner. Oh, Helena ! Helena ! »

Le troisième extrait – parmi nombre d'autres passages similaires – avait été écrit deux mois environ avant le décès de l'épouse de l'accusé.

« Encore et toujours des reproches ! Pour se plaindre, cette femme n'a pas sa pareille ; elle baigne en permanence dans la mauvaise humeur et le mécontentement.

« Mes nouvelles fautes sont au nombre de deux. Je ne lui demande plus jamais de se mettre au piano ; et lorsqu'elle passe une nouvelle robe, cherchant à m'être agréable, jamais je ne le remarque. Grands dieux ! mais en tout ce qu'elle dit ou fait, mon unique souci est précisément de ne pas la remarquer. Comment pourrais-je rester d'humeur égale si je n'évitais pas le plus possible les tête-à-tête avec elle ? Car je reste d'égale humeur. Jamais je ne la rudoie ; jamais je ne lui parle durement. Ma patience lui est acquise à double titre : elle est une femme et la loi a fait de moi son époux. Je garde cela présent à l'esprit. Cependant, je suis humain. Moins je la vois – sauf lorsque nous avons de la visite –, plus je me sens capable de conserver mon sang-froid.

« Je me demande ce qui me la rend si rebutante. Elle est laide ; mais j'en ai connu de plus laides dont j'eusse pu souffrir les caresses sans ce sentiment de répulsion qui me gagne quand je suis contraint d'endurer les siennes. Ce sentiment, je le lui cache. Elle m'aime, la pauvre malheureuse ! et elle me fait pitié. Je voudrais bien pouvoir faire plus ; j'aimerais pouvoir lui rendre, même dans une moindre mesure, ce qu'elle éprouve à mon endroit. Mais, non, je ne ressens que de la pitié. Si elle voulait se contenter de vivre en bons termes avec moi et ne pas réclamer de manifestations de tendresse, nous pourrions peut-être vivre en assez bonne intelligence. Mais elle veut de l'amour. L'infortunée créature exige l'amour !

« Ah, mon Helena ! Je n'ai pas d'amour à lui offrir. Mon cœur est tout à toi.

« J'ai rêvé la nuit dernière que ma malencontreuse épouse était morte. Ce rêve avait une telle apparence de réalité que je me suis levé pour aller ouvrir la porte de sa chambre et tendre l'oreille.

« Sa respiration, calme et régulière, était parfaitement audible dans le silence de la nuit. Elle dormait profondément. J'ai refermé la porte, j'ai allumé ma chandelle et ouvert un livre. Helena était au centre de chacune de mes pensées et j'avais toutes les peines du monde à fixer mon attention sur ce que je lisais. Mais j'aimais mieux cela que de me recoucher, au risque de rêver une nouvelle fois que j'étais libre moi aussi.

« Quelle vie que la mienne ! quelle vie que celle de ma femme ! Si un incendie embrasait la maison, je me demande si j'aurais le cœur à tenter de la sauver, voire à échapper moi-même aux flammes. »

Les deux derniers passages se rapportaient à une époque encore plus récente.

« Un peu de lumière vient enfin éclairer cette existence lugubre.

« Helena a purgé sa peine, son veuvage est terminé. Suffisamment de temps s'est écoulé : il lui est de nouveau permis de voir du monde. Elle rend visite à ses amis et connaissances du Nord de l'Écosse ; or, comme elle et moi sommes cousins, il va sans dire qu'elle ne peut quitter la région sans venir également passer quelques jours à la maison. Elle m'écrit que ce séjour, si embarrassant soit-il pour elle comme pour moi, doit néanmoins avoir lieu si l'on veut que les apparences soient sauves. Bénies soient les apparences ! Cet ange va éclairer mon purgatoire – tout cela du fait que la bonne société du Mid-Lothian jugerait étrange que ma cousine multipliât les visites dans le comté sans toutefois me venir voir !

« Il nous faut cependant être prudents. Voici textuellement ce qu'elle m'écrit : "C'est une sœur qui vient à vous, Eustace. Accueillez-moi comme si vous étiez mon frère ou ne me recevez point. Je vais écrire à votre femme pour lui proposer une date. Je n'oublierai pas – et gardez-vous de l'oublier – que c'est avec sa bénédiction que je franchirai votre seuil."

« La voir ! je ne demande rien d'autre. Je défère à tout pourvu que je connaisse l'ineffable bonheur de la voir ! »

Suivit le dernier extrait, qui tenait en ces quelques lignes :

« Nouveau coup du sort ! Ma femme est tombée malade. Elle vient de s'aliter en raison d'un mauvais rhume, et cela à quelques jours de l'arrivée d'H. à Gleninch. Mais – et je le reconnais de bonne grâce ! – elle s'est cette fois conduite de façon charmante. Elle a écrit à H. pour lui dire que son affection n'est pas grave au point qu'elle doive remettre sa visite, et elle a insisté pour qu'elle vienne à la date prévue.

« C'est, de la part de ma femme, un grand sacrifice. Jalouse de toute femme de moins de quarante ans qui m'approche, elle l'est bien sûr d'Helena. Mais elle prend sur elle et me fait confiance !

« Il m'appartient de lui en témoigner de la reconnaissance et je vais m'y employer. De ce jour, je m'engage à me montrer plus affectueux. Ce matin même, je l'ai tendrement embrassée. Et j'espère, pauvre âme, qu'elle n'a pas perçu l'effort que cela m'a coûté. »

Là-dessus prenait fin la lecture d'extraits du journal intime de mon mari. Sur la totalité des minutes du procès, ce sont ces pages qui me furent les plus douloureuses. Elles recelaient çà et là des confidences qui, non contentes de me peiner, n'étaient pas loin de lézarder l'estime que j'avais pour Eustace. Je crois bien que j'aurais donné tout ce que je possédais pour en effacer certaines lignes. Quant à ses déclarations passionnées à l'endroit de Mrs. Beauly, chacune d'elles était un dard cuisant fiché dans mon cœur ! Il m'avait murmuré des paroles tout aussi enflammées dans les temps où il me faisait sa cour. Je n'avais aucune raison de douter qu'il m'aimât d'un amour fort et sincère. Mais la grande question était de savoir s'il avait eu pour Mrs. Beauly des sentiments tout aussi forts et sincères. D'elle ou de moi, qui avait eu la primeur de son cœur ? Il m'avait maintes fois affirmé qu'avant de me connaître il n'avait jamais fait que de se croire amoureux. J'avais ajouté foi à ses dires : je décidai de continuer. Oui, je ne mettais pas sa parole en doute. En revanche, je détestais cette Mrs. Beauly !

Pour ce qui était de l'impression désastreuse produite sur la cour par la lecture des lettres et du journal, elle semblait à son comble. Pourtant, elle fut encore sensiblement accentuée par la déposition du témoin suivant, le dernier, cité par l'accusation.

William Enzie, aide-jardinier à Gleninch, prêta serment et déposa comme suit :

– Le 20 octobre à onze heures du matin, je travaillais dans le massif d'arbustes qui longe cette partie du parc qu'on appelle le jardin hollandais. Il y a à cet endroit une gloriette qui tourne le dos au petit bois. Il faisait un temps merveilleux et très chaud pour la saison.

» Comme je passais sur l'arrière de ce pavillon, j'y ai entendu des voix, celles d'un homme et d'une dame. Je n'ai point reconnu la voix féminine, mais l'autre était celle de notre maître. Pris par la curiosité, je me suis approché tout doucement, sans faire de bruit, et j'ai écouté ce qui se disait à l'intérieur.

» Les premières paroles que j'ai saisies sortaient de la bouche de notre maître. Il disait comme ça :

» – Quel n'aurait pas été mon bonheur si seulement j'avais pu prévoir qu'un jour vous seriez libre !

» Et la dame lui a fait :

» – Taisez-vous ! Il ne faut pas parler ainsi.

» Sur quoi, M. notre maître a dit :

» – Je ne puis garder ces choses pour moi ; je vous ai perdue, et cela m'obsède – là, il a marqué un temps, puis il a lancé tout d'un coup : Faites-moi une faveur, mon ange ! Promettez-moi de ne jamais vous remarier.

» Et la dame lui a répondu, plutôt vivement :

» – Où voulez-vous en venir ?

» Là, monsieur a dit :

» – Je ne souhaite aucun mal à la malheureuse créature qui m'est un fardeau, mais supposons que…

» – Gardons-nous de rien supposer, l'a coupé la dame. Venez, rentrons.

» Elle est partie dans le jardin, se retournant pour faire signe à notre maître de lui emboîter le pas. Là, j'ai pu voir son visage et j'ai reconnu la jeune dame veuve qui était en visite à Gleninch. Le jardinier en chef me l'avait montrée, le jour de son arrivée, pour m'avertir que, si je la voyais cueillir des fleurs, je ne devais pas y redire. Certains jours, les jardins de Gleninch étaient ouverts au public ; et, pour ce qui est des fleurs, nous faisions bien sûr la différence entre les gens du dehors et ceux qui séjournaient à la maison. Je suis tout à fait certain de ne pas me tromper sur l'identité de la dame qui était avec notre maître ce jour-là. Mrs. Beauly était une personne de belle tournure ; je n'aurais pas pu la confondre avec une autre. Elle et notre maître sont partis en direction de la maison. Je n'ai point entendu ce qu'ils se sont dit ensuite.

Le témoin subit un contre-interrogatoire serré regardant l'exactitude de la conversation qu'il venait de rapporter, ainsi que sa capacité à identifier correctement les deux interlocuteurs. Il fut amené à rectifier quelques détails mineurs. Mais il maintint ses dires quant aux dernières paroles échangées par son employeur et Mrs. Beauly, et décrivit cette dernière avec une précision excluant le moindre doute sur son identité.

Là-dessus prenait fin la réponse à la troisième question soulevée, celle qui portait sur le mobile.

Pour l'accusation, l'affaire était entendue. Les amis les plus résolus de l'accusé étaient bien obligés de reconnaître que, jusqu'à présent, l'ensemble des témoignages le chargeait de façon accablante. Lui-même paraissait pénétré de cette certitude. Lorsqu'il se retira à la clôture de cette troisième journée de son procès, il était si abattu et épuisé qu'il dut prendre appui sur l'avant-bras du gouverneur de la prison.

XIX

LA PAROLE EST A LA DÉFENSE

L'intérêt suscité par le procès augmenta prodigieusement en cette quatrième journée. On allait maintenant entendre les témoins à décharge, au nombre desquels la mère de l'accusé. Soulevant sa voilette pour prêter serment, elle eut un regard pour son enfant. Il fondit en larmes. La sympathie que tout le monde éprouvait pour cette femme se trouva du coup étendue à son malheureux fils.

Aux questions du bâtonnier, Mrs. Macallan mère répondit avec un sang-froid et une dignité remarquables.

Interrogée sur telles conversations privées ayant eu lieu entre elle et feu sa bru, elle déclara que Mrs. Eustace Macallan était d'une sensibilité morbide sur le chapitre de son aspect personnel. Fort attachée à son époux, elle avait pour principal souci de se rendre aussi séduisante que possible à ses yeux. Ses imperfections physiques, et tout particulièrement son teint bilieux, lui étaient causes d'une grande amertume. Le témoin lui avait entendu dire et répéter, toujours à propos de sa complexion, qu'il n'était pas de risque qu'elle n'eût pris ni de souffrance qu'elle n'eût endurée pour l'améliorer. « Les hommes, avait-elle dit un jour, n'ont d'yeux que pour l'apparence ; mon mari m'aimerait peut-être un peu plus si j'avais une plus belle peau. »

Lorsqu'on lui demanda si les passages cités du journal intime de son fils avaient leur place dans le dossier – c'est-à-dire, s'ils rendaient fidèlement compte des particularités du personnage ainsi que de ses vrais sentiments à l'égard de son épouse –, Mrs. Macallan opposa un démenti net et catégorique.

– La lecture de ces extraits constitue une véritable diffamation exercée à l'encontre de mon fils, dit-elle. Et le fait qu'il en est l'auteur ne les rend pas moins diffamants. Je sais, moi sa mère, qu'il n'a pu écrire ces lignes que dans des moments de dépression et de désespoir irrépressibles. Quiconque se soucie de justice n'évalue pas un homme aux paroles irréfléchies qui peuvent lui échapper dans une période de morosité ou d'abattement. Va-t-on condamner mon fils parce qu'il se trouve avoir couché de semblables inconséquences par écrit plutôt que de les avoir laissées s'envoler ? Ici, sa plume est son plus mortel ennemi, elle le recouvre de l'encre la plus noire. Il n'était pas heureux dans son ménage, c'est vrai. Mais j'affirme en revanche qu'il a toujours et inlassablement montré douceur et considération envers sa femme. Tous les deux avaient une même confiance implicite en moi ; je les voyais dans leur intimité de tous les jours. Je déclare, quoi qu'elle ait paru écrire à telle ou telle, que mon fils n'a jamais fourni à sa femme la moindre raison de prétendre qu'il lui faisait subir des cruautés mentales, ni même qu'il la traitait de façon cavalière.

Ces paroles, exprimées avec vigueur et netteté, firent forte impression. Et le procureur, voyant bien qu'échouerait toute tentative pour en amoindrir l'effet, ne posa, lorsque la parole lui échut, que deux questions qui toutefois n'étaient pas inconséquentes.

– Est-il arrivé, demanda-t-il, que votre belle-fille, les fois où elle vous parlait des défauts de son teint, fît mention de l'usage de l'arsenic en tant que remède ?

La réponse fut négative.

– Vous est-il arrivé de recommander l'arsenic ou d'y faire allusion lors de vos conversations privées ?

– Pas une fois, lui fut-il répondu.

Le magistrat regagna son siège. Mrs. Macallan se retira.

Un intérêt d'un autre genre fut éveillé par l'entrée en scène du témoin suivant : Mrs. Beauly en personne. Le compte rendu lui attribue une grande beauté ; personne réservée et de maintien, elle était manifestement fort émue d'être le centre de tous ces regards.

La première partie de sa déposition reprenait quasiment point par point celle de la mère de l'accusé, à cette différence près que Mrs. Beauly avait été, elle, questionnée par la défunte à propos de produits cosmétiques. Mrs. Macallan l'avait complimentée sur la beauté de son teint et lui avait demandé par quel palliatif elle obtenait pareil résultat. Mrs. Beauly, qui n'en usait pas – et n'avait aucune lumière en la matière –, en avait été un peu froissée, et il en avait résulté un froid temporaire entre les deux femmes.

Interrogée sur ses rapports avec l'accusé, Mrs. Beauly nia qu'elle-même ou l'accusé eussent jamais donné à la défunte des raisons d'être jalouse. Ayant rendu visite à des voisins de son cousin, il lui était impossible de s'absenter d'Écosse sans s'arrêter aussi chez lui. N'en rien faire eût été d'une grossièreté signalée et propre à exciter les potins. Elle ne démentit pas que Mr. Macallan l'avait admirée du temps qu'ils n'étaient pas mariés. Mais il avait cessé de manifester toute inclination de ce genre quand chacun avait convolé de son côté. A partir de là, leurs relations étaient devenues celles, parfaitement innocentes, d'un frère et d'une sœur. Mr. Macallan était un homme comme il faut et il savait quelle était la place de sa femme et quelle était celle de Mrs. Beauly ; jamais elle ne se serait rendue à Gleninch si elle n'avait été, d'expérience, tranquille sur ce point. Quant aux déclarations de ce jardinier, on n'était pas loin de l'invention pure et simple. La conversation qu'il disait avoir surprise n'avait en grande partie jamais eu lieu. Le peu qui avait été dit – dans ce qui avait été rapporté – l'avait été en manière de plaisanterie ; et Mrs. Beauly y avait aussitôt mis un frein, ainsi que le témoin l'avait lui-même admis. Pour le reste, le comportement de Mr. Macallan avec son épouse avait toujours été marqué par la bonté et la prévenance. Il imaginait constamment des moyens d'alléger les inconforts de l'affection rhumatismale qui valait à sa femme d'être clouée au lit. Il avait parlé d'elle au témoin, non pas une fois mais à maintes occasions, en des termes de compassion on ne peut plus sincères. Au jour de sa mort, après qu'elle leur eut intimé de quitter sa chambre, il avait dit à sa cousine : « La pauvre, il nous faut supporter sa jalousie ; nous savons que nous ne faisons rien pour l'attiser. » C'était avec cette patience qu'il avait enduré, du début à la fin, ces travers de caractère.

Le principal intérêt du contre-interrogatoire de Mrs. Beauly se trouvait dans la réponse à la question qui lui fut posée en dernier. Après lui avoir rappelé qu'elle avait, sous serment, donné comme nom « Helena Beauly », le procureur lui demanda :

– Une lettre adressée à l'accusé et signée « Helena » a été lue devant la cour. Jetez-y un œil, je vous prie, et dites-nous si vous en êtes l'auteur.

Avant que le témoin eût pu commencer de répondre, le bâtonnier Farmichael éleva une objection. Les juges l'entendirent et déclarèrent la question nulle et non avenue. Sur quoi, Mrs. Beauly se retira. Elle avait laissé voir un émoi tout à fait perceptible à l'évocation de la lettre, puis lorsqu'elle l'avait eue entre les mains. Cette agitation fut diversement interprétée par le public. On tint toutefois que le témoignage de Mrs. Beauly avait globalement renforcé l'impression produite par celui de la mère de l'accusé.

Les témoins suivants – deux dames, l'une et l'autre amies d'école de Mrs. Eustace Macallan – créèrent un revif d'intérêt. Elles apportèrent à la défense le chaînon qui manquait dans son argumentation.

La première de ces dames dit avoir, lors d'une conversation avec la défunte, parlé de l'arsenic comme moyen d'améliorer le teint. Elle n'en avait jamais elle-même usé, mais elle avait lu quelque part que les paysannes de Styrie recouraient couramment à cette pratique qui passait pour éclaircir le teint et donner un air de rondeur et de bonne santé. Elle déclara sous serment avoir fait part de cette information à Mrs. Macallan exactement comme elle la rapportait maintenant devant la cour.

Le second témoin, qui avait pris part à la conversation rapportée, en confirma la teneur et ajouta qu'elle avait fait tenir à Mrs. Macallan, à sa demande, le livre traitant de ces pratiques et de leurs effets. Elle le lui avait fait parvenir par la poste.

Ce témoignage décisif renfermait cependant une faille que l'accusation s'entendit à faire ressortir.

Le procureur demanda tour à tour à chacune des deux déposantes si Mrs. Eustace Macallan leur aurait fait part, directement ou indirectement, de quelque intention de se procurer de l'arsenic afin d'améliorer la qualité de son teint. La réponse à cette question cruciale fut dans les deux cas négative. Mrs. Macallan avait eu vent du remède et avait reçu le livre en question. Mais elle n'avait pas dit un mot de ce qu'elle comptait faire. Elle avait instamment demandé à ses deux amies de garder secrète leur conversation et à cela s'était bornée l'affaire.

Il ne fallait pas un œil bien exercé pour discerner le point faible de la défense. Toute personne douée de pénétration comprenait bien qu'Eustace Macallan n'avait guère de chances d'être lavé de toute accusation si l'on ne parvenait pas à établir que la défunte avait eu de l'arsenic en sa possession, ou tout au moins à prouver qu'elle avait exprimé l'intention de s'en procurer. Dans les deux cas, un acquittement honorable ne pourrait être prononcé sans l'intervention d'un témoin dont – fût-il indirect – aucune personne honnête et intelligente ne pût contester le caractère décisif. Un tel témoignage était-il à venir ? La défense n'avait-elle pas déjà épuisé ses ressources ?

La salle bondée retenait son souffle dans l'attente du témoin suivant. Un bruit circulait parmi les personnes bien informées, selon lequel le tribunal allait maintenant entendre le vieil ami de l'accusé, ce Mr. Dexter souvent évoqué dans le cours des débats.

Au terme d'un retard de courte durée, un émoi agita soudain le public, accompagné d'exclamations contenues de surprise et de curiosité. Au même instant, l'huissier appela le nouveau déposant, et celui-ci portait le nom extraordinaire de Miserrimus Dexter.

XX

CONCLUSION DU PROCÈS

L'appel à la barre du témoin secoua le public d'un grand éclat de rire, réaction sans doute en partie suscitée par cette peu banale identité, mais qui tenait aussi à ce besoin instinctif, chez toute assemblée surpeuplée à l'intérêt douloureusement exacerbé, de saisir la première occasion de se détendre. Une réprimande sévère du président ramena le calme. Il affirma son intention de faire évacuer la salle si jamais pareille interruption se reproduisait.

Dans le silence qui suivit cet avertissement, le nouveau témoin fit son apparition.

Autopropulsée sur un fauteuil roulant, se coulant par l'ouverture ménagée à son intention dans la foule, une étrange et saisissante créature – littéralement une moitié d'homme – se présenta à l'attention générale. Un plaid, que l'on avait jeté sur lui, avait glissé pendant sa progression à travers la presse, révélant à la curiosité publique la tête, les bras et le tronc d'un être complètement dépourvu de membres inférieurs. Comme pour rendre l'infirmité encore plus terrible et frappante, l'homme était pour le reste d'une grande beauté et de fort belle constitution. Sa longue chevelure d'un châtain brillant et soyeux tombait sur une paire d'épaules qui étaient le summum de la grâce et de la force. Intelligence et vivacité éclairaient son visage. Avec cela, de grands yeux bleu clair et des mains pâles et délicates qui n'auraient pas, les uns et les autres, déparé une jolie femme. Il aurait peut-être paru efféminé, n'étaient les toutes viriles proportions de son cou et de son torse, auxquelles s'ajoutaient une barbe fournie et une longue paire de moustaches d'une nuance plus claire que ses cheveux. Jamais le sort n'avait joué un aussi mauvais tour à la beauté ! Jamais la nature n'avait commis erreur plus odieuse et plus cruelle !

Il prêta serment, toujours assis, bien évidemment, dans son fauteuil. Ayant décliné son identité, il demanda aux juges, la tête respectueusement baissée, la permission de faire précéder sa déposition d'un mot d'explication.

– Il est courant que l'on s'esclaffe en entendant mon étrange prénom, commença-t-il d'une voix grave, claire et sonore qui portait jusqu'au fond de la salle du tribunal. Je vais peut-être apprendre aux bonnes gens ici présents que nombre de prénoms, toujours en usage chez nous, possèdent une signification, et que le mien est de ceux-là. Ainsi Alexandre signifie-t-il en grec « celui qui aide les hommes ». David est un mot hébreu qui veut dire « bien-aimé ». Francis veut dire « libre » en allemand. Quant à mon nom, Miserrimus, il signifie « très malheureux » en latin. Il m'a été donné par mon père en raison de l'infirmité que tout le monde a pu constater et qui est de naissance. C'est pourquoi je veux espérer que « Miserrimus » ne vous fera plus rire – puis, s'adressant au bâtonnier Farmichael : Maître, je suis tout à vous. Que la cour veuille bien m'excuser d'avoir retardé, si peu que ce soit, le déroulement des débats.

Il avait délivré sa courte adresse avec une amabilité et un entregent impeccables. Interrogé par la défense, il déposa avec beaucoup de clarté et sans le plus petit semblant d'hésitation ni de réserve.

– J'étais en visite à Gleninch à l'époque des faits, commença-t-il. Le Pr Jerome et le Dr Gale ont souhaité me parler en particulier, l'accusé se trouvant alors dans un état de prostration qui l'empêchait de tenir son rôle de maître de maison. Lors de notre entretien, ces deux médecins m'ont saisi et horrifié en m'apprenant que Mrs. Macallan était morte empoisonnée. Ils m'ont demandé de communiquer la terrible nouvelle à son mari. Et ils m'ont dit qu'une autopsie devrait avoir lieu.

» Si le procureur du comté avait pu voir mon ami au moment où
je lui ai annoncé la nouvelle, je doute que lui serait venue l'idée de
l'inculper pour le meurtre de sa femme. Cette accusation n'est à
mes yeux rien de moins que scandaleuse. C'est animé de ce sentiment que j'ai tenté de faire obstacle à la saisie de la correspondance et du journal intime de l'accusé. A présent que ce journal a
été produit, je me range à l'avis de Mrs. Macallan mère : il n'est pas
juste d'en faire un élément à charge. Car enfin, un journal intime,
lorsqu'il dépasse la simple récapitulation de faits et de dates, n'est
rien d'autre que l'expression de l'aspect le plus faible du caractère
de son auteur. Il est neuf fois sur dix le lieu d'un épanchement plus
ou moins méprisable de vanité et d'orgueil, traits dont la personne
n'oserait faire étalage ailleurs. Je suis le plus vieux et le plus proche
ami de l'accusé, et je déclare solennellement que j'ignorais qu'il fût
capable d'écrire de pareilles sornettes jusqu'à ce que cette cour en
fît donner lecture !

» Lui, tuer sa femme ! Lui, traiter sa femme de la façon qu'on a
dit ! J'affirme, moi qui le pratique depuis plus de vingt ans, qu'il
n'y a pas dans cette assemblée un homme qui soit, par nature, plus
incapable de cruauté que l'accusé. Et j'irai même plus loin : je
doute que quiconque, fût-il brutal, fût-il capable de tuer, aurait eu
le cœur de faire du mal à la personne dont la mort prématurée fait
l'objet de la présente enquête.

» J'ai entendu ce que l'infirmière, Christina Ormsay, aussi ignorante que pétrie de préjugés, a dit de la défunte. A la lumière de ce
que j'ai personnellement observé, je m'inscris résolument en faux.
Mrs. Eustace Macallan était, en dépit de quelques travers, une des
femmes les plus charmantes qu'il m'ait été donné de rencontrer.
Elle avait le meilleur usage du monde. Jamais je n'ai vu sourire
plus doux que le sien, jamais je n'ai observé semblables grâce et
fluidité de mouvement. Si vous goûtiez la musique, elle vous
enchantait de sa voix merveilleuse ; et peu de pianistes confirmés
atteignaient à sa délicatesse de toucher. Si vous préfériez causer,
jamais je n'ai rencontré d'homme – ni de femme, ce qui est plus
dire – qui ne fût charmé par sa conversation. Soutenir qu'une telle
épouse a pu être cruellement négligée, puis assassinée, par
l'homme – et non le martyr excédé – qui comparaît devant vous

revient à prétendre que le soleil ne brille jamais à midi ou que la terre ne se trouve pas sous les cieux.

» Certes, les lettres de ses amies montrent qu'elle se plaignait amèrement, auprès d'elles, de l'attitude de son mari. Cependant, repensez à ce que lui répondait l'une de ces femmes, la meilleure et la plus sage : « J'ose avancer que votre nature fort sensible grossit ou interprète mal le manque d'égards que vous témoigne votre mari. » Toute la vérité tient dans cette petite phrase ! La nature de Mrs. Macallan était celle, imaginative et inquiète, d'une poétesse. Il n'était pas à ses yeux d'amour profane suffisamment élevé. Telle peccadille, qu'une autre femme à la fibre morale plus fruste n'eût pas relevée, était cause d'un profond tourment chez cette âme à la sensibilité exacerbée. Certaines personnes ne sont pas faites pour le bonheur. La pauvre était du nombre. En disant cela, j'ai tout dit.

» Non ! Encore un mot.

» Il ne sera sans doute pas vain de rappeler à l'accusation que la disparition de son épouse représente, financièrement parlant, une perte non négligeable pour Mr. Macallan. En se mariant, il avait tenu à ce que le bien de sa femme demeurât au nom de celle-ci afin qu'après elle il revînt à sa famille. Le revenu qu'elle en retirait contribuait à maintenir la splendeur de la maison et des jardins de Gleninch. Les ressources personnelles de l'accusé, même avec l'apport d'une partie du douaire de sa mère, suffisaient à peine à faire face au train de vie mené dans cette magnifique propriété. Je puis affirmer que le décès de sa femme le prive des deux tiers des rentrées globales du couple. Ce qui n'empêche pas ses accusateurs, qui le tiennent pour le plus vil et le plus cruel des hommes, d'affirmer qu'il l'a assassinée, alors que la préservation de sa vie était la condition sine qua non de son bien-être matériel !

» Il est inutile de me demander si j'ai remarqué quoi que ce soit dans le comportement réciproque de l'accusé et de Mrs. Beauly qui eût été de nature à éveiller la jalousie de Mrs. Macallan. Je n'ai jamais observé Mrs. Beauly avec attention ni n'ai jamais incité l'accusé à me parler d'elle. Il était en règle générale très admiratif à l'endroit des jolies femmes, mais cela d'une manière parfaitement innocente. Qu'il ait pu préférer Mrs. Beauly à sa femme est pour moi parfaitement inconcevable – à moins qu'il n'eût perdu la tête, ce que je n'ai jamais eu la moindre raison de supposer.

» Quant à la question de l'arsenic – je fais allusion à la thèse selon laquelle Mrs. Macallan en a eu en sa possession –, je suis en mesure d'apporter des éléments susceptibles d'intéresser la cour.

» J'étais présent dans le bureau du procureur du comté lors de l'examen des papiers et autres pièces découverts à Gleninch. On m'a montré le nécessaire de toilette après que le procureur en eut personnellement inventorié le contenu. Il se trouve que je possède un sens du toucher très développé. En manipulant le couvercle de cette mallette, j'ai senti, sur sa face intérieure, quelque chose qui m'a incité à en examiner très attentivement la structure ; et cela m'a permis de découvrir un compartiment secret dissimulé entre bois et garniture. Nous y avons trouvé la bouteille que voici.

La déposition du témoin s'interrompit le temps que l'on comparât l'objet aux autres flacons du nécessaire de toilette.

Ils étaient en verre taillé de grande qualité et de forme très élégante, à la différence de la fiole trouvée dans le logement secret, qui était de facture très commune et du modèle ordinairement utilisé en pharmacie. Elle ne contenait pas la plus petite goutte de liquide, pas le moindre atome de substance solide. Aucune odeur ne s'en dégageait, et, ce qui était encore plus préjudiciable aux intérêts de la défense, elle ne portait aucune étiquette lorsque Mr. Dexter l'avait mise au jour.

Le pharmacien qui avait vendu à l'accusé la seconde quantité d'arsenic fut rappelé à la barre. Il déclara que ce flacon était exactement semblable à celui dans lequel il avait versé l'arsenic. Il était toutefois la copie conforme de centaines d'autres fioles qu'il avait dans son officine. En l'absence de l'étiquette (sur laquelle il avait lui-même noté « poison dangereux »), il lui était impossible de l'identifier. Jugeant que cette vignette avait pu se décoller accidentellement de la mystérieuse fiole, on avait de nouveau inspecté le nécessaire de toilette ainsi que la chambre de la défunte, mais cela sans résultat. On pouvait être intimement convaincu qu'il s'agissait bien du flacon ayant contenu le poison. Légalement, on n'en avait pas la moindre preuve.

A ce point s'achoppa l'ultime tentative de la défense visant à établir que l'arsenic dont l'accusé avait fait l'emplette avait été remis à sa femme. On avait produit devant le tribunal le livre (retrouvé dans la chambre de la défunte) traitant des pratiques des paysannes de Styrie. Mais ce seul livre prouvait-il qu'elle avait demandé à son mari d'acheter de l'arsenic ? Le papier chiffonné dans lequel subsistaient quelques particules avait été identifié par le pharmacien ; l'analyse avait révélé que la poudre en question était un composé arsénieux. Mais en quoi cela démontrait-il que Mrs. Macallan avait elle-même rangé la pochette sur son meuble et en avait utilisé le contenu ? Pas la moindre preuve formelle ! Rien que des conjectures !

La défense en revint à Miserrimus Dexter touchant quelques détails sans grand intérêt. Le contre-interrogatoire tourna à l'épreuve de force mentale entre le procureur et le témoin, affrontement qui, de l'avis général, se termina à l'avantage de ce dernier. Je ne rapporterai ici qu'une seule question et la réponse à laquelle elle donna lieu : elles me parurent intéresser au premier chef l'objectif que je m'étais fixé.

– Je crois savoir, monsieur Dexter, déclara le procureur d'un ton caustique, que vous avez votre propre théorie et qu'à vos yeux la mort de Mrs. Macallan n'est en rien un mystère…

– Il se peut, répondit le témoin, que j'aie quelques idées sur la question, comme sur un certain nombre d'autres sujets. Mais – et je m'adresse ici à messieurs les juges – est-ce que je comparais pour énoncer des théories ou pour rapporter des faits ?

Je pris note de cette réponse. Les « idées » de Mr. Dexter étaient celles d'un ami sincère de mon mari et d'un homme plus intelligent que la moyenne. Si j'obtenais qu'il me les communiquât, elles pourraient m'être fort précieuses, le moment venu.

A cette note j'en ajoutai une deuxième. Elle avait trait à une observation que je m'étais faite : évoquant Mrs. Beauly au cours de sa déposition, Mr. Dexter avait employé un ton dédaigneux – voire grossier – donnant à penser qu'il ne portait pas cette personne dans son cœur et, peut-être, qu'il s'en méfiait. Sous cet aspect aussi, il pouvait m'être d'une importance capitale de rencontrer Mr. Dexter afin de tirer au clair ce que la cour avait omis de relever.

Le dernier témoin venait d'être entendu. Le fauteuil roulant emporta la moitié d'homme qui alla se perdre dans un coin éloigné de la salle. Le procureur se tourna vers les jurés et commença son réquisitoire.

Je n'hésite pas à dire que je n'ai jamais rien lu d'aussi infâme que l'adresse de ce prestigieux magistrat. C'est sans mauvaise conscience aucune qu'il déclara en préambule avoir la conviction que l'accusé était coupable. De quel droit manifestait-il pareille assurance ? Était-ce à lui qu'il revenait d'en décider ? Était-il à la fois juge et juré ? Ayant commencé par condamner l'inculpé, le procureur s'avisa ensuite de dénaturer les actes les plus bénins de ce malheureux homme de manière à leur conférer l'aspect le plus noir possible.

Ainsi, quand Eustace déposa un baiser sur le front de sa pauvre femme, il visait à se ménager une impression favorable dans l'esprit de l'infirmière et du médecin ! Et quand, suite au décès de Mrs. Macallan, il parut complètement terrassé par le chagrin, il jouait la comédie et triomphait en secret ! Au fond de son cœur, il nourrissait une haine démoniaque pour sa femme et une passion déraisonnable pour Mrs. Beauly ! Dans toutes ses déclarations il avait menti ; et tous ses actes étaient ceux d'un misérable faiseur dépourvu de scrupules ! Ainsi l'accusateur public parla-t-il de l'inculpé, qui se tenait devant lui, impuissant. A la place de mon mari, je lui aurais pour le moins lancé quelque chose à la tête. J'arrachai pour les piétiner les pages contenant ce réquisitoire, geste qui me soulagea. J'ai un peu honte, après coup, d'avoir passé ma colère sur ce malheureux volume, qui n'y était pour rien.

La cinquième journée du procès débuta par la plaidoirie de la défense. Ah, quel contraste entre les ignominies énoncées par le procureur et le magnifique morceau de rhétorique que délivra le bâtonnier !

Cet illustre avocat était bien dans la note lorsqu'il commença de la sorte :

– Je ne le cède à personne pour ce qui est de la pitié que j'éprouve à l'égard de la malheureuse épouse. J'affirme néanmoins qu'en l'espèce, la victime est, de bout en bout, le mari. Quoi qu'ait pu endurer cette pauvre femme, l'homme qui comparaît aujourd'hui devant vous a connu, et connaît encore, de pires souffrances. S'il n'avait été le plus doux, le plus conciliant et le plus dévoué des époux, jamais il ne se serait retrouvé dans cette épouvantable situation. Un homme d'une nature plus étroite ou plus retorse aurait eu la puce à l'oreille lorsque sa femme lui demanda d'acheter du poison, un tel homme ne se serait pas laissé abuser par les prétextes d'une affligeante transparence qu'elle lui avançait, et il lui aurait opposé un refus. Mais l'inculpé n'est pas cette sorte d'homme. Il avait trop de bienveillance pour sa femme, il était trop exempt de la moindre pensée négative à son endroit, pour prévoir les désagréments et les dangers auxquels sa funeste complaisance pouvait l'exposer. Et qu'en est-il résulté? C'est parce que, habité de sentiments trop nobles et trop dignes, il n'a rien suspecté qu'il se tient aujourd'hui devant vous, flétri de l'accusation d'homicide.

Ayant évoqué le mari en ces termes, l'avocat déploya autant d'éloquence et de pertinence lorsqu'il brossa le portrait de l'épouse :

– Le procureur a demandé, avec cette ironie mordante qui a fait sa réputation, pour quelle raison nous avons complètement échoué à prouver que l'accusé avait bien remis les deux lots de poison à sa femme. Je lui répondrai que nous avons démontré, un, que Mrs. Macallan était passionnément attachée à son mari; deux, qu'elle déplorait amèrement ses propres imperfections physiques, et tout particulièrement les défauts de sa complexion; et, trois, qu'elle avait été informée de ce que l'arsenic, pris par voie interne, était censé remédier à ce type de disgrâce. Qui connaît la nature humaine ne peut réfuter une telle démonstration! Mon éminent confrère croit-il donc que les femmes ont coutume de confier les secrets artifices auxquels elles recourent pour corriger ces menus désagréments? Entre-t-il dans sa connaissance du beau sexe qu'une femme qui aspire à se rendre séduisante aux yeux d'un homme dise à cet homme, ou à quiconque est susceptible de communiquer avec lui, que le charme grâce auquel elle comptait s'ouvrir le chemin de son cœur – celui, par exemple, d'un teint de pêche – a été obtenu artificiellement grâce aux vertus bénéfiques d'un poison mortel ? Cette idée est absurde. Nul n'a, bien sûr, jamais entendu Mrs. Macallan parler d'arsenic. Nul ne l'a, bien sûr, jamais surprise en train d'avaler de l'arsenic. Il va de soi qu'elle n'allait confier à personne son intention de prendre de ce poison, pas même aux amies qui lui en avaient parlé comme d'un remède et lui avaient fait parvenir le livre. Elle leur avait instamment demandé de ne souffler mot de leur bref entretien sur le sujet. L'infortunée créature a gardé le secret, tout comme elle l'eût fait si elle avait porté des cheveux postiches ou que l'art dentaire fût pour beaucoup dans son sourire. Cet homme joue sa vie parce qu'une femme s'est comportée comme se comportent les femmes. Comme vos épouses, messieurs les jurés, se comporteraient dans une situation similaire.

Après ce splendide échantillon d'art oratoire (et je regrette de n'avoir pas la place d'en faire figurer ici de plus longs passages), le président prit la parole pour s'adresser au jury. Ici, ma lecture se fit débilitante.

Le juge commença par expliquer aux jurés que l'on ne pouvait compter disposer d'une preuve absolue de l'empoisonnement. Semblable preuve n'apparaissait que très rarement dans ce type d'affaire. Les jurés allaient donc devoir s'appuyer sur les preuves indirectes les plus probantes. Après avoir dit cela, le magistrat se contredit toutefois en les mettant en garde contre la tentation de s'en remettre trop facilement à ces éléments !

– Vous ne prendrez en compte que les indices qui, intellectuellement, vous paraissent satisfaisants et convaincants, ne laissent aucune place à la conjecture et conduisent à une déduction nécessaire et juste.

Qui va décider de ce qu'est une déduction juste ? Et sur quoi des preuves indirectes reposent-elles, sinon la conjecture ?

Après un tel échantillon, point n'est besoin de rapporter ici de plus larges extraits de ce résumé des débats. Les jurés, à n'en pas douter complètement désorientés, se réfugièrent dans le moyen terme. Ils se retirèrent pour délibérer une heure durant. (Un jury de femmes n'y eût pas mis une minute !) Ils reparurent et rendirent par ces mots leur verdict blanc timoré et incertain.

Quelques minces applaudissements retentirent dans la salle, qui tournèrent instantanément court. Le prisonnier fut élargi au terme des formalités observées en semblable occasion. Tel un homme accablé d'un profond chagrin, il s'en fut à pas lents, tête basse, sans regarder personne ni répondre aux paroles de ses amis. Il savait, le pauvre, la flétrissure que lui infligeait ce jugement. «Nous ne vous déclarons pas innocent du crime dont vous êtes accusé; nous disons seulement que les preuves ne sont pas suffisantes pour vous condamner.» C'est sur cette conclusion boiteuse que s'acheva le procès. Les choses en seraient restées là à jamais, mais c'était compter sans moi.

XXI

J'ENTREVOIS CE QUE VA ÊTRE
MA DÉMARCHE

Dans la lumière grise d'une nouvelle matinée, je refermai le compte rendu du procès de mon mari pour meurtre sur la personne de sa première femme.

La fatigue n'eut pas raison de moi. Je n'avais nulle envie, après ces longues heures de lecture et de réflexion, de m'allonger ni de dormir. Étrangement, j'avais l'impression d'avoir dormi, d'être éveillée depuis peu et d'être devenue une nouvelle femme, dotée d'un regard neuf.

Je parvenais presque à comprendre qu'Eustace m'eût quittée. Pour un homme de sa sensibilité, c'eût été un véritable calvaire que de paraître devant sa femme une fois qu'elle aurait pris connaissance de ce compte rendu et de tout ce qu'il contenait pour l'édification du public. En même temps, je me disais qu'il aurait pu s'en remettre à moi pour lui rendre cette épreuve moins cruelle, et par conséquent venir me retrouver. Peut-être au reste allais-je le voir revenir. D'ici là, et dans cette attente, je le prenais en pitié et lui pardonnais de toute mon âme.

En dépit de cette philosophie, il restait une petite question qui me tracassait. Eustace aimait-il Mrs. Beauly en secret ? Ou bien avais-je remplacé cette femme dans son cœur ? Quel genre de beauté pouvait avoir cette dame ? Jusqu'où affirmer que nous eussions, elle et moi, une quelconque ressemblance ?

La fenêtre de ma chambre donnait à l'est. Je relevai la jalousie et constatai qu'un soleil magnifique montait dans le ciel limpide. L'irrésistible tentation me prit de sortir humer l'air frais du matin. Je coiffai mon chapeau, jetai un châle sur mes épaules et glissai sous mon bras les minutes du procès. Les verrous de la porte de derrière ne m'opposèrent aucune résistance et je me retrouvai bientôt dans le joli petit jardin de Benjamin.

Apaisée et fortifiée par une atmosphère paisible et pleine de senteurs, je rassemblai suffisamment de courage pour réfléchir à la grande question qui se posait maintenant à moi : celle de l'avenir.

J'avais lu le compte rendu. Je m'étais juré de vouer ma vie à une mission sacrée, celle de faire reconnaître l'innocence de mon mari. Quoique seule et sans appuis, je persistais dans ma résolution d'aller jusqu'au bout. Par où allais-je commencer ?

Dans ma position, le parti le plus sage était sûrement celui de l'audace. J'avais de bonnes raisons de penser que la personne la plus propre à me conseiller et m'assister était Miserrimus Dexter. Il pouvait décevoir les espoirs que je plaçais en lui, il pouvait refuser de m'aider ou encore, à l'instar de mon oncle Starkweather, considérer que j'avais perdu la raison. Aucune de ces possibilités n'était à écarter. Je m'en tins néanmoins à ma décision de tenter l'aventure et me dis que ma première initiative devait être d'aller trouver, s'il était encore de ce monde, cet infirme au nom si singulier.

A supposer qu'il me reçût et me comprît, qu'allait-il me répondre ? Dans sa déposition, l'infirmière l'avait décrit comme un homme qui ne se payait pas de circonlocutions. Il me demanderait probablement : « Que comptez-vous faire ? Et en quoi puis-je vous aider ? »

Avais-je les réponses à ces deux questions toutes simples ? Oui ! à condition que j'eusse le courage de partager avec autrui ce qui était, à l'instant présent, en train de fermenter secrètement dans mon esprit. Oui ! si je parvenais à confier à un étranger un soupçon qui m'était venu à la lecture des minutes et que je n'ai pas encore eu le cœur d'évoquer ici !

Il me faut pourtant y venir sans plus de retard. Ce soupçon fut gros de conséquences sur ce qui a été mon histoire et ma vie.

Je dois d'abord avouer qu'en refermant le compte rendu du procès je rejoignais sur un point particulier mon ennemi le procureur.

Il s'en était pris à la théorie de la défense, taxant l'explication qu'elle donnait du décès de Mrs. Macallan de « subterfuge maladroit dans lequel aucune personne sensée ne pouvait déceler le moindre atome de vraisemblance ». Sans aller jusque-là, je ne tirais moi non plus des témoignages aucune raison de supposer que la malheureuse avait pu ingérer par erreur une dose fatale de poison. Selon moi, elle avait eu secrètement l'arsenic en sa possession et elle en avait usé ou projeté d'en user, par voie interne, à seule fin d'améliorer la qualité de son teint. Mais je m'arrêtais là. Plus j'y réfléchissais, plus la thèse des avocats de la partie civile, à savoir que la défunte avait succombé à un empoisonnement criminel, me paraissait tenir debout, même s'ils avaient assurément fait fausse route en en chargeant mon mari.

Puisqu'il était innocent, il fallait que quelqu'un d'autre fût le coupable. Qui donc, parmi les personnes résidant à Gleninch, avait empoisonné Mrs. Eustace Macallan ? Mes soupçons convergeaient sur une femme. Et cette femme n'était autre que Mrs. Beauly !

Oui ! J'en étais arrivée à cette stupéfiante conclusion. Elle découlait nécessairement, à mon sens, du faisceau d'indices apportés par les différentes dépositions.

Revenons quelques instants à cette fameuse lettre adressée à Mr. Macallan et signée « Helena », qui fut produite devant la cour. Aucune personne sensée ne peut douter que Mrs. Beauly en était l'auteur (même si les juges la dispensèrent de répondre à la question). Or cette lettre révèle selon moi de manière irréfutable l'état d'esprit dans lequel cette personne se trouvait lorsqu'elle vint séjourner à Gleninch.

Qu'écrit-elle à Mr. Macallan alors même qu'elle est mariée à un autre homme – auquel elle s'était fiancée avant de faire la connaissance du premier ? « Mon cœur saigne quand je pense à votre vie sacrifiée à cette méchante femme. » Et, plus loin : « Si j'avais eu l'ineffable bonheur d'aimer et de chérir le meilleur des hommes, dans quel paradis n'aurions-nous pas vécu ! Et quelles heures délicieuses n'aurions-nous pas connues ! »

Quel est donc ce langage sinon celui qu'une amoureuse exaltée et sans vergogne adresse à un homme qui, de surcroît, n'est pas son mari ? Elle est si pleine de lui que même son idée d'un autre monde (voir la lettre) est celle de « se fondre » dans l'« âme » de Mr. Macallan. C'est dans cet état d'esprit et de moralité que, suite à la mort de son mari, la dame recouvre un beau jour sa liberté. Sitôt son veuvage terminé, elle rend des visites et se voit bientôt reçue chez celui qu'elle adore. La maîtresse de maison est souffrante et alitée. Le seul autre invité présent à Gleninch est un infirme qui ne se déplace qu'en fauteuil roulant. La dame a donc pour elle toute seule la maison et l'être aimé qui s'y trouve. Aucun obstacle ne se dresse entre elle et « l'ineffable bonheur d'aimer et de chérir le meilleur des hommes », sinon une épouse laide et malade pour laquelle Mr. Macallan n'a jamais éprouvé ni n'éprouvera jamais la moindre once d'amour.

Est-il totalement inepte de penser qu'une femme de ce genre, animée de tels motifs et se trouvant dans ces circonstances, est capable d'aller jusqu'au crime pour peu que se présente une occasion sûre et sans risque ?

Quelle est la teneur de sa déposition ?

Elle reconnaît avoir eu avec Mrs. Macallan une conversation au cours de laquelle celle-ci l'interrogea sur le chapitre des soins à apporter au visage. Fut-ce là tout le contenu de leur échange ? Mrs. Beauly n'y découvrit-elle pas à quelle dangereuse expérience son hôtesse était en train de se livrer afin d'améliorer la qualité de son teint ? Ce que nous savons, c'est que Mrs. Beauly n'en fit pas état.

Que rapporte l'aide-jardinier ?

Il a surpris entre Mr. Macallan et Mrs. Beauly un entretien démontrant que la possibilité de devenir Mrs. Eustace Macallan s'est assurément présentée à l'esprit de cette personne, et qu'elle regarde le sujet comme trop périlleux pour que l'on s'y attarde. Le candide Mr. Macallan aurait volontiers poursuivi. Mrs. Beauly se soucie de discrétion et l'interrompt.

Que nous apprend enfin Christina Ormsay, l'infirmière ?

Le jour de sa mort, Mrs. Macallan lui demande de se retirer et d'aller attendre en bas. Elle laisse donc sa patiente, suffisamment remise d'une première atteinte pour être capable de se distraire en écrivant. Elle reste absente une demi-heure, puis commence à s'inquiéter de ne pas entendre sonner. Elle se rend donc dans la pièce dite « salon du matin » pour consulter Mr. Macallan. Là, elle apprend que Mrs. Beauly a disparu. Mr. Macallan ignore où elle se trouve et demande à Mr. Dexter s'il l'a vue. Celui-ci répond par la négative. Quand Mrs. Beauly a-t-elle disparu? Précisément au moment où Christina Ormsay vient de laisser Mrs. Macallan seule dans sa chambre!

Sur ces entrefaites, la sonnette retentit enfin, et violemment. L'infirmière remonte dans la chambre aux alentours de onze heures moins cinq et découvre que les inquiétants symptômes observés dans la matinée se manifestent de nouveau et sous une forme aggravée. Une seconde dose de poison, plus forte que celle qui a été administrée de bonne heure ce matin-là, a été donnée à Mrs. Macallan pendant l'absence de l'infirmière et – notez bien – durant le laps de temps où Mrs. Beauly est restée introuvable. Sortant dans le couloir en quête d'assistance, l'infirmière tombe nez à nez avec Mrs. Beauly qui, en toute innocence, arrive de sa chambre – tout juste levée, sommes-nous censés supposer, à onze heures du matin! – pour venir prendre des nouvelles de Mrs. Macallan.

Un peu plus tard, Mrs. Beauly vient visiter la malade en compagnie de Mr. Macallan. La mourante les regarde d'une drôle de façon et leur demande de la laisser. Mr. Macallan, qui y voit l'accès d'humeur d'une personne au plus mal, demeure sur place le temps d'annoncer à l'infirmière que le médecin a été appelé. Que fait Mrs. Beauly? A l'instant où Mrs. Macallan pose les yeux sur elle, elle se jette dehors, comme saisie de panique. Il semblerait que même ce genre de personne possède en définitive une conscience!

Ces circonstances – rapportées par des témoins assermentés – ne sont-elles pas propres à éveiller le soupçon?

Pour moi, une conclusion s'impose : Mrs. Beauly a administré la seconde dose d'arsenic. Si l'on admet ce point, on peut en inférer que c'est aussi elle qui, tôt ce matin-là, a donné la première dose. Penchons-nous de nouveau sur la déposition de Christina Ormsay. Elle dit avoir dormi de deux heures à six heures. Elle parle aussi d'une porte de communication dont la clé a été enlevée on ne sait par qui. Quelqu'un aura forcément subtilisé cette clé. Pourquoi pas Mrs. Beauly?

Encore un mot, et tout ce que j'avais en tête tandis que je déambulais dans le jardinet de Benjamin aura été honnêtement exposé.

Lors de son contre-interrogatoire, Miserrimus Dexter reconnut implicitement avoir sa petite idée sur la mort de Mrs. Macallan. Il évoqua, d'autre part, Mrs. Beauly d'un ton qui montrait amplement qu'elle ne figurait pas au nombre de ses amis. Est-ce que lui aussi la soupçonnait? Si je tenais à l'aller voir avant de m'adresser à toute autre personne, c'était pour lui poser cette question. Si sur le fond nos pensées convergeaient, alors ma route était toute tracée. L'étape suivante consisterait à maquiller soigneusement mon identité pour me présenter à Mrs. Beauly sous l'apparence d'une inconnue parfaitement inoffensive.

La démarche n'allait pas, bien sûr, sans soulever quelques difficultés. La première et plus importante était celle de mon introduction auprès de Mr. Dexter.

La fraîcheur de l'air avait sur moi une influence lénifiante et j'inclinai tout à coup à m'aller reposer plutôt qu'à envisager les problèmes pendants. Et, quand je passai devant la fenêtre ouverte de ma chambre, mon lit me sembla on ne peut plus tentateur.

Deux minutes plus tard, je m'y allongeai et pris congé de mes inquiétudes et de mes soucis. Encore quelques secondes, et je dormais à poings fermés.

Un coup discret frappé à la porte me tira de mon sommeil. Puis ce fut la voix de ce brave vieux Benjamin :

– Ma chère enfant! Vous allez mourir d'inanition si je vous laisse encore dormir. Il est une heure et demie, et un ami à vous est ici qui vient partager notre dînette.

Un ami à moi? Avais-je donc des amis? Mon mari était au loin; quant à mon oncle Starkweather, il avait fini par désespérer de moi.

– Qui est-ce? demandai-je de mon lit.

– Le major Fitz-David, souffla Benjamin à travers la porte.

Je me levai d'un bond. Celui qu'il me fallait attendait pour me voir! Le major Fitz-David connaissait tout le monde. Il eût été bien étonnant qu'un proche ami de mon mari ne connût point un de ses amis de longue date comme Miserrimus Dexter.

Vous avouerai-je que je mis un soin particulier à ma toilette et, de ce fait, repoussai encore le moment de passer à table ? Elle n'existe pas, celle qui, ayant une faveur particulière à demander au major Fitz-David, aurait agi autrement.

XXII

LE MAJOR SE FAIT TIRER L'OREILLE

Le major se précipita vers moi dès que j'ouvris la porte de la salle à manger. Avec sa coquette redingote bleue, son sourire avantageux, sa bague à rubis et son compliment toujours prêt, il était le plus sémillant et le plus vert de tous les vieux messieurs. Et je jugeai plutôt réconfortant de me trouver une nouvelle fois en présence du don Juan de notre temps.

– Je ne m'enquiers pas de votre santé, dit-il : vos yeux m'ont répondu, chère petite madame, avant que j'aie eu loisir de formuler ma question. A votre âge, il n'est pas d'autre soin de beauté qu'une bonne nuit de sommeil. Le lit, encore le lit ! Voilà le secret pour conserver son éclat et vivre vieille.

– Je n'ai guère été de temps dans mon lit, major. Pour dire le vrai, j'ai passé toute la nuit assise à lire.

Il haussa ses sourcils bien dessinés en une mimique de curiosité polie.

– Quel est donc l'heureux livre qui vous a à ce point intéressée ?

– Le compte rendu du procès de mon mari pour le meurtre de sa première épouse.

Le sourire du major disparut d'un coup. Il recula d'un pas, l'air consterné.

– Ne me parlez pas de cet horrible livre ! s'écria-t-il. Ne soulevez point cet épouvantable sujet ! La beauté et la grâce n'ont rien à faire avec ces histoires de procès, d'empoisonnements, et toutes ces horreurs ! Pourquoi, ma charmante amie, profaner vos lèvres en évoquant de pareilles abominations ? Pourquoi effaroucher les Amours et les nymphes tapis derrière votre sourire ? Sacrifiez au caprice d'un vieil homme qui rend un culte aux Amours et aux nymphes, et ne demande rien d'autre que de s'exposer à l'éclat de votre sourire. Le repas est prêt. Soyons gais. Rions et dînons.

Il me conduisit à ma place et emplit mon assiette et mon verre de l'air d'un homme qui accomplit la tâche la plus importante de son existence. Dans l'entre-temps, Benjamin reprit la conversation à son compte :

– Le major vous apporte des nouvelles, ma chère enfant : votre belle-mère, Mrs. Macallan, va venir vous voir aujourd'hui.

Ma belle-mère allait venir me voir ! Je me tournai vers le major pour lui tirer les vers du nez.

– Est-ce que Mrs. Macallan en sait plus long sur son fils ? Est-ce qu'elle vient ici pour me dire où il se trouve ?

– Je crois en effet qu'elle a eu de ses nouvelles, me répondit le major. Et elle a également reçu un courrier de votre oncle, le pasteur. Oui, l'excellent Starkweather lui a écrit, mais je n'ai pas été informé du contenu de sa lettre. J'ai rencontré l'honorable dame hier à une soirée et j'ai fait mon possible pour découvrir si elle venait vous voir en amie ou en ennemie. Mes pouvoirs de pénétration ont lamentablement échoué avec elle – ici, le major adopta le ton d'un garçon de vingt-cinq ans se livrant à un pudique aveu : Pour tout vous dire, je ne m'accorde guère avec les dames d'un certain âge. Considérez, ma douce amie, que c'est l'intention qui compte : j'ai voulu vous être utile, et j'ai échoué.

Ces paroles m'offraient l'occasion que j'attendais. Je ne la laissai pas passer :

– Vous pourriez m'être d'une utilité plus grande, major, si je m'en réfère à vos bontés passées. J'aurais d'abord une question à vous poser, et il se peut, lorsque vous m'aurez répondu, que je vous demande une faveur.

Il reposa son verre sans l'avoir porté à ses lèvres et me considéra avec l'apparence du plus grand intérêt.

– Je suis tout à vous, me dit le galant vieillard. Commandez et j'obéirai. Que souhaitez-vous me demander ?

– Si vous connaîtriez Mr. Miserrimus Dexter.

– Dieu du ciel ! glapit le major, voilà bien une question inattendue ! Si je connais Miserrimus Dexter ? Je le connais depuis de trop longues années. Quelle raison pouvez-vous avoir de…

– Ma raison tient en deux mots, le coupai-je : je voudrais que vous m'introduisiez auprès de lui.

Il me sembla que le major pâlissait sous sa poudre. Ce qui est certain, c'est que ses petits yeux gris me regardaient avec une expression d'ahurissement mêlé d'alarme.

– Vous voulez faire la connaissance de Miserrimus Dexter ? répétait-il comme un qui croit ses sens abusés. Monsieur Benjamin, aurais-je trop usé de votre excellent vin ? Suis-je sujet à une hallucination, ou bien notre délicieuse amie me demande-t-elle vraiment de la présenter à Miserrimus Dexter ?

Benjamin me considérait lui aussi d'un air passablement interloqué, et c'est avec grand sérieux qu'il répondit :

– Je crois que c'est bien ce que vous avez dit, ma chère.

– C'est en effet ce que j'ai dit. Qu'est-ce que ma demande a de si surprenant ?

– Mais cet homme est fou à lier ! s'exclama le major. Vous n'auriez pu choisir dans toute l'Angleterre de personne moins propre à être présentée à une dame – et particulièrement une jeune dame – que Dexter. Êtes-vous au courant de son horrible difformité ?

– Je suis au courant, et cela ne m'impressionne pas.

– Cela ne l'impressionne pas ! Ma chère enfant, ce personnage a l'esprit aussi contrefait que le corps. Ce que Voltaire brocardait dans la personnalité de ses compatriotes se retrouve à la lettre chez Miserrimus Dexter. Il est le croisement du tigre et du singe. Il va vous faire peur et, l'instant d'après, il vous fera hurler de rire. Je ne nie pas qu'il soit intelligent par certains côtés – et même brillamment intelligent. Et je ne prétends pas qu'il ait jamais commis le moindre acte de violence ni fait volontairement du mal à quelqu'un. Mais cela n'empêche que cet homme est un fou s'il en fut jamais. Ne m'en veuillez pas si vous trouvez ma curiosité déplacée, mais quel motif pouvez-vous avoir de rencontrer Miserrimus Dexter ?

– Je voudrais le consulter.

– Puis-je vous demander a quel sujet ?

– Au sujet du procès de mon mari.

Le major émit un gémissement et chercha une consolation momentanée dans le bordeaux de son ami Benjamin.

– Encore ! se lamenta-t-il. Monsieur Benjamin, pourquoi persiste-t-elle à s'attarder sur cet horrible sujet ?

– Si je m'y attarde, c'est que j'en ai fait l'unique objet et l'unique espoir de mon existence. J'ai des raisons de penser que Mr. Dexter peut m'aider à laver la réputation de mon mari. Tigre et singe, peut-être, mais je suis prête à prendre le risque. Et je vous demande – inconsidérément et obstinément, penserez-vous peut-être – de me fournir une lettre d'introduction. Cela ne vous causera aucun embarras. Je n'attends pas que vous m'accompagniez. Un billet adressé à Mr. Dexter fera l'affaire.

Le major regarda piteusement du côté de Benjamin et secoua la tête. Benjamin regarda piteusement le major et, à son tour, secoua la tête.

– Elle semble y tenir, dit le vieillard.

– Oui, dit Benjamin. Elle semble y tenir.

– Je ne prends pas, pour ma part, la responsabilité de l'envoyer seule chez Miserrimus Dexter.

– Pensez-vous que je devrais l'accompagner ?

Le major se mit à réfléchir. Benjamin dans un rôle de chaperon n'inspirait apparemment pas une grande confiance au vieux soldat. Au terme d'un moment de rumination, une idée parut lui venir. Il se tourna vers moi.

– Ma ravissante amie, dit-il, montrez-vous plus charmante que jamais en consentant à un compromis. Résolvons la difficulté par le biais d'une réunion mondaine. Que diriez-vous d'un petit souper ?

– Un petit souper ? répétai-je sans comprendre.

– Oui, un petit souper, réitéra le major. Chez moi. Vous insistez mordicus pour que je vous introduise auprès de Dexter ; de mon côté, je refuse catégoriquement de vous laisser seule en compagnie d'un tel lunatique. La seule solution est de vous inviter tous les deux sous mon toit. Ainsi pourrez-vous vous faire votre propre opinion sur le personnage.

» Voyons voir, qui d'autre allons-nous vous faire connaître ? poursuivit le major dont le regard s'allumait à cette perspective. Nous voulons une galaxie de beauté autour de la table, ceci en manière de compensation puisque Miserrimus Dexter sera au nombre de nos hôtes. Mme Mirliflore est encore à Londres. Vous ne pouvez que l'aimer ; il s'agit d'une personne charmante et qui possède votre constance, votre extraordinaire ténacité. Oui, nous prierons Mme Mirliflore. Qui d'autre ? Lady Clarinda ? Autre charmante personne, monsieur Benjamin ! Vous ne pourriez que l'admirer ; elle est si bonne, si sensible, elle ressemble par bien des côtés à notre délicieuse amie ici présente. C'est dit, Lady Clarinda sera des nôtres ; et vous serez son voisin de table, monsieur Benjamin, en témoignage de l'estime que je vous porte. Demanderons-nous à ma jeune prima donna de chanter pour nous ? Oui, je le pense. Elle est jolie ; elle contribuera à pallier la difformité de Dexter. Parfait ; voilà pour la liste des invités. Je vais m'enfermer ce soir avec mon cuisinier pour voir la question du menu. Disons-nous ce jour en huit ? demanda-t-il en sortant son agenda. A huit heures ?

J'acceptai, mais sans grand enthousiasme. Avec une lettre d'introduction, j'aurais pu voir Miserrimus Dexter dans l'après-midi, alors que ce « petit souper » allait m'obliger à attendre toute une semaine en me tournant les pouces. Mais il fallait se résigner. Le major Fitz-David, tout courtois qu'il était, pouvait se montrer aussi têtu que moi. Il avait à l'évidence arrêté sa décision et toute opposition de ma part n'eût servi de rien.

– Huit heures précises, monsieur Benjamin, répéta-t-il. Notez cela sur vos tablettes.

Benjamin s'exécuta après m'avoir lancé un regard de biais que je n'eus aucun mal à interpréter : l'idée ne lui souriait guère de rencontrer un personnage décrit comme « mi-tigre, mi-singe », et la perspective de voisiner avec Lady Clarinda l'intimidait plus qu'elle ne le ravissait. Tout ceci était mon œuvre et il n'avait lui non plus d'autre choix que de s'y soumettre.

– Huit heures précises, c'est noté, obtempéra le malheureux. Major, reprenez donc un peu de vin.

Le major consulta son oignon, puis se leva, nous priant avec volubilité d'excuser un départ aussi abrupt.

– Il est plus tard que je ne pensais, dit-il. J'ai rendez-vous avec une amie, une personne des plus séduisantes. Vous me la rappelez un peu, ma chère : même qualité de peau, même pâleur crémeuse. Je raffole de cette pâleur crémeuse. Je disais donc que j'avais rendez-vous. L'amie en question me fait l'honneur de solliciter mon avis sur de très remarquables pièces de dentelle ancienne. J'ai quelques lumières en la matière comme en tout ce qui peut me rendre utile ou agréable à votre sexe enchanteur. Vous n'oubliez pas notre petit souper ? Sitôt rentré, j'envoie un carton à Dexter – il me prit la main et, la tête légèrement inclinée de côté, la considéra attentivement. Vous avez une main délicieuse. Cela ne vous gêne pas, au moins, que je la contemple, que j'y pose les lèvres ? Une jolie main est une de mes faiblesses. Pardonnez-moi mes faiblesses. Je promets de me repentir et m'amender un de ces jours.

– A votre âge, croyez-vous, major, avoir beaucoup de temps devant vous ? interrogea une voix dans notre dos.

Nous nous retournâmes tous trois vers la porte. La mère de mon mari se tenait sur le seuil, affichant un sourire narquois et flanquée de la timide petite bonne de Benjamin qui attendait de l'annoncer.

Le major avait une réponse toute prête. Ce vieux soldat ne se laissait pas facilement prendre au dépourvu.

– L'âge, chère madame Macallan, est affaire toute relative. Il y a des gens qui ne sont jamais jeunes et d'autres qui ne deviennent jamais vieux. J'appartiens à cette seconde espèce. *Au revoir* *.

Ayant dit, l'impénitent major souffla un baiser à la ronde et s'en fut. Conformément à ses manières surannées, Benjamin salua Mrs. Macallan mère en s'inclinant profondément, puis il alla ouvrir la porte de sa petite bibliothèque, nous invita, elle et moi, à y entrer et nous laissa seules.

XXIII

MA BELLE-MÈRE ME SURPREND

Je pris une chaise placée à distance respectueuse du sofa sur lequel Mrs. Macallan s'était posée. Elle eut un sourire et me fit signe de venir m'asseoir auprès d'elle. A en juger par les apparences, elle n'était certainement pas venue en ennemie. Restait à voir si elle était vraiment disposée à être mon amie.

– J'ai reçu une lettre de votre oncle le pasteur, commença-t-elle. Il me demande d'aller vous voir et je me fais un plaisir d'accéder à sa requête, ceci pour des raisons que je vous dirai dans un moment. Si étrange que cet aveu puisse vous sembler, je doute fort, ma chère enfant, que j'eusse en d'autres circonstances osé me présenter devant vous. Mon fils s'est conduit avec vous d'une façon tellement veule et, à mes yeux, tellement impardonnable, que, moi sa mère, j'ai presque honte de paraître en votre présence.

Parlait-elle sérieusement? Je l'écoutais et la regardais avec surprise.

– Votre oncle me raconte dans sa lettre comment vous vous comportez dans votre épreuve et ce que vous projetez de faire maintenant qu'Eustace vous a quittée. Ce pauvre Dr Starkweather paraît avoir été choqué au-delà de tout par ce que vous lui avez dit lorsqu'il est passé à Londres. Il me prie d'user de toute mon influence pour vous faire renoncer à vos desseins et vous convaincre de retourner vivre au presbytère. Apprenez, ma chère, que je ne suis pas du tout de l'avis de votre oncle! Si déraisonnable que m'apparaisse votre projet – car vous n'avez pas la moindre chance de succès –, j'admire votre courage, votre fidélité et la foi tenace que vous témoignez à mon fils en dépit de son comportement inqualifiable. Vous êtes quelqu'un de bien, Valeria ! Et je suis venue vous le dire. Embrassez-moi, mon enfant. Vous mériteriez d'être la compagne d'un demi-dieu et vous avez épousé le plus veule des mortels. Le ciel me pardonne de parler ainsi de mon propre fils ! Mais j'en ai gros sur le cœur et il fallait que cela sorte !

Cette façon de parler d'Eustace était plus que je n'en pouvais supporter, même venant de sa mère. Je recouvrai l'usage de la parole pour prendre la défense de mon mari :

– Je suis fière de la bonne opinion que vous avez de moi, madame Macallan. En revanche – et ne m'en veuillez pas si je m'exprime sans détour –, cela me fait de la peine de vous entendre parler d'Eustace en termes si méprisants. Je n'accepte pas que vous disiez que mon mari est le plus veule des hommes.

– Cela va de soi ! répliqua la vieille dame. En bonne épouse, vous faites un héros de celui que vous aimez, et cela qu'il le mérite ou pas. Votre mari possède une foule de qualités, mon enfant, et je les connais peut-être mieux que vous. Il n'empêche que sa conduite, du moment où il a franchi le seuil de la maison de votre oncle jusqu'à aujourd'hui, a été celle, je le répète, d'un homme intrinsèquement faible. Que croyez-vous qu'il vient de faire pour couronner le tout ? Il s'est enrôlé dans une société de charité ; il part pour la guerre en Espagne avec un brassard frappé d'une croix rouge, alors qu'il devrait être ici, à vos genoux, en train de demander pardon. Je dis, moi, que c'est là la conduite d'un faible. D'aucuns pourraient user de termes plus durs.

La nouvelle me stupéfia comme elle m'affligea. Je pouvais me résigner à ce qu'il m'eût quittée – pour un temps ; mais tous mes instincts de femme s'insurgeaient contre le fait qu'il allait exposer sa vie pendant ce que durerait notre séparation. Voici qu'il ajoutait délibérément à mes angoisses. Je trouvais cela bien cruel de sa part, même si je n'en dis mot à sa mère. J'affectai d'être aussi imperturbable qu'elle et contestai ses avis avec toute la fermeté dont j'étais capable. Mais l'implacable vieille dame ne l'en insulta qu'avec davantage de virulence encore :

– Ce que je reproche le plus à mon fils, c'est de s'être complètement mépris à votre sujet. S'il avait épousé une sotte, sa conduite
eût été assez compréhensible. Il aurait agi avec discernement en
cachant à une telle personne son premier mariage et l'épouvantable
humiliation publique d'un procès pour le meurtre de son épouse. Il
aurait encore justement agi si, à supposer que cette même sotte eût
appris la vérité, il l'avait quittée avant qu'elle n'en vînt à le soupçonner de l'empoisonner, cela pour préserver la paix et la tranquillité de l'un comme de l'autre. Mais vous êtes le contraire d'une
niaise – inutile de vous fréquenter bien longtemps pour le savoir.
Pourquoi ne s'en est-il pas rendu compte, lui aussi? Pourquoi ne
vous a-t-il pas dit la vérité dès le tout début, plutôt que de s'insi-
nuer dans votre cœur sous une fausse identité? Pourquoi avoir projeté, comme il me l'a avoué, de vous emmener en Méditerranée et
de vous garder à l'étranger, de crainte que quelque ami bien intentionné ne vous révélât qu'il n'était autre que l'accusé de ce fameux
procès? Quelle est la réponse à toutes ces questions? Comment
expliquer un comportement aussi aberrant? Je ne vois qu'une seule
réponse, une seule explication. Mon malheureux fils – tenant en
cela de son père car il ne me ressemble en rien! – a le jugement
faible; il montre la même faiblesse dans ses actions; et, comme tous
les faibles, il est têtu et déraisonnable au dernier degré. C'est la
pure vérité! Ne vous fâchez pas. Je l'aime autant que vous pouvez
l'aimer. Je lui reconnais également des mérites. Et parmi ceux-ci,
celui d'avoir épousé une femme courageuse et résolue, et si
constante, si aimante, qu'elle n'accepte pas que sa mère parle de
ses défauts. Brave petite! Je vous aime de me détester!

– Mais, madame, je ne vous déteste pas! me récriai-je, quoique
je n'en fusse pas loin sur le moment. Je me permets seulement de
penser que vous confondez faiblesse et délicatesse. Notre pauvre
cher Eustace…

– Est pétri de délicatesse, me coupa l'impénétrable Mrs. Macallan, terminant ma phrase à ma place. Restons-en là, ma chère, et
passons à un autre sujet. Je me demande si nos avis vont, là aussi,
différer.

– Quel est cet autre sujet, madame?

– Vous ne le saurez pas si vous persistez à me donner du

madame. Appelez-moi belle-maman. Dites : « Quel est cet autre sujet, belle-maman ? »

– Quel est-il, belle-maman ?

– Ce projet de faire appel pour qu'Eustace repasse en jugement et que justice lui soit rendue. Avez-vous réellement l'intention de vous y lancer ?

– Oui !

Mrs. Macallan, la mine sévère, réfléchit un moment.

– Vous savez combien j'admire votre courage ainsi que votre dévouement envers mon fils, reprit-elle. Et vous me connaissez suffisamment pour savoir que je dis ce que je pense. Je ne peux vous laisser tenter l'impossible ni risquer inutilement votre réputation et votre bonheur sans vous mettre en garde avant qu'il soit trop tard. Ma chère enfant ! ni vous ni personne ne pourrait réussir ce que vous vous êtes mis en tête de faire. Renoncez.

– Je vous suis infiniment reconnaissante, madame Macallan...

– Belle-maman !

– Je vous suis très reconnaissante, belle-maman, de l'intérêt que vous me portez. Cependant, il n'est pas question pour moi de renoncer. A tort ou à raison, avec ou sans risque, je dois essayer et je le ferai !

Mrs. Macallan me regarda très attentivement, puis soupira.

– Ah, jeunesse, jeunesse ! dit-elle tristement comme pour elle-même. Quelle merveille que d'être jeune ! – elle réprima son accès de vague à l'âme et brusquement, avec presque de la hargne, me demanda : Comment diable comptez-vous procéder ?

A l'instant où elle me posait cette question, l'idée me traversa que ma belle-mère pouvait, si tel était son bon plaisir, me faire rencontrer Miserrimus Dexter. Elle devait le connaître, et d'assez près puisqu'il était un vieil ami de son fils et avait fait de fréquents séjours à Gleninch.

– J'ai l'intention de consulter Miserrimus Dexter, lui répondis-je avec aplomb.

Elle eut un sursaut doublé d'une forte exclamation de surprise.

– Auriez-vous perdu la tête ?

Je lui dis, comme je l'avais dit au major Fitz-David, que j'avais des raisons de penser que l'avis de Mr. Dexter pouvait m'être d'un grand secours.

– Et j'ai, moi, me répondit-elle, de bonnes raisons de penser que cette idée ne tient pas debout et qu'en allant trouver Dexter c'est un fou que vous vous proposez de consulter. Non, ne vous effrayez pas, mon enfant! Le personnage ne ferait pas de mal à une mouche. Il ne va pas vous agresser ni se montrer grossier. Je dis simplement que la dernière personne avec laquelle une jeune femme se trouvant dans votre douloureuse et délicate position doit s'aboucher est bien Miserrimus Dexter.

Ça alors! C'était presque mot pour mot l'avertissement du major. Ma foi, il connut le destin de la plupart des mises en garde et n'eut pour résultat que de me fortifier dans ma résolution.

– Vous me surprenez, objectai-je. La déposition de Mr. Dexter lors du procès m'a paru on ne peut plus claire et sensée.

– Bien sûr qu'elle l'est! me répondit Mrs. Macallan. Sténographes et journalistes se sont chargés de lui donner une forme présentable avant de l'envoyer à la composition. Si, comme moi, vous aviez entendu ses déclarations, vous auriez été soit scandalisée soit amusée, suivant votre tournure d'esprit. Il commença – ce qui était de bonne guerre – par une courte explication regardant son absurde prénom qui mit aussitôt un terme à l'hilarité de la salle. Mais par la suite, son côté extravagant se donna libre cours. Il mêlait sans le moindre discernement aperçus sensés et élucubrations. Le président le rappela maintes et maintes fois à l'ordre; il fut même menacé d'une amende et d'une peine d'emprisonnement pour offense à la cour. Bref, il était lui-même, à savoir un amalgame des qualités les plus singulières et les plus contradictoires. A certains moments, parfaitement clair et sensé, comme vous venez de le dire; et à d'autres, se mettant à vaticiner de façon impossible, un peu comme un homme en proie au délire. Jamais on ne vit, je vous le répète, personnage aussi peu propre à prodiguer des conseils. J'espère que vous n'attendez pas de moi que je vous le présente?

– C'est pourtant ce que j'avais en tête. Mais après ce que vous venez de dire, chère madame Macallan, j'y renonce bien évidemment. Ce n'est pas un bien grand sacrifice; cela va m'obliger, c'est tout, à attendre le souper que donne dans une semaine le major Fitz-David. Il m'a promis d'y convier Mr. Dexter.

– Le major tout craché ! s'exclama la vieille dame. Si vous pla-
cez votre foi en cet individu, je vous plains. Une vraie anguille ! Je
suppose que vous lui avez demandé de vous présenter à Dexter ?

– Oui.

– Je l'aurais parié ! Sachez, ma chère, que Dexter ne peut pas le
voir. Le major, qui sait parfaitement que l'autre ne se rendra pas à
ce souper, a imaginé cet expédient plutôt que de vous dire carrément non, comme l'eût fait tout honnête homme.

C'était une déconvenue. J'étais toutefois, comme à mon habitude, trop obstinée pour m'avouer vaincue.

– En mettant les choses au pire, déclarai-je, je peux toujours
écrire à Mr. Dexter pour le prier de m'accorder une entrevue.

– Et aller le trouver, quand bien même il ne vous l'accorde-
rait pas ?

– Exactement.

– Vous parlez sérieusement ?

– Mais oui.

– Je ne vous laisserai pas y aller seule.

– Puis-je savoir, madame, comment vous feriez pour m'en
empêcher ?

– Mais en vous accompagnant, petite cabocharde que vous êtes !
Eh oui, quand cela me prend, je puis être aussi entêtée que vous.
Attention ! Je ne veux pas connaître votre plan de bataille. Je ne
veux pas y être mêlée. Mon fils s'est résigné au verdict écossais. J'y
suis résignée. C'est vous qui ne voulez pas que les choses en restent
là. Vous êtes une jeune personne orgueilleuse et téméraire.
Cependant – allez savoir pourquoi – je vous ai prise en affection ;
et il est hors de question que je laisse aller seule chez
Miserrimus Dexter. Allez coiffer votre charlotte !

– Maintenant ?

– Certainement ! Ma voiture est devant la porte. Plus vite ce sera
terminé, plus vite je serai soulagée. Préparez-vous et n'y mettez
pas des heures !

Je ne me le fis pas dire deux fois. Dix minutes plus tard, nous
roulions en direction du domicile de Miserrimus Dexter.

Telle fut l'issue de la visite de ma belle-mère.

XXIV

MISERRIMUS DEXTER – PREMIER APERÇU

Nous avions fait traîner le déjeuner avant l'arrivée chez Benjamin de Mrs. Macallan. Ensuite, ma conversation avec cette dame – dont je n'ai rapporté ici qu'un court extrait – s'était étirée jusque assez tard dans l'après-midi. Le soleil se couchait derrière un épais banc de nuages lorsque nous montâmes en voiture, et nous n'étions pas encore arrivées à destination qu'un morne crépuscule commençait déjà de nous engloutir.

Nous avions pris, autant que je pouvais en juger, la direction de l'immense banlieue qui s'étend au nord de Londres.

Durant plus d'une heure, notre voiture se faufila à travers un dédale de méchantes constructions en briques, par des rues toujours plus étroites et sales à mesure que nous avancions. Ayant enfin émergé de ce labyrinthe, je pouvais maintenant distinguer dans le demi-jour de lugubres étendues de terrain vague qui semblaient n'être ni la ville ni la campagne. Nous dépassâmes ensuite de tristes hameaux parsemés de quelques obscures échoppes, qui avaient l'air de villages perdus se traînant sur la route de Londres, déjà usés et desséchés par le voyage ! Toujours plus sombre et débilitant devint le paysage jusqu'à ce qu'enfin la voiture finît par s'immobiliser. Alors, Mrs. Macallan m'annonça, du ton d'ironie qui lui était habituel, que nous étions arrivées à destination.

– Voici, ma chère, le palais du prince Dexter. Comment le trouvez-vous ?

Je regardai alentour, ne sachant trop que penser.

Descendues de voiture, nous nous tenions sur un chemin grossièrement empierré. De part et d'autre, je distinguais dans la lumière parcimonieuse les fondations non terminées de maisons en construction. Des madriers et des briques étaient disséminés un peu partout. D'étiques montants d'échafaudage se dressaient par endroits, arbres sans branches de ce désert de terre cuite. Dans notre dos, de l'autre côté de la grand-route, s'étendait une autre parcelle de terrain, vierge de tout chantier celle-là. Au-dessus de ce second désert, les formes blafardes, fantomatiques, de canards migrateurs défilaient par intermittence dans une lumière surnaturelle. Face à nous, distante de peut-être deux cents pas, s'étendait une masse sombre qui, mes yeux s'habituant à la pénombre, se révéla bientôt être une vieille maison, longue et basse, enclose d'une haie d'arbustes à feuilles persistantes et d'une palissade goudronnée. Notre valet ouvrit la marche entre les empilements de matériaux, foulant un sol jonché de coquilles d'huîtres et de morceaux de vaisselle brisée. Et nous nous trouvâmes devant l'entrée du « palais du prince Dexter » !

La palissade s'interrompait sur un portillon. Nous finîmes par découvrir une poignée de sonnette. Notre domestique l'actionna et parut mettre en branle, à en juger par le son qui suivit, une cloche d'une dimension prodigieuse, plus faite pour un clocher que pour la maison d'un particulier.

Tandis que nous attendions, Mrs. Macallan me montra la forme obscure et basse de la vieille bâtisse.

– Une autre de ses extravagances ! dit-elle. Les spéculateurs qui construisent ce nouveau quartier lui ont offert je ne sais combien de milliers de livres pour le terrain sur lequel se trouve cette maison. Elle était à l'origine le logis seigneurial de l'endroit. Dexter l'a achetée il y a de nombreuses années à la faveur d'une de ses lubies. Il n'a aucune attache familiale par ici ; les murs sont près de s'effondrer ; et l'argent qu'il aurait pu en retirer ne lui aurait vraiment pas été inutile. Mais non ! Monsieur a rejeté l'offre en question dans une lettre ainsi tournée : « Ma maison est un monument élevé au pittoresque et à la beauté au milieu des constructions mesquines, laides et rampantes d'une époque laide, mesquine et rampante. Je conserve ma maison, messieurs, en guise de leçon salutaire à vous destinée. Regardez-la tout en construisant alentour et, si vous en êtes encore capables, rougissez de votre propre travail.» A-t-on jamais troussé lettre plus absurde? Chut! J'entends des pas. Voici venir sa cousine. Je précise qu'il s'agit bien d'une femme car, dans le noir, vous pourriez avoir un doute.

Une voix rude et grave, que je n'eusse assurément pas prêtée à une femme, nous apostropha de l'autre côté de la palissade.

– Qui c'est?

– Mrs. Macallan, répondit ma belle-mère.

– Qu'est-ce que vous voulez?

– Nous souhaiterions voir Dexter.

– Impossible.

– Pourquoi cela?

– Comment avez-vous dit que vous vous appeliez?

– Macallan. Mrs. Macallan. Mère d'Eustace Macallan. Cela vous parle, maintenant?

On entendit quelques grognements et grommellements, puis une clé joua dans la serrure du portillon.

Une fois entrée dans le jardin baigné par l'ombre épaisse des buissons, je ne pus rien voir de cette créature à voix de rogomme, sinon qu'elle portait un chapeau d'homme. Après avoir refermé derrière nous sans un mot de bienvenue ni d'explication, elle s'en fut en direction de la maison. Mrs. Macallan, qui connaissait les lieux, suivit sans peine; pour moi, je me hâtai de lui emboîter le pas.

– C'est une gentille famille, me glissa-t-elle. La cousine de Dexter est la seule femme de la maison, et elle est passablement demeurée.

Nous pénétrâmes dans une entrée spacieuse, basse de plafond, chichement éclairée d'une unique lampe à huile posée à l'autre bout. Je pouvais distinguer des toiles sur les murs couleur terre, mais les sujets représentés n'étaient pas visibles sous ce faible éclairage.

Mrs. Macallan s'adressa à la femme au chapeau d'homme:

– A présent, dites-nous pourquoi nous ne pourrions pas voir Dexter.

L'autre prit une feuille de papier sur la table et la lui tendit.

– C'est le maître qu'a écrit ça ! fit l'étrange créature dans un souffle rauque comme si la seule évocation du « maître » suffisait à la terrifier. Lisez. Ensuite, restez ou allez-vous-en, c'est à vous de voir.

Elle ouvrit une porte dérobée, que dissimulait un des tableaux, et disparut comme un fantôme, nous laissant seules dans le hall.

Mrs. Macallan s'approcha de la lampe pour lire le billet que l'autre lui avait remis. Je m'approchai pour regarder sans cérémonie par-dessus son épaule. Le papier était couvert d'une écriture merveilleusement ferme et déliée. Avais-je contracté quelque effet de la folie qui flottait dans l'atmosphère de cette maison ou bien devais-je en croire mes yeux ? Voici ce que je lus :

« ATTENTION.

« Ma prodigieuse imagination se met en marche. Des visions de héros se déroulent devant moi. Je ranime en moi l'esprit des grands disparus. Mon cerveau entre en ébullition. En ces circonstances, toute personne qui me dérangerait le ferait au péril de sa vie.

« Dexter. »

Mrs. Macallan se retourna vers moi avec son sourire sardonique.

– Persistez-vous dans votre désir de le rencontrer ? me demanda-t-elle.

Son ironie piqua mon amour-propre. Je décidai de n'être surtout pas la première qui se déroberait.

– Pas si cela doit mettre votre vie en péril, madame, lui repartis-je non sans effronterie en montrant le papier.

Sans daigner répondre, elle alla replacer la feuille sur la table de l'entrée. Puis elle se dirigea vers une embrasure voûtée au-delà de laquelle se devinait le départ d'un large escalier en chêne.

– Suivez-moi, dit Mrs. Macallan en s'engageant sur les premiers degrés. Je sais où le trouver.

Nous montâmes à tâtons jusqu'au palier. La seconde volée de marches, qui tournait en sens inverse, était faiblement éclairée, tout comme le hall, par une unique lampe à huile dissimulée quelque part dans les hauteurs. Arrivées en haut, nous traversâmes un petit couloir pour entrer dans une étrange pièce de forme circulaire. La lampe était là, posée sur l'appui d'une cheminée. Elle éclairait une épaisse tapisserie qui pendait du plafond jusqu'au sol sur le mur faisant face à la porte par laquelle nous venions d'entrer.

Mrs. Macallan écarta le bord de cette tenture et, me faisant signe de la suivre, se glissa derrière.

– Écoutez ! me souffla-t-elle.

Tournant le dos au côté intérieur de la tenture, je me trouvais à l'entrée d'un sombre passage ou dégagement au bout duquel un rai de lumière délimitait les contours d'une porte fermée. Je suspendis mon souffle en entendant des cris accompagnés d'un extraordinaire roulement qui, pour autant que je pouvais en juger, semblait aller et venir sur une grande distance. Alternativement, ce grondement se rapprochait, devenait plus fort et couvrait presque la voix, puis il s'éloignait, déclinait, et les vociférations prenaient de nouveau le pas. Cette porte devait être d'une prodigieuse épaisseur : j'avais beau tendre l'oreille, je ne parvenais pas à saisir les mots articulés – s'ils l'étaient – que prononçait cette voix ; tout comme m'échappait la nature du vacarme qui les accompagnait.

– Que peut-il bien se passer de l'autre côté de cette porte ? murmurai-je à l'adresse de Mrs. Macallan.

– Entrons sans faire de bruit, me dit-elle de même.

Elle rajusta la portière afin d'occulter complètement la lumière de la pièce ronde. Puis elle actionna tout doucement la poignée et ouvrit le lourd battant.

Je découvris – ou crus découvrir dans la pénombre – une longue salle au plafond bas. Je n'avais, pour me former une idée des objets et des distances, que la lueur exténuée d'un feu mourant qui projetait un éclat rougeâtre sur la moitié la plus éloignée de la pièce et en laissait la plus grande partie plongée dans une nuit presque totale. A peine eus-je noté cela que j'entendis le formidable roulement venir dans notre direction. Un haut fauteuil monté sur roulettes se déplaçait dans le champ de lumière rouge, transportant une silhouette à la chevelure flottante dont les bras se soulevaient et s'abaissaient furieusement pour actionner le mécanisme qui propulsait le véhicule à si grande vitesse.

– Je suis Napoléon, et le soleil se lève sur Austerlitz ! hurla l'homme au fauteuil en passant devant moi dans un ferraillement de tringlerie. Un mot de moi et des trônes vacillent, des rois mordent la poussière, des nations tremblent et des dizaines de milliers d'hommes se battent, tombent et meurent ! – le fauteuil alla se perdre dans l'ombre et son occupant devint un autre héros : Je suis Nelson ! Je commande la flotte à Trafalgar. Je donne mes ordres, prophétiquement assuré de ma victoire et de ma mort. Je vois ma propre apothéose, les funérailles nationales, les larmes de mon peuple, mon inhumation dans le saint lieu. On me révère pour les siècles des siècles et les poètes chantent ma gloire en vers éternels !

Les stridentes roulettes pivotèrent au bout de la pièce et s'en revinrent. La fantastique et terrifiante apparition, homme et machine imbriqués – le nouveau Centaure, mi-homme mi-ferraille –, repassa devant moi dans la lumière mourante.

– Je suis Shakespeare ! hurlait maintenant la frénétique créature. Je suis en train d'écrire *Lear*, la tragédie des tragédies. Anciens ou modernes, pas un ne m'arrive à la cheville. Lumière ! lumière ! Les vers jaillissent comme laves de l'éruption de mon âme volcanique. Lumière ! lumière pour l'aède immortel afin qu'il compose son chant impérissable !

Tout grinçant et ferraillant, il s'en repartit vers le centre de la pièce. Comme il approchait de l'âtre, un dernier morceau de bois ou de charbon lança une flamme qui eut pour effet d'éclairer le seuil où nous nous trouvions. C'est alors qu'il nous vit ! Le fauteuil s'immobilisa avec un heurt qui ébranla le vieux plancher fatigué, et, changeant de trajectoire, se rua dans notre direction à la manière d'un fauve qui charge. Nous l'esquivâmes de justesse en nous plaquant contre le mur du dégagement. La trombe nous dépassa et alla donner dans la tenture, l'écartant suffisamment pour que nous fussions éclairées par la lampe de la pièce circulaire. L'homme tronc stoppa ses roues et regarda par-dessus son épaule d'un air de curiosité maligne proprement horrible à voir.

– Les ai-je écrasées ? Les ai-je pulvérisées pour avoir eu l'impudence de me déranger ?

Comme l'expression de ce doute aimable franchissait ses lèvres, il nous avisa. Aussitôt, son esprit enfiévré le ramena à Shakespeare et au *Roi Lear*.

– Goneril et Régane ! s'écria-t-il. Mes deux filles dénaturées, démons femelles nés de mon sang, venues se gausser de moi !

– Vous vous égarez, lui dit ma belle-mère, aussi tranquille que si elle se fût adressée à un être parfaitement raisonnable. Je suis votre vieille amie, Mrs. Macallan ; et je vous amène la seconde femme d'Eustace, qui souhaiterait vous rencontrer.

A la seconde où elle prononça ces mots : « la seconde femme d'Eustace », l'homme sauta de son fauteuil en poussant un cri d'horreur, comme si elle avait déchargé sur lui un pistolet. Nous vîmes voler une tête et un corps privé de membres inférieurs. L'instant d'après, l'improbable créature se reçut sur les mains avec la légèreté d'un singe. L'horreur et le grotesque de la scène culminèrent lorsqu'il partit en sautillant sur les mains et, à une vitesse prodigieuse, gagna les abords de la cheminée. Là, il se tapit, tout frissonnant et tressaillant, auprès des braises mourantes et se mit à marmonner sans désemparer, comme pour lui-même :

– Ah, ayez pitié de moi, ayez pitié de moi !

Tel était l'homme que je venais consulter, l'homme sur l'aide duquel je n'avais pas douté de pouvoir compter en cette période difficile !

XXV

MISERRIMUS DEXTER – SECOND APERÇU

Autant rebutée qu'indignée, et pour tout dire passablement effrayée, je glissai à Mrs. Macallan :

– J'ai eu tort. C'est vous qui aviez raison. Allons-nous-en.

Il fallait que Miserrimus Dexter eût l'ouïe aussi fine que celle d'un chien car il m'avait entendue.

– N'en faites rien ! s'écria-t-il. Amenez la seconde femme d'Eustace Macallan par ici. Je sais vivre : je lui dois des excuses. J'étudie la nature humaine, je souhaite la rencontrer.

Le personnage tout entier semblait avoir subi une complète transformation. Il s'était exprimé du ton le plus amène, concluant son propos par un soupir convulsif, telle une femme se remettant d'une crise de larmes. Était-ce propre à ranimer le courage ou à raviver la curiosité ? Toujours est-il que lorsque Mrs. Macallan me dit :

– La crise semble passée ; souhaitez-vous toujours partir ?

– Non, fut ma réponse. Entrons.

– Auriez-vous déjà repris confiance en lui ? s'enquit-elle avec son impitoyable causticité.

– Disons plutôt que je suis remise de ma frayeur, rectifiai-je.

– Je suis désolé de vous avoir fait peur, fit doucement la voix du côté de la cheminée. Certaines personnes pensent que je perds un peu la tête par moments. Il faut croire que vous êtes arrivées au milieu d'un de ces moments – si toutefois ces gens ont raison. Je concède que je suis un rêveur. Mon imagination prend son essor, me dictant des propos et des comportements étranges. Lors de ces phases, quiconque me remet en mémoire cet horrible procès me renvoie dans le passé et me cause un formidable choc nerveux. Je suis quelqu'un de très sensible, ce qui, dans le monde tel qu'il est, fait nécessairement de moi un être misérable. Veuillez me pardonner. Entrez. Approchez et ayez pitié de moi.

A présent, même un enfant n'aurait pas eu peur de lui. Un enfant l'aurait approché et pris en pitié.

Il faisait de plus en plus sombre dans la pièce, où l'on ne distinguait plus que la silhouette de Miserrimus Dexter prostrée près du feu mourant.

– Allons-nous rester dans le noir ? s'enquit Mrs. Macallan. Et faudra-t-il, lorsqu'on aura allumé, que cette dame vous voie hors de votre fauteuil ?

Il porta à ses lèvres un objet métallique et brillant qui pendait à son cou, et en tira une suite de trilles aigus rappelant un chant d'oiseau. Après un temps, une série de notes semblables lui répondit quelque part dans la maison.

– Ariel arrive, dit-il. Rassurez-vous, maman Macallan : Ariel va me rendre présentable au regard d'une dame.

Sautillant sur les mains, il gagna la nuit qui régnait à l'autre bout de la pièce. Et Mrs. Macallan de me glisser :

– Vous n'allez pas tarder à avoir une nouvelle surprise en la personne de la « délicate Ariel ».

On entendit des pas dans la pièce circulaire.

– Ariel ! prononça Miserrimus Dexter dans un soupir.

A ma grande surprise, ce fut la voix rude de la cousine au chapeau masculin – ce timbre qui était plus de Caliban que d'Ariel – qui répondit :

– Me voilà !

– Ariel, mon fauteuil !

La créature si étrangement nommée écarta la portière afin de ménager un peu de lumière, puis entra dans la pièce en poussant devant elle le fauteuil roulant. Elle se pencha et souleva Miserrimus Dexter du sol comme elle l'eût fait d'un enfant. Avant qu'elle eût le temps de l'installer sur le siège, il lui échappa avec un petit cri de joie et s'y posa comme un oiseau sur son perchoir !

– La lampe, dit-il. La lampe et le miroir. Pardonnez-moi de

vous tourner le dos, lança-t-il à notre adresse. Il ne faut pas que vous me voyiez tant que je ne serai pas coiffé. Ariel ! La brosse, le peigne et les parfums.

Portant la lampe dans une main, le miroir dans l'autre et, entre les dents, la brosse avec le peigne fiché dedans, Ariel numéro 2, autrement dit la cousine de Dexter, se présenta pour la première fois en pleine vue. Je pus détailler sa face ronde, charnue, inexpressive, ses yeux sans couleur ni éclat, son nez épais et son menton empâté. Une créature à peine douée de vie, difforme et contrefaite, affublée d'un veston de marin et chaussée de croquenots ; avec, pour seules marques de son sexe, un vieux cotillon de flanelle rouge et, dans sa tignasse de cheveux filasse, une moitié de peigne. Telle était l'attrayante personne qui nous avait ouvert quelques minutes plus tôt dans le noir.

Cet insolite valet disposa ses ustensiles à dessein de coiffer la chevelure de son exorbitant maître, lui remit le miroir à main et s'attela à la tâche.

Elle se mit à peigner, brosser, pommader, parfumer les boucles interminables et la longue barbe soyeuse de Miserrimus Dexter avec la plus singulière combinaison de lourdeur et d'habileté que je vis jamais. Menées dans un silence à couper au couteau, d'un œil morne et avec de pesants déplacements, les différentes opérations se déroulaient pourtant à la perfection. De son fauteuil, le gobelin suivait cela dans le miroir. Il était trop profondément abîmé dans sa contemplation pour songer à parler. Ce n'est que lorsque les touches finales à apporter à sa barbe amenèrent Ariel la mal nommée devant lui et donc face à la partie de la pièce où Mrs. Macallan et moi nous tenions qu'il reprit la parole – en ayant grand soin, toutefois, de ne pas tourner la tête de notre côté tant que sa toilette ne serait pas complètement terminée.

– Maman Macallan, commença-t-il, comment se prénomme la seconde épouse de votre fils ?

– Pourquoi cette question ? répliqua ma belle-mère.

– C'est que je ne peux lui donner du « madame Eustace Macallan ».

– Et pourquoi pas ?

– Cela évoque *l'autre* Mrs. Eustace Macallan. Si jamais le sou-

venir de ces horribles journées à Gleninch me revenait en tête, je
pourrais me remettre à hurler.

Ce qu'entendant, je me hâtai de placer :

– Je m'appelle Valeria.

– C'est un prénom romain, observa-t-il. J'aime bien. Le mien
aussi fait romain. Ma constitution aurait été elle aussi romaine si
j'étais venu au monde avec des jambes. Je vous appellerai donc
madame Valeria. A moins que cela ne vous déplaise ?

Je m'empressai de lui dire que cela ne me déplaisait pas du tout.

– Parfait, dit-il. Madame Valeria, voyez-vous bien le visage de
la créature que j'ai en face de moi ?

De son miroir il montrait sa cousine avec autant de détachement
que s'il eût montré un chien. Celle-ci, de son côté, ne se formalisa
pas plus que ne l'eût fait un chien de la formule dédaigneuse par
laquelle il venait de la désigner.

– C'est le faciès d'un être atteint d'idiotie, poursuivit-il.
Regardez-la bien. Elle n'est qu'un légume. Un chou au jardin a
plus de vivacité et d'expressivité que cette fille n'en montre présentement. Croiriez-vous que cet être non abouti renferme, à l'état
latent, intelligence, sensibilité, amour-propre, fidélité ?

J'étais trop gênée et trop mal à l'aise pour répondre. J'aurais
cependant pu faire l'économie d'un tel embarras : l'impénétrable
jeune femme continuait de s'occuper de la barbe de son maître ;
une machine ne se fût pas plus avisée de ce qu'il se passait et se
disait autour d'elle.

– J'ai pu accéder à cette sensibilité, à cet amour-propre, à ce
sens de la fidélité latents, reprit Miserrimus Dexter. Je détiens la clé
de cette intelligence en sommeil. Vertigineuse idée ! Tenez, regardez-la bien lorsque je vais lui adresser la parole. (La pauvrette, je
lui ai donné ce nom dans un de mes accès d'ironie. Elle s'y est attachée comme un chien à son collier.) Bien, madame Valeria, regardez et écoutez. Ariel !

La face éteinte de la demoiselle commença de s'éclairer. Le
mouvement mécanique de sa main s'interrompit, laissant le peigne
en suspens.

– Ariel ! tu as appris à me peigner les cheveux et à m'oindre la
barbe, n'est-ce pas ?

Son visage s'épanouit encore.

– Oui ! oh, oui ! répondit-elle avec flamme. Et vous dites que je me débrouille bien, pas vrai ?

– C'est mon opinion. Te plairait-il que quelqu'un d'autre s'en charge à ta place ?

Son regard gagna de plus belle en éclat et vivacité. Sa voix singulièrement peu féminine revêtit les accents les plus doux que je lui eusse entendus jusque-là.

– Personne ne le fera à ma place, dit-elle avec à la fois fierté et tendresse. Moi vivante, personne d'autre que moi ne vous touchera.

– Pas même la dame que voici ? l'interrogea Miserrimus Dexter en pointant le miroir par-dessus sa propre épaule vers l'endroit où je me tenais.

Les yeux de la fille se mirent à lancer des éclairs, elle agita le peigne dans ma direction, saisie d'un accès de jalousie furieuse.

– Qu'elle essaie un peu ! s'écria cette étrange créature d'une voix redevenue rauque. Qu'elle y vienne si elle l'ose !

Cet emportement puéril eut le don de faire rire Dexter.

– Cela ira, ma gracieuse Ariel, dit-il. Je donne congé à ton intelligence. Reprends ta personnalité ordinaire et finis-moi la barbe.

L'autre se remit passivement à son travail. L'éclat de son regard, l'animation de ses traits, tout se dissipa peu à peu et finit par s'éteindre. Son visage fut bientôt aussi vide et inerte que devant ; ses mains retrouvèrent cette dextérité froide et détachée qui m'avait si péniblement impressionnée la première fois qu'elle avait empoigné la brosse. Miserrimus Dexter paraissait de son côté pleinement satisfait de la démonstration.

– Je pensais que ma petite expérience vous intéresserait, dit-il. Vous avez vu comme cela fonctionne ? L'intelligence assoupie de mon étrange cousine peut se comparer à un instrument de musique. J'en joue et elle répond. Elle aime cela. Mais son plus grand ravissement est de m'entendre lui raconter une histoire. Cela la transporte aux confins de la folie ; et plus je lui embrouille les esprits, plus elle va aimer l'histoire. C'est fort divertissant ; il faudra que vous voyiez cela un de ces jours – il se mira une dernière fois dans la glace. Ah ! fit-il d'un ton satisfait, me voilà présentable. Disparais, Ariel !

Avec la docilité muette d'un animal bien dressé, elle quitta la pièce du pas lourd de ses godillots. Je lui souhaitai le bonsoir comme elle passait à ma hauteur, mais elle ne me regarda ni ne me retourna mon salut, comme si toute parole était sans effet sur sa cervelle assoupie. La seule voix capable de l'atteindre était silencieuse. Elle était redevenue la créature qui nous avait ouvert le portillon, et ceci jusqu'à ce qu'il plût à Miserrimus Dexter de s'adresser de nouveau à elle.

– Valeria ! me dit ma belle-mère. Notre humble hôte attend que vous lui disiez ce que vous pensez de sa personne.

Pendant que j'avais l'attention fixée sur sa cousine, il avait fait pivoter son fauteuil de manière à me faire face, éclairé en plein par la lampe. Je m'aperçois que pour relater sa comparution au tribunal je me suis, sans le vouloir, inspirée de ce que je perçus de lui en cette occasion ultérieure. Je voyais maintenant distinctement son visage pétillant d'intelligence, ses grands yeux d'un bleu limpide, son ondulante chevelure châtain clair, ses mains longues et fines, et ce torse magnifique dont j'ai déjà parlé. L'infirmité qui pouvait affecter la mâle beauté de la tête et du buste était dissimulée par un peignoir en indienne jeté sur le fauteuil en manière de plaid. Il était vêtu d'une ample veste de velours noir fermée par des boutons en malachite, avec des manchettes de dentelle à la mode du siècle dernier. Peut-être était-ce dû à un défaut de perception de ma part, mais je ne voyais rien chez lui de repoussant ni non plus le moindre signe d'aliénation mentale. Je ne relevai qu'une seule imperfection sur son visage : quand il riait et à un moindre degré quand il souriait, l'épiderme faisait au coin extérieur de ses yeux, juste en dessous des tempes, de drôles de petites pattes-d'oie qui détonnaient étrangement avec l'air presque juvénile du reste de son visage. Quant à ses autres traits, la bouche, dans la faible mesure où barbe et moustache me permettaient de la voir, était petite et bien dessinée. Le nez, qui correspondait aux canons du classicisme grec, était peut-être un peu trop fin, comparé au front haut et aux joues pleines. Le considérant dans son ensemble – et avec, bien évidemment, un regard de femme, non de physiono-miste –, force m'est de le décrire comme un homme d'une beauté peu courante. Tel peintre eût été heureux de l'avoir comme modèle pour son saint Jean. Et une demoiselle, ignorante de ce que dissimulait la pièce d'indienne, se serait dit en posant le regard sur lui : « Voici le héros de mes rêves ! »

– Eh bien, madame Valeria, dit-il tout tranquillement, est-ce que je vous fais toujours peur ?

– Certes non, monsieur Dexter.

Ses yeux bleus, grands comme ceux d'une femme et clairs comme ceux d'un enfant, restaient sur moi, déroulant une palette étrange d'expressions qui tout à la fois m'intéressaient et m'embarrassaient.

C'était tantôt le doute, un doute inquiet et douloureux, tantôt, s'y substituant tout à coup, un air d'approbation si franc et si ouvert qu'une femme vaniteuse se serait figuré l'avoir subjugué en coup de foudre. Soudain, une nouvelle émotion parut l'assaillir. Son regard se fit lointain, il abaissa la tête et leva les mains en un geste de regret. Il se mit à parler longuement dans sa barbe, suivant un cheminement d'idées qui paraissait l'entraîner toujours plus vers de douloureuses réminiscences. Je saisissais çà et là un mot ou deux. Et, peu à peu, je me pris à tenter de sonder ce qui agitait aussi sombrement les pensées de cet homme hors du commun.

– Un visage bien plus ravissant, l'entendis-je prononcer. Mais non pas une plus jolie silhouette. Y eut-il jamais silhouette plus jolie que la sienne ? Quelque écho – je dis bien quelque écho – de sa grâce enchanteresse. Où est le trait de ressemblance qui me la rappelle ? Dans le maintien peut-être ? Ou dans la façon de se mouvoir ? Pauvre ange martyrisé ! Quelle vie ! Et quelle fin ! Quelle fin !

Était-il en train de me comparer à la morte, à la première femme de mon mari ? C'est ce que ses paroles semblaient indiquer. Si c'était bien d'elle qu'il parlait, cette personne avait manifestement été chère à son cœur. Il n'y avait pas à se méprendre sur le ton d'affliction de sa voix : il l'avait vénérée de son vivant ; morte, il la pleurait. A supposer que je parvinsse à gagner la confiance de ce personnage extraordinaire, qu'allait-il en résulter ? Allais-je bénéficier ou pâtir de cette ressemblance qu'il s'imaginait avoir découverte ? Ma présence était-elle de nature à le consoler ou à raviver sa peine ? J'attendais avec impatience d'en apprendre plus au sujet de la première Mrs. Eustace Macallan. Mais voici qu'il ne disait plus rien. Un nouveau changement s'opéra en lui. Il releva brusquement la tête pour regarder alentour comme le ferait un homme harassé de fatigue que l'on aurait subitement tiré d'un profond sommeil.

– Qu'ai-je fait ? dit-il. Ai-je une nouvelle fois laissé mon esprit divaguer ? – il fut secoué d'un frisson et soupira. Ah, cette maison de Gleninch ! murmura-t-il tristement. Ne parviendrai-je donc jamais à l'oublier ?

A ma grande déception, Mrs. Macallan mit un coup d'arrêt à ce soliloque. Je ne sais quoi dans cette évocation de la demeure de son fils semblait l'avoir fâchée, et c'est d'un ton brusque et péremptoire qu'elle intervint :

– Tout doux, tout doux, mon cher ! Je ne pense pas que vous sachiez bien de quoi vous êtes en train de parler.

Les grands yeux bleus de l'invalide se posèrent sur elle en fulminant. En un tournemain il eut approché son fauteuil à la toucher. Il lui saisit le bras et la força à se pencher afin de pouvoir lui parler à l'oreille. Il était extrêmement agité. Son murmure fut suffisamment sonore pour que je pusse l'entendre de l'endroit où je me trouvais.

– Je ne sais pas de quoi je parle ? disait-il, fixant un regard attentif non pas sur ma belle-mère mais sur moi. Vous avez la vue basse, vieille femme que vous êtes ! Où avez-vous mis vos lunettes ? Regardez-la ! Ne voyez-vous pas une ressemblance – pas dans le visage, mais dans la silhouette –, une ressemblance avec la première femme d'Eustace ?

– Vous délirez, lui répondit Mrs. Macallan. Je ne vois rien de tel.

Il secoua la tête d'un air agacé.

– Pas si fort, siffla-t-il. Elle va vous entendre.

– J'ai entendu ce que vous disiez l'un et l'autre, intervins-je. Vous n'avez pas à craindre de parler devant moi, monsieur Dexter. Je sais que mon mari a eu une autre femme et je sais de quelle horrible façon elle est morte. J'ai lu les minutes du procès.

– En ce cas, vous avez lu le récit de la vie et de la mort d'une bien malheureuse femme ! s'écria Miserrimus Dexter – il amena son fauteuil à ma hauteur et se pencha vers moi avec une quasi-tendresse ;

ses yeux s'emplissaient de larmes. En dehors de moi, personne ne l'appréciait à sa juste valeur, dit-il. Personne en dehors de moi ! Personne, vous m'entendez ?

Mrs. Macallan, l'air exaspéré, gagna l'autre bout de la pièce.

– Quand vous voudrez, Valeria, dit-elle. On ne peut faire droguer ainsi domestiques et chevaux dans ce sinistre endroit.

J'étais par trop soucieuse d'amener Miserrimus Dexter à poursuivre, pour songer à le quitter maintenant. Je fis comme si je n'avais pas entendu ma belle-mère. Je posai la main, comme fortuitement, sur le fauteuil pour empêcher notre hôte de s'éloigner.

– Vous avez montré dans votre déposition à quel point vous estimiez cette pauvre femme, dis-je. Et je pense que vous avez votre propre explication du mystère de sa mort. Je me trompe, monsieur Dexter ?

Il regardait fixement ma main refermée sur l'accoudoir de son fauteuil. En entendant ma question, il leva brusquement les yeux pour les poser sur moi avec une expression vaguement soupçonneuse.

– D'où tenez-vous que j'aurais ma propre explication ? interrogea-t-il d'un ton sévère.

– De ma lecture des minutes. Lors du contre-interrogatoire qu'il a mené, l'avocat s'est exprimé à peu près dans les termes que je viens d'employer. Mais je ne voulais surtout pas vous offenser, monsieur Dexter.

Son visage s'épanouit aussi vite qu'il s'était assombri. Il eut un sourire et posa sa main sur la mienne. Son contact était glacé. Je tressaillis de tout mon être et m'empressai d'ôter ma main.

– Je vous demande pardon si je vous ai mal comprise, dit-il. J'ai, c'est vrai, au sujet de cette malheureuse femme, des idées qui me sont personnelles – il marqua un silence en me regardant avec beaucoup de gravité, puis : Vous-même, en avez-vous ? Des idées sur ce qu'a été sa vie ? ou sur la façon dont elle est morte ?

Tout ceci m'intéressait au plus haut point et je brûlais de l'entendre poursuivre. Ma franchise pouvait l'encourager dans ce sens.

– Oui, lui répondis-je.

– Des idées que vous n'avez confiées à personne ? insista-t-il.

– A personne. Du moins jusqu'à présent.

– Voilà qui est étrange! dit-il, scrutant toujours mon visage. Quel intérêt une femme qui n'est plus et que vous n'avez pas connue peut-elle vous inspirer? Pourquoi m'avez-vous posé cette question? Aviez-vous un motif précis en venant ici?

– Oui, lui répondis-je sans balancer.

– Est-ce que cela a à voir avec la première femme d'Eustace Macallan?

– Oui.

– Avec quelque événement qui se serait produit de son vivant?

– Non.

– Avec sa mort?

– Oui.

Soudain, il s'étreignit les mains en un geste de profond désespoir, puis il s'en comprima les tempes comme s'il éprouvait une douleur subite.

– Je ne l'entends pas ce soir! dit-il. Je donnerais un empire pour l'entendre. Mais je n'ose pas : dans l'état où je me trouve en ce moment, je perdrais toute emprise sur moi-même. Je ne suis pas de force à revenir sur les horreurs et les énigmes du passé; je n'ai pas le courage d'exhumer la victime suppliciée. M'avez-vous entendu lorsque vous êtes arrivée? Je suis affligé d'une imagination démesurée. Il y a des moments où elle se déchaîne. Elle me change en comédien. Je joue le rôle de tous les héros de l'histoire. Je m'imprègne de leur personnalité, je me fonds dans leur individualité. Pendant un temps, je *suis* celui que j'imagine être. Je ne peux rien contre cela. C'est plus fort que moi. Si je refrénais mon imagination lorsque cela me prend, je sombrerais dans la folie. Je lui lâche donc la bride. Cela dure des heures. Cela me laisse sans plus aucune énergie, mais avec les sens effroyablement aiguisés. Réveillez en moi, à de tels moments, quelque mélancolie ou funeste association d'idées, et je suis capable de faire une crise nerveuse, capable de hurler comme un forcené. Vous m'avez entendu hurler. Vous ne me verrez pas faire une attaque de nerfs. Non, madame Valeria, innocent reflet de celle qui n'est plus, je ne voudrais surtout pas vous effrayer. Voulez-vous revenir demain dans la journée? Je possède une voiture et un cheval. Ariel, ma gracieuse Ariel, sait mener un attelage. Elle peut aller vous prendre chez maman Macallan. Nous aurons tout loisir de converser demain, lorsque j'y serai mieux disposé. Je brûle de vous entendre. Je serai en état de vous recevoir dans la matinée. A cette heure de la journée, je serai civil, intelligent, communicatif. Mais brisons là pour l'instant ! Au diable ce sujet trop palpitant, trop intéressant ! Il faut que je m'apaise, sinon la cervelle va m'exploser dans la tête. La musique est le narcotique idéal pour les esprits trop excitables. Ma harpe ! ma harpe !

Il fonça de toute la vitesse de son fauteuil vers l'autre bout de la pièce, croisant Mrs. Macallan qui revenait vers moi, désireuse de hâter notre départ.

– Allons, dépêchons-nous ! me dit-elle avec humeur. Vous avez fait sa connaissance et il s'est abondamment donné en spectacle. S'attarder davantage pourrait devenir fastidieux. Venez, allons-nous-en.

Le fauteuil s'en revint plus lentement. Miserrimus Dexter ne se propulsait plus que d'une seule main. De l'autre, il tenait une harpe d'un genre que je n'avais jusqu'alors vu que sur des illustrations. Les cordes en étaient peu nombreuses et l'instrument lui-même était si petit que j'eusse pu le tenir sur mes genoux. Il s'agissait de la harpe antique des muses telles qu'on les représente et des bardes gallois de la légende.

– Bonne nuit, Dexter, dit Mrs. Macallan.

Il leva la main d'un geste impérieux.

– Un instant ! Permettez qu'elle m'entende chanter – puis, à mon adresse : Je refuse d'être redevable à d'autres de ma musique et de ma poésie. Je les compose moi-même l'une et l'autre. J'improvise. Attendez que je me recueille un instant. Je vais improviser pour vous.

Il ferma les paupières et appuya le front sur le cadre de son instrument. Ses doigts effleuraient délicatement les cordes tandis qu'il se recueillait. Quelques minutes plus tard, il redressa la tête, me regarda et fit sonner ses cordes en prélude à son chant.

Était-ce de la bonne ou de la mauvaise musique ? Je ne saurais dire si c'était seulement de la musique. Il s'agissait d'une suite de sons barbares et extravagants, sans le moindre rapport avec

aucune composition moderne. On pensait par instants à une mélo-
pée orientale, ondoyante et languide, et par instants aux harmo-
nies plus austères du chant grégorien. Lorsqu'elles suivirent
l'introduction, les paroles me parurent tout aussi échevelées et
affranchies de toute règle que la mélodie. Elles étaient assurément
inspirées par la circonstance puisque j'en étais le thème. Voici en
quels termes – avec une très belle voix de ténor – mon poète me
célébra :

> *Pourquoi est-elle venue ?*
> *Elle me rappelle la disparue,*
> *Elle me rappelle la morte.*
> *Semblable à l'autre dans sa forme,*
> *Semblable à l'autre dans sa démarche.*
> *Pourquoi est-elle venue ?*
>
> *Est-elle l'envoyée du destin ?*
> *Irons-nous parcourir ensemble*
> *Les labyrinthes du passé ?*
> *Chercherons-nous ensemble*
> *Les secrets du passé ?*
> *Échangerons-nous idées, conjectures et soupçons ?*
> *Est-elle l'envoyée du destin ?*
>
> *L'avenir le dira.*
> *Passe la nuit,*
> *Vienne le jour.*
> *Je verrai en elle,*
> *Elle verra en moi.*
> *L'avenir le dira.*

Comme il arrivait aux derniers vers, sa voix s'amenuisa et ses
doigts pincèrent de plus en plus légèrement les cordes. Son cerveau
surmené avait besoin d'un repos réparateur. Il se tut, ferma les
paupières, renversa la tête contre le dossier du fauteuil et s'endor-
mit, les bras autour de sa harpe, comme un enfant s'endort en
embrassant son tout dernier jouet.

Nous sortîmes à pas de loup, laissant Miserrimus Dexter, poète
et compositeur fou, à son paisible sommeil.

XXVI

MA RÉSOLUTION ENCORE AFFERMIE

Ariel somnolait dans le hall enténébré, attendant que nous prissions congé. Sans un mot ni un regard, elle nous raccompagna à travers le jardin obscur pour verrouiller le portillon derrière nous.

– Bonne nuit, Ariel, lui lançai-je par-dessus la palissade.

Je n'obtins pour toute réponse que le bruit de son pas pesant auquel succéda vite celui de la porte qui se refermait.

Notre cocher avait eu la bonne idée d'allumer les lanternes. Il en décrocha une pour s'avancer à notre rencontre afin de nous éclairer le sentier malaisé et de nous permettre de regagner sans encombre la route.

– Alors ! me dit Mrs. Macallan lorsque nous fûmes confortablement installées à bord de notre voiture. Vous avez fait la connaissance de Miserrimus Dexter ; j'espère que vous voilà satisfaite. Je lui rendrai cette justice que jamais depuis que je le connais je ne l'avais vu aussi délirant que ce soir. Que vous en semble ?

– Je ne prétends pas contester votre opinion, lui répondis-je. Mais je ne suis pas, pour ma part, absolument certaine qu'il soit fou.

– Hein ? bondit ma belle-mère. Et que faites-vous de son numéro halluciné au moment de notre arrivée ? De son exhibition de sa pauvre cousine ? De cette chanson composée en votre honneur et de cette façon de s'endormir en guise de conclusion ? Ah, Valeria ! Valeria ! Comme dit le proverbe, il n'est pire aveugle que celui qui ne veut pas voir !

– Je vous demande pardon, chère madame Macallan, mais j'ai vu tout cela et, jamais de ma vie, je n'avais été aussi surprise ou confondue. Maintenant que je suis remise de ma stupéfaction et en mesure de réfléchir calmement, je persiste à dire que cet homme étrange n'est pas fou à proprement parler. Il me paraît exprimer ouvertement – de façon aussi désordonnée que bruyante, je vous l'accorde – des pensées et des sentiments que tous nous cachons parce que nous les tenons pour des faiblesses. Je vous avoue que je me suis moi-même souvent imaginée dans la peau d'une autre personne et que j'en ai chaque fois retiré un certain plaisir. Un de nos premiers jeux d'enfant – à condition de posséder un peu d'imagination – est de changer de personnage, de devenir une fée, une reine, bref, n'importe quoi d'autre que ce que nous sommes dans la réalité. Mr. Dexter, tout comme les enfants, ne s'embarrasse pas de ces pudeurs et, si c'est là être fou, alors il l'est assurément. Quand son imagination s'est calmée, il est redevenu Miserrimus Dexter et a cessé de se prendre pour Napoléon ou Shakespeare. Il faut d'autre part tenir compte de la vie solitaire et recluse qu'il mène. Je ne suis pas suffisamment savante pour en analyser les effets sur la constitution de sa personnalité, mais elle est sans doute pour beaucoup dans cette imagination débridée. Pour ce qui est de cette façon de montrer son pouvoir sur sa pauvre cousine, comme pour cette chanson fantasque qu'il m'a chantée, je ne vois pas là de cause plus extraordinaire qu'un orgueil démesuré. Je vais vous faire un aveu dont j'espère qu'il ne va pas me faire baisser dans votre estime : j'ai pris plaisir à cette visite ; pis encore, je trouve ce Miserrimus Dexter vraiment intéressant !

– Ce docte discours signifie-t-il que vous avez l'intention de retourner chez lui ? demanda ma belle-mère.

– Je ne sais comment je verrai les choses demain matin. Mais il est certain que pour l'instant j'y suis fortement encline. J'ai eu un court échange avec lui pendant que vous étiez à l'autre bout de la pièce, et je crois qu'il va pouvoir m'être utile…

– Vous être utile en quoi donc ? me coupa Mrs. Macallan.

– En ce qui concerne l'unique projet qui m'anime, ce projet dont je déplore, chère madame Macallan, que vous ne l'approuviez pas.

– Et vous allez accorder votre confiance à ce personnage ?

– Oui, si je suis encore dans la même disposition d'esprit demain. Je sais qu'il y a un risque, mais je dois le prendre. Je sais que c'est contraire à la prudence ; mais la prudence ne peut être d'aucun secours à une femme dans ma situation et qui vise la fin que vous savez.

Mrs. Macallan n'émit aucune autre protestation, du moins verbalement. Elle ouvrit une sacoche sur la cloison de la voiture pour y prendre une boîte d'allumettes et une petite lampe de voyage.

– Vous me poussez à vous montrer ce que votre mari pense de votre nouvelle lubie. J'ai ici sa dernière lettre, postée d'Espagne. Vous allez juger par vous-même, fillette pétrie d'illusions que vous êtes, si mon fils est digne du sacrifice que vous comptez faire pour lui – et qui, au reste, n'a aucune chance d'aboutir. Tenez, allumez-moi ce quinquet.

Je m'exécutai avec empressement. Depuis qu'elle m'avait informée du départ d'Eustace pour l'Espagne, je mourais d'impatience d'avoir des nouvelles fraîches susceptibles de me soutenir le moral après tant de déconvenues. Je ne savais même pas s'il arrivait à mon mari d'avoir une pensée pour moi dans l'exil qu'il s'était imposé. Quant à la possibilité qu'il regrettât déjà cette séparation insensée, il était encore trop tôt pour l'espérer.

Lorsque la lampe, une fois allumée, eut été placée dans son logement entre les deux fenêtres de devant, Mrs. Macallan sortit la lettre de son fils. Il n'est pas d'égarement comme celui de l'amour. Je dus prendre sur moi pour ne pas baiser la feuille sur laquelle sa main chérie s'était posée.

– Tenez, me dit ma belle-mère. Lisez la deuxième page : elle vous est entièrement consacrée. Lisez-la jusqu'à la dernière ligne. Et pour l'amour de Dieu, ma petite, reprenez-vous avant qu'il ne soit trop tard !

Voici ce que je lus :

« Vais-je avoir la force de parler de Valeria ? Il le faut bien pourtant ! Dites-moi comment elle est, si elle semble bien se porter, à quoi elle s'occupe. Je ne cesse de penser à elle. Il n'est pas de jour où je ne la pleure. Ah, si seulement elle avait pu se satisfaire des choses telles qu'elles étaient, et n'avait jamais découvert l'horrible vérité !

« Elle parlait, la dernière fois que je l'ai vue, de lire le compte rendu du procès. A-t-elle persisté dans cette intention ? Si je m'étais trouvé devant elle au moment où elle a appris l'ignominie dont j'ai souffert et l'infâme soupçon dont j'ai fait l'objet aux yeux de tous, je crois bien – et ce ne sont pas des paroles en l'air –, je crois bien que j'en serais mort. Imaginez ce regard si pur posé sur un homme qui a été accusé – et jamais totalement blanchi – du plus immonde et du plus vil de tous les crimes ; et songez à ce que cet homme doit éprouver s'il n'est pas tout à fait dépourvu de cœur et d'amour-propre. J'en suis malade rien que de l'écrire.

« Est-ce que le pauvre cher ange médite toujours ce projet sans espoir, né de sa générosité naïve et spontanée ? Se flatte-t-elle toujours de faire la preuve de mon innocence ? Mère, si tel était le cas, usez de toute votre influence pour la faire renoncer à cette idée ! Que lui soient épargnées l'humiliation, la déception, les vexations peut-être, auxquelles elle pourrait en toute innocence s'exposer. Pour elle, pour moi, usez de tous les moyens possibles pour parvenir à cette fin juste et miséricordieuse.

« Je ne lui écris point, je ne l'ose. Ne dites rien lorsque vous la verrez, qui puisse me rappeler à son souvenir. Aidez-la au contraire à m'oublier au plus vite. Le mieux que je puisse faire, la seule réparation qui me soit possible, est de disparaître tout à fait de sa vie. »

C'est sur cette formule terrible que s'achevait le passage à moi consacré. Sans un mot, je rendis sa lettre à sa mère. Elle-même, de son côté, ne parla guère.

– Si *cela* ne vous décourage pas, déclara-t-elle lentement en repliant la lettre, rien ne le pourra.

Je ne répondis pas. Je pleurais derrière ma voilette. Mes perspectives semblaient tellement tristes ; mon pauvre mari paraissait tellement manquer de jugement et de clairvoyance ! Notre seule chance de salut – et mon unique consolation – était de m'en tenir plus fermement que jamais à ma résolution. S'il m'avait fallu de quoi me renforcer dans cette opinion et m'armer contre les représentations défaitistes de chacun de mes amis, la lettre d'Eustace y aurait amplement suffi. Au moins ne m'oubliait-il pas ; il n'était pas de jour qu'il ne pensât à moi et ne pleurât ma perte. Je voulais y voir un encouragement. « Si Ariel vient me chercher, me dis-je, j'irai avec elle. »

Mrs. Macallan me déposa devant la porte de Benjamin.

Je lui dis, comme nous allions prendre congé l'une de l'autre – je la redoutais suffisamment pour avoir repoussé le moment de l'informer –, que Miserrimus Dexter avait décidé d'envoyer sa voiture chez elle le lendemain matin, et lui demandai si elle voulait bien que je vinsse attendre à son domicile l'arrivée d'Ariel, ou si elle aimait mieux renvoyer celle-ci chez Benjamin. En lui révélant aussi brutalement mon projet, je m'attendais à une explosion de colère. Mais la vieille dame me surprit agréablement en ne se fâchant pas, montrant par là qu'elle s'était réellement prise d'affection pour moi.

– Si vous persistez à vouloir retourner chez Dexter, dit-elle, ce ne sera assurément pas en sortant de chez moi. Mais je veux espérer que vous serez un peu plus raisonnable à votre réveil et que vous y réfléchirez à deux fois.

Arriva le matin. La voiture se présenta un peu avant midi et, avec elle, une lettre de Mrs. Macallan.

« Rien ne m'autorise à régir vos déplacements, m'écrivait ma belle-mère. J'envoie la voiture chez Mr. Benjamin en formant le vœu que vous n'y monterez pas. Je voudrais pouvoir vous faire comprendre, Valeria, que je suis votre amie. Cette nuit, alors que je ne dormais pas, je n'ai cessé de m'en faire pour vous. Vous prendrez la mesure de mon inquiétude lorsque je vous aurai dit que je m'en veux aujourd'hui de ne m'être pas dressée avec plus de force contre ce malheureux mariage. Encore que je ne voie pas trop ce que j'aurais pu faire. Mon fils m'avait confié qu'il vous courtisait sous un faux nom, mais jamais il ne m'a dit quel était ce nom ni qui vous étiez ni où habitait votre famille. Peut-être aurais-je dû essayer d'en savoir plus. Peut-être aurais-je dû, si j'y étais parvenue, intervenir et vous mettre au courant, fût-ce au risque de me faire un ennemi de mon propre fils. Je pensais faire mon devoir en exprimant ma désapprobation et en refusant d'assister à la cérémonie. Me suis-je un peu trop facilement mise en paix avec ma conscience ? Il est un peu tard pour se poser la question. Mais pourquoi vous ennuyer avec les doutes et les vains regrets d'une vieille femme ? Mon enfant, si jamais il vous arrivait quelque malencontre, je m'en tiendrais indirectement responsable. C'est cet état d'esprit qui me pousse à vous écrire sans rien à vous dire qui puisse véritablement vous intéresser. N'allez pas voir Dexter ! La crainte m'a poursuivie toute la nuit que votre visite chez lui ne se termine mal. Écrivez-lui pour vous décommander, Valeria ! J'ai la conviction que si jamais vous remettez les pieds dans cette maison, vous vous en repentirez. »

Fut-il jamais femme plus clairement mise en garde, plus attentivement conseillée que moi ? Ces objurgations m'étaient toutefois adressées en pure perte !

Je dirai à ma décharge, même si elle ne me fit pas dévier d'un degré, que je ne laissais pas d'être touchée par la bienveillance de cette lettre. Mon seul et unique dessein était d'obtenir que Miserrimus Dexter me fît part de ses idées regardant la mort de Mrs. Eustace Macallan. Elles allaient être mon fil conducteur sur la route obscure que j'avais empruntée. Avant de sortir, je pris le temps d'écrire à Mrs. Macallan un billet sincèrement reconnaissant et contrit.

XXVII

MR. DEXTER CHEZ LUI

Je trouvai tous les mauvais garçons désœuvrés du voisinage rassemblés autour de la chaise. Ils exprimaient dans leur jargon la jubilation que leur inspirait la figure d'Ariel en veste et chapeau d'homme. Le cheval était nerveux : il n'était pas insensible, lui, à cette effervescence. Son cocher trônait sur le siège, fouet au poing, superbement imperméable aux plaisanteries et quolibets qui volaient autour de lui.

– Bonjour, dis-je en montant en voiture.

– Hue donc ! fit Ariel en retour.

Je résolus de faire en silence le trajet qui me mènerait dans ce lointain faubourg du nord de la ville. Il était à l'évidence inutile de tenter de lier conversation ; je savais par expérience que ma compagne ne piperait mot. L'expérience n'est cependant pas toujours infaillible. Après une demi-heure de mutisme impénétrable, j'eus la stupéfaction d'entendre le son de sa voix.

– Vous savez où on va passer ? me demandait-elle, le regard braqué entre les oreilles du cheval.

– Non, lui répondis-je. Je ne connais pas ce quartier. Où allons-nous passer ?

– Auprès d'un canal.

– Oui, eh bien ?

– Eh bien, j'ai moitié dans l'idée de vous y renverser.

Cette déclaration pour le moins insolite me parut requérir une explication. J'osai la solliciter :

– Et pourquoi feriez-vous cela ?

– Parce que je vous hais, me répondit-elle tout uniment.

– Qu'ai-je donc fait pour vous déplaire ?

– Qu'est-ce que vous lui voulez, au maître ?

– Vous voulez parler de Mr. Dexter ?

– Oui.

– J'ai besoin de lui parler.

– C'est pas vrai ! Ce que vous voulez, c'est prendre ma place. Vous voulez lui brosser les cheveux et lui soigner la barbe à ma place, méchante femme que vous êtes !

Je commençai à comprendre. L'idée que Miserrimus Dexter lui avait mise dans la tête, la veille, quand il nous l'avait exhibée, avait lentement mûrie dans cette cervelle épaisse et s'extériorisait, une quinzaine d'heures plus tard, sous l'effet de mon irritante présence !

– Je n'ai aucunement l'intention de lui toucher la barbe ou les cheveux, lui dis-je. Je laisse tout cela à votre entière discrétion.

Elle tourna la tête pour me regarder. Sa grosse face était congestionnée, ses yeux morts exorbités par l'effort inhabituel qu'elle faisait pour s'exprimer oralement et saisir ce qu'on lui disait en retour.

– Redites-moi ça, fit-elle. Dites-le moins vite ce coup-ci.

Ce que je fis, et plus lentement.

– Jurez ! s'écria-t-elle, de plus en plus animée.

Je gardai mon sérieux – d'autant que le canal était en vue – et jurai.

– Êtes-vous satisfaite à présent ? lui demandai-je.

Je n'obtins pas de réponse. Ses dernières ressources verbales étaient épuisées. L'étrange créature, l'œil de nouveau fixé sur les oreilles du cheval, émit un grognement de soulagement et, de tout le restant du trajet, ne me regarda ni ne me parla plus. Nous longeâmes la berge du canal et j'échappai à la noyade. Puis notre brimbalant petit véhicule suivit des rues et traversa des terrains vagues qu'il me semblait vaguement reconnaître et qui paraissaient encore plus sordides et repoussants à la lumière du jour. Enfin, la chaise s'engagea dans un chemin où n'eût pas passé une voiture plus importante et s'immobilisa devant un mur percé d'un portail que je ne reconnus pas. Ayant ouvert à l'aide d'une clé, Ariel prit le cheval par la bride et me fit entrer sur les arrières du jardin de la vieille maison délabrée, pleine de coins et de recoins, de Miserrimus Dexter. La bête, toujours attelée, partit d'elle-même vers son écurie. Ma silencieuse compagne me fit traverser une cuisine triste et nue, suivre un long couloir de pierre au bout duquel une porte donnait sur le fond du hall où Mrs. Macallan et moi avions été introduites le soir précédent. Là, Ariel emboucha le sifflet qu'elle portait en sautoir, et fit entendre le trille aigu dont je savais qu'il était le moyen qu'avaient trouvé pour communiquer Miserrimus Dexter et son esclave. Les lèvres d'Ariel s'animèrent une dernière fois et articulèrent de mauvaise grâce :

– Attendez que le maître siffle. Ensuite, montez.

Tiens donc ! On allait me siffler comme on siffle un chien. Pis, force m'était de m'y soumettre comme un chien. Ariel allait-elle se reprendre et s'excuser ? Pensez-vous ! Elle me montra son dos informe et disparut du côté de la cuisine.

Après avoir attendu une minute ou deux sans entendre le signal, je m'avançai dans la partie plus spacieuse et mieux éclairée du hall afin de regarder les tableaux que je n'avais fait qu'entrevoir dans la pénombre de la veille. Une inscription peinte en plusieurs couleurs juste au-dessous de la corniche du plafond m'informait que les œuvres exposées étaient des productions du très accompli Dexter en personne. Non content d'être poète et compositeur, il était également peintre. Les sujets figurant sur l'un des murs étaient qualifiés d'« illustrations des passions » et, sur l'autre, d'« épisodes de la vie du Juif errant ». L'épigraphe avertissait gravement les visiteurs occasionnels dans mon genre d'avoir à regarder ces tableaux comme de purs produits de l'imagination. « Les personnes qui ne recherchent que la nature dans les œuvres d'art ne font pas partie du public auquel s'adresse le pinceau de Mr. Dexter. La nature l'indispose. »

Ayant dûment soin de chasser de mon esprit toute idée de nature, je commençai par m'intéresser aux toiles figurant les passions.

Si peu que je m'entendisse en matière d'art, je compris que Miserrimus Dexter était encore moins instruit que moi des règles du dessin, de la couleur et de la composition. Ses tableaux étaient au sens strict du mot des croûtes. Le trait remarquable que je notai dans cette série de toiles était – à quelques exceptions près sur lesquelles je vais revenir – le goût morbide et débridé que leur auteur prenait à représenter des horreurs.

La première œuvre avait pour titre *La Vengeance*. Un cadavre travesti gisait sur la rive d'une rivière écumeuse à l'ombre d'un arbre gigantesque. Un personnage furieux, lui aussi travesti, debout au-dessus du corps, son sabre levé vers un ciel menaçant, regardait avec une horrible expression de ravissement le sang de celui qu'il venait d'occire descendre lentement en une procession de grosses gouttes vermeilles sur la large lame de son arme. Le tableau suivant, divisé en plusieurs cases, représentait la cruauté. Dans l'une se voyait un cheval éventré que son cavalier éperonnait sauvagement lors d'une corrida. Dans une autre, un philosophe cacochyme disséquait un chat vivant avec un regard d'exultation mauvaise. Dans la suivante, deux païens se congratulaient l'un l'autre pour la façon dont ils avaient torturé deux saints dont le premier se consumait sur un gril et l'autre, pendu par les pieds à un arbre, venait d'être écorché et n'était pas encore tout à fait mort. Guère désireuse après un tel échantillon de m'intéresser plus avant à cette galerie des passions, je me tournai vers le mur opposé afin de découvrir la pérégrination du Juif errant. Là, une seconde inscription m'informait que le peintre tenait le Hollandais volant pour n'être nul autre que le Juif errant poursuivant sur mer son interminable voyage. Dexter avait choisi de représenter les aventures maritimes de ce mystérieux personnage. Le premier tableau montrait un port sur une côte rocheuse. Un navire y était mouillé. Sur le pont, son timonier chantait. Une houle sombre roulait au large et des nuages d'orage zébrés de puissants éclairs pesaient sur l'horizon. On voyait au loin, éclairée par la lumière électrique, la silhouette vague du vaisseau fantôme faisant péniblement route vers le rivage. Cette œuvre, si malhabile qu'en fût la facture, montrait les signes d'une imagination puissante et même d'une vision poétique du surnaturel. La seconde toile représentait ce même vaisseau à l'ancre derrière le premier navire, ceci au grand effarement du timonier. Le Juif était descendu à terre. Son canot était sur la grève. Son équipage se composait de petits bonshommes au visage de marbre qui étaient entièrement vêtus de noir. Ils étaient assis, immobiles et silencieux, sur les bancs de nage, leurs longues mains décharnées refermées sur la poignée des avirons. Le Juif, lui aussi en noir, levait des yeux et des bras implorants vers les cieux en colère. Les bêtes sauvages de la Création, tant terrestres que marines – le tigre, le rhinocéros et le crocodile, mais aussi le serpent de mer, le requin et la pieuvre – faisaient un cercle cabalistique autour de lui, effrayées et fascinées par son apparition. Les éclairs avaient disparu. Ciel et mer s'étaient fondus en un grand vide ténébreux. Une lueur blafarde éclairait la scène d'en haut, tombant d'une torche brandie par un esprit vengeur aux grandes ailes de vautour qui planait au-dessus du Juif. Si fantasque que pût être sa conception, ce tableau avait une puissance de suggestion qui, je l'avoue, me fit forte impression. Le grand silence qui régnait dans la maison, ajouté à l'insolite de ma position, n'y était sans doute pas pour rien. Alors que j'en étais encore à contempler cette toile, un coup de sifflet stri-dent retentit subitement. J'étais si tendue qu'il m'arracha un cri de frayeur. Un court instant, je fus tentée d'ouvrir la porte et de m'enfuir. Tout à coup, l'idée de me retrouver seule avec l'homme qui avait peint ces choses me terrifiait et je dus aller m'asseoir un moment sur une des chaises du hall. Il me fallut plusieurs minutes pour me remettre. Le sifflet retentit une deuxième fois avec impa-tience. Je me levai et m'engageai dans le large escalier qui menait à la pièce circulaire. Je n'aurais pu tourner les talons et m'en aller sans que mon amour-propre en pâtît sévèrement. Il n'empêche que mon cœur battait à tout rompre lorsque je me retrouvai en haut des marches ; et j'avoue en toute sincérité qu'en ces instants mon impru-dence m'apparaissait sous un jour particulièrement cru.

Il y avait une glace sur le manteau de la cheminée de l'anti-chambre. Tout angoissée que j'étais, je pris quand même le temps de regarder à quoi je ressemblais.

La portière masquant le passage était partiellement ouverte et, en dépit de la légèreté de mon pas, Miserrimus Dexter perçut le bruissement de ma robe sur le sol. Je l'entendis m'appeler douce-ment de sa belle voix de ténor :

– Est-ce vous, madame Valeria ? Ne restez pas là. Entrez, je vous en prie.

J'obéis.

Le fauteuil roulant venait au-devant de moi, si lentement et silencieusement que c'est à peine si je reconnus l'équipage de la veille. Miserrimus Dexter me tendit une main hésitante. Il inclinait pensivement la tête sur le côté et il y avait dans ses grands yeux bleus une expression un peu piteuse. Il ne semblait rien subsister de la créature furieuse et bruyante de ma première visite, qui était Napoléon et, l'instant d'après, Shakespeare. Le Dexter du matin était un homme doux, pondéré et triste, qui ne rappelait celui du soir que par l'étrangeté de sa vêture. Il portait cette fois une veste ouatinée de soie rose avec laquelle s'harmonisait le plaid de satin vert de mer qui dissimulait sa difformité ; enfin, pour couronner cette mise singulière, ses poignets étaient parés de lourds bracelets d'or, sévères et dépouillés comme des bijoux antiques !

– Quel bonheur que vous m'offriez de nouveau le charme et le plaisir de votre présence ! dit-il d'une voix musicale et mélancolique. J'ai passé, tout exprès pour vous, les plus jolis effets de ma garde-robe. Ne soyez pas surprise : avant ce siècle ignoble et matérialiste, les hommes ont toujours, tout autant que les femmes, porté des étoffes précieuses et des couleurs vives. Il y a cent ans, un homme en soie rose était un homme correctement vêtu. Il y a quinze cents ans, les patriciens de l'époque classique portaient des bracelets semblables aux miens. Je vomis ce mépris barbare de la beauté et cet esprit de lésine qui, à l'époque où je vis, limitent le costume de l'homme aux tissus noirs et ses parures à la seule chevalière. Il me plaît d'être élégant et beau, surtout lorsque élégance et beauté me viennent visiter. Vous ne savez pas à quel point votre compagnie m'est précieuse. Je suis dans un de mes jours de mélancolie. Des larmes me viennent spontanément. Je ne suis qu'un soupir, je pleure sur mon sort. J'en appelle à votre commisération. Songez à ce que je suis ! Une pauvre créature solitaire, affligée d'une épouvantable infirmité. Combien pitoyable ! combien horrible ! Mon cœur affectueux dépérit. Mes talents hors du commun sont inutiles ou mal employés. Tout cela est triste, si triste ! Ayez pitié de moi !

Il avait les yeux noyés de larmes – de larmes de compassion pour sa propre personne. Il me regardait et me parlait de l'air geignard et grognon d'un enfant malade qui veut être dorloté.

J'aurais été bien en peine de le faire. Tout cela était d'un ridicule achevé; de ma vie, je ne connus pareil embarras.

– Je vous en supplie, prenez-moi en pitié! répétait-il. Ne soyez pas cruelle. Je ne vous demande qu'une toute petite faveur. Madame Valeria jolie, dites que vous avez pitié de moi!

Je m'exécutai et, ce faisant, je sentis que je rougissais.

– Merci, dit-il humblement. Cela me fait du bien. Allez un peu plus loin: tapotez-moi la main.

J'aurais voulu me retenir, mais ce fut plus fort que moi: cette dernière requête – formulée avec la plus grande gravité, je le rappelle – me parut si absurde que j'en pouffai.

Miserrimus Dexter eut un air d'étonnement stupide, ce qui ajouta encore à mon alacrité. L'avais-je offensé? Apparemment non. Revenant de sa surprise, il laissa voluptueusement aller sa tête contre le dossier du fauteuil avec l'expression d'un mélomane écoutant un morceau de musique. Lorsque enfin je cessai de rire, il releva la tête, frappa dans ses belles mains blanches et me gratifia d'un « bis ».

– Recommencez, dit-il, toujours de son ton de petit garçon. Vous avez un rire musical, heureuse madame Valeria; or j'ai, moi, l'oreille musicale. Recommencez.

Mais j'étais redevenue sérieuse.

– J'ai honte, monsieur Dexter. Veuillez me pardonner.

Il ne me répondit pas; je doute même qu'il m'eût entendue. Son humeur volatile paraissait en train de traverser une nouvelle fluctuation. Il regardait fixement ma robe – du moins me semblait-il – d'un air d'attention douloureuse, formant gravement ses propres conclusions, poursuivant avec ténacité le cheminement de ses pensées.

– Madame Valeria, lâcha-t-il subitement, vous n'êtes pas à votre aise sur cette chaise.

– Mais si. Je suis parfaitement bien installée.

– Mais non. Il y a là-bas un fauteuil en vannerie qui vous conviendra bien mieux. J'espère que vous ne m'en voudrez pas si j'ai la grossièreté de vous demander d'aller le chercher. J'ai mes raisons.

Il avait ses raisons! Quel nouvel accès d'excentricité était-il en train de méditer ? J'allai chercher le fauteuil en question, qui était, au reste, assez léger. Comme je m'en revenais, je vis que mon hôte n'avait toujours pas cessé de paraître examiner très attentivement ma toilette. Et, ce qui était plus étrange encore, il avait l'air partagé entre l'intérêt le plus vif et l'abattement le plus profond.

Je venais de placer le fauteuil près de lui et j'allais m'y asseoir lorsqu'il m'envoya faire une autre course à l'autre bout de la pièce :

– Obligez-moi de la façon la plus charitable. Il y a là-bas, accroché au mur, un éventail en rotin. Vous pourriez en avoir l'usage car nous nous trouvons quand même assez près du feu. Une fois encore, pardonnez-moi de vous demander d'aller le chercher. Je vous assure, derechef, que j'ai mes raisons.

Voici qu'il reparlait, et avec insistance, de ses « raisons » ! La curiosité faisait de moi une servante aussi obéissante qu'Ariel. J'allai donc quérir cet éventail. M'en revenant, je notai que son attention était toujours inexplicablement fixée sur ma robe, somme toute assez banale, et qu'il donnait à voir le même singulier mélange de curiosité et d'accablement.

– Merci mille fois, dit-il. Vous m'avez – sans le vouloir, bien sûr – brisé le cœur. Et vous m'avez fait, dans le même temps, un plaisir inexprimable. Si je vous dis la vérité, me promettez-vous de ne pas vous fâcher ?

Il allait s'expliquer ! Jamais promesse ne fut faite avec autant d'empressement.

– J'ai manqué à la galanterie la plus élémentaire en vous envoyant chercher ce fauteuil et cet éventail, reprit-il. Je crains que mon motif ne vous paraisse bien étrange. Avez-vous remarqué que je vous ai observée très attentivement – trop, peut-être – pendant vos déplacements ?

– Oui. J'ai cru que vous vous intéressiez à ma robe.

Il secoua la tête et poussa un soupir désabusé.

– Non, pas à votre robe. Ni à votre visage. La première n'a rien de remarquable. Le second m'est encore inhabituel. Non, chère madame Valeria, je voulais vous voir marcher.

Me voir marcher ! Qu'est-ce qu'il voulait dire ? A quel genre d'élucubration son esprit erratique était-il encore en train de le porter ?

– Vous possédez une qualité très rare chez les femmes de ce pays. Vous marchez bien. Elle aussi marchait bien. Je n'ai pu résister à la tentation de la revoir à travers vous. Quand vous êtes allée à l'autre bout de cette pièce et retour, c'était sa grâce de mouvement, toute simple et dénuée d'afféterie, que je contemplais, et non la vôtre. Vous l'avez fait revenir d'entre les morts. Pardonnez-moi de vous avoir utilisée de la sorte : l'idée était innocente et sacré le motif. Vous m'avez peiné et vous m'avez ravi. Mon cœur saigne – et je vous en remercie.

Il se tut un instant, laissa tomber la tête en avant, puis la releva subitement.

– Nous avons sûrement parlé d'elle hier soir. Qu'ai-je dit ? Qu'avez-vous dit ? Ma mémoire flanche, mon souvenir est vague. S'il vous plaît, rappelez-moi ce qu'ont été nos propos. Vous n'êtes pas fâchée, au moins ?

J'aurais pu me formaliser face à un autre homme. Avec lui, il en allait différemment. J'étais bien trop désireuse de gagner sa confiance – maintenant qu'il venait d'aborder de lui-même le sujet de la première femme d'Eustace – pour prendre ombrage de son comportement.

– Nous avons parlé de la fin de Mrs. Eustace Macallan, lui répondis-je. Et nous disions que…

– Oui, c'est cela ! me coupa-t-il en se penchant en avant dans son fauteuil. Et je me demandais quel intérêt vous pouviez avoir à percer le mystère de sa mort. Parlez ! Confiez-vous ! Je meurs d'impatience d'en savoir plus !

– Vous ne pouvez vous y intéresser plus que moi, lui dis-je. Le bonheur de ma vie à venir dépend de la résolution de ce mystère.

– Seigneur Dieu ! mais pour quelle raison ? Un instant ! Voilà que je m'échauffe. Il ne le faut pas. Je dois garder l'esprit clair, éviter toute divagation. L'affaire est trop sérieuse. Un instant, je vous prie !

Un élégant petit sac était accroché au bras de son fauteuil. L'ayant ouvert, il en tira une pièce de broderie en cours de confection et tous les ustensiles nécessaires. Nous nous regardâmes ; il nota mon étonnement.

– Les femmes, entreprit-il de m'expliquer, ont le bon sens de recourir à des travaux d'aiguille lorsqu'elles veulent se concentrer et réfléchir calmement. Pourquoi les hommes commettent-ils la sottise de s'interdire une si admirable ressource, qui apaise les nerfs et libère l'esprit ? Pour ma part, je suis le sage exemple des dames. Madame Valeria, permettez que je me détende.

Après avoir disposé son ouvrage devant lui avec le plus grand sérieux, cet être extraordinaire se mit à travailler avec toute la patience et la dextérité d'une brodeuse accomplie.

– Bien, dit-il. Si vous êtes prête, je le suis aussi. Vous parlez et moi je brode. Je vous en prie, allez-y.

XXVIII

DANS LA NUIT

Face à un personnage comme Miserrimus Dexter et compte tenu de l'objectif que je m'étais fixé, il ne pouvait être question de demi-confidences. Il me fallait ou bien prendre le risque de l'instruire tout à fait de ce qui m'amenait, ou bien invoquer le meilleur prétexte pour briser là. Dans la situation délicate où je me trouvais, une voie intermédiaire ne pouvait être envisagée, quand bien même j'eusse incliné dans ce sens. La réalité étant ce qu'elle était, je jouai mon va-tout et me lançai sans plus d'atermoiements.

– Vous ne savez que peu de chose sur mon compte, monsieur Dexter, commençai-je. Vous ignorez, je crois, qu'à l'heure présente mon mari et moi ne vivons pas ensemble.

– Est-il bien indispensable de parler de votre mari ? me demanda-t-il froidement, les yeux fixant toujours sa broderie.

– C'est absolument nécessaire. Je ne puis rien vous expliquer sans en passer par là.

Il pencha la tête en avant et poussa un soupir de résignation.

– Vous et votre mari ne vivez pas ensemble à l'heure présente ? répéta-t-il. Voulez-vous dire qu'Eustace vous a quittée ?

– Il m'a quittée et il est parti à l'étranger.

– Sans nécessité ?

– Sans la moindre.

– N'a-t-il pas prévu de vous revenir un jour ?

– S'il s'en tient à sa décision, Eustace ne me reviendra jamais, monsieur Dexter.

Pour la première fois, il leva la tête de son ouvrage, et avec une lueur d'intérêt soudaine dans le regard.

– Votre différend est-il donc si sérieux que cela ? interrogea-t-il. Vous êtes-vous séparés, jolie madame Valeria, par consentement mutuel ?

Le ton de sa question n'était pas du tout à mon goût. Le regard qu'il posait sur moi donnait désagréablement à entendre que, puisque j'avais pris le risque de me présenter seule chez lui, il allait peut-être au bout du compte en tirer avantage. Je lui rappelai sans me démonter, plus par mon attitude que par la parole, le respect qu'il me devait.

– Vous vous méprenez, lui dis-je. Il n'y a entre lui et moi aucun ressentiment ni même le moindre malentendu. Notre séparation nous a, l'un et l'autre, cruellement affectés.

Il se vit détromper et s'inclina avec un air de résignation ironique.

– Je vous écoute avec la plus grande attention, dit-il en enfilant une aiguillée. Continuez, je vous prie ; je ne vous interromprai plus.

Suite à cette invite, je lui dis toute la vérité sur mon mari et moi, en ayant soin toutefois de présenter les motifs d'Eustace sous le meilleur éclairage possible. Miserrimus Dexter posa sa broderie sur une chaise et se prit à rire doucement dans sa barbe, gagné en entendant mon pauvre récit par une joie malicieuse qui me mit les nerfs en pelote.

– Je ne vois pas ce qu'il y a de drôle, fis-je sèchement.

Ses beaux yeux bleus se posèrent sur moi avec une expression d'étonnement sincère.

– Vous ne voyez pas ce qu'il y a de drôle dans un pareil étalage de sottise humaine ? – sa physionomie se modifia brusquement, s'assombrit et se durcit d'étrange façon. Arrêtez ! s'écria-t-il avant que j'eusse pu répondre. Je ne vois qu'une seule explication au fait que vous prenez les choses tellement au sérieux : madame Valeria, vous avez de l'affection pour votre mari.

– L'expression est faible, monsieur Dexter. J'aime cet homme de tout mon cœur.

Miserrimus Dexter caressa sa somptueuse barbe en répétant ma formule d'un ton méditatif :

– Vous l'aimez de tout votre cœur. Et savez-vous pourquoi ?

– Parce que c'est plus fort que moi, lui répondis-je, butée.

Il eut un sourire sarcastique et se remit à sa broderie.

– Comme c'est curieux! dit-il pour lui-même. Sa première femme l'aimait aussi. Il est des hommes qui sont aimés des femmes, et d'autres qui ne leur inspirent rien. Sans la moindre raison dans un cas comme dans l'autre. Tel homme vaut exactement tel autre; il est tout aussi beau, agréable, honorable, et il occupe le même rang dans la société. Et cependant, pour l'un elles vont traverser l'eau et le feu, alors que l'autre n'aura même pas l'aumône d'un regard. Pourquoi? Elles-mêmes l'ignorent, comme Mrs. Valeria vient de le reconnaître! Y a-t-il à cela une raison d'ordre physique? Le premier dégagerait-il un puissant magnétisme dont le second serait dépourvu? Il faudra que je me penche sur la question dès que j'en aurai le loisir et serai d'humeur à le faire – ayant ainsi énoncé le problème, il revint à moi et déclara : J'erre toujours dans la nuit en ce qui vous concerne, vous et vos motifs. Je ne comprends toujours pas l'intérêt que vous prenez à élucider cette horrible tragédie de Gleninch. Prenez-moi par la main, ingénieuse madame Valeria, et menez-moi vers la lumière. Vous n'êtes pas fâchée contre moi, au moins? Réconcilions-nous et je vous ferai présent de cette belle broderie lorsque je l'aurai terminée. Je ne suis qu'un malheureux, solitaire et contrefait, affligé d'une étrange tournure d'esprit; mais je ne suis pas méchant. Pardonnez-moi! soyez indulgente! éclairez-moi!

Voici que ses manières puériles le reprenaient; il arborait de nouveau son sourire candide assorti de drôles de petites rides au coin des yeux. Je me pris à me demander si je n'avais pas été un peu dure, et je résolus, eu égard à ses handicaps tant mentaux que physiques, de me montrer plus aimable durant la suite de ma visite.

– Monsieur Dexter, dis-je, permettez-moi de revenir quelques instants sur les événements de Gleninch. Vous êtes d'accord avec moi pour croire Eustace absolument innocent du crime pour lequel on l'a jugé. Votre témoignage au procès le montre bien.

Il interrompit son ouvrage pour me regarder avec attention, et d'un air grave et sévère que je ne lui avais pas encore vu.

– C'est là *notre* opinion, poursuivis-je. Mais ce ne fut pas celle des jurés. Ils ont, vous vous en souvenez, prononcé un verdict blanc. Autrement dit, ils n'ont pas estimé devoir conclure publiquement et positivement à l'innocence de mon mari. Est-ce que c'est bien cela ?

Au lieu de répondre, il remisa sa broderie dans le sac et manœuvra son fauteuil pour le rapprocher du mien.

– De qui tenez-vous tout cela ? interrogea-t-il.

– Je l'ai appris toute seule, dans un livre.

Sa physionomie avait jusque-là exprimé une attention soutenue, et rien de plus. S'y installait maintenant une ombre que j'interprétai comme une défiance croissante.

– Les dames n'ont généralement pas pour habitude de s'encombrer l'esprit d'arides questions de droit, dit-il. Il faut, madame Eustace Macallan II, que vous ayez eu pour ce faire une raison bien impérieuse.

– C'est le cas, monsieur Dexter. Mon mari s'est résigné à ce verdict écossais. Sa mère a fait de même. Ses amis, pour ce que j'en sais, l'ont imité...

– Oui, eh bien ?

– Eh bien, je suis en désaccord là-dessus avec mon mari, avec sa mère et avec ses amis. Je refuse le verdict écossais.

A peine avais-je dit cela, la folie à laquelle j'avais jusqu'à présent refusé de croire parut s'emparer de lui. Il se pencha soudain vers moi pour me poser sans ménagement une main sur chaque épaule ; et ses yeux égarés se mirent à me scruter à trois pouces de mon visage.

– Qu'entendez-vous par là ? cria-t-il d'une voix suraiguë.

Une frayeur mortelle s'empara de moi. Je m'efforçai de n'en rien montrer et de lui faire comprendre le plus fermement possible que je ne n'acceptais pas qu'il prît pareille liberté avec moi.

– Ôtez vos mains de ma personne, monsieur, lui intimai-je. Et écartez-vous de moi.

Il m'obéit mécaniquement et, de même, me pria de l'excuser. Il avait visiblement la tête encore pleine de ce que je lui avais dit et du désir d'en saisir le sens.

– Pardonnez-moi, dit-il. Je vous en supplie humblement. Mais cette question me met en émoi, m'effraie, me rend fou. Vous n'avez pas idée du mal que j'ai à me dominer. Ne soyez pas inquiète,

n'ayez pas peur de moi. J'ai tellement honte, je me sens si méprisable de vous avoir manqué de respect. Vengez-vous. Prenez une
baguette et corrigez-moi. Attachez-moi à mon fauteuil. Appelez
Ariel, qui est forte comme un cheval, et dites-lui de me tenir. Chère
madame Valeria ! Madame Valeria que j'ai froissée ! Je suis prêt à
endurer n'importe quel châtiment pour peu que vous consentiez
à me dire ce que vous entendez par ce refus de vous plier au verdict
écossais – tout en formulant cette requête, il avait reculé son fauteuil. Suis-je assez loin comme cela ? interrogea-t-il avec un regard
de chien battu. Est-ce que je vous fais encore peur ainsi ? Si vous
préférez, je peux me dissimuler à votre vue dans le fond du fauteuil.

Il souleva le plaid vert. Il se serait escamoté l'instant d'après,
comme un diable dans une boîte, si je ne l'en avais empêché.

– Ne dites plus rien, ne faites plus rien, lui dis-je. J'accepte vos
excuses. Lorsque je dis que je refuse de me ranger à l'avis du jury
écossais, je n'entends rien d'autre que ce que j'ai dit. Ce verdict a
porté atteinte à la réputation de mon mari. Il en souffre cruellement et nul n'est aussi bien placé que moi pour le savoir. C'est ce
sentiment d'une dégradation qui l'a porté à se séparer de moi. Il ne
lui suffit pas que je sois convaincue de son innocence. Rien ne me
le ramènera, rien ne le persuadera que je le juge digne d'être le
guide et le compagnon de ma vie, sinon la preuve de son innocence
déposée devant ce jury qui en doute et ce public qui en doute.
Eustace, tout comme ses amis et ses avocats, désespère de jamais
trouver cette preuve. Mais je suis sa femme, et aucun d'entre vous
ne l'aime comme je l'aime. Moi seule refuse de désespérer ; moi
seule refuse d'écouter les sirènes de la raison. Si Dieu me prête vie,
monsieur Dexter, je vais consacrer ce temps à démontrer l'innocence de mon mari. Vous êtes son ami ; c'est pourquoi je viens vous
demander de m'aider.

Il semblait que c'était mon tour de lui faire peur. Son visage
était devenu livide. Il se passait la main sans désemparer sur le
front comme pour chasser quelque hallucination de son esprit.

– Suis-je en train de rêver ? demanda-t-il d'une voix mourante.
Seriez-vous une de mes visions nocturnes ?

– Je ne suis qu'une femme sans appui, lui répondis-je, qui a
perdu tout ce qu'elle aimait, et qui s'efforce de le récupérer.

Il se mit à actionner son fauteuil pour se rapprocher une nouvelle fois de moi. Je levai une main. Il s'immobilisa incontinent. Un ange passa. Nous nous dévisagions sans bouger. Ses mains, posées à plat sur le plaid, tremblaient. Son visage pâlit encore. Sa lèvre inférieure se relâcha. Quelles réminiscences d'horreurs passées avais-je donc exhumées chez cet homme ?

Il fut le premier à reprendre la parole :

– C'est donc pour cela que vous désirez résoudre l'énigme de la fin de Mrs. Eustace Macallan ?

– Oui.

– Et vous pensez que je peux vous y aider ?

– Oui, je le pense.

Il leva lentement une main et pointa sur moi son index interminable.

– Vous soupçonnez quelqu'un, dit-il.

Son ton de voix, sourd et menaçant, m'avertit d'avoir à me montrer prudente. D'un autre côté, lui refuser maintenant ma confiance eût équivalu à perdre le bénéfice que je pouvais encore espérer retirer de ce périlleux entretien en échange de tout ce que j'y avais enduré et risqué.

– Vous soupçonnez quelqu'un, répéta-t-il.

– C'est possible, me bornai-je à répondre.

– Cette personne est-elle à votre portée ?

– Pas encore.

– Savez-vous où elle se trouve ?

– Non.

Avec un long soupir frémissant, il renversa la tête contre son dossier. Était-il déçu ? Était-il soulagé ? Ou bien tout simplement épuisé tant au mental qu'au physique ? Qui aurait pu le dire ?

– Voulez-vous m'accorder cinq minutes ? me demanda-t-il faiblement sans redresser la tête. Vous le savez, toute allusion aux événements de Gleninch m'exalte et m'ébranle. Je vais me remettre si vous voulez bien me laisser quelques minutes de répit. Vous trouverez de quoi lire dans la pièce voisine. Veuillez m'excuser.

Je gagnai aussitôt l'antichambre circulaire. Il me suivit pour refermer la porte derrière moi.

XXIX

VERS LA LUMIÈRE

Ce petit intermède de solitude me fut un soulagement autant qu'il le fut pour Miserrimus Dexter.

Des doutes effrayants m'assaillirent tandis que j'arpentais sans discontinuer tantôt l'antichambre, tantôt le couloir donnant sur les escaliers. Il était manifeste que j'avais – sans le vouloir – réveillé d'horribles réminiscences dans l'esprit de Dexter. Je torturais mes pauvres méninges pour essayer de deviner ce dont il pouvait s'agir. Comme la suite allait le montrer, aucune de mes fiévreuses spéculations n'approcha de la vérité. J'évoluais sur de plus solides bases lorsque j'arrivai à la conclusion que Dexter n'avait partagé avec personne ses opinions secrètes sur le meurtre de Mrs. Macallan. Jamais il n'eût montré de tels signes de bouleversement s'il avait révélé lors du procès ou confié à un ami sûr tout ce qu'il savait du terrible drame qui s'était joué dans cette fameuse chambre à coucher de Gleninch. Quel était l'impérieux principe qui l'avait conduit à se taire ? Était-ce le souci de protéger quelqu'un ou bien avait-il craint pour lui-même ? Impossible à dire ! Pouvais-je espérer qu'il me révélât ce qu'il avait tu à la justice comme à ses proches ? Quand il saurait ce que j'attendais de lui, armerait-il mon bras de l'élément décisif qui assurerait ma victoire dans le combat à venir ? Cela paraissait fort peu probable. Cela valait néanmoins la peine d'essayer. Avec un être aussi fantasque que Miserrimus Dexter, il était toujours possible de compter sur le caprice d'un instant. Mon projet était suffisamment étrange et excédait suffisamment les limites ordinaires des actions et des pensées féminines pour susciter sa sympathie. Qui sait, me dis-je, si, en me montrant franche avec lui, je ne parviendrai pas à lui faire livrer son secret par inadvertance?

L'entracte touchait à sa fin; la porte s'ouvrit à la volée et la voix de mon hôte me rappela dans la grande pièce.

– Ravi de vous retrouver, chère madame Valeria! m'accueillit-il. J'ai recouvré toute ma tête. Et vous, comment allez-vous?

Tout chez lui, son attitude comme ses paroles, évoquait la cordialité tranquille d'un ami de longue date. A la faveur de cette séparation, si courte qu'elle eût été, une transformation s'était encore opérée chez le plus changeant des êtres vivants. Ses yeux pétillaient de bonne humeur; une effervescence nouvelle lui colorait les joues. Même son costume avait changé : il était à présent coiffé d'une calotte improvisée en papier blanc, il avait retroussé ses manchettes de dentelle et disposé un tablier propre sur son plaid. Il orienta son fauteuil de façon à me faire face, me fit une souriante courbette et me désigna un siège avec une grâce de maître de ballet tempérée d'une dignité d'officier de bouche.

– Je vais faire la cuisine, m'annonça-t-il d'un ton engageant. Nous avons tous les deux besoin de nous restaurer avant d'en revenir à l'objet de notre entretien. Vous me voyez là dans ma tenue de cuisinier – soyez indulgente. Ces matières requièrent de la forme; je suis très à cheval sur la forme. Je viens de boire un peu de vin. Ayez la bonté de vous conformer au cérémonial en en prenant à votre tour.

Il emplit une coupe en verre de Venise d'un liquide d'une belle teinte rouge violine.

– Du bourgogne! proclama-t-il. Le vin des vins. Et celui-ci, le clos-vougeot, est le roi des bourgognes. Je bois à votre santé et à votre bonheur!

Il emplit un second verre et, faisant honneur à son toast, le vida d'un trait. Voilà qui expliquait le pétillement de ses yeux et le vermeil de son teint! Mon intérêt me commandait de ne pas le contrarier. Je bus un peu de vin et le trouvai délicieux.

– Qu'allons-nous manger? interrogea-t-il. Il faut que cela soit à la hauteur de notre clos-vougeot. Ariel, la malheureuse! n'a pas sa pareille pour faire rôtir ou mitonner les viandes. Mais je ne vais pas insulter à votre bon goût en vous servant sa cuisine. De la viande ! je vous demande un peu, s'exclama-t-il avec une expression de dégoût raffiné. Pouacre ! celui qui mange de la viande n'est guère éloigné du cannibale – ou du boucher. Remettez-vous-en à moi pour découvrir un mets plus digne de nous. Passons à la cuisine.

Il imprima une volte à son fauteuil et, d'un geste courtois, m'invita à l'accompagner.

Je le suivis jusqu'à une tenture que je n'avais point encore remarquée à l'une des extrémités de la grande pièce. Il l'écarta, révélant une alcôve où trônait un élégant petit réchaud. Les parois de la niche étaient pourvues de tiroirs et de rayonnages. Je vis des assiettes, des plats et des casseroles, tous objets à échelle réduite et d'une propreté impeccable.

– Bienvenue aux cuisines ! s'exclama Miserrimus Dexter.

Il tira d'un petit dégagement une plaque de marbre qui tenait lieu de table et, se prenant le menton, se mit à réfléchir.

– Je sais ! s'écria-t-il.

Il ouvrit un placard et en sortit un bocal tout noir, sans autre exemple pour moi à ce jour. Il l'ouvrit, révélant à ma vue de petites boules noires de forme irrégulière qu'une femme habituée à s'asseoir à la table des nantis eût identifiées sans peine, mais qui étaient inconnues d'une personne qui comme moi avait mené une vie simple, à la campagne, chez un pasteur aux modestes revenus. Quand je vis mon hôte déposer soigneusement ces peu engageantes boulettes sur une serviette propre, puis s'abîmer derechef dans une profonde réflexion, je ne pus contenir ma curiosité une seconde de plus.

– Qu'est-ce donc que cela, monsieur Dexter ? osai-je demander. Allons-nous réellement en faire notre repas ?

La question le fit sursauter et il me regarda avec ébahissement.

– Où est ce progrès dont on se targue ? gémit-il. L'éducation ne serait donc qu'un mot ? Voici une personne cultivée qui ne sait pas reconnaître des truffes lorsqu'elle en a sous les yeux !

– J'en avais entendu parler, dis-je avec humilité. Mais je n'en avais jamais vu. Nous n'avions pas chez moi, dans le Nord, pareils luxes exotiques.

Miserrimus Dexter prit délicatement une des truffes au bout d'une broche et la leva à la lumière.

– Goûtez la quintessence d'une des rares premières sensations qui ne contiennent aucun principe de déception tapi sous la surface, déclara-t-il. Regardez-la et recueillez-vous. Vous allez me déguster cela, madame Valeria, mijoté dans du bourgogne !

Et d'allumer son réchaud de l'air d'un homme s'apprêtant à me donner une preuve inestimable de sa bonne volonté.

– Ne m'en veuillez pas si j'observe le plus grand silence dès lors que j'ai cela entre les mains – tout en parlant ainsi, il préleva dans sa batterie de cuisine un petit poêlon rutilant. Pratiqué dans les règles, l'art culinaire ne souffre aucune distraction, poursuivit-il doctement. Cette loi explique pourquoi, en ce domaine, aucune femme n'a jamais atteint ni n'atteindra jamais au plus haut degré d'excellence. Il est notoire que la femme est incapable de concentrer tout à fait son attention pendant un temps donné. Son esprit va se mettre à vagabonder vers d'autres objets – disons par exemple, son ami de cœur ou sa nouvelle charlotte. Le seul obstacle, madame Valeria, à votre accession à un plan d'égalité avec les hommes dans les différents métiers de l'activité humaine n'est pas levé par les défectueuses institutions de notre époque, contrairement à ce que d'aucunes se plaisent à prétendre. Non ! cet obstacle est en vous-mêmes. Aucune institution visant à l'avancement des femmes ne sera suffisamment forte pour lutter avec succès contre l'ami de cœur ou la nouvelle charlotte. Ainsi, j'ai récemment contribué à faire recruter des femmes dans notre bureau de poste local. L'autre jour, j'ai pris la peine – ce qui n'est pas pour moi une mince affaire – de descendre au rez-de-chaussée et de me propulser jusqu'à la poste afin de voir comment elles s'en tiraient. J'avais avec moi une lettre à envoyer en recommandé et qui comportait une adresse d'une longueur inhabituelle. L'employée a commencé de recopier cette adresse sur le reçu avec un sérieux et une application qui faisaient plaisir à voir. Elle en était à la moitié quand une jeune enfant, sœur cadette d'une autre des préposées, est entrée et s'est glissée sous le comptoir pour aller parler à sa parente. La contention de l'employée s'est aussitôt envolée. Son crayon s'est immobilisé ; son regard s'est porté vers la petite avec une expression d'intérêt tout à fait charmante. « Bonjour, Lucy, lui a-t-elle lancé, comment vas-tu ? » Puis elle s'est souvenue de ce qui l'occupait et m'a remis mon reçu. Lorsque je l'ai relu, j'ai vu qu'elle avait oublié toute une ligne de l'adresse. A cause de Lucy. Alors qu'un homme dans la même situation, étroitement concentré sur son travail, n'aurait pas vu l'enfant. Voilà toute la différence entre la conformation mentale respective des deux sexes, différence à laquelle aucune législation ne pourra rien changer tant que le monde sera monde ! Mais que nous importe ? Les femmes sont infiniment supérieures aux hommes en ce qui concerne les qualités morales, qui sont les vrais ornements de l'humanité. Que pourriez-vous souhaiter de mieux, ô mes sœurs qui parfois vous fourvoyez ?

Il fit pivoter son fauteuil de façon à se trouver face au réchaud. Inutile de disputer avec lui, à supposer que j'eusse incliné à le faire, car il était déjà absorbé au-dessus de son poêlon.

J'en profitai pour inspecter la pièce du regard.

Ce goût insatiable pour les horreurs que l'on découvrait dans les toiles exposées au rez-de-chaussée se retrouvait ici. Les photographies qui étaient accrochées sur le mur représentaient, d'après nature, les différentes formes d'aliénation mentale. Les moulages en plâtre alignés sur l'étagère en vis-à-vis avaient été pris – post mortem – sur le visage de meurtriers célèbres. Un effrayant petit squelette de femme était suspendu dans une vitrine avec cette inscription cynique placée au-dessus du crâne : « Voyez l'échafaudage sur lequel se façonne la beauté ! » Dans un placard qui faisait pendant et dont la porte était ouverte, j'avisai, pendue sur un cintre, une chemise que je crus être en peau de chamois. La palpant – et la trouvant encore plus souple que du chamois –, j'en dérangeai les pans, révélant à ma vue une étiquette qui y était épinglée, où je lus cette note à faire dresser les cheveux sur la tête : « Peau d'un marquis français tannée lors de la révolution de 93. Qui a dit que les nobles n'étaient bons à rien ? Ils donnent un cuir de qualité. »

Après ce dernier échantillon du goût de mon hôte pour les curiosités macabres, je renonçai à poursuivre plus avant mon investigation. Je regagnai mon fauteuil et attendis les truffes.

Mais la voix du peintre-poète-compositeur-cuisinier me rappela bientôt dans l'alcôve.

Le gaz était éteint. Le poêlon et les différents ustensiles avaient disparu. Sur la plaque de marbre se trouvaient deux assiettes, deux serviettes et un plat où reposaient, posées sur un linge, deux étranges petites boules noires. Miserrimus Dexter, tout en m'adressant un sourire bienveillant, en déposa une dans mon assiette et se servit la seconde.

– Recueillez-vous, madame Valeria. Voilà qui va faire date dans votre vie. Votre première truffe ! N'y portez pas le couteau. Utilisez seulement votre fourchette. Et – pardonnez-moi, mais la recommandation est d'importance – mangez lentement.

Je suivis ses instructions et contrefis un enthousiasme que j'avoue n'avoir pas éprouvé. Je trouvais ce nouveau légume beaucoup trop gras et, par ailleurs, tout à fait indigne du grand cas qu'en faisait mon hôte. Lui, de son côté, faisait durer chaque bouchée, sirotait son merveilleux bourgogne et chantait ses talents de cuisinier. Je fus bientôt à demi folle d'impatience tant il me tardait d'en revenir à l'objet de ma visite. Avec la maladresse où me poussait ce sentiment, je rappelai abruptement mon hôte à la réalité en lui posant la question la plus risquée que je pouvais lui soumettre :

– Monsieur Dexter, auriez-vous entendu parler de Mrs. Beauly dernièrement ?

L'expression de plaisir tranquille qui habitait son visage mourut comme une lumière qui s'éteint subitement. Cette méfiance fugace que j'avais déjà notée se manifesta instantanément dans son attitude comme dans sa voix.

– Vous connaissez Mrs. Beauly ? demanda-t-il.

– Je ne la connais que par ce que j'ai lu sur elle dans le compte rendu du procès.

La réponse n'eut pas l'heur de le satisfaire.

– Vous vous intéressez forcément pour une raison ou pour une autre à cette dame, dit-il, sinon vous ne m'auriez pas demandé cela. Intérêt pour une amie ou intérêt pour une ennemie ?

Si irréfléchie que je fusse, je n'eus pas l'inconscience de lui répondre trop directement. Ce que je lisais sur son visage m'avertissait d'avoir à procéder avec ménagement avant qu'il ne soit trop tard.

– Je n'ai qu'une réponse à vous faire, biaisai-je : il me faut revenir sur un sujet qui vous est très douloureux, celui du procès.

– Allez-y ! fit-il dans un de ses accès d'humour sardonique. Je suis entièrement à votre merci – un martyr sur le bûcher. Attisez ! attisez le feu !

– Je ne suis qu'une pauvre femme ignorante, repris-je, et je reconnais que je suis dans l'erreur. Mais il y a une part du procès de mon mari qui ne me satisfait pas du tout. La défense mise en place pour lui me semble avoir été une totale erreur.

– Une totale erreur ? Voilà pour le moins une idée étrange, madame Valeria !

Il s'efforçait de paraître insouciant. Il leva sa coupe de vin, mais je vis bien, à sa main qui tremblait, que j'avais produit mon petit effet.

– Je ne doute pas, poursuivis-je, que la première femme d'Eustace lui a bien demandé d'acheter de l'arsenic. Et je ne doute pas non plus qu'elle s'en soit servi en secret pour tenter d'améliorer la qualité de son teint. En revanche, ce que je ne puis croire, c'est qu'elle ait succombé à une dose excessive de poison ingérée par erreur.

Il reposa son verre sur la table, mais si maladroitement qu'il renversa la majeure partie du vin qu'il contenait. Nos regards se croisèrent un instant, puis il baissa la tête.

– Comment croyons-nous qu'elle est morte ? interrogea-t-il d'une voix si sourde que j'eus peine à l'entendre.

– Par homicide, lui répondis-je.

Il eut un tel sursaut que je crus bien qu'il allait se dresser sur son fauteuil, puis il se laissa retomber, apparemment saisi d'une faiblesse.

– Ce n'est pas le fait de mon mari ! m'empressai-je d'ajouter. Vous le savez, je suis convaincue de son innocence.

Je le vis tressaillir. Je vis ses mains serrer convulsivement les accoudoirs.

– Qui l'a empoisonnée ? interrogea-t-il, toujours affaissé au fond du fauteuil.

Le courage me manqua au moment critique et j'eus peur de lui annoncer dans quelle direction s'orientaient mes soupçons.

– Vous ne devinez pas ?

Un silence s'installa. Sans doute mon hôte suivait-il son propre cheminement de pensées. Cela ne dura pas longtemps. Soudain, il se redressa et c'en fut fait de l'état de prostration dans lequel il était tombé : le regard recouvra sa flamme, les mains cessèrent de trembler, le teint redevint plus vermeil que jamais. Avait-il réfléchi sur la nature de mon intérêt pour Mrs. Beauly et fini par comprendre ? Oui, il avait deviné !

– Répondez-moi sans détour ! s'écria-t-il. Ne cherchez pas à m'égarer. Est-ce une femme ?

– Oui.

– Quelle est la première lettre de son nom ? Est-ce une des trois premières lettres de l'alphabet ?

– Oui.

– B ?

– Oui.

– Beauly ?

– Beauly.

Il partit d'un grand rire en levant les bras au ciel.

– J'ai suffisamment vécu ! clama-t-il. Voilà que j'ai enfin découvert quelqu'un qui voit les faits aussi clairement que moi. Cruelle que vous êtes ! Pourquoi m'avoir mis à la torture ? Que ne le disiez-vous plus tôt ?

– Quoi ? criai-je à l'unisson. Est-ce que nous partagerions les mêmes idées ? Est-ce que vous soupçonneriez Mrs. Beauly, vous aussi ?

Il me fit cette réponse frappante :

– Si je soupçonne Mrs. Beauly ? Mais cela ne fait pas l'ombre d'un doute : c'est Mrs. Beauly qui l'a empoisonnée.

XXX

INCRIMINATION DE MRS. BEAULY

Je bondis sur mes pieds et me plantai devant Miserrimus Dexter. J'étais trop agitée pour émettre le moindre son.

Le ton d'absolue conviction qu'il avait utilisé allait bien au-delà de mon attente. J'avais escompté, en mettant les choses au mieux, qu'il accepterait d'envisager avec moi la possible culpabilité de Mrs. Beauly. Au lieu de cela, il avait affirmé avec force : « Cela ne fait pas l'ombre d'un doute : c'est elle qui l'a empoisonnée. »

– Asseyez-vous, dit-il d'une voix tranquille. Ne craignez rien : personne ne peut nous entendre.

Je me rassis et recouvrai peu à peu mon calme.

– Avez-vous jamais dit à quelqu'un d'autre ce que vous venez de me dire ? lui demandai-je.

– Jamais. Personne d'autre n'avait de soupçons à son sujet.

– Pas même les avocats ?

– Pas même les avocats. Il n'y a aucune preuve contre Mrs. Beauly. Il ne s'agit que d'une intime conviction.

– Vous auriez sûrement découvert des preuves si vous en aviez cherché.

Cela le fit rire.

– Regardez-moi ! Comment voulez-vous qu'un homme qui est cloué dans un fauteuil puisse jouer les limiers ? Et puis j'affrontais d'autres difficultés. Je n'ai pas pour habitude de me trahir sans nécessité – je suis quelqu'un de circonspect, même si vous ne l'avez peut-être pas remarqué. Mais mon incommensurable haine pour cette femme ne pouvait se dissimuler. Si le regard peut révéler des secrets, elle a dû lire dans le mien à quel point j'aspirais à la voir entre les mains du bourreau. Croyez-moi, Mrs. Borgia-Beauly s'est gardée de moi du début à la fin. Comment caractériser sa fourberie ? Mes ressources verbales ne sont pas à la hauteur de la tâche. Recourons aux degrés de signification pour vous en donner une vague idée. Je suis rusé, au positif ; le diable est plus rusé, au comparatif ; Mrs. Beauly est superlativement rusée. Non ! non ! Si elle devait être confondue après tant de temps, ce ne pourrait être par un homme ; il y faudrait une femme, une femme dont elle ne se méfierait pas, une femme capable de l'épier avec une patience de tigresse affamée…

– Une femme comme moi ! le coupai-je. Je suis prête à essayer.

Son regard étincela. Un rictus découvrit ses dents. Il tapotait furieusement les accoudoirs de son fauteuil.

– Vous parlez sérieusement ? demanda-t-il.

– Mettez-moi à même de le faire, lui répondis-je. Éclairez-moi sur cette intime conviction, comme vous l'appelez, et vous verrez.

– J'y arrive. Mais dites-moi d'abord : comment une personne extérieure à l'affaire, telle que vous l'êtes, en est-elle venue à la soupçonner ?

Je lui exposai du mieux que je pus les différents éléments suspects que j'avais relevés à la lecture des dépositions ; et j'insistai sur le fait – rapporté sous serment par l'infirmière – que Mrs. Beauly était introuvable durant l'exacte période où Christina Ormsay avait laissé la malade seule dans sa chambre.

– Vous avez mis le doigt dessus ! s'exclama Miserrimus Dexter. Vous êtes une femme merveilleuse ! Qu'a-t-elle fait le matin du jour où Mrs. Macallan est morte ? Et où était-elle passée en plein milieu de la nuit ? Je puis vous dire où elle n'était pas : elle n'était pas dans sa chambre.

– Ah ? Vous en êtes vraiment certain ?

– Je suis certain de tout ce que j'affirme s'agissant de Mrs. Beauly. Gardez cela présent à l'esprit. Et maintenant, écoutez bien ! Il s'agit d'un drame ; or la dramaturgie est un art où j'excelle. Vous allez en juger. Nous sommes le 20 octobre. Le lieu est le couloir dit « couloir des invités », à Gleninch. D'un côté, un alignement de fenêtres donnant sur le jardin. De l'autre, une succession de quatre chambres à coucher avec cabinet de toilette attenant. La première en partant de l'escalier est celle de Mrs. Beauly. La deuxième est inoccupée. La troisième est celle de votre serviteur. La quatrième est elle aussi inoccupée. Voilà le décor planté. Il est onze heures du soir. Miserrimus Dexter est dans sa chambre en train de lire. Entre Eustace Macallan.

» Eustace. – Ayez garde de faire le moindre bruit, mon vieux ; ne faites pas rouler votre fauteuil dans le couloir, cette nuit.

» Dexter. – Pourquoi donc ?

» E. – Mrs. Beauly est allée souper avec quelques amis à Édimbourg et elle en est rentrée terriblement fatiguée ; elle vient de monter se coucher.

» D., *ironique*. – Comment est-elle lorsqu'elle est terriblement fatiguée ? Toujours aussi resplendissante ?

» E. – Je ne sais pas : je ne l'ai pas vue. Elle est montée directement sans parler à personne.

» D., *logique*. – Si elle n'a parlé à personne, comment pouvez-vous savoir qu'elle est fatiguée ?

» E., *me tendant un bout de papier*. – Ne soyez pas stupide ! J'ai trouvé ceci sur la table de l'entrée. N'oubliez pas mes recommandations concernant le bruit. Bonne nuit.

» Eustace sort. Dexter regarde le billet et y lit ceci, écrit au crayon : « Je rentre à l'instant. Pardonnez-moi de monter sans vous souhaiter la bonne nuit. J'en ai trop fait, je suis rompue. HELENA. »

» Dexter est soupçonneux de nature ; et Dexter soupçonne Mrs. Beauly. Peu importe ses raisons ; elles ne nous intéressent pas pour le moment. Voici son raisonnement : « Une femme très lasse n'aurait jamais pris la peine d'écrire un tel mot. Elle aurait trouvé beaucoup plus simple d'entrouvrir au passage la porte du salon pour présenter ses excuses de vive voix. Je flaire là quelque chose de pas ordinaire ; je vais y consacrer la nuit. » Fort bien. Dexter entreprend donc de tirer l'affaire au clair. Il ouvre sa porte, engage silencieusement son fauteuil dans le couloir, donne un tour de clé aux deux chambres inoccupées, empoche les clés et regagne ses appartements. « Bien, se dit-il. A présent, si j'entends une porte s'ouvrir discrètement dans cette partie de la maison, je saurai qu'il s'agit de celle de Mrs. Beauly ! » Là-dessus, il repousse sa porte en y laissant un jour infime, suffisamment pour voir dans le couloir ; il éteint la lumière et s'installe à son poste d'observation, tel un chat devant un trou de souris. Ce couloir est tout ce qu'il entend surveiller ; or une lampe y brûle toute la nuit. Minuit sonne. Il entend que l'on barre la porte d'entrée, puis plus rien. Une demi-heure passe. La maison est silencieuse comme un tombeau. Une heure, puis deux heures sonnent, et toujours rien. A la demie de deux heures, il se produit enfin quelque chose : Dexter entend un bruit tout près, dans le couloir. C'est celui d'un bouton de porte que l'on actionne avec grande précaution ; il s'agit bien sûr de la seule porte qui se puisse ouvrir, celle de Mrs. Beauly. Dexter se laisse tomber silencieusement de son fauteuil. A plat ventre par terre, il a l'œil collé à l'entrebâillement et l'oreille aux aguets. Il entend la porte se refermer ; il voit passer une ombre ; il sort la tête dans le couloir, au ras du sol, là où personne n'aurait l'idée de regarder. Et que voit-il ? Mrs. Beauly ! La voilà qui s'éloigne avec, jetée sur les épaules, la houppelande brune qu'elle porte lorsqu'elle conduit elle-même son tilbury. L'instant d'après, passé la quatrième chambre, elle disparaît, tournant à angle droit dans un second couloir, dit « couloir sud ». Quelles sont les pièces qui donnent sur ce couloir sud ? Elles sont au nombre de trois. Il y a d'abord le petit bureau, dont l'infirmière fit état dans son témoignage. Ensuite, c'est la chambre à coucher de Mrs. Macallan. Et enfin celle de son mari. Que vient donc faire Mrs. Beauly – censée être recrue de fatigue – à deux heures et demie du matin dans cette partie de la maison ? Au risque de se faire voir, Dexter sort à découvert. Savez-vous comment il se déplace, sans son fauteuil ? Avez-vous déjà vu ce pauvre être contrefait sautiller sur ses mains ? Souhaitez-vous une petite démonstration avant qu'il ne poursuive son récit ?

Je m'empressai de décliner l'invite.

– Je vous ai vu le faire hier soir, lui dis-je. Non, je vous en prie, continuez !

– Comment trouvez-vous ma narration dans le genre dramatique ? interrogea-t-il. Suis-je intéressant ?

– On ne peut plus, monsieur Dexter. Il me tarde de connaître la suite.

Fort satisfait de ses talents, il eut un grand sourire.

– J'excelle tout autant dans le genre autobiographique, dit-il. Voulez-vous que nous essayions, histoire de varier les plaisirs ?

– Tout ce que vous voudrez, lâchai-je dans un gémissement, perdant toute patience, pourvu que vous poursuiviez !

– Seconde partie. Traitée dans le genre autobiographique, annonça-t-il avec un grand geste de la main. Je longeai en sautillant le couloir des invités et m'engageai dans le couloir sud. J'ouvris la porte du petit bureau et y entrai. Là, je gagnai la porte de communication avec la chambre de Mrs. Macallan. Fermée à clé ! Je regardai par le trou de la serrure. Y avait-il quelque chose qui le recouvrait de l'autre côté ? Je ne saurais le dire, mais ce que je sais, c'est que je ne voyais rien. Je tendis l'oreille : il n'y avait aucun bruit. Je repassai dans le couloir. Mêmes ténèbres et même silence de l'autre côté de la seconde porte de la chambre à coucher de Mrs. Macallan. Je m'avançai jusqu'à celle de son époux. J'avais la plus mauvaise opinion qui se pût concevoir sur Mrs. Beauly et je n'eusse pas été autrement surpris de la trouver dans la chambre d'Eustace. Je scrutai par le trou de la serrure. La clé n'y était pas engagée ou alors elle était favorablement orientée. Le lit d'Eustace faisait face à la porte. Rien que de bien banal : il dormait paisiblement, éclairé par sa veilleuse. Je pris le temps de la réflexion. L'escalier de service se trouvait dans mon dos, au bout du couloir. Je me laissai glisser au bas des marches et promenai le regard alentour sur le palier du rez-de-chaussée, éclairé par une veilleuse. Toutes les portes étaient dûment fermées, clé dans la serrure. Porte d'entrée barrée et verrouillée. Porte donnant sur l'office barrée et verrouillée. Je regagnai ma chambre pour réfléchir tranquillement au problème. Où pouvait-elle bien être ? Forcément quelque part à l'intérieur ! Mais où ? J'avais passé en revue toutes les pièces ; tout le champ de recherche avait été couvert. Elle ne pouvait se trouver que dans la chambre de Mrs. Macallan, seul endroit que je n'avais pu vérifier. Ajoutez à cela que l'infirmière déclara par la suite que la clé de la porte de communication entre cette chambre et le bureau avait disparu ; et n'oubliez pas que le désir le plus cher de Mrs. Beauly – tel qu'exprimé dans sa lettre lue devant la cour – était de partager la vie d'Eustace Macallan. Mariez tous ces éléments dans votre esprit et vous saurez, sans que j'aie à les énoncer, quelles pensées m'habitaient tandis qu'installé dans mon fauteuil j'attendais la suite des événements. Vers quatre heures du matin, tout résistant que je suis, la fatigue eut raison de moi. Je m'endormis. Pas pour longtemps. Je m'éveillai en sursaut et consultai ma montre : 4 h 25. Avait-elle réintégré sa chambre pendant mon somme ? Je sautillai jusqu'à sa porte et y collai l'oreille. Pas un bruit. J'ouvris tout doucement. La pièce était déserte. Je regagnai ma chambre pour reprendre ma veille. J'avais bien du mal à garder les yeux ouverts. Je levai le châssis de la fenêtre pour faire entrer un peu d'air frais. Je menais un dur combat contre une nature épuisée ; et c'est la nature épuisée qui eut le dernier mot. Je m'endormis derechef. Cette fois, il était huit heures du matin lorsque je m'éveillai. Je n'ai pas l'oreille paresseuse, comme vous l'avez pu remarquer. J'entendis des voix féminines sous ma fenêtre. Je glissai un œil à l'extérieur. Mrs. Beauly et sa femme de chambre en plein conciliabule ! Mrs. Beauly et sa femme de chambre regardant de tous côtés d'un air coupable pour s'assurer que nul ne les voyait ni ne les entendait !

» – Faites attention, madame, disait la seconde. Cet horrible monstre contrefait est rusé comme un renard. Ayez garde qu'il ne vous voie.

» Et Mrs. Beauly de répondre :

» – Vous allez passer la première et faire le guet ; je vais vous suivre et m'assurer qu'il n'y a personne derrière nous.

» Là-dessus, elles disparurent au coin de la maison. Cinq minutes plus tard, j'entendis la porte de la chambre de Mrs. Beauly s'ouvrir et se refermer doucement. Trois heures plus tard, l'infirmière la rencontrait dans le couloir, venant l'air de rien s'enquérir de la santé de Mrs. Macallan. Que pensez-vous de tout ceci ? Que pensez-vous du fait que Mrs. Beauly et sa femme de chambre avaient quelque secret à se dire et n'osèrent le faire à l'intérieur de la maison, crainte que je ne fusse derrière une porte à les écouter ? Que dites-vous de ces découvertes faites par votre serviteur le matin même où l'état de Mrs. Macallan s'est dégradé, le jour même où elle a été empoisonnée ? Est-ce que cela vous a guidée jusqu'au coupable ? Et est-ce que ce fou de Miserrimus Dexter vous a été de quelque utilité ?

J'étais trop surexcitée pour lui répondre. La voie s'ouvrait enfin, qui allait conduire à la réhabilitation de mon mari !

– Où puis-je la trouver ? m'écriai-je. Et où puis-je trouver cette femme de chambre qui partage le secret de sa maîtresse ?

– Je ne saurais vous le dire. Je n'en sais rien.

– Où pourrais-je me renseigner ?

Il réfléchit quelques instants.

– Il y a un homme qui doit le savoir – ou qui doit pouvoir vous trouver le renseignement.

– Qui est-ce ? Comment s'appelle-t-il ?

– Il s'agit d'un ami d'Eustace, le major Fitz-David.

– Mais je le connais ! Je soupe chez lui la semaine prochaine. Vous êtes également invité.

Miserrimus Dexter fit entendre un rire méprisant.

– Le major Fitz-David s'y entend peut-être avec les dames, dit-il. Les dames peuvent bien le regarder comme une variété de chien de manchon. Pour ma part, je ne soupe pas avec les chiens de manchon. Je me suis excusé. Mais allez-y. Lui, ou quelqu'une de ses amies, pourra peut-être vous renseigner. Est-ce qu'il vous a dit qui seront les autres convives ?

– Il y aura une Française dont j'ai oublié le nom, et aussi une certaine Lady Clarinda...

– Elle fera l'affaire ! Mrs. Beauly et elle sont amies. Elle saura où la trouver. Revenez me voir quand vous aurez le renseignement. Essayez de savoir si la femme de chambre est toujours à son service ; des deux, elle sera la plus facile à manier. Faisons-la parler et Mrs. Beauly sera à notre merci. Nous allons l'écraser – vif comme l'éclair, il abattit la main sur la dernière mouche de la saison, qui arpentait le bras de son fauteuil. Nous allons l'écraser comme j'écrase ce diptère. J'y pense ! Il y a une question très importante pour ce qui est de manœuvrer la femme de chambre : avez-vous de l'argent ?

– L'argent n'est pas un problème.

Il fit joyeusement claquer ses doigts.

– C'est comme si c'était fait ! s'exclama-t-il. Avec cette femme, tout n'est affaire que de livres et de shillings. Ah, autre détail ! C'est au sujet de votre nom : si vous vous présentez à Mrs. Beauly comme la femme d'Eustace, vous serez celle qui a pris sa place et vous vous en ferez d'entrée une ennemie mortelle. Gardez-vous-en bien !

Ma jalousie à l'encontre de Mrs. Beauly, qui couvait depuis le début de l'entretien, s'enflamma à ces mots. N'y tenant plus, je demandai à Miserrimus Dexter si mon mari avait aimé cette femme.

– Dites-moi la vérité, lui intimai-je. Est-ce que vraiment Eustace… ?

Il partit d'un rire malicieux. Il voyait clair en moi et avait deviné ma question avant même qu'elle n'eût passé mes lèvres.

– Eh bien, oui, dit-il. Eustace l'a vraiment aimée, cela ne fait aucun doute. Elle avait toutes les raisons de penser – avant le procès, s'entend – que la mort de l'épouse lui permettrait d'en prendre la place. Mais ce procès a fait d'Eustace un autre homme. Mrs. Beauly avait assisté à sa dégradation publique ; cela a suffi à exclure toute idée de mariage. Il a brutalement et définitivement rompu toute relation avec elle – c'est au reste cette même raison qui l'a conduit à se séparer de vous. Il n'a pas la fibre suffisamment héroïque pour envisager de vivre avec une femme qui saurait qu'il fut jugé pour meurtre. Vous vouliez la vérité, vous l'avez ! Vous devez vous méfier de Mrs. Beauly, mais vous n'avez pas à en être jalouse. Jouez la prudence. Lorsque à ce souper vous rencontrerez Lady Clarinda, présentez-vous sous une fausse identité ; voyez cela avec le major.

– Je peux utiliser le nom sous lequel Eustace m'a épousée, celui de Woodville.

– Parfait ! Ah, que ne donnerais-je pas pour être présent le jour où Lady Clarinda vous présentera à Mrs. Beauly ! Vous voyez la situation : cette femme a un terrible secret caché au plus profond de son âme ; et cette autre, qui connaît ce secret, a résolu de l'exposer, d'une manière ou d'une autre, au grand jour. Quel affrontement ! Quelle intrigue pour un roman ! Je m'exalte rien que d'y penser. Je suis transporté d'excitation quand je pense à l'avenir et me représente Mrs. Borgia-Beauly enfin à genoux. Non, ne vous alarmez pas ! lança-t-il, les yeux de nouveau éclairés d'une lueur insane. Ma cervelle se remet à bouillonner. Je dois me réfugier dans l'exercice physique. Il faut que j'évacue la vapeur, sinon je vais exploser sur place à l'intérieur de ma veste rose !

Sa folie le reprenait. M'étant rapprochée de la porte pour opérer au besoin une prompte retraite, je me retournai pour le regarder.

Il fonçait sur ses roulettes effrénées, mi-homme, mi-fauteuil, volant comme une tornade jusqu'à l'autre bout de la pièce. Dans l'humeur où il se trouvait, même cet exercice n'était pas suffisamment violent. Il sauta à terre et se campa sur les mains, regardant au loin tel quelque monstrueux batracien. Parcourant la longueur de la pièce en sautillant, il bouscula toutes les chaises qui se trouvaient sur son passage. Arrivé au mur, il se retourna pour contempler le champ de bataille puis, s'encourageant d'un cri de triomphe, il repartit en sens inverse et se mit à sauter par-dessus les chaises renversées, son tronc tantôt balancé vers l'arrière et tantôt projeté en avant. Le spectacle était tout à la fois horrible et fascinant.

– Le saute-mouton à la mode de Dexter ! s'exclama-t-il joyeusement en se juchant avec une légèreté d'oiseau sur la dernière des chaises culbutées. Je suis joliment remuant pour un infirme, vous ne trouvez pas, madame Valeria ? Ouvrons une autre bouteille de bourgogne et buvons à la pendaison de Mrs. Beauly !

Je saisis pour lui fausser compagnie le premier prétexte qui me passa par la tête :

– Vous oubliez que je dois aller sans retard voir le major. Si je ne l'avertis pas à temps, il pourrait fort bien parler de moi à Lady Clarinda en lui donnant mon vrai nom.

Dans l'état où il se trouvait, les notions de hâte et de mouvement étaient particulièrement propres à le séduire. Il souffla furieusement dans son sifflet, puis, aux anges, se mit à exécuter une folle cavalcade.

– Ariel va vous trouver un fiacre ! me lança-t-il. Foncez chez le major. Tendez un piège à cette femme sans perdre un instant. Ah, quelle journée que cette journée ! Ah, quel soulagement que de pouvoir me décharger de cet épouvantable secret en le partageant avec vous ! Je suffoque de bonheur, je suis comme l'esprit de la Terre dans le poème de Shelley.

Il se mit à déclamer les vers magnifiques de *Prométhée délivré*, dans lesquels la Terre est touchée par l'esprit de l'Amour et s'exclame : « La joie, le triomphe, le ravissement, la folie ! L'allégresse infinie, débordante, éclatante, La vaporeuse exultation que rien ne peut contraindre ! Ah ! ah ! l'exaltation du plaisir, Qui m'enveloppe telle une lumineuse atmosphère, et me porte comme un nuage est porté par sa propre brise. »

– Voilà ce que j'éprouve, Valeria ! conclut-il. Voilà ce que j'éprouve !

Il s'égosillait toujours lorsque je franchis le seuil. Perché sur la chaise renversée, le visage levé, extatique, vers quelque paradis de son invention, il continuait de déverser sa radieuse logorrhée. Telle fut la dernière vision que j'eus de lui en passant silencieusement dans l'antichambre. Je n'avais pas traversé cette pièce que déjà il avait opéré une nouvelle transformation. J'entendis son cri sonore, puis le cognement sourd de ses mains sur le plancher. Il parcourait de nouveau la pièce, jouant à son « saute-mouton à la mode de Dexter » !

Je trouvai Ariel qui m'attendait dans le hall.

Le hasard voulut que je fusse en train d'enfiler mes gants. Elle arrêta mon geste et, me prenant le bras droit, porta ma main à son visage. Allait-elle y déposer un baiser ? Ou bien la mordre ? Ni l'un ni l'autre. Elle la renifla comme eût fait un chien, puis la relâcha en faisant entendre un rire rocailleux.

– Vous ne sentez pas son parfum, dit-elle. C'est donc que vous ne lui avez pas touché la barbe. Maintenant je vous crois. Vous voulez un fiacre ?

– Merci. Je vais marcher jusqu'à ce que j'en trouve un.

Elle entendait se montrer gracieuse avec moi, puisque je n'avais pas touché la barbe du maître.

– Ah, çà ! lança-t-elle de sa voix de rogomme.

– Oui ?

– Je suis rudement contente de ne pas vous avoir renversée dans le canal. Dame, oui !

Elle me donna sur l'épaule un tape amicale qui manqua me jeter par terre, recouvra l'instant d'après son inerte et terne compacité, et me précéda dehors, cette fois par la porte de devant. J'entendis encore une fois son gros rire lorsqu'elle referma le portillon derrière moi. Mon étoile était enfin en phase ascendante ! En une seule et même journée, je m'étais gagné la confiance d'Ariel et du maître d'Ariel !

XXXI

LA DÉFENSE DE MRS. BEAULY

Les journées qui précédèrent la réception du major Fitz-David me furent précieuses.

Ma longue conversation avec Miserrimus Dexter m'avait plus sérieusement éprouvée que je ne le pensai sur le moment. Ce n'est que quelques heures après l'avoir quitté que je commençai d'apprécier à quel point mes nerfs avaient été ébranlés par tout ce que j'avais vu et entendu durant cette entrevue. Je tressaillais aux bruits les plus anodins ; je faisais d'horribles rêves ; j'étais sans raison précise tantôt au bord des larmes et tantôt à deux doigts de la colère. Il me fallait un repos absolu et, grâce à ce brave Benjamin, je pus en jouir.

Le cher vieil ami sut mettre en veilleuse ses inquiétudes à mon endroit et m'épargner les questions que lui soufflait une affection toute paternelle. Il était tacitement entendu entre nous que tout entretien sur le sujet de ma visite chez Miserrimus Dexter – visite qu'il avait, cela va sans dire, fortement désapprouvée – attendrait que j'eusse recouvré mes forces tant mentales que physiques. Je ne voyais personne. Mrs. Macallan fit une apparition, de même que le major Fitz-David, l'une afin de s'enquérir de ce qu'avait donné cette seconde rencontre avec Miserrimus Dexter, l'autre pour me divertir avec les derniers potins sur les invités du souper à venir. Benjamin prit sur lui de leur présenter mes excuses et de m'épargner ainsi la fatigue de les recevoir. Nous louâmes un petit cabriolet pour de longues promenades dans les jolis chemins de campagne qui subsistaient encore à quelques milles des faubourgs nord de Londres. A la maison, nous parlions paisiblement du passé, nous jouions au jacquet ou aux dominos. Je connus ainsi, une semaine durant, la quiétude dont j'avais grand besoin. Quand arriva le jour du souper, je me sentais parfaitement remise. J'étais de nouveau curieuse et impatiente d'être présentée à Lady Clarinda et de faire la connaissance de Mrs. Beauly.

Dans la voiture qui nous emmenait chez le major, c'est d'un air un peu triste que Benjamin regardait mon visage coloré par l'émotion.

– Ah, ma chère enfant, me dit le cher homme, je vois que vous êtes de nouveau fraîche et dispose ! Et déjà lasse de notre petite existence tranquille...

Je n'ai, globalement, conservé de cette soirée que des bribes de souvenirs sans suite. Je me rappelle notre gaieté, et aussi que nous étions parfaitement détendus, comme en pays de connaissance. Je revois Mme Mirliflore dominer, et de loin, les autres dames de la société en raison de l'impeccable beauté de sa mise et de la façon dont elle fit justice au somptueux repas qui nous fut servi. Je me remémore la jeune prima donna du major jouant son rôle de « future reine du bel canto », yeux plus écarquillés, toilette plus voyante, voix plus bruyante et plus stridente que jamais. Et le major lui-même qui volait de baisemain en baisemain, nous gavant de mets et de boissons de premier choix, nous contant fleurette, décelant entre nous des ressemblances, toujours « sous le charme » et, du début à la fin de la soirée, ne se départant pas une seule fois de son personnage de lovelace sur le retour. Quant au cher vieux Benjamin, complètement ébaubi, il se faisait tout petit, rougissant lorsqu'il lui fallait participer à la conversation, effrayé par Mme Mirliflore, timoré devant Lady Clarinda, docile avec le major, supportant mal la musique, et n'attendant, du fond de son vieux cœur pétri d'honnêteté, que le moment de rentrer chez lui. Là se bornent à une exception près mes souvenirs regardant les participants à ce chaleureux petit raout. L'aspect de Lady Clarinda est resté aussi net et précis dans mon esprit que si ce souvenir datait d'hier ; quant à la conversation mémorable que nous eûmes toutes deux vers la fin de la soirée, il n'est pas exagéré de dire que je l'ai encore en tête au mot près.

En écrivant ces lignes, je revois sa toilette et j'entends sa voix.

Elle était vêtue, il m'en souvient, avec cette affectation de simplicité qui va à l'encontre de sa propre fin en suggérant irrésistiblement l'artifice. Elle portait, sans passementeries ni parements d'aucune sorte, de la mousseline blanc uni sur de la soie blanche. Coiffée à contre-courant de la mode, son opulente chevelure châtain lui dégageait le front, retenue sur l'arrière par un simple nœud et dépourvue du moindre ornement. Elle avait autour du cou un petit ruban blanc attaché par une minuscule broche de diamant, son unique bijou. Il s'agissait incontestablement d'une très belle femme, mais sa beauté, plutôt austère et anguleuse, était typique de ce genre d'Anglaises : nez et menton trop marqués ; œil grand, plein de caractère et de dignité, mais manquant de tendresse et de mobilité d'expression. Elle présentait dans sa manière d'être tout le charme que confère une bonne éducation : elle était d'une politesse exquise et facilement amicale ; elle montrait cette confiance en soi parfaite et cependant discrète, qui semble être, en Angleterre, l'apanage du meilleur monde. La recevant pour ce qu'elle était en surface, on pouvait y voir le modèle de la patricienne libérée des raideurs de l'orgueil ; mais si, fort de cette idée, l'on se fût permis une privauté, elle vous aurait fait vous en souvenir longtemps.

Nous nous entendîmes à merveille. Comme convenu avec le major, Benjamin m'avait présentée sous le nom de Mrs. Woodville. Le repas n'était pas terminé que nous nous promettions déjà d'échanger des visites. Ne me manquait plus que l'occasion de l'amener à parler de Mrs. Beauly.

Cette occasion se présenta plus tard dans la soirée.

Au moment du redoutable air de bravoure de notre bruyante artiste lyrique, j'étais allée me réfugier dans le bureau. Comme je l'avais espéré et prévu, Lady Clarinda, me voyant absente du petit groupe entourant le piano, vint m'y retrouver et s'assit auprès de moi. Nous étions dissimulées à la vue et hors de portée d'oreille des invités, qui se trouvaient tous dans la pièce du devant. Je fus soulagée et ravie lorsque, d'elle-même, elle évoqua Miserrimus Dexter. Elle avait gardé en mémoire quelque propos que j'avais tenu sur son compte, quand, à table, quelqu'un l'avait brièvement mentionné, et cela nous conduisit, de fil en aiguille, à Mrs. Beauly. « Nous y voilà, me dis-je. La petite réception du major va finalement se révéler payante ! »

Et je ne fus pas déçue ! J'ai le cœur qui se serre – tout comme il le fit ce fameux soir – lorsque j'y repense.

– Dexter vous a donc parlé de Mrs. Beauly ! s'exclama Lady Clarinda. Vous n'imaginez pas à quel point vous me surprenez.

– Et pourquoi, je vous prie ? m'enquis-je dans un sourire.

– Mais parce qu'il la hait ! La dernière fois que je l'ai vu, il m'a interdit de prononcer ce nom. C'est une de ses innombrables bizarreries. Si une nature comme la sienne était capable de sympathie, il ne pourrait qu'aimer Helena Beauly. C'est la personne la plus parfaitement non conformiste que je connaisse. Lorsque cela lui prend pour de bon, la pauvre chère tient des discours et a des comportements qui ne le cèdent pas en originalité à un Dexter ou peu s'en faut. Je me demande comment vous la trouveriez.

– Vous m'avez très gentiment invitée à passer vous voir. Peut-être pourrais-je la rencontrer chez vous ?

Lady Clarinda fit entendre un rire, comme si elle jugeait l'idée plaisante.

– N'y comptez pas trop, dit-elle. La dernière excentricité d'Helena est de se croire atteinte de la goutte – non mais, je vous demande un peu ! Elle est en train de prendre les eaux dans un luxueux établissement thermal en Hongrie, à moins que ce ne soit en Bohême – je ne me souviens plus au juste –, et bien malin qui saurait dire où elle ira et ce qu'elle fera ensuite ! Madame Woodville ! est-ce la chaleur du feu qui vous incommode ? Vous êtes toute pâle.

Je m'étais sentie blêmir. Je m'attendais à tout sauf à apprendre de Mrs. Beauly qu'elle était à l'étranger, et la déconvenue me laissa un long moment sans forces.

– Voulez-vous que nous passions dans l'autre pièce ? me demandait Lady Clarinda.

Retourner à côté eût interrompu notre conversation. J'étais bien décidée à ne pas laisser se produire pareille catastrophe. Il était possible que la femme de chambre de Mrs. Beauly eût quitté son service ou qu'elle fût restée en Angleterre. Ma soif d'information ne serait pas assouvie tant que je ne saurais pas ce qu'il en était de cette dernière. Je reculai ma chaise de la cheminée et pris un éventail sur une table proche. Il aurait son utilité si m'étaient assenées de nouvelles déceptions.

– Merci, Lady Clarinda ; c'est vrai, j'étais un peu près du feu. Ici, cela ira très bien. Vous me surprenez pour ce qui est de Mrs. Beauly. D'après ce que m'en a dit Mr. Dexter, j'avais imaginé que…

– Oh ça, me coupa-t-elle, il ne faut pas prendre tout ce que Dexter raconte pour argent comptant ! Il adore mystifier les gens ; nul doute qu'il vous aura égarée à dessein. Si j'en crois ce qu'on me dit, il devrait en savoir plus que quiconque sur les caprices et lubies de Mrs. Beauly. Il fut bien près d'éventer une de ses frasques, là-haut en Écosse, qui n'est pas sans rappeler l'intrigue de ce charmant opéra d'Auber – quel en est le titre, déjà ? Je vais oublier mon propre nom, si ça continue ! Je pense à cet opéra où deux nonnes font le mur du couvent pour aller au bal. Oh, écoutez ! Ça alors, voilà justement que cette fille un peu voyante entonne l'air des castagnettes, dans le deuxième acte ! Major, de quel opéra est tiré ce qu'est en train de chanter votre jeune protégée ?

Le major fut outré de l'interruption. Il se précipita dans le bureau pour souffler :

– Chut ! chut ! voyons, chère amie. Il s'agit du *Domino noir* – avant de repartir comme il était venu.

– Mais oui, bien sûr ! Suis-je bête ! *Le Domino noir*. Étrange que vous en ayez vous aussi oublié le titre !

Je m'en souvenais au contraire parfaitement, mais la voix me manquait. Si, comme je le pensais, la « frasque » évoquée par Lady Clarinda avait un quelconque rapport avec les bizarreries de comportement de Mrs. Beauly dans la matinée du 21 octobre, je me trouvais à deux doigts de la découverte dont toute ma vie dépendait ! Tenant l'éventail de manière à dissimuler mon visage, je dis de la voix la plus égale possible :

– Je vous en prie, poursuivez ! Racontez-moi tout par le menu !

Lady Clarinda paraissait très flattée de mon impatience à entendre son récit.

– J'espère que cette histoire sera à la hauteur de l'intérêt que vous lui témoignez, dit-elle. Dommage que vous ne connaissiez pas

Helena – cela lui ressemble tellement ! Sachez tout d'abord que je tiens tout ceci de sa femme de chambre. Elle a emmené avec elle en Hongrie une personne qui parle les langues étrangères et m'a laissé sa cameriste. Une véritable perle ! Je serais ravie si je pouvais la garder à mon service. Elle n'a qu'un défaut, un prénom qui me sort par les yeux : Phœbé. Bref ! Phœbé et sa maîtresse séjournaient dans une propriété située non loin d'Édimbourg, qui, si j'ai bonne mémoire, a nom Gleninch. Cette demeure appartenait à ce Mr. Macallan qui fut par la suite jugé pour le meurtre de sa femme – cela vous dit sûrement quelque chose ? Une affaire épouvantable. Mais n'ayez crainte : mon histoire n'a rien à voir avec cela ; Helena Beauly en est le personnage central.

» Un soir – durant son séjour à Gleninch – elle fut invitée à souper par des amis anglais de passage à Édimbourg. Devait également avoir lieu, ce même soir et dans cette même ville, un bal masqué donné par quelqu'un dont le nom m'échappe. Ce bal – événement presque sans précédent en Écosse ! – ne semblait pas vraiment recommandable. Toutes sortes de gens hauts en couleur devaient s'y trouver. Des dames à la vertu plus ou moins douteuse, des hommes évoluant sur les marges de la société, vous voyez le genre. Les amis d'Helena s'étaient arrangés pour obtenir des invitations et, passant outre aux réserves que j'ai dites, ils avaient la ferme intention d'être de la fête – incognito, bien sûr, grâce à leurs masques. Et Helena était bien décidée à les accompagner si toutefois elle parvenait à s'arranger pour que rien n'en transpirât à Gleninch. Mr. Macallan était au nombre des personnes collet monté qui désapprouvaient ce bal. Il tenait qu'une dame ne pouvait paraître à ce genre de soirée sans compromettre sa réputation. Quelle sottise !

» Toujours est-il qu'Helena, dans un de ses accès d'extravagance, imagina un moyen d'y assister sans que cela se sût, stratagème qui n'eût pas affadi l'intrigue d'une pièce française. Ayant envoyé Phœbé avant elle à Édimbourg, elle se fit véhiculer par l'équipage de ses hôtes. Il ne s'agissait pas d'un souper habillé, mais d'une petite réunion entre amis ; pas de robe du soir, donc. Quand arriva l'heure où elle aurait normalement dû rentrer à Gleninch, que croyez-vous que fit Helena ? Elle renvoya sa femme de chambre avec la voiture ! Phœbé portait le grand manteau, la charlotte et la voilette de sa maîtresse. Elle avait pour instructions de gagner aussitôt l'étage après avoir déposé sur la table de l'entrée un billet – bien sûr de la main d'Helena ! – où elle alléguait une grande fatigue pour se retirer sans aller saluer son hôte. Helena et Phœbé sont à peu près de la même taille ; les domestiques n'y virent que du bleu. Phœbé gagna sans encombre la chambre de sa maîtresse. Elle devait y attendre que toute la maisonnée fût couchée, puis rejoindre discrètement sa soupente. L'attente eut tôt fait de l'endormir. Elle ne s'éveilla qu'à deux heures du matin ou plus tard, mais se dit que cela n'avait guère d'importance. Elle sortit à pas de loup et referma la porte derrière elle. Elle allait atteindre le bout du couloir lorsqu'elle crut entendre un bruit. Elle attendit d'être en sécurité sur le palier du second pour se retourner et jeter un œil par-dessus les balustres. C'est là qu'elle aperçut Dexter – c'est bien de lui ! – en train de déambuler sur les mains. Avez-vous déjà vu cela ? On ne saurait imaginer vision plus horrible ni plus grotesque ! Dexter, donc, parcourant le couloir et regardant par les trous de serrure, manifestement en quête de la personne qui venait de ressortir à deux heures du matin ; et prenant, sans nul doute, Phœbé pour Helena, attendu qu'elle avait oublié de se défaire du manteau de sa maîtresse. Helena, ayant emprunté un manteau et un chapeau à ses amis anglais, rentra d'Édimbourg au petit matin à bord d'une voiture de louage et gagna la maison en passant par le jardin sans être vue ni de Dexter ni de quiconque. Aussi astucieux qu'intrépide, vous ne trouvez pas ? Et, comme je le disais à l'instant, une nouvelle version du *Domino noir*. Vous allez vous demander, de même que je le fis en apprenant cette histoire, pour quelle raison Dexter ne l'accabla pas, le lendemain matin, de quelque malice. Il ne s'en serait certainement pas privé, mais il fut – même lui – réduit au silence, comme me l'a rapporté Phœbé, par le terrible événement qui se produisit ce jour-là à Gleninch… Madame Woodville ! il fait décidément trop chaud pour vous dans cette pièce. Tenez, voici des sels. Je vais demander que l'on ouvre cette fenêtre.

– Je vous en prie, n'appelez pas ! eus-je la force de dire. Je vais aller prendre l'air.

Je gagnai discrètement le perron et m'assis sur les marches le temps de me remettre. Un instant plus tard, je sentis une main se poser doucement sur mon épaule et vis le bon Benjamin qui me regardait d'un air consterné. La prévenante Lady Clarinda était allée le trouver et l'avait aidé à quitter la pièce sans attirer l'attention du maître de maison, toujours absorbé par la musique.

— Ma chère enfant ! murmura-t-il, qu'est-ce qui ne va pas ?

— Ramenez-moi à la maison et je vous expliquerai, parvins-je à répondre.

XXXII

UN ÉCHANTILLON
DE MON BON SENS

Cette narration se doit d'épouser mes va-et-vient désordonnés d'alors : quittons quelque temps Londres pour Édimbourg.

Deux jours s'étaient écoulés depuis la soirée donnée par le major. J'étais remise de l'anéantissement de mon plan de bataille et des espoirs que j'y avais placés. Je comprenais à présent que j'avais été triplement dans l'erreur : d'abord en soupçonnant injustement une innocente ; puis en faisant part de mes soupçons à une tierce personne sans même avoir au préalable tenté de les vérifier ; et enfin en recevant pour des vérités vraies les fuligineuses assertions et conclusions de Miserrimus Dexter. J'avais tellement honte de mon inconséquence passée, j'étais tellement découragée et peu sûre de moi lorsque je pensais à l'avenir, que, pour une fois, j'entendis l'avis sensé que l'on me donna.

– Ma chère enfant, me dit Benjamin après que nous eûmes abondamment commenté ma déconfiture en rentrant de la soirée, ce Mr. Dexter ne m'inspire guère, si j'en juge par ce que vous me dites du personnage. Promettez-moi de ne plus aller le voir avant d'avoir consulté une personne plus apte que moi à vous guider dans cette périlleuse affaire.

Je lui en fis la promesse à cette réserve près :

– Si je ne trouve pas une telle personne, accepterez-vous de m'aider ?

Benjamin s'y engagea, et de tout cœur.

Le lendemain matin, alors que je retournais le problème tout en me brossant les cheveux, me revint à l'esprit une décision que j'avais prise après avoir terminé la lecture des minutes du procès de mon mari. J'avais résolu de m'adresser, dans le cas où Miserrimus Dexter m'eût refusé son concours, à l'un des deux avocats qui avaient présidé à la défense d'Eustace. Je veux parler de Mr. Playmore. On se souvient peut-être que ce monsieur s'était tout spécialement recommandé à ma confiance par sa bienveillante intervention au moment où les subordonnés du procureur du comté recherchaient les papiers personnels de mon mari. Me reportant à la déposition du sieur Schoolcraft, je vis que c'était Miserrimus Dexter qui lui avait demandé d'assister et de conseiller Eustace. C'était par conséquent non seulement un allié sur lequel je pouvais compter, mais encore une connaissance de Dexter. Pouvais-je m'adresser à une personne plus apte à dissiper les ténèbres qui venaient de se refermer sur moi ? Lorsque je lui soumis le projet, Benjamin reconnut que je faisais là un choix sensé et se mit aussitôt en devoir de m'aider. Il trouva, par l'intermédiaire de son propre avocat, l'adresse des représentants à Londres de Mr. Playmore et obtint qu'ils me fissent une lettre d'introduction auprès de ce monsieur. Je n'avais rien à cacher à mon nouveau conseiller : aussi étais-je présentée comme la seconde épouse d'Eustace Macallan.

Le soir même, Benjamin refusant de me laisser voyager seule, nous prenions ensemble la malle de nuit pour Édimbourg.

Sur le conseil de mon vieil ami, j'avais préalablement écrit à Miserrimus Dexter pour lui dire qu'un événement fortuit m'obligeait à quitter Londres quelques jours, et que je lui ferais part à mon retour des résultats de mon entrevue avec Lady Clarinda. Une réponse qui lui ressemblait bien me fut apportée par Ariel :

« Apprenez, madame Valeria, que je possède de grandes qualités de pénétration et suis donc en mesure de déchiffrer la partie *non écrite* de votre lettre. Lady Clarinda a sapé votre confiance en moi. Fort bien. Je m'engage à ébranler votre foi en elle. D'ici là, sachez que je n'en prends nul ombrage et que j'attends avec calme et sérénité l'honneur et le bonheur de recevoir votre visite. Faites-moi savoir par le télégraphe si vous aimeriez remanger des truffes ou si préférez quelque mets plus simple et plus léger, comme par exemple cet incomparable plat français que sont les paupières de porc aux tamarins. Je reste à jamais votre allié et admirateur, votre poète et cuisinier.

« DEXTER. »

Arrivés à Édimbourg, Benjamin et moi eûmes un petit désaccord. La question était de savoir s'il devait m'accompagner chez Mr. Playmore. J'en tenais pour y aller seule.

– Je n'ai certes pas un grand usage du monde, lui dis-je. Mais j'ai observé qu'un homme fera neuf fois sur dix des concessions à une femme si elle l'approche seule, éventualité qu'il n'envisagera même pas si un autre homme est présent. J'ignore comment cela se fait – je sais seulement que c'est ainsi. S'il se trouve que je m'arrange mal avec Mr. Playmore, je lui demanderai un second rendez-vous, auquel, cette fois, vous assisterez. Ne me jugez pas obstinée. Laissez-moi tenter ma chance seule, nous verrons bien ce qu'il en ressortira.

Benjamin, toujours plein de ménagements à mon endroit, finit par céder. J'envoyai ma lettre d'introduction au cabinet de Mr. Playmore – son domicile personnel se trouvant à proximité de Gleninch. Mon messager rapporta une réponse polie par laquelle il m'invitait à passer le voir aux premières heures de l'après-midi. A l'heure dite, je sonnai à la porte de son cabinet.

XXXIII

UN ÉCHANTILLON
DE MON INCONSÉQUENCE

L'incompréhensible soumission des Écossais à la tyrannie de leurs institutions ecclésiastiques a produit dans l'esprit de nos compatriotes – assez naturellement, selon moi – une impression très erronée regardant leur caractère national.

L'opinion publique anglaise examine l'observance du repos dominical en Écosse ; juge sans égal dans toute la chrétienté son rigorisme insensé et intraitable ; découvre une nation résignée à se voir, un jour par semaine, priver par son clergé de tout échange social, puisqu'il lui est interdit de se déplacer, de télégraphier, de manger chaud ou de lire le journal, puisque ne lui sont, en bref, accordées que deux libertés, celle de se montrer à l'église, et celle de se claquemurer avec une bouteille – notre opinion publique, disais-je, voit cela et en arrive à la conclusion point déraisonnable que le peuple qui se soumet à de telles lois est le peuple le plus apathique, le plus rigide et le plus triste de la terre. Tels paraissent les Écossais, vus de loin. Mais à quoi ressemblent-ils lorsqu'on y regarde de plus près et à la lumière de l'expérience personnelle ? Il n'est pas de gens plus chaleureux, plus sociables, plus hospitaliers ni plus larges d'esprit à la surface du monde civilisé que ces gens-là. Ils se plient au dimanche écossais, mais, durant les six autres jours de la semaine, il règne parmi le commun des Écossais une atmosphère d'humour bon enfant, une ambiance d'affable bon sens qui sont un vrai bonheur. Mais au septième jour ces mêmes

individus iront entendre un de leurs ministres leur énoncer sur le
ton du plus grand sérieux qu'il tient pour un acte d'impiété une
promenade faite le jour du Seigneur, et ils seront les seuls êtres
pensants capables de laisser quelqu'un proférer les pires absurdi-
tés sans lui rire au nez.

Je ne suis pas suffisamment savante pour élucider cette anoma-
lie du caractère national écossais, et je ne puis que l'évoquer en
préparation indispensable à l'apparition dans mon modeste récit
d'un personnage que l'on rencontre rarement dans la littérature :
un Écossais allègre.

Sous tous autres égards, Mr. Playmore n'était guère remarquable. Il n'était ni vieux ni jeune, ni beau ni laid ; il ne ressemblait
absolument pas à l'idée que l'on se fait communément d'un avocat ; et il parlait un anglais parfait, à peine émaillé d'une infime
pointe d'accent des Highlands.

– J'ai l'honneur d'être un vieil ami de Mr. Macallan, dit-il en me
serrant chaleureusement la main, et je suis sincèrement heureux de
faire la connaissance de sa femme. Où souhaitez-vous vous
asseoir ? Auprès de la fenêtre ? Vous êtes suffisamment jeune pour
ne pas encore redouter la lumière du jour. Est-ce la première fois
que vous venez à Édimbourg ? Permettez-moi de travailler à
rendre ce séjour aussi plaisant que possible. Je serai ravi de vous
présenter Mrs. Playmore. Nous-mêmes allons rester quelque temps
en ville. L'opéra italien est dans nos murs et nous avons réservé
une loge pour ce soir. Nous feriez-vous le plaisir de partager notre
souper, puis de nous accompagner au spectacle ?

– C'est très aimable à vous, lui répondis-je. Malheureusement,
j'ai quelques soucis en tête qui feraient de moi une bien piètre
compagne pour Mrs. Playmore. Il était précisé dans ma lettre que
j'entendais consulter vos lumières regardant des questions qui sont
pour moi de la dernière importance.

– Vraiment ? Pour être tout à fait franc, je ne l'ai pas lue
jusqu'au bout. J'ai vu votre nom et cru comprendre que vous souhaitiez me rencontrer. J'ai envoyé un billet à votre hôtel, puis je
suis passé à autre chose. Je vous prie de me pardonner. Ce serait
donc l'avocat que vous venez consulter ? J'espère pour vous que ce
n'est pas le cas.

– Je ne sais s'il faut parler d'une consultation au sens habituel du terme, monsieur Playmore. Je me trouve dans une situation très délicate; et ma démarche est on ne peut plus inhabituelle. Vous allez être très surpris lorsque je vous dirai ce qui m'amène; et j'ai au reste bien peur d'accaparer plus que ma part de votre temps.

– Je suis à votre entière disposition. Dites-moi ce que je peux faire pour vous.

Encouragée par la douceur de ses manières, qui ne le cédaient en rien à l'amabilité de ses propos, je lui racontai mon étrange histoire sans rien en retrancher.

Il laissait voir sans chercher à les dissimuler les différentes impressions que je produisais sur lui. Ma séparation d'avec Eustace l'attrista. Ma résolution de contester le verdict écossais et mes soupçons injustes à l'encontre de Mrs. Beauly d'abord le firent sourire, puis l'étonnèrent. C'est toutefois le récit de mon entrevue avec Miserrimus Dexter et celui de ma non moins frappante conversation avec Lady Clarinda qui impressionnèrent le plus son esprit. Je vis pour la première fois son visage changer de couleur.

– Seigneur Dieu! balbutia-t-il, comme oublieux de ma présence. Serait-ce possible? Est-ce que la vérité se trouverait en définitive de ce côté-là?

Je pris la liberté de l'interrompre, ne pouvant concevoir de le laisser garder ses pensées pour lui:

– On dirait que je vous ai surpris...

Le son de ma voix le fit sursauter.

– Je vous demande mille pardons! Non seulement ce que vous me dites me surprend, mais cela m'ouvre une perspective entièrement nouvelle. J'entrevois, en ce qui concerne cette affaire d'empoisonnement, une possibilité tout à fait saisissante qui ne m'avait jamais effleuré jusqu'à présent. Voilà une situation bien plaisante, ajouta-t-il en revenant à sa bonne humeur coutumière. C'est le client qui montre la voie à l'avocat. Sollicitez-vous mon conseil, chère madame, ou bien est-ce moi qui ai besoin du vôtre?

– Pourrais-je connaître cette nouvelle idée? lui demandai-je.

– Un petit instant, je vous prie. Ne me tenez pas rigueur d'une circonspection toute professionnelle. Je ne tiens pas spécialement à adopter semblable attitude avec vous; mon souci premier serait même de m'en garder. Mais, que voulez-vous, l'avocat prend le pas sur l'homme. Sans un examen plus poussé, j'hésite à prendre vraiment en compte ce qui vient de se présenter à mon esprit. Faites-moi une immense faveur : revenons ensemble sur une partie de l'affaire et permettez-moi, ce faisant, de vous poser quelques questions. Voyez-vous quelque objection à procéder de la sorte ?

– Absolument pas, monsieur Playmore. Jusqu'où souhaitez-vous remonter ?

– A votre visite chez Dexter en compagnie de votre belle-mère. Quand vous lui avez demandé s'il avait sa propre opinion concernant la mort de Mrs. Macallan, vous m'avez dit qu'il vous avait regardée d'un air suspicieux, c'est bien cela ?

– Oui. Très suspicieux.

– Et cette expression s'est dissipée quand vous lui avez dit que votre question était seulement motivée par ce que vous aviez lu dans le compte rendu du procès ?

– Oui.

Il sortit une feuille de papier du tiroir de son bureau, trempa sa plume dans l'encrier, parut réfléchir un instant, puis plaça à mon intention une chaise à côté de la sienne.

– L'avocat se retire, dit-il, et l'homme reprend la place qui lui revient. Point de cachotteries entre vous et moi. En tant qu'ami de longue date de votre mari, madame Macallan, j'éprouve un vif intérêt pour votre cause. Et il me paraît hautement souhaitable de vous mettre en garde avant qu'il ne soit trop tard, ce que je ne puis faire avec profit sans prendre un risque que peu d'hommes dans ma position accepteraient de courir. Bien que je sois écossais et avocat, je vais vous faire confiance tant à titre personnel que professionnel. Asseyez-vous ici et regardez par-dessus mon épaule tandis que je prends des notes. Si vous voyez ce que j'écris, vous saisirez ce que j'ai en tête.

Je lui obéis sans l'ombre d'une hésitation.

Voici ce qu'il commença d'écrire :

« Affaire d'empoisonnement de Gleninch. S'assurer de la position de Miserrimus Dexter par rapport aux différents protagonistes. S'assurer de ce qu'il sait (vraisemblablement) sur la question.

« Il a des idées qu'il garde secrètes. Il croit dans un premier temps qu'il les a révélées par mégarde, à moins qu'elles n'aient été éventées d'une façon qui lui échappe. Il est visiblement soulagé lorsqu'il découvre que ce n'est pas le cas. »

La plume s'immobilisa.

– Passons à votre seconde visite, reprit Mr. Playmore, celle où vous avez vu Dexter seule. Redites-moi ce qu'il fit et l'air qu'il prit lorsque vous lui avez dit ne pas accepter le verdict écossais.

Je lui répétai ce que j'ai déjà relaté ici. La plume se remit à courir sur le papier pour y ajouter ces quelques lignes :

« Il est placé dans une circonstance qui somme toute n'a rien d'insolite, savoir : une personne venue lui rendre visite et s'intéressant à l'affaire qui refuse d'accepter le verdict du procès Macallan et se propose de rouvrir le dossier. Or comment réagit-il ?

« Il montre tous les symptômes d'une peur panique ; il se voit exposé à quelque incompréhensible danger ; il est affreusement agité et, l'instant d'après, il fait le chien couchant ; il lui faut savoir ce que veut dire son inquiétante visiteuse. Et lorsqu'il en est informé, il commence par se décomposer et semble ne pas en croire ses oreilles ; puis, sans s'en expliquer le moins du monde, il accuse son interlocutrice de soupçonner quelqu'un en particulier. Question : quand une petite somme d'argent a disparu dans une maison et que l'on rassemble les domestiques pour les en informer, que va-t-on penser de celui qui, prenant les devants, demande si c'est lui précisément qui est l'objet des soupçons ? »

Il reposa sa plume.

– Suis-je dans le vrai ? me demanda-t-il.

Je commençai d'entrevoir vers quoi tendaient ces notes jetées sur le papier. Au lieu de répondre à sa question, je le priai de me donner les explications qui me faisaient encore défaut. Il leva la main pour m'interrompre.

– Pas encore, dit-il. Je renouvelle ma question : suis-je jusqu'ici dans le vrai ?

– Tout à fait.

– Parfait. A présent dites-moi ce que Dexter fit ensuite. N'ayez pas peur de vous répéter. Donnez-moi tous les détails, l'un après l'autre jusqu'à la fin.

Ce que je fis, exactement tels que je me les rappelais. Mr. Playmore se remit à écrire pour la troisième et dernière fois.

« Il se voit indirectement assurer qu'au moins il n'est pas la personne soupçonnée. Il se laisse aller contre son dossier en poussant un profond soupir ; il demande à rester un moment seul sous prétexte que ce sujet le met dans tous ses états. Lorsque sa visiteuse vient le retrouver, Dexter a bu du vin. Elle en revient à la question pendante, mais il fait la sourde oreille. Elle est convaincue que Mrs. Eustace Macallan a succombé à un empoisonnement criminel, et elle le dit clairement. Dexter s'affaisse dans son fauteuil comme un homme qui s'évanouit. Quelle est la nature du sentiment d'horreur qui vient de s'emparer de lui ? Tout s'éclaire si nous parlons d'une peur coupable, alors que la réaction reste incompréhensible si l'on emploie tout autre terme. Et comment en est-il libéré ? Il passe d'un extrême à l'autre ; il est aux anges lorsqu'il découvre que les soupçons de sa visiteuse portent sur une tierce personne. Alors, et alors seulement, il cherche à se couvrir en déclarant qu'il est pleinement d'accord avec elle en ce qui concerne ses soupçons, et cela depuis le début ! Il s'agit ici de faits. A quelle évidente conclusion conduisent-ils ? »

Il posa sa plume et, me fixant sans ciller, attendit ma réaction.

– Je vois où vous voulez en venir, monsieur Playmore, commençai-je avec flamme. Vous pensez que Mr. Dexter…

Il leva la main pour m'interrompre.

– Dites-moi en quels termes Dexter a confirmé votre opinion touchant la pauvre Mrs. Beauly.

– Il a dit : « Cela ne fait pas l'ombre d'un doute : c'est elle qui l'a empoisonnée. »

– Je ne saurais mieux faire que de suivre un si bon exemple – en y apportant toutefois une petite variante. Je dis pour ma part : cela ne fait pas l'ombre d'un doute ! C'est Dexter qui a fait le coup.

– Vous voulez plaisanter, monsieur Playmore ?

– De ma vie, jamais je n'ai été plus sérieux. Cette visite audacieuse chez Dexter et l'imprudence extraordinaire avec laquelle vous vous êtes confiée à lui ont eu des résultats étonnants. La lourde machine judiciaire n'a pas su faire la lumière sur l'affaire d'empoisonnement de Gleninch ; et tout aura finalement été élucidé, et de façon accidentelle, par une femme qui refuse d'entendre raison et n'en fait qu'à sa tête. Incroyable mais vrai !

– Impossible ! me récriai-je.

– Qu'est-ce qui est impossible ? interrogea-t-il d'une voix égale.

– Mais que Dexter ait empoisonné la première femme de mon mari.

– Et pourquoi serait-ce impossible, je vous prie ?

Mr. Playmore était à deux doigts de m'exaspérer tout à fait.

– Comment pouvez-vous me poser cette question ? répliquai-je avec indignation. Je vous ai dit qu'il m'avait parlé d'elle en des termes de respect et d'admiration qui feraient la fierté de n'importe quelle femme. Il vénère sa mémoire. Je dois le bon accueil qu'il m'a fait à quelque ressemblance qu'il a cru déceler entre la silhouette de la première Mrs. Macallan et la mienne. En l'évoquant, des larmes lui venaient, la voix lui manquait. C'est un point sur lequel je n'ai pu m'abuser : quand bien même il serait par ailleurs le plus faux des hommes, il est absolument sincère pour ce qui la concerne. Il est des signes qui ne trompent pas une femme lorsqu'un homme lui parle de ce qui lui est cher. Ces signes, je les ai observés. S'il l'a empoisonnée, alors moi aussi je l'ai empoisonnée. Navrée de vous tenir tête de la sorte, monsieur Playmore, mais c'est plus fort que moi. Pour un peu, je serais fâchée contre vous !

Loin d'en être marri, il parut content de la vivacité de ma réaction.

– Ma chère madame Macallan, vous n'avez pas matière à être fâchée contre moi ! D'un certain côté, je partage entièrement votre opinion – à ceci près que je poursuis le raisonnement un peu plus loin.

– Je ne saisis pas.

– Vous allez comprendre. Vous dépeignez les sentiments de Dexter pour feu Mrs. Macallan comme un heureux mélange de respect et d'affection. Or je puis vous dire que ses sentiments pour elle étaient autrement ardents. Je tiens cela de la bouche de cette pauvre femme – qui m'a honoré de sa confiance et de son amitié pendant la plus grande partie de sa vie. Avant qu'elle épousât Mr. Macallan – elle le lui cachait et vous feriez bien de suivre son exemple –, Miserrimus Dexter était follement épris d'elle. Tout contrefait qu'il était, il lui avait demandé sa main.

– Et en dépit de cela vous affirmez qu'il l'a assassinée !

– Oui, en effet. A la lumière de ce qui s'est passé pendant votre visite chez lui, je ne vois pas d'autre conclusion possible. Vous l'avez terrorisé au point qu'il a manqué s'évanouir. De quoi donc a-t-il eu peur ?

Je cherchai que répondre à cela et finis par me lancer sans trop savoir où j'allais :

– Mr. Dexter est un proche ami et un ami de longue date de mon mari. Lorsque j'ai dit que je n'acceptais pas le verdict, il se peut qu'il se soit inquiété de…

– Des conséquences possibles pour votre mari d'une réouverture du dossier, dit Mr. Playmore, terminant ironiquement la phrase à ma place. C'est un peu tiré par les cheveux, madame Macallan ! Et guère compatible avec votre foi en l'innocence d'Eustace ! – puis il reprit plus sérieusement : Chassez de votre esprit une idée fausse qui risque de vous fourvoyer si vous persistez dans votre dessein. Croyez-en ma parole, Miserrimus Dexter cessa d'être l'ami d'Eustace le jour où celui-ci épousa sa première femme. Dexter a sauvegardé les apparences, je vous l'accorde, tant en public qu'en privé. Devant le tribunal, il a témoigné en faveur de votre mari en lui montrant un attachement profond, ce à quoi tout le monde s'attendait. Néanmoins, je crois fermement, à y regarder de plus près, que votre mari n'a pas de plus implacable ennemi que Miserrimus Dexter.

Cela me glaçait les sangs. Je sentais bien qu'en ceci au moins Mr. Playmore était dans le vrai. Eustace avait courtisé et conquis la femme qui avait rejeté la demande en mariage de Dexter. L'infirme était-il homme à pardonner un tel affront ? Ce que je savais de lui m'amenait à en douter fortement.

– Gardez à l'esprit ce que je viens de vous dire, reprit Mr. Playmore, et venons-en maintenant à votre propre position dans cette affaire et à ce qui est en jeu. Efforcez-vous d'adopter provisoirement mon point de vue et voyons quelles possibilités nous avons d'avancer encore sur le chemin de la vérité. C'est une chose que d'être – comme je le suis – intimement convaincu que Miserrimus Dexter est l'homme qui aurait dû être jugé pour le meurtre de Gleninch, et c'en est une autre que de mettre la main, si longtemps après les faits, sur la preuve qui seule permettra de démontrer sa culpabilité. C'est ici que réside, à mes yeux, la difficulté insurmontable de cette affaire. A moins que je ne fasse complètement fausse route, la question se résume désormais à ce simple point : la démonstration de l'innocence de votre mari dépend entièrement de la démonstration de la culpabilité de Dexter. Comment parvenir à ce résultat ? Il n'y a pas un atome de preuve contre lui. On ne pourra déclarer Dexter coupable que suite à la confession de Dexter. Est-ce que vous m'écoutez ?

Je l'écoutais, oui, mais de fort mauvaise grâce. Si Mr. Playmore était dans le vrai, alors les choses prenaient un vilain tour. Cependant, et malgré ma considération pour son expérience et ses lumières, je n'arrivais pas à me persuader qu'il vît juste. Et je le lui dis, avec une déférence qui n'était pas feinte.

Il eut un sourire bonhomme et dit :

– Quoi qu'il en soit, vous êtes d'accord pour dire que Dexter ne vous a pas tout révélé, qu'il vous cache encore quelque point ?

– Oui, cela, je l'admets.

– Fort bien. Ce qui vaut pour votre vision de l'affaire vaut également pour la mienne. Je tiens que ce qu'il vous cache n'est autre que sa propre culpabilité. Vous dites, vous, qu'il s'agit d'un élément d'information propre à incriminer une autre personne. Prenons cela comme point de départ. Confession ou information, comment comptez-vous lui faire dire ce que, jusqu'à présent, il vous a tu ? Quel levier pouvez-vous utiliser lors de votre prochaine entrevue ?

– Eh bien, peut-être pourrais-je essayer de le persuader.

– Certainement. Et si la persuasion est sans effet, que ferezvous ? Pensez-vous pouvoir l'amener à s'épancher par la ruse ? Ou bien par la menace ?

– Reportez-vous à vos notes, monsieur Playmore, et vous verrez que je suis déjà parvenue à le terroriser, bien que je sois une femme et même si telle n'était pas mon intention.

– Bien retourné ! Vous marquez un point. Vous l'avez fait une fois et vous pensez pouvoir le refaire. Ma foi, puisque vous êtes décidée à tenter l'expérience, cela ne vous fera pas de mal d'en apprendre un peu plus sur Dexter ; c'est pourquoi je propose qu'avant que vous rentriez à Londres nous nous tournions vers une personne autorisée.

J'eus un sursaut et regardai autour de moi : il avait parlé comme si la personne en question se trouvait tout près.

– Ne vous inquiétez pas, dit-il. L'oracle est silencieux, même s'il est bien ici.

Il tourna la clé d'un des tiroirs de son bureau, en sortit un paquet de lettres et en préleva une.

– Lorsque nous mettions au point la défense de votre mari, m'expliqua-t-il, nous avons éprouvé quelque réticence à inclure Miserrimus Dexter au nombre de nos témoins. Nous ne nourrissions pas le moindre soupçon à son encontre, cela va sans dire. Mais nous redoutions tous son excentricité ; et certains d'entre nous craignaient que le fait de comparaître au tribunal ne lui causât une trop forte commotion. Nous avons sollicité l'avis d'un médecin. Sous je ne sais plus quel prétexte, nous l'avons présenté à Dexter. Voici le rapport qu'il nous a fait parvenir en temps utile.

Il ouvrit la lettre et, après en avoir marqué quelques lignes au crayon, me la tendit.

– Ne lisez que le passage souligné, dit-il ; cela devrait amplement suffire.

Voici ce que je lus :

« Pour résumer le résultat de mes observations, je dirai que l'on est indéniablement en présence d'un cas de démence à l'état latent ; cependant, aucun symptôme de folie déclarée n'a été observé jusqu'à présent. Vous pouvez, je pense, le faire déposer devant le tribunal sans crainte des conséquences. Il se peut qu'il ait toutes sortes de comportements singuliers, tant en gestes qu'en paroles ; mais sa volonté tient les rênes de son esprit, et vous pouvez tabler sur son amour-propre pour le présenter comme un déposant d'une grande intelligence.

« Quant à ce que réserve l'avenir, je ne puis, bien évidemment, me prononcer de façon catégorique. Voici néanmoins mon analyse :

« Il n'est guère douteux qu'il finisse par sombrer dans la folie – si toutefois il vit suffisamment longtemps pour cela. La question de savoir *quand* cette folie se manifestera dépend entièrement de son état de santé. Son système nerveux est hypersensible et l'on note des signes prouvant que son mode de vie lui est préjudiciable. S'il rompt avec les mauvaises habitudes auxquelles je fais allusion dans la première partie de ce rapport, et s'il passe chaque jour plusieurs heures au grand air, il se peut qu'il demeure sain d'esprit pendant encore des années. S'il persiste à mener la vie qu'il mène actuellement – en d'autres termes, si son système nerveux continue de se détériorer –, la démence surviendra nécessairement lorsque les dommages atteindront un point critique. L'ensemble de sa structure mentale cédera sans aucun signe avant-coureur ; alors même qu'il se comportera aussi tranquillement ou s'exprimera aussi intelligemment que dans ses meilleures périodes, le sujet sombrera d'un coup dans la folie ou l'idiotie. Dans l'un et l'autre cas, lorsque la catastrophe surviendra, ses proches ne pourront nourrir aucun espoir de le voir guérir ; l'équilibre, une fois rompu, le sera de façon définitive. »

Ma lecture terminée, Mr. Playmore replaça la lettre dans son tiroir.

– Vous venez de prendre connaissance de l'avis d'un de nos plus éminents spécialistes, dit-il. Voyez-vous Dexter comme quelqu'un qui risque d'offrir à son système nerveux toutes les chances de guérison ? N'entrevoyez-vous ni obstacles ni périls sur votre route ?

Mon silence lui tint lieu de réponse.

– Supposons que vous retourniez le voir, reprit-il. Et supposons que le médecin ait exagéré la gravité de son cas. Que comptez-vous faire ? La dernière fois, vous aviez l'immense avantage de la surprise. Ses nerfs trop sensibles l'ont trahi et il a montré la peur que vous lui inspiriez. Vous sera-t-il possible de le surprendre une seconde fois ? Non ! Il s'attend à vous revoir ; il sera sur ses gardes. La prochaine fois, il vous faudra, au mieux, compter avec sa ruse. Serez-vous capable de rivaliser avec lui sur ce terrain ? Sans Lady Clarinda, il vous aurait irrémédiablement égarée au sujet de Mrs. Beauly.

Que répondre à cela ? J'eus néanmoins la sottise d'essayer :

– Il m'a dit la vérité, ou du moins ce qu'il croit être la vérité. Il a vraiment vu ce qu'il dit avoir vu dans le couloir de Gleninch.

– Il vous l'a dite parce qu'il a eu la finesse de voir qu'il avait avantage à renforcer vos soupçons. Vous ne croyez tout de même pas qu'il les partage ?

– Et pourquoi pas ? Il ignore ce que Mrs. Beauly faisait ce soir-là, tout comme je l'ignorais jusqu'à ma rencontre avec Lady Clarinda. Il reste à voir s'il ne sera pas aussi surpris que j'ai pu l'être quand je lui dirai ce que cette dernière m'a appris.

Cette réponse pertinente eut un effet inattendu sur Mr. Playmore. A ma grande surprise, il cessa d'argumenter, désespérant, semblait-il, de me convaincre. C'est ce qu'il reconnut lorsqu'il me demanda :

– Rien de ce que je pourrais dire ne saura donc vous gagner à mes vues ?

– Quoique je ne possède ni vos compétences ni votre expérience, lui répondis-je, j'ai bien peur de ne pouvoir partager votre analyse.

– Et vous êtes tout à fait décidée à retourner chez Miserrimus Dexter ?

– Je m'y suis engagée.

Il marqua un temps, parut examiner la question sous toutes les coutures.

– Puisque vous m'avez fait l'honneur de venir me demander mon avis, dit-il enfin, je vous conseille très sérieusement, madame Macallan, de ne pas tenir compte de cet engagement. J'irai même plus loin : je vous adjure de ne plus voir Dexter.

C'était exactement le langage que m'avait tenu ma belle-mère ! Benjamin et le major Fitz-David ne m'avaient pas parlé autrement ! Ils étaient tous en désaccord avec moi. Et cependant, je demeurais inébranlable. Je m'étonne de mon obstination lorsque j'y repense. J'ai presque honte de rapporter ici que je ne répondis pas à Mr. Playmore. Il attendait en me dévisageant. Ce regard insistant ne laissa pas de m'irriter. Je me levai et me campai devant lui, les yeux au sol.

Il se leva à son tour, comprenant que l'entrevue était terminée.

– Bien ! bien ! fit-il d'un ton de légèreté un peu désabusée. Je suppose qu'il était déraisonnable de ma part de compter qu'une jeune femme comme vous partagerait l'avis d'un vieil avocat comme moi. Avant d'aborder un autre sujet, permettez-moi de vous rappeler que cette conversation doit rester, pour l'instant, strictement confidentielle. Y a-t-il quelque autre service que je puisse vous rendre ? Êtes-vous venue seule à Édimbourg ?

– Non. Je voyage avec un vieil ami, qui me connaît depuis ma petite enfance.

– Serez-vous encore ici demain ?

– Oui, je pense.

– Voulez-vous me faire la faveur de réfléchir à ce que nous nous sommes dit et de repasser me voir demain dans la matinée ?

– Très volontiers, monsieur Playmore. Ne serait-ce que pour vous remercier de votre gentillesse.

Nous nous quittâmes sur cet arrangement. Mr. Playmore soupira – cet homme aimable et chaleureux soupira – en m'ouvrant la porte. Les femmes sont des créatures contradictoires. Ce soupir m'affecta plus que tous ses arguments. Tout en lui tournant le dos pour m'engager dans la rue, je rougis en repensant à la façon dont je venais de lui tenir tête.

XXXIV

GLENINCH

A l'hôtel je trouvai Benjamin plongé dans la page des jeux d'un hebdomadaire bon marché. Mon vieil ami était grand amateur de ces divertissements de langage et son ingéniosité en ce domaine lui avait déjà valu toutes sortes de menus prix. En temps normal, il était vain d'espérer obtenir son attention lorsqu'il s'adonnait à son occupation favorite. Mais sa curiosité touchant le résultat de mon entrevue avec l'avocat se révéla plus vive encore. Il referma son périodique dès que j'entrai dans la pièce, et me demanda avec empressement :

– Alors, Valeria, quoi de neuf ?

Je lui racontai toute mon entrevue avec Mr. Playmore, gardant pour moi, bien évidemment, ce que celui-ci m'avait confié sous le sceau du secret. Pas un mot ne franchit mes lèvres de son terrible soupçon à l'encontre de Miserrimus Dexter.

– Ha ! fit Benjamin d'un ton satisfait. Ainsi donc cet avocat pense comme moi. Vous allez peut-être l'écouter, lui ?

– Il ne faut pas m'en vouloir, Benjamin, mais je reste décidément sourde aux avis que l'on me donne. En venant ici, j'avais sincèrement l'intention de me laisser conseiller par Mr. Playmore – sans cela, nous n'aurions pas fait ce long voyage. J'ai essayé, mais c'est plus fort que moi : je ne sais quoi dans mon for intérieur refuse le langage de la mesure et de la raison. Je vais retourner voir Dexter, j'en ai bien peur.

Cette fois, Benjamin lui-même perdit patience.

– Chassez le naturel, il revient au galop, dit-il. Toute petite, vous étiez déjà l'enfant la plus têtue qu'on ait jamais vue. Seigneur, nous aurions aussi bien fait de rester à Londres !

– Détrompez-vous. Maintenant que nous sommes à Édimbourg, nous allons découvrir quelque chose que nous n'aurions pas vu si nous n'avions pas fait le voyage, et qui, moi, m'intéresse. La gentilhommière de mon mari n'est qu'à quelques milles d'ici. Nous irons y jeter un œil demain.

– Là où cette pauvre femme a été empoisonnée ? interrogea Benjamin d'un air consterné. C'est de cet endroit que vous voulez parler ?

– Tout juste. Je voudrais voir la chambre où elle s'est éteinte ; je veux visiter toute la maison.

Benjamin croisa les mains avec résignation.

– Je m'efforce de comprendre la jeune génération, dit-il tristement. Mais je n'y arrive pas. Les jeunes gens d'aujourd'hui me dépassent.

J'écrivis aussitôt à Mr. Playmore au sujet de cette visite à Gleninch. La maison où s'était déroulée la tragédie qui avait brisé la vie de mon mari me paraissait être le lieu le plus intéressant des terres émergées. Cette idée avait été pour beaucoup dans mon désir d'aller consulter son avocat. Je fis porter mon billet et reçus en retour la réponse la plus obligeante : si je consentais à attendre l'après-midi, Mr. Playmore allait expédier les affaires courantes, puis il nous emmènerait à Gleninch dans sa propre voiture.

Quoiqu'elle fût toujours discrète et ne se manifestât qu'en certaines occasions, l'opiniâtreté de Benjamin ne le cédait en rien à la mienne. Ce vieux cheval de retour avait décidé qu'il n'aurait rien à voir avec Gleninch. Il ne m'en dit pas un mot jusqu'au moment où la voiture de Mr. Playmore se présenta devant l'hôtel. A point nommé, il se souvint d'une vieille connaissance qu'il avait à Édimbourg.

– Vous voudrez bien m'excuser, Valeria ? Cet ami, qui se nomme Saunders, verrait d'un très mauvais œil que je n'aille pas souper chez lui.

En dehors de ce qui m'y attirait, Gleninch n'avait rien pour intéresser le voyageur. Le pays était agréable et bien cultivé, sans plus. Le parc, vu par un œil anglais, paraissait mal entretenu. La maison devait avoir été construite soixante-dix ou quatre-vingts ans plus tôt. Sa façade était aussi dépourvue d'ornementations que celle d'une manufacture, et rappelait vaguement la lourdeur débilitante d'une prison. A l'intérieur, c'était, de la cave aux greniers, l'oppressante et lugubre solitude d'une habitation désertée. L'endroit n'était plus habité depuis l'époque du procès. Les clés avaient été confiées à un couple de gens âgés qui assuraient la garde de la propriété. L'homme secoua silencieusement la tête d'un air désapprobateur lorsque Mr. Playmore lui demanda d'ouvrir portes et volets pour faire entrer la lumière du jour. Il faisait régulièrement du feu dans la bibliothèque et la galerie afin de préserver livres et tableaux de l'humidité. J'eus un pincement au cœur en pensant que les habitants de la maison venaient naguère se chauffer devant ces belles flambées ! Gagnant l'étage, je visitai les pièces avec lesquelles le compte rendu du procès m'avait déjà familiarisée. Je pénétrai dans le petit bureau garni de volumes anciens ; la clé manquait toujours à la porte de communication. Je fis le tour de la chambre où l'infortunée maîtresse de Gleninch avait souffert et s'était éteinte. Le lit était à sa place, avec, à son pied, le sofa sur lequel l'infirmière avait grappillé de courtes périodes de repos ; le meuble indien, où l'on avait trouvé le papier chiffonné recelant quelques particules d'arsenic, contenait toujours sa petite collection de curiosités. Je fis jouer sur son pivot la table de malade sur laquelle la malheureuse Mrs. Macallan prenait ses repas et écrivait ses poèmes. L'endroit était d'une accablante tristesse, et il me semblait que cette atmosphère croupie était toujours chargée de son poids de douleur et de méfiance. C'est avec soulagement que je ressortis dans le couloir – non sans avoir au préalable jeté un œil dans la chambre jadis occupée par Eustace. J'identifiai la porte derrière laquelle Miserrimus Dexter avait fait le guet. Je considérai un moment le parquet de chêne où il avait sautillé à la suite de la femme de chambre revêtue des effets de sa maîtresse. Je ne pouvais faire un pas sans avoir sur mes talons les fantômes des défunts et des absents ; sans entendre cette grande demeure solitaire me murmurer inexorablement : « Je garde entre mes murs l'énigme du poison ! Je renferme le mystère de la mort ! »

Ce sentiment d'oppression finit par m'être intolérable. Il me fallait retourner au grand air. Mon compagnon s'en aperçut.

– Venez, me dit-il. C'est assez pour la maison. Allons en visiter les abords.

Dans la lumière déclinante de ce paisible début de soirée, nous parcourûmes les jardins solitaires en nous faufilant entre les buissons à l'abandon. Marchant au petit bonheur, nous finîmes par aboutir dans le potager, qui, hormis quelques petites planches encore cultivées par les gardiens, n'était plus qu'une étendue d'herbes folles. Par-delà son extrémité la plus éloignée, de l'autre côté d'une palissade en bois, s'étendait une parcelle de terrain vague abritée sur trois côtés par une haie d'arbres. A l'un des coins se dressait un tas d'ordures dont l'importance et la situation inhabituelle retinrent brièvement mon attention. Je m'immobilisai pour considérer les poussières et les cendres, les morceaux de faïence et les bouts de ferraille qui le constituaient. J'avisai ici un chapeau déchiré, là les restes d'antiques chaussures et, éparpillés alentour, des papiers de rebut et de vieilles guenilles.

– Que regardez-vous comme cela ? s'enquit Mr. Playmore.

– Rien de plus extraordinaire que ce tas d'ordures, lui répondis-je.

– Dans votre Angleterre proprette, observa-t-il, je suppose que l'on aurait soin d'emporter tout cela hors de vue. Ici en Écosse, nous sommes moins à cheval sur les principes, du moment que cela se trouve suffisamment loin pour que l'on n'en sente pas les odeurs jusqu'à la maison. De plus, une partie de ces déchets peut servir à fertiliser le jardin. L'endroit n'est plus habité depuis un moment ; c'est pourquoi ces ordures sont restées telles quelles. Tout à Gleninch, y compris ce tas d'immondices, attend qu'une nouvelle maîtresse y remette bon ordre. Un de ces jours, qui sait ? peut-être régnerez-vous sur ce domaine.

– Monsieur Playmore, quand tout à l'heure je repartirai de Gleninch, ce sera pour n'y plus jamais remettre les pieds !

– Il ne faut pas dire : « Fontaine, je ne boirai pas de ton eau », repartit mon compagnon. L'avenir nous réserve souvent des surprises.

Tournant les talons, nous regagnâmes en silence l'entrée du parc, où nous attendait notre voiture.

Pendant le trajet, Mr. Playmore orienta la conversation sur des sujets n'ayant pas le moindre rapport avec ma visite à Gleninch. Comprenant que j'avais besoin de détente, il s'employa avec autant de gentillesse que de bonheur à me distraire. Ce n'est que lorsque nous fûmes en vue des premières maisons de la ville qu'il aborda la question de mon retour à Londres.

– Avez-vous décidé de la date de votre départ ? me demanda-t-il.

– Nous repartons par le train de demain matin, lui dis-je.

– Vous ne démordez pas de l'idée que vous exprimiez hier ? Est-ce le sens de ce départ précipité ?

– Je crois bien, monsieur Playmore. Peut-être deviendrai-je plus raisonnable avec l'âge. D'ici là, il me faut en appeler à votre indulgence si je persiste à avancer à l'aveuglette et à multiplier les faux pas.

Il eut un sourire amusé et m'appliqua une tape sur la main, puis, changeant subitement d'expression, il me considéra d'un air grave avant de déclarer :

– C'est la dernière occasion que j'ai de vous parler avant votre départ. Me permettez-vous de vous dire le fond de ma pensée ?

– Mais oui, monsieur Playmore ! Quoi que vous me disiez, cela ne fera qu'ajouter à ma gratitude et à l'idée que je me fais de votre bienveillance.

– Cela tient en peu de mots, madame Macallan. Je commencerai par un simple avertissement, une mise en garde. Vous m'avez dit hier que vous étiez allée seule chez Miserrimus Dexter. Ne commettez plus pareille imprudence. Emmenez quelqu'un avec vous.

– Vous pensez donc que ce n'est pas sans danger ?

– Pas au sens où on l'entend habituellement. Je pense seulement qu'une présence amie peut contribuer à maintenir l'audace de Dexter dans des limites convenables. Cet homme est d'une rare impudence. Et puis, au cas où quelque révélation intéressante ou utile lui échapperait, il serait bon que vous ayez un témoin. A votre place, j'emmènerais avec moi quelqu'un qui puisse prendre des notes le cas échéant – il est vrai je suis avocat et que mon métier consiste à monter en épingle de pures vétilles. Je vous recommande simplement de ne pas retourner seule chez lui, et aussi de vous méfier de vous-même lorsque la conversation en viendra à Mrs. Beauly.

– Me méfier de moi-même ? Que voulez-vous dire ?

– Ma pratique, chère madame Macallan, m'a fait bon juge des menues faiblesses humaines. Vous êtes portée – et c'est bien naturel – à être jalouse de Mrs. Beauly, ce qui vous prive, lorsque Dexter se sert de cette dame pour vous égarer, de la pleine possession de votre bon sens, par ailleurs excellent. M'exprimerais-je un peu trop librement ?

– Pas du tout ! Je trouve très mortifiant d'être jalouse de Mrs. Beauly. Ma vanité en souffre quand j'y pense. Cependant, mon bon sens se rend à votre argument ; je pense que vous avez tout à fait raison.

– Je suis ravi de constater que nous nous accordons au moins sur un point, dit-il d'un ton pince-sans-rire. Je ne désespère pas de vous convaincre touchant cette question beaucoup plus sérieuse qui est encore pendante entre nous. Au reste, pour peu que vous n'y fassiez pas obstacle, je compte sur Dexter lui-même pour m'y aider.

Cela piqua ma curiosité. Comment Miserrimus Dexter pouvait l'aider, en ceci ou en n'importe quoi, voilà bien qui me proposait une indéchiffrable énigme.

– Vous avez, poursuivait-il, l'intention de lui rapporter tout ce que Lady Clarinda vous a dit sur Mrs. Beauly. Et vous pensez que ce que vous lui servirez va le laisser sans voix, comme vous-même êtes restée sans voix quand on vous l'a servi. Je vais me risquer à énoncer une prophétie. Je dis que Dexter va vous décevoir. Loin de montrer le moindre étonnement, il va en effet vous répliquer que vous vous êtes laissé abuser par une fable fabriquée de toutes pièces que Mrs. Beauly a fait circuler afin de se disculper. A présent, dites-moi : s'il cherche de la sorte à réveiller vos soupçons à l'encontre d'une innocente, cela ébranlera-t-il votre conviction ?

– Elle s'effondrera d'un coup, monsieur Playmore.

– Fort bien. Je compte que vous m'écrirez dans tous les cas ; et je ne doute pas que nous serons du même avis avant que la semaine se termine. Gardez le secret sur tout ce que je vous ai dit hier au sujet de Dexter. Ne prononcez même pas mon nom en sa présence. Tel que je le vois en ce moment, j'aimerais mieux toucher la main du bourreau que celle de ce monstre ! Que Dieu vous garde ! Au revoir !

Telles furent ses paroles d'adieu lorsqu'il me déposa à la porte de l'hôtel. Aimable, bienveillant, intelligent, mais tellement accroché à ses préjugés et si opiniâtrement campé sur ses positions ! Et quelles positions ! Je frissonnais rien que d'y penser.

XXXV

LA PRÉDICTION DE MR. PLAYMORE

Nous arrivâmes à Londres entre huit et neuf heures du soir. En homme qui ne laissait rien au hasard, Benjamin avait télégraphié d'Édimbourg à sa gouvernante afin qu'elle nous fît à souper pour dix heures et envoyât nous chercher à la gare le fiacre auquel il faisait toujours appel.

Arrivant au pavillon, nous dûmes, avant de nous ranger devant la porte de Benjamin, laisser passer une voiture qui manœuvrait très lentement, conduite par un homme à l'air particulièrement fruste. N'était ce cocher, j'eusse pu douter que le cheval me fût tout à fait inconnu. Mais je n'y pensai bientôt plus.

La vénérable gouvernante de Benjamin nous ouvrit le portillon du jardin en poussant des exclamations de gratitude.

– Ah, monsieur ! le ciel soit loué ! s'écriait-elle. J'ai bien cru que vous n'arriveriez jamais !

– Il s'est produit quelque chose ? s'enquit le flegmatique Benjamin.

La gouvernante fut secouée d'un grand frisson, puis répondit de façon assez peu claire :

– Je suis toute retournée, monsieur ; et je ne saurais seulement pas répondre à votre question. Il y a plusieurs heures de ça, un drôle d'individu est venu demander... – elle s'interrompit, l'air complètement égaré, fixant sur son maître un regard sans expression, puis, s'adressant subitement à moi : Il voulait savoir quand vous alliez rentrer, madame. Je lui ai dit ce que monsieur m'avait télégraphié, et là il m'a fait : « Un petit instant ; je reviens. » Il s'est représenté peut-être une minute plus tard avec dans les bras une chose qui – je ne vous mens pas ! – m'a fait dresser les cheveux sur la tête. Je sais que j'aurais dû lui claquer la porte au nez, mais, que voulez-vous, c'est à peine si je tenais sur mes jambes. Il est entré sans demander la permission et, toujours avec cette horreur dans les bras, il a filé jusqu'à la bibliothèque. L'horreur n'en a pas bougé depuis. Je suis allée trouver la police, mais ils n'ont pas voulu s'en mêler. Que vouliez-vous que je fasse après ça ? Surtout n'y allez pas toute seule, madame ! Vous allez avoir la frayeur de votre vie, ça, je vous le garantis !

Je pénétrai néanmoins dans la maison. Repensant au cheval remarqué quelques instants plus tôt, j'avais débrouillé le bien peu intelligible récit de la gouvernante. Traversant la salle à manger, où la table était dressée, j'allai regarder par l'entrebâillement de la porte de la bibliothèque.

Oui, il s'agissait bien de Miserrimus Dexter ! Revêtu de sa jaquette rose, il dormait à poings fermés dans le fauteuil favori de Benjamin. Point de plaid, cette fois, pour dissimuler son horrible infirmité, ni rien qui, dans sa mise insolite, sacrifiât aux conventions de la bienséance. Il n'était guère étonnant que la pauvre vieille tremblât de la tête aux pieds en parlant de lui !

– Valeria ! fit derrière moi la voix de Benjamin. Qu'est-ce donc que cela ? Une idole indienne ou un être humain ?

J'ai déjà dit que Miserrimus Dexter possédait une ouïe d'une acuité extraordinaire. A cela s'ajoutait un sommeil fort léger. Si bas qu'eût parlé Benjamin, cette voix inconnue suffit à réveiller l'infirme dans l'instant. Il se frotta les yeux et se mit à sourire avec toute l'innocence d'un enfant qui sort de son somme.

– Comment allez-vous, madame Valeria ? dit-il. Je viens de faire une bonne petite sieste. Vous n'imaginez pas combien je suis ravi de vous voir. Qui est ce monsieur ?

Il se frotta les yeux de plus belle et considéra Benjamin. Ne sachant quelle contenance prendre en cette circonstance peu commune, je fis les présentations.

– Pardonnez-moi si je ne me lève pas, monsieur, dit Miserrimus

Dexter. Je ne le peux : je n'ai pas de jambes. Dois-je comprendre à votre mine que j'occupe votre fauteuil ? Si ma présence vous dérange, ayez la bonté de glisser votre parapluie sous moi et de me catapulter. Je retomberai sur les mains et n'en prendrai pas ombrage. Je suis prêt à voltiger et à essuyer une réprimande, mais, de grâce, ne me chassez pas, j'en aurais le cœur brisé. Cette belle dame, voyez-vous, monsieur, peut se montrer très cruelle lorsque cela lui prend. Elle s'en est allée au loin alors que j'avais le plus grand besoin d'une petite conversation avec elle ; oui, elle est partie, me laissant à ma solitude et à mon attente. Je suis un pauvre être difforme sensible et affligé d'une insatiable curiosité. Cette dernière qualité – l'avez-vous déjà éprouvée ? – est une véritable plaie. J'ai enduré la situation jusqu'à ce que ma cervelle ait commencé d'entrer en ébullition ; alors, j'ai fait appeler mon jardinier pour lui demander de me conduire jusque chez vous. Je me sens bien ici. L'atmosphère de votre bibliothèque m'apaise ; la vue de Mrs. Valeria est un baume pour mon cœur blessé. Elle a à me parler, et je meurs de l'entendre. Si le voyage ne l'a pas trop fatiguée et si vous ne voyez pas d'inconvénient à ce qu'elle m'entretienne quelques instants, je promets de me faire emporter sitôt qu'elle en aura terminé. Cher monsieur Benjamin, vous me semblez être le refuge des affligés. Je suis affligé. Serrez-moi la main comme un bon chrétien que vous êtes, et offrez-moi l'asile.

Il tendit la main. Ses yeux bleu tendre fondirent en une expression d'humble supplique. Complètement stupéfié par l'étonnante harangue qui venait de lui être servie, Benjamin serra, comme dans un état second, la main de Miserrimus Dexter.

– J'espère que vous allez vous remettre, monsieur, balbutia-t-il d'une voix altérée.

Puis il m'interrogea des yeux sur la conduite qu'il devait désormais tenir.

– Je sais ce qui amène Mr. Dexter, lui murmurai-je. J'en fais mon affaire.

Benjamin glissa un dernier regard vers la chose dans le fauteuil, s'inclina à son adresse avec cette politesse instinctive qui jamais ne lui faisait défaut, puis, toujours comme dans un rêve, passa dans l'autre pièce.

Une fois seuls, Miserrimus Dexter et moi commençâmes par nous dévisager en silence.

Je ne saurais dire si je puisais inconsciemment dans l'intarissable provision d'indulgence qu'une femme a toujours en réserve pour un homme qui prétend avoir besoin d'elle, ou si, réprouvant le terrible soupçon de Mr. Playmore, mon cœur inclinait particulièrement à la compassion envers ce malheureux. Je sais seulement que j'eus, en ces instants, pitié de Miserrimus Dexter comme jamais auparavant ; et que je lui fis grâce de la remontrance que je n'eusse certainement pas épargnée à tout autre individu qui aurait pris la liberté de s'installer chez Benjamin sans y avoir été invité.

Il fut le premier à prendre la parole.

– Lady Clarinda a détruit votre confiance en moi ! lança-t-il d'un ton exalté.

– Elle n'a rien fait de tel, lui répondis-je. Elle n'a pas cherché à m'influencer. Comme je vous l'ai dit, j'ai été vraiment obligée de m'absenter de Londres.

Il poussa un soupir et ferma les yeux d'un air satisfait, comme si je le soulageais d'un énorme poids d'angoisse.

– Soyez miséricordieuse, reprit-il, et dites-m'en plus. J'ai été si malheureux en votre absence – il rouvrit soudain les yeux pour me regarder avec l'apparence du plus vif intérêt. Votre voyage vous a-t-il beaucoup fatiguée ? Je brûle de savoir ce qu'il s'est passé lors de la soirée du major. Est-il cruel de ma part de vous demander cela alors que vous n'avez pas pris une minute de repos ? Rien qu'une question ce soir ! Les autres attendront à demain. Que vous a dit Lady Clarinda au sujet de Mrs. Beauly ? Tout ce que vous vouliez savoir ?

– Tout, et plus encore.

– Quoi ? quoi ? quoi ? s'écria-t-il, ne se tenant plus d'impatience.

Les paroles prophétiques de Mr. Playmore me trottaient dans la tête. Il m'avait prévenu, en termes on ne pouvait plus catégoriques, que Dexter persisterait à tenter de me fourvoyer et qu'il ne montrerait aucun signe d'étonnement lorsque je lui rapporterais ce que Lady Clarinda avait dit sur Mrs. Beauly. Je décidai de mettre cette affirmation à l'épreuve pour ce qui concernait la question de l'étonnement. Aussi abruptement que possible, sans un mot d'introduction ou de préparation, j'annonçai à Miserrimus Dexter :

– La personne que vous avez vue dans le couloir n'était pas Mrs. Beauly. Il s'agissait de la femme de chambre portant le manteau et le chapeau de sa maîtresse. Mrs. Beauly ne se trouvait pas dans la maison. Elle était à un bal masqué à Édimbourg. C'est ce que la femme de chambre a confié à Lady Clarinda ; et c'est ce que Lady Clarinda m'a confié.

Dans la fièvre de l'instant, j'avais débité tout cela d'un trait et aussi vite que possible. Miserrimus infirma complètement la prédiction de l'avocat. Il tressaillit sous le choc.

– Répétez-moi cela ! s'écria-t-il, les yeux écarquillés. Je ne puis tout assimiler d'un seul coup. Je suis abasourdi.

J'étais plus que satisfaite du résultat : je triomphais. J'avais, pour une fois, matière à être contente de moi. J'avais adopté une position chrétienne et charitable dans ma discussion avec Mr. Playmore ; et je venais d'en être récompensée. Je pouvais me trouver dans la même pièce que Miserrimus Dexter avec la bienheureuse certitude de n'être pas en train de respirer le même air qu'un meurtrier. Vérifier cela ne justifiait-il pas un voyage à Édimbourg ?

En réitérant à sa demande ce que ce je venais de lui dire, j'eus soin d'y ajouter les détails propres à conférer cohérence et crédibilité au récit de Lady Clarinda. Il m'écouta de bout en bout avec une attention médusée, épinglant tel ou tel mot qu'il répétait comme pour le graver plus sûrement et profondément dans son esprit.

– Que dire ? Que faire ? interrogea-t-il avec un air d'absolu désespoir. Je ne puis refuser d'y croire. Du début à la fin, si étrange que cela puisse sembler, je vois là toutes les apparences de la vérité.

Comment Mr. Playmore aurait-il réagi en entendant ces paroles ? Je lui faisais la justice de penser qu'il en eût éprouvé un profond sentiment de honte !

– Il n'y a rien à ajouter, renchéris-je, sinon que Mrs. Beauly est innocente, et que vous et moi lui avons fait une grave injustice. N'est-ce pas votre avis ?

– Je suis tout à fait d'accord avec vous, me répondit-il sans un instant d'hésitation. Mrs. Beauly est innocente. Finalement, la défense mise en œuvre lors du procès a été la bonne.

Il croisa les bras d'un air béat ; il semblait parfaitement satisfait que les choses parussent devoir en rester là.

Pour moi, je ne l'entendais pas de cette oreille. A ma grande surprise, je me prenais maintenant à être la personne la moins raisonnable des deux.

Miserrimus Dexter se montrait plus royaliste que le roi. Non content d'avoir, comme je l'avais prévu, prouvé la fausseté de la prophétie de Mr. Playmore, il allait trop loin dans cette voie à mon goût. Je voulais bien reconnaître l'innocence de Mrs. Beauly, mais il n'était pas question pour moi de faire un pas de plus. Si la défense mise en œuvre lors du procès avait été la bonne, je pouvais renoncer à tout espoir de voir mon mari mis hors de cause ! Or je me raccrochais à cet espoir comme je me raccrochais à mon amour et à ma vie.

– Parlez pour vous, dis-je. Mon opinion regardant la défense demeure inchangée.

Il sursauta et fronça les sourcils, comme partagé entre déception et contrariété.

– Dois-je comprendre que vous êtes décidée à poursuivre ?

– Oui.

Franchement fâché après moi, il se départit soudain de sa politesse habituelle.

– Absurde ! Impossible ! s'écria-t-il d'un ton méprisant. Vous reconnaissez vous-même qu'il était injuste de notre part de soupçonner Mrs. Beauly. Verriez-vous une autre personne à laquelle nous pourrions réserver le même traitement ? Ma question n'a pas de sens ! Nous n'avons d'autre choix que d'accepter les faits et de renoncer à retourner en tous sens cette affaire de Gleninch. Il est puéril de chercher à contester des conclusions évidentes. Vous devez renoncer.

– Vous pouvez bien hausser le ton, monsieur Dexter. Pas plus vos éclats de voix que vos arguments ne me feront renoncer.

Au prix d'un effort sur lui-même, il se calma et revint à plus d'urbanité :

– Fort bien. Ne m'en veuillez pas si je m'absorbe quelques instants dans mes pensées. Je veux me livrer à une expérience que je n'ai pas encore menée.

– Quoi donc, monsieur Dexter ?

– Je vais me mettre dans la peau de Mrs. Beauly. Accordez-moi une petite minute. Merci.

Qu'entendait-il par là? Quelle nouvelle transformation allait s'opérer sous mes yeux? Avait-on jamais vu personnage plus déroutant? Le voyant ainsi plongé dans ses pensées, qui eût reconnu chez cet homme la créature immature qui s'était, un moment plus tôt, si innocemment réveillée pour soûler Benjamin de son babil? On dit, et avec raison, que chaque personnalité comporte de nombreuses facettes. Celles de Dexter se multipliaient si rapidement que je ne les comptais plus!

Il leva la tête pour fixer sur moi un regard scrutateur.

– Je suis ressorti de la peau de Mrs. Beauly, m'annonça-t-il. Et je suis parvenu au résultat que voici : nous sommes tous deux des caractères fougueux et nous avons tiré notre conclusion de façon un peu hâtive.

Il se tut. Je demeurai silencieuse. Une ombre de doute à son sujet commençait-elle de se former dans mon esprit? J'attendais, j'étais tout ouïe.

– Je ne remets nullement en cause la vérité de ce que Lady Clarinda vous a dit, reprit-il. Mais je vois bien, après réflexion, ce qui m'a échappé dans un premier temps. L'affaire admet deux interprétations. L'une s'en tient aux apparences, l'autre s'intéresse à ce qu'il y a sous la surface. C'est là que, pour vous, je suis descendu; et je déclare qu'il est bien possible que Mrs. Beauly ait été suffisamment rusée pour s'abriter derrière un alibi qu'elle aurait forgé.

Je reconnais, non sans quelque embarras, que je ne vis pas ce qu'il entendait par ce dernier mot. Il s'en aperçut et entreprit de s'expliquer autrement :

– La femme de chambre fut-elle un peu plus que la complice passive de sa maîtresse? Fut-elle le bras par lequel agit celle-ci? S'en allait-elle administrer la première dose de poison quand elle passa devant moi dans le couloir? Est-ce que Mrs. Beauly passa la nuit à Édimbourg, histoire d'avoir une défense toute prête au cas où les soupçons se seraient portés sur elle?

En entendant ceci, mon doute prit corps. N'avais-je pas disculpé un peu vite Miserrimus Dexter? Cherchait-il, comme l'avait prédit Mr. Playmore, à raviver mes préventions à l'encontre de Mrs. Beauly? Il me fallait répondre. Ce faisant, j'utilisai sans le vouloir une formule à laquelle l'avocat avait eu recours lors de notre premier entretien :

– Cela me paraît un peu tiré par les cheveux, monsieur Dexter.

A mon grand soulagement, il ne chercha pas à défendre l'hypothèse qu'il venait d'avancer :

– C'est tiré par les cheveux, je l'admets. En disant que c'était bien possible, j'ai été encore trop affirmatif. L'idée était ridicule ; n'y pensez plus. Que comptez-vous faire à présent ? Si Mrs. Beauly n'est pas l'empoisonneuse – directement ou par l'entremise de sa femme de chambre –, qui est-ce ? Elle est innocente et Eustace est innocent. De quel côté chercher le coupable selon vous ? Est-ce moi qui l'ai empoisonnée ? lança-t-il, le regard fulminant, la voix s'élevant dans les aigus. Est-ce que vous me soupçonnez ? Est-ce que quelqu'un me soupçonnerait ? J'aimais cette femme, je l'adorais ; depuis sa mort, je ne suis plus le même homme. Mais chut ! Je vais vous confier un secret. (Surtout n'en dites rien à votre mari ; ce pourrait être la fin de notre amitié.) Je l'aurais épousée, avant sa rencontre avec Eustace, si seulement elle avait voulu de moi. Quand les médecins sont venus m'annoncer qu'elle était morte empoisonnée... Tenez, demandez au Pr Jerome combien j'ai souffert ! Il vous le dira, lui ! J'ai veillé d'un bout à l'autre de cette nuit d'horreur, attendant l'occasion d'aller lui rendre une ultime visite. J'ai fini par me glisser dans sa chambre pour prendre congé de la dépouille glacée de l'ange que j'aimais. J'ai pleuré. Je l'ai embrassée pour la première et dernière fois. Je lui ai volé une petite mèche de cheveux qui, depuis, ne m'a jamais quitté ; je la couvre de baisers jour et nuit. Ah, Seigneur ! je revois encore cette chambre ! Je revois son visage de cire ! Regardez ! regardez !

Il fit passer par-dessus sa tête le ruban d'un petit médaillon qu'il portait en sautoir. Il me le lança et éclata en sanglots désespérés.

Un homme aurait peut-être su ce qu'il convenait de faire. N'étant qu'une femme, je me laissai aller à un mouvement de compassion tout spontané. Je me levai et traversai la pièce pour lui rendre le médaillon, puis je lui posai imprudemment la main sur l'épaule.

– Je serais bien incapable de vous soupçonner, monsieur Dexter, lui dis-je avec douceur. Cela ne m'a même jamais effleurée. J'ai pitié de vous du fond du cœur.

Il prit ma main dans la sienne et se mit à la dévorer de baisers. Ses lèvres brûlaient comme du feu. Il se contorsionna soudain sur son fauteuil et me passa un bras autour de la taille. Partagée entre terreur et indignation, cherchant vainement à me dégager, j'appelai à l'aide.

La porte s'ouvrit et Benjamin s'encadra sur le seuil. Dexter me lâcha.

Je courus jusqu'à Benjamin pour l'empêcher de s'avancer dans la pièce. Depuis que je le connaissais, jamais je ne l'avais vu vraiment fâché. Cette fois, il était plus que fâché. Il était tout pâle – ce vieil homme aimable et pondéré était blême de colère! Je devais faire appel à toutes mes forces pour le retenir à la porte.

– Vous ne pouvez porter la main sur un infirme, lui dis-je. Faites appeler son domestique pour qu'il le remmène.

Je l'entraînai hors de la pièce et fermai la porte à clé. La gouvernante se trouvait dans la salle à manger. Je l'envoyai dehors chercher le conducteur de la chaise.

L'homme entra, ce personnage mal dégrossi que j'avais remarqué dans la rue. Benjamin lui ouvrit dans un silence glacé la porte de la bibliothèque. Ce n'était peut-être pas très digne, mais je ne pus résister à la tentation de jeter un œil à l'intérieur.

Miserrimus était prostré sur le fauteuil. L'homme le souleva avec une délicatesse qui me surprit.

– Cache mon visage, ordonna Dexter d'une voix altérée.

L'homme ouvrit sa grosse veste de roulier et lui en recouvrit la tête, puis tenant cet être difforme embrassé contre lui, comme une femme porte son enfant, il sortit sans un mot.

XXXVI

ARIEL

Ce fut une nuit sans sommeil.

L'outrage que j'avais subi m'avait ébranlé les nerfs. Mais ses conséquences m'affectaient peut-être encore plus sérieusement : dans la mesure où l'obtention de l'unique objet de ma vie pouvait dépendre encore de mon association personnelle avec Miserrimus Dexter, voilà, me semblait-il, qu'un obstacle insurmontable s'était dressé en travers de mon chemin. Devais-je, fût-ce pour le bien de mon mari, me laisser de nouveau approcher par un individu qui m'avait grossièrement insultée ? Je n'étais nullement bégueule, mais cette idée me faisait horreur.

Je me levai tard, m'installai à ma table et tentai, mais en vain, de trouver l'énergie d'écrire à Mr. Playmore.

Aux alentours de midi, alors que Benjamin était sorti faire une course, la gouvernante vint m'annoncer qu'un autre étrange visiteur venait de se présenter au portillon.

– C'est une femme cette fois – enfin, ça y ressemble, me glissa l'estimable personne. Un grand diable de femme, mastoc, lourdaude, l'air stupide, avec un chapeau d'homme et une canne à pommeau. Elle dit qu'elle a un billet pour vous et qu'elle ne le remettra à personne d'autre que vous. J'ai bien fait de ne pas la faire entrer, non ?

Reconnaissant l'original de ce portrait, je désorientai cette brave femme en consentant à recevoir la messagère sur-le-champ.

Ariel entra, comme à l'habitude silencieuse et impassible. Je notai pourtant chez elle un changement qui ne laissa pas de m'intriguer : elle avait les yeux tout rouges, injectés de sang, et je crus voir des traces de larmes sur ses grosses joues flasques. Se dirigeant vers l'endroit où j'étais assise, elle traversa la longueur de la pièce d'une démarche qui me parut moins résolue que d'ordinaire. Se pouvait-il qu'Ariel fût suffisamment femme pour pleurer ? Était-il dans le domaine du possible qu'elle vînt à moi peinée et craintive ?

– Il paraît que vous avez un message pour moi ? Voulez-vous prendre un siège ?

Sans répondre ni s'asseoir, elle me tendit une lettre. Je l'ouvris et reconnus l'écriture de Miserrimus Dexter. Voici ce qu'il m'écrivait :

« Efforcez-vous au pardon s'il vous reste un peu de pitié en réserve pour un malheureux, car j'ai cruellement expié la folie d'un instant. Même vous, si vous pouviez me voir, reconnaîtriez que mon châtiment est très rigoureux. Pour l'amour du ciel, ne m'abandonnez pas ! J'étais accablé de chagrin au moment où je me suis laissé dominer par le sentiment que vous avez fait naître en moi. Plus jamais il ne se manifestera et le secret en mourra en même temps que moi. Puis-je espérer que vous croirez ceci ? Non. A l'avenir, je ne vous demanderai plus de me croire ni d'avoir confiance en moi. Si vous consentiez à me revoir, que cela soit en présence d'une tierce personne de votre choix. Je mérite cela, je m'y soumets ; et j'attendrai que le temps ait apaisé votre colère. Tout ce que je viens vous demander aujourd'hui, c'est la permission d'espérer. Dites à Ariel : "Je lui pardonne et le jour viendra où il pourra me revoir." Elle le mémorisera par amour pour moi. Me la renvoyer sans message serait m'expédier chez les fous. Interrogez-la si vous ne me croyez pas.

« Miserrimus DEXTER. »

Ayant terminé la lecture de ce billet, je levai les yeux vers Ariel.

Debout, regardant ses pieds, elle me tendait la lourde canne de marche qu'elle avait apportée.

– Prenez, dit-elle, me faisant entendre pour la première fois le son de sa voix.

– Pourquoi le devrais-je ?

Elle fit violence à son esprit engourdi afin d'ordonner ses pensées et de les mettre en mots :

– Vous êtes fâchée après le maître. Passez votre colère sur moi. Prenez ce bâton et battez-moi.

– Que je vous batte ! m'écriai-je.

– J'ai le dos large, dit l'infortunée créature. Allez-y, nom de nom, je n'en ferai pas une histoire. Il ne faut pas le chagriner. Prenez ça et battez-moi !

Elle me plaça de force la canne dans la main, puis, se retournant, m'exposa son dos. Ce tableau était à la fois terrible et poignant. J'en avais les larmes aux yeux. J'essayai, avec douceur et patience, de la raisonner. Bien en vain ! Elle n'avait qu'une seule idée en tête : se faire punir à la place de son maître.

– Ne lui faites pas de peine, répétait-elle. Battez-moi.

– Comment cela, lui faire de la peine ? demandai-je.

Elle tenta de s'expliquer, mais ne trouva pas ses mots. En désespoir de cause, elle me fit comprendre par gestes, comme eût fait un sauvage, ce qu'elle voulait dire. Elle alla s'accroupir devant la cheminée et se mit à fixer le feu d'un regard terriblement inexpressif. Puis, se plaquant les mains sur le front, elle commença d'osciller d'avant en arrière sans quitter les flammes des yeux.

– Il reste comme ça pendant des heures ! lâcha-t-elle, recouvrant soudain l'usage de la parole. Des heures et des heures, sans rien faire d'autre ! Il ne connaît plus personne. Il pleure en pensant à vous.

Le tableau qu'elle décrivait me remit en mémoire la mise en garde du médecin regardant le péril qui menaçait Dexter. Même si j'eusse été capable de rester sourde aux arguments d'Ariel, je ne pouvais que céder face à la menace imprécise de conséquences qui à présent me taraudaient.

– Arrêtez ! la suppliai-je.

Elle continuait de se balancer, la tête entre les mains, le regard rivé au feu, imitant le « maître ».

– Relevez-vous, je vous en prie ! Je ne lui en veux plus. Je lui pardonne.

Elle se mit à quatre pattes et attendit, les yeux levés vers moi.

Dans cette attitude, qui tenait plus du chien que de l'être humain, elle répéta l'injonction qui lui était habituelle lorsqu'elle entendait fixer dans son esprit ce qui lui paraissait important :

– Dites-le encore !

Je m'exécutai, mais cela ne lui suffisait pas.

– Dites-le comme dans la lettre, insista-t-elle. Dites-le comme le maître me l'a dit.

Je ressortis la lettre et récitai mot pour mot la formule consacrée :

– Je lui pardonne et le jour viendra où il pourra me revoir.

Ariel se releva d'un bond et, pour la première fois depuis qu'elle était entrée dans la pièce, son visage commença lentement de s'éclairer et de prendre vie.

– A présent asseyez-vous, lui dis-je. Après cette longue marche, je vais vous donner à boire et de quoi manger.

J'aurais aussi bien pu m'adresser à une chaise ! Elle ramassa sa canne et poussa un grand cri d'allégresse :

– Je sais tout par cœur ! Hourra ! Cela va soulager la pauvre tête du maître !

Elle s'engouffra dans le couloir, tel un animal sauvage s'échappant de sa cage. M'élançant à sa suite, j'eus tout juste le temps de la voir ouvrir le portillon à la volée et s'éloigner d'un pas si rapide qu'il eût été vain de tenter de la rattraper et de la retenir.

Je regagnai le salon tout en méditant une question sur laquelle ont buté des têtes mieux faites que la mienne. Comment un homme aussi totalement et désespérément pervers que Dexter avait-il pu inspirer pareil attachement à la femme qui venait de me laisser, et au jardinier qui, la veille, l'avait emmené avec tant de précautions ? Allez savoir. Le pire scélérat a toujours un ami – une femme ou un chien.

Je revins à ma table et fis une nouvelle tentative pour écrire à Mr. Playmore.

Passant en revue, aux fins de rédiger ma lettre, ce que Miserrimus Dexter m'avait dit, je m'arrêtai avec un intérêt tout particulier sur cette étrange impulsion qui lui avait fait me révéler le secret de son amour pour la première femme d'Eustace. Je me représentai cette scène impressionnante où le cul-de-jatte pleurait auprès du cadavre dans le grand silence des dernières heures de la nuit. Cet horrible tableau exerçait un empire singulier sur mon esprit. Je me levai et me mis à marcher de long en large, cherchant à donner un autre cours à mes ruminations. Je ne devais pas y parvenir : je me figurais trop nettement la scène pour pouvoir facilement la chasser de mon esprit. N'avais-je pas moi-même parcouru le couloir que Dexter avait suivi pour aller faire ses ultimes adieux à la dame de ses pensées ?

Le couloir ? Je me figeai sur place. Sans que ma volonté y fût pour rien, mes pensées prirent soudain une nouvelle direction. Outre ce qui avait à voir avec Dexter, à quoi rattachais-je ce couloir ? Était-ce quelque détail que j'avais vu au cours de ma visite de Gleninch ? Je me saisis du compte rendu du procès. Il s'ouvrit à la page où débutait le témoignage de l'infirmière. Je survolai une nouvelle fois cette déposition sans mettre le doigt sur ce que je cherchais, jusqu'au moment où, vers la fin, je tombai sur ce passage :

« Bien avant l'heure du coucher, je suis montée, me proposant de procéder à la toilette de la défunte. La chambre était fermée à clé, de même que celle de Mr. Macallan, par laquelle j'aurais pu passer. Et deux hommes du domestique faisaient le planton dans le couloir. Ils devaient être relevés à quatre heures du matin, c'est tout ce qu'ils surent me dire. Ils croyaient savoir que le Dr Gale avait emporté les clés. »

Je tenais ce qui m'avait fait tiquer ! Voilà ce qui aurait dû me revenir lorsque Miserrimus Dexter avait évoqué sa visite dans la chambre de la défunte !

Comment avait-il fait pour y entrer, attendu que les portes étaient fermées et que le Dr Gale en avait emporté les clés ? Il y avait toutefois une porte dont le Dr Gale n'avait pas pris la clé : la porte de communication entre chambre et bureau. Cette clé avait disparu. Avait-elle été dérobée ? Le voleur était-il Dexter ? Il avait pu emprunter le couloir à un moment où les deux plantons s'étaient assoupis ou bien encore lorsqu'on était venu les relever. Comment avait-il pu s'introduire ensuite dans la chambre, sinon en passant par le bureau ? Il fallait donc bien qu'il détînt cette fameuse clé ! Il avait dû la subtiliser des semaines avant la mort de

Mrs. Macallan ! L'infirmière avait déclaré que, le jour de son arrivée à Gleninch, soit le 7 du mois, la clé de la porte de communication manquait déjà.

Que conclure de ces découvertes et déductions ? Se pouvait-il vraiment qu'à la faveur d'un accès d'irrépressible agitation Miserrimus Dexter m'eût sans le vouloir mise sur la voie ? Cette clé manquante était-elle l'élément autour duquel s'articulait le mystère de l'empoisonnement de Gleninch ?

Je retournai pour la troisième fois m'asseoir à ma table. La seule personne sur laquelle je pouvais me reposer pour trouver la réponse à ces questions était Mr. Playmore. Je lui écrivis une relation soignée et complète des derniers développements ; je le priai de pardonner et d'oublier la manière bien peu gracieuse avec laquelle j'avais reçu le conseil qu'il m'avait gentiment donné ; et, dans la nouvelle circonstance critique où je me trouvais, je m'engageai à ne rien faire sans l'avoir préalablement consulté.

Il faisait beau pour la saison et, afin de prendre un peu d'exercice après les émotions de la matinée, je portai ma lettre au bureau de poste.

De retour à la maison, j'appris qu'une autre visiteuse m'attendait, et civilisée cette fois puisqu'elle avait donné son nom. Il s'agissait de ma belle-mère, Mrs. Macallan.

XXXVII

AU CHEVET DU BLESSÉ

Je sus avant même qu'elle eût ouvert la bouche que ma belle-mère était porteuse d'une mauvaise nouvelle.

– Eustace ? interrogeai-je.

Elle me répondit d'un regard.

– Dites vite ! m'écriai-je. Ce genre d'angoisse m'est intolérable.

Elle me montra un câblogramme qu'elle tenait jusque-là caché dans les plis de sa robe.

– Je sais que vous êtes courageuse, dit-elle, et que les précautions oratoires sont inutiles avec vous. Lisez, mon enfant.

Ce câble avait été envoyé d'un bourg du Nord de l'Espagne par le chirurgien en chef d'un hôpital de campagne.

« Mr. Eustace grièvement blessé par balle lors accrochage. État stationnaire. Soigné au mieux. Télégramme suivra. »

Je détournai la tête pour accuser le coup du mieux possible. Je croyais savoir à quel point je l'aimais. Je l'ignorais jusqu'à cet instant précis.

Ma belle-mère passa son bras autour de moi et me serra tendrement contre elle. Elle me connaissait suffisamment pour savoir qu'il ne fallait pas chercher à me consoler.

Je rassemblai mon courage et lui montrai la dernière phrase du télégramme.

– Vous avez l'intention de rester ici à attendre ? lui demandai-je.

– Sûrement pas ! me répondit-elle. Je me rends au Foreign Office pour mon passeport. J'y connais du monde ; on m'y donnera des lettres d'introduction ainsi que tout conseil et assistance dont je pourrai avoir besoin. Je pars ce soir par le train postal de Calais.

– Vous partez, dites-vous ? Vous croyez peut-être que je vais vous laisser y aller sans moi ? Demandez aussi un passeport pour moi. Je serai chez vous à sept heures ce soir.

Elle tenta de me faire entendre raison ; elle évoqua les dangers d'un tel voyage. Je ne tardai pas à l'interrompre :

– Ne savez-vous pas encore, belle-maman, combien je suis entêtée ? On va peut-être vous faire attendre au ministère. Pourquoi rester ici à perdre un temps précieux ?

Elle céda avec une docilité qui ne lui était pas habituelle.

– Mon pauvre Eustace saura-t-il un jour quelle femme il a épousée ! eut-elle pour seul commentaire.

Elle me donna un baiser et remonta dans sa voiture.

Mes souvenirs de ce voyage sont étrangement flous et fragmentaires.

Tout se passe comme si les événements plus récents et plus intéressants qui se produisirent après mon retour en Angleterre s'interposaient entre moi et mes aventures en Espagne pour reléguer ces dernières dans un arrière-plan si brumeux qu'elles semblent remonter à de nombreuses années en arrière. Je me souviens confusément de retards et de frayeurs qui mirent à rude épreuve notre patience et notre courage. Je me rappelle avoir, par la vertu de nos lettres de recommandation, trouvé des amis en la personne d'un secrétaire d'ambassade et d'un courrier de la reine qui nous fournirent assistance et protection à un moment critique du voyage. Je revois une longue succession d'hommes, tous également remarquables pour leur manteau crasseux et leur linge impeccable, et aussi prévenants avec les dames qu'ils étaient cruels avec leurs chevaux. Enfin et surtout, j'ai souvenance, et très nette cette fois, de certaine chambre sordide d'une méchante auberge de village où nous trouvâmes notre malheureux Eustace entre la vie et la mort, et insensible à tout ce qui se passait dans le petit monde étroit qui environnait sa couche.

Rien de romantique ni de bien intéressant dans l'incident où mon mari avait failli trouver la mort.

Il s'était trop approché du théâtre du combat – en l'occurrence une escarmouche de rien du tout – afin de ramener un malheureux garçon qui gisait sur le terrain, mortellement blessé comme la suite le montra. Eustace avait reçu une balle de fusil. Ses camarades de l'ambulance avaient pris tous les risques pour l'emporter à l'arrière. Il était très aimé de tous pour sa patience, sa gentillesse, sa bravoure ; et il ne lui manquait qu'un peu plus de jugement pour être la plus précieuse recrue de la Croix-Rouge.

Le chirurgien qui me raconta tout ceci eut la bonté d'assortir son récit d'un mot de mise en garde.

Comme il est courant, la forte fièvre s'accompagnait d'accès de délire. Le peu que l'on avait pu déchiffrer des propos sans suite de mon mari montrait que sa pauvre tête n'était emplie que de la seule image de son épouse défunte. Le praticien en avait suffisamment entendu pour comprendre que, dans le cas où Eustace reviendrait à lui, le fait de me découvrir brutalement à son chevet pouvait entraîner les conséquences les plus désastreuses. Compte tenu de son état, il m'allait être possible de prendre sans le moindre risque mon tour de garde auprès de lui pendant les semaines à venir. Mais du jour où il serait déclaré hors de danger, je devrais éviter de me montrer jusqu'à ce que le chirurgien le jugeât possible.

Ma belle-mère et moi nous relayâmes jour et nuit dans sa chambre.

Durant ses phases de délire, qui se produisaient avec une impitoyable régularité, mon nom revenait sans cesse sur les lèvres de mon pauvre chéri. Son idée maîtresse était celle que j'avais vainement combattue lors de notre dernière entrevue. Suite au verdict prononcé à son procès, personne, pas même sa femme, ne pouvait être vraiment et pleinement persuadé de son innocence. Toutes les images que produisait son imagination déréglée étaient également inspirées par cette indéracinable conviction. Il se voyait vivant avec moi dans ces conditions tant redoutées. Quoi qu'il fît, je ne cessais de lui reparler de l'épreuve terrible par laquelle il était passé. Il jouait son personnage et il jouait le mien. Il m'apportait une tasse de thé et je lui disais : « Nous nous sommes disputés hier. Ce breuvage ne serait-il pas empoisonné ? » Il me donnait un baiser en signe de réconciliation ; je lui demandais en riant : « Nous sommes le matin ; serai-je morte pour neuf heures ce soir ? » Souffrante, j'étais alitée et il m'apportait une potion. Je le regardais d'un œil soupçonneux et déclarais : « Vous êtes épris d'une autre femme. Aurait-on à l'insu du docteur mêlé à ce remède quelque produit nocif ? » Tel était l'horrible drame qui se jouait sans désemparer dans sa tête. Des centaines et des centaines de fois je l'entendis le répéter presque mot pour mot. En d'autres occasions, ses pensées le ramenaient à mon projet sans espoir de prouver son innocence. Parfois cela déclenchait chez lui une crise d'hilarité, et parfois il en pleurait. A d'autres moments, il concevait des obstacles compliqués afin de me mettre en échec. Il était particulièrement dur avec moi lorsqu'il inventait de ces stratagèmes préventifs ; il recommandait aux personnes imaginaires qui l'y aidaient de ne pas hésiter à m'offenser ou me faire de la peine. « Peu importe que vous la mettiez en colère, peu importe que vous la fassiez pleurer. C'est pour son bien, pour la sauver de périls dont la pauvre sotte n'a même pas idée. Ne la prenez pas en pitié lorsqu'elle dit agir pour mon bien. Regardez ! elle va se faire outrager ; elle va être cruellement déçue dans ses espérances ; elle va se couvrir de ridicule avant même de s'en apercevoir. Empêchez-la ! empêchez-la ! » C'était faiblesse de ma part ; j'aurais dû en permanence garder présent à l'esprit qu'il n'était pas lui-même. Les heures que je passai ainsi au chevet de mon mari furent pour beaucoup des heures d'abattement et de mortification dont il était, pauvre âme, la cause unique et involontaire.

Les semaines passaient et il balançait toujours entre la vie et la mort.

Je ne tenais pas de journal et ne saurais donc préciser la date exacte à laquelle survint la première amélioration notable. Je me souviens seulement que c'est au lever du soleil sur une belle matinée d'hiver que nous fûmes enfin soulagées de notre poids d'angoisse. Le sort voulut que le chirurgien se trouvât au chevet de

son patient lorsqu'il s'éveilla. En voyant Eustace ouvrir les yeux, il
s'empressa de m'inviter du geste à demeurer à l'écart et à garder le
silence. Ma belle-mère et moi comprîmes l'une comme l'autre ce
que cela signifiait. Le cœur débordant d'allégresse, nous remer-
ciâmes le Seigneur de nous rendre un fils et un mari.

Nous trouvant seules ce soir-là, nous nous hasardâmes, pour la
première fois depuis que nous étions parties, à envisager l'avenir.

– Le médecin, commença Mrs. Macallan, affirme qu'Eustace est
trop faible pour pouvoir supporter le moindre choc émotionnel, et
cela pour encore quelques jours. Cela nous laisse le temps de décider s'il convient ou non de lui dire qu'il doit la vie à vos soins
autant qu'aux miens. Auriez-vous le cœur de le quitter, Valeria,
maintenant que la miséricorde divine vous l'a rendu ?

– Si je n'interrogeais que mon cœur, lui répondis-je, je ne le
quitterais plus jamais.

– Que vous faut-il consulter d'autre ?

– Il me faut penser au bonheur de sa vie et de la mienne dans les
années à venir. Je puis en endurer beaucoup, mais je ne supporte-
rais pas qu'il me quitte une deuxième fois.

– Vous êtes injuste envers lui, Valeria. Je pense vraiment que ce
n'est pas lui faire justice que de penser qu'il pourrait de nouveau
vous quitter !

– Mais enfin, madame Macallan, auriez-vous oublié ce que nous
lui avons entendu répéter à mon sujet durant toutes ces semaines ?

– Il s'agissait des divagations d'un malade qui délirait. On ne
saurait tenir Eustace pour responsable de ce qu'il disait lorsque
son esprit battait la campagne.

– On saurait encore moins tenir tête à sa mère quand elle plaide
sa cause. Vous êtes la plus chère et la meilleure des amies ! Non, je
ne songe pas à lui reprocher ce qu'il a pu déclarer sous l'empire de
la fièvre, mais je regarde cela comme une mise en garde. Ses
paroles les plus insensées étaient l'écho fidèle de celles qu'il m'a
tenues au temps où il était bien portant. Qu'est-ce qui me permet
d'espérer le voir me revenir avec un tout autre état d'esprit ?
L'absence et les souffrances n'y ont rien changé. Dans le délire
causé par la fièvre ou en pleine possession de ses moyens, il nour-
rit le même terrible doute à mon endroit. Je ne vois qu'un seul

moyen d'y remédier : c'est de détruire à la racine ce qui l'a poussé
à me quitter. Inutile d'argumenter ; plutôt le mettre devant le fait
accompli : il restera à mes yeux l'innocent qu'il a toujours été.

– Valeria ! Valeria ! vous êtes en train de perdre votre temps et
votre salive. vous avez déjà tout tenté et vous savez aussi bien que
moi que c'est un projet impossible.

Je n'avais pas de réponse à cela. Que dire que je n'eusse déjà dit ?

– Supposons, reprit ma belle-mère, que vous retourniez voir
Dexter, ceci par pure compassion pour un pauvre diable malheureux et à moitié fou qui vous a déjà insultée. Vous ne pourrez le
faire qu'accompagnée par moi ou quelque autre personne de
confiance. Et vous ne pourrez y rester que le temps de complaire à
son imagination extravagante et d'apaiser pour un temps sa cervelle surmenée. Cela fait, tout sera fait et vous prendrez congé. Et
même à supposer que Dexter soit encore en mesure de vous aider,
comment pourriez-vous tirer parti de lui sans instituer entre vous
des rapports de confiance et de familiarité – bref, en le traitant
comme un ami proche ? Répondez honnêtement : pourriez-vous
vous y résoudre après ce qui s'est passé chez Mr. Benjamin ?

Inspirée par la confiance naturelle que l'on éprouve à l'endroit
d'une parente et d'une compagne de voyage, je lui avais raconté
ma dernière entrevue avec Miserrimus Dexter, et voilà l'usage
qu'elle en faisait ! Sans doute n'étais-je pas fondée à l'en blâmer ;
sans doute son motif autorisait-il à ses yeux le procédé. Je n'avais
en tout cas d'autre choix que de la rembarrer ou de me rendre à ses
arguments. J'optai pour cette seconde solution et reconnus que
jamais plus je ne pourrais regarder Miserrimus Dexter comme un
véritable ami.

Elle poussa impitoyablement son avantage :

– Très bien. Donc, cette ressource vous étant désormais enlevée,
quel espoir reste-t-il ? De quel côté allez-vous vous tourner ?

Il n'était pas, dans la situation où je me trouvais alors, de
réponse satisfaisante à ces questions. Je gardai le silence, ce qui ne
me ressemblait vraiment pas. Et Mrs. Macallan de porter l'esto-
cade finale :

– Mon pauvre Eustace est faible et instable, mais il n'est pas un
ingrat. Mon enfant ! vous lui avez rendu le bien pour le mal ; en

affrontant pour lui toutes sortes d'épreuves et de dangers, vous avez fait la démonstration d'un amour fidèle et dévoué. Faites-moi, faites-lui confiance ! Il ne saurait vous résister. Donnez-lui à voir le cher visage dont il n'a cessé de rêver, regardez-le avec des yeux pleins d'un amour intact, et il sera de nouveau à vous – à vous pour la vie ! – elle se leva et ses lèvres m'effleurèrent le front. Dites oui, Valeria, murmura-t-elle d'un ton de tendresse que je ne lui avais encore jamais entendu. Et devenez encore plus chère à mes yeux comme aux siens !

Mon cœur faisait cause commune avec le sien. Je me sentais vidée de toute énergie. Je n'avais rien reçu de Mr. Playmore, aucune lettre qui fût de nature à me guider et m'encourager. Je m'étais battue si longtemps et avec si peu d'effet, j'avais tant souffert, j'avais enduré tant de malheurs et de déceptions en cascade – et puis il était là, dans la pièce voisine, en train de revenir peu à peu à la vie –, comment aurais-je pu résister ? Tout était terminé ! En acceptant – à supposer qu'Eustace confirmât le pronostic optimiste de sa mère –, je disais adieu à l'unique ambition, à la belle et noble espérance de ma vie. Je le savais et j'acceptai.

C'était donc la fin du combat magnifique ! Et le début d'une résignation nouvelle qui signifiait que j'avais échoué !

Mrs. Macallan et moi dormions ensemble dans une sorte de grenier, seul logement que l'auberge avait pu nous fournir. La nuit qui suivit notre conversation fut glaciale. Malgré la protection de nos peignoirs et manteaux de voyage, nous souffrions de ce froid mordant. Ma belle-mère avait fini par s'endormir, mais, pour ma part, je ne trouvais pas le sommeil. J'étais par trop inquiète et mal en train ; je repensais à mon changement de stratégie et j'étais tenaillée par l'incertitude quant à la façon dont mon mari allait réagir.

Plusieurs heures s'étaient, je suppose, écoulées et j'étais toujours absorbée par mes tristes ruminations lorsque je pris soudain conscience d'une sensation inédite et très singulière qui à la fois me surprit et m'alarma. Je me dressai brusquement sur mon séant, interdite, le souffle suspendu. Mon mouvement réveilla Mrs. Macallan.

– Que se passe-t-il ? interrogea-t-elle. Êtes-vous souffrante ?

Je tentai de lui décrire du mieux que je pus ce que je ressentais. Elle parut comprendre avant même que j'eusse terminé ; elle me prit tendrement dans ses bras et me serra contre son sein.

– Fillette ingénue que vous êtes, dit-elle ; est-il possible que vous ne sachiez pas ce qui vous arrive ? Faut-il vraiment que je vous le dise ?

Elle me murmura la suite à l'oreille. Oublierai-je un jour le tumulte d'émotions qui se souleva en moi, cette étrange confusion de joie et de peur, de surprise et de soulagement, de fierté et d'humilité, qui m'emplit tout entière et fit de moi, dès cet instant, une femme nouvelle ? Cela venait de m'être révélé d'un coup ! Si le Seigneur m'épargnait quelques mois de plus, j'allais connaître la plus durable et la plus sacrée d'entre les joies humaines, celle de donner la vie !

J'ignore comment passa le restant de la nuit. Je ne recouvrai la mémoire qu'au matin, lorsque je sortis respirer l'air vif qui balayait la lande sur les arrières de l'auberge.

J'ai dit que je me sentais une femme nouvelle. Le matin me trouva armée d'un courage et d'un esprit de résolution tout neufs. Lorsque j'envisageais l'avenir, ce n'était plus seulement à mon mari que je pensais. Sa bonne réputation ne lui appartenait plus en propre, non plus qu'à moi ; elle allait être bientôt le bien le plus précieux qu'il pût léguer à son enfant. Or qu'avais-je fait la veille, alors que j'ignorais encore mon état ? J'avais abdiqué l'espoir de laver son nom de la flétrissure dont il était marqué – oui, une flétrissure, si insignifiante qu'elle pût paraître aux yeux de la loi. Notre enfant entendrait plus tard de mauvaises langues lui glisser : « Ton père a été jugé pour le plus ignoble des crimes et il n'a jamais été tout à fait innocenté. » Pouvais-je affronter les glorieux périls de l'enfantement avec cette pensée en tête ? Non ! pas avant d'avoir une nouvelle fois tenté de mettre à nu la conscience de Miserrimus Dexter ! Pas avant d'avoir repris le combat et fait éclater la vérité qui restaurerait l'honneur de l'époux et du père !

C'est pleine d'une ardeur nouvelle que je regagnai l'auberge. Ouvrant mon cœur à ma belle-mère et amie, je lui fis part du changement qui s'était opéré en moi depuis la dernière fois que nous avions parlé d'Eustace.

Elle en fut plus que dépitée; elle m'en voulait presque de ce revirement. Elle me représenta que la seule chose qui nous manquait était arrivée. Le bonheur qui nous était promis allait constituer un nouveau ciment entre mon mari et moi. Elle regardait toute autre considération comme purement chimérique. Quitter Eustace maintenant serait agir aussi sottement que cruellement. Je regretterais jusqu'à la fin de mes jours de n'avoir pas saisi l'aubaine qui s'offrait.

Cela fut un pénible combat intérieur, de douloureuses incertitudes m'assaillirent, mais, cette fois, je tins bon. L'honneur du père, l'héritage de l'enfant : deux idées que je m'efforçais de garder présentes à l'esprit. Parfois, elles se dérobaient et je n'étais plus qu'une malheureuse secouée de brusques crises de larmes qui me laissaient recrue de honte. Mais mon obstination naturelle – pour reprendre l'expression de Mrs. Macallan – me fit tout surmonter. J'allais de temps à autre regarder Eustace lorsqu'il dormait, et cela m'aidait également. Même si, sur le moment, ces furtives visites à mon mari me serraient le cœur, je m'en trouvais par la suite fortifiée. Je ne saurais l'expliquer – cela paraît si contradictoire – et ne puis que rapporter cela tel quel, comme une des épreuves que j'ai vécues durant cette période tourmentée.

Je fis une concession à Mrs. Macallan : je consentis à laisser passer deux jours avant de prendre mes dispositions en vue de rentrer en Angleterre, ceci pour le cas, peu probable, où j'aurais entretemps changé d'avis.

Bien m'en prit car, au deuxième jour, le directeur de l'hôpital militaire envoya un homme relever le courrier au bureau de poste, distant de plusieurs milles. Il y avait une lettre pour moi. Je crus en reconnaître l'écriture et ne me trompai point : la réponse de Mr. Playmore venait enfin de me parvenir !

Si j'avais été en danger de changer d'avis, le brave avocat m'eût secourue à point nommé. L'extrait qui suit rend compte du ton de sa lettre et montre de quelle manière elle venait m'encourager à un moment où j'avais tant besoin de quelques paroles amicales et réconfortantes.

« Que je vous dise maintenant, m'écrivait-il, ce que j'ai fait pour vérifier les conclusions vers lesquelles tend votre lettre.

« J'ai retrouvé un des domestiques qui furent chargés de monter la garde dans le couloir après le décès à Gleninch de la première Mrs. Macallan. Cet homme se souvient parfaitement que Miserrimus Dexter se présenta (en fauteuil) devant lui et son camarade alors que toute la maisonnée s'était retirée pour la nuit.

« – Je suppose que cela ne dérange pas si je vais lire dans le bureau ? leur dit Dexter. Je n'arrive pas à trouver le sommeil après ce qui est arrivé ; j'ai besoin de me changer les idées.

« Les deux hommes n'avaient pas reçu d'instructions concernant le bureau. Ils savaient en outre que la porte de communication entre cette pièce et la chambre à coucher était fermée à clé, et que les clés des deux autres portes permettant d'accéder à ladite chambre se trouvaient en la possession du Dr Gale. Ils autorisèrent en conséquence Dexter à se rendre dans le bureau. Il y entra, referma derrière lui et ne reparut pas avant un moment. C'est là, bien sûr, que les deux hommes croyaient qu'il se trouvait ; mais nous savons, nous, suite à ce qu'il a laissé échapper lors de son entrevue avec vous, que Dexter était dans la chambre à coucher. Or, comme vous le supposez avec raison, il ne put y pénétrer que parce qu'il était en possession de la clé manquante. Je n'ai pu découvrir combien de temps il y resta, mais la question est de peu d'importance. Le domestique se rappelle qu'il ressortit du bureau "pâle comme un mort" et que, regagnant sa chambre, il passa devant lui sans un mot.

« Ce sont là des faits certains. La conclusion à laquelle ils conduisent est de la première importance. Elle confirme tout ce que je vous ai confié à mon cabinet. Vous vous souvenez de la teneur de notre conversation. Je n'en dis pas plus.

« Parlons maintenant de vous. Vous avez à votre insu suscité chez Miserrimus Dexter des sentiments sur lesquels je n'ai pas besoin de revenir. Comme je l'ai moi-même noté, il y a dans votre silhouette et dans certaines de vos attitudes un je ne sais quoi qui, effectivement, n'est pas sans évoquer feu Mrs. Macallan à ceux qui l'ont bien connue, et qui a manifestement produit son effet sur l'esprit morbide de Dexter. Sans m'appesantir sur le sujet, permettez-moi de vous rappeler qu'il s'est montré en votre présence, dans ses moments d'agitation et en raison de l'effet que vous avez sur lui, incapable de réfléchir avant de parler. Il n'est pas seulement possible, mais hautement probable qu'il se trahisse beaucoup plus sérieusement qu'il ne l'a fait jusqu'à présent si vous lui en fournissez l'occasion. Je vous devais, connaissant ce que vous avez à gagner dans l'affaire, de m'exprimer clairement sur ce point.

« Je ne doute pas que vous avez opéré, durant le bref séjour à Londres qui a suivi votre passage à Édimbourg, d'importants progrès en direction de la fin que vous vous êtes fixée. Je retire de votre lettre ainsi que de mes découvertes la ferme conviction que Dexter a entretenu des relations secrètes – et tout à fait innocentes, j'en suis certain, en ce qui le concernait – avec Mrs. Macallan non seulement dans les temps de sa mort, mais probablement aussi au cours des semaines qui ont précédé. Je suis fortement persuadé, je ne vous le cache pas, que découvrir la nature de ces relations équivaudra selon toute probabilité à établir l'innocence de votre mari. L'honnêteté m'interdisait de vous cacher ce point. Elle me fait aussi obligation d'ajouter que je ne puis en mon âme et conscience vous conseiller, même en considération de ce que vous avez à y gagner, de prendre le risque qu'impliquerait nécessairement une nouvelle visite chez Miserrimus Dexter. En cette difficile et délicate matière, je ne puis ni ne veux m'avancer plus avant. La décision finale vous appartient. Je ne vous demande de m'accorder qu'une seule faveur : faites-moi savoir ce que vous aurez résolu sitôt que vous le saurez. »

Les difficultés que voyait mon estimable correspondant n'en étaient pas pour moi. Je n'avais pas, contrairement à lui, une tournure d'esprit très juridique. Ma décision de retourner voir Miserrimus Dexter, quoi qu'il pût en ressortir, fut prise avant que j'eusse terminé la lettre.

La malle de France passait la frontière le lendemain. Il y avait, si je voulais, une place pour moi sous la protection du conducteur. Sans consulter quiconque – bouillante et irréfléchie comme à mon habitude –, je sautai sur l'occasion.

XXXVIII

LE VOYAGE DU RETOUR

Si j'avais voyagé à bord de ma propre voiture, jamais les chapitres qui suivent n'eussent été écrits. Avant même d'avoir roulé une heure, je me serais adressée au conducteur pour lui demander de faire demi-tour.

Qui peut se prévaloir de rester inflexible dans ses résolutions?

C'est vers les femmes que je me tourne en posant cette question. Je m'étais montrée résolue en restant sourde aux doutes et avis de Mr. Playmore; résolue en tenant tête à ma belle-mère; résolue enfin en sautant dans la malle-poste. Je le demeurai durant encore dix minutes après avoir quitté l'auberge, puis le courage commença de me manquer. «Malheureuse, me disais-je, tu viens d'abandonner ton mari!» Si, dans les heures qui suivirent, j'avais pu arrêter la voiture, je ne m'en serais assurément pas privée. Je haïssais le cocher, pourtant le plus adorable des hommes. Je détestais les chevaux andalous, pourtant les plus aimables bêtes qui firent jamais tinter grelots. J'exécrais ce soleil radieux qui aurait dû agrémenter les choses, et cet air vif que j'avais malgré moi plaisir à respirer. Jamais il n'y eut de plus triste journée de voyage que celle, pourtant plaisante et sans histoire, qui m'amena à la frontière! Un seul petit réconfort, une mèche de cheveux dérobée à Eustace, m'aida à endurer mon tourment. Nous étions partis à une heure du matin, alors qu'il dormait à poings fermés. J'avais pu, sans risque d'être découverte, me glisser dans sa chambre, l'effleurer d'un baiser, pleurer doucement en le contemplant, puis couper une boucle de ses cheveux. Je ne sais toujours pas aujourd'hui où je puisai la force de le quitter. Sans doute ma belle-mère m'y aida-t-elle sans le vouloir. Car elle entra dans la chambre, la tête droite et l'œil glacial, pour me dire, en insistant cruellement sur le mot :

– Valeria, si vous avez toujours l'intention de partir, la diligence est dehors.

En ces circonstances, n'importe quelle femme possédant deux doigts de caractère aurait eu cette *intention*. Je l'avais, je la mis à exécution.

Et par la suite, je m'en mordis les doigts. Pauvre humanité !

C'est au temps que revient tout le mérite de consoler les âmes affligées. A mon avis, on le surestime un peu en la matière. La distance accomplit la même œuvre bénéfique beaucoup plus rapidement et, quand elle est appuyée par le changement, avec plus d'efficace. Dans le train qui m'emmenait vers Paris, je devins peu à peu capable de porter un regard objectif sur la situation. Je pus me représenter que la réception que m'avait réservée Eustace – passé le premier émerveillement et la première félicité – pouvait infirmer la confiance que lui témoignait sa mère. S'il était admis que je prenais un risque en retournant voir Miserrimus Dexter, ne m'étais-je pas montrée tout aussi irréfléchie en revenant sans y avoir été invitée auprès d'un mari qui avait décrété que tout bonheur conjugal était impossible entre nous et que notre vie commune était terminée ? D'autre part, qui pouvait dire que les événements à venir n'allaient pas finir par prouver le bien-fondé de mon action – non seulement à mes yeux, mais aux siens également ? Je l'entendais déjà disant : « Elle était d'une curiosité intempestive ; elle s'entêtait plutôt que d'entendre raison ; elle a quitté mon chevet quand une autre y serait restée ; mais elle s'est au bout du compte rachetée puisque c'est elle qui finalement était dans le vrai. »

Je me reposai une journée à Paris et y écrivis trois lettres.

Une à Benjamin afin de lui annoncer mon arrivée dans la soirée du lendemain. Une à Mr. Playmore pour l'avertir en temps voulu que j'avais l'intention de faire une dernière tentative pour percer le mystère de Gleninch. Une enfin à Eustace, de quelques lignes seulement, pour lui dire que j'avais aidé à le soigner durant la période où son état était le plus préoccupant, pour lui expliquer la seule et unique raison qui m'avait poussée à le quitter, et pour le prier enfin de suspendre son jugement jusqu'à ce que mon amour lui apparût dans toute sa force. J'adressai cette dernière lettre à ma belle-mère, m'en remettant à elle pour choisir le moment où elle la remettrait à Eustace. Toutefois, j'interdisais formellement à Mrs. Macallan d'instruire son fils du lien nouveau qui nous unissait, lui et moi. Même s'il avait choisi et décidé de se séparer de moi, je tenais à ce qu'il ne l'apprît pas d'une autre bouche que la mienne. Peu en importe la raison! Il est certains détails que je dois garder par-devers moi; et c'en est un.

Ces lettres écrites et expédiées, j'eus le sentiment du devoir accompli. J'avais maintenant les coudées franches pour abattre ma dernière carte dans une partie qui demeurait très incertaine.

XXXIX

AVANT DE RETOURNER
CHEZ DEXTER

– Ma parole, Valeria ! c'est à croire que la folie de ce monstre est contagieuse et que vous l'avez attrapée !

Telle fut la réaction de Benjamin lorsque je lui annonçai mon intention de retourner, en sa compagnie, chez Miserrimus Dexter.

Bien décidée à parvenir à mes fins, je choisis d'employer la manière douce. Je suppliai mon brave ami de se montrer patient avec moi.

– Et souvenez-vous de ce que je vous ai dit, ajoutai-je : il est de la dernière importance pour moi de revoir Dexter.

C'était apporter de l'eau à son moulin.

– Le revoir ? s'indigna-t-il. Après qu'il vous a grossièrement insultée, et sous mon toit, dans cette pièce même ? Non, ce n'est pas possible, je dois rêver !

Je sais que j'eus tort, mais l'indignation vertueuse de Benjamin réveilla chez moi un penchant espiègle et je ne pus résister à la tentation de titiller son sens des convenances en affectant une audacieuse largeur d'esprit :

– Comme vous y allez, mon ami ! Il faut se montrer indulgent envers un homme frappé d'une telle infirmité et qui mène une vie comme la sienne. Et nous ne devons pas laisser la pudeur nous entraîner au-delà des limites du raisonnable. Je commence à me dire que j'ai peut-être moi-même, sur le moment, péché par excès de pruderie. Une femme qui se respecte et qui voue à son mari un amour sans partage ne se sent pas si gravement que cela atteinte lorsqu'un pauvre infirme s'oublie au point de lui passer un bras autour de la taille. L'indignation vertueuse est parfois, irai-je jusqu'à dire, une indignation à bon compte. Je lui ai pardonné et vous devez en faire autant. Puisque vous serez avec moi, je n'aurai pas à craindre de nouvelles privautés. Sa maison est une vraie curiosité, elle vous intéressera à coup sûr ; les tableaux valent à eux seuls le déplacement. Je vais lui écrire aujourd'hui et nous irons le voir demain. Cette visite, nous nous la devons à nous-mêmes, sinon à Mr. Dexter. Regardez autour de vous, Benjamin, et vous verrez qu'une charité qui ne trie pas entre les malheureux est la grande vertu de notre époque. Il convient que ce pauvre Mr. Dexter bénéficie de cette mode. Allez, allez, soyez de votre temps ! Ouvrez-vous aux idées nouvelles !

Loin de déférer à l'aimable exhortation, ce brave vieux Benjamin s'en prit à l'époque où nous vivions comme le taureau se jette sur la cape :

– Ah, les idées nouvelles ! les idées nouvelles ! Mais oui, Valeria, épousons les idées nouvelles ! La moralité de nos aïeux est périmée, les usages anciens sont éculés. Il faut aller de l'avant. Rien ne cloche plus de nos jours. La femme en Angleterre et le mari en Espagne, mariés ou pas mariés, vivant ou non sous le même toit, tout cela est du pareil au même. Je vais vous accompagner, Valeria ; je vais me montrer digne du monde où je vis. Et tant que nous y serons, quand nous en aurons terminé avec Dexter, nous courrons à une conférence nous gaver de science toute prête, nous irons entendre le savant à la mode, l'homme qui se tenait dans les coulisses pendant la Création et qui sait absolument tout sur la façon dont le monde s'est constitué et sur le temps que cela a pris. Il y a l'autre aussi ; n'oublions surtout pas ce moderne Salomon qui nous a lui aussi laissé ses proverbes, le philosophe dernier cri qui tient les consolations de la religion pour d'inoffensives amusettes et qui a la bonté de reconnaître que, s'il avait été suffisamment puéril pour s'en servir comme de jouets, il n'en eût été que plus heureux. Ah, les idées nouvelles ! Que de belles découvertes, édifiantes et consolatrices, ont été faites à la lumière des idées nouvelles ! Nous étions tous des singes avant d'être des hommes, et des molécules avant d'être des singes ! Et qu'est-ce que cela fait ? Est-ce que quoi que

ce soit importe à qui que ce soit ? Je suis votre homme, Valeria,
et fin prêt ! Le plus tôt sera le mieux. Allons trouver Dexter !
Allons-y !

— Je suis ravie de vous voir dans ces dispositions, lui répondis-je.
Mais ne faisons rien dans la précipitation. Trois heures demain
après-midi sera parfait. Je m'en vais lui écrire immédiatement
pour lui annoncer notre venue. Où allez-vous ?

— Je vais passer un moment à la bibliothèque, histoire de me
changer les idées, dit Benjamin d'un ton sinistre.

— Vous allez lire ?

— Je m'en vais lire… *Le Chat botté* et *Jacques et le Haricot
magique*, enfin tout ce que je trouverai qui soit d'un autre temps.

Sur cette dernière pique à l'encontre des idées nouvelles, mon
vieil ami me laissa seule pour un moment.

Ayant envoyé mon billet, je me pris à penser, non sans une certaine inquiétude, à la santé de Miserrimus Dexter. Comment
s'était-il porté pendant mon absence d'Angleterre ? Y avait-il
quelqu'un à portée qui pût me donner de ses nouvelles ? Consulter
Benjamin là-dessus risquait de le faire remonter sur ses grands
chevaux. J'en étais là de mes réflexions lorsque la gouvernante,
vaquant à ses occupations, entra dans la pièce. Je lui demandai à
tout hasard si elle avait entendu parler, depuis mon départ, de cet
être extraordinaire qui l'avait tant effrayée.

Elle secoua la tête de l'air de considérer qu'il était du plus mauvais goût de revenir sur ce sujet.

— Une semaine peut-être après votre départ, madame, commença-t-elle non sans raideur et en choisissant ses mots avec soin,
la personne dont vous parlez a eu l'aplomb de vous faire apporter
une lettre. Le messager s'est vu dire, sur ordre de Mr. Benjamin,
que vous étiez à l'étranger, et on les a proprement envoyés promener, lui et sa lettre. Là-dessus, peu de temps après, j'ai de nouveau
entendu parler de l'individu en question, un jour que je prenais le
thé avec la gouvernante de Mrs. Macallan. Conduisant lui-même
sa voiture, il s'était présenté chez cette dame afin de s'informer à
votre sujet. Comment il fait pour conduire sans une paire de
jambes pour garder l'équilibre, voilà bien qui me dépasse. Mais là
n'est pas la question. Ce qui est certain, c'est que, jambes ou pas

jambes, la gouvernante l'avait eu devant elle et qu'elle m'a dit que cette vision resterait gravée dans sa mémoire jusqu'à la fin de ses jours. Elle lui avait parlé – dès qu'elle avait été remise de sa stupeur – de la blessure de Mr. Macallan et elle lui avait dit que vous et Mrs. Macallan étiez parties le soigner. Il s'en était allé la larme à l'œil et le juron à la bouche, m'a raconté mon amie. Un bien choquant spectacle selon elle. C'est tout ce que je peux vous dire au sujet de cet individu, madame, et j'espère que vous ne m'en voudrez pas si j'ajoute que ce sujet m'est on ne peut plus désagréable.

Elle me fit une révérence dans les formes et se retira.

Restée seule, je me sentis plus inquiète et indécise que jamais en pensant à l'expérience qui serait tentée le lendemain. En faisant la part de l'exagération, ce portrait de Miserrimus Dexter s'en repartant de chez Mrs. Macallan donnait à penser qu'il avait mal supporté ma longue absence et qu'il était fort éloigné d'accorder un répit à son système nerveux délabré.

Le lendemain matin m'apporta la réponse de Mr. Playmore au courrier que je lui avais envoyé de Paris.

Il s'agissait d'une missive assez brève dans laquelle il n'approuvait ni ne condamnait ma décision, mais me recommandait une nouvelle fois de choisir une personne compétente pour m'accompagner chez Dexter. La partie la plus intéressante se trouvait à la fin de la lettre.

« Il faut vous attendre, m'écrivait-il, à le trouver changé dans le sens d'une dégradation. Un de mes amis qui l'a vu il y a quelques jours pour affaires a été frappé de l'altération qui s'est opérée en lui. Votre présence ne va pas manquer d'exercer un effet dans un sens ou dans l'autre. Je ne puis vous dire comment procéder ; il vous faudra agir en fonction des circonstances. Ce sera à vous de voir s'il convient ou non de l'inciter à parler de feu Mrs. Macallan. Les chances de le voir se couper gravitent toutes, selon moi, autour de ce seul sujet ; efforcez-vous si possible de l'y maintenir. » Et mon correspondant ajoutait en post-scriptum : « Demandez à Mr. Benjamin s'il se trouvait suffisamment près de la porte de la bibliothèque pour avoir entendu Dexter vous dire qu'il s'est introduit dans la chambre de Mrs. Macallan dans la nuit qui a suivi son décès. »

Je posai la question à Benjamin lorsque nous prîmes place à table avant de nous mettre en route pour le faubourg éloigné où vivait Miserrimus Dexter. Mon vieil ami désapprouvait toujours autant cette expédition. C'est avec une gravité et une économie de mots peu habituelles chez lui qu'il me répondit :

– Je n'écoute pas aux portes. Mais certaines personnes ont des voix qui veulent être entendues. Mr. Dexter fait partie du lot.

– Dois-je comprendre que vous avez tout entendu ?

– La porte n'est pas assez lourde ni la cloison assez épaisse. Oui, j'ai tout entendu et j'ai trouvé ses propos infâmes, si vous voulez savoir !

– Il est possible cette fois, risquai-je, que je vous demande un peu plus que de seulement l'entendre. Il se pourrait que je vous demande de prendre des notes de ce que Mr. Dexter me dira. Mon père vous dictait son courrier. Est-ce qu'il vous reste un de vos petits carnets de l'époque ?

Benjamin avait levé les yeux de son assiette avec une expression d'étonnement maussade.

– C'est une chose que d'écrire sous la dictée d'un gros négociant qui tient une importante correspondance par laquelle des milliers de livres changent de mains, et c'en est une autre, Valeria, que de coucher par écrit les radotages inarticulés d'un monstre dément que l'on devrait enfermer dans une cage. Jamais votre brave homme de père n'aurait sollicité de moi pareil service.

– Ne m'en veuillez pas, Benjamin, mais je suis vraiment obligée de vous demander cela. L'idée est de Mr. Playmore, notez bien ! pas de moi. Allez, Benjamin, faites cela pour votre petite Valeria !

Il baissa la tête sur son assiette d'un air de résignation morose, et je sus que c'était gagné.

– J'ai été toute ma vie pendu à son jupon, l'entendis-je grommeler dans sa barbe. Il est trop tard aujourd'hui pour y rien changer – il leva les yeux vers moi. Je croyais avoir pris ma retraite. Mais je vois bien qu'il me faut renouer avec les écritures. Bon, alors ? Qu'attend-on exactement de moi cette fois-ci ?

Juste comme il posait cette question, on vint nous annoncer que le fiacre était déjà devant l'entrée. Je me levai, lui pris le bras et déposai un baiser de gratitude sur sa vieille joue rose.

– Deux choses seulement, lui dis-je. Vous vous assoirez dans le dos de Mr. Dexter, de sorte qu'il ne puisse vous voir. Mais vous aurez soin de vous placer de manière à me voir.

– Moins je verrai Mr. Dexter, mieux je me porterai, grogna-t-il. Que devrai-je faire une fois que je serai installé derrière lui ?

– Vous attendrez que je vous fasse signe de commencer à noter dans votre carnet les paroles de Mr. Dexter et vous continuerez jusqu'à ce que je vous adresse un autre signe, qui signifiera : Arrêtez !

– Bon. Quel sera ce premier signal ? Et quel sera le second ?

La question me prenait de court. Je demandai à Benjamin de me conseiller. Mais, non ! hors de question qu'il prît une part active dans cette affaire. Résigné à être employé en qualité d'instrument passif, il refusait de faire le moindre pas de plus en matière de concessions.

Obligée de me débrouiller toute seule, je ne trouvai pas facile d'imaginer un système télégraphique qui pût être suffisamment clair pour Benjamin sans risquer d'éveiller le prompt soupçon de Dexter. Je me plaçai devant la glace afin de voir si ma toilette ne recelait point quelque solution. Mes boucles d'oreilles me fournirent l'idée que je cherchais.

– J'aurai soin de m'asseoir dans un fauteuil, dis-je. Quand vous me verrez poser le bras sur l'accoudoir et porter la main à ma boucle d'oreille comme pour la tripoter machinalement, commencez à noter ce qu'il dit, et cela jusqu'à ce que… eh bien, disons, jusqu'à ce que vous m'entendiez déplacer mon fauteuil. A ce bruit, vous arrêtez. Vous avez bien compris ?

– J'ai compris.

Et nous prîmes le chemin de la maison de Dexter.

XL

UN CHATIMENT MÉRITÉ

Cette fois c'est le jardinier qui vint nous ouvrir. Il avait manifestement reçu des instructions en prévision de ma venue.

– Mrs. Valeria ?

– Oui.

– Et un ami ?

– Et un ami.

– Veuillez monter à l'étage. Vous connaissez la maison.

Traversant le hall, je m'arrêtai pour regarder la canne de marche dont Benjamin ne se séparait jamais.

– Cette canne va vous encombrer, lui dis-je. Est-ce qu'il ne vaudrait pas mieux la laisser ici ?

– Elle pourrait au contraire avoir son utilité, me répondit-il d'un ton bourru. Je n'ai pas oublié, moi, ce qui s'est passé dans la bibliothèque.

Le moment aurait été mal choisi pour discutailler. Je m'engageai dans les escaliers.

Sur le point d'aborder la deuxième volée de marches, nous entendîmes soudain, venant de l'étage, comme un cri de douleur. Nous n'étions pas encore entrés dans l'antichambre circulaire qu'il retentit encore par deux fois. Je fus la première à passer dans la grande pièce et à découvrir une nouvelle des nombreuses facettes du personnage de Miserrimus Dexter.

La malheureuse Ariel se tenait debout devant une table sur

laquelle se trouvait un plat de petits gâteaux. Elle avait une corde-lette nouée à chaque poignet dont Dexter, posté à quelques yards derrière elle, tenait l'autre extrémité

– Essaie encore, ma jolie! Prends un gâteau, l'entendis-je ordonner tandis que je me figeais sur le pas de la porte.

Ariel, obéissante, avança le bras en direction du plat. A l'instant où elle effleurait un gâteau du bout des doigts, sa main fut tirée en arrière par une violente traction exercée sur la corde avec tant de calcul et de méchanceté que je fus bien près de m'emparer de la canne de Benjamin pour aller la casser sur le dos de Dexter. Ariel, cette fois, endura la douleur avec un silence spartiate. Du fait de sa position par rapport à la porte, elle fut la première à me voir. Elle serrait les dents; l'effort qu'elle faisait pour se contrôler lui congestionnait le visage. Pas même un soupir ne devait lui échapper en ma présence.

– Lâchez ces cordes! intimai-je au comble de l'indignation. Libérez-la, monsieur Dexter, ou je repars immédiatement.

Au son de ma voix, il manifesta sa joie par un cri aigu. Ses yeux se fixèrent sur ma personne avec une expression de ravissement intense et dévorant.

– Entrez! entrez! glapit-il. Voyez à quoi me réduit l'exaspé-rante attente de votre venue. Voyez comment je tue le temps lorsqu'il s'ingénie à nous séparer. Entrez! entrez! Je suis ce matin dans une de mes humeurs malicieuses, et je le dois entièrement, madame Valeria, à mon impatience à vous voir. Quand je suis dans ces dispositions, il me faut tourmenter quelqu'un. Regardez Ariel! Elle n'a rien avalé de la journée et, jusqu'à présent, elle n'a pas été assez vive pour attraper un malheureux gâteau. Ne vous apitoyez pas sur son sort. Elle est dépourvue de nerfs; je ne lui fais pas mal.

– Ariel n'a point de nerfs, elle n'a pas mal, fit en écho la pauvre créature tout en considérant d'un air ombrageux celle qui venait s'immiscer entre elle et son maître.

Je sentis que Benjamin derrière moi esquissait le geste de lever sa canne.

– Lâchez ces cordes! réitérai-je avec une véhémence accrue. Lâchez-les ou bien je m'en vais sur-le-champ.

Ma violence fit tressaillir l'émotif et sensible cul-de-jatte.

– Quelle voix magnifique ! s'exclama-t-il – et de lâcher incontinent les deux cordelettes. Emporte les gâteaux, dit-il à Ariel de son
ton le plus altier.

Elle passa auprès de moi, le plateau à la main, les cordes enser-
rant toujours ses poignets tuméfiés. Elle releva la tête d'un air
de défi.

– Ariel n'a point de nerfs, répéta-t-elle fièrement, il ne lui fait
pas mal.

– Vous voyez, dit Miserrimus Dexter : ce n'était pas bien
méchant, et puis j'ai lâché les cordes quand vous me l'avez dit.
Après une aussi longue absence, madame Valeria, ne commencez
pas à me traiter durement sitôt arrivée.

Il se tut : Benjamin, qui se tenait silencieusement derrière moi,
venait d'attirer son attention pour la première fois.

– Qui est-ce ? interrogea-t-il d'un ton suspicieux en approchant
son fauteuil de la porte. Je sais ! s'écria-t-il avant que j'eusse pu
répondre. Il s'agit de cet homme charitable qui avait tout du
refuge des affligés la dernière fois que je l'ai vu. Depuis, vous
n'avez pas changé en mieux, monsieur. Vous campez aujourd'hui
un personnage tout à fait différent. Vous êtes le bras vengeur en
personne. Votre nouveau protecteur, si je comprends bien,
madame Valeria ? – il inclina la tête à l'adresse de Benjamin avec
une expression d'ironie féroce. Je suis votre humble serviteur,
monsieur Bras vengeur ! J'ai encouru vos foudres et m'en remets à
votre longanimité. Donnez-vous la peine d'entrer, monsieur ! Je
veillerai à ce que votre nouvel emploi soit une sinécure. La dame
que voici est la lumière de ma vie. Prenez-moi en train de lui manquer de respect si vous y arrivez !

Laissant là Benjamin, qui l'avait écouté en lui opposant un
silence dédaigneux, il partit à reculons vers l'endroit de la pièce où
je me trouvais.

– Votre main, lumière de ma vie ! susurra-t-il. Votre main, pour
seulement me montrer que vous m'avez pardonné ! – je lui donnai
ma main. Une seule ? murmura-t-il d'un ton suppliant. Rien
qu'une ? – il y posa les lèvres une fois et avec grande révérence, puis
il la relâcha en poussant un profond soupir. Ah, pauvre Dexter !
dit-il, s'apitoyant sur son sort avec toute la sincérité de son égocen-

trisme. Un cœur ardent, atrophié par la solitude, dégradé par la difformité. Triste! si triste! Ah, pauvre Dexter!

Subitement pris d'un nouvel accès de féroce ironie, il tourna la tête pour dire à Benjamin, en contrefaisant la courtoisie la plus conventionnelle :

– Bien belle journée, monsieur. Enfin un temps de saison après ces pluies interminables. Puis-je vous offrir un rafraîchissement? Ne voulez-vous pas vous asseoir? Lorsqu'il n'est pas plus grand que vous ne l'êtes, le bras vengeur a plus d'allure sur son accoudoir.

– Et un singe derrière les barreaux de sa cage, rétorqua Benjamin, furieux de cette allusion à sa petite taille. Je m'attendais, monsieur, à vous voir juché sur votre balançoire.

La flèche fut sans effet sur Miserrimus Dexter, à croire qu'il n'avait pas entendu. Une nouvelle métamorphose le rendait pensif, comme abattu, et son regard me fixait avec une attention grave et profonde. Je pris le fauteuil le plus proche après avoir lancé à Benjamin un coup d'œil qu'il interpréta aussitôt. Il alla se placer derrière Dexter et selon un angle qui lui permît de me voir. Ariel, qui dévorait ses gâteaux en silence, vint se poser sur un tabouret aux pieds de son maître et se mit à le regarder avec des yeux de chien fidèle. Il y eut un intermède de tranquillité et de repos. Pour la première fois depuis que j'étais entrée dans la pièce, j'eus tout loisir de détailler mon hôte.

Quelle surprise ou plutôt quel effroi en constatant combien il avait changé depuis notre dernière rencontre! La lettre de Mr. Playmore ne m'avait pas préparée aux symptômes d'une détérioration si avancée que je notai durant ce court moment.

Il avait les traits tirés; le visage tout entier paraissait avoir perdu en substance et dimensions. Ses yeux, vidés de leur douceur, à présent tout injectés, montraient une inexpressive fixité. Ses mains, autrefois solides, étaient un brin fanées; posées sur le plaid, elles tremblaient. Sa pâleur, soulignée peut-être par une jaquette de velours noir, vous avait je ne sais quoi de brouillé et de maladif. Le fin modelé de son visage n'était plus qu'un souvenir. Les pattes-d'oie s'étaient creusées. Et il avait la tête qui rentrait entre les épaules lorsqu'il se penchait en avant. Il semblait que des années, non des mois, avaient passé sur lui durant mon absence d'Angleterre.

Repensant au rapport médical que Mr. Playmore m'avait donné à lire, me souvenant que la préservation de la santé mentale de Dexter reposait sur le bon état de ses nerfs, j'étais forcée de reconnaître que j'avais bien fait de hâter mon retour d'Espagne. Car je comprenais que sa fin était proche, et, lorsque nos regards se croisèrent par accident, j'eus le sentiment d'avoir devant moi un homme condamné.

J'avais tout à coup pitié de lui.

Oui ! oui ! je sais que pareille compassion était en complète contradiction avec ce qui m'amenait en ces lieux, ainsi qu'avec ce doute, toujours présent dans mon esprit : Mr. Playmore se trompait-il vraiment lorsqu'il l'accusait d'avoir machiné la mort de Mrs. Macallan ? Je le savais cruel, je le croyais faux, et cependant j'avais pitié de lui ! Avons-nous tous un fond de méchanceté ? Que cette méchanceté s'abolisse ou ne fasse que croître et embellir ne serait-il qu'affaire d'éducation et de circonstances ? Et faut-il voir une preuve implicite de cette hypothèse dans le fait qu'une compassion venue de notre tréfonds se manifeste parfois pour le méchant, que nous nous agrégeons en foule lors d'un procès d'assises, que, investis d'une fonction qui nous y autorise, nous faisons des adieux émus au criminel, monstre parmi les monstres qui se seront jamais balancés au bout d'une corde ? Ce n'est pas à moi d'en décider. Je dis seulement que j'avais pitié de Miserrimus Dexter et qu'il s'en aperçut.

– Merci, dit-il tout à coup. Vous voyez que je suis souffrant et cela vous fait de la peine. Chère et bonne Valeria !

– Monsieur, cette dame se nomme Mrs. Eustace Macallan, plaça sévèrement Benjamin dans le dos de l'infirme. La prochaine fois, souvenez-vous, je vous prie, que rien ne vous autorise à l'appeler par son prénom.

Cette réprimande, comme la pique de tout à l'heure, fut ignorée. Miserrimus Dexter avait, semblait-il, complètement oublié la présence de Benjamin.

– Vous m'avez ravi par votre seule apparition, poursuivit-il. Ajoutez encore à mon plaisir en me faisant entendre le son de votre voix. Parlez-moi de vous. Racontez-moi ce que vous avez fait depuis votre départ d'Angleterre.

Y voyant un moyen aussi bon qu'un autre de lancer la conversation, je lui relatai franchement ce qui m'avait occupée durant mon absence.

— Vous êtes donc toujours éprise d'Eustace ? dit-il avec amertume.

— Je l'aime plus tendrement que jamais.

Il se cacha le visage entre les mains. Après un temps de silence, il reprit la parole, s'exprimant d'une voix étrange, assourdie par l'écran de ses mains.

— Vous l'avez laissé en Espagne et vous êtes rentrée seule en Angleterre ? Pour quelle raison ?

— Quelle raison m'a poussée à venir ici vous demander de l'aide, monsieur Dexter ?

Il laissa retomber ses mains pour me regarder. Je vis dans ses yeux non seulement de la surprise, mais aussi une inquiétude.

— Est-il possible, s'écria-t-il, que vous vous refusiez toujours à laisser cette affaire en paix ? Vous êtes donc toujours décidée à débrouiller ce mystère de Gleninch ?

— Oui, monsieur, et je continue d'espérer que vous m'y aiderez.

A ces mots, son visage fut assombri par cet air de défiance que je me rappelais si bien.

— Comment pourrais-je vous y aider ? Est-il en mon pouvoir de modifier les faits ? – il se tut et sa physionomie s'éclaira comme par l'effet d'un soulagement soudain. J'ai essayé de vous aider, reprit-il. Je vous ai dit que l'absence de Mrs. Beauly avait été un stratagème visant à détourner les soupçons ; je vous ai dit que le poison avait pu être versé par sa femme de chambre. Avez-vous réfléchi à cette éventualité ?

Ce retour à Mrs. Beauly me fournissait pour la première fois la possibilité d'orienter la conversation dans le bon sens.

— J'y ai réfléchi et je l'ai écartée, lui répondis-je. Je n'entrevois pas de mobile. La femme de chambre avait-elle la moindre raison d'être l'ennemie de Mrs. Macallan ?

— Personne n'avait la moindre raison d'être l'ennemie de Mrs. Macallan ! lança-t-il avec véhémence. Elle n'était que bonté et gentillesse. Jamais elle n'a fait le moindre mal à son prochain, par le geste ou par la pensée. Elle était une sainte sur la terre. Respectez son souvenir ! Laissez-la reposer en paix !

Il se plaqua de nouveau les mains sur le visage, tout tremblant et tressaillant, complètement possédé par l'émotion paroxystique que je venais de déclencher en lui.

Soudain, Ariel quitta sans bruit son tabouret pour s'approcher de moi.

– Vous voyez mes dix griffes ? murmura-t-elle en me montrant ses mains. Faites encore du chagrin au maître et vous les sentirez sur votre gorge !

Benjamin se leva. Il avait vu le geste d'Ariel sans entendre ce qu'elle disait. Je lui fis signe de rester à sa place. Ariel regagna son tabouret et, levant les yeux vers l'infirme :

– Ne pleurez pas. Tenez, les cordes sont là. Tourmentez-moi. Faites-moi crier sous les coups.

Mais il ne répondait pas ni n'ébauchait le moindre mouvement.

Alors, l'esprit lent d'Ariel s'attaqua à la difficulté d'attirer son attention. Elle fronçait les sourcils, ses yeux délavés me regardaient sans me voir. Tout à coup, son visage s'éclaira et elle se frappa du poing la paume de la main. Elle avait triomphé. Une idée lui était venue.

– Maître ! s'écria-t-elle. Maître ! Il y a si longtemps que vous ne m'avez pas raconté une histoire. Tourneboulez ma pauvre tête. Donnez-moi la chair de poule. Allez. Une histoire bien longue. Pleine de sang et de crimes.

Avait-elle fortuitement mis le doigt sur le déclencheur de l'imagination fantasque de Dexter ? Je savais en quelle haute opinion il tenait son sens du récit dramatique. Je savais qu'un de ses amusements favoris consistait à embrouiller les idées de cette malheureuse en lui contant des histoires qu'elle ne comprenait pas. Allait-il s'en aller divaguer au pays des amours échevelées ? Ou bien au contraire garder présent à l'esprit que mon obstination le menaçait toujours d'une réouverture de l'enquête sur la tragédie de Gleninch, et en conséquence imaginer quelque nouveau stratagème pour me fourvoyer ? Le connaissant, je crus qu'il prendrait ce dernier parti. Mais il fit mentir mon pronostic. Ariel avait réussi à le distraire du sujet qui l'obnubilait ! Il ôta ses mains de son visage, révélant un large sourire d'orgueil satisfait. Il était désormais suffisamment affaibli pour laisser même une Ariel flatter sa vanité ! Je notai cela avec un sentiment d'inquiétude qui me glaça de la tête aux pieds. N'avais-je pas trop différé ma visite ?

Miserrimus Dexter prit la parole pour s'adresser non pas à moi, mais à Ariel.

– Ma pauvre fille ! dit-il en lui tapotant la tête avec suffisance. Tu ne comprends pas un mot de mes histoires, hein ? Et cependant j'arrive à hérisser de chair de poule ta grande carcasse, et cependant je parviens à émouvoir ton esprit engourdi et à te faire aimer cela !

Il se carra sereinement contre son dossier et regarda de nouveau dans ma direction. Allait-il en me voyant se rappeler ce que nous nous étions dit une minute plus tôt ? Non ! Le sourire qu'il m'adressait n'exprimait toujours que ce même amour-propre plaisamment titillé.

– La narration dramatique est un genre où j'excelle, madame Valeria. Et la créature que voici en est une remarquable preuve. Lorsque je lui raconte une de mes histoires, il faut voir comme cela travaille là-dedans. Il est vraiment divertissant de voir les efforts acharnés que fait la pauvrette pour essayer d'y comprendre quelque chose. Vous allez en avoir un aperçu. Comme je n'avais guère le moral pendant votre absence, cela fait des semaines que je ne lui en ai pas raconté. Je vais me rattraper sur-le-champ. N'allez pas croire que cela me coûte le moindre effort ! Mon imagination est inépuisable. Cela va vous divertir – vous êtes d'un naturel sérieux, mais cela va bien vous divertir. Je suis moi aussi une nature plutôt grave, mais cela ne m'empêche pas de toujours bien m'amuser à ses dépens.

Ariel frappa dans ses grands battoirs informes.

– Oui, il s'amuse bien à mes dépens, répéta-t-elle en me regardant d'un air supérieur.

Je ne savais que faire ni que dire. La crise que j'avais provoquée en l'amenant à parler de la regrettée Mrs. Macallan m'engageait à la prudence. Il me fallait prendre patience et attendre que se présentât une nouvelle occasion de revenir sur ce sujet. Comment sans cela l'amener à dévoiler les secrets qu'il me cachait ? Une seule chose me paraissait certaine : le laisser raconter son histoire reviendrait à perdre un temps précieux. Bien loin d'avoir oublié les « dix griffes » d'Ariel, je décidai néanmoins de faire obstacle dès que possible et par tous les moyens à ce nouveau caprice de Dexter.

– A nous, madame Valeria ! commença-t-il d'une voix forte et pleine d'emphase. Écoute bien, Ariel ! Concentre ta cervelle. J'improvise de la poésie, j'improvise de la fiction. Nous allons partir de la bonne vieille formule des contes de fées. Il était une fois…

J'attendais la circonstance favorable pour le couper quand il s'interrompit lui-même, l'air désorienté, se passant la main sur le front. Il eut un petit rire contraint.

– On dirait qu'il me faut une petite mise en train, dit-il.

Avait-il perdu la tête ? Rien ne permettait de le penser jusqu'au moment où j'avais réveillé le souvenir de la maîtresse de Gleninch. Fallait-il seulement voir dans la faiblesse que j'avais déjà notée, dans l'hébétude que j'observais à présent, l'effet d'un dérangement passager ? N'était-ce, en d'autres termes, qu'un signe avant-coureur ? Allait-il bientôt se remettre, si seulement nous nous montrions patients et lui en laissions le temps ? Même Benjamin semblait finir par s'intéresser à ce qui se passait : je le voyais se pencher de côté pour regarder Dexter. Il n'était pas jusqu'à Ariel qui ne fût surprise et mal à l'aise. Elle en oubliait de me lancer des regards noirs.

Nous attendions tous de voir ce qu'il allait faire, d'entendre ce qu'il allait dire.

– Ma harpe ! s'écria-t-il. La musique va me mettre en train.

Ariel lui apporta l'instrument.

– Maître ! fit-elle, perplexe. Qu'est-ce qui vous arrive ?

D'un geste, il lui imposa le silence.

– Ode à l'invention, annonça-t-il avec grandiloquence tout en me regardant. Paroles et musique improvisées par Dexter. On fait silence et on écoute !

Ses doigts glissèrent un moment sur les cordes, ne faisant naître aucune mélodie, ne lui inspirant aucun vers. Bientôt, sa main retomba ; sa tête s'inclina doucement pour venir s'appuyer sur le cadre de l'instrument. Je me levai pour m'approcher. S'était-il endormi ? Avait-il un malaise ?

Je lui touchai le bras, je prononçai son nom.

Ariel se dressa aussitôt entre nous en me toisant d'un air menaçant. Au même instant, Miserrimus Dexter releva la tête. Ma voix était parvenue jusqu'à lui. Il me regardait avec une expression paisible et contemplative que je ne lui avais jamais vue.

– Emporte la harpe, demanda-t-il à Ariel d'une voix languissante, celle d'un homme à bout de forces.

Une fois de plus, elle s'ingénia à l'irriter – je ne saurais dire si c'était stupidité ou bien pure malice dirigée contre moi.

– Mais pourquoi, maître ? fit-elle en ouvrant de grands yeux. Qu'est-ce qui vous arrive ? Et l'histoire ?

– Nous n'avons que faire d'une histoire, m'interposai-je. J'ai beaucoup de choses à dire à Mr. Dexter que je ne lui ai pas encore dites.

Ariel leva sa grosse main.

– Vous allez la recevoir ! dit-elle en marchant sur moi.

Mais la voix de son maître l'arrêta.

– Débarrasse-moi de cette harpe, imbécile ! dit-il d'un ton sévère. L'histoire viendra quand je l'aurai décidé.

Obéissante, elle alla ranger l'instrument à l'autre bout de la pièce.

– Je sais ce qui va me réveiller, me glissa-t-il : c'est un peu d'exercice. Il y a un moment que je ne me suis pas dépensé. Accordez-moi quelques instants et vous verrez.

Il plaça les mains sur la tringlerie de son fauteuil et commença d'effectuer ses allées et venues habituelles dans la pièce. Là aussi, l'effrayante altération se manifestait, mais sous une forme différente. Il ne se déplaçait plus à la vitesse infernale dont j'avais gardé le souvenir. Au lieu de propulser sa petite voiture dans le grondement assourdissant d'autrefois, il l'actionnait lentement et péniblement. Après deux ou trois allers et retours, il s'immobilisa, hors d'haleine.

Nous nous levâmes pour aller le rejoindre, Ariel en tête, puis moi-même, flanquée de Benjamin. D'un geste agacé, il leur fit signe de rester en retrait et de me laisser venir seule.

– Je suis un peu rouillé, déclara-t-il d'une voix faible. Durant votre absence, je n'avais pas le cœur à faire rugir mes roues et trembler le plancher.

Qui n'aurait pas eu pitié de lui ? Qui, en ces instants, se serait souvenu de ses mauvaises actions ? Même Ariel était bouleversée. Je l'entendis dans mon dos se mettre à gémir et à pleurnicher. Le magicien qui seul s'entendait à réveiller cette sensibilité assoupie venait cette fois d'y parvenir par son manque d'attention.

– Qu'est-ce qui vous arrive, mon maître ? interrogea-t-elle d'une voix plaintive. M'avez-vous oubliée ? Et mon histoire ?

– Ne faites pas attention, lui glissai-je. Vous avez besoin de grand air. Appelez votre jardinier, il vous voiturera et nous ferons un tour.

Ce fut sans effet. Il était écrit qu'Ariel capterait son attention. La triste plainte retentit de nouveau :

– Et mon histoire ? Mon histoire ?

La défaillance de Dexter ne fut soudain plus qu'un souvenir.

– Ah, bougresse ! ah, misérable gaupe ! s'écria-t-il en faisant volter son fauteuil pour lui faire face. Elle arrive, ton histoire. Je peux la raconter ! Je vais la raconter ! Au lieu de geindre, va plutôt me chercher du vin. Que n'y as-tu pensé plus tôt ? Le divin bourgogne ! Voilà ce qu'il faut, Valeria, pour m'embraser l'imagination. Des verres pour tout le monde ! Honneur au roi des crus, le sublime clos-vougeot !

Ariel alla tirer du placard de l'alcôve une bouteille et les coupes en verre de Venise. Elle fit le service. Dexter vida son verre d'un trait. Il nous obligea à boire – ou tout au moins à faire semblant de boire avec lui. Même Ariel eut cette fois droit à son verre et elle le vida tout aussi promptement. Le vin capiteux eut tôt fait de lui monter à la tête et, comme pour imiter son maître, elle entonna d'une voix rauque une chanson de sa composition. Ce n'était rien d'autre que la répétition, interminable et mécanique répétition, de son obsession : « Racontez-nous une histoire. Maître ! ô mon maître ! racontez-nous une histoire ! » Silencieux, absorbé par le vin, le maître remplissait son verre pour la seconde fois. Profitant de ce qu'il ne nous regardait pas, Benjamin me glissa :

– Écoutez pour une fois mon conseil, Valeria : fichons le camp d'ici.

– Une dernière tentative, lui murmurai-je en retour. Rien qu'une !

Ariel continuait sa chanson d'une voix pâteuse :

– Racontez-nous une histoire. Maître ! ô mon maître ! racontez-nous une histoire.

Miserrimus Dexter leva les yeux de son verre. Le puissant breuvage commençait de faire son œuvre. De la couleur revenait à son visage et ses yeux se remettaient à pétiller d'intelligence. Le bourgogne le faisait revivre et ainsi m'offrait une dernière chance !

– Et maintenant, passons à notre histoire ! s'exclama-t-il.

– Pas d'histoire ! lui dis-je. J'ai à vous entretenir, monsieur Dexter. Je ne suis pas d'humeur à écouter une histoire.

– Pas d'humeur ! reprit-il avec dans le regard un peu de l'ironie primesautière enfuie. Faux prétexte ! Je vois ce que c'est : vous pensez que l'inspiration m'a quitté, et n'avez pas la franchise de me le dire en face. Je vais vous prouver votre erreur, je vais vous prouver que Dexter est redevenu lui-même. Silence, Ariel, sinon tu quittes la pièce ! Tout est déjà là-dedans, madame Valeria ; scènes, personnages, il ne manque rien – tout en se touchant le front, il laissa poindre un sourire où perçait une lueur malicieuse, puis il ajouta : J'ai là exactement ce qui va vous intéresser, ma belle amie. C'est l'histoire d'une dame et de sa camériste. Venez l'entendre près du feu.

L'histoire d'une dame et de sa camériste ? Devais-je comprendre que ce serait l'histoire, plus ou moins travestie, de Mrs. Beauly et de sa femme de chambre ?

Cette présentation, ajoutée à l'air entendu qui lui avait échappé, vint raviver un espoir presque complètement éteint. Dexter avait fini par battre le rappel de ses facultés. Il avait recouvré le discernement et la roublardise qui étaient les siens. Sous le prétexte de raconter une histoire à Ariel, il allait tenter de me fourvoyer pour la seconde fois. Cela me paraissait une évidence. Pour reprendre ses propres termes, Dexter était redevenu lui-même.

Nous revînmes à sa suite auprès de la cheminée.

– J'ai encore une chance à saisir, glissai-je à Benjamin. N'oubliez pas nos signaux.

Nous reprîmes les mêmes places que devant. Ariel me lança un nouveau regard de mise en garde. Après son verre de vin, elle avait encore juste assez de lucidité pour veiller à ce que je ne fusse pas cause d'une nouvelle interruption. J'eus grand souci, bien sûr, que rien de tel ne se produisît. J'étais maintenant aussi désireuse qu'elle d'entendre cette histoire. Le sujet en était plein de chausse-trapes pour le narrateur. Échauffé par le vin, emporté par sa faconde, Dexter pouvait à tout moment laisser filtrer à travers le déroulement de la fiction ses souvenirs d'événements réels. Il pouvait à tout moment se trahir.

Il eut un regard circulaire.

– Mes auditeurs sont-ils installés ? Mon public est-il prêt ? s'enquit-il gaiement. Orientez un peu plus votre visage de ce côté, demanda-t-il d'une voix attendrie en me signalant de lui faire face. J'espère ne pas me montrer trop exigeant... Regardez en plein la plus dérisoire des créatures qui grouillent sur cette terre ; laissez-la trouver son inspiration dans vos yeux ainsi que dans votre figure l'aliment d'une admiration passionnée. Allez ! accordez encore un petit sourire de pitié à celui dont vous avez gâché le bonheur. Merci. Lumière de ma vie, merci ! – il me souffla un baiser et se carra voluptueusement dans son fauteuil. L'histoire, reprit-il. L'histoire enfin ! Dans quelle forme vais-je la couler ? La forme dramatique ! C'est le moyen le plus ancien, le plus exact et le plus concis de raconter une histoire. D'abord, le titre. Un titre court et attrayant : « La Dame et sa camériste ». Le lieu : le pays de l'amour – j'ai nommé l'Italie. L'époque : celle de l'amour, le XVe siècle. Ha ! voyez-moi Ariel. Elle n'en sait pas plus sur le Quattrocento que le chat de la cuisine, et pourtant elle est déjà intéressée. Heureuse Ariel !

Ariel me regarda derechef, doublement grisée par le vin et par le sentiment de son triomphe.

– Je n'en sais pas plus que le chat de la cuisine, répéta-t-elle avec un large sourire d'orgueil flatté. Je suis l'« heureuse Ariel ». Et vous, qu'est-ce que vous êtes ?

Miserrimus Dexter partit d'un grand éclat de rire.

– Je ne vous avais pas dit à quel point elle peut être drôle ? – puis, reprenant son sérieux : Les personnages sont au nombre de trois. Rien que des femmes. Angelica, noble dame tant par l'esprit que par la naissance. Cunegonda, démon femelle ayant très belle figure. Damoride, son infortunée camériste. Scène première. Une chambre voûtée du sombre château, le soir. Les hiboux hululent dans les bois, les grenouilles coassent dans le marécage. Regardez Ariel ! Elle a la chair de poule, on l'entend frissonner. Admirable Ariel !

Celle qui me disputait la faveur de son maître me lorgna d'un air de défiance.

– « Admirable Ariel ! » répéta-t-elle d'une voix pâteuse.

Miserrimus se tut le temps de saisir son verre de bourgogne, posé sur une tablette à coulisse assujettie au fauteuil. Je l'observai attentivement tandis qu'il sirotait son vin. Son visage avait encore pris des couleurs ; l'éclat de son regard avait encore augmenté en intensité. Il reposa le verre en faisant joyeusement claquer ses lèvres, et il reprit :

– Sont présentes dans la chambre voûtée : Cunegonda et Damoride.

» Cunegonda – Damoride ?

» Damoride – Madame ?

» C. – Qui donc est alité dans la chambre au-dessus de nous ?

» D. – La noble Angelica, madame.

» C. – Est-ce qu'Angelica vous aime bien ?

» D. – Madame, la noble dame, douce et bonne avec tous ceux qui l'approchent, est douce et bonne avec moi.

» C. – Vous est-il arrivé de la servir, Damoride ?

» D. – De temps en temps, madame, lorsque son infirmière est fatiguée.

» C. – Est-il arrivé qu'elle reçoive son médicament de votre main ?

» D. – Une ou deux fois, madame, lorsque je me trouvais dans les parages.

» C. – Damoride, prenez cette clé et ouvrez le coffret qui se trouve sur cette table. (*Damoride s'exécute.*) Voyez-vous une fiole verte ?

» D. – Oui, madame.

» C. – Prenez-la. (*Damoride s'exécute.*) Voyez-vous un liquide dans cette fiole verte ? Avez-vous idée de ce dont il s'agit ?

» D. – Non, madame.

» C. – Vous le dirai-je ? (*Damoride acquiesce avec déférence.*) Cette fiole contient du poison. (*Damoride sursaute ; elle remiserait volontiers la fiole là où elle l'a prise, mais sa maîtresse lui fait signe de n'en rien faire.*) Damoride, je viens de vous dire un de mes secrets ; vous en confierai-je un autre ? (*Damoride reste coite, redoutant ce qui va suivre.*) Je hais dame Angelica. Elle se dresse en obstacle entre moi et la joie de mon cœur. Vous tenez sa vie dans votre main.

» D. (*elle tombe à genoux ; très pieuse, elle se signe.*) – Madame, que me dites-vous ? Vous me terrifiez.

» C. (*elle s'avance, la domine de toute sa taille et, posant sur elle un regard terrible, souffle :*) – Damoride, dame Angelica doit mourir et il ne faut pas que l'on puisse me soupçonner. Dame Angelica doit mourir, et cela de votre main.

Miserrimus Dexter se tut derechef. Pour tremper les lèvres dans son vin ? Non, pour en boire cette fois un long trait.

Allait-il déjà interrompre ce qui avait si bien commencé ?

Je le regardai attentivement tandis qu'il se carrait dans son fauteuil pour réfléchir un moment avant de poursuivre.

Son visage était toujours aussi coloré, mais l'éclat de son regard commençait déjà de pâlir. J'avais noté qu'il parlait de plus en plus lentement à mesure que progressait le dialogue de la scène. Commençait-il à accuser l'effort que lui demandait cette improvisation ? Le moment était-il arrivé où le vin lui avait donné tout ce que le vin peut donner ?

Nous attendions. Ariel, bouche bée, l'œil inexpressif, le regardait. Benjamin, carnet ouvert sur le genou, main posée par-dessus, attendait, impénétrable, que je lui fisse signe d'écrire.

Miserrimus Dexter reprit :

– Damoride assimile cette terrible parole ; elle joint les mains en un geste de supplication.

» D. – Oh, madame, madame ! comment pourrais-je me résoudre à tuer la chère et noble dame ? Pourquoi lui ferais-je du mal ?

» C. – Pour la simple raison que vous devez m'obéir.

» D. (*se jette face contre terre aux pieds de sa maîtresse.*) – Madame, je ne le pourrai ! Madame, je ne l'oserai !

» C. – Vous ne courrez aucun risque : j'ai tout prévu pour détourner les soupçons de votre personne comme de la mienne.

» Mais Damoride ne sait que répéter : « Je ne le pourrai ! Je ne l'oserai ! » Les yeux de Cunegonda lancent des éclairs. Elle sort de son sein, où elle était glissée…

Il laissa sa phrase en suspens et porta la main à son front. Non pas comme s'il avait mal à la tête, mais comme s'il avait perdu le fil de ses idées.

Devais-je l'aider à le retrouver, ou bien était-il plus judicieux de garder le silence – si toutefois j'en étais capable ?

Je voyais bien où il voulait en venir avec cette histoire. Il avait pour dessein à peine dissimulé, en forgeant ce bout de mélodrame, de répondre à mon objection, si difficile à balayer : l'éventuelle culpabilité de la femme de chambre de Mrs. Beauly se trouvait mise en défaut par une absence totale de mobile. Qu'il la réfutât en parvenant à invoquer un enchaînement parfaitement plausible d'événements, et il gagnait la partie. Mes investigations, qui pouvaient à tout moment le mettre en cause personnellement, se trouveraient alors déviées de leur cible : l'innocente femme de chambre mettrait en échec mon examen le plus serré, et Dexter s'abriterait en toute sécurité derrière elle.

Je décidai de voir venir. Pas un mot ne franchit mes lèvres.

Les minutes s'égrenaient. Une profonde anxiété m'étreignait. Le moment était critique et fort éprouvant. S'il réussissait à inventer un mobile qui se tînt et à l'insérer adroitement dans son récit, Dexter allait par ce seul fait démontrer qu'il possédait encore des réserves de puissance psychique que l'œil exercé du médecin écossais n'avait pas su déceler. Toute la question était de savoir s'il allait y parvenir.

Il le fit ! Non pas de façon très originale ni très convaincante, et non sans un effort manifestement éprouvant. Il n'empêche que, solide ou boiteux, il trouva un mobile à la femme de chambre.

– Cunegonda, reprit-il, sort de son sein, où elle était glissée, une feuille de papier qu'elle déplie. « Jetez un œil là-dessus », dit-elle. Damoride parcourt cette feuille et, accablée d'horreur et de désespoir, retombe aux pieds de sa maîtresse. Cunegonda est en possession d'un terrible secret concernant la vie passée de sa domestique. Elle est donc en position de lui tenir ce langage : « A vous de choisir : ou bien c'est un dévoilement qui vous couvrira à jamais d'opprobre, vous et vos parents, ou bien vous consentez à m'obéir. » Damoride pourrait se résigner au scandale si elle était seule au monde ; mais ses parents sont de braves gens et elle ne

peut concevoir de leur infliger pareille honte. Elle se voit dans la
dernière extrémité car elle sait que rien ne pourra fléchir le cœur
dur de Cunegonda. Sa seule ressource est de faire ressortir des difficultés ; elle s'efforce de montrer que des obstacles se dressent entre
elle et le crime. « Madame ! mais, madame ! s'écrie-t-elle, comment
voulez-vous ? L'infirmière va me voir… » « Il lui arrive de dormir,
répond Cunegonda, il lui arrive de s'absenter. » « Madame ! mais,
madame, persiste Damoride, la porte est toujours fermée, et c'est
l'infirmière qui a la clé… »

La clé ! Je pensai aussitôt à la clé manquante. Y avait-il pensé
lui aussi ? Le mot lui avait échappé, mais il se reprit aussitôt. Je
décidai de faire le signal ! Je posai le coude sur le bras de mon fauteuil et me mis à tripoter ma boucle d'oreille. Benjamin sortit son
crayon et plaça son carnet de telle sorte qu'Ariel ne pourrait le voir
si jamais elle regardait de son côté.

Nous attendions qu'il plût à Miserrimus Dexter de poursuivre.
L'interruption fut de longue durée. Son regard était de plus en plus
éteint. Lorsqu'il reprit la parole, ce fut pour poser une question.

– Où donc en étais-je ?

Mes espoirs retombèrent d'un coup. Je parvins néanmoins à lui
répondre sans rien montrer de mon désarroi :

– Damoride était en train de dire à Cunegonda que…

– Ah, oui ! oui ! fit-il. Et que lui disait-elle ?

– Que la porte était fermée et que l'infirmière avait la clé.

Il se pencha brusquement en avant.

– Non ! protesta-t-il avec vivacité. Vous faites erreur. Une clé ?
Impossible ! Jamais je n'ai parlé d'une clé.

– C'est pourtant ce que j'ai entendu, monsieur Dexter.

– Jamais ! J'ai dit tout autre chose et vous avez compris de travers.

Je m'abstins de disputer avec lui par crainte des possibles conséquences. Il y eut un nouveau silence. Benjamin, se pliant de mauvaise grâce à mes volontés, avait noté les questions et réponses que
Dexter et moi venions de nous adresser. Il avait toujours le carnet
ouvert sur les genoux et le crayon à la main. Ariel, abandonnée
aux effets du vin tant que la voix de Dexter l'avait bercée, ne semblait guère goûter ce retour au silence. Elle regardait sans désemparer autour d'elle, levait les yeux vers son maître.

Miserrimus Dexter demeurait immobile et muet, la main posée sur le front, s'efforçant toujours d'ordonner ses pensées et de dissiper les ténèbres qui se refermaient sur lui.

– Maître ! s'écria Ariel d'un ton pitoyable. La suite de l'histoire !

Il sursauta comme si elle le réveillait. Il secoua brusquement la tête, comme pour chasser des idées noires.

– Patience ! patience ! dit-il. L'histoire reprend.

Il s'y jeta à corps perdu, il la saisit par le premier fil qui se présenta à son esprit sans se soucier de savoir si c'était le bon.

– Damoride tomba à genoux. Elle éclata en sanglots. Elle dit…

Il s'interrompit pour promener alentour un regard désorienté.

– Comment ai-je dit que l'autre femme se nommait ?

La question ne me visait pas spécialement, non plus que quiconque parmi les présents, elle était posée à la cantonade, sinon à lui-même.

– Vous l'avez appelée Cunegonda, lui dis-je.

Au son de ma voix, ses yeux se tournèrent lentement vers moi, mais sans me voir. Mornes et vagues, inertes et figés, ils semblaient fixés sur un objet lointain. Et lorsqu'il se remit à parler, même sa voix avait changé. Elle était désormais monocorde, égale, inexpressive. J'avais entendu ce ton ou un autre fort approchant dans les temps où la fièvre faisait délirer mon mari et où son esprit paraissait trop gourd pour suivre le cours de sa parole. La fin était-elle si proche ?

– Je l'ai appelée Cunegonda, répéta-t-il. Et j'ai appelé l'autre…

Il s'interrompit derechef.

– Et vous avez appelé l'autre Damoride, lui dis-je.

Ariel leva vers lui un regard plein de désarroi et se mit à tirer sur sa manche pour attirer son attention.

– Est-ce que c'est l'histoire, mon maître ? demanda-t-elle avec impatience.

Il lui répondit sans la regarder, les yeux toujours fixés sur quelque objet fort éloigné.

– C'est l'histoire, répondit-il d'un ton absent. Mais pourquoi Cunegonda ? Pourquoi Damoride ? Pourquoi pas la maîtresse et la femme de chambre ? Maîtresse et femme de chambre, c'est plus facile à se rappeler…

Il hésita et un frisson le parcourut comme il tentait de se redresser dans son fauteuil. Puis il parut se reprendre.

– Qu'est-ce qu'a dit la femme de chambre à sa maîtresse ? marmonna-t-il. Qu'est-ce que c'était ? Qu'est-ce que c'était ?

On eut alors l'impression que quelque chose lui était tout à coup révélé. Est-ce qu'une idée nouvelle lui traversait l'esprit ? Est-ce qu'un souvenir oublié venait de remonter à la surface ? C'était impossible à dire. Et voici qu'il débitait subitement ces paroles singulières :

– « La lettre. » La femme de chambre dit : « La lettre. » Ah, mon pauvre cœur ! Chaque parole est un coup de poignard. Un poignard fiché dans mon cœur. Ah, cette lettre. Horrible, horrible, horrible lettre.

Était-il en train de revenir sur les souvenirs ténus et fragmentaires d'un lointain séjour à Gleninch tout en croyant poursuivre son récit ? Dans le naufrage des facultés mentales, la mémoire était-elle la dernière à s'engloutir ? Était-ce la vérité, la terrible vérité, qui me parvenait ainsi sous forme de sourdes lueurs se faufilant dans le rideau d'ombres qu'un cerveau qui s'occulte tendait devant lui ? J'en avais le souffle court ; une horreur sans nom étreignait tout mon être.

Benjamin, le crayon à la main, me lança un regard de mise en garde. Ariel, pour sa part, était tranquille et satisfaite.

– Continuez, mon maître, se bornait-elle à répéter. Continuez votre histoire. Elle me plaît ! Elle me plaît !

Il reprit son récit, tel un homme qui dormirait les yeux grands ouverts et parlerait dans son sommeil.

– La femme de chambre dit à la maîtresse… Non, la maîtresse dit à la femme de chambre : « Montrez-lui la lettre. Il le faut, il le faut, il le faut. » « Non, dit la femme de chambre. Il ne faut pas. Je ne la lui montrerai pas. Ce serait stupide. Laissons-le souffrir. Nous pouvons le faire acquitter. La lui montrer ? Non. Si jamais cela devait tourner mal, alors nous la montrerons. » La maîtresse dit…

Il s'interrompit et agita rapidement la main devant ses yeux comme pour chasser des visions confuses et parasites.

– Qui a parlé en dernier ? reprit-il. La maîtresse ou la femme de chambre ? La maîtresse ? Non, c'est l'autre qui parle, et d'une voix forte, péremptoire : « N'approchez pas de cette table, canailles. Le journal s'y trouve. Au n° 9 à Caldershaws. Demander Dandie. Vous n'aurez pas le journal. De vous à moi, ce journal lui vaudrait la corde. Cela, je ne le veux pas. Comment osez-vous toucher à ce fauteuil ? Ce fauteuil, c'est moi. Comment osez-vous porter la main sur moi ? »

Ces dernières paroles me frappèrent comme un trait de lumière ! Je les avais lues dans les minutes, dans la déposition d'un adjoint du premier président. Miserrimus Dexter s'était exprimé en ces termes quand, alors qu'il tentait vainement d'empêcher les enquêteurs de se saisir des papiers de mon mari, ces derniers avaient poussé son fauteuil hors de la chambre. Je n'avais plus aucun doute à présent sur ce qui l'obnubilait : ses dernières réminiscences gravitaient de plus en plus faiblement, mais de plus en plus étroitement, autour du mystère de Gleninch !

Ariel le tira une nouvelle fois de sa torpeur. Elle était sans pitié ; elle tenait à entendre l'histoire jusqu'au bout.

– Pourquoi est-ce que vous vous arrêtez, mon maître ? Continuez ! Continuez donc ! Racontez-nous bien vite – qu'est-ce que la madame dit à sa servante ?

Il eut un petit rire et tenta de l'imiter :

– Qu'est-ce que la madame a dit à la servante ? – son rire s'éteignit, et il reprit son soliloque, mais d'un ton de plus en plus dépourvu d'inflexions et avec un débit accéléré : La maîtresse dit à la femme de chambre : « Nous l'avons fait relâcher. Que faire de la lettre ? Brûlez-la. Pas de feu dans l'âtre. Pas d'allumettes dans la boîte. La maison sens dessus dessous. Les domestiques tous envolés. Déchirez-la. Mettez-la à la poubelle avec le reste. Jetez-la. Partie à jamais. Oh, Sara, Sara, Sara. Partie à jamais. »

Ariel battit des mains et, à son tour, singea son maître :

– « Oh, Sara, Sara, Sara. Partie à jamais. » C'est du nanan, mon maître ! Dites, qui c'était, Sara ?

Les lèvres de Miserrimus Dexter se remirent à bouger, mais il parlait si bas que j'avais du mal à l'entendre. Il avait repris son triste refrain :

– La femme de chambre dit à la maîtresse. Non. C'est la maîtresse qui dit à la femme de chambre…

Il s'interrompit brusquement et se dressa sur son fauteuil. Il leva les deux bras au-dessus de sa tête et partit d'un grand rire proprement effrayant.

– Ha, ha, ha, ha ! Comme c'est drôle ! Cela ne vous fait pas rire ? Drôle, drôle, drôle, si drôle. Ha, ha, ha, ha...

Il se laissa retomber au fond de son fauteuil et son rire s'éteignit sur un sanglot à peine audible. Puis il y eut une longue et lente inspiration. Enfin, son visage se figea, renversé vers le plafond. Ses yeux, grands ouverts, ne regardaient plus rien. Ses lèvres étaient entrouvertes sur un sourire inanimé. Le châtiment annoncé avait fini par s'abattre. La nuit était tombée.

Un seul sentiment m'anima, passé le premier choc. Et ce fut comme si l'horreur même de ce tableau hideux accroissait encore la pitié que j'éprouvais pour ce malheureux. Je bondis sur mes pieds et, ne voyant rien que la pauvre forme de Miserrimus Dexter tassée dans le fauteuil, je me précipitai pour lui porter secours, pour le ranimer. Je n'avais pas fait un pas que deux mains me saisirent pour me tirer violemment en arrière.

– Êtes-vous aveugle ? s'écria Benjamin en m'entraînant en direction de la porte. Tenez, regardez !

Ariel m'avait devancée. Elle avait soulevé son maître et, d'un bras, le serrait contre elle. De sa main libre, elle brandissait un casse-tête indien qu'elle avait arraché à une panoplie d'armes orientales ornant le dessus de la cheminée. Elle était transfigurée ! Ses yeux habituellement éteints semblaient ceux d'un tigre. Elle grinçait des dents, comme prise de folie.

– C'est vous qui lui avez fait ça ! hurla-t-elle à mon adresse en faisant tournoyer l'arme au-dessus de sa tête. Approchez-vous de lui et je vous fais sauter la cervelle ! Je vous tape dessus jusqu'à ce qu'il ne vous reste plus un os entier !

Benjamin, qui me tenait toujours d'une main, ouvrit la porte. Je le laissais agir comme il l'entendait, car Ariel me fascinait et je ne voyais rien d'autre qu'elle. Sa folie retomba lorsqu'elle nous vit battre en retraite. Elle laissa choir le casse-tête, referma les deux bras autour de Miserrimus Dexter, nicha sa tête sur son sein et se mit à sangloter.

– Maître ! mon maître ! Ils ne vous feront plus de peine.

Regardez-moi, moquez-vous de moi comme vous en avez l'habitude. Dites : « Ariel, tu es une imbécile. » Redevenez vous-même !

Je me retrouvai bientôt dans la pièce voisine. J'entendis la plainte déchirante, interminable et sourde, poussée par la pauvre créature qui aimait Miserrimus Dexter avec la fidélité d'un chien et la dévotion d'une femme. La lourde porte se referma entre nous. J'étais maintenant dans l'antichambre silencieuse, aussi désemparée qu'un petit enfant, pleurant sur ce pitoyable tableau, me raccrochant à mon cher vieux Benjamin.

Benjamin donna un tour de clé.

– Il ne sert de rien de pleurer, dit-il d'une voix égale. Vous feriez mieux de remercier le bon Dieu d'avoir pu sortir de là saine et sauve. Suivez-moi.

Il empocha la clé et me conduisit au rez-de-chaussée. Après avoir balancé un instant, il ouvrit la porte d'entrée et avisa le jardinier qui était en train de s'occuper des massifs.

– Votre maître est souffrant, dit-il ; et la femme qui s'occupe de lui a perdu la tête – à supposer qu'elle en eût une à perdre. Où se trouve le médecin le plus proche ?

Comme Ariel avant lui, l'homme fit montre, à sa manière fruste, de son attachement pour Dexter. Il poussa un juron et laissa choir sa bêche.

– Le maître ne va pas bien ? dit-il. Je m'en vais quérir le docteur. Je le trouverai plus vite que vous.

– Dites-lui d'amener quelqu'un avec lui, ajouta Benjamin. Il pourrait bien avoir besoin d'un coup de main.

– Je suis là pour ça, fit l'homme avant de nous laisser. On n'a besoin de personne d'autre.

Je me laissai tomber sur une des chaises du hall pour tenter de me remettre de mes émotions. Benjamin marchait de long en large, plongé dans ses pensées.

– Tous les deux lui sont attachés, l'entendis-je marmonner. Mi-singe mi-homme, et ils lui sont attachés. Cela me dépasse.

Le jardinier reparut avec le docteur, personnage calme, sombre, à l'air résolu. Benjamin s'avança vers lui.

– J'ai la clé de la pièce, dit-il. Voulez-vous que je vous accompagne là-haut ?

Avant de lui répondre, le médecin l'emmena à l'écart et tous deux s'entretinrent à voix basse.

– Donnez-moi la clé, dit enfin le docteur. Vous ne pourriez m'être utile et votre présence ne servirait qu'à irriter la personne qui se trouve avec lui.

Là-dessus, il fit signe à l'autre de le suivre. Il allait s'engager sur les marches lorsque je l'arrêtai.

– Puis-je attendre ici ? lui demandai-je. Je tiens à savoir ce qu'il en est.

Il me considéra un moment avant de répondre.

– Vous feriez mieux de rentrer chez vous, madame. Est-ce que le jardinier sait où vous habitez ?

– Oui.

– Très bien. En ce cas, je le chargerai de vous tenir au courant. Croyez-en mon conseil, rentrez chez vous.

Benjamin me prit par le bras. Je regardai en arrière et vis médecin et jardinier gravir l'escalier.

– Peu importe son avis ! glissai-je à Benjamin. Allons attendre dans le jardin.

Benjamin ne voulut pas entendre parler d'abuser le docteur.

– J'ai bien l'intention de vous ramener à la maison, dit-il.

Je le regardai avec étonnement. Mon vieil ami, qui n'était que douceur et soumission tant que ne se présentait aucune situation critique, montrait maintenant un mâle esprit de décision que je ne lui avais jamais vu. Il me conduisit dans le jardin. Nous avions gardé notre fiacre ; il nous attendait devant le portillon.

Quand nous fûmes en route, Benjamin sortit son carnet.

– Que comptez-vous faire du charabia que j'ai griffonné dans ce calepin ?

– Vous avez tout noté ? lui demandai-je avec surprise.

– Quand j'entreprends une tâche, je vais jusqu'au bout. Vous ne m'avez pas fait le signal convenu en déplaçant votre fauteuil. Aussi ai-je tout couché par écrit. Que dois-je en faire ? Le jeter par la fenêtre ?

– Donnez-moi ça !

– Qu'allez-vous en faire ?

– Je ne sais pas encore. Je vais consulter Mr. Playmore.

XLI

MR. PLAYMORE
SOUS UN NOUVEAU JOUR

Quoique je n'eusse guère envie de m'imposer cet exercice, j'écrivis à Mr. Playmore, avant la levée du soir, pour l'informer des derniers événements et solliciter ses prompts avis et assistance.

Les notes de Benjamin, en partie prises en sténographie, étaient inutilisables pour moi sous cette forme. Je lui demandai d'en faire deux copies. Je joignis un des exemplaires à ma lettre à Mr. Playmore et déposai le second sur ma table de chevet lorsque j'allai me coucher.

Tout au long des heures interminables de cette nuit sans sommeil, je lus et relus les dernières paroles sorties de la bouche de Miserrimus Dexter. Pouvaient-elles se prêter à une interprétation intéressante ? Après avoir retourné le problème en tous sens, je finis par renoncer et jetai la feuille par terre. Où étaient maintenant mes belles visions de découverte et de succès ? Envolées aux quatre vents ! Y avait-il la plus petite chance que Miserrimus Dexter recouvrât ses esprits ? Dans le grand silence de la nuit, les dernières lignes du rapport médical que j'avais lu au cabinet de Mr. Playmore revinrent me trotter dans la tête : « Dans l'un et l'autre cas, lorsque la catastrophe surviendra, ses proches ne pourront nourrir aucun espoir de le voir guérir ; l'équilibre, une fois rompu, le sera de façon définitive. »

Je n'attendis pas longtemps la confirmation de cette terrible affirmation. Le jardinier apporta le lendemain matin un pli renfermant les nouvelles que le docteur avait promis de me faire tenir.

Miserrimus Dexter et Ariel n'avaient pas bougé de l'endroit où Benjamin et moi les avions laissés. En attendant la décision du plus proche parent de Dexter – un frère cadet –, qui habitait à la campagne et que l'on avait joint par le télégraphe, ils étaient sous la surveillance de personnes qualifiées. Il avait été impossible de séparer la fidèle Ariel de son maître sans recourir au type de contrainte physique employé dans les cas de folie furieuse. Lorsqu'ils s'étaient présentés dans la pièce, le médecin et le jardinier, tous deux d'une robustesse peu commune, n'étaient pas parvenus à s'assurer de la malheureuse créature et lui avaient bien vite permis de retourner auprès de son maître. Son agitation était retombée ; elle était parfaitement paisible et satisfaite tant qu'on la laissait assise à ses pieds, le regard rivé à lui.

Les détails concernant Miserrimus Dexter étaient encore plus affligeants.

« Mon patient se trouve dans un état d'imbécillité aiguë », m'écrivait le médecin, ce que confirma à la lettre la description que m'en donna le commissionnaire. Dexter n'avait aucunement conscience de l'adulation de la pauvre Ariel et paraissait même ne pas s'apercevoir de sa présence dans la pièce. Il restait plongé des heures durant dans une profonde hébétude. Il s'animait en revanche d'une gloutonnerie tout animale lorsqu'on lui apportait à manger et à boire, mais cela se bornait là.

– Ce matin, me dit le brave jardinier, on a bien cru qu'il revenait un peu à lui. Il regardait alentour en faisant de drôles de petits gestes avec les mains. Je ne voyais pas ce qu'il cherchait à dire, et le docteur non plus. Ariel a tout de suite compris. Elle est allée chercher la harpe et lui a placé les mains en position. Ça n'a servi de rien : il n'a pas été fichu d'en jouer. Il a fait vibrer deux ou trois cordes, il souriait, il bredouillait dans sa barbe. Non, il ne se remettra jamais. Pas besoin du docteur pour s'en rendre compte. Comme je vous ai dit, il prend plaisir à manger et c'est tout. S'il plaisait au bon Dieu de le rappeler à Lui, ce serait ce qui pourrait lui arriver de mieux. Il n'y a rien de plus à ajouter. Je vous souhaite le bonjour, madame.

Il s'en fut avec les larmes aux yeux, me laissant, je le reconnais, dans un état approchant.

Arriva une heure plus tard une nouvelle qui me mit du baume au cœur. Il s'agissait d'un télégramme de Mr. Playmore ainsi tourné : « Obligé me rendre à Londres par train postal de nuit. Passerai demain matin, heure du déjeuner. »

La présence de l'avocat à la table du déjeuner suivit en temps voulu l'arrivée de son télégramme. Ses premières paroles eurent l'heur de me ragaillardir. A mon infinie surprise et pour mon plus grand soulagement, il était loin de partager la vision négative que j'avais de ma situation.

– Je ne nie pas, dit-il, que de très sérieux obstacles se dressent en travers de votre chemin. Mais je ne serais pas passé vous voir avant de me rendre à mes affaires à Londres si les notes prises par Mr. Benjamin ne m'avaient fait forte impression. Pour la première fois je vous vois une chance d'aboutir. Pour la première fois, je me sens fondé à vous proposer – sous certaines conditions – de l'aide. A la faveur de son collapsus cérébral, ce misérable scélérat a fait quelque chose dont il se serait bien gardé s'il était resté en possession de ses sens : il nous a laissé entrevoir les précieuses premières lueurs de la vérité.

– Êtes-vous certain qu'il s'agisse bien de la vérité ? lui demandai-je.

– Deux points importants m'en convainquent. Car votre explication est la bonne. Comme vous le supposez, sa mémoire était la moins endommagée de ses facultés et elle a été la dernière à céder sous l'effort consenti pour raconter cette histoire. Je pense que sa mémoire vous parlait, à son insu, dans tout ce qu'il a dit, du moment où la première mention de la lettre lui a échappé jusqu'à la fin.

– Mais que peut bien signifier l'évocation de cette lettre ? lançai-je. Pour ma part, je n'en ai pas la moindre idée.

– Ni moi non plus, répondit-il avec franchise. Et cette lettre constitue le principal des obstacles dont je parlais il y a un instant. Sans doute faut-il voir un lien entre elle et feu Mrs. Macallan, sinon il n'aurait pas parlé de « poignard fiché dans son cœur » ; jamais il n'aurait associé le nom de Mrs. Macallan avec cette lettre que l'on déchire et dont on se débarrasse. J'arrive avec quelque certitude à cette conclusion et je ne puis aller plus loin. Qui a pu écrire cette lettre, quelle en est la teneur, pas plus que vous je n'ai de lumière là-dessus. Si nous tenons à en savoir plus – car il s'agit probablement de la clé de toute l'affaire –, il nous faut mener nos premières investigations à trois mille milles d'ici. Autrement dit, chère madame, il nous faut nous tourner vers l'Amérique.

On comprendra que cela me laissât sans voix. J'attendais avec impatience les explications de Mr. Playmore.

– A vous de voir, reprit-il, lorsque vous aurez entendu ce que j'ai à vous dire, si vous êtes disposée à faire face aux frais qu'entraînera l'envoi de quelqu'un à New York. Je puis vous trouver l'homme de la situation et j'estime la dépense, télégramme compris, à...

– Peu importe la dépense ! l'interrompis-je, agacée par cette approche tout écossaise de l'affaire, qui plaçait mon porte-monnaie au premier rang des éléments à prendre en compte. Je me moque de ce que cela coûtera. Je veux savoir ce que vous avez découvert.

Il eut un sourire.

– Elle se moque de ce que cela coûtera, répéta-t-il comme pour lui-même sur un ton badin. C'est bien d'une femme !

J'aurais pu lui rétorquer : « Il songe à la dépense avant toute autre considération. C'est bien d'un Écossais ! » Mais j'étais trop tendue pour songer à faire de l'esprit.

– Dites ! dites vite ! lui lançai-je seulement en faisant pianoter mes doigts sur le rebord de la table.

Il sortit la copie que je lui avais envoyée des notes de Benjamin et me montra ce passage des dernières paroles de Dexter : « Que faire de la lettre ? Brûlez-la. Pas de feu dans l'âtre. Pas d'allumettes dans la boîte. La maison sens dessus dessous. Les domestiques tous envolés. »

– Comprenez-vous ce que signifient exactement ces quelques phrases ? lui demandai-je.

– Oui. Je n'ai qu'à faire un retour sur le passé pour les comprendre parfaitement.

– En ce cas, pouvez-vous me les expliquer ?

– Très facilement. Par le truchement de ces phrases indéchiffrables, la mémoire de Dexter a exhumé certains faits. Il me suffira de vous dire quels sont ces faits et vous serez aussi savante que moi. Dans les temps de son procès, Eustace m'a surpris et désolé en insistant pour congédier sans délai tous les domestiques de Gleninch. Il me chargea de leur verser un dédommagement équivalant au quart de leurs gages, de leur établir des références en rapport avec l'excellence de leurs services, et de faire en sorte qu'ils eussent quitté la maison dans l'heure. La raison qui le poussa à cette mesure expéditive est assez proche de celle qui lui a inspiré sa conduite à votre égard. « Si je dois jamais revenir à Gleninch, me dit-il, je ne pourrai plus regarder ces braves gens en face après avoir été jugé pour meurtre. » Tel était le motif qui l'animait ! Rien de ce que je représentai à ce pauvre garçon ne put ébranler sa résolution. Je donnai donc leur congé aux domestiques. Une heure plus tard, tous avaient quitté la maison sans avoir seulement pu terminer leurs tâches du jour. Les seuls employés qui demeurèrent sur place habitaient à la lisière du parc ; il s'agissait du gardien du pavillon, de sa femme et de leur fille. Au dernier jour du procès, je demandai à cette dernière d'aller faire le ménage dans les chambres. Il s'agissait d'une brave personne, mais qui n'avait aucune expérience en la matière ; il ne lui serait jamais venu à l'idée de préparer le feu dans les cheminées ou de regarnir les boîtes à allumettes vides. Ces quelques phrases sorties de la bouche de Dexter décrivent, à n'en pas douter, l'état dans lequel il trouva sa chambre quand il revint à Gleninch retour d'Édimbourg en compagnie d'Eustace et de sa mère. Qu'il ait déchiré la mystérieuse lettre dans sa chambre et, n'ayant rien sous la main pour la brûler, qu'il en ait jeté les morceaux dans l'âtre vide ou dans la corbeille à papier me paraît être la conclusion la plus raisonnable que nous puissions tirer du peu que nous savons.

» De toute façon, il n'eut guère le temps d'atermoyer car tout se fit ce jour-là dans la précipitation. Eustace et sa mère, accompagnés du même Dexter, prirent dans la soirée le train de nuit pour l'Angleterre. C'est moi-même qui fermai la maison et en remis les clés au gardien. Il était convenu qu'il devrait veiller à l'entretien des pièces du rez-de-chaussée, tandis que sa femme et sa fille s'occuperaient des étages. Au reçu de votre première lettre, je me suis aussitôt rendu à Gleninch pour interroger la gardienne à propos des chambres à coucher, celle de Dexter en particulier. Elle se rappelait la période durant laquelle la maison était restée fermée, car cela avait coïncidé avec une attaque de sciatique qui l'avait clouée au lit. Elle était certaine de n'avoir pas mis le nez dehors pendant au moins une semaine sinon plus, juste comme la propriété venait d'être confiée à leur garde, à son mari et à elle. Si l'on fit le moindre ménage dans les chambres durant sa période d'incapacité, c'est sa fille qui s'en chargea. C'est donc cette dernière et elle seule qui enleva tous les détritus se trouvant dans la chambre de Dexter. Aucun bout de papier, je puis vous le certifier, ne traîne plus actuellement dans cette chambre.

» Où la demoiselle trouva-t-elle les morceaux de la lettre ? Qu'en fit-elle ? Autant de questions que nous devons aller poser – si vous en êtes d'accord – à trois mille milles d'ici. Ceci pour la simple raison que la fille du gardien a convolé il y a plus d'un an et qu'elle et son mari s'en sont allés monter une petite affaire à New York. Il vous appartient de décider de la suite à donner. Je ne vous bercerai pas de faux espoirs ! Loin de moi l'idée de vous faire dépenser votre argent en pure perte ! Quand bien même cette femme se souviendrait de ce qu'elle a fait de ces bouts de papier, il est fort peu probable que nous puissions, après si longtemps, en retrouver un seul. Ne prenez pas votre décision trop hâtivement. Mes affaires m'appellent dans la City, vous avez jusqu'à ce soir pour y réfléchir.

– Envoyez votre homme par le prochain vapeur, lui répondis-je du tac au tac. Vous connaissez maintenant ma décision, monsieur Playmore, et sans avoir eu à lanterner !

Il dodelina de la tête, réprouvant gravement mon impétuosité. Pas une fois lors de notre précédente entrevue nous n'avions effleuré la question pécuniaire. J'allais maintenant faire la connaissance du côté purement écossais du personnage !

– Mais enfin, vous ne savez même pas ce que cela va vous coûter ! s'écria-t-il en sortant son carnet de l'air d'un homme aussi effrayé que scandalisé. Attendez que je vous chiffre tout cela en devises anglaises et américaines.

– Passons là-dessus ! Ce qui m'intéresse, c'est que mes recherches progressent !

Sans relever, il continua d'aligner imperturbablement des nombres.

– Il prendrait un aller et retour en seconde classe. Parfait. Ses repas sont compris dans le prix du billet; de plus, étant un antialcoolique convaincu, il ne gaspillera pas votre argent dans la boisson. A New York, il descendra dans une pension allemande, où il aura, me dit-on de source sûre, le gîte et le couvert au tarif de…

A bout de patience, j'avais fini par sortir mon carnet de chèques. J'en détachai un et y apposai ma signature.

– Vous le remplirez à hauteur de ce dont cet homme aura besoin, dis-je en le tendant à mon interlocuteur. Et pour l'amour du ciel, revenons à Dexter !

Mr. Playmore se laissa aller contre son dossier en levant yeux et bras au plafond. Je ne fis pas le moindre cas de cette invocation solennelle aux puissances invisibles de l'arithmétique et de l'argent. Je ne me souciais que d'élucider avec lui les déclarations de Miserrimus Dexter.

– Écoutez cela, poursuivis-je en posant le doigt sur les notes de Benjamin. Que faut-il comprendre lorsque Dexter dit : « Au n° 9 à Caldershaws. Demander Dandie. Vous n'aurez pas le journal. De vous à moi, ce journal lui vaudrait la corde » ? Comment se fait-il qu'il ait su ce que renfermait le journal de mon mari ? Et qu'est-ce donc que ce « n° 9 à Caldershaws » et ce qui suit ? Des faits, ça aussi ?

– Tout juste ! me répondit Mr. Playmore. Des faits un peu embrouillés, mais indiscutables. Caldershaws, comme vous n'êtes pas sans savoir, est un des coins les plus mal famés d'Édimbourg. Un de mes collaborateurs, spécialisé dans les missions de confiance, s'est proposé pour aller enquêter sur ce « Dandie » du « n° 9 ». Il s'agissait à tous points de vue d'une tâche délicate et ce garçon a eu le bon sens de se faire accompagner par un homme connu dans le quartier. Ce « n° 9 » s'est révélé être – en apparence – une affaire de revente de chiffons et de ferraille; quant au dénommé Dandie, on le soupçonne de faire, en sus, un peu de recel. Grâce aux bons offices de son compagnon – épaulés par un billet de banque, dont, soit dit en passant, il pourra être défrayé sur le fonds alloué aux frais américains –, mon collaborateur a réussi à tirer les vers du nez de l'individu en question. Pour ne pas vous assommer de détails inutiles, voici en substance ce qu'il a appris :

» Une quinzaine de jours environ avant la date du décès de Mrs. Eustace Macallan, Dandie avait fabriqué, à la demande d'un nouveau client, deux clés à partir de modèles en cire. Les mystères que faisait l'intermédiaire venu passer cette commande éveillèrent la méfiance de notre homme. Avant que de livrer les clés, l'ayant soumis à une filature, il avait découvert que le commanditaire n'était autre que Miserrimus Dexter. Attendez ! je n'en ai pas terminé. Ajoutez à cela le fait que Dexter connaissait le contenu du journal de votre mari, et cela donne ceci : les modèles de cire déposés chez le ferrailleur de Caldershaws furent pris par le voleur de la clé du journal intime et de celle de la table de chevet où il était entreposé. J'ai ma petite idée des révélations encore à venir si l'on donne à cette enquête la suite qui convient. Mais laissons cela de côté pour l'instant.

» Dexter, je le répète, est responsable de la mort de Mrs. Eustace Macallan. Quant à savoir quel est son *degré* de responsabilité, je pense que vous êtes bien partie pour l'apprécier. En outre, j'affirme aujourd'hui – ce que je n'aurais pas hasardé auparavant – que l'on doit à la justice autant qu'à votre mari de faire la lumière sur cette affaire. Pour ce qui est des difficultés qui vous attendent, je pense qu'elles ne doivent pas vous faire peur. Les plus gros obstacles finissent toujours par céder sous les assauts conjugués de la patience, de l'opiniâtreté… et de l'économie.

Après avoir fortement souligné ce dernier mot, mon honorable conseil, gardant présents à l'esprit la fuite du temps et les impératifs de sa profession, se leva pour prendre congé.

– Un dernier point, lui dis-je comme il me tendait la main. Pourriez-vous aller voir Miserrimus Dexter avant de repartir pour Édimbourg ? Si j'en crois ce que m'a dit le jardinier, son frère devrait être auprès de lui à l'heure qu'il est. Ce me serait un soulagement d'avoir des nouvelles fraîches sur son état et de les entendre de votre bouche.

– Il est justement au nombre des raisons qui m'amènent à Londres, me répondit Mr. Playmore. Attention ! je n'ai aucun espoir de le voir guérir ; je souhaite seulement m'assurer que son frère est capable de prendre soin de lui et disposé à le faire. En ce qui nous concerne, madame Macallan, ce malheureux a prononcé ses dernières paroles.

Il ouvrit la porte, s'immobilisa, parut réfléchir, puis s'en revint vers moi.

– Pour ce qui est de dépêcher un envoyé en Amérique, reprit-il, je me propose de vous faire tenir une courte estimation...

– Oh, monsieur Playmore !

– Une courte estimation des dépenses globales de l'opération. Vous voudrez bien vous y pencher et me communiquer en temps utile toute observation allant dans le sens de l'économie qui pourrait vous venir à l'esprit. Et si cette estimation vous agrée, vous m'obligerez plus avant en établissant vous-même votre chèque en chiffres et en toutes lettres du montant correspondant. Non, madame ! ma conscience ne saurait s'accommoder d'avoir en ma possession une pièce aussi hasardeuse que peut l'être un chèque en blanc. Ce petit rectangle de papier constitue un désaveu des règles premières de prudence et de parcimonie. Il n'est rien de moins que la négation des principes qui ont gouverné ma vie. Je vous souhaite le bonjour, madame Macallan.

Il déposa mon chèque sur la table tout en s'inclinant bien bas, puis s'en fut. Parmi les différentes manifestations de la stupidité humaine que l'on est parfois à même d'observer, la moins excusable est assurément celle de qui persiste encore à ce jour à se demander pourquoi les Écossais réussissent si bien dans la vie !

XLII

D'AUTRES SURPRISES ENCORE

Ce même soir, un saute-ruisseau vint m'apporter mon « estimation ».

Le document était bien dans la manière de Mr. Playmore. Mes dépenses y étaient impitoyablement calculées au shilling voire au penny près ; quant aux instructions de notre émissaire regardant son entretien, elles étaient réduites avec une exactitude qui allait faire de son séjour en Amérique une véritable épreuve. Par pitié pour ce malheureux, je pris la liberté de porter une somme légèrement supérieure sur le chèque que j'envoyai à Mr. Playmore. C'était mal connaître mon correspondant. Il m'écrivit par retour pour m'informer que notre homme était déjà parti, me faire tenir un reçu en bonne forme et me rendre la totalité du surplus jusqu'au dernier quart de penny !

Quelques lignes griffonnées à la hâte accompagnaient le tout, par lesquelles l'avocat me faisait connaître le résultat de sa visite chez Miserrimus Dexter.

On ne notait aucune amélioration, ni du reste la moindre évolution. Mr. Dexter – le frère – était arrivé à la maison avec un médecin spécialisé dans la prise en charge des aliénés. Ce praticien réservait son jugement le temps de mener une observation poussée du patient. Il avait donc été décidé qu'il accueillerait Miserrimus Dexter à l'asile dont il était propriétaire, dès que les préparatifs pour le recevoir seraient terminés. La seule difficulté qu'il restait à résoudre concernait le devenir de la malheureuse créature, qui, depuis que la catastrophe était arrivée, n'avait quitté son maître ni le jour ni la nuit. Ariel était sans amis, sans argent. On ne pouvait attendre du propriétaire de l'asile qu'il l'accueillît gracieusement; quant au frère de Mr. Dexter, il « était au regret de dire qu'il n'était pas suffisamment argenté pour faire face à une dépense supplémentaire ». Être séparée par force du seul être qu'elle aimât et se voir confier à un hospice pour indigents, tel était le sort promis à l'infortunée créature si personne ne faisait un geste d'ici à la fin de la semaine.

En ces tristes circonstances, le brave Mr. Playmore, passant pardessus la règle de parcimonie au profit de l'exigence d'humanité, proposa de lancer une souscription et offrit de s'inscrire en tête de liste pour un montant substantiel.

Il n'aura servi de rien que je noircisse toutes ces pages s'il est besoin de préciser que j'écrivis immédiatement à Mr. Dexter – le frère – pour lui annoncer que j'étais prête à faire face aux premières dépenses tandis que l'on collecterait les dons, stipulant seulement que lorsque Miserrimus Dexter serait conduit à l'asile, Ariel y fût également accueillie. On me le concéda volontiers. Mais de sérieuses objections furent soulevées quand je demandai qu'il lui fût permis de veiller sur son maître à l'asile comme elle l'avait fait à la maison. Les règles de l'établissement l'interdisaient, l'usage général le proscrivait, etc. Toutefois, à force de persévérance et de persuasion, je parvins à obtenir un arrangement raisonnable. A certaines heures de la journée et sous certaines conditions, il serait permis à Ariel de s'occuper de Miserrimus Dexter dans la chambre de ce dernier ainsi que de l'accompagner lorsqu'on sortirait son fauteuil dans les jardins. J'ajouterai par souci de vérité que l'engagement que je pris ne greva guère mon budget. Placée sous la responsabilité de Benjamin, la liste de nos souscripteurs s'allongea rapidement. Des amis et même de parfaits inconnus ouvrirent leur cœur et leur porte-monnaie lorsqu'ils eurent connaissance de la triste histoire d'Ariel.

Le lendemain de la visite de Mr. Playmore, des nouvelles m'arrivèrent d'Espagne sous la forme d'une lettre de ma belle-mère. Il m'est tout simplement impossible de décrire ce que j'éprouvai au lu des premières lignes de cette missive. Je livre ici, plutôt que la mienne, la prose de Mrs. Macallan :

« Attendez-vous, ma très chère Valeria, à une délicieuse surprise. Eustace vient de démontrer le bien-fondé de ma confiance en lui. Quand il regagnera l'Angleterre, ce sera – si vous en êtes d'accord – pour retourner vivre auprès de sa femme.

« Je me hâte de préciser que cette décision n'est pas le fruit de ma persuasion. Elle est le résultat naturel de la gratitude et de l'amour de votre mari. Les premières paroles qu'il m'a dites lorsqu'il a pu parler ont été celles-ci : "Si je vis et que j'aille retrouver Valeria, croyez-vous qu'elle saura me pardonner ?" C'est à vous, très chère, qu'il appartient de répondre à cette question. Si vous nous aimez, faites-le par retour du courrier.

« Vous ayant maintenant informée de ce qu'il a dit en apprenant que vous aviez été son infirmière – et n'oubliez pas, si cela vous paraît bien court, qu'il est encore trop faible pour s'exprimer autrement qu'avec difficulté –, je vais laisser ma lettre dormir quelques jours, ceci afin de laisser à Eustace le temps de la réflexion et pour me réserver de vous dire en toute franchise si ce délai amène quelque fluctuation dans sa résolution.

« Trois jours ont passé sans qu'il ait changé. Il n'a plus désormais qu'une seule aspiration, et c'est de vous revenir.

« Il y a toutefois une chose qu'il faut que vous sachiez et dont je me dois de vous informer.

« Si grandes que soient les transformations opérées par le temps et les souffrances, il n'a pas varié pour ce qui concerne l'aversion – je dirai même l'horreur – que lui inspire votre volonté d'enquêter sur les circonstances de la mort de sa première femme. Je n'ose pas lui remettre votre lettre : dès que j'effleure le sujet, je l'irrite et lui fais de la peine. "Y a-t-elle renoncé ? Pouvez-vous m'affirmer qu'elle y a renoncé ?" Telles sont les questions qu'il me pose sans relâche. Je lui réponds – comment faire autrement compte tenu du pitoyable état dans lequel il se trouve ? –, je lui réponds de manière à l'apaiser et à le contenter. "N'ayez plus d'inquiétude à ce sujet, lui dis-je : Valeria a été obligée de renoncer ; elle s'est heurtée à des obstacles insurmontables et a finalement dû s'avouer vaincue."

C'est là, si vous vous en souvenez, ce que je pensais qu'il se passerait, lorsque vous et moi avons parlé de ce sujet pénible ; et je n'ai rien reçu de vous depuis qui ait pu ébranler le moindrement cette opinion. Si je vois juste – et je prie le ciel que ce soit le cas –, confirmez-le-moi par retour et tout sera bien qui finira bien. Si en revanche vous êtes toujours décidée à persévérer dans ce projet sans espoir, alors soyez prête à en supporter les conséquences. Prenez de front les préventions d'Eustace sur cette question, et vous n'aurez plus droit à sa reconnaissance, à son repentir ni à son amour. Je crois bien que vous ne le reverrez plus jamais.

« C'est dans votre intérêt et pour votre bien que je ne mâche pas mes mots, ma chère enfant. Joignez à votre réponse quelques lignes pour Eustace.

« Je ne peux encore rien vous dire de précis quant à la date de notre retour. Eustace se remet très lentement et le docteur ne l'autorise pas encore à se lever. Et lorsque nous partirons enfin d'ici, ce ne pourra être qu'à petites étapes. Il se passera encore au moins six semaines avant que nous retrouvions notre chère vieille Angleterre.

« Affectueusement vôtre,

« Catherine MACALLAN. »

Je posai la lettre et mis quelque temps à calmer mes esprits. Pour bien se représenter la position dans laquelle je me voyais, il convient de se remémorer un détail : l'émissaire chargé de poursuivre notre enquête se trouvait en ce moment même au milieu de l'Atlantique en route pour New York.

Que convenait-il de faire à présent ?

J'hésitais. Tant pis si je dois en surprendre plus d'un, j'hésitais. Rien, au reste, ne m'obligeait à précipiter ma décision. J'avais toute la journée devant moi.

Je sortis pour une promenade solitaire et retournai la question dans ma tête. Je rentrai en la ruminant mieux que jamais, au coin du feu cette fois. Contrarier et rebuter un mari adoré qui me revenait de son propre chef était quelque chose auquel une femme dans ma situation, amoureuse de surcroît, ne pouvait en aucun cas se résoudre. D'un autre côté, comment renoncer à ma grande et belle entreprise alors même que le prudent et avisé Mr. Playmore lui prêtait telles chances d'aboutir qu'il m'avait de lui-même proposé son aide ? Prise en étau dans cette cruelle alternative, quel choix pouvais-je envisager ? Songez à vos propres faiblesses et ayez quelque indulgence pour les miennes. Je tournai en définitive le dos à ces deux possibilités. Ces aimables démons que sont tergiversation et dissimulation me prirent gentiment par la main. « Ne t'engage ni dans un sens ni dans l'autre, ma chère, me dirent-ils à leur si insinuante manière. Écris-en juste assez pour amadouer ta belle-mère et contenter ton mari. Rien ne presse. Attends de voir si le temps ne va pas œuvrer en ta faveur et te tirer d'embarras. »

Abominable conseil ! Et pourtant je le suivis, moi qui avais été bien élevée et qui aurais dû montrer plus de discernement. Je suis bien certaine que toi, lecteur, qui as sous les yeux cette piteuse confession, tu aurais eu le bon sens de ne pas suivre pareil avis. Dans le livre de prières, tu n'es pas, toi, rangé dans la catégorie des « pauvres pécheurs ».

Bon ! qu'au moins je tente de me racheter un peu en ne cachant rien. Prenant la plume, j'informai ma belle-mère de ce que Miserrimus Dexter avait été interné dans un asile, et, sans lui livrer plus d'information, je la laissai libre de tirer ses propres conclusions. De même, je ne révélai à mon mari qu'une partie de la vérité. Je lui dis que je lui avais pardonné, ce qui était exact. Je lui dis qu'il n'avait qu'à me revenir et que je l'accueillerais à bras ouverts, ce qui était également la vérité. Pour le reste, eh bien… je dirai avec Hamlet : « Le reste est silence. »

Après avoir posté mon pitoyable courrier, je commençai de ne plus tenir en place et d'aspirer à changer d'air. Une huitaine de jours allait s'écouler avant que l'on pût espérer recevoir un câble de New York. Je me séparai momentanément de mon cher et admirable Benjamin et partis faire un voyage dans le Nord, chez mon oncle le révérend Starkweather. Mon séjour en Espagne au chevet d'Eustace m'avait été l'occasion de faire la paix avec le ménage ; nous avions échangé des lettres amicales et j'avais promis une visite au presbytère dès qu'il me serait possible de quitter Londres.

Ce fut une période paisible et, tout bien considéré, heureuse au milieu des paysages d'autrefois. Je retournai au bord de la rivière, là où Eustace et moi nous étions rencontrés. J'allai volontiers déambuler sur la pelouse et flâner parmi les bosquets, lieu de rendez-vous favori où nous avions si souvent débattu nos tracas pour ensuite les oublier dans un baiser. De quelle triste et étrange façon la vie nous avait par la suite séparés ! Combien incertain était ce que l'avenir nous réservait !

Cet afflux de souvenirs exerçait une influence apaisante sur mon cœur et élevait mon esprit. Je me reprochais amèrement de n'avoir pas écrit à Eustace une lettre plus franche et plus sincère. Pourquoi avoir hésité à lui sacrifier mes espoirs de voir aboutir mon enquête ? Il n'avait pas balancé, pauvre de lui – sa première pensée avait été pour sa femme !

Il y avait une quinzaine de jours que j'étais chez mes oncle et tante lorsque je reçus des nouvelles de Mr. Playmore. Sa lettre, qui s'était tellement fait attendre, me fut cause d'une terrible déception. Un télégramme de New York nous informait que la fille du gardien et son mari avaient quitté cette ville, et que notre envoyé s'employait toujours à essayer de retrouver leur trace.

Il nous fallait prendre notre mal en patience. Sur le conseil de Mr. Playmore, je demeurai dans le Nord, me trouvant ainsi à peu de distance d'Édimbourg pour le cas où une rencontre aurait été nécessaire. Trois semaines d'une éprouvante attente s'écoulèrent avant l'arrivée d'une deuxième lettre. Difficile de dire s'il s'agissait cette fois d'une bonne ou d'une mauvaise nouvelle. Le télégramme était tout simplement déroutant. Voici la teneur singulière – bien sûr limitée à quelques mots pour raisons d'économie – du message que notre agent en Amérique nous avait câblé : «RETOURNER TAS D'ORDURES GLENINCH.»

XLIII

ENFIN !

Dans sa lettre, à laquelle était joint cet extraordinaire télégramme, Mr. Playmore ne témoignait plus l'optimisme qu'il m'avait montré lorsque nous nous étions vus chez Benjamin.

« La seule signification possible de ce télégramme, m'écrivait-il, est que les morceaux de la lettre déchirée ont été jetés à la poubelle – en même temps que la poussière, les cendres et autres balayures ramassées dans la chambre –, puis déversés sur le tas d'ordures. Depuis ce jour, les déchets provenant du ménage régulier de la maison sur une période de près de trois ans – dont, bien entendu, sur une grande partie de l'année, les cendres et charbons des feux mal éteints de la bibliothèque et de la galerie de tableaux – se sont accumulés sur le tas, enfouissant de plus en plus profondément, jour après jour, les précieux morceaux de papier. Même si nous avons de bonnes chances de remettre la main dessus, quel espoir avons-nous, après une si longue période, d'y trouver une seule ligne d'écriture qui soit encore lisible ? J'attends de savoir par retour du courrier ce que cela vous inspire. Si vous pouviez vous déplacer jusqu'à Édimbourg, cela nous ferait gagner du temps en des circonstances où le temps est peut-être très précieux. Tant que vous séjournez chez le Dr. Starkweather, vous n'êtes guère éloignée d'ici. Merci d'y réfléchir. »

Je n'écartai pas l'idée. Mais la question sur laquelle je devais me pencher par priorité était celle de mon mari.

Le départ d'Espagne de la mère et de son fils avait été tellement retardé, par décision du chirurgien, que les voyageurs ne se trouvaient encore qu'à Bordeaux lorsque, trois ou quatre jours plus tôt, j'avais eu des nouvelles de Mrs. Macallan. En tenant compte d'une halte de repos dans cette ville et de la nécessité où ils se trouvaient de voyager à petites étapes, je pouvais encore compter qu'ils arriveraient en Angleterre avant que Mr. Playmore reçût un courrier de notre envoyé en Amérique. En conséquence, si je devais aller voir l'avocat à Édimbourg, ce ne pourrait être de toute façon qu'après avoir accueilli mon mari à Londres. Je trouvai plus sage de représenter à Mr. Playmore que je n'étais pas libre de mes mouvements et qu'il valait mieux qu'il adressât sa prochaine missive chez Benjamin.

Lui ayant écrit en ce sens, j'ajoutai un mot à propos du tas d'ordures et de la lettre déchirée.

Vers la fin de sa vie, alors que nous séjournions en Italie, mon père m'avait emmenée visiter un musée napolitain où étaient exposées les merveilleuses reliques d'un temps révolu découvertes au milieu des ruines de Pompéi. Afin de redonner confiance à Mr. Playmore, je lui rappelai que l'éruption qui avait anéanti cette ville avait préservé durant plus de seize siècles des matières ou objets aussi périssables que la paille enveloppant des poteries, les fresques des intérieurs des maisons, les vêtements de leurs habitants, et – ce qui nous intéressait au premier chef – un antique morceau de papier, toujours agglutiné aux cendres volcaniques qui l'avaient recouvert. Si l'on avait fait de telles découvertes après une période de seize cents ans sous une épaisse couche de cendres et de poussières, ne pouvions-nous espérer constater le même type de conservation au terme de seulement trois ou quatre ans sous une couche plus mince de cendres et de poussières ? Tenant pour certain – ce qui était peut-être faire preuve d'un optimisme forcené – que l'on retrouverait les morceaux de la lettre, je ne doutais pas que, même si l'encre devait en être décolorée, ce qui y était écrit serait encore lisible. Les accumulations que déplorait Mr. Playmore étaient justement l'agent qui devait avoir protégé le papier de la pluie et de l'humidité. Je conclus ma lettre par ces modestes avis, me trouvant ainsi pour une fois, grâce à mes lumières sur l'Italie, en mesure d'en remontrer à mon avocat !

Une nouvelle journée passa sans que j'eusse des nouvelles de mes deux voyageurs.

Je commençai de m'inquiéter et fis mes bagages, ayant résolu de regagner Londres dès le lendemain si je ne recevais pas d'ici là un mot de Mrs. Macallan me faisant savoir où ils en étaient.

Le courrier du matin décida de mon programme. Une lettre de ma belle-mère venait marquer d'une nouvelle pierre blanche mon éphéméride personnelle.

Eustace et sa mère atteignaient Paris qu'un nouveau malheur se produisait. Les fatigues du voyage ajoutées à l'excitation de nos retrouvailles prochaines avaient trop rudement éprouvé mon pauvre mari. Il avait tenu avec grande difficulté jusqu'à la capitale et, repris d'une forte fièvre, il était maintenant alité. Les médecins ne craignaient pas pour sa vie, à la condition toutefois qu'il aurait la patience d'endurer une longue période de repos absolu.

« Il vous appartient, Valeria, m'écrivait Mrs. Macallan, de consoler et fortifier Eustace dans cette nouvelle épreuve. N'allez surtout pas vous figurer qu'il vous reproche de lui avoir faussé compagnie en Espagne dès que le chirurgien l'a eu déclaré hors de danger. "C'est moi qui l'ai quittée, m'a-t-il dit la première fois que nous en avons parlé ; elle est en droit d'attendre que ce soit moi qui revienne." Telles ont été ses paroles, et il a fait tout ce qu'il pouvait pour s'y conformer. Aujourd'hui, cloué au lit, il vous demande de venir le rejoindre à Paris. Je vous connais suffisamment, ma chère enfant, pour savoir que vous exaucerez son souhait. Il ne me reste plus, avant de clore cette lettre, qu'à ajouter un mot de mise en garde. Ayez soin d'éviter toute allusion non seulement au procès – vous vous en seriez gardée de vous-même –, mais également à notre maison de Gleninch. Vous comprendrez quel est son présent état d'esprit quand je vous aurai dit que jamais je n'aurais pris le risque de vous demander de venir nous retrouver ici si votre der- nière lettre ne m'informait que vos visites chez Dexter étaient terminées. Le croirez-vous ? Il tient en une telle horreur tout ce qui lui rappelle ses ennuis passés qu'il est allé jusqu'à me demander mon consentement pour vendre Gleninch ! »

Voilà ce que m'écrivait ma belle-mère au sujet d'Eustace. Mais sans doute n'avait-elle pas une foi absolue dans ses pouvoirs de persuasion, car un feuillet était glissé dans sa lettre, qui portait ces deux lignes tracées au crayon – oh, d'une main si lasse et malhabile ! – par mon pauvre Eustace : « Je suis trop faible pour voyager, Valeria. Voulez-vous venir à moi et me pardonner ? » D'autres mots suivaient, mais ils étaient illisibles. Coucher ces deux phrases sur le papier l'avait épuisé.

Je sais que je n'en retirerai pas grand mérite ; malgré tout, qu'il me soit au moins permis, après avoir confessé mes erreurs, de noter ici ce que je fis de bien et de juste. Je décidai instantanément de couper court à tout ce qui concernait la récupération de la lettre déchirée. Si Eustace me posait la question, je voulais être en mesure de lui répondre franchement : « J'ai fait le sacrifice nécessaire à votre tranquillité. Au moment où renoncer me coûtait le plus, je l'ai fait pour le bien de mon mari. »

Le motif qui m'avait poussée à regagner l'Angleterre, lorsque j'avais appris que j'étais mère autant qu'épouse, était toujours bien présent dans mon esprit quand je pris cette décision. La seule différence était que ma première et principale considération était maintenant la quiétude de mon mari. En faisant cette concession, je n'abdiquais pas tout espoir. Eustace pouvait encore comprendre à quel point il importait de démontrer son innocence ; il pouvait voir cela comme le devoir d'un père envers son enfant.

Ce même matin, je récrivis à Mr. Playmore pour l'informer que je renonçais à toute participation dans l'élucidation de l'énigme que recelait le tas d'ordures de Gleninch.

XLIV

NOTRE NOUVELLE LUNE DE MIEL

Je ne cache pas que mon moral était au plus bas dans le train qui me ramenait vers Londres.

Abandonner de la sorte l'objectif unique de mon existence, alors que j'avais tant souffert en le poursuivant, et cela au moment où je l'avais – selon toute apparence – presque atteint, était un coup très rude porté à la force morale et au sens du devoir d'une femme. Néanmoins, quand bien même l'occasion m'en eût été offerte, je n'eusse pour rien au monde déchiré ma lettre à Mr. Playmore. « C'est fait et pour le mieux, me disais-je ; et je n'ai que deux jours à attendre pour m'en accommoder tout à fait – deux jours à attendre avant de pouvoir embrasser Eustace. »

J'avais projeté et espéré d'arriver à Londres à temps pour attraper une correspondance à destination de Paris. Mais mon train fut par deux fois retardé sur l'interminable trajet qui m'amenait du Nord, et je fus obligée de passer la nuit chez Benjamin et de remettre mon départ au lendemain matin.

Il me fut bien évidemment impossible de prévenir mon vieil ami de ce changement de programme. Mon arrivée le prit au dépourvu. Je le trouvai dans la solitude de sa bibliothèque, au milieu d'une incroyable illumination de lampes et de chandelles, absorbé dans la contemplation de bouts de papier éparpillés devant lui sur la table.

– Mais que diable êtes-vous en train de faire ? lui demandai-je.

Il s'empourpra – comme une demoiselle, allais-je dire; mais les demoiselles ne rougissent plus à l'époque qui est la nôtre.

– Oh, rien, rien du tout! bredouilla-t-il. Ne faites pas attention.

Il allongea le bras pour ramasser les morceaux de papier. Un soupçon me vint aussitôt. Je l'arrêtai.

– Vous avez eu du nouveau par Mr. Playmore! lui dis-je. Je veux savoir la vérité, Benjamin. Oui ou non?

Il rougit plus encore.

– Oui, me répondit-il.

– Où est sa lettre?

– Je n'ai pas le droit de vous la montrer, Valeria.

Ce qui, est-il besoin de le dire? ne fit que renforcer ma résolution de lire cette lettre. Le meilleur moyen de persuader Benjamin était de l'informer du sacrifice que je venais de faire pour satisfaire aux souhaits de mon mari.

– Je n'ai donc plus voix au chapitre, dis-je en conclusion. Il appartient désormais à Mr. Playmore de persévérer ou de renoncer; et sa lettre est ma dernière chance de découvrir ce qu'il pense vraiment de l'affaire. Est-ce que je ne mérite pas une petite récompense? Ne suis-je pas en droit d'en avoir connaissance?

Benjamin était trop étonné et trop heureux d'apprendre mes nouvelles dispositions pour s'entêter dans son refus. Il me remit la lettre.

En lui écrivant, Mr. Playmore s'adressait en confidence à l'homme qui avait fait carrière dans le commerce. Benjamin n'avait-il pas, au cours de sa longue pratique, entendu parler de cas où des documents avaient été reconstitués après avoir été déchirés volontairement ou par accident? Sinon, peut-être pouvait-il, à Londres, s'adresser à quelque expert capable de le renseigner à ce sujet. Afin d'expliquer son étrange requête, Mr. Playmore revenait sur les notes prises par Benjamin chez Dexter et l'assurait de l'importance capitale de ce « charabia ». Il concluait en lui recommandant de me celer toute correspondance ultérieure, alléguant que je risquais d'échafauder de faux espoirs.

Je comprenais maintenant le ton que mon estimable conseil avait adopté pour m'écrire. Retrouver la fameuse lettre était à ses yeux si important qu'un fond de prudence lui conseillait de me cacher la chose pour le cas où ses efforts se solderaient par un échec. Il ne me semblait pas que Mr. Playmore dût, suite à ma défection, abandonner les recherches. Je regardai de nouveau les morceaux de papier, et avec un intérêt que je n'avais pas éprouvé jusque-là.

– Aurait-on retrouvé quoi que ce soit à Gleninch ? demandai-je à Benjamin.

– Non. Avant de répondre à Mr. Playmore, j'ai tenu à me livrer à cette petite expérience.

– Ah ? C'est donc vous qui avez déchiré cette feuille ?

– Oui. Et pour compliquer le problème, j'en ai secoué les morceaux dans la corbeille. Je sais que c'est un peu puéril à mon âge…

Il se tut, l'air passablement honteux.

– Eh bien ? lui demandai-je. Êtes-vous parvenu à la reconstituer ?

– Ce n'est pas facile. Mais j'étais bien parti. C'est le principe des puzzles de mon enfance. Dès que l'on a réussi à en agencer une première partie, le reste suit plus ou moins rapidement. N'allez surtout pas crier cela sur les toits : on penserait que je deviens gâteux.

Cette idée n'aurait pu venir à quelqu'un connaissant Benjamin aussi bien que je le connaissais. Je savais quel plaisir mon vieil ami prenait à résoudre les problèmes proposés dans les colonnes des livraisons populaires, et je comprenais parfaitement l'emprise que ce puzzle d'un nouveau genre exerçait sur son imagination.

– C'est presque aussi intéressant, non ? que de résoudre des énigmes, lui dis-je avec un petit sourire.

– Des énigmes ! fit-il dédaigneusement. C'est bien mieux que toutes les énigmes que j'ai résolues jusqu'à aujourd'hui. Dire que tout ce charabia que j'ai noté dans mon carnet aurait finalement un sens ! La lettre de Mr. Playmore est arrivée ce matin ; et, j'ai presque honte de l'avouer, je n'ai pas cessé de m'occuper à cela depuis lors. Dites, vous n'en parlerez à personne, n'est-ce pas ?

Pour toute réponse, je serrai mon vieil ami dans mes bras. Maintenant qu'il avait perdu son sérieux inaltérable et contracté un peu de mon enthousiasme, je l'aimais plus que jamais !

Même si je m'efforçais de n'en rien laisser paraître, ma joie

n'était cependant pas sans mélange. Bien que je m'en défendisse,
je me sentais un peu mortifiée en pensant que je venais de renoncer à prendre désormais part à la recherche de la lettre. Mon seul
baume était de songer à Eustace. Mon unique encouragement
consistait à concentrer mes pensées sur la merveilleuse embellie
qui allait ensoleiller ma vie. Là au moins, pas de désastre à redouter, et je pouvais avoir en toute bonne foi le sentiment que je venais
de triompher. Mon mari m'était revenu de lui-même ; il n'avait pas
succombé sous le poids des faux-semblants, il avait cédé aux
influences plus nobles de sa gratitude et de son amour. Et je lui
avais redonné sa place dans mon cœur non pas parce que j'avais
fait des découvertes qui ne lui laissaient d'autre solution que de
partager ma vie, mais parce que je croyais en ses nouvelles dispositions, et que je l'aimais et lui faisais confiance sans réserve. Ce
résultat ne valait-il pas quelques sacrifices ? Oui, certes, et pourtant je me sentais un peu abattue. Ah baste ! le remède se trouvait
à une journée de voyage. Plus vite j'allais me retrouver auprès
d'Eustace, mieux j'allais me porter.

De bonne heure le lendemain matin, je pris le train pour Paris.
Benjamin m'accompagna à la gare.

– Je vais répondre dès aujourd'hui à Mr. Playmore, me dit-il
avant le départ du train. Je crois pouvoir trouver l'homme qu'il lui
faut s'il décide de continuer. Avez-vous quoi que ce soit à lui faire
dire, Valeria ?

– Non. Je renonce, Benjamin ; je n'ai rien à ajouter.

– Si Mr. Playmore se rend finalement à Gleninch pour tenter
l'opération, dois-je vous écrire pour vous faire savoir comment
cela se sera terminé ?

– Oui, c'est cela, écrivez-moi, lui répondis-je non sans un peu
d'amertume. Si l'expérience échoue.

Mon vieil ami eut un sourire. Il me connaissait mieux que je ne
me connaissais moi-même.

– Comme vous voudrez, se résigna-t-il. J'ai l'adresse du représentant de votre banque à Paris. Il vous faudra aller y faire des
retraits ; il se peut que vous y trouviez une lettre au moment où

vous vous y attendrez le moins. Tenez-moi au courant de la santé de votre mari. Au revoir. Et que Dieu vous protège !

Ce soir-là, je fus rendue à Eustace.

Il était trop faible, le pauvre, pour seulement lever la tête de son oreiller. Je m'agenouillai à son chevet afin de lui donner un baiser. Au moment où mes lèvres touchèrent les siennes, ses yeux fatigués s'allumèrent d'un regain de vie.

– Il me faut maintenant essayer de vivre pour l'amour de vous, murmura-t-il.

Ma belle-mère avait eu la délicatesse de nous laisser seuls. Lorsqu'il prononça cette parole, la tentation de lui faire part de la nouvelle espérance qui allait illuminer notre vie fut la plus forte.

– Il n'y a pas que pour moi qu'il vous faut vivre, Eustace.

Il me regarda d'un œil interrogatif.

– C'est à ma mère que vous pensez ?

Je posai la tête sur sa poitrine et lui murmurai en retour :

– C'est à votre enfant.

J'étais consolée de tous mes renoncements ! J'en oubliai Mr. Playmore, j'en oubliai Gleninch. Dans mon souvenir, c'est ce jour-là que débuta notre nouvelle lune de miel.

Le temps s'écoulait paisiblement dans la petite rue que nous habitions. Autour de nous, le mouvement et le tumulte de la vie parisienne allaient leur train quotidien, et nous ne le remarquions ni ne l'entendions. Eustace reprenait lentement mais régulièrement des forces. Leurs recommandations faites, les docteurs me l'abandonnèrent presque entièrement.

– Vous êtes son médecin, me disaient-ils. Plus vous le rendrez heureux, plus vite il sera sur pied.

J'étais loin de me lasser de la paisible monotonie de cette nouvelle existence. J'avais moi aussi besoin de repos. Je n'avais ni plaisirs ni intérêts en dehors de la chambre de mon mari.

Une fois et une fois seulement, la calme surface de notre vie fut légèrement ridée par une allusion au passé. Je ne sais quelle parole dite accidentellement rappela à Eustace notre dernière rencontre chez le major Fitz-David. Il évoqua, avec beaucoup de tact, ce que je lui avais alors dit au sujet du verdict prononcé à son encontre ; et il me laissa entendre qu'un mot de moi, venant confirmer ce que sa mère lui avait déjà dit, le tranquilliserait une bonne fois pour toutes.

Ma réponse ne fut ni gênée ni difficile. Je lui dis en toute franchise que j'avais fait de ses aspirations ma loi. Mais il n'était pas d'une femme, j'en ai peur, d'en rester là. J'estimais qu'Eustace me devait en retour une assurance qui pût me rasséréner. Comme chaque fois, je cédai à mon premier élan.

– Eustace, lui demandai-je, êtes-vous tout à fait guéri de ces doutes cruels qui vous ont naguère poussé à me quitter ?

Sa réponse me fit, comme il me le dit par la suite, rougir de plaisir.

– Ah, Valeria, si je vous avais connue alors comme je vous connais aujourd'hui, jamais je ne serais parti !

Ainsi les dernières ombres de méfiance se retirèrent-elles de notre vie.

Le souvenir de l'agitation intérieure et des angoisses que j'avais éprouvées à Londres semblait s'effacer de ma mémoire. Pour un peu, nous aurions pu imaginer que la célébration de notre mariage ne remontait qu'à un ou deux jours. Mais il me manquait encore une dernière victoire sur moi-même pour que mon bonheur fût total. Dans ces dangereux moments où je me trouvais seule, j'éprouvais encore secrètement le désir de savoir si l'on s'était mis ou non en quête de la lettre déchirée. Quelles créatures capricieuses nous sommes ! Femme comblée, j'étais prête à exposer mon bonheur plutôt que de rester dans l'ignorance de ce qu'il se passait à Gleninch ! Je saluai le jour où ma bourse vide me fournit le prétexte d'aller chez le représentant de mon banquier et de me faire ainsi remettre tout courrier qui pouvait m'y attendre.

C'est l'esprit tout à fait ailleurs que je fis mon retrait. Obnubilée par la question de savoir si Benjamin m'avait écrit, je lorgnais furtivement les papiers en attente sur les tables et bureaux de l'endroit. Pour finir, un homme sortit d'une pièce, personnage fort laid, mais qui me parut beau pour la simple raison qu'il avait une lettre à la main et me demanda :

– Est-ce que ceci est pour vous, madame ?

Un coup d'œil à l'adresse me fit reconnaître l'écriture de Benjamin.

Avait-on essayé de retrouver la lettre pour au bout du compte échouer ?

Quelqu'un déposa de l'argent dans mon sac à main et me reconduisit avec courtoisie jusqu'à la petite voiture de louage qui m'attendait devant la porte. Tout est indistinct dans mon souvenir jusqu'au moment où je décachetai la lettre de Benjamin. J'y appris dès les premières lignes que le tas d'ordures avait été passé au crible et qu'on y avait retrouvé les fragments de la lettre !

XLV

LA FOUILLE DU TAS D'ORDURES

Ma tête se mit à tourner. Avant de poursuivre ma lecture, je dus attendre que décrût mon agitation.

Portant de nouveau, après un moment, le regard sur la lettre, mes yeux se posèrent fortuitement sur une phrase située vers la fin qui me surprit et m'alarma.

J'arrêtai mon cocher à l'entrée de notre rue pour lui demander de me conduire jusqu'au plus beau parc de Paris, le fameux bois de Boulogne. Mon idée était d'avoir ainsi tout le temps de lire soigneusement la lettre et de décider avant de rentrer si je devais ou non taire son existence à mon mari et à ma belle-mère.

Cette précaution prise, je lus la missive que le cher Benjamin avait eu le jugement et la gentillesse de m'adresser. Traitant chaque événement point par point, il commençait par le rapport de notre agent en Amérique.

Notre homme était parvenu à retrouver la fille du gardien et son mari dans une petite ville d'un des États de l'Ouest. La lettre d'introduction de Mr. Playmore lui avait valu d'être bien accueilli par le couple et écouté attentivement lorsqu'il avait expliqué l'objet de son voyage outre-Atlantique.

Ses premières questions n'amenèrent pas des résultats bien encourageants. La jeune femme, aussi surprise que bouleversée, se révéla tout à fait incapable de battre le rappel de ses souvenirs. Par chance, son mari se montra un homme d'une grande intelligence. Il prit notre envoyé à part pour lui tenir ce langage :

– Je comprends la réaction de ma femme. Dites-moi exactement ce que vous voulez savoir et reposez-vous sur moi pour découvrir ce dont elle se souvient et ce qu'elle a oublié.

Cette proposition avisée fut aussitôt retenue. Notre agent attendit la suite un jour et une nuit.

De bonne heure le lendemain matin, le mari lui dit :

– Et maintenant, allez trouver ma femme et vous verrez qu'elle a une confidence à vous faire. Seulement, prenez bien garde ! Ne riez pas lorsqu'elle vous parlera de babioles sans importance. Même avec moi, elle est un peu honteuse quand elle parle ainsi de petits riens. Eh oui, elle pense que les hommes sont au-dessus de cela. Laissez-la parler, soyez tout ouïe, et vous obtiendrez ce que vous voulez.

Notre envoyé suivit ces instructions et voici ce que cela donna :

La femme se rappelait fort bien avoir été chargée du ménage dans les chambres après que ces messieurs et dames eurent tous quitté Gleninch. Sa mère avait mal à la hanche et ne pouvait l'aider. La demoiselle n'aimait guère à se trouver seule dans la grande demeure après ce qu'il s'y était passé. En chemin, elle rencontra deux enfants du hameau voisin qui jouaient dans le parc. Mr. Macallan montrait toujours une grande bienveillance à l'égard de ses métayers et il fermait les yeux lorsque leur progéniture venait s'ébattre sur les pelouses. Les deux petits la suivirent jusqu'à la porte. Elle les fit entrer, se disant qu'ils lui feraient une compagnie dans la maison déserte.

Elle commença par le couloir des invités avec l'intention de terminer par la chambre, située dans l'autre couloir, où Mrs. Macallan avait rendu l'âme.

Il y avait peu à faire dans les deux premières pièces. Lorsqu'elle eut fini de balayer les sols et de ramasser les cendres, son seau n'était même pas à moitié rempli. Les deux enfants la suivaient et, tout bien considéré, ils lui étaient « une précieuse compagnie » dans ces lieux solitaires.

La troisième chambre, celle où avait logé Miserrimus Dexter, était en bien moins bon état que les deux premières et requérait un grand ménage. Ici, la demoiselle ne prit plus garde aux enfants, occupée qu'elle était par son travail. Elle fit le plancher, les tapis, ramassa les cendres et charbons qu'elle trouva dans l'âtre. Son seau était plein lorsqu'elle entendit un des petits pousser un cri.

Elle regarda alentour sans d'abord les voir. Une seconde exclamation lui permit de les repérer sous une table dans un coin de la pièce. Le plus petit s'était introduit dans la corbeille à papier. L'aîné avait trouvé une vieille bouteille de gomme et, à l'aide du pinceau assujetti au bouchon, il étalait posément le reste de colle sur le visage du plus jeune. Ce dernier, qui bien sûr se débattait, finit par tomber sur le côté, renversant avec lui la corbeille et son contenu.

Le remède fut vite administré. Le plus vieux reçut « une calotte », la bouteille lui fut confisquée et tous deux allèrent « au coin » avec ordre de rester tranquilles. Cela fait, la demoiselle balaya les papiers et les remit dans la corbeille, la bouteille de colle suivant le même chemin. Puis elle alla chercher son seau et y vida ladite corbeille. Après quoi elle passa à la quatrième et dernière chambre du couloir, ce qui conclut sa journée de travail.

Ressortant de la maison, toujours accompagnée des deux enfants, elle emporta son seau jusqu'au tas d'ordures et en vida le contenu dans une légère dépression qui se creusait à mi-hauteur du sommet. Enfin, elle reconduisit les petits jusqu'à leur porte et ce fut tout pour ce jour-là.

Voilà ce que cette femme avait pu raconter à notre envoyé concernant cet épisode précis de la vie quotidienne à Gleninch.

Partant de ces faits, Mr. Playmore arrivait à la conclusion que l'on avait de sérieux espoirs de retrouver la lettre. Déposés sur les cendres contenues dans le seau, recouverts ensuite par les balayures de la quatrième chambre, les morceaux de papier se trouvaient protégés au-dessus comme en dessous quand ils avaient été jetés sur le tas d'ordures.

Les semaines et les mois passant, cette couche protectrice avait encore épaissi. Compte tenu de l'état d'abandon dans lequel se trouvaient les jardins, l'on n'avait pas retourné le tas pour y prendre du fumier. Il était resté intact depuis l'époque où la famille avait quitté Gleninch. Les fragments de la lettre devaient donc dormir là, cachés au milieu des immondices !

Telles étaient les déductions de l'avocat. Il avait aussitôt écrit à Benjamin pour les lui communiquer. Là-dessus, à quoi ce dernier s'était-il employé ?

Après qu'il eut apprécié ses talents sur sa propre correspondance, la perspective de les appliquer à la mystérieuse lettre avait constitué une tentation trop alléchante pour qu'il pût lui résister. « C'est à croire, m'écrivait-il, que votre affaire m'a ensorcelé. J'ai, voyez-vous, le malheur d'être désœuvré. J'ai un peu d'argent et j'ai du temps à revendre. Résultat : je me trouve présentement à Gleninch et me suis porté volontaire – avec l'aval de ce bon Mr. Playmore – pour passer au peigne fin le tas d'ordures ! »

Ces quelques mots de justification, qui lui ressemblaient bien, étaient suivis d'une première description du chantier de fouilles.

Je sautai ce passage : mon propre souvenir des lieux était suffisamment précis pour que je n'eusse point à m'y arrêter. Je revoyais encore dans la lumière du soir ce laid monticule qui avait attiré mon attention de si étrange façon. J'avais encore présentes à l'esprit les paroles de Mr. Playmore m'expliquant la présence de ces tas d'ordures aux abords de chaque gentilhommière écossaise. Qu'avaient fait Benjamin et Mr. Playmore ? Qu'avaient-ils trouvé ? Voilà les questions qui m'intéressaient au premier chef, et c'est donc vers cette partie de la lettre que je me portai avec empressement.

Ils avaient bien sûr procédé méthodiquement avec un œil sur les livres, shillings et pence, et l'autre sur l'objectif en vue. L'avocat avait trouvé en Benjamin ce qu'il n'avait pas trouvé en moi : une personnalité plus conforme à la sienne, consciente de la valeur d'une « estimation des dépenses » et de la plus profitable des vertus humaines, le sens de l'économie.

En l'espace d'une huitaine, ils avaient recruté des hommes pour creuser le monticule et sasser les cendres, loué une tente pour protéger le chantier du vent et de la pluie, engagé les services d'un jeune particulier – connu de Benjamin – qui travaillait dans un laboratoire sous les ordres d'un professeur de chimie et s'était distingué par ses lumières en matière de papier lors d'une récente affaire de faux en écritures dans une maison de commerce renommée de Londres. Ces préparatifs menés à bien, ils s'étaient mis au travail. Benjamin et le jeune chimiste logeaient à Gleninch et supervisaient le chantier à tour de rôle.

Trois jours de labeur à la bêche et au crible ne donnèrent pas le moindre résultat. Cependant, l'affaire était entre les mains de deux hommes aussi déterminés que pondérés. Ils ne se découragèrent pas et poursuivirent.

Au quatrième jour, les premiers morceaux de papier apparurent.

Après examen, ils se révélèrent n'être que les fragments d'un prospectus. Nullement abattus, Benjamin et le jeune homme persévérèrent. En fin de journée, de nouveaux papiers furent mis au jour. Ceux-ci présentaient des caractères calligraphiés. Mr. Playmore venait d'arriver à Gleninch comme chaque soir après son travail ; on le consulta sur cette écriture. Après avoir minutieusement étudié ces membres de phrases incomplètes, il fut en mesure d'affirmer qu'il s'agissait sans l'ombre d'un doute de l'écriture de la première épouse d'Eustace Macallan !

Cette découverte fouailla l'enthousiasme des trois hommes.

On eut soin de déposer les papiers à l'intérieur de boîtes en carton plates prévues à cet effet, dans l'ordre où ils étaient trouvés. Bêches et cribles furent dès lors oubliés. Si peu agréable que ce fût, c'est à la main que les fouilles continuèrent. La nuit arriva ; on renvoya les ouvriers ; Benjamin et ses deux compagnons, travaillant désormais à la lueur des lampes, exhumaient maintenant des papiers par douzaines. Durant quelque temps, c'est à ce train que les choses se poursuivirent, jusqu'à ce qu'enfin on ne trouvât plus rien. Avait-on récupéré tous les fragments de la lettre ou bien l'enlèvement d'une nouvelle strate de cendres allait-il en révéler d'autres ? On s'employa à déblayer une fine couche et c'est alors qu'eut lieu la grande découverte de la journée. La bouteille de gomme dont avait parlé la fille du gardien ! Et en dessous, plus précieux encore, d'autres morceaux de papier recouverts d'écriture, agglutinés en un petit bloc par les dernières gouttes de colle s'écoulant de la bouteille retournée !

L'action se transportait ensuite à l'intérieur de la maison. Les trois hommes se retrouvèrent autour de la grande table de la bibliothèque de Gleninch.

L'expérience acquise par Benjamin avec les puzzles de son enfance se révéla de quelque utilité. On allait selon toute probabilité constater que ces morceaux accidentellement collés ensemble pouvaient s'agencer les uns aux autres et se révélaient la partie la plus facile à reconstituer.

La délicate opération qui consistait à les séparer et à les conserver dans l'ordre où ils avaient adhéré les uns aux autres fut confiée aux doigts experts du chimiste. Mais la complexité de sa tâche ne se bornait pas à cela. Comme il est habituel avec les lettres, les deux côtés de la feuille avaient été utilisés. Il fallait donc scinder chaque morceau en deux de manière à obtenir artificiellement un côté vierge sur lequel serait étalé le liant servant à réunir les fragments selon leur position originelle.

Face à ces difficultés, Mr. Playmore et Benjamin perdirent presque espoir. Leur habile compagnon les eut bientôt détrompés.

Il attira leur attention sur l'épaisseur du papier, un vergé de la meilleure qualité. Il était deux fois plus fort que celui sur lequel il avait travaillé à l'occasion de la récente affaire de faux. Il lui serait donc relativement facile, grâce au matériel qu'il avait apporté de Londres, de détacher le recto du verso, et cela en un temps suffisamment court, ce qui promettait de commencer ce même soir la reconstruction de la lettre.

Ayant délivré ces explications, le jeune homme se mit tranquillement à son ouvrage. Cependant que Benjamin et Mr. Playmore s'absorbaient de plus belle dans les fragments découverts en premier pour tenter de les remettre en ordre, le chimiste avait mené à bien son opération pour la majeure partie des morceaux à lui confiés, puis il était parvenu à reconstituer cinq ou six phrases de la lettre en les disposant sur la feuille de carton lisse prévue à cet effet.

Ses deux compagnons vinrent avec empressement se pencher sur son travail. Ce premier résultat les récompensait amplement de la peine qu'ils s'étaient donnée. Le ton et le style désignaient clairement la personne à laquelle feu Mrs. Macallan avait adressé sa lettre. Il s'agissait de mon mari.

Tel était l'avancement des recherches au moment où Benjamin m'avait écrit. Il était sur le point de poster sa missive lorsque Mr. Playmore lui avait suggéré d'attendre quelques jours de plus pour le cas où surviendraient de nouveaux développements.

« Ces résultats, c'est à elle que nous les devons, lui avait dit l'avocat. Sans son esprit de suite et sans l'influence qu'elle a exercée sur Miserrimus Dexter, jamais nous n'aurions découvert ce que recelait le tas d'ordures et jamais nous n'aurions même aperçu la première lueur de la vérité. Il me paraît juste qu'elle soit la première informée de nos découvertes. »

La lettre avait donc attendu trois jours. Passé ce délai, Benjamin s'empressa de la compléter, terminant en des termes qui m'alarmèrent de façon indescriptible.

« Le chimiste, m'écrivait-il, progresse rapidement dans sa partie du travail et je suis parvenu, de mon côté, à reconstituer une part non négligeable du texte. La comparaison entre ce que lui et moi avons obtenu jusqu'à présent nous amène à des conclusions pour le moins stupéfiantes. A moins que Mr. Playmore et moi ne fassions complètement fausse route – et Dieu fasse que ce soit le cas ! –, il est absolument nécessaire que vous taisiez à votre entourage tout ce qui a trait à la restauration de cette lettre. Les révélations qui semblent devoir en ressortir sont si terribles et déchirantes que je ne puis me résoudre à vous les communiquer tant que je ne suis pas absolument tenu de le faire. Veuillez me pardonner de venir vous troubler avec cette nouvelle. Il nous faudra bien, tôt ou tard, en conférer avec vous, et nous croyons juste de vous préparer à ce qui est peut-être encore à venir. »

Suivait un post-scriptum de la main de Mr. Playmore :

« Veuillez prendre au sérieux la mise en garde de Mr. Benjamin. J'y ajouterai cet avertissement : si nous parvenons à reconstituer la totalité de la lettre, la dernière personne qui, selon moi, devra en avoir connaissance est votre mari. »

Après avoir lu ces propos étonnants, je m'interrogeai sur ce qu'il convenait de faire.

Au point où l'on en était rendu, la tranquillité d'esprit de mon mari reposait entre mes mains. Je lui devais assurément de ne pas recevoir en silence la lettre de Benjamin et le post-scriptum de Mr. Playmore, et je me devais en outre à moi-même de l'informer honnêtement que je correspondais avec Gleninch. J'allais cependant, pour ce faire, attendre d'en apprendre plus.

Ainsi raisonnais-je en mon for intérieur. Et je ne sais toujours pas à ce jour si j'avais tort ou raison.

XLVI

LA CRISE DIFFÉRÉE

– Faites attention, Valeria ! me dit Mrs. Macallan. Je ne vous pose aucune question, mais je vous recommande la prudence, dans votre propre intérêt. Eustace a, tout comme moi, remarqué un changement en vous. Faites bien attention !

Tel fut le langage que me tint ma belle-mère plus tard dans la journée, lorsque nous nous trouvâmes seules. J'avais fait mon possible pour cacher l'effet sur moi de l'étrange et terrible nouvelle venue de Gleninch. Mais qui aurait été capable d'éprouver les sentiments que m'inspirait cette lettre tout en continuant d'afficher un semblant de sérénité ? Quand bien même j'eusse été la plus méprisable hypocrite que la terre ait jamais portée, je doute que ma physionomie eût pu dissimuler mon agitation intérieure.

Mrs. Macallan se borna à cette mise en garde, en quoi je pense qu'elle eut raison. Il n'empêche que je trouvai bien cruel d'être ainsi abandonnée à moi-même, sans conseil ni marque de sympathie, pour décider de ce qu'était mon devoir envers mon mari.

Lui faire lire la lettre de Benjamin, dans l'état où il se trouvait et nonobstant l'avertissement qui venait de m'être adressé, était parfaitement hors de question. D'un autre côté, il m'était tout autant impossible, dès lors que j'avais trahi mon émotion, de le laisser tout à fait dans l'ignorance. Dès le lendemain matin, j'avais décidé de m'en remettre à sa confiance en moi.

– Eustace, l'abordai-je sans plus atermoyer, votre mère m'a dit hier que vous avez noté un changement chez moi lorsque je suis rentrée de ma course. Est-ce exact ?

– C'est vrai, Valeria, me répondit-il sans me regarder et d'une voix assourdie.

– Nous sommes convenus de ne plus rien nous cacher. Il faut donc que je vous dise qu'une lettre d'Angleterre m'attendait à la banque et que cette lettre n'est pas sans me causer quelque inquiétude. Voulez-vous me laisser le choix du moment où je vous en livrerai la teneur ? Et me faire la grâce de croire, mon amour, qu'en vous demandant cela j'agis conformément à mes devoirs d'épouse aimante ?

Je me tus. Il ne répondait pas et je voyais bien qu'il était en proie à un combat intérieur. M'étais-je aventurée trop loin ? Avais-je trop présumé de mon influence sur lui ? Mon cœur battait à coups redoublés, ma voix était mal assurée. Je lui pris la main et me fis suppliante :

– Eustace ! Est-ce que vous ne me connaissez pas suffisamment bien, maintenant, pour me faire une totale confiance ?

Il se tourna vers moi pour la première fois. Je vis se dissiper dans ses yeux une dernière trace d'incertitude.

– Vous promettez de me dire, tôt ou tard, toute la vérité ?

– Je vous le promets de toute mon âme !

– Je vous crois, Valeria.

Devant son regard, qu'habitait un éclat nouveau, je sus qu'il était sincère. Un baiser scella notre accord. Ne m'en veuillez pas de révéler ces menus détails, mais je suis toujours, ne l'oubliez pas, en train de parler de notre seconde lune de miel.

Je répondis le jour même à la lettre de Benjamin, lui relatant ce que j'avais fait et lui demandant instamment, si lui et Mr. Playmore en étaient d'accord, de me tenir informée de toute nouvelle découverte qu'ils pourraient faire à Gleninch.

Après un intervalle – interminable, me sembla-t-il – de dix jours, je reçus un deuxième courrier de mon vieil ami, assorti cette fois encore d'un post-scriptum de Mr. Playmore.

« La reconstitution de la lettre est en cours d'achèvement, m'écrivait Benjamin. La nouvelle découverte que nous avons faite est d'importance pour votre mari. Nous avons reconstruit certaines phrases faisant apparaître, sans équivoque, que l'arsenic acheté par Eustace le fut à la demande de son épouse et qu'elle l'avait en sa possession à Gleninch. Cette lettre, je vous le rappelle, est de la main de cette dernière, et – comme nous l'avons finalement constaté – porte une signature autographe. Il me faut malheureusement ajouter que notre objection, évoquée dans mon précédent courrier, regardant la mise dans la confidence de votre mari, n'est pas levée et qu'elle tient même plus que jamais. Plus cette lettre nous livre de secrets, plus notre premier mouvement serait de l'enfouir de nouveau sous le tas d'ordures par égard pour la mémoire de sa malheureuse rédactrice. Je laisse cette missive en attente durant un jour ou deux ; s'il y a du nouveau d'ici là, Mr. Playmore se chargera de la compléter. »

Suivait, daté de trois jours plus tard, le post-scriptum de Mr. Playmore :

« Le hasard a fait que la dernière partie de la lettre de feu Mrs. Macallan a été la première que nous avons réussi à restaurer. Hormis quelques vides çà et là, les paragraphes de la fin ont pu être parfaitement reconstitués. Je n'ai ni le temps ni le désir de m'étendre en détail sur ce triste sujet. J'espère que nous serons en mesure de vous faire parvenir, dans une quinzaine au plus, une copie complète de la première à la dernière ligne. D'ici là, il me faut vous dire que cette pièce, par ailleurs aussi choquante que bouleversante, présente néanmoins un aspect positif. Au regard du droit comme de la morale, elle atteste de façon indiscutable l'innocence de votre mari. Et, si toutefois sa conscience ainsi que sa compassion pour la défunte s'accommodent de son dévoilement devant le public, elle pourra être produite à cet effet devant la justice. Comprenez-moi bien : il ne pourra pas être rejugé au criminel, ceci pour des raisons techniques sur lesquelles je ne m'étendrai pas. En revanche, s'il peut être prouvé – et c'est ici le cas – que les faits ayant intéressé le premier procès relèvent également du civil, l'ensemble de l'affaire pourra faire l'objet d'une nouvelle instruction ; il sera de la sorte possible d'obtenir le verdict d'un second jury innocentant complètement votre mari. Gardez ceci pour vous dans un premier temps. Conservez, jusqu'à ce que vous ayez lu ladite lettre, la position que vous avez si judicieusement adoptée par rapport à votre mari. Je pense que lorsque vous aurez connaissance du document en question, un sentiment de pitié vous dissuadera de le lui faire lire. Quant à savoir comment le maintenir dans l'ignorance de notre découverte, c'est une autre question qui attendra que nous puissions y réfléchir ensemble. D'ici là, je ne peux que réitérer mon conseil : attendez le prochain courrier qui vous arrivera de Gleninch. »

Je patientai donc. Ce que j'endurai, ce qu'Eustace put penser à mon sujet, tout cela est sans importance. A présent, seuls les faits importent.

Moins de deux semaines plus tard, la restauration de la lettre était achevée. A l'exception de quelques blancs, membres de phrase correspondant à des fragments de papier définitivement perdus, que l'on s'était attaché à combler d'après le sens général du texte, la totalité de la lettre avait été reconstituée. Une copie m'en fut, comme promis, envoyée à Paris.

Qu'il me soit permis, avant que vous preniez à votre tour connaissance de ce terrible document, de rappeler brièvement les circonstances dans lesquelles Eustace Macallan épousa sa première femme.

On se souvient qu'elle s'était éprise d'Eustace sans faire naître chez lui le moindre sentiment réciproque. On se souvient que, s'apercevant de cette situation, il s'était séparé d'elle et avait tout mis en œuvre pour l'éviter. On se souvient enfin qu'elle s'était présentée chez lui à Londres, sans prévenir ; qu'il avait fait son possible pour sauvegarder la réputation de sa visiteuse ; qu'il avait échoué sans que ce fût par sa faute ; et qu'il finit, en désespoir de cause, par l'épouser afin d'étouffer le scandale qui eût sans cela flétri à jamais le nom de cette malheureuse. Gardez tout ceci présent à l'esprit – des témoins respectables l'ont rapporté sous serment. Et n'oubliez pas non plus – même s'il évoquait sa femme de façon aussi insensée que blâmable dans le secret de son journal intime – qu'il fit toujours tout son possible pour lui cacher l'aversion qu'elle lui inspirait; et qu'il fut toujours – dans l'opinion de ceux qui étaient le plus à même d'en juger – un mari au moins courtois et attentionné.

Et maintenant penchez-vous sur cette fameuse lettre. Elle ne requiert de votre part qu'une seule faveur, celle d'être lue à la lumière de la parabole du Christ sur la paille et la poutre.

XLVII

LA CONFESSION DE SARA MACALLAN

« Gleninch, le 19 octobre 18**.

« Mon cher mari,

« J'ai une révélation très pénible à vous faire au sujet d'un de vos plus anciens amis.

« Vous ne m'avez jamais incitée à vous faire la moindre confidence. Si vous aviez voulu me voir entretenir avec vous les mêmes rapports d'intimité que certaines autres femmes avec leur époux, je vous aurais parlé plutôt que de vous écrire. Encore que, tout bien considéré, je ne sache pas comment vous recevriez ce que j'ai à vous communiquer si je vous l'assenais de vive voix. C'est pourquoi je prends la plume.

« L'homme contre lequel je vous préviens est toujours notre hôte : il s'agit de Miserrimus Dexter. Il n'est pas d'homme plus fourbe ni plus méchant à la surface de la terre. Non, ne jetez pas cette lettre à la corbeille ! Avant de vous annoncer cela, j'attendais d'avoir une preuve qui puisse vous satisfaire. Cette preuve, je la tiens.

« Vous vous souvenez peut-être que j'ai osé manifester quelque désapprobation lorsque vous m'avez dit avoir invité cet homme à la maison. Si vous m'aviez engagée à m'expliquer, j'aurais peut-être eu le courage de vous donner la raison du dégoût qu'il éveille en moi. Mais vous ne m'en avez pas laissé le temps. Vous vous êtes empressé de m'accuser, et très injustement, de préjugés que m'aurait inspirés sa difformité. Je n'ai jamais nourri que des sentiments de compassion pour les personnes contrefaites. D'ailleurs, souffrant moi-même de la disgrâce la plus approchante, la laideur, je ne suis pas loin d'éprouver face à elles le sentiment d'une espèce de communauté. Si je réprouvais cette invitation, c'est parce que Mr. Dexter m'a autrefois demandé de devenir sa femme, et parce que j'étais fondée à redouter qu'il ne persistât à me vouer, même après mon mariage, un horrible et coupable amour. N'était-il pas de mon devoir d'épouse qui se respecte de m'élever contre sa venue à Gleninch ? Et n'entrait-il pas dans votre rôle d'époux de m'inviter à en dire plus ?

« Eh bien ! Mr. Dexter est votre hôte depuis de nombreuses semaines et Mr. Dexter a eu le front de revenir à la charge. Il m'a insultée, tout comme il vous a insulté, en déclarant qu'il m'adore et que vous me haïssez. Il m'a fait miroiter une vie de bonheur sans mélange dans un pays étranger. Et il m'a prophétisé une existence misérable chez moi auprès de mon mari.

« Que ne suis-je venue me plaindre, que n'ai-je fait jeter ce monstre à la porte ?

« Êtes-vous bien certain que vous m'auriez crue si je vous avais fait mes doléances et que votre ami eût nié m'avoir manqué de respect ? Je vous ai un jour entendu dire – alors que vous me croyiez hors de portée de voix – que les femmes laides étaient les créatures les plus vaines. Vous m'eussiez peut-être taxée de vanité, allez savoir.

« Mais loin de moi l'idée de m'abriter derrière cette excuse. Je suis malheureuse et jalouse ; je doute en permanence de votre attachement ; je crains toujours qu'une autre femme ne m'ait supplantée dans votre cœur. Miserrimus Dexter a joué sur cette faiblesse. Il m'a affirmé être en mesure de prouver – si je le souhaitais – que, dans le secret de votre cœur, j'étais un objet de détestation ; que vous répugniez à me toucher ; que vous maudissiez le jour où vous aviez eu l'inconséquence de faire de moi votre femme. Durant deux jours et deux nuits j'ai lutté contre la tentation de lui laisser m'apporter ces preuves. Pour une femme qui est loin d'être certaine de la sincérité de votre affection, cette tentation s'est révélée si forte qu'elle a fini par venir à bout de mes réticences. Criminellement, j'ai dissimulé l'aversion que ce misérable suscite en moi et l'ai invité à s'expliquer ; criminellement, j'ai établi une connivence avec celui qui est votre ennemi autant que le mien. Pourquoi ? Parce que je vous aime, vous et vous seul ; et parce que sa proposition est après tout comme l'écho d'un doute qui me tenaille depuis fort longtemps.

« Pardonnez-moi, Eustace ! C'est la première fois que je vous manque. Ce sera aussi la dernière.

« Je ne vais pas m'épargner. Je vais rédiger la confession pleine et entière de tout ce qui s'est dit entre lui et moi. Libre à vous de me faire souffrir lorsque vous saurez ce que j'ai fait ; mais au moins serez-vous averti à temps et verrez-vous ce faux ami sous son vrai jour.

« Je lui ai dit :

« – Comment pourriez-vous bien me démontrer que mon mari me hait en secret ?

« – Vous le verrez écrit de sa main, m'a-t-il répondu ; vous le lirez dans son journal intime.

« – Son journal est équipé d'une serrure, lui ai-je objecté, de même que le tiroir où il le range.

« – Je m'entends à les ouvrir l'une et l'autre, cela sans le moindre risque qu'il s'en aperçoive. Tout ce que je vous demande, c'est la possibilité de vous voir en particulier. Je m'engage en retour à apporter le journal ici dans votre chambre.

« – La possibilité ? Que voulez-vous dire ?

« Il a montré la porte de communication entre ma chambre et le petit bureau.

« – Du fait de mon infirmité, a-t-il dit, il se peut que je ne puisse saisir la première occasion qui se présentera d'entrer ici inaperçu. Il convient que je puisse choisir quand et comment je viendrai vous rendre secrètement visite. Laissez-moi emporter la clé de cette porte. Lorsqu'on s'apercevra qu'elle a disparu, dites que cela n'a aucune importance ; ou bien prenez les devants : faites remarquer aux domestiques qu'elle est manquante, mais dites-leur de ne pas s'embarrasser à la chercher. Cela ne causera aucun dérangement au sein de la maisonnée et j'aurai à disposition un moyen insoupçonné de tous de communiquer avec vous. Êtes-vous d'accord ?

« J'ai accepté.

« Oui ! Je me suis faite la complice de ce scélérat hypocrite. Je me suis avilie et vous ai fait outrage en lui donnant rendez-vous pour violer votre journal intime. Je sais à quel point ma conduite est indigne. Rien ne saurait la justifier. Je puis seulement répéter que je vous aime et que je vis dans la douloureuse angoisse que vous ne m'aimiez pas. Et Miserrimus Dexter se propose de mettre un terme à cette incertitude en me donnant à lire, écrites de votre main, les pensées les plus secrètes de votre cœur.

« Il doit me rejoindre à cette fin dans le courant des deux prochaines heures, alors que vous serez sorti. Je vais refuser de me satisfaire d'un seul coup d'œil à votre journal et lui demander de me l'apporter de nouveau demain à la même heure. D'ici là, vous recevrez cette lettre des mains de mon infirmière. Après l'avoir lue, sortez comme à l'accoutumée. Puis revenez subrepticement et allez ouvrir votre tiroir de chevet. Vous le trouverez vide. Allez ensuite sans faire de bruit vous poster dans le bureau. Quand votre ami prendra congé de moi, vous verrez entre ses mains votre journal intime[1].

« Le 20 octobre.

« J'ai lu votre journal.

« Je sais enfin ce que vous pensez réellement à mon sujet. J'ai pris connaissance de ce que Miserrimus Dexter m'assurait que je devais lire : l'aveu, par vous écrit, de la répugnance que je vous inspire.

« Vous ne recevrez ce que je vous ai écrit hier ni à l'heure ni de la manière que j'avais d'abord décidées. Si longue que soit déjà ma lettre, j'ai, au terme de cette lecture édifiante, des choses à y ajouter. Après avoir fermé mon enveloppe et y avoir marqué votre nom, je vais la placer sous mon oreiller. On l'y trouvera au moment

---

1. C'est dans cette première partie que la reconstitution de la lettre a posé les difficultés les plus grandes. Au quatrième paragraphe, nous avons été obligés de combler des manques en pas moins de trois endroits. Aux neuvième, dixième et dix-septième paragraphes, la même opération a été également nécessaire dans une mesure plus ou moins grande. C'est chaque fois sans ménager notre peine que nous nous sommes appliqués à compléter le texte en exacte conformité avec ce que l'auteur semblait avoir voulu dire d'après la partie intacte de son manuscrit. (*Note de Mr. Playmore.*)

de la levée du corps, et c'est seulement alors, Eustace, quand il sera trop tard pour espérer ou réparer, qu'elle vous sera remise.

« Oui, je suis lasse de la vie. Oui, je veux mourir.

« Hormis ma vie, j'avais tout sacrifié à mon amour pour vous. A présent que je sais que cet amour n'est pas réciproque, le sacrifice ultime me sera facile. Ma disparition vous permettra d'épouser Mrs. Beauly.

« Vous ne savez pas l'effort qu'il m'a fallu faire pour juguler la haine que m'inspire cette femme, et la prier de venir séjourner ici malgré ma maladie. Je n'en aurais pas été capable si je n'étais si amoureuse de vous et si je n'avais tant craint de vous irriter en montrant ma jalousie. Et quelle a été ma récompense ? Votre journal répond à la question ! "Ce matin même, je l'ai tendrement embrassée. Et j'espère, pauvre âme, qu'elle n'a pas perçu l'effort que cela m'a coûté."

« Eh bien, je sais maintenant ce que cela vous a coûté. Je sais que vous regardez votre vie avec moi comme un "purgatoire". Je sais que vous me dissimulez par bonté d'âme un "sentiment de répulsion qui descend sur vous quand vous êtes contraint d'endurer mes caresses". Je ne suis qu'un obstacle, et "si rebutant !", entre vous et celle que vous aimez au point d' "adorer jusqu'au sol qu'elle foule". Vous l'aurez voulu ! Je ne vous gênerai plus. Cela n'est pas pour moi un bien gros sacrifice et je n'en ai aucun mérite. La vie m'est insupportable depuis que je sais que l'homme que j'aime de tout mon cœur et de toute mon âme éprouve du dégoût chaque fois que je le touche.

« J'ai sous la main de quoi mettre fin à mes jours.

« L'arsenic que je vous ai par deux fois demandé d'aller m'acheter est rangé dans mon nécessaire de toilette. Je vous ai menti sur les raisons que j'avais de m'en procurer. En réalité, je souhaitais m'en servir pour tenter d'améliorer la qualité de mon teint. Ce n'était pas par vanité, mais pour devenir plus belle et plus désirable à vos yeux. J'en ai utilisé une partie à cet effet, mais il m'en reste plus qu'assez pour en finir. Ce poison aura en définitive son utilité. Il ne m'aurait peut-être pas rendue plus jolie. Au moins vous délivrera-t-il de votre épouse si laide.

« Ne permettez pas que l'on m'examine après ma mort. Montrez cette lettre au médecin. Elle lui prouvera que je me suis suicidée, et cela évitera que l'on soupçonne quiconque de m'avoir empoisonnée. J'entends que personne ne pâtisse de mon initiative. Je vais ôter l'étiquette du pharmacien et vider soigneusement la bouteille contenant le poison, en sorte qu'il ne soit pas inquiété.

« Je vais reposer la plume pour prendre un peu de repos, puis je continuerai ma lettre. Elle est déjà bien trop longue. Mais il s'agit ici de vous dire adieu et je peux bien prolonger un peu mon dernier entretien avec vous !

« Le 21 octobre, deux heures du matin.

« Hier, je vous ai chassé de ma chambre lorsque vous êtes venu vous enquérir de la nuit que j'avais passée. Ensuite, Eustace, j'ai parlé malhonnêtement de vous à mon infirmière. Pardonnez-moi. Je ne suis plus tout à fait moi-même. Vous en savez la raison.

« *Trois heures et demie.* – J'ai accompli le geste qui va vous débarrasser d'une épouse abhorrée ! J'ai pris le poison – tout ce qu'il restait dans la pochette puisque c'est sur elle que je suis tombée en premier. Si cela ne suffit pas à me tuer, il y a encore le contenu de la bouteille.

« *Cinq heures dix.* – Vous venez de me laisser après m'avoir fait prendre ma potion calmante. En vous voyant, ma résolution a vacillé et j'ai pensé : "S'il a un regard gentil, je lui dis ce que j'ai fait, et je le laisse me sauver." Pas une fois vous ne m'avez regardée. Vous n'aviez d'yeux, semble-t-il, que pour le médicament. Je vous ai laissé partir sans vous adresser une parole.

« *Cinq heures et demie.* – Je commence à éprouver les premiers effets du poison. L'infirmière est endormie au pied de mon lit. Je n'appellerai pas à l'aide ; je ne la réveillerai pas. Je veux mourir.

« *Neuf heures et demie.* – Cette souffrance est plus que je n'en peux supporter. J'ai réveillé l'infirmière. Le docteur est passé.

« Nul ne soupçonne quoi que ce soit. C'est étrange, mais la douleur m'a quittée : la dose de poison était sans doute insuffisante. Je vais avaler le contenu de la bouteille, qui en renferme une plus grande quantité. Il est heureux que vous ne soyez pas auprès de moi. Ainsi, mon envie de mourir, ou plutôt ma répugnance à vivre, demeure ferme et inchangée. Pour être certaine de ne pas flancher, j'ai défendu à l'infirmière de vous appeler. Je viens de lui donner ordre de descendre. Comme cela, je puis sortir sans risque le poison de mon nécessaire de toilette.

« *Dix heures moins dix.* – J'ai eu juste le temps de cacher la bouteille quand, après que l'infirmière m'a eu quittée, vous êtes entré dans la chambre.

« J'ai eu un nouveau moment de faiblesse lorsque je vous ai vu, et j'ai décidé de me donner une dernière chance. C'est-à-dire que je vous ai offert pour la dernière fois l'occasion de vous montrer gentil avec moi. Je vous ai demandé de m'apporter une tasse de thé. Si, en m'accordant cette petite attention, vous cherchiez à me réconforter d'un regard ou d'un mot tendre, je n'allais pas prendre la seconde dose de poison.

« Vous vous êtes exécuté, mais sans me témoigner la moindre bienveillance. Vous m'avez servi mon thé, Eustace, comme vous donneriez à boire à votre chien. Après cela, vous vous êtes étonné – mais sans grande conviction ; sans doute aviez-vous la tête pleine de Mrs. Beauly – de ce que j'eusse laissé tomber la tasse en vous la rendant. Je ne l'ai vraiment pas fait exprès : j'avais la main qui tremblait terriblement. Si vous aviez été à ma place, avec l'arsenic dissimulé sous la couverture, la vôtre aussi aurait tremblé. Avant de vous en aller, vous avez exprimé le souhait poli que ce thé me fît du bien. En disant cela, vous n'avez même pas été capable de me regarder. Vous ne quittiez pas des yeux les morceaux de la tasse !

« Dès que vous êtes sorti, j'ai pris le poison. Une double dose, cette fois.

« J'ai une petite requête à vous faire tant que j'y pense.

« Après avoir décollé l'étiquette et remis la bouteille, rincée, dans mon nécessaire de toilette, il m'a traversé l'esprit que je n'avais pas pris la même précaution, tôt ce matin, avec la pochette en papier, qui porte elle le nom de l'autre pharmacien. Je l'ai envoyée rejoindre plusieurs papiers épars sur la courtepointe. Ma grincheuse infirmière s'est plainte du désordre. Elle les a chiffonnés tous ensemble pour les emporter je ne sais où. J'espère que ma négligence ne causera pas du désagrément à ce pharmacien. Vous aurez soin de dire qu'il n'est pour rien là-dedans.

« Dexter – je ne sais pourquoi je repense subitement à lui – a replacé votre journal dans le tiroir. Il me presse de répondre à sa proposition. Ce misérable serait-il donc dépourvu de conscience ? S'il en a une, même lui souffrira lorsqu'il aura ma mort pour toute réponse.

« L'infirmière a reparu dans la chambre. Je l'ai renvoyée en lui disant que je voulais être seule.

« Quelle heure peut-il être ? Je n'arrive pas à mettre la main sur ma montre. Est-ce que c'est la douleur qui revient et me paralyse ? Elle n'est pas encore très forte.

« Elle peut toutefois revenir à tout moment. Il me reste encore à clore ma lettre et vous l'adresser. Et il me faut conserver un peu de force pour la glisser sous mon oreiller en sorte qu'on ne la trouvera qu'après ma mort.

« Adieu, mon amour. Je regrette de n'avoir pas été plus jolie. Je n'aurais pu être plus aimante. Encore maintenant, je redoute de revoir votre cher visage. Encore maintenant, si je m'accordais le bonheur de vous regarder, je ne sais si votre charme ne m'amènerait pas à vous avouer, avant qu'il ne soit trop tard, ce que j'ai fait.

« Mais vous n'êtes point ici. C'est mieux ainsi ! c'est mieux ainsi !

« Adieu donc ! Soyez plus heureux que vous ne l'avez été avec moi. Je vous aime, Eustace, et je vous pardonne. Quand vous n'aurez rien de mieux à faire, ayez une gentille pensée pour votre pauvre laideron.

« Sara Macallan[1]. »

---

1. Les mots ou groupes de mots manquants dans cette dernière partie de la lettre sont si peu nombreux que nous ne jugeons pas utile de les signaler. Les fragments qui étaient agglutinés ensemble par la gomme, et qui correspondent à la partie de la lettre reconstituée en premier, commencent à : « Ensuite, Eustace, j'ai parlé malhonnêtement de vous… » et se terminent sur cette phrase incomplète : « Si, en m'accordant cette petite attention, vous cherchiez à me réconforter d'un regard ou d'un mot tendre, je n'allais pas prendre… » La remise en forme de cette seconde moitié de la lettre (datée du 20 octobre) fut un jeu d'enfant comparée aux difficultés presque insurmontables que nous avons rencontrées en travaillant sur les fragments épars des pages précédentes. (*Note de Mr. Playmore.*)

XLVIII

QUE POUVAIS-JE FAIRE D'AUTRE ?

Dès que je parvins à sécher mes larmes et calmer mes esprits, ma première pensée fut pour Eustace, mon souci premier fut de faire en sorte qu'il n'eût jamais connaissance de la poignante et terrible lettre d'adieu de sa première femme.

Car voilà à quel point nous en étions arrivés ! J'avais voué ma vie à un unique objectif auquel je venais d'atteindre. J'avais sous les yeux la preuve éclatante de l'innocence de mon mari ; or, par égard pour lui, par égard pour cette femme, mon seul espoir était qu'il ne la verrait jamais ! Mon seul désir était de la soustraire aux yeux du public !

Je repensai aux circonstances singulières qui avaient amené la découverte de cette lettre.

Tout était de mon fait, comme l'avait dit l'avocat. Et pourtant, j'avais agi pour ainsi dire à l'aveuglette. Le plus infime accident risquait de faire basculer le cours des événements. J'étais intervenue encore et encore pour contrer Ariel lorsqu'elle pressait son maître de lui « raconter une histoire ». Si elle n'était pas arrivée à ses fins, le dernier effort de mémoire de Miserrimus Dexter n'eût peut-être pas pris pour objet la tragédie de Gleninch. Si, comme convenu, je m'étais avisée de bouger mon fauteuil pour signaler à Benjamin de refermer son calepin, jamais il n'eût couché sur le papier les paroles en apparence insensées qui allaient nous amener à découvrir la vérité.

Dans cette disposition d'esprit, la seule vue de la lettre me révoltait et m'horrifiait. Je maudissais le jour qui avait vu l'exhumation de ses fragments. Alors même qu'Eustace finissait par recouvrer forces et santé, alors même que nous étions de nouveau réunis et qu'un ou deux mois de plus allaient faire de nous des parents autant que des époux, voilà que se dressait entre nous, tel un spectre vengeur, cette effrayante litanie de souffrances et de péchés. Cette chose était là, sous mes yeux, qui menaçait le repos de mon mari – que dis-je ? qui mettait sa vie en péril si jamais il la découvrait à ce moment critique de sa convalescence !

La pendule sonna. C'était l'heure de la matinée où Eustace venait me rendre visite dans ma petite chambre. Il pouvait paraître d'un moment à l'autre, aviser la lettre, me l'arracher des mains. Dans un accès de peur panique, je ramassai ces abominables feuillets et les jetai au feu.

Il était heureux que ce ne fût qu'une copie. S'il s'était agi de l'original, je crois bien que je l'eusse brûlé tout de même.

Le dernier bout de papier achevait à peine de se consumer lorsque la porte s'ouvrit. Eustace entra, lança un regard en direction du feu. Les résidus noircis flottaient encore sur l'arrière de la coquille. Il avait vu que l'on m'apportait une lettre à la table du déjeuner. Subodorait-il quelque chose ? Il fixait l'âtre d'un air grave et ne disait rien. Enfin, il s'avança dans la pièce et posa les yeux sur moi. Sans doute avais-je blêmi car sa première parole fut pour me demander si je n'étais pas souffrante. J'étais bien décidée à ne pas lui servir un mensonge, fût-il pieux ou véniel.

– Je suis un peu tendue, Eustace. Rien de plus.

Il continuait de me regarder comme s'il s'attendait à me voir ajouter quelque chose. Je demeurai coite. Il sortit une lettre de sa poche intérieure et la déposa devant moi sur la table, exactement à l'endroit où se trouvait un instant plus tôt celle de Sara Macallan !

– Moi aussi, Valeria, j'ai reçu une lettre ce matin. Je n'ai pas, moi, de secrets pour vous.

Je perçus le reproche, mais ne lui répondis point.

– Souhaitez-vous que je la lise ? demandai-je en montrant l'enveloppe posée sur la table.

– Je viens de vous dire que je n'ai pas de secrets pour vous, répéta-t-il. Elle est décachetée. Voyez par vous-même ce qu'elle renferme.

Je m'exécutai. Il ne s'agissait pas d'une lettre, mais d'un article découpé dans un journal écossais.

– Lisez, me dit Eustace.

Voici ce que je lus :

ÉTRANGE ACTIVITÉ A GLENINCH

Il semblerait que l'on évolue en plein romanesque dans l'enceinte de la propriété de Mr. Macallan. Imagine-t-on que des fouilles sont menées du côté du – que nos lecteurs nous pardonnent cette précision nauséabonde… – du côté, oui, du tas d'ordures ? On y a assurément découvert quelque chose ; mais nul ne sait quoi. Ce qui est sûr, c'est que depuis plusieurs semaines deux messieurs venus de Londres et dirigés par notre estimable concitoyen Mr. Playmore travaillent à huis clos dans la bibliothèque de Gleninch. Le secret nous sera-t-il révélé un jour ? Et fera-t-il la lumière sur un fait divers aussi horrible que ténébreux, connu de nos lecteurs pour avoir marqué le passé récent de Gleninch ? Autant de questions auxquelles Mr. Macallan, lorsqu'il reviendra au pays, saura peut-être répondre. D'ici là, nous ne pouvons qu'attendre la suite des événements.

Dans une disposition d'esprit assez peu chrétienne à l'endroit des personnes qui avaient présidé à sa parution, je reposai l'article sur la table. A l'évidence, un journaliste en mal de copie était venu rôder autour de Gleninch et quelque officieux bien intentionné s'était empressé d'envoyer cet entrefilet à Eustace. Complètement prise de court, j'attendais que mon mari reprît la parole. Il ne me fit pas lanterner :

– Avez-vous idée de ce dont il s'agit, Valeria ?

Je lui répondis honnêtement que oui, je savais de quoi il retournait. Il comptait visiblement que j'en disse davantage. Mais je me réfugiai de mon côté dans un silence prudent.

– Suis-je censé ne pas en apprendre plus ? reprit-il après un temps. N'êtes-vous pas tenue de me dire ce qu'il se passe dans ma propre maison ?

Il est généralement admis que l'on réfléchit vite dans les situations critiques, pour peu que l'on soit en état de le faire. Il n'était qu'une seule porte de sortie à la situation embarrassante dans laquelle mon mari venait de me placer. Je suppose qu'une sorte d'instinct me montra la voie. Une chose est sûre : je m'y jetai.

– Vous avez promis de me faire confiance, lui dis-je.

Il acquiesça d'un signe de tête.

– Je vais vous demander un peu de patience, Eustace, et cela dans votre propre intérêt. Accordez-moi un peu de temps et je satisferai votre curiosité.

Son visage se rembrunit.

– Combien de temps ?

Je compris que le moment était venu de recourir à une méthode de persuasion plus puissante que la parole.

– Embrassez-moi et je vous le dirai.

Il hésita – ce qui était bien d'un mari ! Mais je tins bon – ce qui était bien d'une épouse ! Il n'eut d'autre choix que de céder. M'ayant donné un baiser – point trop gracieusement –, il me demanda derechef combien de temps je comptais le faire attendre.

– Jusqu'à la naissance de notre enfant, lui dis-je.

Il eut un sursaut. Ma réponse le surprenait au plus haut point. Je lui pressai gentiment la main et le regardai tendrement dans les yeux. Il me retourna mon regard – avec assez de chaleur, cette fois.

– Dites que vous acceptez, lui murmurai-je.

Il me donna son assentiment.

Ainsi repoussai-je derechef le jour d'expiation. Ainsi me ménageai-je un délai pour conférer de nouveau avec Benjamin et Mr. Playmore.

Tant qu'Eustace fut dans la pièce, je demeurai égale en apparence et capable de converser avec lui. Mais, quand au bout d'un moment il s'en fut et que j'eus le loisir de repenser à ce qui venait de se passer et de considérer avec quelle bonne grâce il s'était incliné, mon cœur se tourna avec compassion vers ces autres femmes – meilleures que moi pour certaines – dont en des circonstances similaires le mari eût élevé la voix, voire réagi plus violemment encore. Et cet écart entre leur sort et le mien ne laissa pas de m'accabler. Qu'avais-je fait pour mériter mon bonheur ? Qu'avaient-elles fait, les pauvres, pour encourir leur malheur ? Je dois dire que la lecture de la confession de Sara Macallan m'avait rudement éprouvé les nerfs. Je fondis en larmes – et m'en trouvai ensuite grandement soulagée !

XLIX

LE PASSÉ ET L'AVENIR

J'écris de mémoire, sans m'aider de notes ni d'un journal, et n'ai donc pas une idée précise de la durée de notre séjour à l'étranger. Il s'étira sans doute sur plusieurs mois. Longtemps après qu'Eustace fut suffisamment remis pour faire le voyage de Londres, les médecins persistèrent à le garder à Paris. Ils lui avaient trouvé une faiblesse au poumon et, constatant qu'un air sec lui était bénéfique, ils l'avaient mis en garde contre un retour prématuré à l'atmosphère humide de son pays.

Ainsi étions-nous toujours en France lorsque je reçus des nouvelles fraîches de Gleninch.

Point d'échange postal, cette fois, mais une visite. J'eus en effet un beau matin la surprise et la joie de voir Benjamin faire tout benoîtement son apparition dans notre petit salon. Sa mise était d'une recherche si inhabituelle et il semblait tellement soucieux de nous faire accroire que sa venue à Paris s'inscrivait dans un voyage de plaisance que je le suspectai aussitôt d'avoir franchi la Manche revêtu d'un double rôle : celui de touriste tant que des tiers seraient présents, et celui d'émissaire de Mr. Playmore lorsque lui et moi serions seuls.

Un peu plus tard dans la matinée, mon mari et sa mère sortirent et je vis bientôt ma prévision se vérifier. Benjamin était parti pour Paris à la demande expresse de Mr. Playmore afin de conférer avec moi sur l'avenir et de m'éclairer sur le passé. Il me remit ses lettres de créance sous les espèces d'un court billet de l'avocat.

« Il reste quelques points, m'écrivait Mr. Playmore, que la lettre ne semble pas devoir éclaircir. J'ai fait mon possible, avec le concours de Mr. Benjamin, pour les expliquer au mieux. Par souci de concision, je les présente ici sous forme de questions et réponses. Mais peut-être me récuserez-vous dans ce rôle d'interprète après les erreurs que je commis quand vous vîntes me consulter à Édimbourg ? Les événements m'ont en effet, je le reconnais, détrompé sur plusieurs points. J'avais tout à fait tort en vous recommandant de ne pas remettre les pieds chez Dexter, et partiellement tort en le soupçonnant d'avoir été directement plutôt qu'indirectement responsable de la mort de la première Mrs. Macallan. Je reconnais franchement mes bévues et vous laisse libre de décider si vous estimez que mon nouveau catéchisme mérite votre attention. »

Son « nouveau catéchisme » commandait tout à fait mon attention. Si vous ne partagez pas cet avis et qu'il vous tarde d'en terminer avec moi et mon récit, sautez donc tout de suite au chapitre suivant !

Me voyant intéressée, Benjamin tira de sa poche plusieurs feuillets dont il commença de me donner lecture :

« Questions soulevées par la lettre découverte à Gleninch.

« Premier groupe : questions ayant trait au journal intime.

« Première question : Lorsqu'il mit la main sur le journal de Mr. Macallan, Miserrimus Dexter y était-il amené par une connaissance préalable de son contenu ?

« – Réponse : Il est douteux qu'il ait eu la moindre lumière à ce sujet. On peut regarder comme probable que, notant avec quel soin Mr. Macallan le remisait en lieu sûr, Dexter en aura inféré l'existence de dangereux secrets domestiques et se sera mis en tête de les utiliser à son profit.

« Deuxième question : Quel motif faut-il prêter à Miserrimus Dexter pour avoir tenté d'entraver l'action des représentants du procureur le jour où ils saisirent le journal et autres papiers personnels de Mr. Macallan ?

« – Réponse : Pour répondre à cette question, il convient d'abord de rendre justice à Dexter. Quelque infamante qu'ait pu être sa conduite, l'homme n'était pas un monstre absolu. Il est certes indéniable qu'il en voulait secrètement à Mr. Macallan de l'avoir supplanté dans le cœur de celle qu'il aimait, et qu'il fit tout pour amener la malheureuse à se détacher de son mari. Il est en revanche fort douteux qu'il fût de surcroît capable de laisser son ami, cet homme qui avait toute confiance en lui, être, par sa faute, jugé pour meurtre sans rien tenter pour le sauver. L'idée n'avait bien sûr jamais traversé l'esprit de Mr. Macallan, puisqu'il était innocent de la mort de sa femme, de détruire son journal et sa correspondance, crainte qu'ils ne fussent utilisés contre lui. Jusqu'à ce que l'initiative discrète et prompte du procureur le prît au dépourvu, l'idée qu'il pût être inculpé du meurtre de son épouse ne l'avait jamais effleuré, comme l'atteste sa propre déposition. Mais Dexter devait avoir un tout autre point de vue sur l'affaire. Dans ses dernières et délirantes déclarations, il évoque le journal en ces termes : "Ce journal lui vaudrait la corde. Cela, je ne le veux pas." S'il avait pu le récupérer à temps, si les hommes du procureur ne l'avaient pas pris de vitesse, on peut raisonnablement supposer que Dexter, eu égard aux conséquences certaines de sa production devant le tribunal, se serait lui-même chargé de le détruire. Il fallait qu'il fût fortement pénétré de ces considérations pour aller jusqu'à tenter d'entraver l'action des subordonnés du procureur. Et Mr. Playmore, qu'il envoya quérir sur ces entrefaites, est en position d'affirmer que son agitation n'était pas feinte.

« Questions du second groupe, portant sur la confession écrite de Sara Macallan.

« Première question : Pourquoi Dexter ne détruisit-il pas la lettre après l'avoir trouvée sous l'oreiller de la défunte ?

« – Réponse : Les raisons qui le conduisirent à s'opposer à la saisie du journal, puis à témoigner en faveur de l'accusé, l'incitèrent de même à conserver la lettre jusqu'au prononcé du verdict. Si l'on se reporte une nouvelle fois à ses dernières paroles telles que transcrites par Mr. Benjamin, on peut supposer que, dans le cas d'un verdict de culpabilité, il n'eût pas hésité à la produire afin de sauver un innocent. Toute perversité a ses degrés. Dexter était suffisamment pervers pour garder par-devers lui une lettre qui blessait sa vanité en le dépeignant comme un objet de dégoût et de mépris, mais il ne l'était pas au point de laisser délibérément un innocent monter à l'échafaud. Il était capable de laisser un rival honni se faire inculper de meurtre, mais, dans l'éventualité d'une condamnation, il aurait fait ce qu'il fallait pour lui éviter la potence. Songeons, sous ce rapport, à ce qu'il dut souffrir, si mauvais qu'il fût, en prenant connaissance de la confession de Sara Macallan. Il avait combiné de saper l'amour de cette femme pour son mari, et quel en fut le résultat ? Il venait d'amener celle qu'il aimait à chercher refuge dans la mort ! Accordez à ces considérations l'attention qu'elles méritent, et vous comprendrez que même chez cet homme le remords laisse peut-être percer quelque vertu rédemptrice.

« Deuxième question : Quel motif présida à la réaction de Miserrimus Dexter quand Mrs. Valeria Macallan l'informa de son intention de mener sa propre enquête sur l'affaire d'empoisonnement de Gleninch ?

« – Réponse : Selon toute probabilité, la mauvaise conscience de Dexter l'amena à penser qu'il pouvait avoir été vu le matin où il s'était subrepticement introduit dans la chambre de la défunte. N'éprouvant lui-même aucun scrupule à écouter aux portes et à regarder par les trous de serrure, il devait aisément prêter le même genre de pratiques à autrui. Habité de cette crainte, il se sera tout naturellement figuré que Mrs. Valeria Macallan risquait d'entrer en contact avec la personne qui l'avait épié, et avoir ainsi vent de la chose. Il choisit pour parade de la fourvoyer dès le début de ses investigations. Les soupçons teintés de jalousie de Mrs. Valeria Macallan à l'encontre de Mrs. Beauly lui en fournirent l'occasion. Il était d'autant plus disposé à en profiter qu'il était lui-même animé de sentiments très hostiles à l'endroit de cette dame. Il la tenait pour l'ennemie qui avait mis à mal la paix domestique de la maîtresse de Gleninch ; il aimait la maîtresse de Gleninch et donc il haïssait son ennemie. Préservation de son secret et rancune à l'encontre de Mrs. Beauly sont dans l'ordre le principal et le second motif de sa réaction à la démarche de Mrs. Valeria Macallan [1] ! »

1. On trouve une plus ample illustration de ce point de vue lors de la scène chez Benjamin, au chapitre XXXV, où, dans un accès d'incontrôlable agitation, Dexter trahit son secret. (*Note de l'auteur de ce récit.*)

Benjamin posa ses notes et ôta ses lunettes.

– Nous n'avons pas jugé nécessaire de pousser l'analyse plus loin, dit-il. Voyez-vous des points qui resteraient inexpliqués ?

Je réfléchis un instant. Non, je ne voyais aucun point important qui n'eût pas été abordé. Il y avait toutefois une question secondaire – que m'avait remise en tête l'évocation de Mrs. Beauly – dont j'aurais aimé si possible connaître le fin mot.

– Est-ce que Mr. Playmore et vous vous êtes penchés sur l'attachement de mon mari pour Mrs. Beauly ? demandai-je à Benjamin. Mr. Playmore vous aurait-il dit pour quelle raison Eustace ne l'a pas épousée après le procès ?

– Je lui ai moi-même posé la question. Il y a répondu sans peine. Quand, après le procès, Eustace voulut écrire à Mrs. Beauly, il alla consulter Mr. Playmore en sa qualité d'ami proche et de conseil. Ce dernier m'a, à ma demande, livré la teneur de cette lettre. Souhaitez-vous qu'à mon tour je vous communique ce que je m'en rappelle ?

Je reconnus que cela m'intéressait fort. Ce que me rapporta alors Benjamin recoupait exactement le témoignage de Miserrimus Dexter tel que relaté au chapitre treizième. Mrs. Beauly venait d'être témoin de la dégradation publique d'Eustace. C'était suffisant en soi pour le dissuader de l'épouser. Il coupa les ponts avec elle pour la même raison qui le poussa plus tard à se séparer de moi : il ne pouvait concevoir de vivre au côté d'une femme qui aurait su qu'il avait été inculpé de meurtre. Les deux versions coïncidaient exactement. Ma curiosité teintée de jalousie s'en trouva apaisée et Benjamin put tourner la page et aborder la question plus délicate et plus intéressante de l'avenir.

Il commença par me demander si Eustace soupçonnait quelque chose regardant l'investigation menée à Gleninch. Je lui dis ce qui était arrivé et de quelle manière j'avais retardé une révélation devenue inévitable. La physionomie de mon vieil ami se détendit.

– Voilà qui fera plaisir à Mr. Playmore, dit-il. Notre excellent ami l'avocat craint que nos découvertes ne compromettent votre couple. D'un côté, il a le souci d'épargner à votre mari le tourment que ne manquerait pas de lui valoir la lecture de la confession de sa première femme. Et de l'autre, ce serait manquer gravement à vos enfants à naître – la formule est de lui – que de passer sous silence une pièce propre à effacer la flétrissure imprimée par le verdict écossais à la mémoire de leur père.

J'écoutais attentivement Benjamin. Il venait de soulever une question qui ne cessait de me tarauder.

– Comment Mr. Playmore envisagerait-il de résoudre la difficulté ? lui demandai-je.

– Il ne voit qu'une seule solution. Placer l'original de la lettre sous enveloppe cachetée et lui adjoindre un exposé clair des circonstances dans lesquelles elle fut retrouvée, avec à l'appui votre attestation signée et la mienne, en notre qualité de témoins des faits. Après quoi, il vous appartiendra de tout révéler à votre mari au moment que vous jugerez bon. Ce sera dès lors à lui de décider s'il souhaite décacheter le document ou bien le transmettre à ses enfants et leur laisser le soin de décider, lorsqu'ils seront en âge, s'il convient de le rendre public. Y consentez-vous, ma chère, ou bien préférez-vous que Mr. Playmore se charge de parler à votre mari ?

Je décidai sans hésitation de me charger de la chose. Pour ce qui était de guider la décision d'Eustace, j'estimais mon influence bien supérieure à celle qu'aurait pu exercer Mr. Playmore. Benjamin approuva mon choix sans réserve. Il résolut d'écrire incontinent à Édimbourg afin de tranquilliser l'avocat.

Restait à régler la question de notre retour en Angleterre. Tout dépendait de l'avis des médecins. Je promis de les consulter là-dessus à la faveur de leur prochaine visite à Eustace.

– Avez-vous d'autres questions à me poser ? s'enquit Benjamin en ouvrant son écritoire.

Je pensai aussitôt à Miserrimus Dexter et à Ariel. Avait-il eu des nouvelles récemment ? Mon vieil ami me dit en soupirant que j'abordais là un sujet bien douloureux.

– La meilleure chose qui puisse arriver à ce malheureux ne saurait tarder, dit-il. La seule évolution va dans le sens d'une paralysie. Il se pourrait que vous appreniez son décès avant même d'avoir regagné l'Angleterre.

– Et Ariel ?

– Égale à elle-même. Parfaitement heureuse tant qu'elle est

auprès de son « maître ». D'après ce qui m'est revenu, la pauvre fille ne paraît pas ranger Dexter au nombre des mortels. Chaque fois qu'on essaie de la préparer à se retrouver séparée de lui, elle vous rit au nez. Elle attend patiemment, fermement convaincue qu'il finira par la reconnaître.

Cette nouvelle me rendit maussade et silencieuse. Je laissai Benjamin à la rédaction de sa lettre.

L

LE FIN MOT DE L'HISTOIRE

Dix jours plus tard, nous rentrions en Angleterre en compagnie de Benjamin.

Mrs. Macallan possédait à Londres une maison fort spacieuse. C'est avec joie que nous acceptâmes sa proposition de loger chez elle jusqu'à la naissance de notre enfant. Ainsi la question du proche avenir se trouvait-elle réglée.

La triste nouvelle à laquelle Benjamin m'avait préparée à Paris m'arriva peu après notre retour. Miserrimus Dexter avait fini par se défaire du fardeau de la vie. Quelques heures avant d'exhaler son dernier soupir, il s'était un peu ranimé et avait reconnu Ariel, présente à son chevet. Il l'avait regardée et avait prononcé son nom d'une voix faible, puis il avait demandé après moi. On avait envisagé de me prévenir, mais il n'était déjà plus temps. Juste comme on allait dépêcher quelqu'un à mon domicile, Dexter avait lancé, non sans un peu de sa suffisance d'autrefois :

– Silence, vous autres ! Mes méninges sont fatiguées ; je vais dormir un peu.

Et de fermer les yeux pour ne plus jamais les rouvrir. Ainsi pour cet homme aussi la mort fut-elle clémente, sans chagrin ni souffrance ! Ainsi cette vie singulière et pleine de facettes, avec ses misères et ses remords, ses brusques accès de poésie et d'humour, ses joies fantasques, ses cruautés et ses vanités, avait tracé son chemin sur terre, puis s'était effacée comme un songe !

Hélas pour Ariel! Elle avait vécu pour son maître; que pouvait-elle faire de plus à présent qu'il n'était plus? Elle pouvait mourir pour lui.

On lui avait permis d'assister aux obsèques, avec l'espoir que la cérémonie la convaincrait enfin de sa mort. Ce fut sans effet : elle persista à nier que son maître l'eût quittée. Il fallut ceinturer la malheureuse créature lorsqu'on descendit le cercueil dans la fosse, et lui faire quitter de force le cimetière à la fin du service funèbre. De ce jour, sa vie fut, durant quelques semaines, une alternance de crises de délire et de phases de profonde léthargie. Lors du bal annuel donné à l'asile, à la faveur duquel la stricte surveillance des malades se relâchait un peu, on s'aperçut tout à coup, peu avant minuit, qu'Ariel avait disparu. L'infirmière de garde l'avait laissée endormie pour ensuite céder à la tentation de descendre regarder les danseurs. Lorsqu'elle regagna son poste, Ariel s'était volatilisée. La présence de personnes étrangères à l'établissement, la confusion créée par les festivités lui avaient offert une occasion unique de se sauver. Les recherches menées cette nuit-là ne donnèrent rien. C'est le lendemain qu'on apprit la terrible et bouleversante nouvelle. Elle avait réussi à regagner le cimetière et on l'avait trouvée au petit matin couchée sur la tombe de Miserrimus Dexter. Cette longue exposition au froid l'avait tuée. Fidèle jusqu'au bout, Ariel avait suivi son maître dans la mort!

Après avoir relaté ce triste épisode, je m'empresse d'aborder un sujet moins douloureux.

Le hasard avait voulu que le major Fitz-David et moi ne nous fussions pas revus depuis la soirée qui avait donné lieu à ma mémorable rencontre avec Lady Clarinda. De ce jour, je n'avais plus guère entendu parler de lui et j'avoue non sans un peu de honte que le moderne don Juan m'était presque complètement sorti de la tête lorsqu'il se rappela à mon bon souvenir en m'adressant chez ma belle-mère un faire-part de mariage. Le major se posait enfin. Et, plus merveilleux encore, le major avait choisi pour maîtresse légitime de sa maison et de lui-même la « future reine du bel canto », la voyante jeune personne à la voix de fausset et aux yeux écarquillés !

Nous l'allâmes féliciter comme il se doit; et il nous inspira en cette occasion un véritable sentiment de commisération.

La difficile épreuve du mariage avait à ce point transformé mon superbe et sémillant admirateur d'autrefois que c'est à peine si je le reconnus. Il avait abdiqué toute prétention à la jeunesse pour devenir ouvertement et irrémédiablement un vieillard. Debout derrière le fauteuil sur lequel trônait, altière, sa jeune épouse, il lui glissait un regard de chien couchant entre chaque parole qu'il m'adressait, comme pour solliciter la permission de me parler. Chaque fois qu'elle l'interrompait – elle ne s'en privait pas, et de la façon la plus cavalière –, il s'en accommodait avec un air de docilité et d'admiration sénile tout à la fois atterrant et grotesque.

– N'est-elle pas magnifique? me dit-il, toujours à portée d'oreille de sa femme. Cette silhouette et cette voix! Vous vous rappelez sa voix? C'est une perte, ma chère, une perte irréparable pour la scène lyrique! Savez-vous que parfois, quand je pense à la grande dame qu'elle aurait pu devenir, j'en viens à me demander si j'avais vraiment le droit de l'épouser. Je vous jure que je suis alors envahi du sentiment d'avoir fait grand tort au public!

Quant à la bénéficiaire de cette singulière combinaison d'adulation et de regret, elle était aussi ravie de me recevoir que si j'eusse été une amie de longue date. Cependant qu'Eustace devisait avec le major, elle m'entraîna à l'écart et, avec une candeur qui confinait à la grossièreté, s'avisa de m'expliquer ce qui l'avait poussée au mariage.

– Vous comprenez, nous étions une grande famille dépourvue de soutien! me glissa à l'oreille l'odieuse jeune personne. C'est bien gentil, toute cette histoire de « reine du bel canto », mais je suis allée suffisamment souvent à l'opéra et j'en ai appris suffisamment de mon maître de chant pour savoir ce qu'il faut pour faire une diva. Je n'ai pas la patience de travailler comme font toutes ces étrangères, cette bande de pécores on ne peut plus culottées – je les déteste. Non, ça non! De vous à moi, on a plus vite fait sa pelote en épousant un homme âgé. Telle que vous me voyez, je me retrouve à l'abri du besoin, et toute ma famille avec, et sans rien d'autre à faire que dépenser de l'argent. Il faut vous dire que j'aime énormément ma famille; j'aime ma mère, j'aime mes sœurs.

Voyez comme je suis habillée, voyez comme la maison est arrangée ; avouez que je n'ai pas mal avancé mon pion. Il y a un grand avantage à épouser un homme dans ces âges-là : on en fait tout ce qu'on veut. Si je suis heureuse ? Pour ça, oui ! je peux dire que je suis une femme comblée. J'espère que pour vous, c'est la même chose. Où est-ce que vous restez à présent ? Je passerai vous voir bientôt et nous bavarderons tout notre soûl. Je vous ai toujours trouvée sympathique ; maintenant que je suis une dame, comme vous, je veux qu'on soit amies.

Je lui répondis avec autant de concision que d'urbanité, tout en me promettant intérieurement que, dans le cas où elle viendrait me rendre visite, elle resterait sur le pas de la porte. Je n'ai pas scrupule à dire que je la trouvais parfaitement révoltante. Lorsqu'une femme se vend ainsi à un homme, la double bénédiction de la loi et de l'Église n'en rend pas le marché moins abject.

Tandis que j'écris, assise à ma table, l'image du major et de sa femme s'estompe dans mon souvenir, et se dessine lentement la dernière scène de ce récit.

Le lieu en est ma chambre à coucher. Les acteurs en sont votre servante et son fils. Il est déjà âgé de trois semaines et, pour l'heure, il dort à poings fermés contre mon sein. Mon bon oncle Starkweather fait le voyage de Londres pour venir le baptiser. Mrs. Macallan sera sa marraine et il aura pour parrains Benjamin et Mr. Playmore. Je me demande si ce sacrement sera plus gai que mon mariage...

Le médecin sort à l'instant. Je ne suis pas sans lui inspirer quelque perplexité. Me trouvant, comme à l'accoutumée ces temps derniers, alanguie sur ma méridienne, il a relevé chez moi des signes d'épuisement qu'il juge tout à fait injustifiés compte tenu des circonstances et qui l'ont incité à me renvoyer dans mon lit.

C'est que je ne lui ai rien dit de mon problème. Il y a deux raisons à ce qu'il tient pour de l'asthénie, et elles ont nom anxiété et incertitude.

J'ai fini par trouver le courage de tenir la promesse faite à mon mari lors de notre séjour parisien. Il sait à présent de quelle façon la confession de sa première femme a été mise au jour. Il sait que cette lettre peut être le moyen, comme Mr. Playmore nous l'assure, de faire établir son innocence devant une cour de justice. Enfin et surtout, il sait désormais qu'on lui a caché la teneur de ce document pour préserver sa tranquillité d'esprit et par égard pour le souvenir de celle qui fut autrefois son épouse.

Je ne lui ai pas fait de vive voix ces révélations nécessaires ; au moment opportun, redoutant de lui parler directement de sa première femme, j'ai rédigé une relation des événements à partir des différents courriers reçus à Paris de Benjamin et de Mr. Playmore. Il a eu tout le temps d'en prendre connaissance et d'y réfléchir dans le calme de son bureau. J'attends présentement avec le document fatidique à la main – et ma belle-mère attend de même dans la pièce voisine – d'apprendre de sa bouche s'il souhaite ou non le décacheter.

Les minutes s'égrènent et son pas tarde à se faire entendre dans l'escalier. Mon incertitude quant à ce que sera sa décision me mine de plus en plus à mesure que l'attente se prolonge. Dans l'état de tension nerveuse où je suis, le seul fait de détenir cette lettre m'oppresse et me fâche. Je répugne à la toucher, à y poser les yeux. Je ne cesse de la prendre sur le lit et de l'y reposer, et ne parviens pas à la chasser de mon esprit. Pour finir, me vient une étrange lubie. Je soulève une des mains du bébé et glisse l'enveloppe dessous, associant ainsi cet horrible catalogue de péchés et de malheurs avec quelque chose de joli et d'innocent qui semble devoir le sanctifier et le purifier.

La pendule fait entendre un tintement : une demi-heure vient de s'écouler. Enfin, le voici ! Il toque doucement à la porte et se glisse dans la chambre.

Il est d'une pâleur mortelle. Il me semble distinguer des traces de larmes sur ses joues. Mais il ne montre aucun signe d'agitation lorsqu'il vient s'asseoir à côté de moi. Je comprends qu'avant de monter me retrouver il a attendu d'être en état de maîtriser ses émotions.

Il me prend par la main et me donne un tendre baiser.

– Valeria ! commence-t-il. Je vous demande encore une fois de me pardonner pour ce que j'ai pu dire et faire autrefois. Si tout le reste me dépasse, au moins y a-t-il une chose que j'ai comprise : il existe une preuve de mon innocence ; et je dois sa découverte au courage et au dévouement de ma femme !

Je laisse passer quelques secondes afin de goûter pleinement le bonheur de l'entendre tenir pareils propos, afin de me délecter de l'amour et de la gratitude qui allument une lueur humide dans ses yeux. Puis, prenant mon courage à deux mains, je lui pose la grande question sur laquelle repose notre avenir :

– Souhaitez-vous voir la lettre, Eustace ?

Il me répond par une autre question :

– Vous l'avez ici ?

– Oui.

– Cachetée ?

– Cachetée.

Il marque un temps pour réfléchir à ce qu'il va dire ensuite.

– Je voudrais être certain que ma décision sera la bonne, reprend-il. Supposons que j'insiste pour la lire…

Je sais bien que je devrais me contenir, faire preuve de réserve, mais je ne peux m'empêcher de le couper :

– Mon chéri, vous ne pouvez songer à lire cette lettre ! Je vous en prie, épargnez-vous cela…

Il lève la main et dit :

– Ce n'est pas à moi que je pense, mais à cette pauvre Sara. Si je renonce à faire établir publiquement mon innocence – c'est-à-dire, si je laisse intact le cachet de cette lettre –, y verrez-vous, avec Mr. Playmore, un témoignage de tendresse et de miséricorde ?

– Cela ne fait pas l'ombre d'un doute !

– Ne sera-ce pas réparer, dans une faible mesure, les chagrins que mon irréflexion a pu lui causer de son vivant ?

– Oui, tout à fait !

– Et enfin, Valeria… est-ce que cela vous fera plaisir ?

– Mon chéri, ce serait pour moi une joie immense !

– Où est la lettre ?

– Dans la main de votre fils.

Il fait le tour du lit et porte à ses lèvres la petite main rose de notre enfant. Il demeure un moment dans cette attitude recueillie. Et je vois sa mère ouvrir doucement la porte pour, comme moi, le contempler. Encore un instant et le suspens prend fin. Avec un profond soupir, il repose la menotte sur l'enveloppe scellée, et ce simple geste semble dire à son fils : « Ce sera à toi de décider ! »

Et c'est ainsi que cela se termina ! Pas comme je pensais que cela s'achèverait, ni peut-être comme vous pensiez que cela s'achèverait. Que savons-nous de notre propre vie ? Que savons-nous de l'accomplissement de nos souhaits les plus chers ? Dieu seul sait et c'est mieux ainsi.

Vais-je reposer ma plume ? Oui. Je n'ai plus rien à dire.

Sinon ceci en guise de post-scriptum. Ne soyez pas trop sévères, braves gens, pour les inconséquences et les errements qui émaillèrent la vie de mon mari. Accablez-moi si cela vous chante. Mais veuillez, pour l'amour de moi, lui témoigner quelque indulgence.

TABLE

No d'impression : 002333
No d'éditeur : 34074
Dépôt légal : octobre 2000

Achevé d'imprimer
par Normandie Roto Impression s.a.
pour le compte de France Loisirs Paris
en septembre 2000